Buch

Dr. Daniel Armstrong, Tierfilmer aus Großbritannien, ist seit langem mit Afrika und seinen ökologischen Problemen vertraut. Bei seiner neuesten Expedition ins Innere des schwarzen Kontinents trifft er auf Ning Cheng, den jüngsten Sproß eines weltweit operierenden Handelsimperiums, Botschafter Nationalchinas und skrupellosen Geschäftsmann, der von den Ländern Zentralafrikas nur eines will: Geld und Elfenbein.
Seine beiden Mitstreiterinnen sind Armstrong gegen die raffinierten Machenschaften Ning Chengs keine Hilfe. Während die Anthropologin Kelly Kinnear mit dem Mut der Verzweiflung den Kampf ums Überleben des Urwaldes und eines geheimnisvollen Pygmäenstammes aufnimmt, nutzt Bonny Mahon als Kamerafrau an Armstrongs Seite das Tauziehen um die Macht in Ubomo, einem von Militärs geknechteten Staat, hemmungslos für ihre eigenen Interessen.
Doch alle nehmen sie an einem Abenteuer teil, das quer durch die endlosen Steppen und dunklen Urwälder Afrikas führt, durch kühle Londoner Büros ebenso wie durch elegante Refugien in Taiwan. Mit der Darstellung wilder Tiere und menschlicher Bestien, in Bildern einer faszinierenden Natur gelingt Wilbur Smith zweierlei: eine abenteuerliche Geschichte voll schockierender Überraschungen und der realistische Blick auf einen Kontinent voll wilder Schönheit, die von egoistischen Interessen und ökologischen Problemen bedroht wird.

Autor

Wilbur Smith entstammt einer alten Siedlerfamilie aus Rhodesien, dem heutigen Simbabwe, und ist einer der erfolgreichsten Autoren der Gegenwart. Seine Bücher, die eine Weltauflage von über 50 Millionen Exemplaren erreicht haben, sind in 14 Sprachen übersetzt und zum Teil verfilmt worden.

Außer dem vorliegenden Band sind von Wilbur Smith als
Goldmann-Taschenbücher erschienen:

Glühender Himmel. Roman (41130)
Goldmine. Roman (9312)
Der Panther jagt im Dämmerlicht. Roman (42047)
Schwarze Sonne. Roman (9332)
Der Stolz des Löwen. Roman (9316)
Der Sturz des Sperlings. Roman (9319)
Tara. Roman (9314)
Wenn Engel weinen. Roman (9317)
Wer aber Gewalt sät. Roman (41139)

Wilbur Smith
DAS LIED DER ELEPHANTEN

ROMAN

Aus dem Englischen
von Hartmut Huff

GOLDMANN VERLAG

Titel der Originalausgabe: Elephant Song
Originalverlag: Macmillan Ltd., London

Umwelthinweis:
Alle bedruckten Materialien dieses Taschenbuches
sind chlorfrei und umweltschonend.
Das Papier enthält Recycling-Anteile.

Der Goldmann Verlag
ist ein Unternehmen der Verlagsgruppe Bertelsmann

Copyright © 1991 der Originalausgabe
bei Wilbur Smith
Copyright © 1992 der deutschsprachigen Ausgabe
bei Blanvalet Verlag GmbH, München
Umschlagentwurf: Design Team München
Druck: Elsnerdruck, Berlin
Verlagsnummer: 42368
MV · Herstellung: Heidrun Nawrot
Made in Germany
ISBN 3-442-42368-6

1 3 5 7 9 10 8 6 4 2

*Für meine Frau und geliebte Gefährtin
Danielle Antoinette*

Es war ein fensterloses, strohgedecktes Haus aus geglätteten Sandsteinblöcken, das Daniel Armstrong vor fast zehn Jahren mit eigenen Händen gebaut hatte. Damals war er gerade Wildhüter in der Verwaltung des Nationalparks geworden. Jetzt hatte man das Gebäude in ein regelrechtes Schatzhaus verwandelt.

Johnny Nzou steckte seinen Schlüssel in das schwere Vorhängeschloß und öffnete die Doppeltüren aus einheimischem Teak. Johnny war der Oberwildhüter des Chiwewe Nationalparks. Früher war er Daniels Spurensucher und Gewehrträger gewesen, ein aufgeweckter junger Matabele, dem Daniel am Licht Tausender Lagerfeuer Englisch lesen, schreiben und fließend zu sprechen gelehrt hatte.

Daniel hatte Johnny das Geld geliehen, um seinen ersten Fernkurs an der Universität von Südafrika zu belegen, der schließlich zu einem Abschluß als Bakkalaureus der Naturwissenschaften geführt hatte. Die beiden jungen Männer, der eine schwarz, der andere weiß, hatten gemeinsam, oft zu Fuß oder mit dem Fahrrad, in den unendlichen Weiten des Nationalparks patrouilliert. In der Wildnis hatten sie eine Freundschaft geschmiedet, der auch die folgenden Jahre der Trennung nichts anhaben konnten.

Jetzt schaute Daniel in das düstere Innere des Gebäudes und pfiff leise.

»Teufel auch, Johnny, du hast während meiner Abwesenheit die Hände wirklich nicht in den Schoß gelegt.«

Der Schatz war bis zu den Dachsparren hoch gestapelt und Hunderttausende Dollar wert.

Mit zusammengekniffenen Augen musterte Johnny Nzou Daniels Gesicht, um zu sehen, ob sich Kritik in der Miene seines Freundes abzeichnete. Doch diese Reaktion war nichts als ein Reflex, denn er wußte, daß Daniel ein Verbündeter war, der sich des Problems noch bewußter war als er selbst. Dennoch war das Thema derart emotional geladen, daß ihm die Erwartung von Gefühlsumschwüngen und Kritik zur zweiten Natur geworden war.

Daniel aber hatte sich bereits wieder seinem Kameramann zugewandt. »Können wir hier einen Scheinwerfer anbringen? Ich möchte ein paar gute Innenaufnahmen haben.«

Der Kameramann schleppte sich unter dem Gewicht der schweren Akkus, die an seiner Hüfte befestigt waren, vorwärts und schaltete die Bogenlampe in seiner Hand ein. Die hohen Stapel des Schatzes wurden von einem grellen, blauweißen Licht beleuchtet.

»Jock, folge mir und dem Wildhüter durchs ganze Lagerhaus«, wies Daniel den Kameramann an. Der nickte und trat näher heran, wobei er die glänzende Sony-Videokamera auf seiner Schulter balancierte. Jock war Mitte Dreißig. Er trug nur eine kurze Khakihose und offene Sandalen. In der Hitze des Sambesi-Tales glänzte seine nackte Brust vor Schweiß. Sein langes Haar hatte er mit einem Lederriemen im Nacken zusammengebunden. Er sah aus wie ein Popstar, war aber ein Künstler mit der großen Sony-Kamera.

»Verstanden, Boß«, sagte er und schwenkte die Kamera über den unordentlichen Haufen von Elephantenstoßzähnen, um bei Daniels Hand zu verharren, die über die elegante Krümmung eines leuchtenden Stücks Elfenbein glitt. Dann trat er zurück, um Daniel in die Totale zu bekommen.

Daniel war nicht allein wegen seines Doktortitels in Biologie, seiner Bücher und Vorlesungen zu einer internationalen Autorität und zum Wortführer der afrikanischen Ökologen geworden. Er verfügte außerdem über das gesunde Aussehen eines Mannes, der viel draußen in der Natur ist, und strahlte jene Art von Charisma aus, die sich so gut auf dem Fernsehschirm macht. Seine Stimme war tief und fesselnd, und in seinem Akzent klangen noch genügend Sandhurst-Untertöne mit, um die klanglosen, unmelodischen Vokale der Kolonialsprache weicher zu machen. Sein Vater war während des Zweiten Weltkriegs Stabsoffizier in einem Regiment der Guards gewesen und hatte in Nordafrika unter Wavell und Montgomery gedient. Nach dem Krieg ging er nach Rhodesien, um Tabak anzubauen. Daniel war in Afrika geboren worden, wurde aber nach England geschickt, um seine Ausbildung in Sandhurst zu beenden, bevor er wieder nach Rhodesien zurückkehrte, um in den *National Parks Service* einzutreten.

»Elfenbein«, sagte er jetzt, während er in die Kamera blickte, »seit der Zeit der Pharaonen eine der schönsten und kostbarsten Natursubstanzen. Die Zierde des afrikanischen Elephanten – und sein schreckliches Verhängnis.«

Daniel begann an den Reihen der gestapelten Stoßzähne entlangzugehen, und Johnny Nzou trat neben ihn und hielt mit ihm Schritt. »Zweitausend Jahre lang hat der Mensch den Elephanten gejagt, um dieses lebende weiße Gold zu bekommen. Und trotzdem hat es vor nur einem Jahrzehnt noch über zwei Millionen Elephanten auf dem afrikanischen Kontinent gegeben. Die Elephantenpopulation schien eine unerschöpfliche Ressource zu sein, ein Vermögen, das geschützt, geerntet und kontrolliert wurde – bis dann etwas auf schreckliche und tragische Weise fehlschlug. In den vergangenen zehn Jahren sind fast eine Million Elephanten abgeschlachtet worden. Es ist kaum vorstellbar, daß dies zugelassen werden konnte. Wir sind hier, um herauszufinden, was fehlgeschlagen ist und wie der afrikanische Elephant, der kurz vor der Ausrottung steht, gerettet werden kann.«

Er sah Johnny an. »Heute ist Mr. John Nzou bei mir, Chefwildhüter des Chiwewe Nationalparks und ein Vertreter der neuen Generation afrikanischer Umweltschützer. Zufällig bedeutet Nzou in der Sprache der Shona Elephant. Doch nicht nur dem Namen nach ist John Nzou Mr. Elephant. Als Wildhüter des Chiwewe ist er für eine der größten und gesündesten Elephantenherden verantwortlich, die es in der afrikanischen Wildnis noch gibt. Sagen Sie uns, Herr Reservatsaufseher, wie viele Stoßzähne haben Sie hier, in diesem Lagerraum des Chiwewe Nationalparks?«

»Derzeit sind hier fast fünfhundert Stoßzähne gelagert – vierhundertsechsundachtzig, um genau zu sein – mit einem Durchschnittsgewicht von sieben Kilo.«

»Auf dem internationalen Markt ist ein Kilo Elfenbein dreihundert Dollar wert«, fiel Daniel ein, »so daß der Gesamtwert des hier lagernden Elfenbeins über eine Million Dollar beträgt. Wo kommt das alles her?«

»Einige Stoßzähne sind Funde – Elfenbein von Elephanten, die tot im Park entdeckt wurden. Einiges ist illegales Elfenbein, das meine Ranger von Wilderern konfisziert haben. Aber der Großteil dieser Stoßzähne stammt aus den Auslese-Operationen, die meine Abteilung durchzuführen gezwungen ist.«

Die beiden blieben am anderen Ende des Ganges stehen, machten kehrt und blickten wieder in die Kamera. »Über das Ausleseprogramm werden wir später sprechen, Herr Reservatsaufseher. Aber können Sie zuerst ein wenig mehr über die Aktivitäten der Wilderer in Chiwewe erzählen? Wie schlimm ist das?«

»Es wird jeden Tag schlimmer.« Johnny schüttelte traurig den Kopf. »Da die Elephanten in Kenia, Tansania und Sambia praktisch ausgerottet sind, richten die Profis ihre Aufmerksamkeit auf unsere gesunden Elephantenherden weiter südlich. Sambia liegt direkt auf der anderen Seite des Sambesi, und die Wilderer, die auf diese Seite hinüberkommen, sind organisiert und besser bewaffnet als wir. Sie schießen, um zu töten – auf Menschen ebenso wie auf Elephanten und Nashörner. Wir sind gezwungen, das gleiche zu tun. Wenn wir auf eine Bande Wilderer stoßen, schießen wir zuerst.«

»Und alles hierfür...« Daniel legte seine Hand auf den nächsten Stapel Stoßzähne. Es gab keine zwei Elfenbeinschäfte, die identisch waren. Jeder Zahn war anders geschwungen. Einige waren fast gerade, lang und dünn wie Stricknadeln. Andere waren wie ein gespannter Langbogen geschwungen. Einige waren so scharfspitzig wie Speere, andere wieder flach und stumpf. Es gab perlengleiche Zähne und andere im Farbton dunkelgelben Alabasters; wieder andere waren durch Pflanzensäfte dunkel gefleckt und durchs Alter zernarbt und abgewetzt.

Das meiste Elfenbein stammte von Elephantenkühen oder Jungtieren. Ein paar Stoßzähne waren nicht länger als der Unterarm eines Mannes. Sie stammten von jungen Kälbern. Nur sehr wenige waren prächtig geschwungene, herrliche Schäfte – das schwere, reife Elfenbein alter Bullen.

Daniel strich über einen dieser Stoßzähne, und sein Gesichtsausdruck galt nicht nur der Kamera. Wieder einmal spürte er die ganze Schwere der Melancholie, die ihn überhaupt erst dazu bewegt hatte, über das Dahinschwinden und die Zerstörung des alten Afrikas und seiner zauberhaften Tierwelt zu schreiben.

»Ein kluges und großartiges Tier ist auf dies hier reduziert worden.« Seine Stimme senkte sich zu einem Flüstern. »Selbst wenn sie unvermeidlich sind, können wir doch die Augen nicht völlig vor den tragischen Veränderungen in der Natur, die diesen Kontinent erschüttern, verschließen. Ist der afrikanische Elephant symbolisch für sein Land? Der Elephant stirbt. Stirbt Afrika?«

Seine Ehrlichkeit war unbestreitbar. Die Kamera zeichnete alles getreu auf. Es war diese Ehrlichkeit, die die enorme Wirkung seiner Fernsehsendungen in aller Welt ausmachte.

Jetzt faßte sich Daniel mit offensichtlicher Mühe und wandte sich wieder an Johnny Nzou. »Was meinen Sie, Herr Oberaufseher, ist der Elephant zum Untergang verurteilt? Wie viele dieser wundervollen Tiere gibt es in Simbabwe, und wie viele davon leben im Chiwewe Nationalpark?«

»In Simbabwe gibt es schätzungsweise zweiundfünfzigtausend Elephanten. Unsere Zahlen für Chiwewe sind weit genauer. Erst vor drei Monaten konnten wir im Park eine Zählung vom Flugzeug aus durchführen, die von der Internationalen Union für Naturschutz gefördert wurde. Das ganze Parkareal wurde fotografiert, und die Tiere wurden auf den Vergrößerungen gezählt.«

»Wie viele?« fragte Daniel.

»Allein in Chiwewe sind es achtzehntausend Elephanten.«

»Das ist eine riesige Population, fast ein Drittel aller übriggebliebenen Tiere in diesem Land – alle in diesem Gebiet.« Daniel hob eine Augenbraue. »In einem Klima, das von Hoffnungslosigkeit und Pessimismus beherrscht wird, muß das sehr ermutigend für Sie sein.«

Johnny Nzou runzelte die Stirn. »Im Gegenteil, Doktor Armstrong, wir sind wegen dieser Zahlen überaus besorgt.«

»Können Sie uns das bitte erklären?«

»Ganz einfach, Doktor. So viele Elephanten können wir nicht ernähren. Wir schätzen, daß dreißigtausend Elephanten eine ideale Population für ganz Simbabwe wären. Ein einziges Tier benötigt täglich bis zu einer Tonne pflanzlicher Nahrung. Um dieses Futter zu bekommen, stößt es jahrhundertealte Bäume um, selbst Bäume mit einem Stammdurchmesser von über einem Meter.«

»Was wird geschehen, wenn Sie zulassen, daß diese riesige Herde weiter gedeiht und zunimmt?«

»Ganz einfach. In sehr kurzer Zeit wird sie diesen Park in ein Trokkengebiet verwandeln, und wenn das geschieht, wird die Elephantenpopulation eingehen. Uns wird nichts mehr bleiben – weder Bäume noch Park, noch Elephanten.«

Daniel nickte aufmunternd. Wenn er den Film bearbeitete, würde er an dieser Stelle eine Reihe von Szenen einbauen, die er einige Jahre zuvor im Amboseli Park in Kenia aufgenommen hatte. Es waren erschreckende Dokumente der Verwüstung. Bilder von nackter, roter Erde und toten, schwarzen Bäumen, die ihre kahlen Äste in verzweifeltem Flehen in den erbarmungslos blauen afrikanischen Himmel reckten, während die ausgedorrten Kadaver der großen Tiere wie ausrangierte Ledertaschen dort lagen, wo Hunger und Wilderer sie getötet hatten.

»Haben Sie eine Lösung dafür?« fragte Daniel leise.

»Eine drastische, fürchte ich.«

»Werden Sie sie uns zeigen?«

Johnny Nzou zuckte die Achseln. »Es ist nicht sehr schön, dabei zuzuschauen, aber ja, Sie können Zeuge dessen sein, was getan werden muß.«

Daniel erwachte zwanzig Minuten vor Sonnenaufgang. Selbst die Jahre, die er in Städten außerhalb Afrikas verbracht hatte, und die vielen Dämmerungen in nördlichen Klimazonen oder in den fließenden Zeitzonen bei Reisen mit Düsenflugzeugen, hatten ihn die Gewohnheit nicht vergessen lassen, die er in diesem Tal angenommen hatte. Natürlich war diese Gewohnheit während der Jahre des schrecklichen rhodesischen Buschkrieges, als er seiner Wehrpflicht bei den Sicherheitskräften nachkommen mußte, nur verstärkt worden.

Für Daniel war die Morgendämmerung die magischste Zeit eines jeden Tages – besonders in diesem Tal. Er kroch aus seinem Schlafsack und langte nach seinen Stiefeln. Seine Männer und er hatten voll bekleidet auf der von der Sonne ausgedörrten Erde geschlafen. Inmitten ihrer hingestreckten Gestalten glühte das Lagerfeuer. Sie hatten kein *boma* aus Dornenzweigen zu ihrem Schutz errichtet, obwohl während der Nacht an dem Steilhang Löwen geknurrt und gebrüllt hatten.

Daniel schnürte seine Stiefel zu und verließ leise den Kreis der schlafenden Männer. Der Tau, der wie Perlen an den Grashalmen hing, durchnäßte seine Hosenbeine bis zu den Knien, während er sich zu dem felsigen Vorgebirge am Rand der Klippe bewegte. Auf der harten, grauen Granitkuppe fand er einen Platz, wo er sich niederkauerte.

Die Dämmerung kam mit verstohlener und trügerischer Schnelligkeit und tauchte die Wolken über dem Fluß in puderfeine Schattierungen von Rosa und Grau. Über den dunkelgrünen Wassern des Sambesi wogte der Flußnebel und pulsierte wie ein geisterhaftes Ektoplasma, und die fliegenden Enten zeichneten sich dunkel und hart gegen den blassen Hintergrund ab. Ihre Formationen waren exakt, und ihre Flügelschläge zuckten wie Messerklingen im unsicheren Licht.

In nächster Nähe brüllte ein Löwe, abrupte Geräuschsalven, die in einer abnehmenden Reihe von stöhnendem Grunzen erstarben. Daniel erschauerte unter der Erregung, die dieses Geräusch auslöste. Obwohl er es schon unzählige Male gehört hatte, war die Wirkung auf ihn unverändert. Auf der ganzen Welt gab es nichts Vergleichbares. Für ihn war es die wahre Stimme Afrikas.

Dann machte er die Gestalt der großen Katze unter sich am Rande des Sumpfes aus. Dickbäuchig und dunkelmähnig, trug sie ihren massigen Kopf tief und schwang ihn im Rhythmus ihres gleichmäßig arroganten Ganges von Seite zu Seite. Ihr Maul war halb geöffnet, und ihre Fänge glitzerten hinter den schmalen schwarzen Lefzen. Er sah sie im dichten Ufergebüsch verschwinden und seufzte vor Freude über den Anblick, den er genossen hatte.

Dicht hinter ihm war ein leises Geräusch vernehmbar. Als er zusammenzuckte, berührte Johnny Nzou seine Schulter, um ihn zu beruhigen, und setzte sich neben ihn auf die Granitkuppe.

Johnny zündete sich eine Zigarette an. Daniel hatte ihn nie dazu bringen können, diese Gewohnheit aufzugeben. Sie saßen wie sooft zuvor in geselligem Schweigen und schauten zu, wie sich die Dämmerung jetzt immer schneller dem andächtigen Augenblick näherte, in dem die Sonne ihren brennenden Strahlenkranz über die dunkle Masse des Waldes wirft. Das Licht änderte sich, und die ganze Welt war gleißend und strahlend wie ein kostbares Keramikgefäß, daß gerade aus dem Brennofen kommt.

»Die Spurensucher sind vor zehn Minuten ins Lager gekommen. Sie haben eine Herde gefunden«, brach Johnny das Schweigen und damit die Stimmung.

Daniel bewegte sich und schaute ihn an. »Wie viele?« fragte er.

»Etwa fünfzig.« Das war eine akzeptable Menge. Mehr würden sie nicht verarbeiten können, da Fleisch und Haut in der Hitze des Tales schnell verwesten, und eine kleinere Menge hätte den ganzen Einsatz von Menschen und Gerät nicht gerechtfertigt.

»Bist du sicher, daß du das filmen willst?« fragte Johnny.

Daniel nickte. »Ich habe gründlich darüber nachgedacht. Zu versuchen, das zu verheimlichen, wäre unaufrichtig.«

»Die Menschen essen Fleisch und tragen Leder, aber sie wollen nicht ins Schlachthaus sehen«, meinte Johnny.

»Wir haben es hier mit einem komplexen und emotionsgeladenen Thema zu tun. Die Menschen haben ein Recht darauf, das zu wissen.«

»Bei jedem anderen würde ich journalistische Sensationslust vermuten«, murmelte Johnny, und Daniel runzelte die Stirn.

»Du bist wahrscheinlich der einzige Mensch, von dem ich mir das sagen lasse – weil du es besser weißt.«

»Ja, Danny, ich weiß es besser«, stimmte Johnny ihm zu. »Du haßt das ebensosehr wie ich, und doch hast du mich als erster gelehrt, daß es nötig ist.«

»Gehen wir an die Arbeit«, schlug Daniel barsch vor. Sie standen auf und spazierten schweigend dahin zurück, wo die Lastwagen geparkt standen. Das Lager war aufgewacht, und auf dem offenen Feuer wurde Kaffee gekocht. Die Ranger rollten ihre Decken und Schlafsäcke zusammen und überprüften ihre Gewehre.

Vier Ranger waren da, zwei Farbige und zwei Weiße, alle in den Zwanzigern. Sie trugen die schlichte Khakiuniform mit grünen Schulterabzeichen des Park Department, und während sie mit der lässigen Kompetenz von Veteranen ihre Waffen handhabten, plauderten sie fröhlich. Schwarz und Weiß gingen kameradschaftlich miteinander um, obwohl sie gerade in dem Alter waren, in dem sie im Buschkrieg gekämpft hätten und wahrscheinlich auf verschiedenen Seiten gewesen wären. Immer wieder erstaunte es Daniel, daß so wenig Bitterkeit geblieben war.

Jock, der Kameramann, filmte bereits. Oft erschien es Daniel, als sei die Sony-Kamera ein natürlicher Auswuchs seines Körpers, ähnlich einem Buckel.

»Ich werde dir vor der Kamera ein paar dumme Fragen stellen, und vielleicht stichle ich dich ein bißchen«, warnte Daniel Johnny. »Wir beide kennen die Antworten auf die Fragen, aber wir müssen so tun, als ob. Okay?«

»Schieß los.«

Johnny machte im Film eine gute Figur. Daniel hatte sich die Aufnahmen vom vergangenen Abend angesehen. Einer der Vorteile der Arbeit mit moderner Videoausrüstung war, daß man jeden Filmmeter sofort wieder abspielen konnte. Johnny hatte eine gewisse Ähnlichkeit mit dem jungen Cassius Clay, bevor dieser Mohammed Ali wurde. Jedoch war sein Gesicht schmaler und sein Knochenbau feiner, und er war fotogener. Sein Gesichtsausdruck war lebhaft und ausdrucksvoll, und seine Hautfarbe war nicht so dunkel, daß der Kontrast zu hart und die fotografische Wiedergabe damit erschwert wurde.

Sie hockten sich vor das rauchende Lagerfeuer, und Jock filmte sie in Nahaufnahme.

»Wir lagern hier am Ufer des Sambesi. Die Sonne geht gerade auf, und nicht weit entfernt im Busch sind Ihre Spurensucher auf eine Herde von fünfzig Elephanten gestoßen«, sagte Daniel zu Johnny, der nickte. »Sie haben mir erklärt, daß der Chiwewe Park derartig große Herden dieser riesigen Tiere nicht ernähren kann und daß allein in diesem Jahr mindestens tausend aus dem Park entfernt werden müssen. Nicht allein aus Gründen des ökologischen Gleichgewichts, sondern auch, damit die übrigen Elephantenherden überleben können. Wie beabsichtigen Sie die Tiere zu entfernen?«

»Wir müssen sie aussondern«, sagte Johnny kurz.

»Sie aussondern?« fragte Daniel. »Das bedeutet doch töten?«

»Ja. Meine Ranger und ich werden sie erschießen.«

»Alle? Sie wollen heute fünfzig Elephanten erschießen?«

»Wir werden die ganze Herde aussondern.«

»Was ist mit den Jungtieren und den trächtigen Kühen? Werden Sie denn kein einziges Tier verschonen?«

»Sie müssen alle ausgesondert werden«, beharrte Johnny.

»Aber warum? Könnten Sie die Tiere nicht einfangen, sie betäuben und an einen anderen Ort transportieren?«

»Die Transportkosten für ein Tier von der Größe eines Elephanten sind gewaltig. Ein großer Bulle wiegt sechs Tonnen, eine durchschnittliche Kuh etwa vier. Sehen Sie sich das Gelände unten im Tal einmal an.« Johnny deutete auf die bergigen Höhen des Steilabbruchs, die zerklüfteten felsigen Kopjes und den Urwald. »Wir würden Speziallastwagen brauchen, und wir müßten Straßen bauen, um hinein und wieder hinaus zu kommen. Und selbst wenn das möglich wäre, wo sollten wir sie hinbringen? Ich habe Ihnen erzählt, daß wir in Simbabwe einen Überschuß von fast zwanzigtausend Elephanten haben. Wo sollen wir mit diesen Elephanten hin? Es gibt einfach keinen Platz für sie.«

»Demnach, Herr Oberaufseher, befinden Sie sich in einer Catch-22-Situation, anders als die anderen Länder im Norden, wie beispielsweise Kenia und Sambia, deren Elephantenherden durch Wilderei und unkluge Umweltschutzpolitik fast ausgerottet wurden. Sie haben ihre Elephantenherden zu gut betreut. Jetzt müssen Sie diese wundervollen Tiere nutzlos töten.«

»Nein, Doktor Armstrong, ganz ohne Nutzen ist das nicht. Wir werden die wertvollen Teile der Kadaver, also Elfenbein, Häute und Fleisch, verkaufen und damit Kosten decken. Die Erlöse kommen wieder dem Umweltschutz zugute, um Wilderei zu verhindern und unsere Nationalparks zu schützen. Der Tod dieser Tiere ist in dem Sinne keine Greueltat.«

»Aber warum müssen Sie Mütter und ihre Babys töten?« beharrte Daniel.

»Sie mogeln, Doktor«, warnte Johnny ihn. »Sie benutzen die emotionale, tendenziöse Sprache der Tierschutzgruppen, wenn Sie ›Mütter und Babys‹ sagen. Nennen wir sie einfach Kühe und Kälber, und geben wir doch zu, daß eine Kuh ebensoviel frißt und ebensoviel Platz braucht wie ein Bulle, und daß Kälber sehr schnell auswachsen.«

»Sie glauben also...«, setzte Daniel an, doch Johnny war trotz der vorangegangenen Warnung wütend geworden.

»Augenblick!« schnappte er. »Es geht um viel mehr. Wir müssen die ganze Herde aussondern. Es ist überaus wichtig, daß es keine Überlebenden gibt. Eine Elephantenherde ist eine komplexe Familiengruppe. Fast alle ihre Angehörigen sind Blutsverwandte, und innerhalb der

Herde gibt es eine hochentwickelte Sozialstruktur. Der Elephant ist ein intelligentes Tier, wahrscheinlich das intelligenteste nach den Primaten, sicherlich intelligenter als eine Katze oder ein Hund oder sogar ein Delphin. Sie wissen – ich meine, sie verstehen wirklich...« Er brach ab und räusperte sich. Seine Gefühle hatten ihn überwältigt, und Daniel hatte ihn noch nie lieber gemocht und mehr bewundert als in diesem Augenblick.

»Die schreckliche Wahrheit ist«, Johnnys Stimme war belegt, als er fortfuhr, »daß wenn auch nur ein Tier dieser Aussonderung entginge, es seine Angst und Panik den anderen Herden im Park mitteilen würde. Es würde einen Zusammenbruch im Sozialverhalten der Elephanten geben.«

»Ist das nicht ein bißchen an den Haaren herbeigezogen?« fragte Daniel sanft.

»Nein, das ist schon früher passiert. Nach dem Krieg gab es im Wankie Nationalpark einen Überschuß von zehntausend Elephanten. Damals wußten wir sehr wenig über die Techniken oder Auswirkungen massiver Aussonderungsoperationen. Wir lernten das bald. Mit unseren ersten ungeschickten Versuchen hätten wir fast die gesamte Sozialstruktur der Herden zerstört. Indem wir die älteren Tiere erlegten, nahmen wir den Herden ihren Fundus an Erfahrung und vermittelbarem Wissen. Wir störten damit ihr Wanderverhalten, die Hierarchie und Disziplin unter den Tieren, sogar ihr Fortpflanzungsverhalten. Die Bullen begannen die kaum erwachsenen, jungen Kühe zu decken, bevor diese geschlechtsreif waren, gerade so, als ob sie wüßten, daß ihre Vernichtung bevorstand. Eine Elephantenkuh ist ähnlich wie eine Frau frühestens im Alter von fünfzehn oder sechzehn Jahren geschlechtsreif. Unter dem schrecklichen Streß, der durch das Aussondern verursacht wurde, deckten die Bullen in Wankie Kühe, die erst zehn oder elf Jahre alt waren, also praktisch noch in der Pubertät, und die Kälber, die daraufhin geboren wurden, waren verkümmerte Zwerge.« Johnny schüttelte den Kopf. »Nein, wir müssen die ganze Herde auf einen Schlag auslöschen.«

Fast erleichtert blickte er zum Himmel hoch. Beide hörten sie in der Ferne das insektengleiche Summen eines Flugzeugmotors.

»Da kommt das Suchflugzeug«, sagte er ruhig und griff nach dem Mikrofon des Funkgeräts.

»Guten Morgen, Sierra Mike. Wir sehen euch schätzungsweise vier Meilen südlich unserer Position. Ich werde euch ein gelbes Rauchsignal geben.«

Johnny nickte einem seiner Ranger zu, der daraufhin die Lasche einer Rauchpatrone zog. Schwefelgelber Rauch trieb in einer dichten Wolke über die Baumwipfel.

»Roger, Parks. Ich sehe euren Rauch. Gebt mir bitte eine Angabe für das Ziel.«

Johnny runzelte bei dem Wort »Ziel« die Stirn und legte bei seiner Antwort Betonung auf das alternative Wort. »Gestern abend bei Sonnenuntergang bewegte sich die *Herde* in Richtung Norden auf den Fluß zu, fünf Meilen südöstlich von dieser Position. Es sind etwas über fünfzig Tiere.«

»Danke, Parks. Ich melde mich wieder, sobald wir gesichtet haben.«

Sie schauten zu, wie das Flugzeug ostwärts abdrehte. Es war eine alte, einmotorige Cessna, die wahrscheinlich zum Krankentransport eingesetzt worden war und während des Buschkrieges als Kampfflugzeug gedient hatte.

Fünfzehn Minuten später rauschte es wieder im Funkgerät.

»Hallo, Parks. Ich habe eure Herde. Etwas über fünfzig Tiere und acht Meilen von eurer derzeitigen Position entfernt.«

Die Herde hatte sich über beide Ufer eines trockenen Flusses verteilt, der sich seinen Weg durch niedrige Feuersteinhügel gegraben hatte. Hier, wo die tiefreichenden Wurzeln unterirdisches Wasser gefunden hatten, war der Wald grüner und üppiger. Die Akazien beugten sich unter dem Gewicht der Früchte. Die Schoten sahen wie lange, braune Biskuits aus, die in gut zwanzig Meter Höhe in Trauben über dem Boden hingen.

Zwei Kühe bewegten sich auf einen der schwerbeladenen Bäume zu. Sie waren die Herrinnen der Herde, beide über siebzig Jahre alt, hagere alte Witwen mit zerfetzten Ohren und wässerigen Augen. Das Band zwischen ihnen hatte sich über ein halbes Jahrhundert gefestigt. Sie waren Halbschwestern. Abkömmlinge derselben Mutter. Die ältere war bei der Geburt ihrer Schwester schon entwöhnt gewesen und hatte so zärtlich geholfen, diese aufzuziehen. Gemeinsam konnten sie auf ein langes Leben zurückblicken, in dem sie einen Schatz an Erfahrung und Weisheit gesammelt hatten, der jenen ausgeprägten Instinkt bereicherte, mit dem sie beide bei der Geburt ausgestattet worden waren.

Sie waren schon lange nicht mehr fortpflanzungsfähig, doch immer noch galt ihre Hauptsorge der Herde und deren Sicherheit. Die jüngeren Kühe und die neuen Kälber, die ihre Blutlinie fortsetzten und für die sie die Verantwortung trugen, waren ihre Freude und ihr Lebenssinn.

Vielleicht war es unrealistisch, hirnlosen Tieren solch menschliche Gefühle wie Liebe und Respekt zuzusprechen oder zu glauben, sie wüßten, was Blutsverwandtschaft oder der Fortbestand ihrer Familie bedeutete. Doch wer gesehen hatte, wie die alten Kühe die tobenden Jungen mit erhobenen Ohren und einem scharfen, ärgerlichen Trompeten zur Ruhe mahnten oder wie die Herde deren Führung mit bedingungslosem Gehorsam folgte, konnte die Autorität dieser Kühe kaum bezweifeln. Wer gesehen hatte, wie sie die jüngeren Kälber sanft mit dem Rüssel streichelten oder sie über die steilen und schwierigen Stellen der Elephantenpfade hoben, konnte ihre Fürsorglichkeit nicht in Frage stellen. Wenn Gefahr drohte, drängten sie die Jungen hinter sich und stürmten zur Verteidigung mit abgespreizten Ohren und eingerollten Rüsseln vorwärts.

Die großen Bullen mit ihrem massigen Umfang mochten diese Kühe an Größe übertreffen, nicht aber an Klugheit und Wildheit. Die Stoßzähne der Bullen waren länger und dicker und wogen manchmal weit über hundert Pfund. Die beiden alten Kühe trugen dürres, mißgestaltetes Elfenbein, zerfurcht, rissig und dunkel vom Alter, und ihre Knochen waren durch die zernarbte graue Haut zu sehen, doch ihrer Pflicht für die Herde gingen sie unbeirrt nach.

Die Bullen hielten zur Herde nur losen Kontakt. Wenn sie älter wurden, zogen sie es oft vor, sich von der Herde zu trennen und kleinere Junggesellengruppen von zwei oder drei männlichen Tieren zu bilden und die Kühe nur zu besuchen, wenn sie vom durchdringenden Brunftgeruch angezogen wurden. Die alten Kühe jedoch blieben bei der Herde. Sie bildeten das solide Fundament, das Grundlage für die Sozialstruktur der Herde war.

Jetzt bewegten sich die beiden Schwestern in perfektem Einklang auf die riesige Akazie zu, die mit Saatschoten beladen war. Jede bezog ihre Position auf einer Seite des Stammes. Sie lehnten ihre Stirnen gegen die rauhe Rinde. Der Stamm durchmaß über einen Meter und war so unnachgiebig wie eine Marmorsäule. Dreißig Meter über dem Boden bildeten die hohen Äste ein kunstvolles Maßwerk, und die Schoten und Blätter rundeten sich zur Kuppel einer Kathedrale gegen den Himmel.

Die beiden alten Kühe begannen sich gleichzeitig hin und her zu wiegen, den Baumstamm zwischen ihren Stirnen. Zuerst war die Akazie starr, widerstand sogar ihren gewaltigen Kräften. Doch die Kühe arbeiteten hartnäckig weiter. Zuerst warf die eine, dann die andere ihr Gewicht in die entgegengesetzte Richtung, und ein winziger Schauer durchrann den Baum bis in seine Spitze, so daß die höchsten Zweige zitterten, als habe ein Windhauch sie gestreift.

Rhythmisch arbeiteten sie weiter, und der Stamm begann sich zu bewegen. Eine einzelne reife Schote löste sich von ihrem Zweig, fiel dreißig Meter tief direkt auf den Schädel einer der Kühe. Sie schloß ihre wässerigen Augen fest, ohne aber ihren Stemmrhythmus zu unterbrechen. Der Baumstamm zwischen ihnen schwankte und zitterte, schwerfällig zunächst, dann immer stärker. Schote um Schote fiel so schwer herunter wie die ersten Tropfen eines Gewitterregens.

Die jüngeren Tiere der Herde begriffen, was sie vorhatten, schlugen aufgeregt mit den Ohren und stürmten vorwärts. Die sehr proteinhaltigen Akazienschoten gehörten zu ihren Lieblingsdelikatessen. Erwartungsvoll sammelten sie sich um die beiden Kühe, schnappten die herunterfallenden Schoten und stopften sie mit ihren Rüsseln tief in ihre Kehlen. Inzwischen wippte der große Baum hin und her, seine Zweige wankten wild, und das Laub raschelte. Schoten und lose Zweige regneten herunter, prasselten und hüpften von den Rücken der Elephanten, die sich unter dem Baum drängten.

Die beiden Kühe, immer noch wie zwei Buchstützen versteift, machten hartnäckig weiter, bis der Regen der herabfallenden Schoten zu versiegen begann. Erst als die letzte Schote von den Zweigen geschüttelt war, traten sie vom Baumstamm zurück. Ihre Rücken waren mit toten Blättern und Zweigen, Stücken trockener Rinde und samtigen Schoten übersät, und sie standen knöcheltief in den herabgefallenen Stücken. Mit den geschickten, fleischigen Spitzen ihrer Rüssel langten sie nach unten, hoben behutsam die goldenen Schoten an und rollten die Rüssel in ihre klaffenden Mäuler, wobei sich ihre dreieckigen Unterlippen weit öffneten. Die Feuchtigkeit ihrer Gesichtsdrüsen netzte ihre Wangen wie Freudentränen, und sie begannen zu fressen.

Die Herde hatte sich dicht um die beiden Kühe geschart, um das Festmahl zu genießen, das sie ausgebreitet hatten. Während ihre langen, schlangengleichen Rüssel schwangen und sich rollten und die Schoten in ihre Kehlen geschaufelt wurden, war ein leises Geräusch zu hören, das in jeder der großen, grauen Gestalten widerzuhallen schien. Es war ein sanftes Knurren in vielen verschiedenen Tonarten, und dieses Geräusch war von einem winzigen knirschenden, gurgelnden Quietschen durchsetzt, das für das menschliche Ohr kaum vernehmbar war. Es war ein seltsam zufriedener Chor, in den selbst die jüngsten

Tiere einfielen. Es war ein Klang, der Lebensfreude auszudrücken schien und das enge Band bestätigte, das alle Angehörigen der Herde miteinander verband.

Es war das Lied der Elephanten.

Eine der alten Kühe entdeckte als erste eine Bedrohung für die Herde. Sie übermittelte den anderen ihre Besorgnis mit einem Geräusch, das außerhalb des menschlichen Hörvermögens lag, und die ganze Herde erstarrte. Selbst die ganz jungen Kälber reagierten sofort. Die Stille nach dem fröhlichen Lärm des Festmahls war unheimlich, und das Summen des Suchflugzeugs in der Ferne bildete einen lauten Kontrast.

Die alten Kühe kannten das Motorengeräusch der Cessna. In den letzten Jahren hatten sie es viele Male gehört. Inzwischen verbanden sie es mit den Perioden verstärkter menschlicher Aktivität, mit Spannung und einer unerklärlichen Angst, die irgendwie telepathisch von den anderen Elephantengruppen im Park durch die Wildnis übertragen wurde.

Sie wußten, daß dieses Geräusch in der Luft das Vorspiel zu einem knallenden Chor von fernem Gewehrfeuer und dem Geruch von Elephantenblut in den heißen Luftströmungen am Rande des Steilabfalls war. Wenn die Geräusche des Flugzeugs und des Gewehrfeuers verebbt waren, hatten sie oft ausgedehnte Flächen von mit getrocknetem Blut verklebtem Waldboden passiert. Sie hatten den Geruch von Furcht, Schmerz und Tod gewittert, abgesondert von Angehörigen ihrer Art, der sich noch immer mit dem Gestank von Blut und verwesenden Eingeweiden vermischte.

Eine der alten Kühe wich zurück und schüttelte wütend ihren Kopf in Richtung auf das Geräusch am Himmel. Ihre zerfetzten Ohren klatschten laut gegen ihre Schultern. Es war wie das Geräusch des Großsegels eines Schiffes, das sich mit Wind füllt. Dann machte sie kehrt und veranlaßte die Herde, davonzustürmen.

In der Herde befanden sich zwei ausgewachsene Bullen, doch beim ersten Anzeichen von Gefahr trennten sie sich von ihr und verschwanden im Wald. Instinktiv erkannten sie, daß die Herde verwundbar war. Sie suchten Sicherheit, indem sie allein flohen. Die jüngeren Kühe und die Kälber drängten sich hinter den beiden alten Kühen und flohen. Die Kleinen rasten, um mit dem längeren Schritt der Muttertiere mithalten zu können. Unter anderen Umständen hätte ihre Hast vielleicht komisch ausgesehen.

»Hallo, Parks. Die Herde bricht südwärts zum Imbelesi-Paß aus.«

»Roger, Sierra Mike. Treibt sie bitte zur Mana-Pools-Abzweigung.«

Die alte Kuh führte die Herde auf die Hügel zu. Sie wollte aus dem Talgrund in das unwegsame Gelände gelangen, wo eine Verfolgung durch Felsen und starkes Gefälle erschwert wurde, doch das Geräusch des Flugzeugs, das vor ihr summte, schnitt sie vom Zugang des Passes ab.

Verunsichert blieb sie stehen und hob den Kopf zum Himmel, wo sich riesige, silbrige Gebirge von Kumuluswolken türmten. Sie spreizte ihre Ohren und drehte ihren alten Kopf, um dem schrecklichen Geräusch zu folgen.

Dann sah sie das Flugzeug. Das frühe Sonnenlicht blitzte von seiner Windschutzscheibe, als es steil vor ihr in Schräglage ging, abdrehte und dann wieder auf sie zuschoß, diesmal knapp über den Wipfeln der Bäume, und das Geräusch des Motors steigerte sich zu einem Brüllen.

Gleichzeitig wirbelten die beiden alten Kühe herum und rasten zum Fluß zurück. Hinter ihnen wendete die Herde wie eine ungeordnete Kavallerieabteilung, und während sie rannten, stieg der Staub in einer feinen, blassen Wolke hoch über die Baumwipfel hinweg.

»Parks, die Herde rennt jetzt in Ihre Richtung. Fünf Meilen von der Abzweigung.«

»Danke, Sierra Mike. Haltet sie vorsichtig weiter am Laufen, aber treibt sie nicht zu schnell.«

»Verstanden, Parks.«

»An alle K-Trupps.« Johnny Nzou wechselte das Rufzeichen. »An alle K-Trupps, Annäherung an Mana-Pools-Abzweigung.«

Die K-Trupps oder Kill-Trupps, die Tötungstrupps, waren die vier Landrover, die am Hauptweg bereitstanden, der vom Chiwewe-Hauptquartier am Steilabfall zum Fluß führte. Johnny hatte sie zu einer Barriere auffahren lassen, um die Herde aufzuhalten, falls sie durchging. Jetzt sah es so aus, als sei das nicht nötig. Das Suchflugzeug trieb die Herde mit professionellem Geschick in die richtige Position.

»Sieht aus, als würden wir's im ersten Anlauf schaffen«, murmelte Johnny, während er den Landrover um volle 180 Grad wendete und dann mit Vollgas auf den Weg steuerte. Ein Grasrücken zwischen den sandigen Radspuren ließ den Landrover buckeln und mehrfach aufsetzen. Der Wind sauste um ihre Köpfe, und Daniel nahm seinen Hut ab und stopfte ihn in seine Tasche.

Jock filmte über seine Schulter, als eine durch den Lärm des Landrovers aufgescheuchte Büffelherde aus dem Wald gejagt kam und den Weg direkt vor ihnen kreuzte.

»Verdammt!« Johnny trat auf die Bremse und schaute auf seine Armbanduhr. »Diese blöden *nyati* verderben uns alles.«

Hunderte dunkler Rinder kamen in massiver Phalanx herangaloppiert, wirbelten weißen Staub auf, grunzten und brüllten und verspritzten flüssigen grünen Kot auf dem Gras, den sie dann flachtraten.

Binnen weniger Minuten waren sie vorbeigerast, und Johnny fuhr mit Vollgas in die schwebende Staubwolke und rappelte über die lose Erde, die die Herde mit ihren schweren Hufen aufgerissen hatte. Hinter einer Wegbiegung sahen sie die anderen Fahrzeuge an der Kreuzung stehen. Die vier Ranger standen in einer Gruppe daneben und schauten mit den Gewehren in ihren Händen erwartungsvoll drein.

Johnny brachte den Landrover rutschend zum Halt und griff nach dem Mikrofon seines Funkgerätes. »Sierra Mike, gebt mir bitte eine Positionsmeldung.«

»Parks, die Herde ist zwei Meilen von euch entfernt. Sie nähert sich gerade Long Vlei.«

Vlei ist ein Ausdruck für offenes Grasland, und Long Vlei zog sich meilenweit am Fluß entlang. Während der Regenzeit war es Marschgebiet, jetzt aber war es das ideale Gelände zum Töten. Sie hatten es schon früher dazu benutzt.

Johnny sprang vom Fahrersitz und nahm sein Gewehr aus der Halterung. Er und all seine Ranger waren mit billigen, in Massen produzierten .375 Magnums bewaffnet, die mit Vollmunition geladen wurden, um Knochen und Gewebe optimal zu durchschlagen. Seine Männer waren wegen ihrer großartigen Treffgenauigkeit für diese Aufgabe ausgewählt. Das Töten mußte so schnell und human wie möglich erfolgen. Sie würden auf das Hirn schießen und nicht den einfacheren, aber schleppenden Körperschuß wählen.

»Gehen wir!« schnappte Johnny. Es war unnötig, Anweisungen zu geben. Dies waren harte junge Profis. Doch obwohl sie diese Arbeit schon viele Male verrichtet hatten, waren ihre Mienen ernst. In ihren Augen war keine Erregung, keine Vorfreude zu sehen. Dies war kein Sport. Ganz offensichtlich genossen sie die Aussicht auf die blutige Arbeit, die vor ihnen lag, nicht.

Sie waren bis auf Shorts und Velskoen, leichte Schuhe ohne Socken, entkleidet. Die einzigen schweren Gegenstände, die sie trugen, waren ihre billigen Waffen und die Patronengurte, die sie um ihre Hüften geschlungen hatten. Sie alle waren schlank und muskulös, und Johnny Nzou war ebenso konditionsstark wie die anderen. Sie rannten der Herde entgegen.

Daniel folgte Johnny Nzou. Er glaubte, sich mit ständigem Joggen und Training fit gehalten zu haben, hatte aber vergessen, was es bedeutete, durch Jagen und Kampf fit zu sein wie Johnny und seine Ranger.

Sie liefen wie Hunde, eilten mühelos durch den Wald, wobei ihre Füße wie von selbst den Weg zwischen Unterholz, Felsen, herabgestürzten Ästen und Ameisenbärlöchern zu finden schienen. Sie berührten im Lauf kaum den Boden. Früher einmal hatte auch Daniel so laufen können, aber jetzt behinderten ihn seine Stiefel, und er taumelte ein- oder zweimal in dem unwegsamen Gelände. Er und der Kameramann begannen zurückzufallen.

Johnny Nzou gab ein Handzeichen, und seine Ranger schwärmten zu einer langen Schützenlinie aus, in der sie jeweils fünfzig Meter voneinander getrennt standen. Vor ihnen wich der Wald abrupt dem offenen Gelände des Long Vlei. Es war dreihundert Meter breit. Das trockene, beigefarbene Gras stand hüfthoch.

Die Linie der Killer blieb am Waldrand stehen. Sie schauten zu Johnny, der sich in ihrer Mitte befand, doch er hatte den Kopf zurückgeworfen und beobachtete das Suchflugzeug, das über dem Wald flog. Es ging in eine Steilkurve und stand vertikal auf einer Tragfläche.

Schließlich erreichte Daniel die Linie und stellte fest, daß er und Jock schwer atmeten, obwohl sie weniger als eine Meile gelaufen waren. Er beneidete Johnny.

»Dort sind sie«, rief Johnny leise. »Man kann den Staub sehen.« Er lag als Schleier auf den Baumwipfeln zwischen ihnen und dem kreisenden Flugzeug. »Sie kommen schnell näher.«

Johnny schwenkte seinen rechten Arm, und die Schützenlinie veränderte sich gehorsam zu einer konkaven Form, ähnlich dem Horn eines Büffelbullen, in deren Mitte Johnny stand. Auf das nächste Signal hin trotteten sie auf die Lichtung hinaus.

Eine leichte Brise wehte in ihre Richtung. Die Tiere würden sie nicht wittern. Obwohl die Herde ursprünglich gegen den Wind geflohen war, um nicht in eine Gefahr hineinzulaufen, hatte das Flugzeug sie in Windrichtung zurückgetrieben.

Elephanten können nicht gut sehen. Sie würden die Menschenlinie erst erkennen, wenn es zu spät war. Die Falle war gestellt, und die Elephanten rannten, gehetzt und getrieben von der tieffliegenden Cessna, direkt hinein.

Die beiden alten Kühe brachen in vollem Lauf aus der Baumgrenze. Ihre knochigen Beine flogen. Sie hatten die Ohren nach hinten angelegt, und die losen grauen Falten ihrer Haut zitterten und wabbelten bei jedem Fehltritt. Der Rest der Herde folgte weit auseinandergezogen. Die jüngsten Kälber ermüdeten, und ihre Mütter stießen sie mit ihren Rüsseln vorwärts.

Die Linie der Scharfrichter erstarrte, stand in einem Halbkreis wie die Öffnung eines Netzes, das bereit ist, einen Fischschwarm zu verschlingen. Die Elephanten würden eher eine Bewegung wahrnehmen, als daß sie mit ihren schwachen, durch Panik getrübten Augen die verschwommenen Menschengestalten erkennen könnten.

»Nehmt zuerst die beiden Großmütter«, rief Johnny leise. Er hatte die Matriarchinnen erkannt, und er wußte, daß die Herde völlig durcheinander und unentschlossen sein würde, sobald sie erlegt waren. Sein Befehl wurde in der Linie weitergegeben.

Die Leitkühe trabten direkt auf die Stelle zu, an der Johnny stand. Er ließ sie herankommen und hielt sein Gewehr hoch vor der Brust. In einer Entfernung von hundert Metern begannen die beiden älteren Damen nach links abzubiegen, und Johnny bewegte sich zum ersten Mal.

Er hob sein Gewehr, schwenkte es über seinem Kopf und rief auf Sindebele: »*Nanzi Inkosikaze!* Hier bin ich, ehrenwerte alte Dame.«

Jetzt erkannten die beiden Elephanten, daß er kein Baumstumpf, sondern ein tödlicher Feind war. Sofort schwenkten sie wieder auf ihn zu. Sie konzentrierten all ihren Haß, ihre Angst und ihre Sorge um die Herde auf ihn und rasten mit voller Wucht in seine Richtung.

Sie trompeteten ihm ihren Zorn entgegen und machten größere Schritte, so daß der Staub unter ihren gewaltigen Fußsohlen aufwirbelte. Ihre Ohren waren an den Rändern – ein sicheres Zeichen ihrer Wut – eingerollt. Sie überragten die Gruppe der winzigen menschlichen Gestalten. Daniel wünschte sich inbrünstig, sich vorsichtshalber auch bewaffnet zu haben. Er hatte vergessen, wie angsterregend dieser Augenblick war, als die erste Kuh mit einer Geschwindigkeit von vierzig Meilen pro Stunde auf ihn zuraste und nur noch fünfzig Meter entfernt war.

Jock filmte weiter, obwohl das wütende Trompeten der beiden Kühe vom Rest der Herde aufgenommen worden war. Sie donnerten wie eine Lawine grauen Granits auf sie zu.

Als sie dreißig Meter entfernt waren, hob Johnny Nzou das Gewehr an seine Schulter und beugte sich vor, um den Rückstoß aufzufangen. Auf dem blauschimmernden Stahllauf war kein Zielfernrohr befestigt. Für Naharbeit wie diese brauchte er nur sein scharfes Auge.

Seit ihrer Einführung im Jahre 1912 hatte sich die .375 Holland & Holland bei Sport- wie Berufsjägern als das vielseitigste und effektivste

Gewehr bewährt, das je nach Afrika importiert worden war. Es zeichnete sich durch stete Zielgenauigkeit und schwachen Rückstoß aus, und außerdem war das 300 Gran Vollgeschoß mit seiner flachen Flugbahn und außerordentlichen Durchschlagskraft ein ballistisches Wunder.

Johnny zielte auf den Kopf der Leitkuh, auf die Rüsselfalte zwischen den kurzsichtigen alten Augen. Der Knall war so scharf wie das Zukken einer Bullenpeitsche, und eine Straußenfeder Staub hob sich von der Oberfläche ihrer verwitterten grauen Haut genau über der Stelle ihres Schädels, auf die er gezielt hatte.

Die Kugel durchschlug ihren Kopf so leicht wie ein stählerner Nagel einen reifen Apfel. Sie radierte den oberen Teil ihres Hirns weg, und die Vorderbeine der Kuh knickten unter ihr ein. Daniel spürte, wie die Erde unter seinen Füßen erzitterte, als sie in einer Staubwolke zusammenbrach.

Genau in dem Augenblick, als sie auf Höhe des Kadavers ihrer Schwester war, richtete Johnny sein Korn auf die zweite Kuh. Er repetierte, ohne den Gewehrkolben von seiner Schulter zu nehmen, indem er den Verschluß nur vor und zurück bewegte. Die Patronenhülse wurde in einer glitzernden Parabel herausgeschleudert, und er feuerte wieder. Die Geräusche der beiden Schüsse verschmolzen miteinander. Sie waren so schnell abgegeben worden, daß sie das Gehör täuschten und wie eine einzige lange Detonation klangen.

Wieder traf das Geschoß genau dort, wohin es gezielt war, und die Kuh starb genau wie die andere augenblicklich. Ihre Beine knickten ein, sie stürzte und fiel auf ihren Bauch, und ihre Schulter berührte die ihrer Schwester. In der Mitte ihrer beiden Stirnen spritzte eine neblige, rosarote Blutfahne aus den winzigen Schußlöchern.

Die Herde hinter ihnen geriet in Verwirrung. Die verstörten Tiere irrten umher und liefen im Kreis, trampelten das Gras flach und wirbelten einen Staubvorhang auf, der über ihnen kreiste und die Szene so verhüllte, daß ihre Gestalten ätherisch und unscharf wirkten. Die Kälber drängten sich schutzsuchend unter die Bäuche ihrer Mütter, hatten die Ohren voller Entsetzen dicht angelegt, während sie durch die hektischen Bewegungen der Muttertiere gestoßen, getreten und herumgeworfen wurden.

Die Ranger rückten ständig feuernd näher. Das Geräusch des Gewehrfeuers war ein lang anhaltendes Knattern, wie Hagel auf einem Wellblechdach. Sie schossen auf das Hirn. Bei jedem Schuß zuckte eines der Tiere zusammen oder riß seinen Kopf hoch, wenn die Vollgeschosse den Schädelknochen mit dem Geräusch eines exakt getroffenen Golfballs durchschlagen. Mit jedem Schuß fiel eines der Tiere tot oder benommen zu Boden. Die sofort Getöteten, und das waren die meisten, knickten erst mit den Hinterbeinen ein und fielen dann wie schwere Maissäcke um. Wenn die Kugel das Gehirn verfehlte und nur dicht daran vorbeischlug, drehte sich der Elephant im Kreis, schwankte und ging dann um sich tretend zu Boden, um sich schließlich mit einem entsetzlich verzweifelten Stöhnen auf die Seite zu rollen und den erhobenen Rüssel hilflos zum Himmel zu strecken.

Eines der jungen Kälber wurde unter dem zusammenbrechenden Kadaver seiner Mutter begraben und lag mit gebrochenem Rückgrat und voller Schmerz und Panik trompetend da. Einige Elephanten sahen sich durch eine Palisade gestürzter Tiere eingeengt und versuchten, darüber hinwegzuklettern. Die Scharfschützen schossen sie nieder, so daß sie auf die Körper der bereits toten Tiere fielen, worauf andere versuchten, auch darüber hinwegzuklettern, und ihrerseits niedergeschossen wurden.

Es ging schnell. Innerhalb weniger Minuten waren alle erwachsenen Tiere zu Boden gegangen, lagen dicht beieinander oder in blutenden Haufen aufeinander. Nur die Kälber rannten noch immer entsetzt im Kreis herum und stolperten über die Körper der Toten und Sterbenden, trompeteten kreischend und zupften an den Kadavern ihrer Mütter.

Die Gewehrschützen rückten langsam vor, wobei sie feuerten und nachluden und wieder feuerten. Sie schossen die Kälber einzein ab, und als kein einziges Tier mehr auf den Beinen war, begaben sie sich schnell unter die Herde, krochen über die gigantischen ausgebreiteten Körper hinweg und blieben nur stehen, um einen Fangschuß in jeden der riesigen blutenden Köpfe zu geben. Meistens erfolgte keine Reaktion auf die zweite Kugel ins Hirn, doch gelegentlich erzitterte ein Elephant, der noch nicht tot war. Seine Gliedmaßen streckten sich, und er blinzelte, bevor er leblos erschlaffte.

Sechs Minuten nach Johnnys erstem Schuß senkte sich Schweigen auf das Schlachtfeld von Long Vlei. Nur in ihren Ohren hallte noch die brutale Erinnerung an das Gewehrfeuer. Nichts regte sich mehr. Die Elephanten lagen in Reihen wie Unkraut hinter den Klingen der Mähmaschine, und die trockene Erde saugte ihr Blut auf. Die Ranger standen noch immer voneinander entfernt, bedrückt und voller Scheu vor der Vernichtung, die sie gebracht hatten. Sie starrten auf das Gebirge von Tod. Fünfzig Elephanten, ein Blutbad von zweihundert Tonnen.

Johnny Nzou brach den tragischen Bann, der sie erfaßt hielt. Er schritt langsam dorthin, wo die zwei alten Kühe am Kopf der Herde lagen. Sie lagen Seite an Seite, ihre Schultern berührten sich, und ihre Beine waren sauber unter ihnen eingeknickt. Sie knieten, als lebten sie noch, und nur die pulsierenden Blutfontänen aus ihren Stirnen störten diese Illusion.

Johnny setzte den Kolben seines Gewehrs auf den Boden, stützte sich darauf und musterte die beiden alten Matriarchinnen für einen langen Augenblick voller Bedauern. Er merkte nicht, daß Jock ihn filmte. Seine Handlungsweise und seine Worte waren weder einstudiert noch geprobt.

»*Hamba gahle, Amakhulu*«, flüsterte er. »Geht in Frieden, alte Großmütter. Ihr seid im Tod so zusammen, wie ihr es im Leben wart. Geht in Frieden und vergebt uns, was wir eurem Stamm angetan haben.«

Er entfernte sich und ging bis zur Baumgrenze. Daniel folgte ihm nicht. Er begriff, daß Johnny jetzt eine Weile allein sein wollte. Die anderen Ranger mieden sich ebenfalls. Es gab weder Geplauder noch Glückwünsche. Zwei von ihnen wanderten mit seltsam untröstlichen Mienen zwischen den Toten umher. Ein dritter hockte sich da hin, wo er den letzten Schuß abgefeuert hatte, rauchte eine Zigarette und starrte auf den staubigen Boden zwischen seinen Füßen. Der letzte hatte sein Gewehr beiseite gelegt und starrte mit den Händen in den Hosentaschen und gesenkten Schultern zum Himmel, wo die Geier sich sammelten.

Zuerst waren die Aasvögel nur winzige Flecken vor den funkelnden Bergen der Kumuluswolke, wie Pfefferkörner, die auf einem Tischtuch verstreut sind. Dann segelten sie näher heran, bildeten hoch droben kreisende Schwadronen, schwebten in ordentlicher Formation, ein dunkles Rad des Todes hoch über diesem Schlachtfeld.

Vierzig Minuten später hörte Daniel das Rumpeln der nahenden Lastwagen und sah sie langsam durch den Wald kommen. Eine Abteilung halbnackter Axtträger eilte dem Konvoi voraus, zerschlug das Dickicht und schaffte so einen Weg für die Lastwagen. Johnny erhob sich mit sichtlicher Erleichterung von seinem Platz am Waldrand und kam heran, um das Schlachten zu überwachen.

Die Haufen der toten Elephanten wurden mit Winden und Ketten auseinandergezogen. Dann wurde die runzlige graue Haut der Länge nach an Bauch und Rücken durchgeschnitten. Wieder wurden die elektrischen Winden eingesetzt, und die Haut wurde mit einem knisternden Geräusch vom Kadaver abgezogen. Sie löste sich in langen grauen Streifen, die an der Außenseite geronnen waren und innen weiß leuchteten. Die Männer legten jeden Streifen auf den Boden und häuften grobkörniges Salz darauf.

Im grellen Sonnenlicht wirkten die nackten Kadaver seltsam obszön, feucht und marmoriert mit dem weißen Fett und freigelegten scharlachroten Muskeln. Die geschwollenen Bäuche wölbten sich, als wollten sie die Abspeckmesser zum Schneiden einladen.

Ein Abhäuter schob die geschwungene Spitze des Messers an der Stelle, wo das Brustbein ansetzt in den Bauch einer der alten Kühe. Vorsichtig die Tiefe des Einschnitts kontrollierend, um die Eingeweide nicht zu beschädigen, ging er dann an dem ganzen Kadaver entlang, wobei er die Klinge wie einen Reißverschluß über die Bauchhöhle zog, so daß sie aufklaffte und der Magen, wie Fallschirmseide glänzend, herausquoll. Dann rutschten die ungeheuren Windungen der Gedärme hinterher. Sie schienen ein Eigenleben zu besitzen. Wie der Leib einer erwachenden Python drehten und entfalteten sie sich unter der Schwere ihres eigenen, schlüpfrigen Gewichtes.

Die Männer mit den Kettensägen machten sich an die Arbeit. Das aufdringliche Getöse der Zweitaktmotoren schien an diesem Ort des Todes fast ein Sakrileg zu sein, und aus dem Auspuff der Maschinen stieg fauchend blauer Qualm in die klare Luft. Sie trennten die Gliedmaßen von jedem Kadaver, und ein feiner Brei von Fleisch und Knochensplittern flog von den Zähnen der rotierenden Stahlketten. Dann gruben sie sich surrend durch Rückgrat und Rippen, und die Kadaver fielen in Einzelteile auseinander, die mit Winden in die wartenden Tiefkühlwagen gezogen wurden.

Eine Spezialgruppe ging mit langen Bootshaken von Kadaver zu Kadaver und stocherte in den feuchten Haufen der ausgelaufenen Innereien, um die Gebärmütter der Kühe herauszuziehen. Daniel beobachtete, wie sie eine der verschlungenen Gebärmütter aufschlitzten, die durch die angeschwollenen Blutgefäße dunkelrot war. Aus der Fruchtblase glitt ein Fötus, der die Größe eines großen Hundes hatte, in einer Flut von Fruchtwasser heraus und lag auf dem zertrampelten Gras.

Er war nur ein paar Wochen vor der Geburtsreife, ein fertiger kleiner Elephant, der mit einem Mantel rötlichen Haares bedeckt war, das er kurz nach seiner Geburt verloren hätte. Er lebte noch und bewegte schwach seinen Rüssel.

»Tötet ihn!« befahl Daniel barsch auf Sindebele. Es war unwahrscheinlich, daß er Schmerz empfinden konnte, aber er wandte sich erleichtert weg, als einer der Männer den winzigen Kopf mit einem einzigen Schlag seines Panga abtrennte. Daniel verspürte Übelkeit, aber er wußte, daß nichts bei der Aussonderung vergeudet wurde. Die Haut des ungeborenen Elephanten würde feingegerbt und kostbar werden. Als Handtasche oder Aktenkoffer würde sie ein paar hundert Dollar wert sein.

Um sich abzulenken, spazierte er über das Schlachtfeld davon. Jetzt waren nur noch die Köpfe der großen Tiere und die schimmernden Haufen ihrer Eingeweide übriggeblieben. Daraus konnte nichts Wertvolles gewonnen werden, und sie blieben als Fressen für die Geier, Hyänen und Schakale zurück.

Die Elfenbeinstoßzähne, die noch immer in ihren Knochenbetten steckten, waren der kostbarste Teil der Aussonderung. Die Wilderer und die Elfenbeinjäger vergangener Tage hätten es nicht riskiert, sie mit einem achtlosen Axthieb zu beschädigen, und gewöhnlich beließ man das Elfenbein im Schädel, bis die Knorpelschicht, die sie umschloß, verrottet und weich geworden war und sich löste. Meistens konnte man die Stoßzähne nach vier oder fünf Tagen völlig unbeschädigt mit der Hand herausziehen. Für diese Prozedur fehlte jedoch die Zeit. Die Stoßzähne mußten mit der Hand herausgeschnitten werden.

Die Abdecker, die das taten, waren die erfahrensten Männer. Sie waren älter, hatten graue, wollhaarige Köpfe und trugen blutbefleckte Lendenschurze. Sie hockten sich neben die Köpfe und schlugen geduldig mit ihren einfachen Äxten zu.

Während sie mit dieser ermüdenden Arbeit beschäftigt waren, stand Daniel mit Johnny Nzou zusammen. Jock hielt die Sony-Kamera auf sie gerichtet, während Daniel kommentierte: »Ein blutiges Werk.«

»Aber notwendig«, stimmte Johnny kurz zu. »Im Durchschnitt wird jeder erwachsene Elephant mit Elfenbein, Haut und Fleisch etwa dreitausend Dollar einbringen.«

»Für viele Menschen wird das ziemlich kommerziell klingen, besonders da sie gerade Zeugen der brutalen Wirklichkeit der Aussonderung geworden sind.« Daniel schüttelte seinen Kopf. »Sie sollten wissen, daß es unter der Leitung von Tierschutzgruppen eine sehr große Kampagne gibt, die den Elephanten unter Anhang Eins der CITES stellen will, das bedeutet, unter die Schutzvorschriften für Wildtiere und -pflanzen im Rahmen des Washingtoner Artenschutzabkommens.«

»Das weiß ich.«

»Wenn das erreicht wird, würde der Handel mit jedwedem Elephantenprodukten, also Haut, Elfenbein oder Fleisch, verboten sein. Was halten Sie davon?«

»Das macht mich sehr zornig.« Johnny ließ seine Zigarette fallen und trat sie mit seinem Absatz aus. Sein Gesichtsausdruck war wild.

»Das würde doch aber weitere Aussonderungsoperationen überflüssig machen, nicht wahr?« beharrte Daniel.

»Überhaupt nicht«, widersprach Johnny ihm. »Wir wären dennoch gezwungen, die Größe der Herden zu kontrollieren. Wir wären weiterhin zum Aussondern gezwungen. Der einzige Unterschied wäre, daß wir die Elephantenprodukte nicht verkaufen können. Sie würden vergeudet werden, und das wäre eine tragische, geradezu kriminelle Vergeudung. Wir würden Millionen Dollar an Erlösen verlieren, die wir derzeit dazu benutzen, die Wildreservate zu beschützen, zu vergrößern und zu unterhalten...« Johnny brach ab und beobachtete, wie ein Stoßzahn von zwei Abdeckern aus dem Kanal im schwammigen Knochen des Schädels gezogen und vorsichtig auf das trockene, braune Gras gelegt wurde. Geschickt zog einer der beiden aus dem offenen Ende den Nerv heraus, einen weichen, grauen, gelatineartigen Faden. Dann fuhr Johnny fort: »Dieser Stoßzahn macht es für uns leichter, die Existenz der Parks und damit der Tiere, die in ihnen leben, gegenüber den einheimischen Stämmen zu rechtfertigen.«

»Das verstehe ich nicht«, gab Daniel ihm ein Stichwort. »Wollen Sie damit sagen, daß die Stämme der Einheimischen die Parks und die Tierpopulationen ablehnen?«

»Nicht, solange sie persönlichen Nutzen daraus ziehen. Wenn wir ihnen beweisen können, daß eine Elephantenkuh dreitausend Dollar wert ist und daß ein ausländischer Safarijäger bereit ist, für die Jagd auf einen großen Bullen fünfzig- oder sogar hunderttausend Dollar auszugeben, wenn wir ihnen zeigen können, daß ein einziger Elephant das Hundertfache, ja vielleicht das Tausendfache ihrer Ziegen oder ihrer ausgemergelten Rinder wert ist, und wenn sie sehen, daß das Geld dafür ihnen und ihrem Stamm zugute kommt, dann werden sie begreifen, warum wir die Herden schützen.«

»Soll das heißen, daß die einheimischen Bauern es für unwichtig halten, Wildtiere um ihrer selbst willen zu erhalten?«

Johnny lachte bitter. »Das ist ein Luxus und eine Gemütsbewegung der Ersten Welt. Die Stämme hier leben ständig an der Grenze zum Existenzminimum. Dabei sprechen wir von einem durchschnittlichen Familieneinkommen von hundertundzwanzig Dollar im Jahr, also zehn Dollar monatlich. Sie können es sich nicht leisten, Acker- und

Weideland abzutreten, damit darauf zwar schöne, aber nutzlose Tiere leben können. Wenn das Wild in Afrika überleben soll, muß es für sein Fressen zahlen. In diesem harten Land gibt es nichts umsonst.«

»Man sollte glauben, daß durch ein so naturnahes Leben bei den Einheimischen ein instinktives Gefühl dafür vorhanden ist«, hakte Daniel hartnäckig nach.

»Ja, natürlich, aber es ist völlig pragmatisch. Millionen Jahre lang hat der primitive Mensch, der in der Natur lebte, diese als sich ständig erneuernde Quelle behandelt. Als der Eskimo sich von Karibu, Robbe und Wal ernährte oder der nordamerikanische Indianer von den Büffelherden, begriffen sie die Zusammenhänge instinktiv, auf eine Weise, wie wir es nie schaffen werden. Sie lebten in Harmonie mit der Natur, bis der weiße Mann mit seiner Sprengharpune und seinem Gewehr kam oder, wie hier in Afrika, mit seiner elitären Wildverwaltung und Wildgesetzen, durch die der schwarze Stammesangehörige zum Verbrecher wurde, wenn er auf seinem eigenen Land jagte. Die Wildtiere Afrikas blieben so nur wenigen Auserwählten vorbehalten, die sie anschauen und darüber in Begeisterungsrufe ausbrechen durften.«

»Sie sind ein Rassist«, tadelte Daniel ihn behutsam. »Das alte Kolonialsystem hat die Wildtiere bewahrt.«

»Und wie haben die Wildtiere Millionen Jahre überlebt, bevor der weiße Mann nach Afrika kam? Nein, das Kolonialsystem der Wildtierverwaltung war tierschützend, nicht arterhaltend.«

»Ist das nicht das gleiche, Tierschutz und Arterhaltung?«

»Das sind zwei diametral entgegengesetzte Dinge. Der Tierschützer leugnet das Recht des Menschen darauf, die Schätze der Natur zu nutzen und zu ernten. Er würde sogar leugnen, daß der Mensch das Recht hat, ein lebendes Tier zu töten, selbst wenn er dadurch das Überleben der gesamten Spezies sichern würde. Wäre heute ein Tierschützer hier, würde er uns an dieser Aussonderung hindern, und er würde auch nicht die letzte Konsequenz dieser Art von Tierschutz sehen wollen, die, wie wir gesehen haben, schließlich zur Auslöschung der gesamten Elephantenpopulation und der Zerstörung dieses Waldes führt.

Der verhängnisvollste Fehler aber, den die alten Kolonialtierschützer gemacht haben, war es, die schwarzen Stammesangehörigen an den Vorteilen kontrollierter Arterhaltung nicht teilhaben zu lassen, womit sie bei ihnen die Ressentiments gegen Wildtiere erst weckten. So zerstörten sie seinen natürlichen Instinkt für den Umgang mit seinen Ressourcen. Sie nahmen ihm die Kontrolle über die Natur und machten ihn zum Konkurrenten der Tiere. Endergebnis ist, daß der durchschnittliche schwarze Bauer dem Wild gegenüber feindlich eingestellt ist. Die Elephanten plündern seine Gärten und zerstören die Bäume, die er als Feuerholz braucht. Die Büffel und Antilopen fressen das Gras, auf dem er sein Vieh weidet. Das Krokodil hat seine Großmutter gefressen, und der Löwe hat seinen Vater getötet... Natürlich muß er sich über die Wildherden ärgern.«

»Und die Lösung, Herr Wildhüter? Gibt es eine?«

»Seit der Entlassung in die Unabhängigkeit haben wir versucht, das Verhalten unseres Volkes zu ändern«, erläuterte Johnny. »Zuerst verlangten die Menschen das Recht auf Zutritt zu den Nationalparks, die der weiße Mann eingerichtet hatte. Sie wollten die Erlaubnis, hineingehen und Bäume fällen, ihr Vieh weiden und Dörfer bauen zu dürfen. Wir haben ihnen jedoch recht erfolgreich den Wert von Tourismus und Safarijagden und kontrollierter Aussonderung vermittelt. Zum ersten Mal partizipieren sie an den Erträgen, und sie haben ein anderes Verständnis für Arterhaltung und behutsame Verwertung entwickelt, vor allem Menschen der jüngeren Generation. Wenn aber die tierschützenden Weltverbesserer aus Europa und Amerika Erfolg hätten und Safaris und der Verkauf von Elfenbein verboten werden würden, wäre das ein Rückschlag für all unsere Bemühungen. Das wäre wahrscheinlich der Todesstoß für den afrikanischen Elephanten und bedeutete schließlich das Ende aller Wildtiere.«

»Ist das am Ende alles eine Frage der Ökonomie?« fragte Daniel.

»Wie alles andere auf dieser Welt ist es eine Frage des Geldes«, stimmte Johnny zu. »Wenn man uns genug Geld gibt, können wir die Wilderer stoppen. Wenn wir genügend Mittel zur Verfügung hätten, könnten wir die Bauern und ihre Ziegen aus den Parks fernhalten. Aber irgendwoher muß das Geld ja kommen. Die jungen unabhängigen Staaten Afrikas mit ihren explodierenden Bevölkerungen können sich den Luxus der Ersten Welt nicht leisten, ihre natürlichen Vermögen einfach wegzuschließen. Sie müssen sie verwerten und bewahren. Wer uns daran hindert, macht sich mitschuldig an der Ausrottung afrikanischer Wildtiere.« Johnny nickte grimmig. »Ja, es ist eine Frage der Ökonomie. Wenn das Wild zahlen kann, darf das Wild bleiben.«

Es war perfekt. Daniel gab Jock ein Zeichen, das Filmen zu beenden, und faßte an Johnnys Schulter.

»Ich könnte einen Star aus dir machen. Du bist ein Naturtalent.« Er meinte das nur halb im Scherz. »Wie wär's damit, Johnny? Auf dem Bildschirm könntest du eine Menge mehr für Afrika tun als hier.«

»Du willst, daß ich in Hotels und Düsenflugzeugen lebe, statt unter den Sternen zu schlafen?« Johnny heuchelte Verärgerung. »Du willst, daß ich einen hübschen kleinen Bauch ansetze.« Er knuffte Daniel in die Rippen. »Und daß ich dann schnaufe und keuche, wenn ich hundert Meter gelaufen bin? Nein, vielen Dank, Danny. Ich bleibe hier, wo ich Sambesiwasser trinken kann und nicht Coca Cola, wo ich Büffelsteaks essen kann und nicht Big Macs.«

Sie verluden die letzten Rollen gesalzener Elephantenhaut und noch nicht ausgewachsene Stoßzähne von Kälbern im gleißenden Scheinwerferlicht der Lastwagen und fuhren dann im Dunkeln über die holprige Serpentinenstraße zum Rand des Steilabfalls und zum Hauptquartier des Parks von Chiwewe zurück.

Johnny steuerte den grünen Landrover, der den langsamen Konvoi der Tiefkühllastwagen führte, und Daniel saß neben ihm auf dem Vordersitz. Sie unterhielten sich auf die zwanglose, zusammenhanglose Art, wie es alte Freunde tun.

»Selbstmordwetter.« Daniel wischte sich die Stirn mit dem Ärmel seines Buschhemdes ab. Obwohl es fast Mitternacht war, waren die Hitze und die Luftfeuchtigkeit unerträglich. »Die Regenzeit wird bald beginnen.«

»Gut für dich, daß du das Tal verläßt«, grunzte Johnny. »Bei Regen verwandelt sich diese Straße in einen Sumpf, und die meisten Flüsse sind unpassierbar.«

Eine Woche zuvor war das Touristencamp von Chiwewe in Erwartung der Unwetter der Regenzeit geschlossen worden.

»Ich freue mich nicht auf die Abreise«, gab Daniel zu. »Es ist wieder wie in den alten Zeiten.«

»Alte Zeiten«, nickte Johnny. »Wir hatten viel Spaß. Wann kommst du wieder nach Chiwewe zurück?«

»Ich weiß es nicht, Johnny, aber mein Angebot ist ehrlich gemeint. Komm mit mir. Wir sind früher ein gutes Team gewesen. Zusammen wären wir wieder gut. Das weiß ich.«

»Danke, Danny.« Johnny schüttelte seinen Kopf. »Aber für mich gibt es hier viel Arbeit.«

»Ich werde nicht lockerlassen«, warnte Daniel ihn, Johnny grinste.

»Das weiß ich. Das tust du nie.«

Am Morgen, als Daniel den kleinen Hügel hinter dem Lager des Hauptquartiers erklomm, um den Sonnenaufgang zu beobachten, war der

Himmel mit dunklen, sich gebirgig auftürmenden Wolken bedeckt, und die Hitze war noch drückend.

Daniels Stimmung entsprach dieser düsteren Dämmerung, denn obwohl er während seines Aufenthaltes wunderbares Material bekommen hatte, hatte er auch seine Freundschaft und Zuneigung zu Johnny Nzou wiederentdeckt. Das Wissen, daß vielleicht viele Jahre vergehen würden, bis sie sich wiedersahen, machte ihn traurig.

Johnny hatte ihn an diesem letzten Tag zum Frühstück eingeladen. Auf der riesigen, mit einem Moskitonetz abgeschirmten Veranda des strohgedeckten Bungalows, der früher einmal Daniels Heim gewesen war, wartete Johnny auf ihn.

Daniel blieb vor der Veranda stehen und schaute sich im Garten um. Er war noch genauso, wie Vicky ihn geplant und angelegt hatte. Vicky war die zwanzig Jahre alte Braut gewesen, die Daniel vor all diesen Jahren nach Chiwewe gebracht hatte, ein schlankes, fröhliches Mädchen mit langem, blondem Haar und lächelnden grünen Augen, damals nur wenige Jahre jünger als Daniel.

Sie war im vorderen Schlafzimmer gestorben, das zum Garten hinaus lag, den sie so liebte. Ein ganz normaler Malariafall hatte sich ohne Vorwarnung zur tödlichen Hirnhautentzündung weiterentwickelt. Es war alles sehr schnell vorbei gewesen, noch bevor der fliegende Arzt den Park erreichen konnte.

Die unheimliche Folge ihres Todes war, daß die Elephanten, die nie zuvor in den umzäunten Garten eingedrungen waren, obwohl es dort üppig tragende Zitrusbäume und reichlich Gemüsebeete gab, in genau dieser Nacht kamen. Sie drangen genau in Vickys Todesstunde in den Garten ein und verwüsteten ihn völlig. Sie rissen sogar die Ziersträucher und die Rosenrabatten heraus. Elephanten schienen eine psychische Sensibilität für den Tod zu haben. Es war fast, als hätten sie ihr Hinscheiden und Daniels Gram gespürt.

Daniel hatte nie wieder geheiratet und Chiwewe nicht lange danach verlassen. Die Erinnerungen an Vicky waren zu schmerzlich, als daß er hätte bleiben können. Jetzt bewohnte Johnny Nzou den Bungalow, und seine hübsche Matabele-Frau Mavis pflegte Vickys Garten. Hätte Daniel wählen können, er hätte es nicht anders haben wollen.

An diesem Morgen hatte Mavis ein traditionelles Matabele-Frühstück vorbereitet, das aus Mais-Porridge und saurer Milch bestand, die in einem Kalabassenkürbis gedickt war. Es war das beliebte *Amasi* der Hirtenstämme der Nguni. Danach gingen Johnny und Daniel gemeinsam zu der Elfenbeinhütte. Auf halbem Wege hügelabwärts blieb Daniel stehen und beschattete seine Augen, während er auf das Besucher-Camp starrte. Dies war der umzäunte Bereich am Flußufer, wo die runden strohgedeckten Hütten unter den wilden Feigenbäumen standen. Diese Gebäudeformen, die für das südliche Afrika typisch sind, waren als Rondavels bekannt.

»Hattest du nicht gesagt, der Park sei für Besucher geschlossen?« sagte Daniel. »Eines der Rondavels ist noch immer belegt, und davor steht ein Wagen geparkt.«

»Das ist ein besonderer Gast, der Botschafter Taiwans in Harare«, erklärte Johnny. »Er ist an den Wildtieren extrem interessiert, vor allem an Elephanten, und hat in diesem Land sehr viel zur Arterhaltung beigetragen. Wir haben ihm gewisse Privilegien eingeräumt. Er wollte ohne andere Touristen hier sein, deshalb habe ich das Camp für ihn offengelassen…« Johnny brach ab und rief dann aus: »Da ist er ja!«

Drei Männer standen in einer Gruppe am Fuße des Hügels. Sie waren noch zu weit entfernt, als daß man ihre Gesichter erkennen konnte. Während sie auf sie zugingen, fragte Daniel: »Was ist aus den beiden weißen Rangern geworden, die gestern bei der Aussonderung geholfen haben?«

»Der Wankie Nationalpark hatte sie abkommandiert. Sie sind heute morgen wieder dorthin abgereist.«

Als sie der Dreiergruppe näher gekommen waren, machte Daniel den taiwanesischen Botschafter aus.

Er war jünger, als er es von einem Mann in einem solchen Rang erwartet hätte. Obwohl es Europäern oft schwerfiel, das Alter eines Asiaten einzuschätzen, hielt Daniel ihn für knapp über Vierzig. Er war groß und schlank und hatte glattes, schwarzes Haar, das geölt und aus der intelligenten hohen Stirn zurückgekämmt war. Er sah gut aus, hatte ein offenes, fast wachsfarbenes Gesicht. Etwas an seinen Gesichtszügen verriet, daß seine Vorfahren nicht reinrassige Chinesen waren, sondern daß auch europäisches Blut in seinen Adern floß. Obwohl seine Augen pechschwarz waren, war ihre Form doch rund, und an seinen Augenlidern fehlte die charakteristische Hautfalte des inneren Augenwinkels.

»Guten Morgen, Eure Exzellenz«, begrüßte Johnny ihn mit deutlichem Respekt. »Ist es warm genug für Sie?«

»Guten Morgen, Herr Aufseher.« Der Botschafter verließ die beiden schwarzen Ranger und trat zu ihnen. »Ich ziehe die Hitze der Kälte vor.« Er trug ein am Hals offenes, kurzärmliges blaues Hemd und eine weite Hose und sah wirklich kühl und elegant aus.

»Darf ich Ihnen Doktor Daniel Armstrong vorstellen?« fragte Johnny. »Daniel, Seine Exzellenz, der Botschafter von Taiwan, Ning Cheng Gong.«

»Eine Vorstellung ist nicht nötig. Doktor Armstrong ist ein berühmter Mann.« Cheng lächelte charmant, während er Daniels Hand schüttelte. »Ich habe Ihre Bücher gelesen und Ihre Fernsehsendungen mit größtem Interesse und Vergnügen gesehen.« Sein Englisch war ausgezeichnet, als ob es seine Muttersprache sei, und Daniel mochte ihn.

»Johnny erzählte mir, daß Sie sich sehr um die afrikanische Ökologie kümmern und daß Sie einen großen Beitrag für die Arterhaltung in diesem Land geleistet haben.«

Cheng machte eine abwehrende Geste. »Ich wünschte nur, ich könnte mehr tun.« Aber er starrte Daniel nachdenklich an. »Verzeihen Sie mir, Doktor Armstrong, aber ich hatte nicht erwartet, zu dieser Jahreszeit andere Besucher in Chiwewe vorzufinden. Man hatte mir versichert, daß der Park geschlossen sei.«

Obwohl sein Tonfall freundlich war, spürte Daniel, daß diese Feststellung etwas zu bedeuten hatte.

»Keine Sorge, Eure Exzellenz. Mein Kameramann und ich reisen heute nachmittag ab. Sie werden Chiwewe bald für sich allein haben«, versicherte Daniel ihm.

»Oh, bitte verstehen Sie mich nicht falsch. Ich bin nicht so egoistisch, zu wünschen, Sie wären nicht hier. Tatsächlich bedaure ich es zu hören, daß Sie so schnell schon abreisen. Ich bin sicher, wir könnten über vieles sprechen.« Trotz dieses Leugnens spürte Daniel, daß Cheng erleichtert darüber war, daß er abreiste. Sein Gesichtsausdruck war noch immer herzlich und sein Verhalten freundlich, aber Daniel merkte, daß sich hinter diesem liebenswürdigen Äußeren etwas anderes verbarg.

Als sie zu dem Elfenbeinlagerhaus hinunterspazierten, ging der Botschafter zwischen ihnen und plauderte entspannt. Dann trat er beiseite, um zuzuschauen, wie die Ranger und eine Gruppe von Trägern das neu ausgesonderte Elfenbein von dem Lastwagen luden, der vor der Tür des Lagerhauses geparkt war. Inzwischen war Jock mit seiner Sony-Kamera da und filmte die Arbeit aus allen Winkeln.

Sobald ein Stoßzahn herausgetragen wurde, wog man ihn auf einer altmodischen Waage, die am Eingang des Lagerhauses stand. Johnny Nzou saß an einem wackeligen Tisch und trug das Gewicht eines jeden Stoßzahns in ein dickes, ledergebundenes Buch ein. Dann fügte er eine Registriernummer hinzu, und einer seiner Ranger stempelte diese

Nummer mit einem Brenneisen in das Elfenbein. Registriert und gestempelt, war dieser Stoßzahn jetzt legales Elfenbein und konnte auf Auktionen versteigert und aus dem Land exportiert werden.

Cheng beobachtete diesen Vorgang mit lebhaftem Interesse. Ein Paar Stoßzähne, wenngleich nicht schwer oder massiv, war von besonderer Schönheit. Es waren zierlich proportionierte Schäfte mit feiner Maserung und eleganter Schwingung. Ein völlig identisches, perfekt zueinander passendes Paar.

Cheng trat vor und hockte sich neben sie, als sie auf der Waage lagen. Er streichelte sie mit der gefühlvollen Berührung eines Liebhabers. »Perfekt«, schnurrte er. »Ein Kunstwerk der Natur.« Er brach ab, als er bemerkte, daß Daniel ihn beobachtete.

Daniel war von dieser Darstellung von Begierde etwas abgestoßen, und das sah man in seinem Gesichtsausdruck.

Cheng stand auf und erklärte ruhig: »Elfenbein hat mich schon immer fasziniert. Wie Sie wahrscheinlich wissen, halten wir es für eine sehr begehrenswerte Substanz. Es gibt nur wenige chinesische Haushalte ohne Elfenbeinschnitzereien. Es bringt seinem Besitzer Glück. Aber das Interesse meiner Familie geht tiefer als dieser verbreitete Aberglaube. Mein Vater erlernte den Beruf des Elfenbeinschnitzers. Er war so geschickt, daß er, als ich geboren wurde, Geschäfte in Taipeh und Bangkok, Tokio und Hongkong besaß, die alle auf Elfenbeinkunstwerke spezialisiert waren. Eine meiner frühesten Erinnerungen ist das Aussehen und das Gefühl von Elfenbein. Als Junge habe ich in dem Geschäft in Taipeh eine Lehre als Elfenbeinschnitzer begonnen, und ich liebe Elfenbein genauso wie mein Vater und habe das gleiche Verhältnis dazu. Er besitzt eine der größten und kostbarsten Sammlungen...« Er brach abrupt ab. »Verzeihen Sie mir, bitte. Manchmal lasse ich mich von meiner Leidenschaft hinreißen, aber dies ist ein besonders schönes Paar Stoßzähne. Man findet selten ein so perfektes Paar. Mein Vater wäre geradezu begeistert davon.«

Er schaute verlangend, als die Stoßzähne weggetragen und zu den Hunderten anderer ins Lagerhaus gebracht wurden.

»Interessanter Charakter«, bemerkte Daniel, nachdem der letzte Stoßzahn registriert und sicher untergebracht war und er und Johnny wieder den Hügel zum Bungalow hochgingen, um Mittag zu essen. »Aber wie wird der Sohn eines Elfenbeinschnitzers Botschafter?«

Johnny kicherte. »Ning Cheng Gongs Vater mag zwar aus bescheidenen Verhältnissen stammen, aber das hat sich längst geändert. Soweit ich weiß, besitzt er noch immer seine Elfenbeinläden und seine Sammlung, aber heute sind das nur Hobbys. Er steht in dem Ruf, einer der reichsten Männer, wenn nicht sogar der reichste Mann Taiwans zu sein – und, wie du dir vorstellen kannst, bedeutet das wirklich Reichtum. Ich habe gehört, daß er seine Finger in allen guten Geschäften rund um den Pazifik hat und auch in Afrika. Er hat mehrere Söhne, von denen Cheng der jüngste ist und, wie es heißt, auch der klügste. Ich mag ihn. Und du?«

»Ja, er wirkt sehr nett, aber etwas ist ein wenig seltsam. Hast du sein Gesicht gesehen, als er über diesen Stoßzahn strich? Es war«, Daniel suchte nach dem richtigen Wort, »unnatürlich.«

»Ihr Schreiber!« Johnny schüttelte klagend seinen Kopf. »Wenn ihr keine Sensation findet, macht ihr welche.« Und sie lachten beide.

Ning Cheng Gong stand mit einem der schwarzen Ranger am Fuße des Hügels und schaute zu, wie Daniel und Johnny zwischen den Msasa-Bäumen verschwanden.

»Mir gefällt nicht, daß der weiße Mann hier ist«, sagte Gomo. Unter Johnny Nzou war er Chefranger von Chiwewe geworden. »Vielleicht sollten wir warten.«

»Der weiße Mann reist heute nachmittag ab«, sagte Cheng ihm kühl. »Außerdem seid ihr gut bezahlt worden. Die vorbereiteten Pläne können jetzt nicht geändert werden. Die anderen sind bereits unterwegs und können nicht zurückgeschickt werden.«

»Sie haben uns erst die Hälfte der vereinbarten Summe bezahlt«, protestierte Gomo.

»Die andere Hälfte erst, wenn eure Arbeit getan ist, nicht vorher«, sagte Cheng leise, und Gomos Augen waren wie die Augen einer Schlange. »Du weißt, was ihr zu tun habt«, fuhr Cheng fort.

Gomo schwieg einen Augenblick. Der Ausländer hatte ihm tatsächlich tausend amerikanische Dollar gezahlt, was sechs Monatsgehältern entsprach. Und er hatte ihm versprochen, daß er nach erledigter Arbeit noch ein weiteres Jahresgehalt zahlen würde.

»Wirst du's tun?« drängte Cheng.

»Ja«, stimmte Gomo zu. »Ich werde es tun.«

Cheng nickte. »Es wird heute oder morgen abend sein, nicht später. Haltet euch alle beide bereit.«

»Wir werden bereit sein«, versprach Gomo, stieg in seinen Landrover, in dem der zweite schwarze Ranger wartete, und sie fuhren davon.

Cheng kehrte in sein Rondavel in dem verlassenen Besucher-Camp zurück. Die Hütte war identisch mit den anderen dreißig, die während der trockenen, kühlen Jahreszeit gewöhnlich alle von Touristen belegt waren. Er holte einen kühlen Drink aus dem Kühlschrank und setzte sich auf die Veranda hinaus, um die heißesten Mittagsstunden abzuwarten.

Er fühlte sich unruhig und nervös. Tief im Inneren teilte er Gomos Bedenken gegen das Projekt. Obwohl sie jede mögliche Eventualität in Erwägung gezogen und entsprechende Planungen getroffen hatten, gab es immer etwas Unvorhersehbares, Unwägbares, wie jetzt die Anwesenheit von Armstrong.

Es war das erste Mal, daß er einen *coup* dieser Größenordnung wagte. Es war seine Initiative gewesen. Natürlich wußte sein Vater davon und hatte die kleineren Lieferungen genehmigt, aber diesmal war das Risiko im Verhältnis zu den Erträgen größer. Hatte er Erfolg, würde er die Achtung seines Vaters haben, und das war wichtiger für ihn als jeder materielle Gewinn. Er war der jüngste Sohn und mußte sich deshalb besonders anstrengen, um seinen Platz in der Zuneigung seines Vaters zu erlangen. Allein aus diesem Grunde durfte er nicht scheitern.

Während seiner Zeit in der Botschaft in Harare hatte er seine Position im illegalen Elfenbein- und Rhinozeroshorngeschäft gefestigt. Es hatte mit einer täuschenden, beiläufigen Bemerkung während einer Dinnerparty eines Regierungsbeamten im Mittleren Dienst begonnen. Es ging um die Annehmlichkeiten diplomatischer Privilegien und die Nutzung des diplomatischen Kurierdienstes. Durch die geschäftliche Ausbildung, die sein Vater ihm hatte angedeihen lassen, begriff Cheng sofort, was damit gemeint war, und hatte unverbindlich, aber ermunternd darauf geantwortet.

Eine Woche taktvoller Verhandlungen folgte, und dann wurde Cheng zu einer Golfpartie mit einem anderen hohen Beamten eingeladen. Sein Fahrer parkte den Mercedes der Botschaft auf dem Parkplatz hinter dem Golfclub von Harare und ließ ihn, wie vereinbart, unbeobachtet, während Cheng auf dem Platz war. Offiziell hatte Cheng ein Handicap von zehn, konnte aber gut darunter spielen, wenn er es wollte. Bei dieser Gelegenheit ließ er seinen Gegner dreitausend amerikanische Dollar gewinnen und zahlte ihm diese vor Zeugen im Clubhaus bar aus. Nachdem er zu seinem Amtssitz zurückgekehrt war, befahl er dem Fahrer, den Mercedes in die Garage zu fahren und entließ ihn dann. Im Kofferraum fand er sechs große Rhinozeroshörner, die in Jute eingepackt waren.

Diese schickte er mit dem nächsten Diplomatengepäck nach Taipeh, und sie wurden über das Geschäft seines Vaters in Hongkong für sechzigtausend US-Dollar verkauft. Sein Vater war hocherfreut über die Transaktion und schrieb an Cheng einen langen, wohlwollenden Brief, in dem er seinen Sohn an sein großes Interesse an und seine Liebe zu Elfenbein erinnerte.

Sehr diskret ließ Cheng durchsickern, daß er ein großer Liebhaber von Elfenbein und Rhinozeroshorn sei, und daraufhin wurden ihm verschiedene Stücke unregistrierten und ungestempelten Elfenbeins zu günstigen Preisen angeboten. Es dauerte nicht lange, bis es sich in der kleinen, eigenen Welt der Wilderer herumgesprochen hatte, daß ein neuer Käufer im Geschäft war.

Wenige Monate später wurde er von einem Geschäftsmann, einem Sikh aus Malawi, angesprochen, der scheinbar nach einem taiwanesischen Investor für ein Fischereiunternehmen am Malawisee suchte. Ihr erstes Treffen verlief sehr gut. Cheng stellte fest, daß Chetti Singhs Kalkulationen höchst attraktiv waren, und leitete sie an seinen Vater in Taipeh weiter. Sein Vater billigte seine Einschätzung und erklärte sich mit einer Zusammenarbeit mit Chetti Singh einverstanden. Als die Dokumente in der Botschaft unterzeichnet wurden, lud Cheng ihn zum Dinner ein. Während des Essens bemerkte Chetti Singh: »Ich habe erfahren, daß Ihr verehrter Vater das wundervolle Elfenbein sehr liebt. Als Zeichen meiner größten Wertschätzung könnte ich für regelmäßige Belieferung sorgen. Ich bin sicher, Sie würden diese Ware an Ihren Vater weiterleiten, ohne daß diese zu sehr mit rotem Klebeband markiert ist. Unglücklicherweise wird das Elfenbein aber ungestempelt sein.«

»Ich hasse rotes Klebeband zutiefst«, versicherte Cheng ihm.

Nach kurzer Zeit war es Cheng klar, daß Chetti Singh Kopf einer Organisation war, die in allen afrikanischen Ländern operierte, in denen es noch gesunde Populationen von Elephanten und Nashörnern gab. Von Botswana und Angola, Sambia, Tansania und Moçambique holte er das weiße Gold und das Horn. Er hatte seine Organisation völlig unter Kontrolle, bis hinab zur aktuellen Zusammensetzung der bewaffneten Banden, die regelmäßig in die Nationalparks dieser Länder einfielen und dort plünderten.

Zuerst war Cheng für ihn nur einer von vielen Kunden, aber nachdem das gemeinsame Fischereiunternehmen am Malawisee zu blühen begann und dort jede Woche Hunderte von Tonnen des winzigen Kapenta-Fischs ins Netz gingen, die getrocknet und in den Osten exportiert wurden, begann sich ihre Beziehung zu ändern. Sie wurde herzlicher und vertrauensvoller. Schließlich bot Chetti Singh Cheng und seinem Vater einen Anteil am Elfenbeingeschäft an. Natürlich verlangte er eine Einlage, die es ihm erlaubte, Gebiet und Umfang dieser gemeinsamen Unternehmung zu vergrößern und außerdem noch eine größere Summe für seinen Geschäftsanteil bei dieser Unternehmung. Insgesamt belief sich der Betrag auf fast eine Million Dollar. Mit Hilfe seines Vaters gelang es Cheng, diese ursprüngliche Summe um fünfzig Prozent herunterzuhandeln.

Nachdem Cheng erst einmal gleichberechtigter Partner geworden war, konnte er das ganze Ausmaß und die Größe der Organisation richtig einschätzen. In all jenen Ländern, in denen es noch Elephantenherden gab, hatte Chetti Singh heimliche Komplizen in Regierungsämtern untergebracht. Viele seiner Kontaktleute waren sogar im Ministerrang. Informanten und Beamte aus fast allen großen Nationalparks standen auf seiner Lohnliste. Einige waren nur einfache Wildhüter oder Ranger, aber andere waren die verantwortlichen Direktoren der Parks.

Die Partnerschaft war so lukrativ, daß, als Chengs erste Amtszeit als Botschafter auslief, sein Vater durch hochgestellte Freunde in der taiwanesischen Regierung für eine dreijährige Verlängerung sorgte.

Inzwischen hatten Chengs Vater und seine Brüder erkannt, welche Investitionsmöglichkeiten Afrika bot. Angefangen mit dem kleinen, aber profitablen Fischereiunternehmen und dann der Elfenbein-Partnerschaft, fühlte sich die Familie mehr und mehr von dem Schwarzen Kontinent angezogen. Weder Cheng noch sein Vater hatten Skrupel wegen der Apartheid und begannen, große Summen in Südafrika zu investieren. Die weltweite Verurteilung der Apartheid und die Handelssanktionen hatten die Preise für Land und andere wertvolle Anlagen in diesem Land bis zu einem Punkt gedrückt, dem kein vernünftiger Geschäftsmann mehr widerstehen konnte.

»Geehrter Vater«, hatte Cheng seinem Vater bei einem seiner regelmäßigen Besuche in Taipeh gesagt, »in zehn Jahren wird es in diesem Land weder Apartheid noch das Gesetz der weißen Minderheit geben. Wenn das geschieht, werden die Preise in Südafrika auf das tatsächlich angemessene Niveau steigen.«

Sie erwarben große Ranchen mit Zehntausenden Morgen von Land zu Preisen, die in Taipeh für eine Dreizimmerwohnung verlangt wurden. Sie erwarben Fabriken, Bürohäuser und Einkaufszentren von amerikanischen Unternehmen, die von ihrer Regierung gezwungen worden waren, ihre Gelder aus Südafrika abzuziehen. Sie bezahlten fünf und zehn Cent für einen Dollar.

Chengs Vater jedoch, der unter anderem Kommissar des Rennclubs von Hongkong war, war ein zu raffinierter Spieler, um alles nur auf ein einziges Pferd zu setzen. Sie investierten in anderen afrikanischen Ländern. Gerade war zwischen Südafrika, Kuba, Angola und Amerika ein Vertrag über die Unabhängigkeit Namibias geschlossen worden. Die Familie investierte in Grundstücke in Windhoek und Fischereilizenzen und Schürfrechte in diesem Land. Durch Chetti Singh wurde Cheng mit Ministern der Regierungen von Sambia, Zaïre, Kenia und Tansania bekannt gemacht, die nach entsprechenden finanziellen Zuwendungen durchaus geneigt waren, taiwanesische Investitionen in ihre Länder zu fördern, und dies zu Preisen, die Chengs Vater akzeptabel fand.

Doch trotz all dieser Großinvestitionen fühlte sich Chengs Vater aus sentimentalen Gründen noch immer dem Elfenbeingeschäft verbunden, das sein Interesse am Schwarzen Kontinent ja erst geweckt hatte. Als Cheng bei ihrer letzten Begegnung vor ihm kniete und um seinen Segen bat, hatte er gesagt: »Mein Sohn, es würde mich sehr freuen, wenn du, sobald du wieder nach Afrika zurückgekehrt bist, eine große Menge registrierten und gestempelten Elfenbeins beschaffen könntest.«

»Ehrenwerter Vater, die einzigen Quellen für legales Elfenbein sind die Regierungsauktionen...« Cheng brach ab, als er den verächtlichen Gesichtsausdruck seines Vaters sah.

»Elfenbein, das man bei Regierungsauktionen erwirbt, bringt nur sehr kleine Gewinnspannen«, zischte der alte Mann. »Ich hatte erwartet, daß du dafür mehr Gefühl zeigen würdest, mein Sohn.« Die Mißbilligung seines Vaters traf Cheng tief, und bei der nächsten Gelegenheit sprach er mit Chetti Singh.

Chetti Singh strich sich nachdenklich durch seinen gerollten Bart. Er war ein stattlicher Mann, und der makellos weiße Turban betonte sein Aussehen. »Ich denke nur an eine einzige Quelle für registriertes Elfenbein«, sagte er. »Und das ist das Lagerhaus der Regierung.«

»Soll das heißen, das Elfenbein könnte vor der Auktion aus dem Lagerhaus geholt werden?«

»Vielleicht...« Chetti Singh zuckte die Schultern. »Aber das würde eine umfangreiche und gründliche Planung voraussetzen. Laßt mich darüber nachdenken, wie dieses lästige Problem zu lösen ist.«

Drei Wochen später trafen sie sich wieder in Chetti Singhs Büro in Lilongwe.

»Ich habe gründlich nachgedacht, und ich habe eine Lösung gefunden«, erzählte der Sikh ihm.

»Wieviel wird das kosten?« Chengs erste Frage kam instinktiv.

»Kilo für Kilo nicht mehr als der Erwerb unregistrierten Elfenbeins, aber da es nur eine einzige Gelegenheit geben wird, eine solche Lieferung zu beschaffen, wären wir klug, sie so groß wie möglich zu machen. Also der Inhalt des ganzen Lagerhauses! Wie würde Euer Vater das finden?«

Cheng wußte, daß sein Vater höchst erfreut sein würde. Registriertes Elfenbein hatte auf dem internationalen Markt den drei- oder vierfachen Wert illegalen Elfenbeins.

»Laßt uns nachdenken, welches Land uns mit dieser Ware beliefert«, schlug Chetti Singh vor, aber es war offensichtlich, daß er das bereits wußte. »Zaïre und Südafrika nicht. Dies sind die beiden Länder, in denen ich keine perfekte Organisation habe. In Sambia und Tansania und Kenia gibt es nur noch wenig Elfenbein. Bleiben uns Botswana, wo das Aussondern nicht im großen Stil stattfindet, und schließlich Simbabwe.«

»Gut«, nickte Cheng voller Befriedigung.

»Das Elfenbein wird in den Lagerhäusern der Wildparkverwaltungen in Wankie, Harare und Chiwewe gesammelt, bis es auf die Auktionen gebracht wird, die zweimal jährlich stattfinden. Wir würden die Ware aus einem dieser Zentren beschaffen.«

»Aus welchem?«

»Das Lagerhaus in Harare ist zu gut bewacht.« Chetti Singh hielt drei Finger seiner einen Hand hoch und knickte einen ab, nachdem er Harare ausgeschlossen hatte, so daß nur noch zwei erhoben waren. »Wankie ist der größte Nationalpark. Aber er ist weit von der Grenze zu Sambia entfernt.« Er knickte einen weiteren Finger ab. »Bleibt also nur Chiwewe. Ich habe vertrauenswürdige Agenten unter dem Parkpersonal. Sie berichten mir, daß das Lagerhaus derzeit mit registriertem Elfenbein fast gefüllt ist, und die Parkverwaltung liegt keine dreißig Meilen vom Sambesi und der Grenze zu Sambia entfernt. Eines meiner Teams könnte den Fluß überqueren und in einem Tagesmarsch dort sein. Kein Problem.«

»Sie haben die Absicht, das Lagerhaus auszurauben?« Cheng beugte sich über den Schreibtisch vor.

»Ohne den geringsten Schatten eines Zweifels.« Chetti Singh senkte seinen erhobenen Finger und wirkte überrascht. »War das nicht die ganze Zeit auch Ihre Absicht?«

»Vielleicht«, erwiderte Cheng vorsichtig. »Aber ist das durchführbar?«

»Chiwewe liegt in einem abgelegenen und isolierten Teil des Landes, aber es liegt an dem Fluß, der eine internationale Grenze ist. Ich würde einen Stoßtrupp von zwanzig Männern dorthin schicken, die mit automatischen Gewehren bewaffnet sind und von einem meiner besten und zuverlässigsten Jäger geführt werden. In der Dunkelheit überqueren sie den Fluß von Sambia aus mit Kanus, erreichen nach einem schnellen Tagesmarsch das Hauptquartier des Parks und überfallen es. Sie beseitigen alle Zeugen...«

Als Cheng nervös hüstelte, hielt Chetti Singh inne und schaute ihn fragend an. »Das würde nicht mehr als vier oder fünf Personen bedeuten. Die Ranger dort stehen auf meiner Lohnliste. Zur Regenzeit wird das Besucher-Camp geschlossen, und der Rest des Personals wird längst in seine Dörfer zurückgekehrt sein, um Urlaub zu machen. Das einzig verbleibende Personal sind der Direktor des Parks und zwei oder drei andere vom Stammpersonal.«

»Aber gibt es keine Möglichkeit, ihre Beseitigung zu umgehen?« Cheng zögerte nicht, weil er Skrupel hatte. Es war klug, keine unnötigen Risiken einzugehen, wenn man sie vermeiden konnte.

»Wenn Sie Alternativen vorschlagen können, wäre ich hocherfreut, darüber nachzudenken«, sagte Chetti Singh, und nach einem Augenblick schüttelte Cheng den Kopf.

»Nein, im Augenblick habe ich keine, aber fahren Sie bitte fort. Lassen Sie mich den Rest Ihres Planes hören.«

»Nun gut. Meine Männer beseitigen alle Zeugen, brennen das Lagerhaus nieder und ziehen sich dann sofort über den Fluß zurück.« Der Sikh hörte auf zu sprechen, betrachtete Cheng aber mit kaum verhohlener Häme in Erwartung dessen nächster Frage. Es ärgerte Cheng, daß er sie stellen mußte, da sie selbst für seine Ohren naiv klang.

»Aber was ist mit dem Elfenbein?«

Chetti Singh verzog geheimnisvoll das Gesicht und zwang ihn so, wieder zu fragen.

»Werden Ihre Wilderer das Elfenbein mitnehmen? Sie sagten, es wird nur eine kleine Gruppe sein. Die werden doch soviel nicht transportieren können?«

»Das eben ist das Wundervolle an meinem Plan. Für die Polizei von Simbabwe wird der Überfall absolut rätselhaft bleiben.« Und dieses Mal lächelte Cheng über die Formulierung. »Wir wollen sie glauben machen, daß die Wilderer das Elfenbein mitgenommen haben. Dann werden sie doch nicht auf den Gedanken kommen, in ihrem eigenen Land danach zu suchen, oder?«

Jetzt als Cheng in der Mittagshitze auf der Veranda saß, nickte er widerwillig. Chetti Singhs Plan war genial, abgesehen natürlich davon, daß die Anwesenheit von Armstrong und seinem Kameramann nicht einkalkuliert war. Der Fairneß halber mußte er zugeben, daß dies niemand hatte voraussehen können.

Nochmals erwog er, die Operation zu verschieben oder völlig abzublasen, verwarf den Gedanken aber fast augenblicklich wieder. Inzwischen würden Chetti Singhs Männer den Fluß überquert haben und auf dem Weg zum Camp sein. Es gab keine Möglichkeit mehr, sie zu erreichen und sie zur Umkehr zu veranlassen. Diesen Punkt hatten sie längst überschritten. Wenn Armstrong und sein Kameramann noch hier waren, wenn Chetti Singhs Männer eintrafen, dann mußten sie ebenso wie der Oberaufseher und seine Familie und das Personal beseitigt werden.

Chengs Gedankengang wurde durch das Klingeln des Telefons am anderen Ende der Veranda unterbrochen. Die VIP-Hütte war als einzige im Camp mit Telefonanschluß ausgestattet. Er sprang auf und nahm rasch ab. Er hatte den Anruf erwartet. Er war vorbereitet worden und Bestandteil von Chetti Singhs Plan.

»Botschafter Ning«, meldete er sich, worauf Johnny Nzou sprach.

»Entschuldigen Sie die Störung, Eure Exzellenz, aber hier ist ein Anruf Ihrer Botschaft aus Harare. Ein Herr namens Mr. Huang. Er sagt, er sei Ihr *chargé*. Wollen Sie mit ihm sprechen?«

»Danke. Ich werde mit Mr. Huang sprechen.« Er wußte, daß es ein Gemeinschaftsanschluß war, der durch hundertfünfzig Meilen wilden Busches aus der Distrikttelefonvermittlung des kleinen Dorfes Karoi kam, und die Stimme seines *chargé* aus Harare hörte sich wie ein Flüstern aus einer anderen Galaxis an. Es war die Nachricht, die er erwartet hatte, und danach drehte Cheng die Kurbel des antiquierten Telefonapparates, und Johnny Nzou meldete sich wieder.

»Herr Chefaufseher, ich werde dringend in Harare benötigt. Das ist wirklich Pech. Ich hatte mich auf ein paar Urlaubstage gefreut.«

»Mir tut es auch leid, daß Sie abreisen müssen. Meine Frau und ich hätten Sie gern zum Dinner eingeladen.«

»Vielleicht ein anderes Mal.«

»Die Kühllastwagen bringen heute abend das Elephantenfleisch nach Karoi. Es wäre am besten, wenn Sie in diesem Konvoi mitfahren. Ihr Mercedes hat keinen Vierradantrieb, und es sieht so aus, als würde es jeden Augenblick zu regnen beginnen.«

Auch das war Teil von Chetti Singhs Plan. Der Überfall war zeitlich genau auf die Aussonderung der Elephanten und die Abfahrt der Kühllastwagen abgestimmt. Cheng zögerte jedoch absichtlich, bevor er fragte: »Wann fahren die Lastwagen los?«

»Einer hat einen Motorschaden.« Der Ranger Gomo hatte die Lichtmaschine unbrauchbar gemacht. Damit sollte die Abfahrt des Konvois bis zur Ankunft des Stoßtrupps verzögert werden.

»Der Fahrer sagte mir aber, daß sie um sechs Uhr heute abend losfahren können.« Johnny Nzous Stimme veränderte sich, als ihm ein Gedanke kam. »Aber Doktor Armstrong fährt jetzt gleich los. Sie könnten im Konvoi mit ihm fahren.«

»Nein, nein!« fiel Cheng rasch ein. »So schnell kann ich nicht aufbrechen. Ich werde auf die Lastwagen warten.«

»Wie Sie wünschen.« Johnny klang verwirrt. »Ich kann jedoch nicht garantieren, wann der Konvoi abfahrbereit ist, und ich bin sicher, daß Doktor Armstrong gern noch eine Stunde auf Sie warten würde.«

»Nein«, erwiderte Cheng entschlossen. »Ich will Doktor Armstrong keine Unannehmlichkeiten bereiten. Ich werde mit Ihrem Konvoi fahren. Danke.«

Um das Gespräch zu beenden und weitere Diskussionen zu unterbinden, legte er den Hörer auf. Er runzelte die Stirn. Armstrongs Anwesenheit wurde zunehmend störender. Je schneller er verschwand, desto besser.

Es dauerte jedoch noch zwanzig Minuten, bevor Cheng das Geräusch eines Dieselmotors aus der Richtung des Bungalows des Parkaufsehers hörte. Er stand auf, ging zur Verandatür und schaute zu, wie der Toyota-Landcruiser den Hügel hinunterfuhr. Auf die Tür des Fahrzeugs war das Signet von Armstrong Productions gemalt, ein körperloser Arm, dessen Handgelenk von einem Stachelarmband eingeschlossen war. Der Ellenbogen war in der stilisierten Pose eines Bodybuilders gebeugt und angespannt, so daß der Bizeps herausstand. Doktor Armstrong saß hinter dem Steuer, und sein Kameramann saß auf dem Vordersitz neben ihm.

Endlich fuhren sie ab. Cheng nickte voller Genugtuung und blickte auf seine Armbanduhr. Es war fünf Minuten nach eins. Da noch mindestens vier Stunden Zeit blieben, würden sie weit weg sein, bevor der Angriff auf die Verwaltung begann.

Daniel Armstrong sah ihn und bremste. Er kurbelte das Seitenfenster herunter und lächelte Cheng zu.

»Johnny erzählte mir, daß Sie heute auch abreisen, Eure Exzellenz«, rief er. »Können wir Ihnen wirklich nicht helfen?«

»Nein danke, Doktor.« Cheng lächelte höflich. »Es ist alles vorbereitet. Machen Sie sich meinetwegen keine Sorgen.«

Armstrong vermittelte ihm Unbehagen. Er war ein großer Mann mit dichtem, lockigen Haar, das zersaust wirkte. Sein Blick war direkt und sein Lächeln träge. Cheng dachte, daß er in den Augen eines Europäers außerordentlich gut aussehen müßte, besonders wenn dieser Europäer eine Frau war. Für Cheng hingegen, der ihn nach chinesischen Maßstäben abschätzte, war seine Nase geradezu grotesk, und sein breiter Mund hatte einen lebhaften kindlichen Ausdruck. Wenn die Augen nicht gewesen wären, hätte er ihn nicht für eine ernste Gefahr gehalten. Aber diese Augen waren die Ursache für Chengs Unbehagen. Sie waren wach und durchdringend.

Armstrong starrte ihn volle fünf Sekunden an, bevor er wieder lächelte und seine Hand aus dem heruntergekurbelten Fenster des Toyota steckte.

»Dann Ihnen alles Gute, Eure Exzellenz. Hoffen wir, daß wir eines Tages Gelegenheit zum Plaudern finden.« Er legte einen Gang ein, hob seine rechte Hand zum Gruß und fuhr auf das Haupttor des Lagers zu.

Cheng schaute so lange zu, bis der Wagen aus dem Blickfeld verschwunden war, drehte sich dann um und starrte auf die Hügelkuppen. Sie waren zerklüftet und so gezackt wie die Zähne eines Krokodils.

Etwa zwanzig Meilen westlich wurde eine der dunklen Kumulusgewitterwolken plötzlich von einem grellen Blitz geteilt. Und während er noch hinschaute, begann der Regen aus dem hängenden Bauch der Wolkenmasse zu fallen, zuerst in blaßblauen Fäden und dann in einer düsteren Sintflut, die so undurchdringlich wie Blei war und die Hügel verschwinden ließ.

Chetti Singh hätte es nicht besser abpassen können. Bald würde das Tal ein einziger Morast sein. Ein Polizeiteam, das vielleicht zu Nachforschungen nach Chiwewe geschickt werden würde, stieß dann nicht nur auf eine unpassierbare Straße. Selbst wenn sie die Parkverwaltung erreichten, hätte der strömende Regen bis dahin die Hügel ausgespült und sämtliche Spuren und Hinweise auf den Verbleib des Stoßtrupps verwischt.

»Laß sie nur bald kommen«, hoffte er fieberhaft. »Laß sie heute kommen, nicht erst morgen.« Er schaute wieder auf die Armbanduhr. Es war noch nicht ganz zwei Uhr. Die Sonne ging um halb acht unter, obwohl es wahrscheinlich wegen der dunklen Wolkendecke früher dunkel sein würde. »Laß es heute sein«, sagte er wieder beschwörend.

Er nahm sein Fernglas und sein zerlesenes Exemplar von Roberts'

Die Vögel Südafrikas vom Verandatisch. Er bemühte sich angestrengt, dem Oberwildhüter zu demonstrieren, daß er ein glühender Naturfreund war. Das war der Vorwand für seine Anwesenheit hier.

Er stieg in seinen Mercedes und fuhr zum Büro des Wildhüters, das sich hinter dem Elfenbeinlager befand. Johnny Nzou saß an seinem Schreibtisch. Wie bei anderen Beamten bestand die Hälfte seiner Arbeit im Ausfüllen von Formularen und Anforderungsblättern und im Verfassen von Berichten und Statistiken. Johnny blickte von seinen Papierstapeln auf, als Cheng im Türeingang erschien.

»Ich denke, ich fahre noch einmal zu dem Wasserloch am Fig Tree Pan, während ich warte, bis der Kühlwagen repariert ist«, erklärte er, und Johnny lächelte teilnahmsvoll, als er das Fernglas und den Naturführer sah. Beide waren Utensilien des typischen Vogelbeobachters, und gegenüber Menschen, die seine Liebe zur Natur teilten, war er immer wohlwollend eingestellt.

»Ich werde einen meiner Ranger zu Ihnen schicken, wenn der Konvoi abfahrbereit ist, aber ich kann nicht versprechen, daß das heute abend sein wird«, sagte Johnny. »Man sagte mir, daß die Lichtmaschine des einen Lastwagens defekt ist. Ersatzteile zu beschaffen, ist in diesem Land ein Problem. Wir haben nicht genügend Devisen, um alles bezahlen zu können, was wir brauchen.«

Cheng fuhr zu dem künstlich angelegten Wasserloch hinunter. Keine Meile vom Verwaltungsgebäude von Chiwewe entfernt hatte man auf einer kleinen Vlei nach Wasser gebohrt. Aus dem Loch pumpte eine Windmühle Wasser in einen schlammigen Teich, um Vögel und andere Tiere in die Nähe des Camps zu locken.

Als Cheng den Mercedes in dem Beobachtungsbereich parkte, von dem aus man den Teich überblicken konnte, stob eine kleine Herde von Kudus in das angrenzende Unterholz. Es waren große, beigefarbene Antilopen, die auf den Rücken blasse Kreidestreifen trugen und lange Beine und Hälse und riesige, trompetenförmige Ohren hatten. Nur die Böcke trugen große, korkenzieherförmige Hörner.

Cheng war zu aufgeregt, um sein Fernglas zu benutzen, obwohl sich Wolken von Vögeln am Wasserloch zum Trinken niederließen. Die Feuerfinken brannten wie winzige, scharlachrote Flammen, und die Stare waren von einem leuchtenden, schillernden Grün, das das Sonnenlicht reflektierte. Cheng war ein begabter Künstler, nicht nur mit dem Messer des Elfenbeinschnitzers, sondern auch mit Aquarellfarben. Eines seiner Lieblingsmotive waren immer wilde Vögel gewesen, die er im traditionellen romantischen chinesischen Stil darstellte.

Heute konnte er sich nicht auf sie konzentrieren. Statt dessen steckte er eine Zigarette in seine Elfenbeinspitze und rauchte nervös. Dies war die Stelle, die er als Treffpunkt mit dem Anführer der Wilderer ausgemacht hatte, und während er unruhig rauchte, musterte Cheng ängstlich das dichte Gebüsch.

Der erste Hinweis darauf, daß jemand da war, war eine Stimme, die neben ihm durch das offene Fenster des Mercedes drang. Cheng zuckte unbeherrscht zusammen und wandte sich rasch dem Mann zu, der neben dem Wagen stand.

Er hatte eine Narbe, die vom Winkel seines linken Auges bis zum Rand seiner Oberlippe führte. Die Lippe war an dieser Seite geschürzt, so daß es aussah, als lächle er bösartig. Chetti Singh hatte Cheng auf die Narbe hingewiesen. Sie war ein eindeutiges Erkennungszeichen.

»Sali?« Chengs Stimme war atemlos. Der Wilderer hatte ihn überrascht. »Du bist Sali?«

»Ja«, erklärte der Mann, wobei nur die Hälfte seines verzerrten Mundes lächelte. »Ich bin Sali.«

Seine Haut war fast tiefschwarz, und die Narbe darauf ein grelles Rosa. Er war klein von Gestalt, hatte aber breite Schultern und muskulöse Gliedmaßen. Er trug ein zerfetztes Hemd und Shorts aus verblichenem Khakistoff, die mit Schweiß und Schmutz befleckt und verschmiert waren. Offensichtlich hatte er eine anstrengende Reise hinter sich, denn seine nackten Beine waren kniehoch mit Staub bedeckt. In der Hitze stank er nach schalem Schweiß und ranzigem Körpergeruch, was Cheng dazu veranlaßte, angeekelt zurückzuweichen. Der Wilderer verstand die Bewegung, und sein Lächeln weitete sich zu einem echten Grinsen.

»Wo sind deine Männer?« fragte Cheng, und Sali richtete seinen Daumen auf den dichten Busch.

»Seid ihr bewaffnet?« fragte er, und Salis Lächeln wurde unverschämt. Er ließ sich nicht herab, auf eine so dumme Frage zu antworten. Cheng erkannte, daß Erleichterung und Nervosität ihn zur Geschwätzigkeit verleitet hatten. Er beschloß, sich zusammenzunehmen, doch die nächste Frage kam über seine Lippen, bevor er es verhindern konnte.

»Du weißt, was getan werden muß?«

Sali rieb sich mit einer Fingerspitze über die Narbe bis hinab zu seinem Hals und nickte.

»Es darf keine Zeugen geben.« Cheng las in seinen Augen, daß der Wilderer das nicht verstanden hatte, und deshalb wiederholte er: »Ihr müßt sie alle töten. Wenn die Polizei kommt, darf es niemand geben, der noch etwas sagen kann.«

Sali neigte zustimmend seinen Kopf. Chetti Singh hatte ihm alle Einzelheiten erklärt. Die Befehle waren akzeptabel gewesen. Sali führte eine bittere Fehde gegen die Parkverwaltung von Simbabwe. Erst vor einem Jahr hatten die beiden jüngeren Brüder Salis mit einer kleinen Gruppe Männer den Sambesi überquert, um Nashörner zu jagen. Sie waren auf eine Anti-Wilderer-Einheit der Parkverwaltung gestoßen, deren Angehörige alle ehemalige Guerilleros und wie sie mit AK-47-Sturmgewehren bewaffnet waren. In dem folgenden heftigen Feuergefecht war einer seiner Brüder getötet worden. Der andere hatte einen Schuß ins Rückgrat bekommen und war für den Rest seines Lebens ein Krüppel. Trotz dieser Verletzung hatte man ihn in Harare vor Gericht gebracht und zu sieben Jahren Gefängnis verurteilt.

Deshalb empfand der Wilderer Sali keine große Zuneigung für die Park-Ranger, und das zeigte sich in seinem Gesichtsausdruck, als er sagte: »Wir werden keinen übriglassen.«

»Bis auf zwei Ranger«, korrigierte Cheng die Drohung. »Gomo und David. Du kennst sie.«

»Ich kenne sie.« Sali hatte schon früher mit ihnen zusammengearbeitet.

»Sie werden in den Werkstätten bei den beiden großen Lastwagen sein. Sorg dafür, daß all deine Männer erfahren, daß ihnen nichts geschehen darf und die Lastwagen keinesfalls beschädigt werden dürfen.«

»Ich werde es ihnen sagen.«

»Der Parkverwalter wird in seinem Büro sein. Seine Frau und ihre drei Kinder sind in dem Bungalow auf dem Hügel. Im Verwaltungskomplex wohnen vier Angestellte des Camps mit ihren Familien. Ihr müßt sie umzingeln, bevor ihr das Feuer eröffnet. Niemand darf entkommen.«

»Sie plappern wie ein Affe in einem wilden Pflaumenbaum«, sagte Sali verächtlich zu ihm. »Ich weiß das alles. Chetti Singh hat es mir gesagt.«

»Dann geh und tu, was dir gesagt worden ist«, befahl Cheng scharf, und Sali beugte sich in das Fenster des Mercedes, womit er den Chinesen zwang, den Atem anzuhalten und vor ihm zurückzuweichen.

Sali rieb Daumen und Zeigefinger in der universellen Geste für Geld. Cheng öffnete das Handschuhfach im Armaturenbrett des Mercedes. Die Zehndollarnoten waren zu jeweils hundert Dollar gebündelt und jedes Bündel mit einem Gummiband gesichert. Er zählte die Scheine in Salis offene Hand, drei Bündel von je tausend Dollar. Damit kostete ein Kilo des Elfenbeins, das in so riesigen Stapeln im Lagerhaus des Camps verstaut war, schätzungsweise fünf Dollar; Elfenbein, das in Taipeh tausend Dollar pro Kilo wert sein würde.

Für Sali hingegen stellten die Haufen grüner Banknoten ein enormes Vermögen dar. In seinem ganzen Leben hatte er noch nie einen derartigen Geldbetrag auf einmal in der Hand gehabt.

Seine übliche Belohnung für das Erlegen eines guten Elephanten, dafür, daß er sein Leben gegen die Anti-Wilderer-Teams riskierte, wenn er tief in verbotenes Territorium eindrang, wenn er auf die großen Tiere mit den leichten Geschossen der AK 47 schoß, die Stoßzähne herausschnitt und dieses schwere Gewicht über unwegsames Gelände zurückschleppte – seine übliche Belohnung für all diese Risiken und die Arbeit summierte sich auf etwa dreißig Dollar für einen Elephanten, also etwa ein Dollar pro Kilo.

Die kostbaren Scheine, die Cheng ihm in die Hände gelegt hatte, stellten die Belohnung dar, die er nach fünf Jahren harter und gefährlicher Arbeit erwarten konnte. Was bedeutete es im Vergleich dazu, ein paar Parkbeamte und ihre Familien zu töten? Das kostete wenig zusätzliche Mühe und bedeutete ein minimales Risiko. Für dreitausend Dollar war das in der Tat ein Vergnügen.

Beide Männer waren mit ihrem Handel höchst zufrieden.

»Ich werde hier warten, bis ich die Gewehre höre«, sagte Cheng taktvoll, und Sali lächelte so breit, daß er all seine großen, strahlendweißen Zähne bis zu den Weisheitszähnen hinten in seinem Kiefer zeigte.

»Sie werden nicht lange warten müssen«, versprach er und verschwand dann so lautlos, wie er aufgetaucht war, wieder im Busch.

Daniel Armstrong fuhr in gemäßigtem Tempo. Für zentralafrikanische Maßstäbe war die Straße recht gut, denn da nur wenige Parkbesucher Fahrzeuge mit Vierradantrieb fuhren, war sie planiert worden. Daniels Toyota war mit seiner kompletten Campingausrüstung beladen. Er übernachtete nie in Motels oder ähnlichen Unterkünften, wenn er es vermeiden konnte. Nicht nur, daß es in diesem Land wenige und diese nur in großen Abständen gab. In den meisten Fällen lagen die angebotene Verpflegung und der Komfort auch weit unter dem Standard, den Daniel sich beim Campieren selbst bieten konnte.

An diesem Abend wollte er bis kurz vor Sonnenuntergang weiterfahren und dann einen einladenden Wald oder einen freundlichen Fluß finden, an dem er halten und das Bettzeug und die Chivasflasche herausholen würde. Er bezweifelte, daß sie bis Mana Pools kommen würden, und ganz sicher konnten sie den Highway, der von der Chirundubrücke am Sambesi südwärts nach Karoi und Harare führte, heute nicht mehr erreichen.

Jock war ein angenehmer Begleiter. Das war einer der Gründe, warum Daniel ihn eingestellt hatte. In den letzten fünf Jahren hatten sie mit Unterbrechungen ständig zusammengearbeitet. Jock war freier Kameramann, und Daniel nahm ihn immer dann unter Vertrag, wenn er ein neues Projekt in Auftrag bekommen hatte und die Finanzierung sichergestellt war. Gemeinsam waren sie durch große Teile Afrikas gereist, von den gefährlichen Stränden der Skelettküste in Namibia bis zu den dürren und von Hungersnöten geplagten Bergen Äthiopiens bis hin in die Tiefen der Sahara. Obwohl sich keine tiefe oder vertrauliche Freundschaft zwischen ihnen entwickelt hatte, hatten sie doch schon viele Wochen miteinander in der abgelegenen Wildnis verbracht, und dort hatte es selten Spannungen zwischen ihnen gegeben.

Sie plauderten freundschaftlich, während Daniel den Jeep über die gewundene Straße längs dem Steilabbruch steuerte. Wann immer ein Vogel oder ein Tier oder ein ungewöhnlicher Baum ihre Aufmerksamkeit erregte, hielt Daniel den Wagen an und machte sich Notizen, während Jock filmte.

Nach knapp zwanzig Meilen erreichten sie einen Straßenabschnitt, an dem eine Elephantenherde in der Nacht zuvor gefressen hatte. Sie hatten Zweige heruntergezogen und viele große Mopane-Bäume umgestoßen. Einige davon waren über die Straße gestürzt und blockierten sie völlig. Von den Bäumen, die noch standen, hatten sie die Rinde abgestreift, so daß die Stämme nacktweiß waren und der Harz weinende Spuren auf ihnen zog.

»Ungezogene Bettler«, grinste Daniel, während er die Verwüstung betrachtete. »Sie scheinen Freude daran zu haben, die Straße zu blockieren.« Aber es war eine weitere klare Demonstration dafür, daß das regelmäßige Aussondern der Herden absolut notwendig war. Der Mopane-Wald konnte nur bis zu einer bestimmten Grenze dieses zerstörerische Fressen überstehen.

Sie konnten von der Straße abbiegen und viele der umgestürzten Bäume umfahren, obwohl sie ein- oder zweimal gezwungen waren, einen Stamm an den Haken des Toyota zu hängen und ihn von der Straße zu schleppen, bevor sie weiterfahren konnten. Deshalb war es bereits nach vier Uhr, bevor sie die Sohle des Tales erreichten und ostwärts durch den Mopane-Wald in Richtung auf die Mana-Pools-Kreuzung abbogen, in deren Nähe sie die Aussonderung der Elephanten gefilmt hatten.

Zu diesem Zeitpunkt waren beide in eine Diskussion darüber vertieft, wie Daniel die große Menge Film, die sie jetzt auf Band hatten, am besten editieren könnte. Daniel hatte wieder die hohe Erwartungshaltung, die er in diesem Produktionsstadium immer empfand. Er hatte alles unter Dach und Fach. Jetzt konnte er nach London zurückkehren, wo er in einem gemieteten Schneideraum bei den Castle Film Studios lange Wochen und Monate in einem dunklen Raum verbringen würde, völlig vertieft in die mühsame, aber ungeheuer lohnende Arbeit des Schneidens der Szenen und des Schreibens der entsprechenden Kommentare.

Obwohl er sich auf das konzentrierte, was Jock sagte, war er sich seiner Umgebung völlig bewußt. Dennoch entging es ihm fast. Er fuhr darüber hinweg und fast zweihundert Meter weiter, bevor ihm dämmerte, daß er an etwas Ungewöhnlichem vorbeigefahren war. Vielleicht war es ein Überbleibsel seiner Erfahrungen aus dem Buschkrieg, wo jede Veränderung auf der Straße ein Hinweis auf eine Mine und damit auf brutalen Tod sein konnte. Damals hätte er das viel schneller registriert und darauf reagiert, aber in den vergangenen Jahren waren seine Reflexe etwas abgestumpft.

Er bremste den Wagen, und Jock brach mitten im Satz ab und schaute ihn fragend an.

»Was ist?«

»Ich weiß nicht.« Daniel drehte sich im Sitz nach hinten, während er den Landcruiser zurücksetzte. »Wahrscheinlich nichts«, murmelte er, doch irgendwo in seinem Hinterkopf nagte ein wenig Zweifel.

Er hielt an, zog die Handbremse und stieg aus.

»Ich sehe nichts.« Jock hatte auf der anderen Seite aus dem Fenster geschaut.

»Das ist es ja eben«, stimmte Daniel ihm zu. »Hier ist eine leere Stelle.« Er deutete auf die staubige Straße, auf der die winzigen, V-förmigen Spuren von Vögeln, die gewundenen Linien von Insekten und Echsen, die großen Hufabdrucke von verschiedenen Antilopen- und Hirscharten, die Fährten von Mungos und Schakalen zu einem kunstvollen Muster verwebt waren. Bis auf eine Stelle, an der die weiche Oberfläche glatt und unversehrt war. Daniel hockte sich daneben und musterte sie einen Augenblick. »Jemand hat eine Spur verwischt«, sagte er.

»Und was ist daran so verdammt ungewöhnlich?« Jock stieg aus dem Wagen und kam zu ihm.

»Vielleicht nichts.« Er stand auf. »Oder sehr viel. Das hängt davon ab, wie man's betrachtet.«

»Nämlich?« forderte Jock ihn auf.

»Nur Menschen verwischen ihre Spuren, und das auch nur dann, wenn sie nichts Gutes im Sinn haben. Außerdem ist es verboten, zu Fuß mitten durch einen Nationalpark zu wandern.«

Daniel ging um den Fleck weicher Erde herum, der sorgfältig mit einem belaubten Zweig glatt gewischt worden war, verließ den Weg und trat in das Gras am Rande. Sofort sah er andere Zeichen, die darauf deuteten, daß Spuren verwischt worden waren. Grasbüschel waren geneigt und flachgetreten worden, als eine Gruppe von Männern zu Fuß sie als Trittsteine benutzt hatte. Es schien eine große Gruppe zu sein, und Daniel spürte, wie die Haare an seinen Unterarmen und im Nakken prickelten und sich aufrecht stellten.

Feindberührung! dachte er. Es war wie in den alten Tagen bei den Scouts, wenn sie das erste Zeichen einer Gruppe von Guerilla-Terroristen entdeckten. Er hatte das gleiche, atemberaubende Gefühl von Erregung und spürte den gleichen Stein von Furcht in seinen Eingeweiden.

Es kostete Mühe, diese Gefühle zu verdrängen. Die gefährlichen Zeiten waren längst vorbei. Dennoch folgte er der Spur. Obwohl die Gruppe einige grundlegende Vorsichtsmaßnahmen getroffen hatte, war diese doch zu flüchtig gewesen. Eine Abteilung von ZANU wäre in Kriegstagen professioneller vorgegangen. Fünfzig Meter von der Straße entfernt fand Daniel den ersten deutlichen Abdruck eines menschlichen Fußes, und einige Meter weiter war die Gruppe einem Wildwechsel gefolgt und im Gänsemarsch gelaufen. Sie hatten darauf verzichtet, weiterhin ihre Spuren zu verbergen. Sie waren mit entschlossenem Schritt in Richtung des Steilabbruchs und damit des Lagers von Chiwewe gelaufen. Daniel war erstaunt über die Größe der Gruppe. Er zählte die Spuren von sechzehn bis zwanzig Männern.

Nachdem er der Spur weitere zwei- bis dreihundert Meter gefolgt war, blieb Daniel stehen und dachte gründlich darüber nach. In Anbetracht der Größe der Gruppe und der Richtung, aus der sie gekommen war, lag die Vermutung nahe, daß es sich um Wilderer aus Sambia handelte, die den Sambesi überquert hatten, um nach Elfenbein und Rhinozeroshorn zu jagen. Das würde auch die Vorsichtsmaßnahmen erklären, die sie getroffen hatten, um ihre Spuren zu verwischen.

Eigentlich müßte er jetzt Johnny Nzou warnen, damit der so schnell wie möglich eine Anti-Wilderer-Einheit für eine Verfolgung alarmieren konnte. Daniel dachte darüber nach, wie er das am besten bewerkstelligen könnte. Im Rangerbüro in Mana Pools, nur eine Stunde Fahrt entfernt, gab es ein Telefon. Oder er konnte nach Chiwewe zurückfahren und die Warnung persönlich überbringen.

Die Entscheidung wurde ihm abgenommen, als er nicht weit voraus die Telefonmasten im Wald sah. Sie waren aus hiesigem Holz geschnitten und als Schutz vor Termiten mit schwarzem Kreosot gestrichen. Zwischen den Masten glitzerten die kupfernen Telefondrähte im Licht der untergehenden Sonne. Nur zwischen zwei Masten direkt vor ihm nicht.

Daniel eilte dorthin und blieb abrupt stehen.

Die Telefondrähte waren durchschnitten worden und baumelten von den weißen Keramikisolatoren herab. Daniel griff nach dem Ende des einen Drahtes und untersuchte es. Es bestand überhaupt kein Zweifel. Er war absichtlich durchgeschnitten worden. Die Zangenspuren waren in dem rötlichen Metall deutlich zu sehen. Außerdem gab es am Fuße des Telefonmastes die Spuren vieler Männer.

»Warum, zum Teufel, sollte ein Wilderer Telefonleitungen durchschneiden?« überlegte Daniel laut, und sein Unbehagen wandelte sich zu einer Art Alarm. »Das sieht langsam recht häßlich aus. Ich muß Johnny warnen. Er muß sich verdammt schnell um diese Herrschaften kümmern. Jetzt gibt es nur einen Weg, ihn zu warnen.«

Er rannte dorthin zurück, wo er den Landcruiser stehengelassen hatte.

»Was ist denn los, verflucht?« wollte Jock wissen, als er in den Wagen sprang und den Motor anließ.

»Ich weiß nicht, aber was immer es sein mag, es gefällt mir überhaupt nicht«, sagte Daniel, während er von der Straße zurücksetzte, wendete und in die entgegengesetzte Richtung fuhr.

Daniel fuhr jetzt schnell, und hinter dem Landcruiser wurde eine lange Staubfahne aufgewirbelt. Er verlangsamte die Fahrt nur, um die Furten an den steilen, trockenen Wasserläufen zu durchfahren, und gab dann wieder Vollgas. Während er fuhr, fiel ihm ein, daß die Bande das Hauptquartier erreichen könnte, indem sie die große Biegung abschnitt, die die Straße am Rande des Steilabbruchs machte. Das Ersteigen der Hochebene würde beschwerlich sein, aber zu Fuß konnte man auf diese Weise fast dreißig Meilen der Strecke abkürzen, der Daniel zu folgen gezwungen war. Er schätzte, daß die Telefonleitungen etwa fünf bis sechs Stunden zuvor durchgeschnitten worden waren. Zu dieser Beurteilung kam er nach einigen Überlegungen, wobei er die Erosion der Spur und die Zeit berücksichtigt hatte, die das niedergetretene Gras zum Wiederaufrichten brauchte.

Ihm fiel kein Grund ein, warum eine Bande von Wilderern die Verwaltung von Chiwewe besuchen sollte. Er hätte von ihnen erwartet, daß sie den größtmöglichen Bogen darum machten. Doch ihre Spuren führten eindeutig in diese Richtung, und sie hatten die Telefonleitungen zerschnitten. Ihr Verhalten war unverschämt und aggressiv. Wenn Chiwewe tatsächlich ihr Ziel war, dann konnten sie bereits dort sein. Er schaute auf seine Armbanduhr. Ja, sie könnten den Steilabbruch bereits erklommen haben, und wenn sie schnell marschiert waren, hatten sie das Hauptquartier vor etwa einer Stunde erreicht.

Aber warum? Dort waren keine Touristen. In Kenia und anderen Ländern weiter im Norden waren die Wilderer, nachdem sie die Elephantenherden ausgerottet hatten, dazu übergegangen, ausländische Touristen zu überfallen und auszurauben. Vielleicht hatte diese Bande einen Tip von ihren Kollegen im Norden bekommen. »Aber in Chiwewe sind keine Touristen. Dort gibt es nichts Wertvolles...« Er brach ab, als ihm der Irrtum dieser Annahme bewußt wurde. »Scheiße!« flüsterte er. »Das Elfenbein.« Plötzlich kühlte Furcht den Schweiß auf seinen Wangen. »Johnny«, flüsterte er. »Und Mavis und die Kinder.«

Der Landcruiser flog jetzt über die Piste, und er ließ ihn in die erste Haarnadelkurve schlittern, die zu dem Hang des Steilabbruchs führte.

Als er mit voller Geschwindigkeit um die Biegung schoß, versperrte ein riesiges, weißes Vehikel die Straße direkt vor ihm. Noch während Daniel auf die Bremse trat und den Toyota heftig herumriß, erkannte er, daß es einer der Kühllastwagen war. Er verfehlte den vorderen Kotflügel nur um Fußbreite, als er den Hang hinaufschoß und ins Unterholz raste. Der Toyota kam nur wenige Zentimeter vom Stamm eines großen Mopane-Baumes entfernt zum Halt. Durch die Wucht wurde Jock gegen das Armaturenbrett geschleudert.

Daniel sprang aus dem Toyota und rannte dorthin zurück, wo der Kühllastwagen zum Stillstand gekommen war. Seine Hecktür war blockiert. Er erkannte Gomo, den Senior-Ranger, der am Steuer saß, und rief ihm zu: »Tut mir leid! Meine Schuld. Alles in Ordnung?«

Gomo wirkte durch den Beinahezusammenstoß erschüttert, nickte aber. »Alles in Ordnung, Doktor!«

»Wann hast du Chiwewe verlassen?« fragte Daniel, und Gomo zögerte. Aus irgendeinem Grunde schien die Frage ihn zu beunruhigen. »Wie lange ist das her?« drängte Daniel.

»Ich weiß es nicht genau...« In diesem Augenblick war das Geräusch anderer Fahrzeuge zu hören, die sich über die steile Straße näherten, und als Daniel sich umschaute, sah er, daß der zweite Lastwagen winselnd um die nächste Kurve bog.

Er fuhr in einem niedrigen Gang, um gegen das starke Gefälle anzukommen. Fünfzig Meter hinter dem Lastwagen folgte Botschafter Ning Cheng Gongs blauer Mercedes. Die beiden Fahrzeuge wurden langsamer und blieben dann hinter Gomos Lastwagen stehen. Daniel schlenderte auf den Mercedes zu.

Als er ihn erreicht hatte, öffnete Botschafter Ning die Tür und trat auf den staubigen Weg.

»Doktor Armstrong, was machen Sie denn hier?« Er schien aufgeregt zu sein, aber seine Stimme klang leise, kaum vernehmbar.

»Wann haben Sie Chiwewe verlassen?« Daniel ignorierte seine Frage. Er brannte darauf zu erfahren, ob Johnny und Mavis in Sicherheit waren, und die Reaktion des Botschafters verwirrte ihn.

Chengs Aufregung verstärkte sich. »Warum fragen Sie das?« flüsterte er. »Warum kommen Sie zurück? Sie sollten doch auf dem Weg nach Harare sein.«

»Hören Sie, Eure Exzellenz. Ich will lediglich wissen, daß es in Chiwewe keine Probleme gegeben hat.«

»Probleme? Warum sollte es dort Probleme geben?« Der Botschafter griff in seine Tasche und zog ein Taschentuch heraus. »Was wollen Sie damit andeuten, Doktor?«

»Ich will damit überhaupt nichts andeuten.« Es fiel Daniel schwer, seine Verärgerung zu verbergen. »Ich bin auf die Spuren einer großen Gruppe von Männern gestoßen, die die Straße überquert haben und in Richtung Chiwewe marschiert sind. Ich habe die Sorge, daß es sich um eine Bande bewaffneter Wilderer handelt, und ich bin auf dem Rückweg, um den Aufseher zu warnen.«

»Es gibt keine Probleme«, versicherte Cheng ihm. Daniel bemerkte den leichten Schweißfilm, der auf seiner Stirn perlte. »Dort ist alles in Ordnung. Ich bin vor einer Stunde dort aufgebrochen. Aufseher Nzou geht es gut. Ich sprach mit ihm, als wir gingen, und es gab keinerlei Hinweise auf irgendwelche Probleme.« Er wischte sich das Gesicht mit dem Taschentuch ab.

»Vor einer Stunde?« fragte Daniel und warf einen Blick auf seine Rolex. Er empfand große Erleichterung, weil Botschafter Ning das versicherte. »Sie sind also gegen halb sechs dort losgefahren?«

»Ja, ja.« Chengs Tonfall wurde beleidigt schärfer. »Stellen Sie mein Wort in Frage? Bezweifeln Sie, was ich Ihnen sage?«

Daniel war über die Schärfe der Stimme und Nachdrücklichkeit der Worte überrascht.

»Sie mißverstehen mich, Eure Exzellenz. Natürlich bezweifle ich nicht, was Sie sagen.«

Chengs Prestige als Botschafter war der Hauptgrund, warum Chetti Singh darauf bestanden hatte, daß er in Chiwewe anwesend war. Ursprünglich war Cheng darauf bedacht gewesen, den Ort des Überfalls zu meiden, und hatte sogar erwogen, in dieser Zeit nach Taipeh zu fliegen, um ein völlig sicheres Alibi zu haben. Chetti Singh jedoch hatte gedroht, die Operation abzublasen, falls Cheng nicht anwesend war, um sich für die Tatsache zu verbürgen, daß der Überfall nach Aufbruch des Konvois in Chiwewe stattgefunden hatte. Als akkreditierter Botschafter würde Chengs Wort bei der folgenden polizeilichen Untersuchung enormes Gewicht haben. Die Aussage der beiden schwarzen Ranger allein reichte vielleicht nicht. Die Polizei könnte sie möglicherweise einem kleinen, intensiven Verhör in einer abgeschiedenen Zelle des Gefängnisses von Chikurubi unterziehen, und Chetti Singh war nicht überzeugt, daß sie eine solche Behandlung ertragen würden.

Nein, die Polizei mußte davon überzeugt werden, daß in Chiwewe noch alles in Ordnung gewesen war, als Cheng es mit dem Konvoi verlassen hatte. Dann würden sie annehmen, daß die Banditen das Elfenbein mitgenommen hätten oder daß es in dem Feuer, das das Lagerhaus vernichtet hatte, verbrannt war.

»Ich bedaure, daß ich bei Ihnen den Eindruck vermittelt habe, ich würde Ihr Wort anzweifeln, Eure Exzellenz«, beschwichtigte Daniel ihn. »Ich habe mir nur Sorgen um Johnny gemacht, um den Aufseher.«

»Ich versichere Ihnen, daß es keinen Anlaß zur Sorge gibt.« Cheng stopfte das Taschentuch in seine Gesäßtasche und langte nach dem Zigarettenpäckchen in der Brusttasche seines offenen Hemdes. Er schnippte eine Zigarette heraus, aber seine Finger waren etwas unsicher, und er ließ die Zigarette in den Staub zu seinen Füßen fallen.

Als Cheng sich schnell bückte, um die Zigarette aufzuheben, wanderte Daniels Blick instinktiv nach unten. Er trug Sportschuhe aus weißem Leinen, und Daniel bemerkte, daß die Seite des einen Schuhs und die Ränder seiner blauen Hose mit etwas verschmiert waren, das auf den ersten Blick wie getrocknetes Blut aussah.

Das verwirrte Daniel für einen Augenblick, bis er sich daran erinnerte, daß Cheng an diesem Morgen dabeigewesen war, als die frischen Stoßzähne vom Lastwagen geladen und ins Lagerhaus gebracht worden waren. Die Erklärung für die Flecken auf seiner Kleidung war offensichtlich. Er mußte sie durch eine Pfütze geronnenen Elephantenblutes bekommen haben, in der die Stoßzähne gelegen hatten.

Cheng bemerkte, in welche Richtung er schaute, und trat rasch, fast schuldbewußt zurück, ließ sich auf den Fahrersitz seines Mercedes fallen und schlug die Tür heftig zu. Unbewußt registrierte Daniel das Fischgrätmuster, das die Sohlen seiner Sportschuhe im feinen Staub der Straße hinterließen.

»Ich bin jedenfalls froh, Doktor, Ihre Besorgnis zerstreut zu haben.« Cheng lächelte ihn durch das Fenster des Mercedes an. Er hatte seine Fassung wiedergewonnen, und sein Lächeln war wieder höflich und liebenswürdig. »Ich bin froh, Ihnen die unnötige Reise den ganzen Weg zurück nach Chiwewe erspart zu haben. Ich bin sicher, Sie werden sich dem Konvoi anschließen wollen und den Park verlassen, bevor der Regen beginnt.« Er ließ den Motor des Mercedes an. »Warum übernehmen Sie nicht die Führungsposition vor den Lastwagen?«

»Danke, Eure Exzellenz.« Daniel schüttelte den Kopf und trat zurück. »Fahren Sie mit den Lastwagen. Ich werde mich Ihnen nicht anschließen. Ich will in jedem Fall zurückfahren. Jemand muß Johnny Nzou warnen.«

Chengs Lächeln verflog. »Ich versichere Ihnen, daß Sie sich eine Menge unnötiger Probleme machen. Ich schlage vor, Sie rufen ihn aus Mano Pools oder Karoi an.«

»Hatte ich das nicht gesagt? Die Telefonleitungen sind durchgeschnitten worden.«

»Doktor Armstrong, das ist absurd. Ich bin sicher, Sie irren sich. Ich glaube, Sie übertreiben den Ernst dieser Sache etwas...«

»Denken Sie, was Sie wollen«, sagte Daniel bestimmt. »Ich werde nach Chiwewe zurückfahren.« Er trat vom Fenster des Mercedes zurück.

»Doktor Armstrong«, rief Cheng ihm nach, »sehen Sie doch nur diese Regenwolken. Sie könnten für Wochen dort festsitzen.«

»Das riskiere ich«, sagte Daniel vergnügt, dachte aber: Warum ist er so hartnäckig? Irgend etwas beginnt hier verdammt faul zu stinken!

»In Ordnung, Gomo«, rief er. »Zieh deinen Lastwagen vor, damit ich vorbeifahren kann.«

Der Ranger gehorchte wortlos. Dann rumpelte der zweite Lastwagen vorbei, und schließlich folgte der Mercedes des Botschafters. Daniel hob eine Hand zum Gruß. Cheng blickte kaum in seine Richtung, grüßte ihn aber flüchtig, bevor er den Lastwagen um die Biegung folgte und weiter zur Mana-Pools-Abzweigung hinunterfuhr.

»Was hatte der Chinamann zu berichten?« fragte Jock, während Daniel den Wagen rückwärts auf die Straße setzte.

»Er sagt, in Chiwewe sei alles ruhig gewesen, als er dort vor einer Stunde aufbrach«, erwiderte Daniel.

»Das ist in Ordnung.« Jock griff in die Kühltasche und fischte eine Dose Bier heraus. Er bot sie Daniel an, der den Kopf schüttelte und sich auf die vor ihnen liegende Straße konzentrierte. Jock öffnete die Dose, nahm einen tiefen Schluck und rülpste fröhlich.

Das Licht begann zu schwinden, und ein paar schwere Regentropfen platschten gegen die Windschutzscheibe, aber Daniel verlangsamte das Tempo nicht. Noch bevor sie den Kamm des Steilabbruchs erreichten, war es völlig dunkel. Die Blitze zuckten durch den Himmel und illuminierten den Wald mit einem knisternden blauen Strahl. Donner rollte über den Himmel und erschütterte die Granitkämme, die sich zu beiden Seiten der Straße hoben.

Der Regen begann wie silberne Pfeile in die Dachscheinwerfer zu fallen. Jeder Tropfen explodierte in einem weißen Schleier an dem Glas, strömte dann so schnell herab, daß die Scheibenwischer die Windschutzscheibe nicht schnell genug frei machen konnten. Bald war es in dem geschlossenen Führerhaus drückend schwül, und die Windschutzscheibe begann zu beschlagen. Daniel beugte sich vor, um sie mit seiner Hand klarzuwischen, aber als sie verschmierte, gab er das auf und öffnete statt dessen sein Seitenfenster ein paar Zentimeter, um die frische Nachtluft hereinzulassen. Fast sofort rümpfte er die Nase und schnüffelte.

Jock roch es fast im selben Moment. »Rauch«, rief er aus. »Wie weit sind wir vom Camp entfernt?«

»Sind fast da«, erwiderte Daniel. »Nur noch über den nächsten Kamm.«

Der Rauchgeruch wurde schwächer. Daniel dachte, daß er vielleicht von den Kochfeuern aus dem Wohnbereich des Personals zu ihnen gedrungen war.

Vor ihnen sprangen im Scheinwerferlicht die Torpfosten des Hauptlagers aus der Dunkelheit. Jede der weißgetünchten Säulen war mit dem ausgebleichten Schädel eines Elephanten gekrönt. Auf dem Schild stand

WILLKOMMEN IM CHIWEWE-CAMP
HEIMAT DER ELEPHANTEN

und darunter in kleineren Buchstaben

Ankommende Besucher haben sich sofort
im Parkaufsichtsbüro zu melden

Die lange Zufahrt, zu beiden Seiten von dunklen Casia-Bäumen gesäumt, war knöcheltief mit Regenwasser bedeckt, und die Reifen des Toyota wirbelten einen dichten Sprühnebel auf, als Daniel auf den zentralen Gebäudeblock zufuhr. Plötzlich drang der Geruch von Rauch schwer und ranzig in ihre Nasen. Es war der Gestank von brennendem Stroh und Holz, in den sich ein fauliger anderer Gestank mischte, Fleisch oder Knochen oder Elfenbein, obwohl Daniel noch nie brennendes Elfenbein gerochen hatte.

»Kein Licht«, grunzte Daniel, als er vor sich im Regen die dunklen Gebäude aufragen sah. Der Campgenerator lief nicht. Das ganze Camp war in Dunkelheit getaucht. Dann sah er ein unsicheres, rubinrotes Licht, das über den nassen Casia-Bäumen schimmerte und behutsam an den Wänden der Gebäude spielte.

»Eines der Gebäude brennt.«

Jock rutschte auf seinem Sitz vor. »Daher kommt der Rauch.«

Die Scheinwerfer des Toyota schnitten ein breites Band durch die Finsternis und erfaßten dann einen riesigen, formlosen dunklen Haufen direkt vor ihnen. Die beschlagene Windschutzscheibe beeinträchtigte sein Blickfeld, und erst als sie näher heranfuhren und die Lichter es deutlicher erhellten, erkannte er die geschwärzten, rauchenden Ruinen des Elfenbeinlagerhauses. Entsetzt von dem, was er sah, hielt Daniel den Toyota an, sprang hinaus in den Schlamm und starrte auf die Ruine.

Die Hitze der Flammen hatte die Wände gesprengt, und die meisten waren eingestürzt. Das Feuer mußte ein Inferno gewesen sein, wenn solche Hitze erzeugt worden war. Es brannte noch immer und kokelte trotz des strömenden Regens. Ölige Rauchschwaden trieben an den Scheinwerfern des Toyota vorbei, und zuweilen loderten die Flammen erneut auf, bis die schweren Regentropfen sie wieder zum Erlöschen brachten.

Daniels nasses Hemd klebte an seinem Körper, und der Regen durchtränkte sein Haar, kämmte seine dichten Locken über seine Stirn und in seine Augen. Er wischte sie zurück und kletterte zu dem Wirrwarr von Mauerwerk. Das eingestürzte Dach war eine dicke Matratze aus schwarzer Asche und verkohlten Balken, die das Innere des vernichteten Lagerhauses bedeckten. Trotz des Regens war der Rauch noch zu dicht und die Hitze noch zu heftig, um näher herangehen zu können und festzustellen, wieviel von dem Elfenbein noch unter diesem schwarzen Haufen lag.

Daniel machte kehrt und rannte zum Toyota zurück. Er stieg ins Führerhaus und wischte sich mit der Hand den Regen aus den Augen.

»Du hattest völlig recht«, sagte Jock. »Sieht aus, als hätten die Bastarde das Camp überfallen.«

Daniel antwortete nicht. Er ließ den Motor an und jagte den Toyota den Hügel hoch zur Hütte des Parkaufsehers.

»Hol den Handstrahler raus«, schnappte er. Gehorsam kniete Jock sich auf den Sitz und wühlte in dem schweren Werkzeugkasten, der auf dem Boden des Wagens befestigt war, und holte die große Maglite heraus.

Wie der Rest des Camps lag auch die Hütte des Aufsehers im Dunkeln. Der Regen strömte in einem silbernen Sturzbach vom Dachgesims, so daß die Scheinwerfer die dahinterliegende Veranda nicht erhellen konnten. Daniel entriß Jock den Handstrahler und sprang in den Regen hinaus.

»Johnny!« brüllte er. »Mavis!« Er rannte zur Vordertür der Hütte. Die Tür war halb aus den Scharnieren geschlagen worden und hing schräg offen. Er rannte auf die Veranda.

Die Möbel waren zerschlagen und völlig durcheinandergeworfen. Er ließ den Strahl der Handlampe über das Chaos gleiten. Johnnys sorgsam gehegte Büchersammlung war aus den Wandregalen gerissen worden. Die Bände lagen mit aufgeschlagenen Seiten und gebrochenen Rücken in Haufen.

»Johnny!« schrie Daniel. »Wo bist du?«

Er rannte durch die offene Doppeltür in das Wohnzimmer. Hier war die Verwüstung schockierend. Sie hatten alles Porzellan und die Vasen von Mavis vom Kamin geschleudert, und die Scherben glitzerten im Lampenstrahl. Sie hatten die Füllungen aus dem Sofa und den Sesseln gerissen. Der Raum stank wie ein Raubtierkäfig, und er sah, daß die Teppiche mit ihren Fäkalien bedeckt waren und daß sie an die Wände uriniert hatten.

Daniel stieg über die stinkenden Fäkalienhaufen hinweg und rannte durch den Korridor, der zum Schlafzimmer führte.

»Johnny!« brüllte er voller Wut und Verzweiflung, während der Lampenstrahl den Korridor erfaßte.

An der gegenüberliegenden Wand war eine Verzierung, die vorher nicht da gewesen war. Es war ein dunkler, sternenförmiger Farbspritzer, der die weißgestrichene Wand fast völlig bedeckte. Einen Augenblick starrte Daniel verständnislos darauf und senkte dann den Strahl auf die kleine, formlose Gestalt am Fuß der Wand.

Johnny und Mavis hatten ihren einzigen Sohn nach ihm benannt, Daniel Robert Nzou. Nach zwei Töchtern hatte Mavis endlich einen Sohn geboren, und die Eltern waren überglücklich gewesen. Daniel Nzou war vier Jahre alt gewesen. Er lag auf dem Rücken. Seine Augen waren geöffnet, starrten aber blicklos in den Strahl der Lampe.

Sie hatten ihn auf die alte barbarische afrikanische Art getötet, auf die gleiche Weise, wie die Impis der Chaka und Mzilikazi mit den männlichen Kindern eines besiegten Stammes umgegangen waren. Sie hatten den kleinen Daniel an den Knöcheln gefaßt und ihn mit dem Kopf voran gegen die Wand geschmettert, so daß sein Schädel zerbarst und sein Hirn an die Ziegelmauer geschlagen wurde. Sein spritzendes Blut hatte dieses grobe Wandbild auf der weißen Oberfläche hervorgerufen.

Daniel beugte sich über den kleinen Jungen. Trotz der Deformation des zerschlagenen Schädels war die Ähnlichkeit mit seinem Vater deutlich erkennbar. Tränen rannen über Daniels Lider, und er erhob sich langsam und wandte sich der Schlafzimmertür zu.

Sie stand halb offen, aber Daniel fürchtete sich davor, sie ganz aufzustoßen. Er mußte sich dazu zwingen. Die Scharniere der Tür quietschten leise, als sie aufschwang.

Einen Augenblick lang starrte Daniel dem Strahl der Maglite nach, die er durch das Schlafzimmer schwenkte, und dann wirbelte er in den Korridor zurück und lehnte sich würgend und keuchend an die Wand.

Szenen wie diese hatte er in den Tagen des Buschkrieges gesehen, doch die Jahre hatten seine Härte ausgehöhlt und den Schutzschild aufgeweicht, den er aufgebaut hatte, um sich selbst zu schützen. Er war nicht länger imstande, leidenschaftslos die Greueltaten anzusehen, die Menschen ihren Mitmenschen antun können.

Johnnys Töchter waren älter als ihr Bruder. Miriam war zehn und Suzie fast acht. Sie lagen nackt und mit ausgebreiteten Armen und Händen auf dem Boden am Fuße des Bettes. Sie waren beide mehrfach vergewaltigt worden. Ihre kindlichen Genitalien waren zerfetzt und blutiger Brei.

Mavis lag auf dem Bett. Sie hatten sich nicht damit aufgehalten, sie ganz auszuziehen, sondern nur ihren Rock bis zur Hüfte hochgeschoben. Ihre Arme waren hoch über ihren Kopf gezogen und die Handgelenke an das hölzerne Kopfstück gefesselt. Die beiden kleinen Mädchen mußten an Schock und durch den Blutverlust gestorben sein, während man sich an ihnen vergangen hatte. Mavis hatte wahrscheinlich überlebt, bis sie mit ihr fertig waren, dann hatten sie ihr eine Kugel in den Kopf geschossen.

Daniel zwang sich, in den Raum zu treten. In einem der Einbauschränke fand er das Bettzeug von Mavis und bedeckte jede der Leichen mit einem sauberen Laken. Er konnte sich nicht überwinden, die beiden Mädchen anzufassen, nicht einmal in ihre weit aufgerissenen, starren Augen blicken, in denen noch immer das Grauen stand.

»Heilige Mutter Gottes«, flüsterte Jock vom Türeingang her. »Wer immer das getan hat, kann kein Mensch sein. Das müssen tobende, blutrünstige Bestien gewesen sein.«

Daniel verließ rücklings das Schlafzimmer und schloß die Tür. Er deckte Daniel Nzous winzigen Körper zu.

»Hast du Johnny gefunden?« fragte er Jock. Seine Stimme war heiser, und seine Kehle war vor Entsetzen und Leid rauh und wund.

»Nein.« Jock schüttelte den Kopf, drehte sich dann um und floh über den Korridor. Er stürzte über die Veranda hinaus in den Regen.

Daniel hörte ihn würgen und sich in das Blumenbeet unter der Treppe erbrechen. Das Geräusch des Elends des anderen Mannes half Daniel, sich zu fassen. Er unterdrückte seine eigene Übelkeit, seine Wut und seine Sorge und brachte seine Emotionen unter Kontrolle.

»Johnny«, sagte er sich. »Ich muß Johnny finden.«

Er ging schnell durch die beiden anderen Schlafzimmer und den Rest des Hauses. Von seinem Freund war keine Spur zu sehen, und er faßte leise Hoffnung.

»Er muß entkommen sein«, sagte er sich. »Vielleicht hat er's in den Busch geschafft.«

Es war eine Erleichterung, aus diesem Leichenhaus zu kommen. Daniel stand in der Dunkelheit und hob sein Gesicht in den Regen. Er öffnete den Mund und ließ den Regen den bitteren Gallengeschmack von seiner Zunge waschen, das Wasser in seine Kehle rinnen. Dann richtete er den Lampenstrahl auf seine Füße und sah, daß das verklumpte Blut an seinen Schuhen sich in rosa Flecken auflöste. Er wischte die Sohlen über den Kies der Zufahrt, um sie zu reinigen, und brüllte dann zu Jock: »Los, komm, wir müssen Johnny finden.«

Er fuhr mit dem Toyota um den Hügel herum zu dem Lager, in dem die eingeborenen Beschäftigten wohnten. Wie in Kriegstagen war das Lager immer noch von Erdwällen und Stacheldrahtzaun umgeben. Doch der Draht befand sich in ruinösem Zustand, und das Tor fehlte. Sie fuhren durch das Tor, und der Geruch von Rauch war stark. Im Scheinwerferlicht sah Daniel, daß die Hütten der Eingeborenen ausgebrannt waren. Die Dächer waren eingestürzt und die Fenster hohl. Der Regen hatte die Flammen gelöscht, obwohl ein paar Rauchfäden noch immer wie blasse Gespenster im Licht trieben.

Der Boden um die Hütten war mit Dutzenden winziger Objekte übersät, in denen sich das Licht der Scheinwerfer fing und die wie kleine Diamantensplitter glitzerten. Daniel wußte, was das war, doch er stieg aus dem Wagen und hob eines der Stücke aus dem Schlamm. Es war eine schimmernde Patronenhülse. Er hielt sie ins Licht und betrachtete den vertrauten kyrillischen Stempel im Messing. Patronen vom Kaliber 7.62 osteuropäischer Herkunft für das überall zu findende Sturmgewehr AK 47, Haupterzeuger von Gewalt und Revolution in Afrika und der ganzen Welt.

Die Bande hatte das Lager zusammengeschossen, aber keine Leichen hinterlassen. Daniel vermutete, daß sie die Toten in die Hütten geworfen hatten, bevor sie diese in Brand steckten. Der Wind wehte in seine Richtung, so daß er den beißenden Gestank der niedergebrannten Hütten riechen konnte, und er sah seine Vermutung bestätigt. In dem Rauch hing der Geruch von verbranntem Fleisch und Haaren.

Er spuckte aus, um den ekelhaften Geschmack loszuwerden, und ging zwischen den Hütten hindurch. »Johnny!« schrie er in die Nacht. »Johnny, bist du da?« Aber das einzige Geräusch war das Knattern und Zischen der erlöschenden Flammen und das Seufzen des Windes in den Mango-Bäumen, von deren Blättern die Regentropfen klatschend herunterfielen.

Er richtete die Taschenlampe nach links und rechts, während er zwischen den Hütten entlangging, bis er schließlich die Gestalt eines Mannes im Freien liegen sah.

»Johnny!« rief er und rannte zu ihm und fiel neben ihm auf die Knie.

Der Körper war schrecklich verbrannt, die Khakiuniform der Parkbediensteten halb verkohlt, und die Haut und das Fleisch hatten sich von dem entblößten Torso gelöst, ebenso von einer Gesichtshälfte. Der Mann hatte sich offensichtlich aus der brennenden Hütte geschleppt, in die man ihn geworfen hatte, aber er war nicht Johnny Nzou. Es war einer der Juniorranger.

Daniel sprang auf und eilte zum Wagen zurück.
»Hast du ihn gefunden?« fragte Jock, und Daniel schüttelte den Kopf.
»Gott, sie haben alle im Lager ermordet. Warum haben sie das getan?«
»Zeugen!« Daniel ließ den Toyota an. »Sie haben alle Zeugen liquidiert!«
»Warum? Warum sollten sie das tun? Das ergibt doch keinen Sinn!«
»Das Elfenbein. Dahinter waren sie her.«
»Aber sie haben das Lagerhaus niedergebrannt.«
»Nachdem sie es ausgeräumt hatten.«
Er sctztc dcn Toyota zurück auf den Weg und raste den Hügel hoch.
»Wer war das, Danny? Wer hat das getan?«
»Woher soll ich das wissen, zum Teufel? Banditen? Wilderer? Stell mir doch keine blöden Fragen!«
Daniels Ärger begann erst. Bis jetzt war er durch den Schock und das Grauen wie betäubt gewesen. Er fuhr zurück, an dem dunklen Bungalow auf dem Hügel vorbei und dann wieder hinunter ins Hauptlager.
Das Büro des Parkaufsehers war unversehrt. Doch als Daniel den Strahl des Handscheinwerfers auf das Strohdach richtete, sah er die geschwärzte Stelle, auf die jemand eine brennende Fackel geworfen hatte. Gutgelegtes Stroh brennt aber nicht so leicht, und die Flammen hatten nicht richtig gefaßt oder waren vom Regen gelöscht worden, bevor sie sich hatten ausbreiten können.
Der Regen endete mit der Plötzlichkeit, die für das afrikanische Wetter charakteristisch ist. In der einen Minute fiel er noch in wütenden Sturzbächen, durch die das Licht der Scheinwerfer keine fünfzig Meter weit reichte, und in der nächsten Minute war es vorbei. Nur die Bäume tropften noch. Über ihnen aber durchdrangen die ersten Sterne die sich verziehenden Gewitterwolken, die vom zunehmenden Wind weggeweht wurden. Daniel bemerkte die Veränderung kaum. Er ließ den Wagen stehen und rannte auf die breite Veranda zu.
Die Außenwand war mit Schädeln von Tieren des Parks dekoriert. Im Strahl der Lampe wirkten ihre leeren Augenhöhlen und gedrehten Hörner makaber, und Daniels Gefühl nahenden Unheils vertiefte sich, als er über die lange, überdachte Veranda schritt. Ihm war jetzt klar, daß er hier zuerst hätte suchen sollen, statt zum Bungalow hochzurasen.
Die Tür zu Johnnys Büro stand offen, und Daniel blieb an der Schwelle stehen und faßte sich, bevor er eintrat.
Ein Schneesturm von Papier bedeckte Schreibtisch und Boden. Sie

hatten den Raum verwüstet, die Stapel von Formularen aus den Schrankfächern geworfen, die Schubladen aus Johnnys Schreibtisch gezogen und dann deren Inhalt ausgekippt. Sie hatten Johnnys Schlüssel gefunden und die alte grüngestrichene Tür des Milner-Safes geöffnet, der in die Wand eingelassen war. Die Schlüssel steckten noch im Schloß, aber der Safe war leer.

Der Strahl von Daniels Lampe schoß durch den Raum und verweilte dann auf der gekrümmten Gestalt, die vor dem Schreibtisch lag.

»Johnny«, flüsterte er. »O Gott, nein!«

Ich denke, ich fahre noch einmal zu dem Wasserloch am Fig Tree Pan, während ich warte, bis der Kühlwagen repariert ist.« Botschafter Nings Stimme unterbrach Johnny Nzous Konzentration, aber er empfand keinen Widerwillen, als er von seinem Schreibtisch aufblickte. Johnny hielt es für eine seiner Hauptpflichten, die Wildnis jedem zugänglich zu machen, der Interesse an der Natur hatte. Und das hatte Ning Cheng Gong ganz gewiß. Johnny lächelte, als er dessen Ausrüstungsgegenstände sah, ein Bestimmungsbuch und ein Fernglas.

Froh darüber, einen Grund zu haben, dem lästigen Papierkram zu entrinnen, erhob er sich von seinem Schreibtisch und begleitete den Botschafter auf die Veranda hinaus und hinunter zu dem geparkten Mercedes. Dort blieb er stehen, plauderte ein paar Minuten und gab Cheng den Rat, wo er den scheuen Buschwürger finden könnte, den dieser beobachten wollte.

Als Cheng fortfuhr, ging Johnny zur Autowerkstatt hinunter, wo Ranger Gomo die Lichtmaschine des fahruntüchtigen Lastwagens auseinandergenommen hatte und nun wieder zusammenbaute. Er bezweifelte, daß Gomo sie reparieren könnte. Wahrscheinlich würde er morgen früh den Aufseher in Mana Pools anrufen müssen und ihn bitten, einen Mechaniker zu schicken, der die Reparatur vornahm.

Ein Trost war nur, daß sich das Elephantenfleisch im Kühlraum des Wagens ewig halten würde. Die Kühlanlage des Lastwagens war jetzt an den Camp-Generator angeschlossen, und das Thermometer zeigte zwanzig Grad unter Null, als Johnny es kontrollierte. Das Fleisch würde von einem Privatunternehmer in Harare zu Tierfutter weiterverarbeitet werden.

Johnny überließ Ranger Gomo seiner Arbeit und kehrte in sein Büro unter den Casia-Bäumen zurück. Kaum hatte er die Werkstatt verlassen, blickte Gomo auf und wechselte mit David, dem anderen schwarzen Ranger, einen bedeutungsvollen Blick. Die Lichtmaschine, mit der er sich beschäftigte, war ein ausgesondertes Stück, das er eigens für diesen Zweck vom Schrottplatz in Harare beschafft hatte. Die Originallichtmaschine des Lastwagens, die völlig in Ordnung war, lag unter dem Fahrersitz im Führerhaus versteckt. Es würde keine zehn Minuten dauern, sie wieder richtig einzubauen und anzuschließen.

Zurück in seinem Büro, beschäftigte sich Johnny mit seinen Formularen und Büchern. Einmal schaute er auf seine Armbanduhr und sah, daß es wenige Minuten vor eins war, doch er wollte seinen wöchentlichen Report fertigstellen, bevor er Mittagspause machte. Natürlich war es eine Versuchung, früh zum Haus hochzugehen. Er liebte es, vor dem Mittagessen eine Weile mit den Kindern zusammenzusein, vor allem mit seinem Sohn, aber er widerstand dem Drängen und arbeitete konzentriert weiter. Er wußte ohnehin, daß Mavis bald die Kinder zu ihm schicken würde, um ihn zu holen. Sie servierte das Essen gern pünktlich. Er lächelte in Erwartung der Ankunft der Kinder, als er ein Geräusch an der Tür hörte. Er blickte auf.

Sein Lächeln schwand. Ein Fremder stand im Türeingang, ein stämmiger Mann mit Säbelbeinen, der mit verdreckten Lumpen bekleidet war. Er hielt beide Hände hinter seinem Rücken, als ob er etwas verbarg.

»Ja?« fragte Johnny kurz. »Wer sind Sie? Was wollen Sie?«

Der Mann lächelte. Seine Haut war sehr schwarz und funkelte an einer Stelle purpurn. Als er lächelte, verzerrte die Narbe, die über eine Wange lief, seinen Mund.

Johnny erhob sich von seinem Schreibtisch und ging auf den Mann zu.

»Was wollen Sie?« wiederholte er, und der Mann im Türeingang sagte: »Sie!« Hinter seinem Rücken zog er ein AK-47-Gewehr hervor und richtete den Lauf auf Johnnys Bauch.

Johnny reagierte fast sofort. Er hatte die Reflexe eines Jägers und Soldaten. Der Panzerraum befand sich zehn Schritte links von ihm, und er sprang darauf zu.

Dort wurden die Waffen der Parkaufseher aufbewahrt. Durch die Tür konnte er an der anderen Wand das Gestell mit den Gewehren sehen. Verzweiflung machte seine Beine betonschwer, als Johnny sich erinnerte, daß keine der Waffen in dem Regal geladen war. Er selbst hatte diese Sicherheitsanweisung gegeben. Die Munition wurde in einem verschlossenen Stahlschrank unter dem Gewehrgestell aufbewahrt.

All dies ging ihm durch den Kopf, als er zur Tür sprang. Aus dem Augenwinkel sah er, daß der narbengesichtige Brigant die AK 47 auf ihn richtete, und Johnny, der die Hälfte des Raumes schon durchmessen hatte, sprang wie ein Akrobat und duckte sich vor der Salve aus dem Automatikgewehr, die durch den Raum fegte.

Als er wieder auf die Beine kam, hörte er den Mann fluchen, und

Johnny sprang wieder vorwärts, um den Türeingang zu erreichen. An der Art, wie er gekonnt mit seinem Gewehr umging, erkannte er, daß der Mann ein Killer war. Es war ein Wunder, daß er der ersten Salve aus nächster Nähe hatte ausweichen können.

Die Luft war von Mörtelstaub erfüllt, den die Kugeln aus der Wand geschlagen hatten, und Johnny tauchte hindurch, obwohl er wußte, daß er es nicht schaffen würde. Der Mann mit der AK 47 war zu gut. Er würde sich nicht noch einmal täuschen lassen. Der schützende Türeingang war zu weit entfernt, als daß Johnny ihn vor der nächsten Salve hätte erreichen können.

Die Uhr in Johnnys Kopf lief. Er rechnete, wie lange es dauern würde, bis der Mann sein Gleichgewicht wiedergefunden hatte. Die Mündung der AK 47 wanderte bei Dauerfeuer unkontrolliert nach oben. Er würde fast eine Sekunde brauchen, um den Lauf wieder zu senken und die zweite Salve abzugeben. Johnny schätzte sehr richtig und drehte seinen Körper wild beiseite, aber um einen Sekundenbruchteil zu spät.

Der Schütze hatte niedrig gezielt, um das Heben der AK auszugleichen. Eine Kugel durchschnitt das Fleisch von Johnnys Schenkel und verfehlte den Knochen, aber die zweite schlug unterhalb seines Gesäßes ein und drang in den Oberschenkelknochen, dessen Ende ebenso zerschmettert wurde wie die Beckenpfanne.

Die anderen drei Kugeln der Salve gingen daneben, als Johnny sich auf die Seite warf. Er kippte gegen den Türrahmen und versuchte, sich festzuhalten, um nicht umzufallen. Durch die Wucht rutschte er seitlich gegen die Wand, und seine Fingernägel kratzten quietschend über den Putz. Schließlich stand er mit dem Rücken zur Wand und schaute in den Raum. Sein linkes Bein baumelte von dem zerschmetterten Gelenk. Er hatte seine Arme hochgerissen, als sei er der Gekreuzigte, während er versuchte, das Gleichgewicht zu halten.

Noch immer lächelnd legte der Killer den Hebel für Feuergeschwindigkeit auf Einzelfeuer um. Er wollte Munition sparen. Eine Patrone kostete ihn zehn sambische Kwacha und mußte Hunderte von Meilen in seinem Rucksack getragen werden. Jede Patrone war kostbar, und der Aufseher war gelähmt und ihm völlig ausgeliefert. Eine Kugel würde genügen.

»Jetzt«, sagte er sanft, »jetzt stirbst du.« Und er schoß Johnny Nzou in den Bauch.

Die Kugel trieb die Luft mit einem geradezu explosiven Ausatmen aus Johnnys Lungen. Er wurde heftig gegen die Wand geschleudert, knickte durch die ungeheure Wucht des Geschosses ein und kippte dann nach vorne um. Johnny war während des Krieges schon von Kugeln getroffen worden, hatte aber nie einen Schuß in den Körper bekommen, und der Schock übertraf seine schlimmsten Erwartungen. Er war von der Hüfte abwärts betäubt, aber sein Verstand blieb kristallklar, als ob der Adrenalinstoß sein Wahrnehmungsvermögen bis an die Grenzen geschärft hätte.

Stell dich tot! dachte er, während er zu Boden fiel. Sein Unterkörper war gelähmt, aber er zwang sich dazu, seinen Rumpf zu entspannen. Er prallte mit der schlaffen, widerstandslosen Wucht eines Mehlsacks auf den Boden und bewegte sich nicht mehr.

Sein Kopf war nach einer Seite gedreht, seine Wange auf den kalten Zementboden gepreßt. Er lag reglos da. Er hörte, daß der Killer den Raum durchquerte, wobei die Gummisohlen seiner Kampfstiefel leise quietschten. Dann füllten seine Stiefel Johnnys Blickfeld. Sie waren staubig und fast durchgelaufen. Er trug keine Socken, und der Gestank seiner Füße war ranzig und säuerlich.

Johnny hörte das metallische Klicken des Mechanismus, als der Sambier den Feuerhebel wieder umlegte, und dann spürte er die kalte, harte Berührung der Mündung an seiner Schläfe, als der Mann sich für den *Coup de grâce* bereit machte.

»Rühr dich nicht«, sagte sich Johnny. Es war seine letzte, verzweifelte Hoffnung. Er wußte, daß die leiseste Bewegung den Schuß auslösen würde. Er mußte den Killer davon überzeugen, daß er tot war.

Plötzlich wurde draußen Geschrei laut, dann eine Salve von Gewehrfeuer, gefolgt von weiterem Gebrüll. Der Druck der Gewehrmündung an Johnnys Schläfe hörte abrupt auf. Die stinkenden Stiefel wandten sich ab und kehrten über den Boden zum Türeingang zurück.

»Los schon! Vergeudet keine Zeit!« brüllte der narbengesichtige Killer durch die offene Tür. Johnny kannte den nördlichen Chinianja-Dialekt gut genug, um zu verstehen. »Wo sind die Lastwagen? Wir müssen das Elfenbein verladen!«

Der Sambier rannte aus dem Büro und ließ Johnny auf dem Boden liegend zurück.

Johnny wußte, daß er tödlich getroffen war. Er spürte, daß das Arterienblut aus der Wunde in der Leistengegend schoß, und er rollte sich auf die Seite und löste schnell seinen Hosenbund. Sofort roch er seine eigenen Fäkalien und wußte, daß die zweite Kugel seine Därme zerfetzt hatte. Er griff in seinen Schritt und preßte die Finger in die Wunde an seiner Leiste. Heißes Blut spritzte über seine Hand.

Er fand die offene Arterie und knickte das gebrochene Ende des Oberschenkelknochens ab.

Mavis und die Kinder! Das war sein nächster Gedanke. Was konnte er für sie tun? In diesem Augenblick hörte er weitere Schüsse oben vom Hügel, aus der Richtung, wo das Lager der Angestellten und seine eigene Hütte waren.

Es ist eine ganze Bande, registrierte er voller Verzweiflung. Sie sind überall im Camp. Sie greifen das Lager an. Meine Kinder. O Gott! Meine Kinder!

Er dachte an die Waffen im Nebenraum, wußte aber, daß er nicht so weit kommen würde. Selbst wenn er es schaffte, wie sollte er ein Gewehr bedienen, wo seine Eingeweide zur Hälfte weggeschossen waren und sein Blut sich in einer Pfütze unter ihm ausbreitete?

Er hörte die Lastwagen. Er erkannte das Brummen der schweren Dieselmotoren und wußte, daß es die Kühllastwagen waren. Er schöpfte leise Hoffnung.

Gomo, dachte er. David... Doch die Hoffnung verflog rasch. Auf einer Seite liegend und seine zerfetzte Arterie zudrückend, blickte er durch den Raum und sah, daß er durch die offene Tür schauen konnte.

Einer der weißen Kühllastwagen hielt genau in seinem Blickfeld. Er setzte vor die Tür des Elfenbeinlagerhauses zurück. Gomo sprang aus dem Fahrerhaus und begann eine hitzige, von Gesten begleitete Diskussion mit dem narbengesichtigen Führer der Bande. In seinem angeschlagenen und immer schwächer werdenden Zustand brauchte Johnny mehrere Sekunden, um zu verstehen.

Gomo, dachte er. Gomo ist einer von ihnen. Er hat das eingefädelt.

Es hätte kein derartiger Schock sein dürfen. Johnny wußte, wie verbreitet Korruption in der Regierung und in allen Behörden war, nicht nur in der Parkverwaltung. Er hatte als Zeuge vor der offiziellen Untersuchungskommission ausgesagt, die sich mit der Korruption beschäftigte, und versprochen, bei ihrer Ausrottung zu helfen. Er kannte Gomo gut. Er war arrogant und egoistisch. Er war genau der richtige Typ dafür, aber Johnny hätte nie einen Verrat dieser Größenordnung von ihm erwartet.

Plötzlich wimmelte der Bereich des Lagerhauses, den Johnny überblicken konnte, von anderen Mitgliedern der Bande. Rasch teilte das Narbengesicht sie zu Arbeitsgruppen ein. Einer von ihnen schoß das Schloß des Lagerhauses auf, und die Banditen legten ihre Waffen ab und stürzten in das Gebäude. Gierige Freudenschreie waren zu hören, als sie die Stapel von Elfenbein sahen, und dann bildeten sie eine Menschenkette und begannen, die Stoßzähne herauszureichen und in den Lastwagen einzuladen.

Johnnys Sehvermögen begann zu schwinden. Dunkle Wolken stiegen vor seinen Augen auf, und er hörte ein leises Singen in seinen Ohren.

Ich sterbe, dachte er emotionslos. Er spürte, wie die Taubheit sich aus seinen gelähmten Beinen bis zur Brust ausbreitete.

Er verdrängte die Dunkelheit aus seinen Augen und glaubte zu phantasieren, weil er jetzt Botschafter Ning im Licht der untergehenden Sonne auf der Veranda stehen sah. Er trug das Fernglas noch immer um den Hals, und seine Haltung war unglaublich gelassen und weltmännisch. Johnny versuchte, ihm eine Warnung zuzurufen, aber aus seiner Kehle drang nur ein leises Krächzen, das nicht aus dem Raum drang, in dem er lag.

Dann sah er zu seinem Erstaunen, daß der narbengesichtige Führer der Bande zu dem Botschafter trat und ihn grüßte, zwar nicht respektvoll, aber zumindest seine Autorität anerkennend.

Ning. Johnny zwang sich, das zu glauben. Es ist wirklich Ning. Ich träume nicht.

Dann drangen die Stimmen der beiden Männer zu ihm. Sie sprachen Englisch.

»Du mußt deine Männer zur Eile antreiben«, sagte Ning Cheng Gong. »Sie müssen das Elfenbein schneller verladen. Ich will sofort aufbrechen.«

»Geld«, antwortete Sali. »Eins tausend Dollar...« Sein Englisch war scheußlich.

»Du bist bezahlt worden.« Cheng war verärgert. »Ich habe dir dein Geld gegeben.«

»Mehr Geld. Mehr eins tausend Dollar.« Sali grinste ihn an. »Mehr Geld, oder ich höre auf. Wir gehen, verlassen Sie, lassen Elfenbein zurück.«

»Du bist ein Schurke«, fauchte Cheng.

»Nicht verstehen ›Schurke‹, aber denke, du auch ›Schurke‹, vielleicht.« Salis Grinsen wurde breiter. »Gib Geld jetzt.«

»Ich habe nicht mehr Geld bei mir«, sagte Cheng ausdruckslos zu ihm.

»Dann wir gehen! Sofort! Du verladen Elfenbein selbst!«

»Warte.« Cheng überlegte offensichtlich rasch. »Ich habe kein Geld. Nimm soviel Elfenbein, wie du willst. Nimm alles, was du tragen kannst.« Cheng war klar, daß die Wilderer nur wenige Stoßzähne dieses Schatzes mitnehmen konnten. Wahrscheinlich konnte jeder nicht mehr als einen Stoßzahn tragen. Zwanzig Männer, zwanzig Stoßzähne – das war ein geringer Preis.

Sali starrte ihn an, während er über das Angebot nachdachte. Er hatte ganz eindeutig jeden möglichen Vorteil aus der Situation gezogen und nickte deshalb.

»Gut. Wir nehmen Elfenbein.« Er wollte sich abwenden.

Botschafter Ning rief ihm nach: »Warte, Sali! Was ist mit den anderen? Habt ihr euch um sie gekümmert?«

»Sie alle tot.«

»Der Aufseher und seine Frau und die Kinder? Sie auch?«

»Alle tot«, wiederholte Sali. »Frau ist tot und ihre Gören. Meine Männer machen jig-jig zuerst mit alle drei Frauen. Sehr lustig. Sehr schöne jig-jig. Dann töten.«

»Der Aufseher? Wo ist er?«

Sali, der Wilderer, deutete mit dem Kopf auf Johnnys Büro. »Ich ihn erschossen, bum – bum. Er tot wie ein *n'gulubi*, tot wie ein Schwein.« Er lachte. »Sehr guter Job, he?«

Er ging, das Gewehr geschultert, davon und kicherte noch immer. Cheng folgte ihm und verschwand aus Johnnys Blickfeld. Wut stieg in Johnny auf und gab ihm ein wenig neue Kraft. Die Worte des Wilderers hatten ein schreckliches Bild heraufbeschworen. Er konnte das Schicksal, das Mavis und die Kinder erlitten hatten, so deutlich sehen, als ob er selbst dabeigewesen wäre. Er kannte Vergewaltigung und Plünderung. Er hatte den Buschkrieg miterlebt.

Mit der Kraft, die seine Wut ihm verlieh, begann er, sich über den Boden zu seinem Schreibtisch zu schieben. Er wußte, daß er keine Waffe benutzen konnte. Er hoffte jetzt nur darauf, daß er in den wenigen Minuten, die ihm zum Leben blieben, schaffen würde, irgendeine Nachricht zu hinterlassen. Papier war von seinem Schreibtisch gefallen und auf dem Boden verstreut. Wenn er nur an ein einziges Blatt herankäme, darauf schriebe und es versteckte, würde die Polizei es später finden.

Er bewegte sich wie eine verstümmelte Raupe, lag auf dem Rücken und preßte noch immer seine durchtrennte Arterie zu. Er zog sein unverletztes Knie an, stemmte den Absatz auf den Boden und stieß sich unter Schmerzen über den Boden, rutschte immer nur ein paar Zentimeter weiter, und sein Blut schmierte eine Spur. Er bewegte sich so anderthalb Meter auf den Schreibtisch zu und griff nach einem Blatt Papier.

Er hatte es noch nicht berührt, als die Intensität des Lichtes im Raum nachließ. Jemand stand im Türeingang. Er drehte seinen Kopf, und Botschafter Ning starrte ihn an. Er war über die Veranda gekommen. Seine Sportschuhe mit den Gummisohlen machten überhaupt kein Geräusch. Jetzt stand er vor Schock erstarrt im Türeingang und starrte Johnny noch einen Augenblick länger an. Dann kreischte er schrill: »Er lebt noch! Sali, komm schnell. Er lebt noch!«

Cheng verschwand aus dem Türrahmen, rannte über die Veranda und schrie noch immer nach dem Wilderer. »Sali, komm schnell.«

Es war vorbei, und Johnny wußte das. Ihm blieben nur noch Sekunden. Er rollte sich auf eine Seite, streckte die Hand aus und ergriff ein Blatt. Er preßte das Papier mit einer Hand flach auf den Boden, ließ dann die zerfetzte Arterie los und zog seine blutüberströmte Hand aus der Hose. Sofort spürte er, wie die Arterie zu pulsieren begann und frisches Blut aus der Wunde schoß.

Mit seinem Zeigefinger kritzelte er auf dem weißen Blatt, schrieb mit seinem eigenen Blut. Er malte den Buchstaben N groß und etwas geneigt. Er war benommen, und alles drehte sich. NI. Es fiel ihm immer schwerer, sich zu konzentrieren. Der Abstrich des I war lang und geschwungen. Es sah zu sehr nach einem J aus. Mühsam machte er einen Punkt über den Buchstaben, damit seine Bedeutung klarer wurde. Für einen Moment haftete sein Finger durch das klebrige Blut leicht am Papier. Er löste ihn.

Er begann mit dem zweiten N. Es war unbeholfen, kindlich. Sein Finger wollte seinem Verstand nicht mehr folgen. Er hörte, daß der Botschafter noch immer nach Sali schrie, und der Antwortschrei des Wilderers war von Angst und Bestürzung erfüllt. NIN – Johnny begann mit dem G, doch sein Finger knickte weg, und die feuchten roten Buchstaben wackelten und verschwammen vor seinen Augen.

Er hörte auf der Veranda hastende Schritte trommeln, dann Salis Stimme. »Ich dachte, er sein tot. Ich erledige ihn gut jetzt.« Johnny zerknüllte das Papier in seiner linken Hand, der Hand, an der kein Blut war, und steckte seine geballte Faust vorne in sein Hemd und rollte sich auf den Bauch, so daß der Arm unter ihm lag, und verbarg so die zerknüllte Nachricht.

Er sah Sali nicht durch die Tür kommen. Er hatte sein Gesicht auf den Betonboden gepreßt. Er hörte die Stiefel des Wilderers knarren und auf dem Blut rutschen und dann das Klicken des Sicherungshebels des Gewehrs, als er über Johnnys gestreckter Gestalt stand.

Johnny hatte keine Angst, nur ein seltsames Gefühl von Sorge und

Resignation. Er dachte an Mavis und die Kinder, als er spürte, wie die Gewehrmündung seinen Hinterkopf berührte. Er war erleichtert darüber, daß er nicht allein sein würde, nachdem sie nun alle tot waren. Er war froh, daß er nie sehen würde, was man mit ihnen gemacht hatte, nie gezwungen sein würde, Zeuge ihres Leids und ihrer Erniedrigung zu sein.

Er starb, noch bevor die Kugel aus der AK 47 durch seinen Schädel drang und sich in den Beton unter seinem Gesicht grub.

»Scheiße«, sagte Sali. Er trat zurück und schulterte das Gewehr, aus dessen Mündung noch eine feine Rauchfahne aufstieg. »Ein Mann schwer zu töten. Er macht mich vergeuden *miningi* Kugeln, jede zehn Kwacha. Zuviel!«

Ning Cheng Gong trat in den Raum. »Bist du sicher, daß du ihn endlich erledigt hast?« fragte er.

»Sein Kopf weg«, grunzte Sali, während er Johnnys Schlüssel vom Schreibtisch nahm und sich daranmachte, den Milner-Safe aufzuschließen. »*Kufa!* Er tot, das bestimmt.«

Cheng trat näher an die Leiche und starrte sie fasziniert an. Das Töten hatte ihn erregt. Er war sexuell erregt, nicht so sehr, wie es bei einem jungen Mädchen gewesen wäre, das getötet wurde, aber dennoch war er erregt. Der Geruch von Blut erfüllte den Raum. Er liebte diesen Geruch.

Er war so vertieft, daß er erst bemerkte, daß er in einer Blutlache stand, als Gomo ihn von der Veranda aus anrief.

»Das Elfenbein ist verladen. Wir sind abfahrbereit.«

Cheng trat zurück und stieß einen angewiderten Schrei aus, als er den Fleck am Saum seiner sorgfältig gebügelten, blauen Hose sah.

»Ich gehe jetzt«, sagte er zu Sali. »Verbrennt das Elfenbeinlagerhaus, bevor ihr aufbrecht.«

In dem Safe hatte Sali den Leinenbeutel entdeckt, in dem sich die Lohngelder für die Angestellten des Camps befanden, und er grunzte, ohne aufzublicken: »Ich werden alles verbrennen.«

Cheng rannte die Verandastufen hinunter und stieg in den Mercedes. Er gab Gomo ein Zeichen, und die beiden Kühllastwagen rollten an. Das Elfenbein war in den Laderäumen verstaut und dann mit den zerlegten Kadavern der ausgesonderten Tiere bedeckt worden. Bei einer flüchtigen Überprüfung würde der Schatz nicht entdeckt werden, aber es gab ohnehin niemand, der den Konvoi aufhalten würde. Sie waren durch die Zeichen der Nationalparkverwaltung geschützt, die auf die Lastwagen gemalt waren, und durch die Khakiuniformen und

Schulterstücke von Gomo und David, den beiden Rangern. Sie würden wahrscheinlich nicht einmal an den regelmäßigen Straßensperren angehalten werden. Die Sicherheitskräfte wollten politische Dissidenten fassen, keine Elfenbeindiebe.

Alles war so verlaufen, wie Chetti Singh es geplant hatte. Cheng schaute in den Rückspiegel des Mercedes. Das Elfenbeinlagerhaus stand bereits in Flammen. Die Wilderer formierten sich zum Rückmarsch in Kolonne. Jeder von ihnen trug einen Stoßzahn aus dem Schatz.

Cheng lächelte in sich hinein. Vielleicht würde Salis Gier sich noch zu seinem Vorteil auswirken. Wenn die Polizei die Bande je einholen sollte, wäre das Verschwinden des Elfenbeins durch den Brand und die Last, die die Wilderer trugen, erklärt.

Auf Chengs Drängen waren vierzig Stoßzähne in dem brennenden Lagerhaus zurückgelassen worden, damit die Polizei Spuren verkohlten Elfenbeins fand. Wie Chetti Singh gesagt hätte: »Absolut rätselhaft...«

Dieses Mal lachte Cheng laut. Er war in Hochstimmung. Der Erfolg des Überfalls und das erregende Gefühl von Gewalt, Tod und Blut wärmten seinen Bauch und erfüllten ihn mit einem Gefühl der Macht. Er fühlte sich gebieterisch und sexuell geladen, und plötzlich stellte er fest, daß er eine starke, heftig pochende Erektion hatte.

Er beschloß, beim nächsten Mal selbst zu töten. Es war ganz natürlich zu glauben, daß es ein nächstes Mal gab, und danach noch viele weitere Male. Der Tod anderer hatte Cheng dazu gebracht, sich für unsterblich zu halten.

»Johnny, o Gott, Johnny.« Daniel kauerte neben ihm und streckte eine Hand aus, um unter dem Ohr nach dem Puls seiner Halsschlagader zu fühlen. Es war eine instinktive Geste, da das Einschußloch an Johnnys Hinterkopf für sich sprach.

Johnnys Haut war kalt, und doch konnte Daniel sich nicht überwinden, ihn umzudrehen und sich das Ausschußloch anzusehen. Er ließ ihn noch etwas länger liegen und hockte sich auf seine Fersen, und sein Ärger verdrängte langsam sein tiefes Leid. Er genoß seinen Zorn, als sei er eine Kerzenflamme in dunkler Nacht. Er wärmte den kalten, leeren Platz in seiner Seele, den Johnny hinterlassen hatte.

Schließlich stand Daniel auf. Er richtete den Lampenstrahl vor sich auf den Boden und trat auf dem Weg in die Waffenkammer über die Lachen und Schmierspuren von Johnnys Blut.

Der Hauptschalter für den Generator befand sich an dem Sicherungskasten neben der Tür. Daniel drehte den Schalter und hörte das ferne Spucken des Dieselmotors im Maschinenhaus neben dem Haupttor des Camps. Dann sprang der Generator an, und die Lichter im Camp flackerten und wurden heller.

Daniel nahm den Schlüsselbund, der noch immer im Schloß des Milner-Safes hing, und begab sich in die Waffenkammer. Neben den .375-Gewehren, die für das Aussondern benutzt wurden, standen fünf AK-47-Sturmgewehre in dem Regal. Sie wurden bei den Anti-Wilderer-Patrouillen benutzt. Die Munition befand sich in dem Schrank unter dem Gewehrhalter. Er schloß die Stahltür auf. An einem Haken hingen vier Magazine mit AK-Munition in Webgurten.

Er schlang einen Gurt über seine Schulter, nahm ein automatisches Gewehr aus dem Regal und lud es geschickt. Die Fertigkeiten, die er im Krieg gelernt hatte, würde er nie vergessen. Bewaffnet und wütend eilte er die Verandastufen hinunter.

»Fang mit dem Elfenbeinlagerhaus an«, beschloß er. »Dort sind sie sicher gewesen.«

Er umkreiste das ausgebrannte Gebäude, suchte im Schein der Straßenlaternen nach Spuren und leuchtete mit seiner Taschenlampe auf alles, was seine Aufmerksamkeit erregte. Hätte er richtig nachgedacht, wäre ihm bewußt geworden, daß er seine Zeit vergeudete. Die einzigen Spuren, die den Regen überstanden hatten, waren die, die sich unter dem Schutz des Verandadaches befanden, und eine Reihe schwerer Reifenspuren im Schlamm am Vordereingang zum Elfenbeinlagerhaus. Selbst diese waren fast weggespült und kaum noch erkennbar.

Daniel ignorierte sie. Er war hinter der Bande her, und Fahrzeuge würden sie sicher nicht benutzen. Er vergrößerte seinen Suchkreis, versuchte wegführende Spuren zu finden und konzentrierte sich auf die Nordseite des Camps, da die Bande mit größter Wahrscheinlichkeit zum Sambesi zurückkehren würde.

Es war sinnlos, und nach zwanzig Minuten gab er auf. Es gab keine Spuren, denen er folgen konnte. Er stand unter den dunklen Bäumen und kochte vor Ärger und Leid.

»Wenn ich auf diese Bastarde nur einen Schuß abgeben könnte«, jammerte er. In seiner gegenwärtigen Stimmung war es ihm egal, daß er allein gegen zwanzig oder mehr professionelle Killer kämpfen müßte. Jock war Kameramann, kein Soldat. In einem Kampf würde er keine Hilfe sein. Die Erinnerung an die verstümmelten Leichen im Schlafzimmer des Bungalows und Johnnys zerschmetterten Schädel verdrängten jeden vernünftigen Gedanken. Daniel merkte, daß er vor Wut zitterte, und dadurch fand er seine Beherrschung wieder.

»Während ich hier Zeit vergeude, entkommen sie«, sagte er sich. »Die einzige Möglichkeit ist, ihnen den Weg zum Fluß abzuschneiden. Ich brauche Hilfe.«

Er dachte an das Park-Camp in Mana Pools. Der Aufseher dort war ein guter Mann. Daniel kannte ihn aus alten Zeiten. Er hatte ein Anti-Wilderer-Team und ein schnelles Boot. Sie konnten flußabwärts fahren, um die Bande zu fassen, wenn sie versuchte, wieder auf die sambische Seite zu gelangen. Daniel begann bereits wieder logisch zu denken, als er zurück in das Büro des Parkaufsehers ging. Von Mana Pools konnten sie Harare anrufen und die Polizei verständigen, damit sie ein Suchflugzeug schickte.

Er wußte, daß Eile jetzt not tat. In zehn Stunden würde die Bande den Fluß wieder überquert haben. Aber er konnte Johnny nicht einfach in seinem eigenen Blute liegenlassen. Es bedeutete zwar, daß er einige weitere Minuten vertat, doch er mußte ihm die letzte Ehre erweisen und ihn zumindest anständig zudecken.

Daniel blieb im Türrahmen zu Johnnys Büro stehen. Die Deckenlampen waren brutal enthüllend. Sie verbargen nichts von dem Grauen. Er stellte die AK 47 ab und blickte sich suchend nach einer Decke für die Leiche seines Freundes um. Die vom Sonnenlicht ausgebleichten Vorhänge an den Vorderfenstern waren aus dem grünen Stoff, den alle Verwaltungen hatten, aber er würde sie als provisorisches Leichentuch benutzen. Er nahm einen ab und ging damit zu Johnny.

Johnny lag qualvoll verkrampft da. Ein Arm war unter seiner Brust verdreht, und sein Gesicht lag in einer Lache dick geronnenen Blutes. Behutsam drehte Daniel ihn um. Die Leichenstarre hatte noch nicht eingesetzt. Er zuckte zusammen, als er Johnnys Gesicht sah, da die Kugel durch dessen rechte Augenbraue ausgetreten war. Mit einem Zipfel des Vorhangs wischte er das Gesicht sauber und legte die Leiche dann sorgsam auf den Rücken.

Johnnys linke Hand steckte in seinem Hemd, und seine Faust war fest geballt. Daniels Interesse verstärkte sich, als er das zerknüllte Papier in seiner Hand sah. Er spreizte Johnnys Finger und nahm das Knäuel heraus.

Er stand auf, ging zum Schreibtisch hinüber und breitete das Papier darauf aus. Daniel sah sofort, daß Johnny mit seinem eigenen Blut darauf gekritzelt hatte, und erschauerte beim Anblick der unheimlichen Buchstaben.

NJNC. Die Buchstaben waren unbeholfen wie von Kinderhand, verschmiert und kaum lesbar. Sie ergaben keinen Sinn, obwohl das J auch ein I sein konnte. Daniel betrachtete es. NINC. Aus dieser Nachricht ergab sich noch immer nichts.

Plötzlich spürte Daniel, daß sich etwas in seinem Unterbewußtsein regte, etwas, das in sein Bewußtsein zu dringen versuchte. Er schloß für eine Minute die Augen. Es half oft, völlig abzuschalten, wenn man nach einem flüchtigen Gedanken oder einer Erinnerung suchte.

NINC.

Er öffnete seine Augen wieder und merkte, daß er auf den Boden starrte. Dort waren blutige Fußspuren zurückgeblieben, die von den Sohlen seiner eigenen Stiefel und die des Killers. Er dachte nicht darüber nach. Er grübelte noch immer über dieses eine rätselhafte Wort, das Johnny ihm hinterlassen hatte.

Dann stellte er fest, daß sein Blick auf einem der Fußabdrücke haftengeblieben war. Der Fußabdruck zeigte ein Fischgrätmuster. NINC. Das hallte in seinem Kopf wider, und dann gab dieser sonderbare Fußabdruck dem ganzen einen Sinn, und das Echo kam verändert und beschwörend wieder. NING. Johnny hatte versucht, NING zu schreiben! Daniel merkte, daß der Schock dieser Entdeckung ihn frieren und zittern ließ.

»Botschafter Ning – Ning Cheng Gong.« Wie war das möglich? Und doch waren diese verdammten Fußabdrücke da und bestätigten das Unmögliche. Ning war hier gewesen, *nachdem* Johnny tot war. Daniel unterbrach diesen Gedankengang, als ihm eine andere Erinnerung kam, als sei sie wie der Bolzen einer Armbrust abgeschossen worden.

Das Blut an den Beinen der blauen Baumwollhose, die Spuren von Nings Sportschuhen und das Blut – Johnnys Blut. Endlich hatte seine Wut ein Ziel, auf das sie sich konzentrieren konnte, doch jetzt war es eine kalte, konstruktive Wut. Er drückte die blutige Notiz wieder in Johnnys Hand und preßte deren Finger zusammen, damit die Polizei sie finden würde. Dann breitete er den grünen Vorhang über Johnnys Leiche und deckte den zerschmetterten Kopf zu. Sekundenlang stand er so vor ihm.

»Ich werde den Bastard erwischen, alter Freund. Für dich. Für dich und Mavis und die Kinder. Das verspreche ich dir, Johnny, in Erinnerung an unsere Freundschaft. Das schwöre ich.« Dann ergriff er das

Gewehr und rannte aus dem Büro, die Stufen hinunter und dorthin, wo Jock neben dem geparkten Jeep wartete.

In den wenigen Sekunden, die er brauchte, um den Wagen zu erreichen, kamen ihm die letzten Details in den Sinn. Er erinnerte sich an Chengs Unbehagen, als er glaubte, Daniel würde länger in Chiwewe bleiben, und an seine offenkundige Erleichterung, als er erfuhr, daß Daniel abreiste.

Er warf noch einen Blick auf die Ruinen des niedergebrannten Elfenbeinlagerhauses und auf die Reifenspuren, die noch immer im Morast zu sehen waren. Es war einfach und genial. Die Bande der Wilderer zog die Verfolger auf sich, während das Elfenbein in den Wagen der Parkverwaltung fortgeschafft wurde. Daniel erinnerte sich an das verdrossene, unnatürliche Verhalten Gomos und des anderen Fahrers, als sie sich auf der Straße begegnet waren. Jetzt ergab das alles einen Sinn. Sie hatten auf einer Ladung gestohlenen Elfenbeins gesessen. Kein Wunder, daß sie sich so sonderbar verhielten.

Während er hinter das Steuer des Wagens glitt und Jock befahl einzusteigen, schaute er auf seine Armbanduhr. Es war gleich zehn Uhr. Fast vier Stunden waren vergangen, seit er an Cheng und den Lastwagen auf der Hangstraße vorbeigefahren war. Konnte er sie einholen, bevor sie die Hauptstraße erreichten und verschwanden? Ihm war klar, daß alles sorgfältig geplant war, daß sie einen Fluchtweg festgelegt und Vorbereitungen getroffen hatten, um das Elfenbein beseite zu bringen. Er ließ den Motor an und legte den Gang ein. »Damit kommst du nicht durch, du dreckiger Bastard!«

Der Gewitterregen hatte die Hangstraße an vielen Stellen ausgehöhlt und knietiefe Rinnen über den Weg gezogen, durch die kanonenkugelgroße Felsen freigelegt worden waren. Daniel steuerte den Jeep so wild darüber hinweg, daß Jock sich am Griff des Armaturenbretts festklammern mußte.

»Fahr langsamer, Danny, verdammt! Du bringst uns noch beide um. Wohin fahren wir, zum Teufel? Wozu die Eile?«

Mit so wenigen Worten wie möglich erzählte Daniel ihm das Wichtigste.

»Einen Botschafter darfst du nicht anfassen«, grunzte Jock, während der hüpfende Jeep ihm fast die Luft wegnahm. »Wenn du dich irrst, wirst du gekreuzigt, Mann!«

»Ich irre mich nicht«, versicherte Daniel ihm. »Abgesehen von Johnnys Nachricht, spüre ich das in meinem Bauch.«

Die Regenfluten waren den Hang hinuntergestürzt, aber als sie die

Talsohle erreicht hatten, waren sie langsamer geworden und hatten sich aufgestaut. Nur Stunden zuvor war Daniel am Fuße des Steilabbruchs durch ein trockenes Flußbett hin- und zurückgefahren. Jetzt hielt er vor der Furt an und starrte auf das Bild, das sich im Licht der Scheinwerfer bot.

»Da kommst du nie durch«, murmelte Jock beunruhigt.

Daniel ließ den Motor laufen und sprang in den knöcheltiefen Schlamm und rannte ans Flußufer.

Die Äste eines der Bäume, die neben der Furt standen, streckten sich weit über den Fluß hinaus, und einige der untersten Zweige berührten das jetzt wild wirbelnde Wasser. Daniel umfaßte einen Ast, hielt sich daran fest und glitt in den Fluß. Er schob sich gegen die Strömung vor. Er brauchte all seine Kraft, um nicht weggerissen zu werden. Der Sog des Wassers war ungeheuer stark, und seine Füße wurden ständig vom Boden weggedrückt. Dennoch arbeitete er sich bis an die tiefste Stelle des Wassers vor.

Es reichte ihm bis zur untersten Rippe. Der Ast, an den er sich klammerte, knarrte und bog sich wie eine Angelrute, als Daniel sich zurück ans Ufer arbeitete. Wasserüberströmt entstieg er dem reißenden Fluß.

»Es wird gehen«, sagte er zu Jock, nachdem er wieder ins Fahrerhaus gestiegen war.

»Du bist total verrückt«, explodierte Jock. »Ich fahre da nicht rein.«

»Okay! Schön! Du hast zwei Minuten, um auszusteigen«, erwiderte Daniel grimmig und schaltete den Toyota auf Vierradantrieb um.

»Du kannst mich hier nicht zurücklassen«, heulte Jock. »Hier wimmelt es von Löwen. Was wird aus mir?«

»Das ist dein Problem, Kumpel. Kommst du mit oder steigst du aus?«

»Okay, fahr zu! Ertränke uns!« Jock kapitulierte und umklammerte mit beiden Händen seinen Sitz.

Daniel ließ den Landcruiser die steile Böschung hinab auf die Furt und in das braune Wasser rollen. Er fuhr in gleichmäßigem Tempo, und nach wenigen Metern reichte das Wasser über die Räder. Die Kühlerhaube des Wagens war noch immer steil nach unten geneigt, da der Boden abfiel.

Dampf zischte, als Wasser in den Motorraum drang und das heiße Metall der Maschine überspülte. Die Scheinwerfer wurden schwächer, als sie unter die Oberfläche gerieten. Eine Welle ergoß sich über die Motorhaube, und das Wasser reichte bis zur Windschutzscheibe. Ein Benzinmotor war abgesoffen und stehengeblieben, doch die schwere

Dieselmaschine schob sie unbeirrt vorwärts in die Flut. Wasser drang durch die Türrahmen und stieg wadenhoch.

»Du bist wirklich verrückt«, kreischte Jock und legte seine Füße auf das Armaturenbrett. »Ich will nach Hause zu Mama!«

Als die Luft, die in seinem Rumpf zusammengepreßt wurde, ihm Auftrieb verlieh und seine wirbelnden Räder den Kontakt zu dem steinübersäten Grund verloren, begann der Landcruiser zu beben.

»Oh, mein Gott!« schrie Jock beim Anblick eines riesigen entwurzelten Baumes, der aus der Dunkelheit auf sie zugeschossen kam.

Er krachte in die Seite des Wagens, zerschmetterte eines der Fenster und verzog die ganze Karosserie. Durch das Gewicht des treibenden Baumes wurden sie langsam drehend stromabwärts getrieben. Als sie sich ganz gedreht hatten, wurde die tödliche Umarmung des Baumes gebrochen.

Von ihm befreit, trieben sie weiter, sanken aber schnell, da die zusammengepreßte Luft aus dem Landcruiser zu entweichen begann. Wasser schoß immer schneller herein, und bald saßen sie hüfttief darin.

»Ich steig aus«, schrie Jock und warf sich mit aller Macht gegen die Tür. »Ich will nicht ersaufen.« Er geriet in Panik, weil die Tür durch den Wasserdruck fest geschlossen blieb.

Dann spürte Daniel, daß die Räder wieder Boden faßten. Die Flut hatte sie in eine Flußbiegung geschwemmt und an das gegenüberliegende Ufer getrieben. Der Motor lief noch immer. Der Ansaugstutzen und der Filter überragten das Karosseriedach. Daniel hatte das eigens für solche Notfälle umbauen lassen.

Im seichten Wasser faßten die Räder den felsigen Grund und schoben die Masse des Landcruisers vorwärts.

»Komm schon, Süße!« bettelte Daniel. »Bring uns hier raus.« Und der massige Wagen folgte. Er zitterte und hüpfte und versuchte, sich aus dem Wasser zu heben. Die Scheinwerfer drangen wieder an die Oberfläche und erfaßten das andere Ufer. Die Strömung hatte sie auf eine Schlammbank geschoben, und der Wagen stand mit durchdrehenden Vorderrädern in Richtung auf die Uferböschung.

Am Ufer sahen sie eine flache Stelle. Der Landcruiser rutschte und schlitterte darauf zu. Mit brüllendem Motor schob er sich langsam dort hoch, wobei er wütend kleine Büsche herausriß, die die Flut überstanden hatten, und tiefe Rinnen in die weiche Erde furchte. Dann faßten seine Reifen plötzlich festen Boden und zogen den Wagen ruckartig aus der Flut. Wasser strömte aus der Karosserie wie von einem auftauchenden Unterseeboot, und der schwere Dieselmotor röhrte triumphierend, als sie in den Mopane-Wald rollten.

»Ich lebe noch«, flüsterte Jock. »Halleluja.«

Daniel bog parallel zum Flußufer ab, steuerte den Landcruiser zwischen den Mopane-Stämmen hin und her, bis sie schließlich über die Böschung der Straße rumpelten. Er schaltete den Vierradantrieb aus und gab Vollgas. Sie rasten der Abzweigung von Mana Pools entgegen.

»Wieviel von der Sorte kommen noch?« fragte Jock voller Angst. Zum ersten Mal seit Johnnys Tod lächelte Danny, aber es war ein grimmiges Lächeln.

»Nur vier oder fünf«, antwortete er. »Eine Sonntagnachmittag-Spazierfahrt. Nichts Besonderes.«

Er blickte auf seine Uhr. Cheng und die Kühllastwagen hatten fast vier Stunden Vorsprung. Sie mußten durch die Furten gekommen sein, bevor die sich vom Steilabbruch ergießenden Regenfluten sie überschwemmt hatten. Die Erde zwischen den Mopane-Bäumen war durch den Regen so weich wie geschmolzene Schokolade. Der schwarze Boden war dafür bekannt, daß Fahrzeuge darin steckenblieben, wenn er feucht war. Der Landcruiser rutschte und schleuderte und hinterließ tiefe Furchen hinter den wirbelnden Rädern.

»Da kommt der nächste Fluß«, warnte Daniel, als die Straße abfiel und dichtes Ufergebüsch näher an den schmalen Weg herandrängte. »Zieh deine Schwimmweste an.«

»So was wie vorhin ertrage ich nicht noch mal.« Jock drehte sich zu ihm. Sein Gesicht war im Schimmer des Lichtes vom Armaturenbrett totenblaß. »Ich verspreche zehn ›Ave Maria‹ und fünfzig ›Vaterunser‹, wenn...«

»Der Preis ist angemessen – das wird ein Kinderspiel«, versicherte Daniel ihm, als die Scheinwerfer die Furt erfaßten.

In Afrika endet eine Regenflut so plötzlich, wie sie kommt. Vor fast zwei Stunden hatte es aufgehört zu regnen, und die Hänge des Tales waren schon fast wieder trocken. An dem anderen Ufer des Flusses war fast zwei Meter über der derzeitigen Oberfläche des Wassers eine Hochwassermarke zu sehen, die zeigte, wie schnell die Flut verrauscht war. Dieses Mal schaffte der Landcruiser die Durchquerung mühelos. Das Wasser reichte nicht einmal bis zu den Scheinwerfern.

»Die Macht des Gebetes«, grunzte Daniel. »Bleib dran, Jock. Wir machen aus dir noch einen Gläubigen.«

Der nächste Fluß war noch tiefer gefallen, so daß er kaum bis zur Oberkante der Räder reichte, und Daniel hielt sich nicht damit auf, den

Gang zu wechseln, als sie platschend hindurchfuhren. Vierzig Minuten später parkte Daniel den Wagen vor der Eingangstür des Aufseherbungalows im Mana-Pools-Camp. Während Jock ohne Unterbrechung auf die Hupe drückte, hämmerte Daniel mit beiden Fäusten gegen die Tür.

Nur mit einer Unterhose bekleidet, wankte der Aufseher auf die Veranda hinaus. »Wer ist da?« rief er auf Shona. »Was, zum Teufel, ist denn los?« Er war ein schlanker, muskulöser vierzigjähriger Mann namens Isaac Mtwetwe.

»Isaac? Ich bin's!« rief Daniel. »Es gibt Riesenprobleme. Setz deinen Arsch in Bewegung. Du hast reichlich Arbeit vor dir.«

»Danny?« Isaac beschattete seine Augen, um von den Scheinwerfern des Landcruisers nicht geblendet zu werden. »Bist du's, Danny?«

Er richtete seine Taschenlampe auf Daniels Gesicht. »Was ist los? Was ist passiert?«

Daniel antwortete ihm in fließendem Shona. »Eine große Bande bewaffneter Wilderer hat das Camp von Chiwewe überfallen. Sie haben Johnny Nzou und seine Familie und das ganze Camp-Personal umgebracht.«

»Allmächtiger Gott!« Isaac war hellwach.

»Ich vermute, daß sie von der sambischen Seite gekommen sind«, fuhr Daniel fort. »Ich schätze, sie werden zwanzig Meilen stromabwärts von hier den Sambesi überqueren. Du mußt dein Anti-Wilderer-Team zusammentrommeln, um ihnen den Weg abzuschneiden.«

Daniel gab ihm rasch alle weiteren Informationen, die er gesammelt hatte: die geschätzte Stärke der Bande, ihre Bewaffnung, die Zeit, zu der sie Chiwewe verlassen hatten und ihre mutmaßliche Marschrichtung und Marschgeschwindigkeit. Dann fragte er: »Sind die Kühllastwagen von Chiwewe auf ihrer Rückfahrt nach Harare hier vorbeigekommen?«

»Gegen acht Uhr«, bestätigte Isaac. »Sie kamen durch, kurz bevor der Fluß anstieg. Ein Zivilist war bei ihnen, ein Chinese in einem blauen Mercedes. Einer der Lastwagen schleppte ihn. Der Mercedes blieb im Schlamm stecken.« Isaac zog sich an, während er sprach. »Was willst du tun, Danny? Ich weiß, daß Johnny Nzou dein Freund war. Wenn du mit uns kommst, hast du vielleicht eine Chance, auf diese Schweine schießen zu können.« Obwohl sie während des Buschkrieges auf verschiedenen Seiten gekämpft hatten, kannte er Daniels Ruf.

Doch Daniel schüttelte den Kopf.

»Ich werde den Lastwagen und diesem Mercedes folgen.«

»Das verstehe ich nicht.« Isaac, der gerade seine Stiefel zuschnürte, blickte auf. Seine Stimme klang überrascht.

»Ich kann das jetzt nicht erklären, aber es hat mit Johnnys Mörder zu tun. Vertraue mir.« Daniel konnte Isaac nichts von dem Elfenbein und Botschafter Ning erzählen, solange er keinen Beweis hatte.

»Okay, Danny. Ich werde diese Schweine für dich erledigen, bevor sie über den Fluß entkommen können«, versprach er. »Fahr du voraus. Tu, was du tun mußt.«

Daniel ließ Isaac am Ufer des Sambesi zurück. Der Aufseher sammelte seine Anti-Wilderer-Ranger in dem zwanzig Fuß langen Schnellboot. Am Heck hing ein neunzig-PS-starker Yamaha-Außenbordmotor. Auch das Boot war ein Relikt aus dem Buschkrieg.

Daniel fuhr weiter westwärts in die Nacht hinein und folgte dem Weg, der parallel zum Sambesi verlief. Jetzt waren die Reifenspuren des Konvois noch tiefer in die schlammige Erde gegraben. Im Scheinwerferlicht sahen sie so frisch aus, als ob sie erst Minuten zuvor entstanden seien. Sicherlich waren sie erst nach dem letzten Regenguß entstanden. Das Muster zeichnete sich deutlich im schwarzen Lehm der Straße ab.

Offensichtlich zog einer der Lastwagen noch immer den Mercedes. Daniel entdeckte die Schleifspuren, wo das Abschleppseil in Intervallen die Erde berührt hatte. Das Abschleppen würde ihre Fahrt beträchtlich verlangsamen, dachte Daniel voller Genugtuung. Er mußte jetzt rasch aufholen. Er spähte eifrig voraus, rechnete fast damit, das rote Glühen der Schlußlichter des Mercedes in der Dunkelheit auftauchen zu sehen. Er streckte die Hand nach der AK 47, die zwischen den Sitzen steckte.

Jock bemerkte die Geste und warnte ihn behutsam. »Mach keine Dummheiten, Danny. Du hast keinen Beweis, Mann. Du kannst nicht einfach auf einen Verdacht hin dem Botschafter den Kopf wegpusten. Beruhige dich, Mann.«

Der Abstand zu dem Konvoi schien größer, als Daniel gehofft hatte. Erst weit nach Mitternacht gelangten sie auf die Great North Road, die Schnellstraße, die über die Chirundu-Brücke in nördlicher Richtung zum Sambesi und südwärts über den Steilabbruch auf einer Serpentinenstrecke nach Harare, der Hauptstadt von Simbabwe, führte.

Daniel hielt den Landcruiser am Rand der Kreuzung an. Er sprang aus dem Wagen, seine Maglite in der Hand.

Aller Wahrscheinlichkeit nach war der Konvoi südwärts nach Harare abgebogen. Sie konnten kaum hoffen, zwei riesige Lastwagen der

Regierung mit frischem Fleisch und Elfenbein durch den Zoll von Simbabwe und Sambia zu bringen, nicht einmal, wenn sie fürstliche Bestechungsgelder zahlten.

Daniel fand die Bestätigung für seine Vermutung fast augenblicklich. An den Reifen der Lastwagen und des Mercedes klebte schwarzer Lehm. Die Fahrzeuge hinterließen deshalb deutliche Spuren auf dem Asphalt der Schnellstraße. Die Spuren verloren sich erst allmählich, nachdem die letzten Lehmreste von den Reifen gewirbelt waren.

»Nach Süden«, sagte Daniel, als er wieder hinter das Steuer kletterte. »Sie fahren nach Süden, und wir werden sie jede Minute eingeholt haben.«

Er gab Vollgas. Die Nadel des Tachos zitterte bei 90 Meilen pro Stunde, und die schweren Reifen winselten schrill auf dem schwarzen Asphalt der Schnellstraße.

»Sie können nicht weit vor uns sein«, murmelte Daniel. Während er das sagte, sah er das Glühen von Scheinwerfern vor sich.

Wieder berührte er den Lauf des AK-Gewehrs, und Jock blickte ihn nervös an.

»Um Gottes willen, Danny. Ich will nicht wegen Mordes verurteilt werden. Man sagt, das Gefängnis in Chikurubi sei nicht gerade ein Fünf-Sterne-Hotel.«

Die Lichter kamen näher, und Daniel schaltete die starken Dachscheinwerfer des Landcruisers ein und stieß dann einen enttäuschten Schrei aus. Er hatte damit gerechnet, im Strahl des Scheinwerferlichtes die unverwechselbaren Aufbauten der Kühllastwagen zu sehen. Statt dessen entdeckte er ein Fahrzeug, das er nie zuvor gesehen hatte. Es war ein gigantischer MCA-Lastwagen, ein Zwanzigtonner, der einen ebenso großen, achträdrigen Anhänger zog. Die Ladeflächen des Lastwagens und des Anhängers waren mit schweren, tarngrünen Planen abgedeckt, die man straff vertäut hatte, um die Ladung zu schützen. Dieser wuchtige Schleppzug parkte am Straßenrand neben dem Highway und stand in nördlicher Fahrtrichtung, auf die Chirundu-Brücke zu.

Drei Männer arbeiteten an dem Hänger. Sie waren damit beschäftigt, die Seile nachzuspannen, die die Planen hielten. Im Scheinwerferlicht erstarrten sie und blickten auf den herankommenden Landcruiser.

Zwei der Männer waren Schwarzafrikaner, die verblichene Overalls trugen. Der dritte war eine würdevolle Gestalt in einem khakifarbenen Safarianzug. Er war ebenfalls dunkelhäutig, aber bärtig und trug einen weißen Kopfputz. Erst als Daniel näher herangekommen war, sah er, daß es sich dabei um einen sorgfältig geknoteten Turban handelte und daß der Mann ein Sikh war.

Als Daniel den Landcruiser bremste und vor dem geparkten Lastzug hielt, gab der Sikh den beiden Afrikanern eine scharfe Anweisung. Alle drei drehten sich um, eilten zum Führerhaus des Lastwagens und stiegen ein.

»Warten Sie eine Sekunde!« schrie Daniel und sprang aus dem Wagen. »Ich will mit Ihnen reden.« Der Sikh saß bereits hinterm Steuer.

»Warten Sie!« rief Daniel drängend und erreichte das Fahrerhaus.

»Ja, was ist?«

»Entschuldigen Sie die Störung«, sagte Daniel. »Sind Sie auf der Straße an zwei großen weißen Lastwagen vorbeigekommen?«

Der Sikh starrte auf ihn herab, ohne zu antworten, und Daniel fügte hinzu: »Sehr große Lastwagen – Sie können sie nicht übersehen haben. Sie fahren im Konvoi. Möglicherweise war noch ein blauer Mercedes dabei.«

Der Sikh zog seinen Kopf wieder ins Fahrerhaus und sprach mit den beiden Afrikanern in einem Dialekt, den Daniel nicht verstand. Während er ungeduldig auf eine Antwort wartete, bemerkte Daniel ein Firmenzeichen, daß auf die Tür des Lastwagens gemalt war.

CHETTI SINGH LIMITED
IMPORT AND EXPORT
P. O. BOX 52 LILONGWE
MALAWI

Malawi war der kleine souveräne Staat, der von den drei viel größeren Territorien Sambias, Tansanias und Moçambiques umgeben war. Ein Land mit Bergen, Flüssen und Seen, dessen Bevölkerung unter dem achtzigjährigen Diktator Hastings Banda so wohlhabend und glücklich wie jeder andere Staat des von Armut und Tyrannei geplagten afrikanischen Kontinents war.

»Mr. Singh. Ich bin in großer Eile«, rief Daniel. »Sagen Sie mir bitte, ob Sie diese Lastwagen gesehen haben.«

Der Sikh steckte beunruhigt seinen Kopf aus dem Fenster. »Woher kennen Sie meinen Namen?« fragte er, und Daniel deutete auf das Firmenzeichen an der Tür.

»Ha! Sie sind ein sehr aufmerksamer und scharfsinniger Mann, aber egal!« Der Sikh wirkte erleichtert. »Ja, meine Männer erinnerten mich daran, daß wir vor einer Stunde zwei Lastwagen begegnet sind. Sie fuhren nach Süden. Einen Mercedes haben wir nicht gesehen. Dessen bin ich mir völlig sicher. Kein Mercedes. Absolut.«

Er ließ den Motor des MCA-Lastwagens an. »Freut mich, daß ich Ihnen behilflich sein konnte. Ich habe es auch sehr eilig. Ich muß zurück nach Lilongwe. Leben Sie wohl, mein Freund. Ich wünsch Ihnen eine sichere Reise und eine gute Ankunft.« Er winkte fröhlich und ließ den riesigen Lastwagen anrollen.

Etwas an seiner umgänglichen Art störte Daniel. Als der schwer beladene Anhänger an ihm vorbeirollte, hielt sich Daniel an einem der stählernen Stäbe fest und schwang sich auf das Trittbrett unter der Heckklappe des Hängers. Durch die Scheinwerfer des Landcruisers hatte er genügend Licht, um durch Stäbe und Plane ins Wageninnere schauen zu können.

Der Anhänger schien mit einer Ladung Jutesäcke vollgestopft zu sein. Auf einen der Säcke war die Aufschrift: ›Trockenfisch. Hergestellt in...‹ gestempelt. Das Herkunftsland war nicht zu entziffern. Daniels Nase bestätigte, daß der Inhalt der Säcke der Aufschrift entsprach. Der Geruch halbverfaulten Fisches war stark und unverwechselbar.

Der Lastwagen gewann rasch an Geschwindigkeit, und Daniel sprang ab und schaute den Rücklichtern nach. Sein Instinkt sagte ihm, daß etwas an dem Anhänger ebenso faul war wie der Gestank unter der Persenning. Aber was konnte er tun? Seine Hauptsorge galt noch immer dem Konvoi der Kühllastwagen und Ning in seinem Mercedes, die südwärts fuhren, wogegen der Sikh mit seinem MCA-Lastzug in die entgegengesetzte Richtung fuhr. Er konnte nicht beiden folgen, selbst wenn er eine Verbindung zwischen beiden hätte beweisen können. Und das war unmöglich.

»Chetti Singh«, wiederholte er den Namen und dann das Nummernschild, um sich beides einzuprägen. Dann rannte er zu dem Landcruiser zurück, in dem Jock wartete.

»Wer war das? Was hat er gesagt?« wollte Jock wissen.

»Er hat die Kühllastwagen vor ungefähr einer Stunde in Richtung Süden fahren sehen. Wir werden ihnen folgen.« Er verließ den Parkplatz, und sie fuhren mit Höchstgeschwindigkeit weiter in Richtung Süden.

Die Straße wurde langsam kurvenreicher. Nach einer der Kurven blockierte plötzlich einer der weißen Kühllastwagen die Straße vor ihnen. Er fuhr nur halb so schnell wie der Landcruiser, und Dieselrauch drang fauchend aus seinem Auspuff, während er in niedrigem Gang die Hangstraße hinaufbrummte. Der Fahrer fuhr genau auf der Mittellinie, so daß Daniel keinen Platz zum Überholen hatte.

Daniel drückte heftig auf die Hupe und schaltete das Fernlicht ein und aus, um den Lastwagen zum Ausweichen zu veranlassen. Doch der Wagen hielt die Spur.

»Mach Platz, du mörderischer Bastard«, fauchte Daniel und schlug wieder anhaltend auf die Hupe.

»Beruhige dich, Daniel«, bat Jock. »Du drehst ja fast durch. Reg dich ab, Mann.«

Daniel steuerte den Landcruiser zum Überholen auf den Randstreifen und betätigte wieder die Hupe. Jetzt konnte er in den Außenspiegel am Führerhaus des Lastwagens sehen und erkannte darin das Gesicht des Fahrers.

Es war Gomo. Er beobachtete Daniel im Spiegel, machte aber keine Anstalten auszuweichen. Sein Gesichtsausdruck war eine Mischung aus Furcht und Grausamkeit, Schuld und bitterem Groll. Er blockierte absichtlich die Straße, fuhr die Kurven weit aus und ließ den Lastwagen schlingern, wenn Daniel versuchte, ihn auf der falschen Seite zu überholen.

»Er weiß, daß wir es sind«, sagte Daniel wütend zu Jock. »Er weiß, daß wir noch mal in Chiwewe waren und das Gemetzel dort gesehen haben. Er weiß, daß wir ihn verdächtigen, und er versucht uns aufzuhalten.«

»Hör auf, Danny. Das bildest du dir doch alles ein, Mann. Es könnte ein Dutzend Erklärungen dafür geben, warum er sich so verhält. Ich will mit dieser verrückten Geschichte nichts zu tun haben.«

»Zu spät, mein Freund«, sagte Daniel. »Ob du willst oder nicht, du steckst jetzt mit drin.«

Daniel lenkte den Landcruiser scharf auf die andere Seite. Diesmal reagierte Gomo zu langsam, um die Straße blockieren zu können. Daniel schaltete herunter und trat das Gaspedal durch. Der Landcruiser sprang vorwärts und schoß am Heck des Lastwagens vorbei. Daniel hatte das Gaspedal noch immer durchgetreten, erreichte die Höhe des Fahrerhauses und quetschte sich durch die Lücke zwischen der stählernen Bordwand und dem Straßenrand.

Nur die inneren Räder hatten Verbindung mit dem Asphalt. Die äußeren Räder wirbelten auf dem Straßenrand losen Kies auf und bewegten sich gefährlich nah an den Abgrund, der steil in das Tal des Sambesi unter ihnen abfiel.

»Danny, du verdammter Bastard«, schrie Jock wütend. »Du bringst uns wirklich beide um. Ich habe genug von diesem Scheiß, Mann.«

Der Landcruiser prallte gegen eines der massiven Straßenzeichen, das vor dem gefährlichen Gefälle warnte. Mit einem Krachen fuhren sie das Straßenschild um und schleuderten gefährlich, aber Daniel hielt grimmig das Steuer fest und rückte zentimeterweise an dem Fahrerhaus des langsamen Lastwagens vorbei.

Gomo starrte von seinem hohen Sitz auf den Landcruiser herab. Daniel beugte sich vor, um ihn sehen zu können, hob eine Hand vom Steuer und gab ihm ein Handzeichen, daß er anhalten sollte. Gomo nickte und gehorchte, lenkte den Lastwagen nach links und machte dem Landcruiser Platz.

»Das ist schon besser«, krächzte Daniel und steuerte in den Raum neben dem Lastwagen, den Gomo frei gemacht hatte. Er war in die Falle gegangen und wurde unachtsam. Die beiden Fahrzeuge rollten noch immer Seite an Seite. Plötzlich riß Gomo das Steuer hart in die Gegenrichtung herum. Bevor Daniel reagieren konnte, krachte der Lastwagen in die Seite des Landcruisers, und das Gewicht des riesigen Lastwagens drückte das kleinere Fahrzeug wieder auf den Straßenrand.

Daniel versuchte krampfhaft, das Steuer festzuhalten und dem Druck zu widerstehen, aber er spürte den Zusammenstoß so heftig in seinen Fingern, daß er für einen Augenblick glaubte, sein linker Daumen sei abgerissen. Der Schmerz betäubte ihn bis zu den Ellenbogen. Er trat heftig auf die Bremse, und der Landcruiser wurde langsamer, so daß der Lastwagen vorbeirollte und das Metall der beiden Fahrzeuge kreischte, als sie sich lösten. Der Landcruiser kam zum Stillstand und hing halb am Straßenrand. Ein Vorderrad drehte sich über dem Abgrund.

Daniel umklammerte seine verletzte Hand, wobei Tränen des Schmerzes in seine Augen traten. Allmählich spürte er die Kraft zurückkehren und damit seine Wut. Der Lastwagen war inzwischen fünfhundert Meter voraus und entfernte sich rasch.

Daniel legte den Rückwärtsgang des Landcruisers ein, der wieder auf Vierradantrieb geschaltet war. Nur drei der Räder griffen, aber der Wagen zog sich mühelos von dem Steilhang zurück. Die der Straße zugewandte Seite war an der Stelle, wo der Lastwagen den Cruiser gestreift hatte, bis auf das Metall zerkratzt.

»Okay«, fauchte Daniel Jock an. »Brauchst du noch mehr Beweise? Das war ein vorsätzlicher Versuch, uns umzubringen! Dieser Bastard Gomo ist schuldig wie nur was!«

Der Lastwagen war hinter der nächsten Kurve des Highway aus dem Blickfeld verschwunden, und Daniel fuhr den Landcruiser mit Vollgas hinterher.

»Gomo wird sich von uns nicht überholen lassen«, sagte Daniel zu Jock. »Ich werde den Lastwagen einholen und dann diesen Burschen rausholen.«

»Ich will mit der Geschichte nichts mehr zu tun haben«, murmelte Jock. »Überlaß das jetzt der Polizei, verdammt.«

Daniel ignorierte seinen Protest und brachte den Landcruiser auf Höchstgeschwindigkeit. Als sie durch die Kurve kamen, war der Lastwagen nur noch ein paar hundert Meter voraus. Die Lücke zwischen ihnen verringerte sich schnell.

Daniel musterte das andere Fahrzeug. Die Kratzer an seiner Seite waren bei weitem nicht so arg wie der Schaden am Landcruiser, und Gomo konnte jetzt schneller fahren, da der Hügel kurz vor dem Scheitel des Steilabbruchs leichter anstieg. Die Doppeltür des Laderaums am Heck war mit einem schweren Riegel verschlossen. Die luftdichten Muffen um die Türen bestanden aus schwarzem Gummi. Auf der Beifahrerseite des Aufbaus führte eine Stahlleiter auf das flache Dach, auf dem die Ventilatoren der Kühlanlage in Fiberglasbehältern untergebracht waren.

»Ich werde auf die Leiter steigen«, sagte Daniel zu Jock. »Sobald ich raus bin, rutschst du rüber und übernimmst das Steuer.«

»Ich nicht, Mann. Das habe ich dir gesagt. Mir reicht's. Mit mir kannst du nicht rechnen.«

»Schön.« Daniel sah ihn nicht einmal an. »Dann laß es! Laß den Wagen irgendwo gegenknallen, und du knallst mit. Macht ja nichts, wenn ein blöder Pisser weniger auf der Welt ist.«

Daniel schätzte Geschwindigkeit und Abstand zwischen den beiden Fahrzeugen ab. Er öffnete die Tür auf seiner Seite. Die Halterungsraste der Tür waren entfernt worden, damit ungehindertes Fotografieren möglich war. Deshalb klappte sie ganz auf und schlug gegen die Karosserie.

Mit einer Hand lenkend, lehnte sich Daniel aus der offenen Tür. »Übernimm die Karre. Sie gehört dir«, rief er Jock zu. Daniel zog sich auf das Dach und hatte den Schmerz in seinem Daumen vergessen. In diesem Augenblick steuerte Gomo den Lastwagen wieder auf die andere Seite, um den Landcruiser zu blockieren.

Als die beiden Fahrzeuge aufeinander zurückten, sprang Daniel. Er bekam eine Sprosse der Seitenleiter zu fassen und zog seinen Unterkörper hoch, um nicht zwischen die beiden Fahrzeuge zu geraten, die wieder zusammenstießen.

Er warf einen Blick auf Jock, der blaßgesichtig und schwitzend am Lenkrad saß. Dann scherte der Landcruiser aus und fiel hinter den weißen Lastwagen zurück. Jock steuerte ihn ziellos, ließ ihn langsamer werden und hielt schließlich am Straßenrand an.

Daniel kletterte so behende wie ein Affe auf den schmalen Stahlsprossen nach oben und erreichte das flache Dach des Lastwagens. Das Gebläsegehäuse befand sich in der Dachmitte, und um das ganze Dach führte ein niedriges Geländer. Daniel arbeitete sich auf Händen und Füßen vor und ließ sich flach auf den Bauch fallen. Grimmig klammerte er sich an das Geländer, wenn die Zentrifugalkraft des Lastwagens ihn in den Kurven vom Dach zu werfen drohte.

Er brauchte volle fünf Minuten, um bis zum Fahrerhaus zu gelangen. Er war sicher, daß Gomo nicht gesehen hatte, daß er aufgestiegen war. Der massige Laderaum mußte ihm den Blick nach hinten versperrt haben. Inzwischen war Gomo sicher davon überzeugt, daß er den Landcruiser abgehängt hatte, da dessen Scheinwerfer auf der leeren Straße hinter dem Lastwagen nicht mehr zu sehen waren.

Daniel arbeitete sich schwankend auf die Beifahrerseite des Führerhauses vor und spähte hinab. Unter der Beifahrertür befand sich ein Trittbrett, und an dem kräftigen Außenspiegel würde er sicheren Halt finden. Blieb nur herauszufinden, ob Gomo so vorsichtig gewesen war, die Beifahrertür zu verriegeln. Es gab keinen Grund, warum er das getan haben sollte, beruhigte Daniel sich, als er auf den Strahl der mächtigen Scheinwerfer des Lastwagens hinabblickte.

Er wartete, bis die Straße eine Linksbiegung machte. Durch die Zentrifugalkraft würde er an das Fahrerhaus gedrückt werden. Er glitt seitlich herunter und klammerte sich an die Spiegelhalterung. Für einen Augenblick traten seine Füße ins Leere, trafen dann aber das breite Trittbrett und fanden Halt. Er schaute durch das Seitenfenster ins Wageninnere.

Gomo drehte ihm ein verblüfftes Gesicht zu und schrie etwas. Er versuchte, die Türverriegelung zu erreichen, doch die ganze Breite des Beifahrersitzes trennte ihn davon. Der Lastwagen schlingerte wild und kam fast von der Straße ab, so daß Gomo gezwungen war, wieder das Lenkrad zu ergreifen.

Daniel riß die Beifahrertür auf, warf sich in das Führerhaus und lag fast der Länge nach auf dem Sitz. Gomo schlug ihm ins Gesicht. Die Faust traf Daniel unter dem linken Auge und betäubte ihn einen Augenblick. Dann packte er den Griff der Hydraulikbremse und zog ihn voll heraus.

Die riesigen Räder wurden gleichzeitig blockiert, und der Lastzug schlitterte und schwankte kreischend in einer Wolke blauen Rauches und qualmenden Gummis den Highway hinunter. Gomo wurde aus seinem Sitz nach vorn geschleudert. Das Lenkrad traf ihn an der Brust, und er krachte mit seiner Stirn so heftig gegen die Windschutzscheibe, daß das Glas zu springen drohte.

Das nächste Schleudern des Fahrzeuges warf ihn halb bewußtlos zurück in den Sitz. Daniel griff an ihm vorbei nach dem Lenkrad. Er steuerte den Lastwagen geradeaus, bis er, nur noch halb auf der Straße, zum Stillstand kam. Die Räder auf der Fahrerseite standen im Straßengraben.

Daniel schaltete die Zündung aus und griff an Gomo vorbei, um die Fahrertür zu öffnen. Er packte Gomos Schulter und stieß ihn grob aus dem Führerhaus. Gomo fiel anderthalb Meter tief zu Boden und landete auf den Knien. An der Stelle seiner Stirn, wo er gegen die Windschutzscheibe geprallt war, hatte er eine Beule von der Größe und Farbe einer reifen Feige.

Daniel sprang hinterher und bückte sich, um ihn an seinem Uniformhemd zu fassen.

»Also gut.« Er drehte den Hemdkragen wie eine Garotte. »Du hast Johnny Nzou und seine Familie ermordet.«

Gomos Gesicht schwoll an und verfärbte sich in dem vagen Licht, das von den Scheinwerfern reflektiert wurde, purpurschwarz.

»Bitte, Doktor, ich verstehe nicht. Warum machen Sie das?« Seine Stimme war ein atemloses Winseln, als Daniel ihn schüttelte.

»Du verlogener Bastard, du bist so schuldig...«

Gomo griff unter sein Hemd. An seinem Gürtel trug er in einer Lederscheide ein Messer. Daniel hörte das Schnappen des Sicherungsriemens und sah das Glitzern der Klinge, die aus der Scheide gezogen wurde.

Daniel ließ Gomos Kragen los und wich zurück, als Gomo nach oben stach. Er war nicht schnell genug, da die Klinge nur eine Falte von Daniels Hemd erwischte und es wie eine Rasierklinge aufschnitt. Er spürte die Klinge, als sie leicht in seine Haut drang und einen Ritz über seine Unterrippen zog.

Gomo kam auf die Beine und hielt das Messer tief.

»Ich bringe dich um«, warnte er, schüttelte seinen Kopf, um seine Benommenheit abzustreifen, und hielt die funkelnde Klinge in der typischen Haltung des geübten Messerkämpfers, wobei die Spitze auf Daniels Bauch gerichtet war.

»Ich bringe dich um, du weißer Scheißfresser.« Er machte eine Finte und stach von der Seite zu, und Daniel sprang zurück, als die Klinge nur einen Zentimeter von seinem Bauch entfernt vorbeizischte.

»Ja!« kicherte Gomo heiser. »Spring, du weißer Pavian! Renn, du kleiner, weißer Affe!« Er stach wieder zu und zwang Daniel zurückzuweichen. Dann stürzte er in einem wütenden Angriff vor, worauf Daniel wieder beiseite springen mußte, um der vorschießenden Klinge zu entgehen.

Gomo wechselte den Stoßwinkel, griff tiefer an, versuchte, Daniels Schenkel zu treffen und ihn zu lähmen. Dabei hielt er das Messer aber so, daß Daniel nicht nach seinem Handgelenk greifen konnte. Sich rückwärts bewegend, täuschte Daniel ein Stolpern vor. Er sank auf ein Knie und stützte seine linke Hand auf den Boden, um sein Gleichgewicht wiederzufinden.

»Ja!« Gomo glaubte, seine Gelegenheit gefunden zu haben und stürzte auf ihn zu, um ihn zu erledigen, aber Daniel hatte eine Handvoll Kies ergriffen, sprang jetzt auf und nutzte seinen Schwung, um Gomo den Kies ins Gesicht zu werfen. Ein alter Messerkämpfertrick, aber Gomo fiel darauf rein. Der Kies knallte gegen seine Augen und stoppte seinen Ansturm. Instinktiv riß er seine Hände hoch, um sein Gesicht zu schützen, und Daniel ergriff seine Messerhand und bog sie um.

Sie standen sich jetzt Brust an Brust gegenüber und hielten das Messer mit ausgestreckten Armen hoch über ihren Köpfen. Daniel machte eine Nickbewegung mit dem Kopf und schlug so nach Gomos Gesicht. Er traf ihn mit seiner Stirn auf dem Nasenrücken. Gomo keuchte und wankte rückwärts, worauf Daniel sein rechtes Knie in Gomos Schritt rammte und voll seine Genitalien traf. Dieses Mal schrie Gomo auf, und sein rechter Arm verlor an Kraft.

Daniel riß den Arm nach unten und schlug die Knöchel der geballten Messerhand gegen den Stahl des Lastwagens. Das Messer fiel aus Gomos gefühllosen Fingern. Daniel setzte einen Fuß hinter seine Fersen und stieß ihn nach hinten, so daß er wankte und dann rücklings in den Wassergraben neben dem Highway fiel.

Bevor Gomo sich wieder sammeln und aufstehen konnte, hatte Daniel das Messer aufgehoben und war über ihm. Er setzte die Messerspitze unter Gomos Kinn und stach in die weiche Haut seiner Kehle, so daß ein einzelner Blutstropfen wie ein glänzender Rubin an dem silbernen Stahl herunterperlte.

»Rühr dich nicht«, knirschte er, »oder ich schneide dir die Kehle durch, du mörderischer Bastard.« Er brauchte ein paar Sekunden, um wieder zu Atem zu kommen. »In Ordnung. Und jetzt steh ganz langsam auf.«

Gomo kam langsam auf die Beine und umklammerte seine verletzten Genitalien. Daniel drängte ihn an den Lastwagen zurück, das Messer noch immer an seine Kehle pressend.

»Du hast das Elfenbein in dem Lastwagen«, beschuldigte er ihn. »Sehen wir's uns an, mein Freund.«

»Nein«, flüsterte Gomo. »Kein Elfenbein. Ich weiß nicht, was du willst. Du bist verrückt, Mann.«

»Wo sind die Schlüssel zum Laderaum?« fragte Daniel, und Gomo verdrehte die Augen, ohne seinen Kopf zu bewegen.

»In meiner Tasche.«

»Dreh dich um. Aber langsam«, befahl Daniel. »Dreh dich zum Lastwagen.«

Als Gomo gehorchte, legte Daniel ihm einen Arm im Klammergriff von hinten um den Hals und stieß ihn, so daß seine geschwollene Stirn gegen den Aufbau krachte. Gomo schrie vor Schmerz auf.

»Gib mir einen Grund, damit ich das wieder machen kann«, flüsterte Daniel ihm ins Ohr. »Dein Schweinegrunzen ist wirklich süße Musik.«

Er preßte Gomo das Messer in Höhe seiner Nieren in den Rücken, gerade so kräftig, daß er die Spitze durch den Stoff spüren konnte.

»Nimm die Schlüssel raus.« Er drückte ein wenig fester, und Gomo griff in seine Tasche. Die Schlüssel klirrten, als er sie herausholte.

Ihn noch immer im Würgegriff haltend, marschierte Daniel mit ihm zum Heck des Lastwagens.

»Öffne das Schloß«, schnappte er. Gomo steckte den Schlüssel hinein, und der Mechanismus bewegte sich leicht.

»Okay, und jetzt nimm die Handschellen von deinem Gürtel«, befahl er. Die stählernen Armbänder gehörten zur Ausrüstung aller Ranger der Anti-Wilderer-Einheiten.

»Lege eine um dein rechtes Handgelenk«, sagte Daniel zu ihm. »Und gib mir den Schlüssel.«

Während die Handschellen von seinem Arm baumelten, reichte ihm Gomo den Schlüssel über die Schulter. Daniel steckte ihn in seine Tasche und schloß dann die zweite Handschelle an den Stahlriegel des Laderaumes. Jetzt war Gomo an den Aufbau gekettet, und Daniel löste seinen Griff und drückte die Klinke der Heckdoppeltür.

Er öffnete die Tür. Ein Strom eisiger Luft wallte aus dem Kühlraum, und der Geruch von Elephantenfleisch war stark und durchdringend. Das Innere des Laderaums war in Dunkel getaucht, aber Daniel sprang auf die Ladefläche und tastete nach dem Lichtschalter. Die Neonröhren unter dem Dach flackerten und erfüllten dann den Kühlraum mit kaltblauem Glühen. Große Stücke zerlegter Rümpfe hingen an den Reihen der Fleischhaken. Es waren Tonnen von Fleisch, so dicht gepackt, daß Daniel nur die erste Reihe der Rümpfe sehen konnte. Er kniete sich und spähte in den schmalen Spalt darunter. Blutpfützen bedeckten den Stahlboden, aber das war alles.

Eine plötzliche Welle der Enttäuschung überkam Daniel. Er hatte damit gerechnet, Stapel von Stoßzähnen unter den baumelnden Rümpfen zu sehen. Er stand auf und drängte sich in den Laderaum. Die Kälte nahm ihm den Atem, und die Berührung des rohen, gefrorenen Fleisches, das er streifte, war unheimlich und ekelhaft, aber er drängte sich tiefer in den Laderaum, entschlossen, den Platz zu finden, wo sie das Elfenbein versteckt hatten.

Nach zehn Minuten gab er auf. Er sprang zu Boden. Seine Kleidung war durch den Kontakt mit dem rohen Fleisch verschmiert. Er kroch unter den Lastwagen und suchte nach einem Geheimfach.

Als er wieder hervorkletterte, grinste Gomo ihn schadenfroh an. »Kein Elfenbein, das sagte ich doch. Kein Elfenbein. Du hast einen Lastwagen der Regierung aufgebrochen. Du hast mich geschlagen. Du wirst viel Ärger bekommen, weißer Junge.«

»Wir sind noch nicht fertig«, versprach Daniel ihm. »Wir sind erst dann fertig, wenn du mir ein kleines Lied gesungen hast. Ein Lied darüber, was du und der Chinamann mit dem Elfenbein gemacht habt.«

»Kein Elfenbein«, wiederholte Gomo, aber Daniel packte ihn an der Schulter und drehte ihn mit dem Gesicht zum Lastwagen.

Mit einer geschickten Bewegung löste er die eine Handschelle von der Karosserie, drehte Gomo beide Handgelenke auf den Rücken und ließ die Handschellen dort zuschnappen.

»Okay, Bruder«, murmelte er grimmig. »Und jetzt gehen wir ins Licht, um besser arbeiten zu können.«

Er hob Gomos gefesselte Arme zwischen dessen Schulterblätter und marschierte mit ihm zur Front des Lastwagens. Dort fesselte er ihn zwischen den Scheinwerfern an die Stoßstange. Gomos hatte beide Hände hinter seinem Rücken. Er war hilflos.

»Johnny Nzou war mein Freund«, erzählte er Gomo leise. »Du hast seine Frau und seine kleinen Töchter vergewaltigt. Du hast seinem Sohn den Schädel eingeschlagen. Du hast Johnny erschossen...«

»Nein. Das war ich nicht. Ich weiß nichts«, schrie Gomo. »Ich habe niemand getötet. Kein Elfenbein, kein Mord…«

Daniel fuhr ruhig weiter, als ob Gomo ihn nicht unterbrochen hätte.

»Du darfst mir glauben, daß ich es genieße, das zu tun. Jedesmal, wenn du schreist, werde ich an Johnny Nzou denken.«

»Ich weiß nichts. Du bist verrückt.«

Daniel steckte die Messerklinge unter Gomos Gürtel und schnitt das Leder durch. Seine Khakiuniformhose sackte auf seine Hüften hinunter. Daniel führte das Messer oben in seine Hose.

»Wie viele Frauen hast du, Gomo?« fragte er. »Vier? fünf? Wie viele?« Er schnitt den Bund von Gomos Hose durch, worauf sie bis auf seine Knöchel rutschte. »Ich denke, deine Frauen wollen, daß du mir von dem Elfenbein erzählst, Gomo. Sie wollen, daß du mir von Johnny Nzou erzählst und wie er starb.«

Daniel zog den Elastikbund von Gomos Unterhose bis zu dessen Knien hinunter.

»Schauen wir doch mal, was du da hast.« Er lächelte kalt. »Ich denke, deine Frauen werden sehr unglücklich sein, Gomo.«

Daniel riß Gomos Hemdjacke so heftig auf, daß die Knöpfe wegsprangen und in die Dunkelheit hinter den Scheinwerfern flogen. Er streifte die Hemdfetzen über Gomos Schultern zurück, so daß er von der Kehle bis zu den Knien nackt war.

»Sing mir ein kleines Lied über das Elfenbein und Mr. Ning«, lud Daniel ihn ein und legte die Flachseite der Klinge an Gomos baumelnden Penis.

Gomo keuchte und versuchte, vor der kalten metallischen Berührung zurückzuweichen, aber der Kühlergrill preßte sich in seinen Rücken, und er konnte sich nicht bewegen.

»Rede, Gomo, und sei's auch nur, damit du deinem *Matondo* Lebewohl sagen kannst!«

»Du bist wahnsinnig«, keuchte Gomo. »Ich weiß nicht, was du willst.«

»Was ich will«, sagte Daniel, »ist, dir den Schwanz abschneiden.«

Der dicke Fleischschlauch baumelte über der flachen Klinge. Er sah wie der Rüssel eines neugeborenen Elefanten aus, lang und dunkel, von Venen durchsetzt und mit runzliger Spitze.

»Ich will ihn dir abschneiden und dich zwingen, ihn zum Abschied zu küssen, Gomo.«

»Ich habe Johnny Nzou nicht getötet.« Gomos Stimme brach. »Ich war es nicht.«

»Was ist mit seiner Frau und seinen Töchtern, Gomo? Hast du diesen großen, häßlichen Schwanz an ihnen benutzt?«

»Nein, nein! Du bist wahnsinnig! Ich habe nichts...«

»Los schon, Gomo. Ich brauche das Messer nur ein bißchen zu drehen, einfach so!« Daniel drehte sein Handgelenk leicht, so daß die rasierklingenscharfe Schneide nach oben zeigte. Gomos Organ baumelte darüber, und dann riß die dünne Haut. Es war nur ein Kratzer, aber Gomo brüllte auf.

»Stop!« plärrte er. »Ich werde dir alles sagen. Ja, alles. Ich werde dir alles sagen, was ich weiß. Hör auf, bitte, hör auf!«

»Das ist gut«, ermutigte Daniel ihn. »Erzähl mir von Chetti Singh...« Er nannte den Namen sehr selbstsicher. Es war ein Versuch, aber Gomo biß an.

»Ja, ich erzähle dir von ihm, wenn du mich nicht schneidest. Bitte, schneide mich nicht!«

»Armstrong!« Eine andere Stimme überraschte Daniel. Er hatte den Landcruiser nicht kommen hören. Er mußte eingetroffen sein, als er den Kühlraum des Lastwagens durchsuchte. Aber jetzt stand Jock am Rande des Scheinwerferlichtes.

»Laß ihn los, Armstrong!« Jocks Stimme war hart und entschlossen. »Geh von dem Mann weg«, befahl er.

»Du hältst dich da raus«, schnappte Daniel ihn an, aber Jock trat näher, und Daniel sah plötzlich, daß er das AK-Gewehr trug. Er ging überraschend geschickt damit um.

»Laß ihn los«, befahl Jock. »Du bist zu weit gegangen – viel zu weit.«

»Der Mann ist ein Mörder und ein Krimineller«, protestierte Daniel, doch er war gezwungen, vor der drohenden AK 47 zurückzuweichen. Jock hielt die Mündung auf seinen Bauch gerichtet.

»Du hast keinen Beweis. Hier ist kein Elfenbein«, sagte Jock. »Du hast überhaupt nichts.«

»Er wollte gestehen«, sagte Daniel wütend. »Wenn du dich einfach raushalten würdest...«

»Du hast ihn gefoltert«, erwiderte Jock ebenso wütend. »Du hattest ein Messer an seinem Sack. Natürlich wollte er gestehen. Er hat Rechte. Du kannst diese Rechte nicht einfach brechen. Laß ihn frei!«

»Was bist du für ein Samariter!« kochte Daniel. »Das ist ein Tier...«

»Er ist ein Mensch«, widersprach Jock. »Und ich werde dich daran hindern, ihn zu mißhandeln, sonst werde ich genauso schuldig wie du. Ich will die nächsten zehn Jahre nicht im Gefängnis verbringen. Mach ihn los.«

»Erst wird er gestehen, oder ich schneide ihm die Eier ab.« Daniel ergriff Gomos Genitalien und zog daran. Die schlaffe Haut und das Fleisch dehnten sich wie glänzender schwarzer Gummi, und Daniel hielt die Messerklinge drohend darüber.

Gomo kreischte, und Jock hob die AK 47 und feuerte. Er zielte einen Fuß über Daniels Kopf. Das Mündungsfeuer fauchte durch Daniels dichte, schweißdurchtränkte Locken. Er wirbelte zurück und hielt sich die Ohren zu.

»Ich habe dich gewarnt, Daniel.« Jock blickte grimmig. »Gib mir die Schlüssel für die Handschellen.«

Daniel war durch den Knall benommen, und Jock feuerte wieder. Die Kugel schlug in den Kies zwischen Daniels Stiefel.

»Ich mein es ernst, Daniel, das schwöre ich. Ich werde dich umbringen, bevor ich mich von dir noch tiefer in diese Geschichte reinziehen lasse.«

»Du hast Johnny gesehen...« Daniel schüttelte den Kopf und hielt sich dabei die Ohren, aber der Gewehrknall hatte ihn vorübergehend taub gemacht.

»Ich habe auch gesehen, daß du gedroht hast, diesen Mann zu entmannen. Das reicht. Gib mir die Schlüssel, oder der nächste Schuß geht in deine Kniescheibe.« Daniel sah, daß er es ernst meinte, und warf ihm widerwillig die Schlüssel zu.

»Gut, und jetzt tritt zurück«, befahl Jock. Er hielt das Gewehr auf Daniels Bauch gezielt, während er eine der Handschellen Gomos aufschloß und diesem den Schlüssel reichte.

»Du verdammter Idiot«, fluchte Daniel wütend. »Noch eine Minute und ich hätte ihn soweit gehabt. Ich hätte herausgefunden, wer Johnny getötet hat und was mit dem Elfenbein passiert ist.«

Gomo schloß die andere Handschelle auf, zog rasch seine Hose hoch und schlug seine Hemdjacke zu. Jetzt, als er wieder frei und bekleidet war, gewann er seinen Mut zurück. »Er redet Scheiße!« Seine Stimme war laut und trotzig. »Ich habe nichts gesagt. Ich weiß nichts von Nzou. Als wir Chiwewe verließen, lebte er noch...«

»Schön. Das kannst du der Polizei erzählen«, unterbrach Jock Gomo. »Ich bringe dich in dem Lastwagen nach Harare. Hol meine Kamera und meine Tasche aus dem Landcruiser. Sie liegen auf dem Vordersitz.«

Gomo eilte zum Landcruiser.

»Nun hör doch, Jock. Gib mir noch fünf Minuten«, bettelte Daniel, aber Jock richtete wieder das Gewehr auf ihn.

»Wir sind fertig miteinander, Danny. Als erstes werde ich der Polizei einen umfassenden Bericht erstatten, wenn ich in Harare bin. Ich werde nichts auslassen.«

Gomo kam zurück. Er schleppte die Sony-Videokamera und Jocks Reisetasche. »Ja, du erzählst der Polizei, daß du gesehen hast, wie mir dieser weiße Scheißfresser meinen Schwanz abschneiden wollte«, schrie Gomo. »Du erzählst denen, daß hier kein Elfenbein...«

»Steig in den Lastwagen«, befahl Jock ihm. »Und laß den Motor an.« Als Gomo gehorchte, wandte er sich wieder an Daniel. »Tut mir leid, Danny. Du bist jetzt auf dich allein gestellt. Du wirst von mir keine Hilfe mehr bekommen. Wenn ich dazu aufgefordert werde, sage ich gegen dich aus. Ich muß an meinen eigenen Arsch denken, Mann.«

»Du bist und bleibst ein feiger Hund.« Daniel nickte. »Aber warst du nicht immer derjenige, der von Gerechtigkeit gefaselt hat? Was ist mit Johnny und Mavis?«

»Was du getan hast, hat überhaupt nichts mit Gerechtigkeit zu tun.« Jock sprach lauter, um den Lärm des schweren Dieselmotors zu übertönen. »Du hast Sheriff und Henker gespielt, Danny. Das war keine Gerechtigkeit. Das war Rache. Damit will ich nichts zu tun haben. Du hast meine Adresse. Du kannst mir das Geld dorthin senden, das du mir schuldest. Bis dann, Johnny. Bedaure, daß es so enden mußte.«

Er stieg auf der Beifahrerseite in das Führerhaus. »Und versuche nicht, uns wieder aufzuhalten.« Er schwenkte die AK 47. »Ich kann damit umgehen.«

Jock knallte die Tür zu, und Gomo lenkte den Lastwagen zurück auf den Highway.

Daniel blieb allein in der Dunkelheit zurück und starrte hinter den rotglühenden Rücklichtern her, bis sie hinter einer Straßenbiegung verschwanden. Seine Ohren klangen noch immer von dem Gewehrknall. Er fühlte sich benommen und übel. Er wankte leicht, als er zu dem Landcruiser zurückging, und sackte auf den Fahrersitz.

Für kurze Zeit hielt seine Wut an, Wut auf Cheng und seine Komplizen, auf Gomo und vor allem auf Jock und dessen Eingreifen. Dann schwand sein Ärger langsam, und der Ernst seiner mißlichen Lage wurde ihm bewußt. Er hatte unbeherrscht und gefährlich gehandelt. Er hatte Behauptungen aufgestellt, die er nicht beweisen konnte. Er hatte Eigentum beschädigt, und er hatte Leben in Gefahr gebracht und einen Regierungsbeamten tätlich angegriffen, wenngleich er ihn nicht schwer verletzt hatte. Man konnte gegen ihn ein halbes Dutzend Anklagen erheben.

Dann dachte er wieder an Johnny und seine Familie, und seine persönliche Lage war bedeutungslos.

Ich war so kurz davor, den ganzen Plan zu erfahren, dachte er bitter. Ein paar Minuten mehr mit Gomo und ich hätte alles gewußt. Ich hätte sie fast für dich erwischt, Johnny.

Er mußte entscheiden, was er als nächstes zu tun hatte, aber sein Kopf schmerzte, und es fiel ihm schwer, logisch zu denken. Es hatte keinen Sinn, Gomo hinterherzujagen. Er war gewarnt, und irgendwie war es ihm gelungen, das Elfenbein loszuwerden.

Was konnte er sonst tun? Natürlich, Ning Cheng Gong. Er war der Schlüssel zu dem ganzen Komplott. Aber der einzige Hinweis auf ihn war jetzt, nach dem Verschwinden des Elfenbeins, Johnnys rätselhafte Notiz und der Fußabdruck, den er am Tatort hinterlassen hatte. Dann war da Chetti Singh. Gomo hatte zugegeben, daß er den Sikh kannte.

Dazu kam noch die Bande der Wilderer. Er überlegte, ob es Isaac Mtwetwe gelungen war, die Bande beim Überqueren des Sambesi zu überrumpeln und Gefangene zu machen. Isaac würde keine Skrupel wie Jock haben. Johnny war auch Isaacs Freund gewesen. Er würde wissen, wie er von einem gefangenen Wilderer Informationen bekam.

»Vom Polizeiposten in Chirundu werde ich Mana Pools anrufen«, beschloß er und ließ den Landcruiser an. Er wendete und fuhr längs dem Steilabbruch zurück. Die Polizeistation an der Chirundu-Brücke lag näher als Karoi. Er mußte eine Aussage vor der Polizei machen und dafür sorgen, daß die polizeilichen Ermittlungen so schnell wie möglich aufgenommen wurden. Die Polizei mußte über Johnnys Notiz und die blutigen Fußabdrücke informiert werden.

Daniels Kopf schmerzte noch immer. Er hielt den Landcruiser für ein paar Minuten an, fand eine Flasche Panadol-Tabletten im Erste-Hilfe-Kasten und spülte zwei davon mit einem Becher Kaffee aus der Thermoskanne herunter. Beim Weiterfahren ließ der Schmerz nach, und er begann, seine Gedanken zu ordnen.

Es war fast vier Uhr morgens, als er die Chirundu-Brücke erreichte. In der Polizeistation war nur ein einziger Korporal. Er hatte die Arme auf dem Schreibtisch verschränkt, und sein Kopf ruhte darauf. Er schlief so tief, daß Daniel ihn wach rütteln mußte.

»Ich will einen Mord melden, mehrfachen Mord.« Daniel begann mit dem langen, mühsamen Prozeß, die Polizeimaschinerie in Gang zu setzen.

Der Korporal sah ihn verständnislos an und schien unfähig, sich für die richtige Vorgehensweise zu entscheiden. Also schickte ihn Daniel zu dem Rondavel hinter der Polizeiwache, um den diensthabenden Kommandanten zu holen. Als der Sergeant schließlich das Büro betrat, trug er volle Uniform, war aber nur halbwach.

»Rufen Sie CID in Harare an«, drängte Daniel ihn. »Sie müssen eine Einheit nach Chiwewe schicken.«

»Zuerst müssen Sie eine Aussage machen«, beharrte der Sergeant.

Eine Schreibmaschine gab es in dem Büro nicht. Es handelte sich um einen sehr abgelegenen Polizeiposten. Der Sergeant nahm Daniels Aussage in krakeliger Kinderhandschrift auf. Seine Lippen bewegten sich, während er jedes Wort lautlos buchstabierte. Daniel wollte ihm den Kugelschreiber entreißen und das selbst zu Papier bringen.

»Verdammt, Sergeant. Die Toten liegen da draußen rum. Die Mörder entkommen, während wir hier sitzen.«

Der Sergeant fuhr seelenruhig mit seinem Aufsatz fort, und Daniel korrigierte seine Rechtschreibung und kochte vor Wut.

Das langsame Diktat erlaubte ihm jedoch, seine Aussage sorgfältig zu formulieren. Er ließ die Ereignisse des vorangegangenen Tages in der genauen Zeitfolge niederschreiben: den Zeitpunkt, zu dem er Chiwewe verlassen und sich von Johnny Nzou verabschiedet hatte, den Zeitpunkt, als er die Spuren der Banditen entdeckt und beschlossen hatte, in das Camp zurückzukehren, um Johnny zu warnen, und den Zeitpunkt, an dem er den Kühllastwagen in Begleitung des Mercedes des Botschafters auf der Straße begegnet war.

Er schilderte seine Unterhaltung mit Botschafter Ning und zögerte, überlegte, ob er den Blutfleck erwähnen sollte, den er an der blauen Hose bemerkt hatte. Das würde wie eine Anklage klingen.

»Zum Teufel mit dem Protokoll«, beschloß er und beschrieb in allen Einzelheiten die blaue Hose und die Sportschuhe mit den fischgrätgemusterten Sohlen. »Jetzt müssen sie Ning vernehmen.«

Er empfand eine grimmige Genugtuung, als er damit fortfuhr, seine Rückkehr nach Chiwewe zu schildern und das Blutbad, das er dort vorgefunden hatte. Er erwähnte die Notiz in Johnnys Hand und das Fischgrätmuster des blutigen Fußabdrucks auf dem Boden des Büros, ohne einen direkten Bezug zu dem taiwanesischen Botschafter herzustellen. Sollten die doch selbst ihre Schlüsse ziehen.

Er hatte ziemliche Schwierigkeiten, als es um die Beschreibung seiner Verfolgung des Mercedes und der Kühllastwagen ging. Er mußte seine Motive nennen, ohne sich selbst zu beschuldigen oder zu eindeutig auf den Verdacht hinzuweisen, den er gegenüber Ning Cheng Gong hegte.

»Ich folgte dem Konvoi, um zu fragen, ob sie etwas von dem verschwundenen Elfenbein wüßten«, diktierte er. »Obwohl ich Botschafter Ning und den ersten Lastwagen nicht einholen konnte, sprach ich mit Ranger Gomo, den ich auf der Straße nach Karoi traf und der den zweiten Lastwagen fuhr. Er leugnete, etwas von diesen Ereignissen zu wissen und erlaubte mir, den Lastwagen zu durchsuchen. Ich fand kein Elfenbein.« Es ärgerte ihn, dies zugeben zu müssen, aber er mußte sich selbst vor den Beschuldigungen schützen, die Gomo möglicherweise später gegen ihn erheben würde. »Ich entschied dann, daß es meine Pflicht sei, Kontakt mit der nächsten Polizeistation aufzunehmen und den Tod des Wildhüters von Chiwewe, seiner Familie und seiner Mitarbeiter sowie den Brand und die Zerstörung der Gebäude und anderen Besitztums zu melden.«

Erst weit nach Tagesanbruch konnte Daniel das handgeschriebene Protokoll unterschreiben, und erst dann kam der Polizeisergeant seinem Drängen nach und rief das CID-Hauptquartier in Harare an. Dies führte zu einer endlosen Telefondiskussion zwischen dem Sergeant und einer Reihe zunehmend hochrangigerer Detektive in Harare, da der eine ihn mit dem nächsten verband. Daniel knirschte mit den Zähnen. »AGW«, sagte er sich. »Afrika Gewinnt Wieder.«

Schließlich wurde befohlen, daß der Sergeant im Landrover des Polizeipostens zum Chiwewe-Camp hinauszufahren habe, während ein Detektivtrupp von Harare eingeflogen wurde, der auf der Piste des Parks landen würde.

»Soll ich Sie nach Chiwewe begleiten?« fragte Daniel, als der Sergeant schließlich den Telefonhörer auflegte und mit seinen Vorbereitungen zum Besuch des Camps begann.

Der Sergeant blickte ihn verblüfft an. Das CID hatte ihm keine Anweisungen gegeben, was mit dem Zeugen zu tun sei. »Hinterlassen Sie eine Adresse und eine Telefonnummer, wo wir Sie erreichen können, falls wir Sie brauchen«, beschloß er, nachdem er lange stirnrunzelnd nachgedacht hatte.

Daniel war erleichtert darüber, nicht festgehalten zu werden. Seit seiner Ankunft bei der Polizeistation von Chirundu hatte er stundenlang Zeit gehabt, über seine Situation nachzudenken und unter Berücksichtigung jeder Eventualität Pläne zu machen.

Falls Isaac Mtwetwe einen der Wilderer hatte fassen können, wäre dies der schnellste Weg, um an Ning Cheng Gong zu kommen, aber er mußte mit Isaac sprechen, bevor der seine Gefangenen der Polizei übergab.

»Ich möchte Ihr Telefon benutzen«, sagte er zu dem Polizeikorporal, nachdem der Stationskommandant und seine Einheit bewaffneter Polizisten in dem grünen Landrover nach Chiwewe abgefahren waren.

»Polizeitelefon.« Der Korporal schüttelte den Kopf. »Kein öffentliches Telefon.«

Daniel zauberte eine blaue Zehn-Sim-Dollarnote hervor und legte sie vor ihn auf den Schreibtisch. »Es ist nur ein Ortsgespräch«, erklärte er, und die Banknote verschwand auf wunderbare Weise. Der Korporal lächelte und winkte ihn zum Telefon. Daniel hatte einen Freund gewonnen.

Isaac Mtwetwe meldete sich fast sofort.

»Isaac«, platzte Daniel erleichtert heraus. »Wann bist du zurückgekommen?«

»Ich habe diese Minute mein Büro betreten«, erzählte Isaac ihm. »Wir sind vor zehn Minuten zurückgekommen. Einer meiner Männer ist verwundet. Ich muß ihn ins Krankenhaus bringen.«

»Ihr habt die Banditen also eingeholt?«

»Ja. Wie du sagtest, Danny, eine große Bande. Gefährliche Männer.«

»Hast du Gefangene gemacht, Isaac?« fragte Daniel eifrig. »Wenn du ein paar gefaßt hast, sind wir aus dem Schneider.«

Isaac Mtwetwe stand am Steuer des zwanzig Fuß langen Schnellbootes und fuhr flußabwärts.

Seine Ranger hockten hinter der Reling auf dem Deck. Eine dicke Mondsichel hob sich über die dunklen Bäume, die das Ufer des Sambesi säumten. Dadurch hatte Isaac gerade genug Licht, um das Boot mit Höchstgeschwindigkeit zu fahren. Obwohl er auf fünfzig Meilen jede Biegung und Strecke des Flusses genauestens kannte, gab es zuviel Untiefen und Felsen im Fluß, als daß er bei völliger Dunkelheit hätte fahren können.

Das Glühen des Mondlichtes verwandelte die Schwaden von Flußnebel in irisierenden Perlenstaub und ließ das offene Wasser wie polierten schwarzen Obsidian schimmern. Durch das gedämpfte Summen des Motors und ihre Geschwindigkeit waren sie nicht vorzeitig zu hören. Sie kamen auf Höhe der Flußpferde, die in den Schilfbänken fraßen, bevor die monströsen Amphibien ihre Anwesenheit bemerkten. Voller Panik rutschten sie über die steilen und schlüpfrigen Pfade in den Fluß hinein und sanken in wirbelndem Schaum unter die Oberfläche. Die wilden Enten, die in den Lagunen trieben, waren wachsamer. Bei der Annäherung des Schnellbootes stiegen sie auf flüsternden Schwingen auf, und ihre Silhouetten zeichneten sich gegen den aufgehenden Mond ab.

Isaac wußte genau, wohin er steuerte. Während des Buschkrieges war er einer der Unabhängigkeitskämpfer gewesen, und er hatte diesen Fluß überquert, um die Farmen der Weißen zu überfallen und die Streitkräfte von Ian Smiths illegalem Regime aufzureiben. Er kannte alle Techniken und Tricks der Wilderer. Während des Krieges waren einige von ihnen seine Waffenbrüder gewesen. Jetzt aber waren sie seine Feinde. Er haßte sie ebensosehr, wie er die Selous Scouts oder die rhodesische leichte Infanterie gehaßt hatte.

An diesem Abschnitt zwischen Chirundu und Mana Pools war der Sambesi fast eine halbe Meile breit. Die Banditen würden Boote brauchen, um den mächtigen grünen Strom zu überqueren. Sie würden genauso daran kommen wie seinerzeit die Guerilleros, nämlich durch die einheimischen Fischer.

Es gehörte zu Isaacs Pflichten, die Bewegungen des Fischervolkes zu überwachen, da ihre Ausbeutung des Flusses sich nachhaltig auf die Ökologie des Flusses auswirkte. Jetzt roch er den Rauch und den Gestank trocknenden Fischs in der Nachtluft, und er drosselte den Motor. Leise fuhr er auf das nördliche Ufer zu. Wenn die Wilderer aus Sambia gekommen waren, würden sie dorthin zurückkehren.

Der Fischgeruch wurde stärker, und Rauchschwaden trieben tief über dem Wasser und vermischten sich mit dem Nebel. An einem Winkel des Ufers standen vier Hütten mit struppigen Strohdächern, und vier lange Einbaumkanus waren darunter auf den schmalen Strand hochgezogen.

Isaac steuerte das Schnellboot auf den Strand zu und sprang an Land. Er ließ das Boot von einem seiner Ranger am Bug festhalten. Eine alte Frau kroch aus der niedrigen Tür einer der Hütten. Sie trug nur einen Schurz aus Antilopenfell um ihre Hüfte.

»Ich sehe dich, alte Mutter«, grüßte Isaac sie respektvoll. Er gab sich immer sehr viel Mühe, um gute Beziehungen zu dem Flußvolk zu unterhalten.

»Ich sehe dich, mein Sohn«, kicherte die alte Frau, und Isaac roch den ranzigen Geruch von Kannabis an ihr. Das Batonka-Volk verarbeitete das Gras zu einer Paste, formte es dann mit frischem Kuhdung zu Kugeln, die in der Sonne getrocknet wurden, und rauchte es aus Tonpfeifen mit roten Mundstücken.

Die Regierung hatte ihnen eine Sondererlaubnis erteilt, diese Tradition fortzusetzen. Besonders unter den alten Frauen des Stammes war diese Sitte sehr verbreitet.

»Sind all deine Männer in ihren Hütten?« fragte Isaac leise. »Sind alle Kanus auf dem Strand?«

Die alte Frau schneuzte sich, bevor sie antwortete. Sie hielt ein Nasenloch mit dem Daumen zu, worauf aus dem anderen ein Strahl silbernen Schleims in das Feuer schoß. Sie wischte den Rest mit ihrer Handfläche von der Oberlippe.

»Alle meine Söhne und ihre Frauen schlafen in den Hütten, und ihre Kinder sind bei ihnen«, plapperte sie.

»Du hast keine fremden Männer mit Gewehren gesehen, die von euch über den Fluß gebracht werden wollten?« fragte Isaac nach, und die alte Frau schüttelte ihren Kopf und kratzte sich.

»Wir haben keine Fremden gesehen.«

»Ich verehre dich, alte Mutter«, sagte Isaac höflich zu ihr und drückte ihr ein kleines Paket Zucker in die welke Hand. »Bleibe in Frieden.«

Er rannte zu dem Schnellboot zurück. Der Ranger gab dem Boot einen Stoß und sprang an Bord, sobald Isaac den Motor angeworfen hatte.

Das nächste Dorf lag drei Meilen weiter flußabwärts. Wieder ging Isaac ans Ufer. Er kannte den Häuptling dieses Dorfes und fand ihn allein im Rauch der Räucherfeuer sitzend, um nicht von den singenden Wolken malariabringender Moskitos behelligt zu werden. Vor zwanzig Jahren hatte der Häuptling einen Fuß an ein Krokodil verloren, aber er war noch immer einer der furchtlosesten Schiffer auf dem Fluß.

Isaac begrüßte ihn, reichte ihm ein Päckchen Zigaretten und hockte sich neben ihn in den Rauch.

»Du sitzt allein, Baba. Warum kannst du nicht schlafen? Gibt es Dinge, die dir Sorgen machen?«

»Ein alter Mann hat viele Erinnerungen, die ihn plagen«, wich der Häuptling aus.

»Wie Fremde mit Gewehren, die Passage in euren Kanus verlangen?« fragte Isaac. »Hast du ihnen gegeben, was sie verlangten, Baba?«

Der Häuptling schüttelte seinen Kopf. »Eines der Kinder sah sie über die Flutebene kommen und hat das Dorf gewarnt. Wir hatten Zeit, die Kanus im Schilf zu verstecken und in den Busch zu fliehen.«

»Wie viele Männer?« ermutigte Isaac ihn.

Der alte Mann zeigte die Finger seiner beiden Hände zweimal. »Es waren böse Männer mit Gewehren und Gesichtern wie Löwen«, flüsterte er. »Wir hatten Angst.«

»Wann war das, Baba?«

»Vorgestern nacht«, erwiderte der Häuptling. »Als sie keine Menschen im Dorf und keine Kanus fanden, waren sie wütend. Sie brüllten sich gegenseitig an und schwangen ihre Gewehre, aber am Ende zogen sie davon.« Er richtete sein Kinn ostwärts den Fluß hinunter. »Aber jetzt fürchte ich, daß sie wiederkommen. Darum sitze ich wach, während das Dorf schläft.«

»Lagert das Volk von Mbepura noch am Platz der Roten Vögel?« fragte Isaac, und der Häuptling nickte.

»Ich glaube, diese bösen Männer sind zu Mbepuras Dorf gegangen, nachdem sie uns verlassen hatten.«

»Danke, alter Vater.«

Der Ort der Roten Vögel war nach den Schwärmen der rotbrüstigen Bienenfresser benannt, die an dieser Stelle ihre Nester in das Steilufer des Flusses gruben. Mbepuras Dorf befand sich am Nordufer auf der anderen Flußseite gegenüber dem Lehmhang mit der Brutkolonie.

Isaac näherte sich ihm mit leise tuckernder Maschine. All seine Ranger waren hellwach und duckten sich mit feuerbereiten Gewehren hinter dem Dollbord.

Isaac ließ das Schnellboot bis unterhalb des Dorfes stromabwärts treiben, bevor er den Motor wieder aufdrehte und zurück in die Flußmitte des Sambesi steuerte. Wenn die Bande hier übergesetzt hatte, dann würde sie auf dem gleichen Weg zurückkehren.

Isaac schaute auf seine Uhr und drehte das Lichtzifferblatt seiner Armbanduhr ins Mondlicht. Er berechnete die Entfernung zum Hauptquartier von Chiwewe und dividierte sie durch die vermutliche Marschgeschwindigkeit der Wilderer unter Berücksichtigung der Tatsache, daß sie wahrscheinlich große Mengen erbeuteten Elfenbeins mit sich schleppten. Er schaute zum Mond hoch. Der verblaßte bereits, da die Dämmerung nahte. Es war damit zu rechnen, daß die Banditen innerhalb der nächsten zwei oder drei Stunden zum Ufer des Sambesi zurückkehren würden.

»Wenn ich nur herausfinden könnte, wo sie die Kanus versteckt haben«, murmelte er. Er vermutete, daß sie Mbepuras ganze Kanuflotte requiriert hatten, denn im Dorf hatte er kein einziges liegen sehen. Er erinnerte sich, daß bei seinem letzten Besuch im Dorf sieben oder acht dieser zerbrechlichen Gefährte da gewesen waren, jedes von ihnen aus dem massiven Stamm eines Kigelia-Baumes gehöhlt. Jedes bot sechs oder sieben Passagieren bei der Überquerung des großen Flusses Platz.

Wahrscheinlich hatte die Bande die Männer des Dorfes zum Rudern gezwungen. Der Umgang mit den Kanus erforderte Geschick und Erfahrung, denn die Kanus schwankten und waren unstabil, besonders bei schwerer Ladung. Er vermutete, daß sie die Ruderer unter Bewachung am Südufer zurückgelassen hatten, während sie nach Chiwewe marschierten.

»Wenn ich die Kanus finden kann, kann ich sie überraschen.« Zu diesem Schluß kam Isaac.

Er steuerte das Schnellboot auf das Südufer zu, ein wenig stromabwärts von der Stelle, wo seiner Meinung nach die Kanus den Fluß überquert hatten. Als er den Zugang zu einer Lagune entdeckte, ließ er den scharfen Bug in das Dickicht von Papyrusschilf gleiten, das die Mündung blockierte. Er stellte den Motor ab, und seine Ranger zogen das Boot an Papyrussstengeln tiefer in das Schilf, während Isaac im Bug stand und mit einem Paddel den Grund auslotete.

Sobald es seicht genug war, wateten Isaac und einer seiner Senior-ranger ans Ufer. Der Rest der Truppe blieb zurück, um das Boot zu bewachen. An Land flüsterte Isaac seinem Ranger Befehle zu und schickte ihn flußabwärts, damit er dort nach den Kanus Ausschau hielt und das Ufer nach Spuren absuchte, die auf den Durchmarsch einer großen Gruppe von Marodeuren schließen ließen. Nachdem er gegangen war, machte sich Isaac in entgegengesetzter Richtung auf den Weg.

Er hatte sehr genau geschätzt. Er war noch keine halbe Meile flußaufwärts gegangen, als er Rauch roch. Er war zu stark und zu frisch, um aus dem Dorf von der anderen Seite des breiten Flusses kommen zu können, und Isaac wußte, daß dieses Ufer nicht bewohnt war. Dieser Teil gehörte zum Nationalpark.

Er bewegte sich lautlos auf die Quelle des Rauches zu. Das Ufer bestand an dieser Stelle aus einer steilen roten Lehmklippe, in denen die Bienenfresser ihre unterirdischen Nester bauten. Jedoch gab es in der Klippe direkt unterhalb der Stelle, wo er kauerte, einen Einschnitt. Es war ein schmales Bachbett, mit Ufergebüsch bewachsen, daß einen natürlichen Hafen bildete.

Der schwache Schimmer der nahenden Dämmerung gab Isaac genug Licht, um das Lager in dem Bachbett ausmachen zu können. Die Kanus waren weit aus dem Wasser gezogen, so daß sie vom Fluß aus nicht zu sehen waren. Es waren sieben Kanus, die ganze Flotte von Mbepuras Dorf auf der anderen Flußseite.

In unmittelbarer Nähe lagen die Ruderer um zwei kleine rauchende Feuer. Sie waren in Fellumhänge gewickelt und hatten sich diese als Schutz vor den Moskitos ganz über die Köpfe gezogen, so daß sie wie Leichen aussahen, die in einem Leichenschauhaus aufgebahrt sind. An den beiden Feuern saß je ein bewaffneter Wilderer, sein AK-47-Gewehr auf dem Schoß, und bewachte die schlafenden Ruderer.

»Danny hat das völlig richtig erkannt«, sagte Isaac sich. »Sie warten auf die Rückkehr der Bande.«

Er zog sich vom Rand der Klippe zurück und schlich lautlos landeinwärts. Nach nur zweihundert Metern stieß er auf einen ausgetretenen Wildwechsel, der vom Fluß weg direkt südwärts in die ungefähre Richtung des Hauptquartiers von Chiwewe führte.

Isaac folgte ihm ein kurzes Stück, bis der Pfad sich zu einem flachen, trockenen Wasserlauf absenkte. Zuckerweißer Sand füllte das Bachbett, und die Fußabdrücke darin waren selbst in dem unsicheren Licht der Vordämmerung deutlich zu erkennen.

»Vierundzwanzig Stunden alt«, schätzte Isaac. Dies war der Weg, den die Bande beim Hinmarsch benutzt hatte. Mit fast absoluter Sicherheit würden sie diesen Weg bei ihrem Rückmarsch benutzen, um zu den wartenden Kanus zu gelangen.

Isaac fand eine vorteilhafte Stellung, von der er ein langes Stück des Pfades überblicken konnte, selbst aber im dichten Gebüsch gut versteckt war. Hinter ihm lag ein sicherer Fluchtweg, der durch eine seichte Donga führte, deren Ufer dicht mit Elephantengras bewachsen waren. Er hockte sich hin und wartete.

Es war unmöglich, genau zu bestimmen, wie lange die Wilderer für ihren Rückmarsch von Chiwewe brauchten. Danny hatte an die zehn Stunden geschätzt. Hatte er recht, mußten sie jede Minute eintreffen. Aber andererseits konnte Dannys Schätzung auch völlig unzutreffend sein. Isaac bereitete sich auf langes Warten vor.

Während des Krieges hatten sie zuweilen tagelang in einem Hinterhalt gelegen und dort geschlafen, gegessen und ihre Notdurft verrichtet, ohne aufzustehen. Geduld war die wichtigste Tugend des Jägers wie des Soldaten.

In der Ferne hörte er einen Pavian bellen, diesen dröhnenden Alarmruf, mit dem der Affe Eindringlinge begrüßt. Der Schrei wurde von anderen Mitgliedern des Rudels aufgenommen, und dann kehrte allmählich wieder Stille ein, als die Gefahr schwand oder die Paviane sich tiefer in den Wald zurückzogen. Jetzt waren Isaacs Nerven bis zum Zerreißen gespannt. Er wußte, daß die Affen gebellt haben konnten, weil ein Leopard in der Nähe war, aber sie würden genauso reagiert haben, wenn Menschen im Gänsemarsch vorbeigelaufen waren.

Fünfzehn Minuten später und sehr viel näher hörte er einen Graupapagei sein heiseres »Geh weg! Geh weg!« krächzen. Ein anderer Wächter des Busches reagierte auf vorhandene Gefahr. Isaacs Nerven kribbelten, aber er blinzelte, um besser sehen zu können.

Minuten später nahm er ein anderes, weniger aufdringliches Geräusch aus dem vielstimmigen Orchester der Wildnis wahr. Es war das schwirrende Schnattern eines Honigsuchers. Das Geräusch verriet ihm, wohin er zu schauen hatte, und er entdeckte den kleinen, unauffälligen Vogel in den obersten Zweigen eines weit entfernten Mopane-Baumes.

Der Vogel flog näher zu der Stelle, an der Isaac wartete, und plötzlich nahm er eine feine Bewegung in dem Wald unter dem flatternden Vogel wahr. Schnell lösten sich die schattenhaften Gestalten zu einer Kolonne von Männern auf, die dem Weg folgten. Die Spitze der Kolonne erreichte die Donga, in der Isaac lag.

Obwohl ihre Kleidung zerlumpt und verdreckt war und sie von der

Baseballmütze bis zum Militärbarett die unterschiedlichsten Kopfbedeckungen trugen, schleppte jeder von ihnen eine AK 47 und einen Elephantenstoßzahn.

Einige von ihnen balancierten den Stoßzahn auf ihren Köpfen, wobei sie die natürliche Biegung des Elfenbeins ausnutzten, das vorn und hinten herunterhing. Andere trugen es auf der Schulter, benutzten eine Hand, um die Last zu balancieren, während sie mit der anderen das Sturmgewehr hielten. Die meisten hatten ein Polster aus Rinde und Gras geflochten, um das schwere Gewicht des Elfenbeins auf ihren Köpfen oder Schulterknochen zu dämpfen. Der Schmerz, den ihre Last nach all diesen Stunden des Marschierens verursachte, zeigte sich auf ihren verzerrten Gesichtern. Doch für jeden der Plünderer stellte der Stoßzahn, den sie trugen, ein enormes Vermögen dar, und lieber würden sie einen bleibenden körperlichen Schaden hinnehmen, als darauf zu verzichten.

Der Mann, der die Kolonne anführte, war klein und untersetzt, hatte dicke Säbelbeine und einen Stiernacken. Das milde Morgenlicht fiel auf die funkelnde Narbe, die sich über sein Gesicht zog.

»Sali«, zischte Isaac, als er ihn erkannte. Er war der berüchtigtste aller sambischen Wilderer. Zweimal zuvor hatten sich ihre Wege gekreuzt, und jedesmal hatte es das Leben guter Männer gekostet.

In leichtem Trab kam er dicht an der Stelle, an der Isaac lag, vorbei und balancierte den dicken, honigfarbenen Stoßzahn auf seinem Kopf. Als einziger von allen Männern zeigte er keine Spur von Ermüdung durch den langen Marsch.

Isaac zählte die Wilderer, während sie ihn passierten. Die langsameren und schwächeren waren durch Salis mörderisches Tempo weit zurückgefallen, so daß die Kolonne weit auseinandergezogen war. Es dauerte nach Isaacs Armbanduhr fast sieben Minuten, bis alle vorbei waren. »Neunzehn.« Isaac zählte das letzte Paar, das vorbeihumpelte. Gierig hatten sie Stoßzähne ausgewählt, die für sie viel zu schwer waren, und sie zahlten jetzt den Preis dafür.

Isaac ließ sie laufen, doch in dem Augenblick, in dem sie in Richtung Fluß verschwunden waren, erhob er sich aus seinem Versteck und glitt in die Donga. Er bewegte sich mit extremer Vorsicht, da er nicht sicher war, ob nicht vielleicht noch andere Mitglieder der Bande auf dem Weg folgen würden.

Das Schnellboot lag da, wo er es verlassen hatte. Isaac watete zu dem Boot und schwang sich hinein. Er sah, daß der Mann, den er flußabwärts geschickt hatte, zurückgekehrt war.

Leise erzählte er seinen Männern, was er entdeckt hatte, und beobachtete ihre Mienen. Alle drei waren gute Männer, aber die Chancen für sie standen ungünstig, und die Feinde waren »böse Männer mit Gesichtern wie Löwen«, wie der Häuptling sie beschrieben hatte.

»Wir werden sie auf dem Wasser angreifen«, sagte Isaac. »Und wir werden nicht abwarten, bis sie den ersten Schuß abgeben. Sie sind bewaffnet, und sie tragen Elfenbein im Park. Das genügt. Wir werden sie überraschend angreifen, wenn sie am wenigsten mit uns rechnen.«

Die Gesichter der lauschenden Ranger wurden härter, und sie umfaßten ihre Waffen mit gestärktem Selbstvertrauen. Isaac befahl ihnen, das Boot aus dem Schilf zu ziehen, und sobald sie das offene Wasser erreicht hatten, betätigte er den Starter des Motors. Die Maschine bellte und zündete, sprang aber nicht an. Er startete sie wieder und wieder, und die Batterie wurde schwächer. Sie trieben rasch flußabwärts ab.

Ärgerlich murmelnd eilte Isaac ins Heck und nahm die Motorhaube ab. Während er arbeitete, war er sich nur zu gut dessen bewußt, daß stromaufwärts die Bande das erbeutete Elfenbein in die Kanus verladen und sich darauf vorbereiten würde, in ihr eigenes Territorium und damit in Sicherheit zurückzukehren.

Er setzte die Motorhaube nicht wieder auf und eilte ans Steuer zurück. Dieses Mal sprang der Motor an und lief, stotterte und wurde wieder langsamer. Er öffnete die Drosselklappe, und die Maschine stotterte wieder und begann dann, gleichmäßig zu laufen. Der Motor winselte schrill, als er in der Strömung wendete und flußaufwärts zurückfuhr.

Das Geräusch des ungedämpften Motors wurde weit getragen, und es mußte die Bande alarmiert haben. Als Isaac das Schnellboot um die nächste Biegung fuhr, glitten alle Kanus über den Fluß und rasten dem Nordufer entgegen.

Die Sonne ging hinter Isaacs Rücken auf, und der breite Strom war wie eine Theaterbühne beleuchtet. Der Sambesi leuchtete in hellem Smaragdgrün, und die Papyrusstauden waren durch die sie streifenden Sonnenstrahlen golden gekrönt. Jedes der zerbrechlichen Kanus trug einen Ruderer und drei Passagiere und dazu eine ganze Ladung Elfenbein.

Die Ruderer paddelten hastig. Ihre langen, speerförmigen Paddel blitzten im Sonnenlicht, während sie dem anderen Ufer entgegenjagten. Das vorderste Kanu war nur noch hundert Meter von dem Papyrusgürtel auf sambischer Seite entfernt.

Die Schraube des Yamaha schnitt eine Welle in die glitzernde grüne

Oberfläche, als Isaac das Boot in eine lang geschwungene Kurve steuerte, um dem führenden Kanu den Weg zu dem Sicherheit bietenden Schilf abzuschneiden.

Als die beiden Boote sich näherten, machte Isaac Salis Narbengesicht aus. Er hockte in dem geschwungenen Bug, drehte ihnen unbeholfen den Kopf zu und starrte ihnen entgegen, konnte sich aber nicht bewegen, ohne das leichte Kanu aus dem Gleichgewicht zu bringen.

»Dieses Mal haben wir dich«, flüsterte Isaac, während er den Motor drosselte.

Plötzlich stand Sali auf, und das Kanu schaukelte wild unter ihm. Wasser schwappte über die hölzerne Bordwand, und das Kanu begann vollzulaufen und zu sinken. Sali brüllte Isaac eine Drohung zu. Sein Gesicht war zu einer wütenden Maske verzerrt. Er hob die AK und gab einen langen Feuerstoß ab, als das Boot auf ihn zuraste.

Kugeln schlugen in den Fiberglasrumpf, und eines der Instrumentengläser am Armaturenbrett vor Isaac explodierte. Isaac duckte sich, hielt aber Kurs, um das Kanu zu rammen.

Sali riß das leere Magazin aus dem Gewehr und steckte ein anderes aus seinem Schultergurt hinein. Er feuerte wieder. Die glänzenden Messinghülsen funkelten im Sonnenlicht, als sie aus dem Verschluß gespuckt wurden. Einer der Ranger vorne im Schnellboot schrie und umklammerte seinen Bauch, während er auf das Deck fiel, und in diesem Moment krachte der Bug des Schnellbootes mit dreißig Knoten Geschwindigkeit in die Seite des Kanus. Das spröde Kigeliaholz zersplitterte, und die Männer wurden aus dem Kanu in den Fluß geschleudert.

Im letzten Augenblick vor dem Zusammenstoß warf Sali sein AK 47 beiseite und sprang über Bord. Er versuchte, seinen Körper tief unter die Oberfläche zu bringen, um dem heranrasenden Rumpf zu entgehen. Er glaubte, er könnte die letzten paar Meter zum Rand des Schilfs tauchend zurücklegen. Doch seine Lunge war voller Luft, und der Auftrieb hinderte ihn daran, tief genug zu tauchen. Obwohl sein Kopf und der Körper nach unten geneigt waren, befanden sich seine Füße nur wenige Zentimeter unter der Oberfläche.

Die Schraube des Yamaha wirbelte mit Höchstgeschwindigkeit, als sie über sein linkes Bein glitt. Sie trennte seinen Fuß sauber am Knöchel ab und fuhr wie das Messer einer Brotschneidemaschine über seine Wadenmuskeln und zerschnitt das Fleisch bis auf die Knochen.

Dann war das Schnellboot vorbei. Isaac wendete es in einer scharfen Kurve und richtete den Bug auf das nächste Kanu. Er traf es voll und schleuderte die Insassen ins Wasser. Wie ein Slalomfahrer, der sich zwischen den Toren hindurchschlängelt, ging Isaac in die nächste Kurve.

Die Männer im dritten Kanu sahen sie kommen und warfen sich einen Augenblick, bevor der Bug sie traf, über die Seite ins Wasser. Dann planschten und schrien sie, als sie von der schnellen, grünen Strömung davongetragen wurden.

Isaac wirbelte das Ruder in entgegengesetzte Richtung. Die Insassen des nächsten Kanus schrien und jammerten und schossen wild. Die Kugeln wirbelten rings um das heranjagende Schnellboot Schaumfontänen auf, bevor es das Kanu rammte und versenkte.

Die übrigen Kanus hatten gewendet, und die Ruderer paddelten jetzt hastig zum Südufer zurück. Isaac überholte sie mühelos und rammte das Heck des nächsten Kanus. Er spürte, daß der Motor kurz blockierte und zitterte, als die wirbelnde Schraube sich in das Fleisch eines Menschen biß und dann wieder anzog.

Die letzten Kanus erreichten das Südufer, und die Wilderer sprangen aus ihnen und versuchten, das Steilufer zu erklettern. Der rote Lehm zerbröselte unter ihren klammernden Fingern.

Isaac nahm das Gas zurück, drehte den Bug flußaufwärts und hielt das Schnellboot gegen die Strömung.

»Ich bin Parkaufseher«, brüllte Isaac ihnen zu. »Ihr seid verhaftet. Bleibt, wo ihr seid. Versucht nicht zu fliehen, sonst eröffne ich das Feuer auf euch.«

Einer der Wilderer umklammerte trotzdem sein Gewehr. Er hatte fast die Oberkante der Böschung erreicht, als der Lehm unter seinen Füßen wegbrach und er wieder ins Wasser hinabrutschte. Im roten Schlamm sitzend, riß er das Gewehr hoch und zielte auf die Männer im Schnellboot.

Die beiden unverletzten Ranger knieten mit gespannten und angelegten Gewehren an der Reling.

»*Bulala!* Tötet!« schnappte Isaac, und sie feuerten gemeinsam eine massive Salve auf das Ufer ab. Beide waren gute Scharfschützen, und sie haßten die Banden, die die Elephantenherden dezimierten, ihre Kameraden bedrohten und ihr eigenes Leben gefährdeten.

Sie lachten, als sie die von Panik erfüllten Bandenmitglieder vom Ufer schossen. Sie machten sich einen Spaß daraus, sie fast die rote Lehmwand erklettern zu lassen, bevor sie sie mit kurzen Feuerstößen überschlagend und strampelnd zurück in den Fluß beförderten.

Isaac machte keine Anstalten, sie zurückzuhalten. Er hatte eine längst überfällige Rechnung mit diesen Männern zu begleichen, und ein paar Jahre Gefängnis waren für ihre Verbrechen nicht genug Strafe. Als der letzte von ihnen das Ufer hinunterrollte und langsam im klaren, grünen Wasser versank, wendete er das Boot und raste über den Fluß zurück.

Der narbengesichtige Sali war der Anführer. Die anderen waren nur hirnlose Diebe und Kanonenfutter. Sali konnte für ein paar Dollar pro Kopf ein neues Regiment rekrutieren. Sali war der Kopf und die Seele des Geschäfts, und ohne ihn würde die Arbeit dieses Tages wenig bringen. Wenn es Isaac jetzt nicht gelang, ihn aufzuhalten, würde Sali in der nächsten Woche oder im nächsten Monat mit einer neuen Bande von Wilderern wieder da sein. Er mußte den Kopf der Mamba zertreten, sonst würde sie wieder zuschlagen.

Er raste dicht an den Schilfgürtel des Nordufers, zu der Stelle, an der er das erste Kanu gerammt hatte. Dann bog Isaac in die Strömung, drosselte den Yamaha und ließ sich von der Strömung flußabwärts treiben. Dann und wann ein wenig Fahrt gebend, hielt er das Boot nur wenige Meter vom Schilf entfernt.

Die beiden Ranger standen am Heck und beobachteten im Vorbeifahren aufmerksam den Schilfgürtel.

Es war unmöglich zu sagen, wie weit die Strömung des Sambesi den Wilderer fortgetragen hatte, bevor er das Papyrusdickicht erreichen konnte. Isaac würde nur eine Meile stromabwärts fahren. Danach würde er mit seinen Männern an Land gehen und am Nordufer zu Fuß zurücklaufen, um nach irgendeiner Spur zu suchen, die Sali hinterlassen haben könnte, wenn er sich durch das Schilf an Land geschleppt hatte und zu entkommen versuchte. Sie würden ihm so weit und so lange folgen, wie es nötig war.

Dem Gesetz nach hatte Isaac keine Möglichkeit, jemanden auf der sambischen Seite des Flusses zu verhaften, aber hier handelte es sich um die Verfolgung eines Mörders und notorischen Verbrechers. Isaac war auf einen Kampf vorbereitet, falls er dazu gezwungen wurde, und er würde seinem Gefangenen eine Kugel in den Kopf schießen, falls die sambische Polizei einzugreifen versuchte und ihm Sali wegnehmen wollte.

In diesem Augenblick weckte etwas im Schilfgürtel seine Aufmerksamkeit. Isaac gab etwas mehr Gas, so daß das Boot in der Strömung stehenblieb.

Etwas von dem Schilf war niedergedrückt, als ob etwas hindurchgeschleppt worden sei, möglicherweise ein Krokodil oder eine große Leguanechse, nur daß die Schilfbüschel so verdreht und gebrochen waren, als seien sie als Halt benutzt worden.

»Krokodile haben keine Hände«, grunzte Isaac und steuerte das Boot näher heran. Das Schilf mußte erst vor wenigen Minuten niedergedrückt worden sein, da die Halme sich noch in ihre ursprüngliche Position aufrichteten. Dann lächelte Isaac dünn.

Er griff über die Bordwand, brach einen Schilfhalm ab und hielt ihn ins Sonnenlicht. Die Farbe des Stengels blieb feucht und rot an Isaacs Fingern kleben, und er zeigte sie dem Ranger, der neben ihm stand.

»Blut«, nickte der Ranger. »Er ist verletzt. Die Schrau...« Bevor er den Satz beenden konnte, schrie jemand im Schilf vor ihnen. Es war ein hoher, durchdringender Schrei äußersten Entsetzens, der sie alle für einen Moment erstarren ließ.

Isaac faßte sich als erster, gab Gas, und der Bug des Bootes drängte das dichte Schilf beiseite. Irgendwo vor ihnen schrie die menschliche Stimme wieder und wieder.

Tief im Fluß spürte Sali das Boot über sich hinwegrasen. Sein Kopf war von dem betäubenden Kreischen der Schraube erfüllt. Das Geräusch hatte keine Richtung, sondern attackierte seine Sinne aus jedem Winkel.

Dann versetzte etwas seinem linke Bein einen Schlag, der seine Hüfte herauszureißen schien und dessen Wucht ihn im Wasser herumwirbelte und ihm die Orientierung nahm. Er versuchte, an die Oberfläche zu gelangen, aber sein linkes Bein wollte nicht reagieren. Er fühlte keinen Schmerz, sondern da war nur eine große, schwere Gefühllosigkeit, als ob sein Bein in einem Betonklotz steckte, der ihn in die grünen Tiefen des Sambesi hinabzog.

Er trat wild mit seinem gesunden Bein, und plötzlich durchteilte sein Kopf die Wasseroberfläche. Er sah, daß das Schnellboot im Zickzack über den Fluß raste, die Kanuflottille aufrieb und ihre Insassen platschend und schreiend in den Fluß geschleudert wurden.

Sali begrüßte die Frist, die er durch den Angriff auf die anderen Kanus bekommen hatte. Er wußte, daß ihm nur wenige Minuten blieben, bevor das Boot wieder zurückkehren und er gefunden werden würde. Er drehte seinen Kopf. Der Schilfgürtel war nahe. Noch von der Kraft seiner Kampfeswut und Zorn erfüllt, versuchte er, dorthin zu gelangen. Sein Bein war Ballast, ein schwerer Schleppanker, der ihn hemmte, aber er schwamm mit langen Kraulschlägen seiner kräftigen Arme und umklammerte Sekunden später die ersten Papyrushalme. Verzweifelt zog er sich in die Deckung des Schilfs, schob seinen Körper über die federnde Matratze des Papyrus und zog das verstümmelte Bein hinter sich her.

Tief im Schilf verharrte er schließlich, rollte sich auf den Rücken und blickte auf den Weg zurück, den er gekommen war. Sein Atem pfiff in seiner Kehle, als er die Blutspur sah, die er durch das Wasser gezogen hatte. Er griff nach seinem Knie, hob das verletzte Bein über die Oberfläche und starrte ungläubig darauf.

Sein Fuß war verschwunden, und weißer Knochen ragte aus dem zerfetzten Fleisch. Sein Blut spritzte und tropfte aus den durchtrennten Blutgefäßen, so daß er in einer rotbraunen Wolke trieb. Winzige silberne Fische schossen, aufgescheucht durch den Geruch, durch das verfärbte Wasser und verschlangen gierig Sehnen und Stückchen von zerfetztem Fleisch.

Schnell senkte Sali sein gesundes Bein und versuchte, den Grund zu berühren. Das Wasser schlug über seinem Kopf zusammen, aber sein rechter Fuß tastete vergeblich nach dem schlammigen Grund des Sambesi. Hustend und würgend kam er wieder an die Oberfläche. Ihm blieben nur die dicken Schilfhalme, um sich festzuhalten.

Weit entfernt, auf der anderen Flußseite, hörte er das Geräusch von Gewehrfeuer und dann das grelle Winseln des zurückkehrenden Schnellbootes. Es kam immer näher, bis das Geräusch zu einem schwachen Blubbern wurde, und er hörte Stimmen. Ihm war klar, daß sie den Rand des Schilfgürtels nach ihm absuchten, und er ließ sich tiefer ins Wasser sinken.

Kalte Teilnahmslosigkeit bemächtigte sich seiner, während sein Blut in den Fluß rann, aber er nahm seine Kraft zusammen und begann, sich tiefer in das Schilf hineinzuziehen, auf das sambische Flußufer zu. Vorsichtig schob er sich in eine Öffnung im Schilf. Sie hatte die Größe eines Tennisplatzes und war von einer Palisade hohen, schwankenden Papyrus umschlossen. Die Oberfläche war von den flachen, runden grünen Blättern der Wasserlilien übersät, und ihre Blüten hoben ihre lieblichen himmelblauen Köpfe in das frühe Sonnenlicht. Ihr Duft hing süß und schwer in der stillen Luft.

Plötzlich erstarrte Sali, von dem nur der Kopf über die Oberfläche ragte. Etwas unter den Wasserlilien bewegte sich. Das Wasser kräuselte sich und wogte, während die Köpfe der Blüten zu der starken und heimlichen Bewegung unter ihnen nickten.

Sali wußte, was das war. Seine dicken, leberfarbenen Lippen öffneten sich, und er schlug entsetzt um sich. Sein Blut trieb in dem lilienübersäten Wasser davon, und das Ding darunter bewegte sich auf die Quelle des verführerischen Blutgeschmacks zu.

Sali war ein tapferer Mann. Nur sehr wenige Dinge auf dieser Welt konnten ihm angst machen. Dies jedoch war eine Kreatur aus einer anderen Welt, der geheimnisvollen, kalten Welt unter Wasser. Seine Därme leerten sich unkontrolliert, als Entsetzen seinen Schließmuskel erschlaffen ließ, und dieser frische Geruch im Wasser brachte die Kreatur an die Oberfläche.

Ein Kopf wie ein Baumstamm, schwarz und knorrig und naß schimmernd, schob sich durch die Lilien. Seine perlenartigen Saurieraugen steckten in herausragenden, rindenähnlichen Knollen, und er grinste Sali mit klaffenden Fängen an, die über ungleichmäßigen Zähnen hervorragten. Der Schleier von Lilienblüten, die über seine scheußliche Stirn drapiert waren, ließ die Kreatur teuflisch drohend wirken.

Plötzlich durchschlug der große Schwanz die Oberfläche, krümmte sich, peitschte das Wasser zu Schaum und schob den langen schuppigen Leib mit erstaunlicher Geschwindigkeit vorwärts.

Sali schrie.

Isaac stand am Ruder und ließ den langen Rumpf tiefer in den Papyrus gleiten. Die dicken starken Halme schlangen sich um die Schraubenwelle, verlangsamten das Boot und brachten es allmählich zum Stillstand.

Sie liefen zum Bug und zogen sich an den Papyrushalmen vorwärts, bis sie plötzlich eine kleine, offene Wasserfläche erreichten. Direkt vor dem Bug wurde das Wasser gewaltig aufgewühlt. Schaumwände wurden in das Sonnenlicht geschleudert und spritzten über ihre Köpfe.

Im Schaum rollte und drehte sich ein riesiger, geschuppter Leib, dessen buttergelber Bauch blitzte, und der lange, mit scharfen Schuppen besetzte Schwanz peitschte das Wasser weiß.

Für einen Moment wurde ein menschlicher Arm hochgerissen. Es war eine Geste des Flehens, entsetzten Bittens. Isaac beugte sich über die Bordwand und ergriff das Handgelenk. Die Haut war naß und schlüpfrig, aber Isaac verstärkte seinen Griff mit beiden Händen und lehnte sich mit aller Kraft zurück. Er konnte Sali und das Gewicht des Reptils nicht halten. Das Handgelenk begann seinem Griff zu entgleiten, bis einer der Ranger neben ihn sprang und Salis Arm am Ellenbogen faßte.

Gemeinsam zerrten sie, Zentimeter um Zentimeter, den Körper des Mannes aus dem Wasser. Sali war ein Mann auf einer Folterbank. Er wurde zwischen den Männern an einem Ende und dem schrecklichen Reptil am anderen gestreckt.

Der andere Ranger beugte sich über die Reling und feuerte aus seinem Automatikgewehr eine Salve ins Wasser ab. Die Hochgeschwindigkeitsgeschosse prallten an der Oberfläche ab, als seien sie auf eine Stahlplatte getroffen, und bewirkten nichts weiter, als Sprühwasser in die Augen von Isaac und dem anderen Ranger zu schleudern.

»Stop!« keuchte Isaac ihn an. »Du triffst noch einen von uns.«

Der Ranger ließ das Gewehr fallen und ergriff Salis freien Arm.

Jetzt hatten drei Männer bei dem grausamen Seilziehen Stellung bezogen. Langsam zerrten sie Salis Körper aus dem Wasser, bis der riesige, schuppige Kopf des Reptils zu sehen war.

Seine Fänge waren vorne in Salis Bauch gegraben. Krokodilzähne haben keine Schneidekanten. Das Krokodil zerfetzt seine Beute, indem es zubeißt und dann seinen ganzen Leib im Wasser herumrollt, um Gliedmaßen oder einen Fetzen Fleisch abzureißen. Während sie Sali über die Reling gestreckt hielten, schlug die Kreatur mit ihrem Schwanz und drehte sich. Salis Bauch wurde aufgerissen. Das Krokodil, dessen Fänge noch immer in seinem Fleisch vergraben waren, warf sich zurück und riß Salis Eingeweide heraus.

Da der Zug nachließ, gelang es den drei Männern, Salis Körper an Bord zu zerren. Doch das Krokodil hielt fest. Salis gekrümmte Gestalt lag zwar an Deck, aber seine Eingeweide waren über die Bordwand gespannt, ein glitzerndes, fleischiges Gewirr von Schläuchen und Bändern, wie eine groteske Nabelschnur, die ihn mit seinem Schicksal verband.

Das Krokodil ruckte wieder mit dem ganzen Gewicht und der ganzen Kraft seines langen Schwanzes. Das Band der Eingeweide riß, und Sali schrie zum letzten Mal und starb auf dem blutigen Deck.

Für eine Weile herrschte Schweigen auf dem Boot, das nur von dem schweren Keuchen der drei Männer durchbrochen wurde, die versucht hatten, ihn zu retten. In entsetzter Faszination starrten sie auf Salis verstümmelte Leiche, bis Isaac Mtwetwe leise flüsterte: »Ich hätte keinen passenderen Tod für dich finden können.« Und auf Shona sagte er: »Gehe nicht in Frieden, o Sali, du Teuflischer, und mögen all deine Untaten dich auf deiner Reise begleiten.«

»Es hat keine Gefangenen gegeben«, erzählte Isaac Daniel Armstrong.

»Sagtest du keine?« brüllte Daniel. Die Telefonverbindung war schlecht und schwach, und durch das Gewitter, das weiter unten im Tal tobte, gab es starke atmosphärische Störungen.

»Keine, Danny.« Isaac sprach lauter. »Acht Tote, aber der Rest der Bande wurde entweder von Krokodilen aufgefressen oder ist nach Sambia geflohen.«

»Was ist mit dem Elfenbein, Isaac? Hatten sie Stoßzähne?«

»Ja, sie alle trugen Elfenbein, aber das ging im Fluß verloren, als die Kanus versanken.«

»Verdammt«, murmelte Daniel. Es würde erheblich schwerer werden, die Behörden davon zu überzeugen, daß das Elfenbein in den Kühllastwagen aus Chiwewe fortgebracht worden war. Die Spur zu Ning Cheng Gong wurde mit jeder Stunde kälter.

»Eine Polizeieinheit ist auf dem Weg von hier zum Camp in Chiwewe«, erzählte er Isaac.

»Ja, Danny. Die sind gerade hier. Ich werde mich ihnen anschließen, sobald ich dafür gesorgt habe, daß mein verwundeter Ranger nach Harare ausgeflogen wird. Ich will sehen, was diese Bastarde mit Johnny Nzou gemacht haben.«

»Hör zu, Isaac. Ich werde der einzigen Spur, die zu dem Verantwortlichen für diese Sache führt, folgen.«

»Sei vorsichtig, Danny. Diese Leute spaßen nicht. Du könntest böse verletzt werden. Wohin willst du?«

»Wir sehen uns bald, Isaac.« Daniel wich der Frage aus. Er legte den Telefonhörer auf die Gabel und begab sich zu seinem Landcruiser.

Er setzte sich hinter das Steuer und dachte nach. Ihm war klar, daß ihm nur eine kurze Frist blieb. Sehr bald schon würde die Polizei von Simbabwe wieder mit ihm sprechen wollen, und ein bißchen ernster als zuvor. Es gab nur einen Platz, an den er konnte, und der lag außerhalb des Landes. In jedem Fall führte ihn die Spur dorthin.

Er fuhr zu dem Posten des Zolls und der Einwanderungsbehörde und parkte auf dem Parkplatz vor der Schranke. Natürlich hatte er seinen Paß dabei, und die Papiere für den Landcruiser waren in Ordnung. Die Ausreiseformalitäten dauerten keine halbe Stunde, was nach afrikanischen Maßstäben Rekordzeit war.

Daniel fuhr über die Stahlbrücke, die den Sambesi überspannte, und war sich darüber im klaren, daß er nicht ins Paradies gelangte.

Sambia war nach Uganda und Äthiopien eines der ärmsten und elendsten Länder auf dem afrikanischen Kontinent. Daniel verzog das

Gesicht. Ein Zyniker hätte das darauf zurückgeführt, daß es von der britischen Kolonialherrschaft länger als die meisten anderen Länder unabhängig war. Die Politik des strukturierten Chaos' und des Ruins hatte mehr Zeit gehabt, sich entwickeln zu können.

Als die großen Minen von Copperbelt noch in Privatbesitz gewesen waren, hatten sie zu den profitabelsten auf dem Kontinent gehört, waren sogar den berühmten Goldminen weiter südlich ebenbürtig gewesen. Nach der Unabhängigkeit hatte Präsident Kenneth Kaunda sie verstaatlicht und seine Afrikanisierungspolitik eingeführt, die darin gipfelte, jene sachkundigen und erfahrenen Ingenieure und Manager zu entlassen, die keine schwarzen Gesichter hatten. Binnen weniger Jahre hatte er wunderbarerweise einen jährlichen Profit von mehreren hundert Millionen in einen Verlust gleicher Größenordnung umgewandelt.

Daniel bereitete sich auf die Begegnung mit dem sambischen Beamtentum vor.

»Können Sie mir sagen, ob letzte Nacht ein Freund von mir auf dem Wege nach Malawi hier durchgekommen ist?« fragte er den uniformierten Beamten, der aus dem Zollgebäude kam, um seinen Landcruiser nach Schmuggelware zu durchsuchen.

Der Mann öffnete den Mund, um seinen Zorn darüber zum Ausdruck zu bringen, daß man ihn aufforderte, offizielle Informationen preiszugeben, aber Daniel beruhigte ihn, indem er eine Fünfdollarnote hervorholte. Die sambische Währung, die Kwacha, so benannt nach der »Dämmerung der Freiheit nach kolonialer Unterdrückung«, war einst ebensoviel wert gewesen wie der amerikanische Dollar. Durch zahlreiche Abwertungen war der offizielle Wechselkurs auf 30:1 gesunken. Der Schwarzmarktkurs lag bei 300:1. Die Skrupel des Zollbeamten schwanden. Er sah ein Monatsgehalt vor sich.

»Wie heißt Ihr Freund?« fragte er eifrig.

»Mr. Chetti Singh. Er fuhr einen großen Lastwagen mit einer Ladung getrocknetem Fisch.«

»Warten Sie.« Der Beamte verschwand in der Station und war nach wenigen Minuten wieder zurück.

»Ja...«, nickte er. »Ihr Freund hat nach Mitternacht passiert.« Er zeigte kein weiteres Interesse an einer Durchsuchung des Landcruisers, stempelte Daniels Paß ab und schritt munter in sein Wachlokal zurück.

Daniel empfand einen Schauer des Unbehagens, als er den Grenzposten verließ und nordwärts nach Lusaka, der Hauptstadt, fuhr. In Sambia endete die Macht des Gesetzes am Rande bebauter Gebiete. Im Busch hatte die Polizei zwar ihre Straßenposten besetzt, war aber nie so tollkühn, auf Hilferufe von Reisenden zu reagieren, die auf den einsamen Straßen fuhren.

Während der fünfundzwanzigjährigen Unabhängigkeit hatten die Straßen einen interessanten Zustand von Verfall erreicht. An einigen Stellen waren die Schlaglöcher im zerfressenen Asphalt fast knietief. Daniel behielt eine Geschwindigkeit von fünfundzwanzig Meilen pro Stunde bei und fuhr um die schlimmsten Löcher herum, als durchquere er ein Minenfeld.

Die Landschaft war lieblich. Er fuhr durch prächtige offene Wälder und Lichtungen mit goldenem Gras, die »Damboes« genannt wurden. Die Hügel und Kopjes schienen in grauer Vorzeit von Riesenhand errichtet worden zu sein. Die Felsen und steinernen Türme waren übereinandergehäuft und in spektakulärem Chaos erodiert. Die zahlreichen Flüsse waren tief und klar.

Daniel erreichte den ersten Straßenposten.

Hundert Meter vor der Barriere verlangsamte er die Fahrt zu einem Kriechen und legte beide Hände auf das Lenkrad. Die Polizei war nervös und schießfreudig. Als er anhielt, stieß ein uniformierter Polizist, der eine verspiegelte Sonnenbrille trug, den Lauf einer Maschinenpistole durch das Fenster und grüßte ihn arrogant.

»Hallo, mein Freund.« Sein Finger ruhte am Abzug, und die Mündung war auf Daniels Bauch gerichtet. »Steig aus!«

»Rauchen Sie?« fragte Daniel. Während er auf die Straße trat, holte er ein Päckchen Chesterfield-Zigaretten aus seiner Brusttasche und drückte es dem Polizisten in die Hand.

Der Polizist zog den Lauf der Maschinenpistole zurück, während er prüfte, ob das Päckchen ungeöffnet war. Dann grinste er, und Daniel entspannte sich etwas.

In diesem Moment hielt ein anderes Fahrzeug hinter Daniels Landcruiser. Es war ein Lastwagen, der einer der Jagdsafari-Gesellschaften gehörte. Auf der Ladefläche war Campgerät und Ausrüstung gestapelt, und die Waffenträger und Spurensucher hockten auf der Ladung.

Am Steuer saß der Berufsjäger, bärtig, braungebrannt und wettergegerbt. Sein Kunde neben ihm sah trotz seiner neuen Safarijacke und dem Hutband aus Zebrafell um seinen Stetson städtisch und erschöpft aus.

»Daniel!« Der Jäger lehnte sich aus dem Seitenfenster. »Daniel Armstrong!« rief er fröhlich.

Dann erinnerte sich Daniel an ihn. Sie waren sich vor drei Jahren kurz begegnet, als Daniel einen Dokumentarfilm über Jagdsafaris in Afrika gedreht hatte – »Der Mensch ist ein Jäger«. Einen Moment lang fiel ihm der Name des Mannes nicht ein, aber sie hatten an einem Lagerfeuer im Luangwa-Tal eine Flasche Haig's getrunken. Daniel erinnerte sich an ihn als ein Großmaul, der einen besseren Ruf als Trinker denn als guter Jäger hatte. Damals hatte er mehr als seine Hälfte des Haig getrunken.

»Stoffel.« Er war erleichtert, als ihm der Name wieder einfiel. Er brauchte jetzt einen Verbündeten und Beschützer. Die Jäger der Safarigesellschaften bildeten im tiefen Busch eine Art Adelskaste. »Stoffel van der Merwe«, rief er.

Stoffel kletterte groß, kräftig und grinsend aus dem Lastwagen. Wie die meisten sambischen Berufsjäger war er Afrikaander aus Südafrika.

»Teufel, Mann, ist das schön, dich zu sehen.« Er umklammerte Daniels Hand mit haariger Pranke. »Macht man dir Schwierigkeiten?«

»Na ja...« Daniel ließ den Satz hängen, und Stoffel ging zu dem Polizisten. »He, Juno. Dieser Mann ist mein Freund. Behandle ihn gut, hörst du?«

Der Polizist lachte zustimmend. Es erstaunte Daniel immer wieder zu beobachten, wie gut Afrikaander und Schwarze miteinander auskamen, wenn die Politik aus dem Spiel gelassen wurde. Vielleicht lag das daran, weil sie alle Afrikaner waren und fast dreihundert Jahre lang miteinander gelebt hatten. Daniel lächelte. Inzwischen sollten sie sich kennen.

»Du willst doch dein Fleisch, oder?« Stoff neckte den Polizisten weiter. »Wenn du Doktor Armstrong Schwierigkeiten machst, bekommst du kein Fleisch.«

Die Jäger hatten ihre festen Routen zu und von den Jagdgebieten im abgelegenen Busch, und sie kannten die Polizisten, die bei den Straßenposten Dienst taten, mit Namen. Sie hatten einen Tarif für *bonsela* untereinander vereinbart.

»He!« rief Stoffel seinen Fährtensuchern oben auf dem Lastwagen zu. »Gebt Juno ein Bein von einem fetten Büffel. Seht doch, wie dürr er wird. Wir müssen ihn ein bißchen aufpäppeln.«

»Diese armen Bastarde hungern nach Protein«, erklärte Stoffel seinem Kunden, als der amerikanische Geschäftsmann sich zu ihnen gesellte. »Für einen Büffelschenkel würde er Ihnen seine Frau verkaufen. Für zwei würde er Ihnen seine Seele verkaufen. Für drei würde er Ihnen wahrscheinlich das ganze verdammte Land verkaufen. Und dennoch wäre alles ein schlechtes Geschäft!« Er brüllte vor Lachen und stellte seinen Kunden Daniel vor. »Das ist Steve Conrack aus Kalifornien.«

»Ich kenne Sie natürlich«, fiel der Amerikaner ein. »Ist mir eine große Ehre, Sie kennenzulernen, Doktor Armstrong. Ich sehe mir immer Ihre Fernsehsendungen an. Ich hab zufällig ein Exemplar Ihres Buches dabei. Würden Sie mir bitte für meine Kinder ein Autogramm geben? Das sind große Fans von Ihnen.«

Innerlich zuckte Daniel über den Preis des Ruhmes zusammen, aber als der Klient mit dem Exemplar eines seiner früheren Bücher vom Lastwagen zurückkam, signierte er es.

»Wohin willst du?« fragte Stoffel. »Lusaka? Laß mich vorfahren und alle Störungen für dich beseitigen. Andernfalls kann alles mögliche passieren. Du könntest eine ganze Woche oder eine ganze Ewigkeit brauchen, um dorthin zu kommen.«

Der Polizist öffnete grinsend die Barriere und salutierte, als sie durchfuhren. Von da an war ihre Fahrt eine königliche Prozession, bei der regelmäßig Stücke rohen Fleisches unter dem Segeltuch hervorgezogen wurden.

Als der kleine Konvoi sich der Hauptstadt Lusaka näherte, wurde Daniel eines der vielen beunruhigenden Phänomene des neuen Afrika demonstriert – die Massenflucht der Landbevölkerung in die Stadtzentren.

Als sie die Außenbezirke der Stadt passierten, roch Daniel den Slumgeruch. Er war zusammengesetzt aus dem Rauch der Kochfeuer, dem Gestank der Latrinengruben und faulenden Müllhaufen, von saurem, illegalem Bier, das in offenen Kesseln gebraut wurde, und von Menschen, die weder fließendes Wasser noch Flüsse hatten, um sich zu baden. Es war der Geruch von Krankheit, Hungersnot, Armut und Unwissenheit, der reife, neue Geruch Afrikas.

Daniel spendierte Stoffel und seinem Klienten in der Bar des Ridgeway Hotels einen Drink, entschuldigte sich dann aber und ging zur Rezeption, um sich anzumelden.

Er bekam ein Zimmer mit Blick auf den Swimmingpool und ging hoch, um den Schmutz und die Erschöpfung der letzten vierundzwanzig Stunden wegzuduschen. Dann griff er nach dem Telefon und rief den britischen Hochkommissar an.

»Kann ich bitte Mr. Michael Hargreave sprechen?« Er hielt den Atem an. Mike Hargreave war vor zwei Jahren in Lusaka gewesen, konnte aber inzwischen in einen ganz anderen Teil der Welt versetzt worden sein.

»Ich verbinde Sie mit Mr. Hargreave«, erwiderte das Mädchen nach ein paar Augenblicken, und Daniel atmete aus.

»Michael Hargreave.«

»Mike, ich bin's, Danny Armstrong.«

»Mein Gott, Danny. Wo steckst du?«

»Hier, in Lusaka.«

»Willkommen im Märchenland. Wie geht's dir?«

»Mike, können wir uns treffen? Du mußt mir mal wieder einen Gefallen tun.«

»Warum kommst du nicht heute abend zum Essen? Wendy wird begeistert sein.«

Michael bewohnte eine der Diplomatenresidenzen am Nobs Hill, nur ein kurzes Stück zu Fuß vom Government House entfernt. Wie jedes andere Haus in der Straße war es befestigt wie das Maze-Gefängnis. Die drei Meter hohen Mauern waren mit gerolltem Stacheldraht gekrönt, und zwei *Malondo*, Nachtwächter, bewachten das Tor.

Michael Hargreave beruhigte seine beiden Rottweiler-Wachhunde und begrüßte Daniel enthusiastisch.

»Du gehst kein Risiko ein, Mike.« Daniel deutete auf die Sicherheitsmaßnahmen, und Michael verzog das Gesicht.

»Allein auf dieser Straße haben wir durchschnittlich einen Einbruch pro Nacht, trotz Stacheldraht und Hunden.«

Er führte Daniel ins Haus, und Wendy kam, um ihn zu küssen. Wendy war eine Rosenknospe mit weichem, blondem Haar und diesem unglaublichen englischen Teint.

»Ich hatte vergessen, daß du in Wirklichkeit noch viel besser aussiehst als im Fernsehen.« Sie lächelte ihn an.

Michael Hargreave erinnerte mehr an einen Oxford-Graduierten als an einen Agenten, aber er war tatsächlich ein Mann des MI6. Er und Daniel hatten sich bei Kriegsende in Rhodesien kennengelernt. Zu der Zeit war Daniel krank und mutlos gewesen, nachdem er erkannt hatte, daß die Sache, für die er gekämpft hatte, nicht nur verloren, sondern auch ungerecht war. Zum Bruch war es gekommen, als Daniel eine Gruppe der Selous Scouts in den Nachbarstaat Moçambique geführt hatte. Ihr Ziel war ein Guerilla-Lager. Der rhodesische Geheimdienst hatte ihnen gesagt, es sei ein Ausbildungslager für ZANLA-Rekruten, doch als sie die Hütten angriffen, fanden sie fast nur alte Männer, Frauen und Kinder vor. Fast fünfhundert dieser unglücklichen Menschen hatten dort gehaust. Sie hatten keinen von ihnen am Leben gelassen.

Auf dem Rückmarsch hatte Daniel unkontrollierbar geweint. Die Jahre ständig präsenter Gefahr und endloser Stellungsbefehle zum aktiven Dienst hatten sein Nervenkostüm dünn und brüchig gemacht. Erst viel später begriff Daniel, daß er einen Nervenzusammenbruch erlitten hatte. In diesem kritischen Augenblick war er von der geheimen Alpha-Gruppe angesprochen worden.

Der Krieg hatte sich über so viele Jahre hingezogen, daß eine kleine Gruppe von Polizei- und Armeeoffizieren die Nutzlosigkeit all dessen erkannt hatte. Noch wichtiger aber war die Erkenntnis, auf welcher Seite sie waren – nämlich nicht der der Engel, sondern der des Teufels persönlich.

Sie kamen zu dem Schluß, daß sie für ein Ende des brutalen Bürgerkrieges kämpfen mußten, daß sie das weiße Regime der Regierung Smith zwingen mußten, einen von Großbritannien ausgehandelten Waffenstillstand zu akzeptieren und danach demokratischen und freien Wahlen und dem Prozeß nationaler Aussöhnung der Rassen zuzustimmen. Alle Mitglieder der Alpha-Gruppe waren Männer, die Daniel bewunderte. Viele von ihnen waren hohe Offiziere, und die meisten waren für ihre Tapferkeit und ihre Führungsqualitäten ausgezeichnet worden. Daniel fühlte sich unwiderstehlich zu ihnen hingezogen.

Michael Hargreave war der Stationschef des britischen Geheimdienstes in Rhodesien gewesen. Sie waren sich erstmals begegnet, nachdem Daniel sich der Alpha-Gruppe angeschlossen hatte. Sie hatten eng zusammengearbeitet, und Daniel hatte eine bescheidene Rolle in dem Prozeß gespielt, der schließlich zum Ende der schrecklichen Leiden und Ausschreitungen führte, und mit dem Lancaster-House-Vertrag seinen Höhepunkt fand.

Daniel war nicht in Simbabwe gewesen, als Ian Smiths weißes Regime endlich kapitulierte. Sein Überlaufen war vom rhodesischen Geheimdienst entdeckt worden. Durch andere Mitglieder seiner Gruppe vor der bevorstehenden Verhaftung gewarnt, floh Daniel aus dem Land. Hätte man ihn verhaftet, wäre er sicher zum Tod durch Erschießen verurteilt worden. Er hatte erst gewagt zurückzukehren, nachdem das Land in Simbabwe umbenannt worden war und die neue Regierung unter Führung von Robert Mugabe die Macht übernommen hatte.

Zu Beginn ihrer Bekanntschaft war Daniels Beziehung zu Michael distanziert und rein offiziell gewesen, doch aus gegenseitigem Respekt und Vertrauen hatte sich schließlich eine echte Freundschaft entwickelt, die die Jahre überdauerte.

Michael schenkte ihm einen Whisky ein, und sie plauderten und schwelgten in Erinnerungen, bis Wendy sie zum Essen rief. Diese Küche war ein Hochgenuß für Daniel, und Wendy strahlte voller Genugtuung darüber, wie Daniel mit Messer und Gabel zulangte.

Beim Brandy fragte Michael: »Welchen Gefallen soll ich dir tun?«
»Eigentlich sind es zwei.«
»Galoppierende Inflation, aber rede nur, mein Freund.«
»Könntest du es vielleicht arrangieren, daß mein Filmmaterial mit dem Diplomatenkoffer nach London geschickt wird? Es ist ungeheuer wertvoll. Ich möchte es der sambischen Post nicht anvertrauen.«
»Das ist leicht«, nickte Michael. »Ich werde es morgen mit dem Koffer wegschicken. Und was ist mit dem anderen Gefallen?«
»Ich brauche Informationen über einen Herrn namens Ning Cheng Gong.«
»Müßten wir ihn kennen?« fragte Michael.
»Ja. Er ist der taiwanesische Botschafter in Harare.«
»In dem Fall haben wir sicher eine Akte über ihn. Ist er Freund oder Feind, Danny?«
»Ich bin mir nicht sicher. Jedenfalls nicht im derzeitigen Stadium.«
»Dann erzähl mir weiter nichts.« Michael seufzte und schob Daniel die Brandykaraffe hinüber. »Ich dürfte vor morgen mittag einen Computerausdruck haben. Soll ich ihn direkt zum Ridgeway schicken?«
»Sei gesegnet, alter Junge. Ich bin dir mal wieder was schuldig.«
»Vergiß es nicht, Danny.«

Es war eine enorme Erleichterung, die Filme los zu sein, die Jock gedreht hatte. Sie stellten die Arbeit eines anstrengenden Jahres dar und fast Daniels gesamten irdischen Reichtum. Er war von seinem neuen Projekt so fest überzeugt, daß er anders als sonst üblich beschlossen hatte, auf eine Fremdfinanzierung zu verzichten. Er hatte alles, was er besaß, in dieses Projekt gesteckt, fast eine halbe Million Dollar, die er im Lauf der letzten zehn Jahre zusammengespart hatte, seit er hauptberuflich Autor und Fernsehproduzent geworden war.

Nun gingen Daniels Filme am nächsten Morgen mit dem Diplomatenkoffer in eine Maschine der British Airways und würden zwölf Stunden später in London sein. Daniel hatte sie an die Castle Studios geschickt, wo sie in sicherer Verwahrung waren, bis er mit der Bearbeitung beginnen konnte. Einen Titel für die Serie hatte er bereits gefunden: »Stirbt Afrika?«

Statt den Computerausdruck über Ning Cheng Gong einem Kurier anzuvertrauen, lieferte Michael Hargreave ihn persönlich bei Daniel ab.

»Da hast du dir einen netten Knaben rausgesucht«, kommentierte er. »Ich habe nicht alles gelesen, aber es hat gereicht, um herauszufinden, daß mit der Familie Ning nicht zu spaßen ist. Sei vorsichtig, Danny. Das sind große Nummern.«

Er überreichte ihm den versiegelten Umschlag. »Nur eine Bedingung. Ich möchte, daß du das verbrennst, sobald du es gelesen hast. Habe ich dein Wort darauf?«

Daniel nickte, und Michael fuhr fort: »Ich habe einen Askari des Hochkommissariats zur Bewachung deines Landcruisers mitgebracht. Du darfst in Lusaka kein Auto unbewacht auf der Straße stehenlassen.«

Daniel ging mit dem Umschlag auf sein Hotelzimmer und bestellte eine Kanne Tee. Nachdem sie gebracht worden war, verriegelte er die Tür, zog sich bis auf die Unterhose aus und legte sich aufs Bett.

Der Ausdruck umfaßte elf Seiten, und jede einzelne war faszinierend. Johnny Nzou hatte nur eine Andeutung von dem Vermögen und dem Einfluß der Familie Ning gemacht.

Ning Heng H'Sui war der Patriarch. Seine Unternehmen waren so diversifiziert und mit internationalen Gesellschaften und ausländischen Holdingunternehmen in Luxemburg, Genf und Jersey verstrickt, daß der Verfasser des Berichts am Ende dieses Abschnitts lakonisch zugegeben hatte: »Liste der Unternehmen wahrscheinlich unvollständig.«

Als Daniel die Daten aufmerksamer durchging, glaubte er, eine Verschiebung des Investitionsschwerpunktes zu erkennen, die ungefähr um die Zeit datierte, als Ning Cheng Gong auf seinen Botschafterposten in Afrika berufen wurde. Obwohl die Unternehmen der Familie Ning noch immer überwiegend auf den pazifischen Raum konzentriert waren, machten die Investitionen in Afrika und in afrikanische Unternehmen doch einen beachtlichen Anteil an dem Gesamtvermögen aus.

Beim Umblättern sah er, daß der Computer dies analysiert und errechnet hatte, daß die Anteile des Gesamtunternehmens in Afrika in sechs Jahren von null auf fast zwölf Prozent gewachsen waren. Dazu gehörten große Anteile an südafrikanischen Minengesellschaften und an afrikanischem Grundbesitz sowie Lebensmittelfabriken, ferner noch größerer Besitz an Wald, Papiermühlen und Rinder- und Schafranchen, alle in Afrika südlich der Sahara. Man brauchte keine hellseherische Begabung zu besitzen, um zu schließen, daß Ning Cheng Gong die Familie dazu gebracht hatte.

Auf Seite vier des Computerausdrucks las Daniel, daß Ning Cheng

Gong mit einem chinesischen Mädchen aus einer anderen wohlhabenden taiwanesischen Familie verheiratet war. Die Heirat war zwischen den Familien arrangiert worden. Das Paar hatte zwei Kinder: einen 1982 geborenen Sohn und eine 1983 geborene Tochter.

Als Chengs Interessen waren asiatische Musik und Theater sowie das Sammeln von asiatischer Kunst, insbesondere von Jade- und Elfenbeinkunstwerken, genannt. Er war ein anerkannter Experte für Elfenbein-Netsuke. Er spielte Golf und Tennis und segelte. Er war auch in asiatischen Kampftechniken versiert und hatte den vierten Dan erreicht. Er rauchte in Maßen und trank Alkohol nur in Gesellschaft. Er benutzte keine Drogen, und die einzige Schwäche, die dem Report zufolge als Hebel oder zur Beeinflussung benutzt werden konnte, war, daß Ning Cheng Gong regelmäßig die Nobelbordells von Taipeh besuchte. Sexuell schien er dahin zu tendieren, komplizierte Phantasien sadistischer Natur auszuleben. 1987 war während einer solchen Vorstellung ein Bordellmädchen gestorben. Scheinbar hatte die Familie jeden Skandal vertuschen können, da gegen Cheng nie Anklage erhoben wurde.

»Mike hatte recht«, gestand sich Daniel, als er den Ausdruck beiseite legte. »Er ist eine große Nummer und gut beschützt. Am besten, ich gehe vorsichtig und schrittweise vor. Chetti Singh zuerst. Wenn ich einen Zusammenhang finden kann, wäre dies der Schlüssel.«

Während er sich zum Abendessen ankleidete, blätterte er ständig in dem Bericht, der auf dem Tisch lag, um sich zu vergewissern, ob er eine Verbindung nach Malawi oder mit Chetti Singh übersehen hatte.

Es gab keine. Er ging zum Essen hinunter und fühlte sich deprimiert und entmutigt. Die Rolle, die er für sich als Johnny Nzous Rächer gewählt hatte, war frustrierend.

Auf der fünfseitigen Karte waren sowohl geräucherter schottischer Lachs als auch Rinderbraten aufgeführt. Als er beides bestellte, schüttelte der Kellner bedauernd den Kopf.

»Tut mir leid. Nicht da.«

Daraus entwickelte sich rasch ein Ratespiel. »Tut mit leid, nicht da.«

Der Kellner wirkte echt bekümmert, als Daniel erfolglos das Menü durchging, bis er bemerkte, daß alle anderen im Speisesaal Brathähnchen und Reis aßen.

»Ja, Hühnchen und Reis da«, strahlte der Kellner zustimmend. »Was möchten Sie als Dessert?«

Inzwischen hatte Daniel den Trick gelernt. Er schaute auf die anderen Tische. »Wie ist es mit Banane und Vanillesoße?«

Der Kellner schüttelte den Kopf. »Nicht da.«
Daniel stand auf und ging zu einem nigerianischen Geschäftsmann, der am Nebentisch saß.
»Verzeihen Sie, Sir, was essen Sie da?«
Er kehrte an seinen Tisch zurück. »Ich nehme Banane Spezial«, sagte er, und der Kellner nickte glücklich.
»Ja, heute abend Banane Spezial da.«
Durch diese kleine Komödie gewann Daniel seine gute Laune und den Sinn für Scherze zurück.
»AGW«, versicherte Daniel ihm. »Afrika gewinnt wieder.« Und der Kellner wirkte erfreut über ein offenkundiges Lob und Ermutigung.

Am nächsten Morgen fuhr Daniel ostwärts nach Chipata, zur Grenze von Malawi. Es hatte wenig Sinn, auf ein kräftiges Frühstück im Hotel zu hoffen, und er war ohnehin schon lange unterwegs, bevor die Küche öffnete. Als die Sonne aufging, hatte er bereits an die hundert Meilen zurückgelegt, und er fuhr fast den ganzen Tag und hielt nur an, um am Straßenrand zu essen.
Er erreichte die Grenze am folgenden Morgen und fuhr guter Laune nach Malawi hinein. Nicht nur, weil dieses winzige Land noch schöner war als das, was er verließ, sondern weil dort die Menschen zufriedener und sorgloser waren.
Malawi galt wegen seiner riesigen Gebirge und Hochplateaus, seiner Seen und lieblichen Flüsse als die Schweiz Afrikas. Seine Einwohner waren im ganzen Süden des Kontinents für ihre Intelligenz und Anpassungsfähigkeit bekannt. Sie waren in allen Berufen begehrt, ob als Hausdiener, Minen- oder Industriearbeiter. Da Malawi über keine großen Mineralvorkommen verfügte, waren die Bewohner sein wertvollstes Vermögen und sein Hauptexportartikel.
Unter dem wohlwollenden Despotismus seines achtzigjährigen Präsidenten auf Lebenszeit wurden die besonderen Talente und Fähigkeiten des Volkes von Malawi gefördert und gepflegt. Die ländlichen Gebiete wurden nicht vernachlässigt und der Zuzug in die Städte kontrolliert. Jede Familie wurde von ihrem Führer angewiesen, ihr eigenes Heim zu bauen und sich selbst mit Nahrungsmitteln zu versorgen. Als Geldbringer wurden Baumwolle und Erdnüsse angebaut. Auf ausgedehnten Hochebenen wurde eine hervorragende Teesorte gezüchtet.
Als Daniel auf die Hauptstadt Lilongwe zufuhr, war der Gegensatz

zu dem Land, das er gerade verlassen hatte, atemberaubend. Die Dörfer, die er passierte, waren sauber, ordentlich und wohlhabend, die Menschen am Straßenrand schlank, gut gekleidet und lächelten. Die meisten der gutaussehenden Frauen bevorzugten einen knöchellangen Rock, bedruckt mit den Nationalfarben und einem Porträt von ›Kamuzu‹ Hastings Banda, dem Präsidenten. Kurze Röcke waren in Malawi durch Präsidialerlaß verboten, ebenso langes Haar bei den Männern.

An der Straße wurden Lebensmittel und Holzschnitzereien zum Verkauf angeboten. Es war seltsam, in einem afrikanischen Land einen Überschuß an Lebensmitteln zu sehen. Daniel hielt an, um Eier und Orangen, Mandarinen, leuchtendrote Tomaten und geröstete Erdnüsse zu kaufen und auch, um mit den Verkäufern fröhlich zu plaudern.

Nach dem Elend und der Armut, deren Zeuge er in Sambia gewesen war, stieg seine Stimmung durch diese freundlichen Menschen. Wenn die Umstände ein gutes Leben erlauben, gibt es wohl wenige Menschen auf der Welt, die so freundlich und zuvorkommend sind wie die Afrikas. Daniel sah seine Achtung für sie gestärkt und erneuert.

»Wenn du schwarze Menschen nicht magst, solltest du nicht in Afrika leben«, hatte Daniels Vater einmal zu ihm gesagt. Es war eine Bemerkung, die in all diesen Jahren in seinem Gedächtnis haftengeblieben war und deren Gültigkeit immer bedeutsamer wurde.

Als Daniel Lilongwe erreichte, war er noch stärker durch den Gegensatz zu anderen Hauptstädten des Kontinents beeindruckt. Es war eine neuerbaute Hauptstadt, geplant und erbaut unter Beratung südafrikanischer Architekten und mit finanzieller Hilfe von deren Regierung. Hier gab es keinen Slumgestank. Es war eine hübsche Stadt, modern und funktionell.

Daniel fand es schön, wieder hier zu sein.

Das Capital Hotel war von Parks und Rasenflächen umgeben, lag aber dem Stadtzentrum angenehm nah. Sobald Daniel allein in seinem Zimmer war, schaute er in das örtliche Telefonbuch, das er in der Nachttischschublade fand.

Chetti Singh war ein großer Mann in der Stadt, der offensichtlich den Klang seines Namens genoß. Eine ganze Reihe von Nummern war aufgeführt. Er schien seine Finger überall drin zu haben: Chetti Singh Fischerei, Chetti Singh Supermärkte, Chetti Singh Gerberei, Chetti Singh Sägemühle und Holzverarbeitung, Chetti Singh Garagen und Toyota-Niederlassung. Die Liste nahm die halbe Seite ein.

Kein Vogel, den man leicht erwischen kann, mußte Daniel zugeben. Sehen wir zu, daß wir ihn aufscheuchen, um einen gut gezielten Schuß abgeben zu können.

Während er sich rasierte und duschte, brachte ein aufmerksamer Etagendiener seine durch die Reise verschmutzte Kleidung in die Wäscherei und bügelte eine saubere, aber zerknitterte Buschjacke.

»Ein guter Anlaß. Ich muß meine Vorratskiste auffüllen«, sagte sich Daniel, während er nach unten ging und den Empfangschef nach dem Weg zu Chetti Singhs Supermarkt fragte.

»Durch den Park.« Der Mann zeigte ihm die Richtung.

Mit aufgesetzter Gelassenheit schlenderte Daniel durch den Park. Ihm wurde bewußt, daß er mit seiner in London maßgeschneiderten Buschjacke, dem Seidenschal und dem auffällig verstaubten und verbeulten Landcruiser mit dem Bizeps-Motiv wohl kaum der unverdächtigste Besucher in der Stadt war.

»Beten wir, daß Chetti Singh mich oder den Wagen in jener Nacht nicht genauer angesehen hat.«

Chetti Singhs Supermarkt befand sich an der Main Street in einem neuen, modernen vierstöckigen Gebäude, dessen Böden und Wände sauber gefliest waren. Die Regale waren im Überfluß mit Waren gefüllt, alle sehr preiswert, und die Kunden drängten sich in den Verkaufsräumen. In Afrika war das ungewöhnlich.

Während Daniel sich den Schlangen von Hausfrauen anschloß, die ihre Einkaufswagen durch die Gänge zwischen den Regalen schoben, studierte er das Gebäude und das Personal.

Vier junge asiatische Mädchen saßen an den Registrierkassen vor dem Ausgang. Sie waren schnell und tüchtig. Unter ihren anmutigen braunen Fingern klingelten die Kassen zur süßen Musik des Mammon.

»Chetti Singhs Töchter«, vermutete Daniel, als er die Familienähnlichkeit bemerkte. In ihren hellen bunten Saris waren sie hübsch wie Kolibris.

In der Mitte des Raumes saß eine asiatische Dame mittleren Alters auf einem hohen Podest, von dem aus sie jeden Winkel des Ladens überblicken konnte. Sie trug ihr Haar zu einem eisengrauen Zopf gebunden, und obwohl die Farbe ihres Sari gedeckter war, war er mit Goldfäden gesäumt, und die Diamanten an ihren Fingern rangierten in der Größe von Bohnen bis zu Spatzeneiern.

»Mama Singh«, erkannte Daniel. Wenn es um Geld ging, bevorzugten asiatische Geschäftsleute es, ihren Familien zu vertrauen, was wahrscheinlich einer der Gründe für ihren weltweiten Erfolg war. Er ließ sich Zeit bei der Auswahl von Gemüse und hoffte, einen Blick auf seine Beute werfen zu können, aber der turbantragende Sikh war nirgendwo zu sehen.

Schließlich verließ Mama Singh ihren Platz auf dem Podest und ging elephantengleich, aber würdig, durch den Laden, bis sie eine Treppenflucht hochstieg, die sich so unauffällig in einer Ecke des Lebensmittelgeschäftes befand, daß Daniel sie vorher nicht bemerkt hatte. Der lange, seidene Sari der Frau streifte die Stufen.

Sie trat in eine höhergelegene Tür, neben der Daniel jetzt ein verspiegeltes Fenster bemerkte. Offensichtlich war es eine Einwegscheibe. Ein Beobachter in diesem Raum mußte den ganzen Supermarkt überblicken können, und Daniel zweifelte nicht daran, daß dies Chetti Singhs Büro war.

Er wandte sich von dem undurchdringlichen gläsernen Rechteck ab und war sich bewußt, daß er die letzte halbe Stunde beobachtet worden war. Seine Vorsichtsmaßnahmen kamen wahrscheinlich zu spät. Er begab sich zu einem der Mädchen an den Kassen, und während sie seine Einkäufe eintippte, hielt er das Gesicht von dem Fenster an der Rückwand abgewandt.

Chetti Singh stand am Beobachtungsfenster, als seine Frau das Büro betrat. Sie sah sofort, daß er beunruhigt war. Er zupfte nachdenklich an seinem Bart und hatte die Augen zusammengekniffen.

»Dieser weiße Mann.« Er nickte zu dem Laden unterhalb des Fensters. »Hast du ihn bemerkt?«

»Ja.« Sie trat neben ihn. »Ich habe ihn bemerkt, als er hereinkam. Ich dachte, er sei ein Soldat oder ein Polizist.«

»Wie kommst du darauf?« fragte Chetti Singh.

Sie machte eine beredte Geste mit den lieblichen Händen, die so gar nicht zu einer Frau mit ihrer Fülle passen wollten. Es waren die Hände des jungen Mädchens, das er vor fast dreißig Jahren geheiratet hatte, und die blassen Handflächen waren mit Henna gefärbt.

»Er geht aufrecht und voller Stolz«, erklärte sie. »Wie ein Soldat.«

»Ich glaube, ich kenne ihn«, sagte Chetti Singh. »Ich habe ihn kürzlich gesehen, aber es war Nacht, und ich bin mir nicht absolut sicher.« Er griff nach dem Telefon auf seinem Schreibtisch und wählte kurz.

Am Fenster stehend beobachtete er, wie seine zweite Tochter den Hörer vom Telefon neben ihrer Kasse abnahm.

»Kasse«, sagte er auf Hindi. »Der Mann bei dir. Bezahlt er mit Kreditkarte?«

»Ja, Vater.« Sie war die klügste von seinen Kindern und so wertvoll für ihn wie ein zweiter Sohn. Jedenfalls fast.

»Frage ihn nach seinem Namen und wo er in der Stadt wohnt.«

Chetti Singh legte auf und beobachtete, wie der weiße Mann für seine Einkäufe bezahlte und das Geschäft schwer beladen verließ. Sobald er gegangen war, rief Chetti Singh wieder an.

»Er heißt Armstrong«, erzählte seine Tochter ihm. »D. A. Armstrong. Er sagt, er wohnt im Capital Hotel.«

»Gut. Laß mich schnell mit Chawe sprechen.«

Unter ihm drehte sich seine Tochter auf ihrem Stuhl und rief einen der uniformierten Wachmänner herbei, die am Haupteingang postiert waren. Sie hielt ihm den Telefonhörer hin, und als er ihn an sein Ohr nahm, fragte Chetti Singh: »Chawe, hast du den *malungu* erkannt, der gerade hinausgegangen ist? Den Großen mit dem lockigen Haar?« Chetti sprach jetzt Angoni.

»Ich habe ihn gesehen«, antwortete der Wachmann in der gleichen Sprache. »Aber ich habe ihn nicht erkannt.«

»Vor vier Nächten«, erinnerte Chetti Singh ihn. »Auf der Straße bei Chirundu, kurz nachdem wir den Lastwagen beladen hatten. Der, der anhielt und mit uns sprach.«

Stille herrschte, als Chawe über die Frage nachdachte. Chetti Singh sah, daß er mit dem Zeigefinger in der Nase zu bohren begann, ein Zeichen von Unsicherheit und Verlegenheit.

»Vielleicht«, sagte Chawe schließlich. »Ich bin nicht sicher.« Er zog den dicken Zeigefinger aus seiner Nase und inspizierte ihn gründlich. Er war ein Mann der Angoni, ein entfernter Verwandter der königlichen Familie der Zulu. Sein Stamm war vor zweihundert Jahren zur Zeit von König Chaka so weit nach Norden gezogen. Er war ein Krieger, kein Mann, dem großer Verstand gegeben war.

»Folge ihm«, befahl Chetti Singh. »Laß dich aber nicht von ihm sehen. Verstehst du?«

»Ich verstehe, *Nkosi*«. Chawe wirkte erleichtert, weil er Befehl bekommen hatte, etwas zu tun, und er ging mit federndem Schritt durch den Haupteingang hinaus.

Eine halbe Stunde später kam er mit hängendem Kopf und bedrückt zurück. Sobald er durch den Eingang trat, rief Chetti Singh seine Tochter wieder an.

»Schicke Chawe sofort in mein Büro.«

Groß wie ein Gorilla stand Chawe im Türeingang auf dem Treppenabsatz, und Chetti Singh fragte: »Nun, bist du ihm gefolgt?«

»*Nkosi*, er ist derselbe Mann.« Chawe scharrte mit seinen Füßen. Trotz seiner Größe und Kraft fürchtete er sich vor Chetti Singh. Er hatte gesehen, was mit denen geschah, die seinen Herrn enttäuscht hatten. Tatsächlich sorgte Chawe gewöhnlich selbst dafür, daß die Disziplin seines Herrn durchgesetzt wurde. Er blickte ihm nicht in die Augen, als er fortfuhr. »Es ist der Mann, der mit uns in der Nacht gesprochen hat«, sagte er, und Chetti Singh runzelte die Stirn.

»Warum bist du dir jetzt sicher, wo du doch vorher unsicher warst?« wollte Chetti Singh wissen.

»Das Auto«, erklärte Chawe. »Er ist zu seinem Auto gegangen, um die Waren zu verstauen, die er bei uns gekauft hat. Es ist dasselbe Auto, mit einem Männerarm auf die Seite gemalt, *Mambo*.«

»Gut.« Chetti Singh nickte zustimmend. »Das hast du gut gemacht. Wo ist der Mann jetzt?«

»Er ist in dem Wagen weggefahren.« Chawe sah ihn entschuldigend an. »Ich konnte ihm nicht folgen. Es tut mir leid, *Nkosi Kakulu*.«

»Macht nichts. Du hast das gut gemacht«, wiederholte Chetti Singh. »Wer hat heute nacht Dienst im Lagerhaus?«

»Ich, *Mambo*...« Chawe grinste plötzlich, und seine Zähne waren groß, gleichmäßig und sehr weiß, »und natürlich Nandi.«

»Ja, natürlich.« Chetti Singh stand auf. »Ich werde heute abend zum Lagerhaus kommen, wenn ich das Geschäft geschlossen habe. Ich will sichergehen, daß Nandi bereit ist, ihre Aufgabe zu erfüllen. Ich denke, wir könnten heute nacht Ärger bekommen. Ich will, daß alles vorbereitet ist. Bring Nandi in den kleinen Käfig. Ich will keine Fehler. Verstehst du, Chawe?«

»Ich verstehe, *Mambo*.«

»Um sechs Uhr, am Lagerhaus.« Manchmal war es gut, für Chawe Befehle zu wiederholen.

»*Nkosi*.« Chawe schlich aus dem Raum, ohne seinen Herrn direkt anzublicken.

Nachdem er gegangen war, starrte Chetti Singh die geschlossene Tür viele Minuten lang an, bevor er wieder zum Telefon griff.

Die Direktwahl einer internationalen Telefonnummer war in Afrika ein Lotteriespiel. Simbabwe war fast ein Nachbarstaat. Nur der schmale Tete-Korridor von Moçambique trennte die beiden Länder. Dennoch mußte er es ein dutzendmal versuchen, bevor er das Klingeln am anderen Ende der Leitung hörte und die Nummer in Harare erreicht hatte.

»Guten Tag. Hier ist die Botschaft der Republik Taiwan. Bitte sehr?«
»Ich möchte mit dem Botschafter sprechen.«
»Ich bedaure. Seine Exzellenz ist zur Zeit nicht verfügbar. Wollen Sie eine Nachricht hinterlassen, oder darf ich Sie mit einem anderen Botschaftsangehörigen verbinden?«
»Ich bin Chetti Singh. Wir kennen uns gut.«
»Einen Moment bitte, Sir.«
Eine Minute später war Cheng am Apparat. »Sie sollen mich unter dieser Nummer nicht anrufen. Das hatten wir vereinbart.«
Chetti Singh sagte entschlossen: »Es ist sehr dringend. Absolut.«
»Ich kann hier nicht sprechen. Ich werde Sie innerhalb einer Stunde zurückrufen. Geben Sie mir Ihre Nummer, und warten Sie.«
Vierzig Minuten später klingelte das private Telefon mit der Geheimnummer auf Chetti Singhs Schreibtisch.
»Diese Verbindung ist sicher«, sagte Cheng zu ihm, als er abnahm. »Aber seien Sie vorsichtig.«
»Kennen Sie einen weißen Burschen namens Armstrong?«
»Doktor Armstrong? Ja, den kenne ich.«
»Das ist der, dem Sie in Chiwewe begegnet sind und der Sie auf der Straße wegen gewisser Flecken an Ihrer Kleidung angesprochen hat, nicht wahr?«
»Ja.« Chengs Tonfall war zurückhaltend. »Das ist in Ordnung. Machen Sie sich keine Sorgen. Er weiß nichts.«
»Warum ist er dann in Lilongwe aufgetaucht?« fragte Chetti Singh. »Meinen Sie noch immer, ich soll mir keine Sorgen machen?«
Darauf herrschte Schweigen. »Lilongwe?« sagte Cheng schließlich. »Hat er Sie in dieser Nacht auf der Chirundu-Straße gesehen?«
»Ja.« Chetti Singh zupfte an seinem Bart. »Er hielt an und sprach mit mir. Er fragte, ob ich die Parklastwagen gesehen hätte.«
»Wann war das? Nachdem wir das Elfenbein an Sie...?«
»Vorsicht!« schnappte Chetti Singh. »Aber ja, es war, nachdem unsere Wege sich getrennt hatten. Macht nichts. Meine Männer und ich versuchten die Planen festzuzurren, als dieser weiße Mann in seinem Wagen hielt...«
Cheng fiel etwas ein: »Wie lange haben Sie mit ihm gesprochen?«
»Eine Minute, nicht länger. Dann fuhr er südwärts nach Harare weiter. Ich glaube ohne den geringsten Zweifel, daß er Ihnen folgte.«
»Er hat Gomo eingeholt und ihn zum Halten gezwungen.« Chengs Stimme war scharf und aggressiv. »Er hat den Parklastwagen durchsucht. Natürlich fand er nichts.«

»Er ist mißtrauisch, zweifelsohne.«

»Zweifelsohne«, stimmte Cheng sarkastisch zu. »Aber wenn er mit Ihnen nur eine Minute lang gesprochen hat, kann er keine Verbindung zu Ihnen herstellen. Er weiß nicht einmal, wer Sie sind.«

»Mein Name und meine Adresse stehen groß auf meinem Lastwagen«, sagte Chetti Singh.

Cheng schwieg wieder eine kurze Weile. »Das hatte ich nicht bemerkt. Das war unklug, mein Freund. Sie hätten das verdecken sollen.«

»Es hat keinen Sinn, die Stalltür zu schließen, wenn der Vogel ausgeflogen ist«, betonte Chetti Singh.

»Wo ist das...« Cheng brach ab. »Wo ist die Ware? Haben Sie sie verschifft?«

»Noch nicht. Sie geht morgen ab.«

»Können Sie sie nicht schneller loswerden?«

»Das übersteigt meine Möglichkeiten.«

»Dann werden Sie sich um Armstrong kümmern müssen, falls er zu neugierig wird.«

»Ja«, sagte Chetti Singh. »Ich werde mich sehr gründlich und entschlossen um ihn kümmern. Und Sie? Haben Sie sich um alles gekümmert? Ihr Mercedes?«

»Ja.«

»Die beiden Fahrer?«

»Ja.«

»Haben die Behörden Sie besucht?«

»Ja, es war Routine«, versicherte Cheng ihm. »Es gab keine Überraschungen. Mir gegenüber hat man Ihren Namen nicht erwähnt. Aber Sie dürfen mich nicht wieder in der Botschaft anrufen. Wählen Sie nur diese Nummer. Meine Sicherheitsleute haben diese Verbindung geprüft.« Er gab Chetti Singh die Nummer, die dieser sorgfältig aufschrieb.

»Ich werde Sie über diesen Burschen informieren. Er stört sehr«, fuhr Chetti Singh fort.

»Ich hoffe, nicht mehr allzulange.« Cheng legte den Hörer auf und griff instinktiv nach dem zusammengesetzten Elfenbein-Netsuke, das auf seinem Schreibtisch stand.

Es war eine kostbare Miniaturschnitzerei, die ein junges Mädchen und einen alten Mann darstellte. Das wunderschöne Kind saß auf dem Schoß des alten Mannes und starrte mit der Bewunderung einer Tochter in dessen edles, gefurchtes, bärtiges Gesicht. Jedes der winzige Details war vor dreihundert Jahren von einem der großen Künstler der

Tokugawa-Dynastie ausgeführt worden. Das Elfenbein war durch die Berührung von Menschenhand so poliert worden, daß es wie Bernstein schimmerte. Erst wenn man die Gruppe umdrehte, wurde sichtbar, daß das Paar unter den fließenden Gewändern nackt war, und daß das Glied des alten Mannes zwischen den Schenkeln des Mädchens steckte.

Diese Art von Humor begeisterte Cheng. Es war eines der Lieblingsstücke aus seiner riesigen Sammlung, und er liebkoste es jetzt wie eine Sorgeperle zwischen Daumen und Zeigefinger. Wie immer beruhigte die seidige Oberfläche des Elfenbeins ihn und ermunterte ihn, klarer zu denken.

Er hatte erwartet, mehr von Daniel Armstrong zu hören, was aber den Schock nicht gemindert hatte, den Chetti Singhs Nachricht verursachte. Die Fragen des Sikh weckten alten Zweifel, und zum tausendsten Mal dachte er über alle Vorsichtsmaßnahmen nach, die er getroffen hatte.

Nach Verlassen des Hauptquartiers des Chiwewe-Camps hatte er das Blut an seinen Schuhen und der Kleidung erst bemerkt, als Daniel Armstrong seine Aufmerksamkeit darauf gerichtet hatte. Dieser Beweis für seine Schuld hatte seine Gedanken für den Rest dieser mühsamen Reise durch das Sambesital beschäftigt. Als sie endlich die Hauptstraße erreicht hatten und sich mit Chetti Singh trafen, hatte er diesem seine Sorgen anvertraut und ihm die Flecken auf seiner Kleidung gezeigt.

»Es war nicht geplant, daß Sie so nahe beim Tatort sein sollten. Das war töricht.«

»Ich mußte mich vergewissern, daß die Arbeit erledigt wurde, und es war gut, daß ich das tat. Der Aufseher lebte noch.«

»Sie müssen trotzdem diese Kleidung verbrennen.«

Es war unwahrscheinlich, daß es so spät in der Nacht noch Verkehr gab, aber sie riskierten nichts. Sie fuhren die Lastwagen vom Highway und luden im Schutz von Bäumen das Elfenbein aus den Parklastwagen in Chetti Singhs Schleppzug um. Das Umladen dauerte fast zwei Stunden, obwohl Chetti Singhs Männer den beiden Fahrern halfen.

In der Zwischenzeit schaute Chetti Singh zu, wie Cheng ein kleines Feuer anfachte. Als es heiß brannte, zog sich der Botschafter bis auf die Unterwäsche aus. Während er frische Kleidung aus seinem Gepäck nahm, hockte sich Chetti Singh neben das Feuer und verbrannte alle befleckten Gegenstände. Die Gummisohlen der Sportschuhe flackerten heftig auf, als sie Feuer fingen. Mit einem Stock stieß er die verkohlten Stücke in das Zentrum der Flammen und sorgte dafür, daß sie zu feiner Asche verbrannten.

»Im Mercedes werden noch reichlich Blutspuren sein«, erklärte Chetti, als er sich vom Feuer erhob. »Auf dem Boden, auf dem Gaspedal und auf dem Bremspedal.« Er entfernte die Fußmatten und die Gummibeläge von den Pedalen und verbrannte dies ebenfalls. Der Gestank des schwarzen Rauches brachte seine Augen zum Tränen, aber er war noch immer nicht zufrieden.

»Wir werden den Wagen beseitigen müssen.« Er sagte Cheng, was zu tun sei. »Den Rest erledige ich.«

Cheng verließ als erster den Treffpunkt. Noch bevor das Umladen in den Lastzug des Sikh abgeschlossen war, befand er sich auf dem Rückweg nach Harare.

Er fuhr schnell, als ob er versuchte, so vor seiner Verstrickung in den Überfall zu fliehen. Die Reaktion setzte jetzt ein. Es war das gleiche wie nach einer seiner sexuellen Pantomimen im Myrtenblüten-Damenhaus in Taipeh. Später zitterte er und hatte Brechreiz. Er nahm sich immer vor, daß das nie wieder geschehen würde.

Die Residenz des Botschafters war eines der vielen großen, weitläufigen Kolonialgebäude in den Straßen in der Nähe des Golf-Clubs. Er erreichte sie weit nach Mitternacht. Er begab sich direkt in sein Schlafzimmer. Er hatte veranlaßt, daß seine Frau und die Kinder in der Woche zuvor nach Taiwan zurückflogen, um dort bei ihrer Familie zu bleiben. Er war allein in der Residenz.

Er zog sich wieder aus und stopfte die ganze Kleidung in einen Plastikbeutel, obwohl er nichts davon am Tatort getragen hatte. Dann duschte er. Fast eine halbe Stunde lang stand er unter dem dampfenden Strahl, schamponierte zweimal sein Haar ein und schrubbte seine Hände und Fingernägel mit einer harten Bürste.

Als er das Gefühl hatte, auch die letzte Spur von Blut abgewaschen zu haben, zog er sich frische Kleidung an und trug den Plastikbeutel mit der anderen Kleidung zu dem Mercedes, der in der Garage der Residenz parkte. Er legte den Plastikbeutel neben seine Leinentasche in den Kofferraum. Er war ängstlich darauf bedacht, jeden Gegenstand loszuwerden, den er mit nach Chiwewe genommen hatte, selbst sein Fernglas und sein Vogelbestimmungsbuch.

Er setzte den Mercedes rückwärts aus der Garage und parkte ihn an der Auffahrt vor der Residenz. Die Tore standen offen, und er ließ den Zündschlüssel stecken.

Obwohl es inzwischen zwei Uhr morgens war und Cheng einen Tag und eine Nacht voller Aktivität und ungeheurer nervlicher Anspannung hinter sich hatte, konnte er nicht schlafen. In einem brokatverzierten seidenen Hausmantel schritt er unruhig in seinem Schlafzimmer auf und ab, bis er den Motor des Mercedes aufheulen hörte. Er schaltete die Nachttischlampe aus und eilte zu dem Fenster, von dem aus er die Auffahrt überblicken konnte. Er kam gerade rechtzeitig, um zu sehen, wie sein Wagen mit ausgeschalteten Scheinwerfern die Auffahrt hinunterrollte und auf die verlassene Straße bog. Er seufzte erleichtert und ging endlich zu Bett.

Während er sich auf den Schlaf vorbereitete, dachte er daran, wie schnell Chetti Singh das arrangiert hatte. Chetti Singhs Sohn führte die Geschäfte der Familie in Harare. Er war fast ebenso listig und zuverlässig wie sein Vater.

Am anderen Morgen rief Cheng nach dem Frühstück die Polizei an und meldete den Diebstahl seines Mercedes. Er wurde vierundzwanzig Stunden später in der Nähe von Hatfield auf dem Weg zum Flughafen gefunden. Man hatte die Reifen abmontiert und den Motor ausgebaut und ihn dann in Brand gesteckt. Der Benzintank war explodiert, und von dem Fahrzeug war nichts als das rußgeschwärzte Nummernschild übriggeblieben. Er wußte, daß die Versicherungsgesellschaft ohne große Verzögerung oder Protest vollen Schadenersatz leisten würde.

Am folgenden Morgen bekam Cheng über seine Geheimnummer einen anonymen Anruf, ohne daß eine Einführung oder eine Erklärung gegeben wurde.

»Lesen Sie Seite fünf in der heutigen Ausgabe des *Herald*«, sagte der Anrufer und unterbrach die Verbindung dann. Der Akzent war asiatisch gewesen, und die Sprechweise hatte sehr der Chetti Singhs geähnelt.

Cheng fand den Artikel unten auf der Seite. Es waren sechs Zeilen unter einer unwichtigen Überschrift »Erstochen beim Streit von Betrunkenen«. Gomo Chisonda, ein Ranger des *National Parks Service*, war von einem unbekannten Mörder während eines Streites in einer Bierhalle erstochen worden.

Am nächsten Tag sagte derselbe anonyme Anrufer: »Seite sieben.« Diesmal war Cheng sicher, die Stimme von Chetti Singhs Sohn erkannt zu haben.

Die Überschrift des Zeitungsartikels lautete »Eisenbahnunglück«, und darunter stand: »Die Leiche von David Shiri, einem Ranger des *National Parks Service*, wurde auf der Eisenbahnlinie in der Nähe von Hartley gefunden. Der Alkoholspiegel des Toten war sehr hoch. Ein

Sprecher der Eisenbahn von Simbabwe warnte die Öffentlichkeit vor den Gefahren bei der Benutzung ungesicherter Bahnübergänge. Dies ist der vierte Unfall dieser Art auf der Strecke nach Hartley seit Jahresanfang.« Wie Chetti Singh versprochen hatte, gab es keine überlebenden Zeugen oder Komplizen mehr. Drei Tage später bekam Cheng einen Anruf vom Polizeipräsidenten persönlich.

»Ich bedaure es wirklich sehr, Sie zu stören, Eure Exzellenz. Ich nehme an, Sie haben von diesem mörderischen Überfall auf das Chiwewe-Camp gelesen. Ich glaube, daß Sie uns bei unseren Ermittlungen in diesem höchst unglückseligen Fall vielleicht behilflich sein könnten. Wie ich gehört habe, haben Sie an jenem Tag das Camp besucht und es nur wenige Stunden vor dem Angriff verlassen.«

»Das ist korrekt.«

»Hätten Sie irgendwelche Einwände dagegen, eine Aussage zu machen, um uns zu helfen? Sie wissen, daß Sie dazu nicht verpflichtet sind. Sie stehen voll unter diplomatischem Schutz.«

»Ich werde auf jede erdenkliche Art kooperieren. Ich habe den ermordeten Aufseher ganz besonders bewundert und gemocht. Ich werde alles tun, um Ihnen zu helfen, die Täter dieses entsetzlichen Verbrechens zu fassen.«

»Ich bin Ihnen sehr dankbar, Eure Exzellenz. Darf ich einen meiner Inspektoren zu Ihnen schicken?«

Der Inspektor war ein stämmiger Shona in Zivil. Er wurde von einem Sergeant in der eleganten Uniform der Polizei von Simbabwe begleitet, und beide waren überaus unterwürfig.

Mit übermäßigen Entschuldigungen befragte der Inspektor Cheng nach seinem Besuch in Chiwewe einschließlich seiner Abreise mit dem Konvoi der Kühllastwagen. Cheng hatte all dies auswendig gelernt und beantwortete die Fragen fehlerlos. Besonderen Wert legte er auf die Erwähnung der Begegnung mit Daniel Armstrong.

Als er fertig war, rutschte der Inspektor nervös hin und her, bevor er fragte: »Doktor Armstrong hat auch eine Aussage gemacht, Eure Exzellenz. Seine Aussage bestätigt alles, was Sie mir erzählt haben, bis auf die Tatsache, daß er erwähnte, er habe Blutspuren an Ihrer Kleidung bemerkt.«

»Wann war das?« Cheng wirkte verwirrt.

»Als er auf seiner Rückkehr nach Chiwewe Ihnen und den Parklastwagen begegnete.«

Chengs Gesichtsausdruck erhellte sich. »Ach ja. Ich habe bei der Aussonderung der Elephanten im Park sehr interessiert zugeschaut.

Wie Sie sich vorstellen können, gab es bei dieser Operation eine Menge Blut. Ich könnte da leicht in eine Pfütze getreten sein.«

Der Inspektor schwitzte in diesem Stadium vor Verlegenheit. »Erinnern Sie sich, was Sie an diesem Abend getragen haben, Eure Exzellenz?«

Cheng runzelte die Stirn, als versuche er sich zu erinnern. »Ich habe ein offenes Hemd getragen, eine blaue Baumwollhose und wahrscheinlich bequeme Sportschuhe. Das ziehe ich gewöhnlich an.«

»Haben Sie diese Kleidungsstücke noch?«

»Ja, natürlich. Das Hemd und die Hose werden inzwischen gewaschen und die Schuhe gereinigt sein. Mein Diener ist sehr aufmerksam...« Er brach ab und lächelte, als sei ihm der Gedanke gerade erst gekommen. »Inspektor, wollen Sie diese Kleidungsstücke sehen? Vielleicht wollen Sie sie ja zwecks genauerer Untersuchung sogar mitnehmen.«

Jetzt war die Verlegenheit des Polizeiinspektors geradezu schmerzhaft. Er wand sich in seinem Sessel. »Wir haben kein Recht, Sie um eine derartige Kooperation zu bitten, Eure Exzellenz. Doch unter Berücksichtigung der Aussage von Doktor Armstrong, also, wenn Sie keine Einwände haben...«

»Natürlich nicht.« Cheng lächelte ihn beruhigend an. »Wie ich dem Polizeipräsidenten sagte, möchte ich auf jede nur mögliche Weise helfen.« Er blickte auf seine Armbanduhr. »In einer Stunde jedoch bin ich zum Lunch mit dem Präsidenten im State House verabredet. Haben Sie etwas dagegen, wenn ich Ihnen die Kleidungsstücke von einem meiner Mitarbeiter ins Präsidium bringen lasse?«

Die beiden Polizeibeamten sprangen auf. »Ich bedaure sehr, Ihnen solche Unannehmlichkeiten bereitet zu haben, Eure Exzellenz. Wir sind Ihnen für Ihre Hilfe sehr dankbar. Ich bin sicher, der Polizeipräsident wird Ihnen schreiben, um das persönlich zum Ausdruck zu bringen.«

Ohne sich von seinem Schreibtisch zu erheben, hielt Cheng den Inspektor an der Tür zurück, indem er ihm zurief: »Im *Herald* stand ein Artikel, daß die Banditen gefaßt worden seien«, sagte er. »Ist das korrekt? Haben Sie das gestohlene Elfenbein wiederbeschaffen können?«

»Die Banditen wurden überrascht, als sie den Sambesi überquerten, um zurück nach Sambia zu gelangen. Unglücklicherweise wurden alle getötet oder entkamen, und das Elfenbein wurde durch das Feuer vernichtet oder ging im Fluß verloren.«

»Wie bedauerlich...«, seufzte Cheng. »Sie hätten für diese brutalen

Morde zur Rechenschaft gezogen werden müssen. Aber das hat Ihre Arbeit doch vereinfacht, nicht wahr?«

»Wir schließen die Akte«, stimmte der Inspektor zu. »Nachdem Sie uns jetzt geholfen haben, die offenen Fragen zu klären, wird der Polizeipräsident seinen Schlußbericht schreiben, und damit ist der Fall erledigt.«

Das Paket mit Kleidung, das Cheng aus seiner Garderobe auswählte und an das Polizeipräsidium schickte, entsprach zwar der Beschreibung, die er dem Inspektor gegeben hatte, aber sie war nie in der Nähe von Chiwewe oder im Sambesital getragen worden. Cheng seufzte, als er darüber nachdachte. Er stellte das Elfenbein-Netsuke wieder auf seinen Schreibtisch und starrte es verdrossen an. Es war eben nicht erledigt, weil jetzt Doktor Daniel Armstrong herumschnüffelte und Ärger machte.

Er fragte sich, ob er sich auch diesmal auf Chetti Singh verlassen könne. Es war eine Sache, zwei kleine Park-Ranger zu beseitigen. Aber Armstrong war ein viel größeres Wild. Er hatte einen internationalen Ruf und war berühmt, und wenn er verschwand, würde es Fragen geben.

Er betätigte die Wechselsprechanlage und sprach auf Kanton in das Mikrofon auf seinem Schreibtisch.

»Lee, komm bitte herein.«

Er hätte seine Frage stellen können, ohne seine Sekretärin hereinzubitten, aber er sah sie gerne an. Obwohl sie bäuerlicher Herkunft war und aus den Hügeln stammte, war sie sehr schön. Sie hatte einen guten Abschluß an der Universität von Taiwan gemacht, aber Cheng hatte sie nicht wegen ihrer akademischen Leistungen eingestellt.

Sie stand neben seinem Schreibtisch, nahe genug, daß er sie hätte berühren können, wenn er das gewollt hätte, in einer Haltung von Unterwürfigkeit und Ergebung. Trotz ihrer modernen Ausbildung war sie ein traditionell erzogenes Mädchen, das sich einem Mann gegenüber korrekt verhielt, insbesondere ihrem Herrn.

»Hast du die Reservierungen bei Qantas Airlines bestätigen lassen?« fragte er. Wenn Armstrong in Lilongwe herumschnüffelte, konnte es gut sein, daß seine Rückkehr nach Taipeh dringend erforderlich wurde. Er hätte sich nie auf das Chiwewe-Abenteuer eingelassen, wenn er geplant hätte, in der Botschaft zu bleiben. Seine Frau und seine Familie waren bereits abgereist. Er würde ihnen am Monatsende folgen, in nur acht Tagen.

»Ja, die Reservierungen sind bestätigt worden, Eure Exzellenz«, flüsterte Lee respektvoll. Für ihn war ihre Stimme so süß wie die der Nachtigall im Lotusgarten seines Vaters in den Bergen. Es erregte ihn.

»Wann kommen die Packer?« fragte er und berührte sie. Sie zitterte leicht unter seiner Hand, und das erregte ihn noch mehr.

»Sie werden Montag früh kommen, mein Gebieter.« Sie benutzte die traditionelle Anrede des Respekts. Ihr glattes schwarzes Haar hing auf ihren Schultern und schimmerte.

Cheng fuhr mit seinen Fingern leicht über den Schenkelschlitz ihres Cheong-Sam. Ihre Haut war so glatt wie das Elfenbein-Netsuke.

»Du hast sie auf den Wert und die Zerbrechlichkeit meiner Kunstsammlung aufmerksam gemacht?« fragte er und zwickte sie unter dem Rock. Er nahm eine Falte ihrer Elfenbeinhaut zwischen die Nägel von Daumen und Zeigefinger, und sie zuckte zusammen und biß sich auf ihre Unterlippe.

»Ja, mein Gebieter«, flüsterte sie, und ein Hauch von Schmerz schwang in ihrer Stimme mit. Er zwickte ein wenig fester. Das würde einen winzigen Purpurstern auf der makellosen Rundung ihres kleinen, festen Gesäßes hinterlassen, ein Mal, das noch da sein würde, wenn sie heute abend zu ihm kam.

Die Macht des Schmerzes machte ihn übermütig. Er vergaß Doktor Daniel Armstrong und jede Sorge, die er bereiten könnte. Denn im Augenblick war die Polizei ihm nicht auf der Spur, und Lee Wang war lieblich und willig. Ihm blieben acht Tage, in denen er von seiner Frau getrennt war und die er voll genießen wollte. Dann würde er nach Hause zurückkehren, um die Anerkennung seines Vaters entgegenzunehmen.

Daniel schloß die Hecktür des Landcruisers auf und packte das Gemüse und die Lebensmittel, die er in Chetti Singhs Supermarkt erstanden hatte, in den Vorratsbehälter. Dann ging er um den Wagen herum und setzte sich ans Steuer. Während er den Motor warmlaufen ließ, überflog er die Liste der anderen Unternehmen des Sikhs in seinem Notizbuch.

Mit Hilfe einiger gefälliger Fußgänger fand er den Weg zum Industriegebiet der Stadt, das nahe der Bahnlinie und dem Bahnhof lag. Hier schien Chetti Singh vier oder fünf Morgen Industriegrundstücke zu besitzen. Einige davon waren nicht erschlossen und mit Büschen und Unkraut überwachsen. Auf einer dieser leeren Flächen verkündete eine große Tafel:

EIN NEUES CHETTI-SINGH-PROJEKT
HIER WIRD EINE BAUMWOLLKÄMMEREI ERRICHTET
Wachstum! Beschäftigung! Wohlstand! Aufschwung!
FÜR MALAWI!

An einer Seite der offenen Fläche hoben sich hinter einem Stacheldrahtzaun die Werkstätten von Chetti Singhs Toyota-Niederlassung.

Mindestens hundert neue Toyota-Fahrzeuge standen auf dem vorderen Parkplatz. Sie waren noch vom Schmutz der langen Reise auf offenen Autotransportern von der Küste hierher bedeckt. Sie warteten darauf, in der großen Werkhalle für die Auslieferung vorbereitet zu werden. Durch die offenen Vordertüren konnte Daniel eine Gruppe Mechaniker bei der Arbeit sehen. Obwohl die Vorarbeiter Asiaten zu sein schienen, einige von ihnen mit Sikh-Turbanen, waren die meisten Mechaniker, die Overalls trugen, schwarz. Das Unternehmen schien ertragreich und gut gemanaged zu sein.

Daniel fuhr auf den Hof und ließ den Landcruiser an der Reparaturannahme stehen. Er sprach mit einem der Vorarbeiter, der einen blauen Arbeitskittel trug. Unter dem Vorwand, den Landcruiser warten lassen zu wollen, konnte er einen Blick in die Werkstätten und auf das Verwaltungsgebäude werfen. Ihm fiel kein Platz auf, an dem eine Ladung gestohlenen Elfenbeins versteckt werden könnte.

Während er einen Termin für den nächsten Morgen vereinbarte, plauderte er mit dem Meister und erfuhr, daß sich das Sägewerk und das Lagerhaus der Chetti Singh Trading Company in der nächsten Straße befanden und an die Rückseite der Kfz-Werkstatt angrenzten.

Er fuhr los und umrundete den Block. Selbst vom anderen Ende der Straße war es leicht, das Sägewerk auszumachen. Ein Dutzend Eisenbahnwaggons standen auf dem privaten Bahnanschluß, jeder von ihnen hoch mit schweren Stämmen heimischen Holzes beladen, das in den dicht bewaldeten Bergen geschlagen worden war. Das Kreischen der Kreissägen war über die ganze Straße zu hören.

Daniel fuhr langsam vorbei. Diagonal gegenüber dem Sägewerk stand der Lagerhauskomplex. Er war von einem grünen, kunststoffbeschichteten Maschendrahtzaun umgeben, der zwischen massiven Betonpfählen gespannt war, sich zur Straße hin neigte und oben zusätzlich mit Stacheldraht abschloß.

Das Lagerhaus bestand aus fünf Anbaueinheiten. Die Täler und Gipfel der Dächer bildeten ein Sägezahnmuster aus ungestrichenen Wellasbestplatten. Die Wände bestanden ebenfalls aus gewelltem Asbest. Die Eingänge der fünf Einheiten waren mit Rolltüren versehen, wie man sie gewöhnlich bei Flugzeughangaren findet.

Auf der Tafel vor diesem Komplex stand:

CHETTI SINGH TRADING COMPANY
ZENTRALDEPOT UND LAGERHAUS

Bei der Werbung mit seinem Namen war er alles andere als zurückhaltend, dachte Daniel. Am Eingang befanden sich eine Schranke und ein aus Ziegeln errichtetes Pförtnerhaus, und Daniel bemerkte einen uniformierten Pförtner. Als er auf Höhe des letzten Gebäudes war, sah er, daß die großen Asbesttüren hochgerollt waren, und konnte so einen Blick in die Tiefe des höhlenartigen Lagerhauses werfen.

Plötzlich beugte er sich vor, und sein Puls beschleunigte sich, als er den riesigen Schwertransporter in der Mitte des Lagerhauses stehen sah. Es war das Fahrzeug, das er zuletzt vor vier Nächten auf der Chirundu-Straße gesehen hatte. Der zehnrädrige Hänger mit der grünen Plane war noch immer angekuppelt, und der rote Staub, mit dem er bedeckt war, entsprach dem seines Landcruisers.

Die Hecktüren des Anhängers waren geöffnet, und eine Gruppe schwarzer Arbeiter entlud mit Hilfe eines Gabelstaplers eine Ladung brauner Säcke, in denen sich Mais, Zucker oder Reis befinden mochten.

Er konnte keinen dieser eigentümlichen Säcke mit getrocknetem Fisch sehen, die seine Ladung gewesen waren, als er im Sambesital auf den Wagen gesprungen war. Er kurbelte das Seitenfenster herunter, hoffte Fischgeruch wahrzunehmen, roch aber nur Staub und Diesel.

Dann war er vorbei. Er überlegte, ob er wenden und noch einmal vorbeifahren sollte.

»Teufel, ich habe bereits zuviel Aufmerksamkeit erregt«, sagte er sich. »Wie der Zirkus, der in die Stadt kommt.«

Er fuhr auf der gleichen Strecke, die er gekommen war, zurück zum Capital Hotel, ließ den Wagen auf dem Gästeparkplatz stehen und begab sich auf sein Zimmer. Er ließ ein Bad ein, so voll und heiß, wie er es ertragen konnte, und ließ den Staub und Schmutz der afrikanischen Straßen aus seinen Poren schwemmen, während seine Haut puterrot wurde.

Als das Wasser abkühlte, zog er den Stopfen mit seinem Zeh heraus und ließ dampfende Wassermengen nach.

Schließlich stand er auf, um seinen Unterleib einzuseifen, und betrachtete sich ernst in dem beschlagenen Spiegel über dem Waschbecken.

»Paß auf, Armstrong. Das Vernünftigste wäre, zur Polizei zu gehen und ihr deinen Verdacht mitzuteilen. Das ist deren Aufgabe, sich darum zu kümmern.«

»Seit wann, Armstrong«, erwiderte er, »haben wir je das Vernünftigste getan? Außerdem sind wir hier in Afrika. Die Polizei wird drei oder vier Tage brauchen, bis sie ihren Hintern bewegt, und Mr. Singh hat bereits genug Zeit gehabt, alles Elfenbein beiseite zu schaffen, das irgendwo herumgelegen haben mag. Morgen wird es wahrscheinlich zu spät sein, ihn damit zu schnappen.«

»Willst du mir damit sagen, Armstrong, daß die Zeit drängt?«

»Genau, alter Knabe.«

»Und es ist nicht vielleicht zufällig so, daß du ein bißchen Mantel-und-Degen-Spielchen, ein wenig Pfadfinderei und Amateurschnüffelei genießen möchtest?«

»Wer? Ich? Nun sei nicht albern. Du kennst mich doch.«

»In der Tat«, stimmte er seinem Spiegelbild augenzwinkernd zu und glitt wieder in das dampfende Wasser, das über den Wannenrand auf den Kachelboden schwappte.

Das Abendessen stellte eine erhebliche Steigerung gegenüber seiner letzten Mahlzeit dar, die er in einem Restaurant eingenommen hatte.

Die Brassenfilets waren seefrisch, und der Wein war ein köstlicher

Hamilton-Russell Chardonnay vom Kap der Guten Hoffnung. Widerwillig begnügte er sich mit einer halben Flasche.

»Hab zu arbeiten«, murmelte er kläglich und ging auf sein Zimmer, um seine Vorbereitungen zu treffen. Er hatte keine Eile. Er konnte erst nach Mitternacht aufbrechen. Als er fertig war, lag er auf dem Bett und genoß das Gefühl der Erregung und Erwartung. Er schaute ständig auf seine Armbanduhr. Sie schien stehengeblieben zu sein, und er hielt sie an sein Ohr. Das Warten war immer das Schlimmste.

Chetti Singh beobachtete, wie die Wachmänner den letzten Kunden aus dem Supermarkt drängten und die Doppelglastür schlossen. Die Wanduhr zeigte auf zehn Minuten nach fünf.

Die Putzfrauen waren bereits bei der Arbeit, und seine Töchter waren an den Kassen damit beschäftigt, die Tagesumsätze zu addieren. Die Mädchen waren so andächtig wie Jungfrauen, die am Altar einer geheimnisvollen Religion dienten, und seine Frau stand so würdig wie eine Hohepriesterin über ihnen. Dies war der Höhepunkt des täglichen Rituals.

Schließlich verließ die Prozession die Kassen und nahm in strikt vorgeschriebener Ordnung ihren Weg durch den Laden, seine Frau voran, gefolgt von ihren Töchtern, die älteste zuerst und die jüngste zuletzt. Sie traten in sein Büro und legten die Tageskasse auf seinen Schreibtisch, sauber gestapelte Banknotenbündel und Leinenbeutel mit Münzen, während seine Frau ihm die Kassenausdrucke reichte.

»Sehr gut!« sagte Chetti Singh auf Hindi zu ihnen. »Der beste Tag seit Weihnachten, dessen bin ich sicher.« Er konnte die Einnahmen der letzten sechs Monate herunterbeten, ohne seine Buchhalter befragen zu müssen.

Er trug die Einnahmen in das Kassenbuch ein, und während seine Familie respektvoll zuschaute, schloß er die Kasse und die Kreditkartenbelege in den großen Chubb-Safe, der in der Wand eingelassen war.

»Ich werde erst spät zum Abendessen kommen«, sagte er zu seiner Frau. »Ich muß zum Lagerhaus hinunter und mich um gewisse Dinge kümmern.«

»Papaji, dein Mahl wird bereit sein, wenn du zurückkehrst.« Sie faltete ihre Hände in einer anmutigen Geste des Respekts vor ihren Lippen, und ihre Töchter folgten ihrem Beispiel und verließen dann im Gänsemarsch das Büro.

Chetti Singh seufzte vor Freude. Es waren gute Mädchen – wenn es doch nur Knaben gewesen wären. Es würde eine höllische Arbeit werden, für sie alle Ehemänner zu finden.

Er fuhr in seinem Cadillac zum Industriegebiet hinaus. Der Wagen war nicht neu. Der Mangel an ausländischen Devisen machte es einem Normalbürger unmöglich, ein solches Luxusfahrzeug zu importieren. Chetti Singh hatte wie immer ein System. Er nahm Kontakt zu neu ernannten Angehörigen des amerikanischen diplomatischen Corps auf, bevor sie Washington verließen. Die Zollbestimmungen von Malawi erlaubten ihnen, ein neues Auto zu importieren und es am Ende ihrer Dienstzeit im Lande zu verkaufen. Chetti Singh bezahlte ihnen bei ihrer Ankunft das Doppelte des amerikanischen Preises in Malawi-Währung. Mit diesem Betrag konnten sie während ihrer dreijährigen Dienstzeit in Malawi ein fürstliches Leben führen, weiterhin ihr Auto benutzen und ihr offizielles Gehalt sparen.

Wenn sie abreisten, übernahm Chetti Singh das Fahrzeug und fuhr es ein Jahr lang, bis der nächste Vertrag geschlossen wurde. Dann bot er den Cadillac in seiner Toyota-Niederlassung zum dreifachen Preis des Originalpreises an. Üblicherweise wurde das Fahrzeug binnen einer Woche verkauft. Kein Gewinn war zu klein, um verschmäht zu werden, kein Verlust zu gering, um ihn nicht zu umgehen. Es war kein Zufall, daß Chetti Singh im Laufe der Jahre ein Vermögen angesammelt hatte, dessen Volumen nicht einmal seine Frau erahnen konnte.

Am Tor des Lagerhauses öffnete Chawe die Schranke, damit der Cadillac durchfahren konnte.

»Und?« fragte Chetti Singh den großen Angoni.

»Er war da«, erwiderte Chawe. »Genau, wie Sie gesagt haben. Um zehn nach vier fuhr er auf dieser Straße vorbei. Er saß in dem Wagen mit dem aufgemalten Männerarm an der Tür. Er fuhr langsam und starrte die ganze Zeit durch den Zaun.«

Chetti Singh runzelte verärgert die Stirn. »Dieser Bursche wird wirklich zur Plage. Macht nichts«, sagte er laut, und Chawe schaute belustigt. Er verstand nicht viel Englisch.

»Komm mit«, befahl Chetti Singh, und Chawe stieg ein und setzte sich hinten in den Cadillac. Er würde nie so unverschämt sein, sich neben seinen Herrn zu setzen.

Chetti Singh fuhr langsam an der Front des Lagerhauskomplexes vorbei. Alle großen Türen waren für die Nacht verschlossen. Es gab keine Alarmanlage, die das Anwesen sicherte, und der Zaun wurde nachts nicht einmal von Scheinwerfern beleuchtet.

Vor zwei oder drei Jahren hatte es eine Zeit gegeben, in der er unter wiederholten Einbrüchen und Überfällen gelitten hatte. Alarmanlagen und Scheinwerfer hatten wenig dazu beigetragen, dies zu verhindern. Voller Verzweiflung hatte er den berühmtesten Sangoma des Territoriums konsultiert. Dieser alte Zauberer lebte in völliger Isolation auf dem nebligen Mlanje-Plateau, nur von seinen Altardienern begleitet.

Für ein Honorar, das seinem Ruf angemessen war, kam der Zauberer mit seinem Gefolge von seinem Berg herab und stellte mit großem Getue und reichlich Zeremoniell das Lagerhaus unter den Schutz der mächtigsten und bösesten Geister und Dämonen, die er beherrschte.

Chetti Singh lud alle Müßiggänger und Drückeberger der Stadt ein, diesem Zeremoniell beizuwohnen. Sie schauten voller Interesse und Angst zu, als der Zauberer an jedem der fünf Tore des Lagerhauses einen schwarzen Hahn enthauptete und dessen Blut auf die Portale spritzte. Danach nagelte er einen Pavianschädel an jeden Eckpfosten des Zauns. Die Zuschauer waren sehr beeindruckt gewesen, und es sprach sich in den Townships und Bierhallen schnell herum, daß Chetti Singh unter magischem Schutz stand.

Danach gab es über sechs Monate keine weiteren Einbrüche. Dann aber faßte eine der Banden aus den Schwarzensiedlungen soviel Mut, die Wirksamkeit des Zaubers zu testen, und sie entkamen mit einem Dutzend Fernsehapparaten und fast vierzig Transistorradios.

Chetti Singh benachrichtigte den Zauberer und erinnerte ihn daran, daß er eine Garantie für seine Dienste gegeben hatte. Sie feilschten, bis Chetti Singh sich schließlich einverstanden erklärte, von ihm zu einem Vorzugspreis das absolute Abschreckungsmittel zu kaufen. Ihr Name war Nandi.

Seit Nandis Ankunft hatte es nur einen einzigen Einbruch gegeben. Der Einbrecher war am folgenden Tag im Krankenhaus von Lilongwe gestorben. Sein Skalp war von seinem Schädel gerissen, und seine Eingeweide quollen aus den Rissen in seinem Bauch. Nandi hatte das Problem für alle Zeiten gelöst.

Chetti Singh lenkte den Cadillac über den Rundweg innerhalb der Umzäunung. Der Zaun war in gutem Zustand. Selbst die Pavianschädel grinsten noch immer von den Spitzen der Eckpfosten, aber die Infrarotalarmanlage war abgebaut. Chetti Singh hatte sie zu einem guten Preis an einen Kunden in Sambia verkauft. Nach Nandis Eintreffen war sie überflüssig geworden.

Nachdem Chetti Singh ganz herumgefahren war, parkte er den Cadillac an der Rückseite des Lagerhauses neben einem Schuppen, der aus den gleichen Asbestplatten wie das Hauptgebäude errichtet worden war. Dies war offensichtlich ein späterer Anbau, den man einem Einfall folgend hinten an das Lagerhaus gesetzt hatte.

Als Chetti Singh aus dem Cadillac stieg, blähten sich seine Nasenflügel wegen des schwachen, aber durchdringenden Geruchs, der aus dem einzigen kleinen Fenster des Anbaus zu ihm drang. Das Fenster war sehr hoch eingelassen und schwer vergittert.

Er warf Chawe einen Blick zu. »Ist sie sicher?«

»Sie ist in dem kleinen Käfig, wie Sie befohlen haben, *Mambo*.«

Trotz dieser Versicherung spähte Chetti Singh durch das Guckloch in der Tür, bevor er sie öffnete und in den Schuppen trat. Das einzige Licht fiel durch das hochgelegene Fenster herein, und der Raum war in Halbdunkel getaucht, das im Licht der untergehenden Sonne noch intensiver wirkte.

Der Geruch war jetzt stärker, ein durchdringender, wilder Geruch, und plötzlich war aus dem Düstern ein spuckendes Fauchen zu hören, das so bösartig klang, daß Chetti Singh unwillkürlich zurückwich.

»Mein Gott«, kicherte er, um seine Nervosität zu verbergen. »Heute haben wir aber sehr schlechte Laune.«

Ein Tier bewegte sich hinter den Gitterstäben des Käfigs, ein dunkler Schatten auf leisen Pfoten, und gelbe Augen funkelten.

»Nandi.« Chetti Singh lächelte. »Die Süße.« Nandi war der Name der Mutter von König Chaka gewesen.

Chetti Singh griff nach dem Schalter neben der Tür, und die Leuchtstoffröhre an der Decke spuckte und tauchte den Schuppen dann in kaltblaues Licht.

In dem Käfig wich eine Leopardin an die andere Wand zurück, duckte sich dort und starrte den Mann mit mörderischen Augen an. Ihre Lippen hatte sie zu einem lautlosen Fauchen hochgezogen und entblößte ihre Fänge.

Es war eine große Katze, die von der Nase bis zur Schwanzspitze über zwei Meter maß. Es war eines der Tiere aus den Mlanje-Bergwäldern, die bis zu 120 Pfund auf die Waage bringen. Eine wilde Kreatur, die der alte Zauberer gefangen hatte, als sie bereits ausgewachsen war. Früher hatte sie Ziegen und Hunde gerissen und die Dörfer an den Berghängen terrorisiert. Kurz vor ihrer Gefangennahme hatte sie einen kleinen Hirtenjungen übel zugerichtet, der versucht hatte, seine Herde gegen sie zu verteidigen.

Die Waldkatzen waren dunkler als die der offenen Savanne. Die pechschwarzen Rosetten, die ihr Fell tupften, standen so dicht beieinander, daß sie in der Färbung dem schwarzen Panther ähnelte. Ihr Schwanz krümmte sich und schlug wie ein Metronom, Eichmaß ihres Temperaments. Sie beobachtete den Mann, ohne zu blinzeln. Die Kraft ihres Hasses war so stark wie der stechende Tiergeruch in dem kleinen, heißen Raum.

»Bist du wütend?« fragte Chetti Singh, und sie hob ihre Lefzen beim Klang seiner Stimme höher. Sie kannte ihn gut.

»Nicht wütend genug«, fand Chetti Singh und griff nach dem Stachelstock auf dem Regal neben dem Lichtschalter.

Die Katze reagierte sofort. Sie kannte den Stich des elektrischen Stockes. Ihr nächstes Knurren war ein knisterndes Rasseln, und sie rannte hin und her, um der Qual zu entgehen, die sie erwartete. An der Seite nahe der Hauptwand des Lagerhauses verengte sich der stählerne Käfig zu einem Flaschenhals, der gerade breit genug war, um den Leopardenleib aufzunehmen. Es war ein niedriger Tunnel, der an einer stählernen Schiebetür in der Lagerhauswand endete.

Der Stock wurde an einer langen Aluminiumrute befestigt. Chetti Singh schob sie zwischen den Gitterstäben durch und versuchte, die Leopardin zu berühren. Ihre Bewegungen wurden hektisch, als sie dem Gerät auszuweichen versuchte, und Chetti Singh lachte über ihre Possen, während er sie durch den Käfig verfolgte. Er versuchte, sie in den flaschenhalsförmigen Tunnel zu treiben.

Schließlich warf sie sich gegen die Gitterstäbe des Käfigs und riß mit ihren Krallen an dem Stahl, während sie fauchend und vor Wut knurrend versuchte, ihn zu erreichen. Doch Chetti Singh hielt sie mit der langen Rute auf Abstand.

»Gute Güte!« sagte er und berührte eine Seite ihres Halses mit der Spitze des Stocks. Blaue Elektrizität zuckte, und die Leopardin wandte sich unter dem Schlag und schoß in den Tunnel am Ende des Käfigs.

Chawe war darauf vorbereitet und schloß die Maschendrahttür hinter ihr. Jetzt war sie gefangen. Ihre Nase wurde gegen die Stahlklappe der Lagerhauswand gepreßt, wogegen die Drahttür hinter ihren Läufen sie am Zurückweichen hinderte. Der Tunnel war so niedrig, daß er fast ihren Rücken berührte und sie sich nicht aufbäumen konnte. Und er war so schmal, daß sie sich nicht umdrehen konnte, um ihre zitternden Flanken zu schützen. Sie war hilflos eingeklemmt, und Chetti Singh reichte Chawe den Stock.

Er kehrte zu dem Tisch neben der Tür zurück, entrollte das Kabel eines kleinen elektrischen Lötkolbens und schloß ihn an einer Steckdose in der Wand an. Das Kabel hinter sich herziehend, kam er dorthin zurück, wo die Leopardin in dem Tunnel steckte. Er langte durch die Gitterstäbe und streichelte ihren Rücken. Ihr Fell war dick und seidig, und sie konnte seiner Berührung nicht ausweichen. Ihr ganzer Körper schien vor Wut anzuschwellen, und sie fauchte und versuchte ihren Hals zu drehen, um die Hand zu zerfetzen, aber die Stäbe verhinderten das.

Die Leopardin zischte vor Wut und kratzte mit voll ausgestreckten Krallen auf dem Zementboden. Sie wußte, was kam, und sie versuchte ihren Schwanz zu senken und ihre empfindlichen Teile zu bedecken.

»Hilf mir«, grunzte Chetti Singh, und Chawe ergriff den Schwanz. Er wand sich wie eine Schlange in seinem Griff, aber er zerrte ihn hoch, so daß sein Herr seine beiden Hände frei benutzen konnte.

Chetti Singh inspizierte nachdenklich das empfindliche Fleisch unter dem Schwanz. Es hatte Vertiefungen und war von verheilten Narben überzogen, von denen einige so frisch waren, daß die neue Haut noch rosig und glänzend war. Er streckte vorsichtig den heißen Lötkolben aus und wählte sorgfältig eine Brandstelle, wobei er die frisch geheilte mied. Die Katze spürte die Hitze des nahenden Kolbens, und ihr Körper zuckte krampfartig vor Erwartung.

»Nur eine kleine, meine Schöne«, beruhigte Chetti Singh sie. »Gerade soviel, um dich sehr wütend zu machen, falls du heute nacht Doktor Armstrong begegnen solltest.«

Leoparden sind für Menschen keine ernste Gefahr, solange sie nicht gestört werden. Der Mensch gehört nicht zu ihrer natürlichen Beute, und ihre instinktive Furcht ist groß genug, um sie dazu zu bringen, den Menschen zu meiden, statt ihn anzugreifen. Wenn sie aber einmal verletzt oder verwundet sind, besonders aber, wenn sie absichtlich gequält werden, sind sie die gefährlichsten und bösartigsten aller afrikanischen Tiere.

Chetti Singh berührte den weichen Rand des Anus mit dem glühenden Kolben. Es gab eine Rauchwolke, gefolgt von dem Gestank versengter Haut. Die Leopardin brüllte vor Schmerz und biß in die stählernen Gitterstäbe.

Chetti Singh inspizierte die Wunde. Durch Übung konnte er eine Verbrennung herbeiführen, die außerordentlich schmerzhaft war, aber innerhalb einer Woche verheilte und weder am Tier sichtbar war, noch seine Bewegungen behinderte, wenn es angriff.

»Gut!« gratulierte er sich. Das Eisen hatte nur kunstvoll die äußere Haut durchdrungen. Es war eine wenig schmerzhafte Wunde, doch sie hatte die goldene Katze wütend gemacht.

Er legte den Lötkolben zurück auf den Tisch und ergriff eine Flasche mit Desinfektionsmittel. Es war reines Jod, dunkelgelb und roch stark auf dem Bausch, den er auf die offene Wunde preßte. Das Brennen würde ihre Wut verstärken.

Die Leopardin brüllte und zischte und zerrte wild an den hemmenden Gitterstäben. Ihre Augen waren riesig und gelb, und Schaum säumte ihre offenen, fauchenden Lefzen.

»Das genügt. Öffne die Klappe«, befahl Chetti Singh, und der Angoni ließ den Schwanz der Katze los. Sie schlug ihn zwischen ihre Beine, um sich zu schützen.

Chawe ging zum Griff der Stahlklappe und zog sie hoch. Mit einem letzten Fauchen schoß die Leopardin durch die Öffnung und verschwand im dahinterliegenden Lagerhaus.

Zuerst war es schwierig gewesen, die Katze dazu zu bringen, das Lagerhaus jeden Morgen bei Dämmerung zu verlassen, doch mit dem elektrischen Stock und der Verlockung des Ziegenfleisches, mit dem sie gefüttert wurde, war sie schließlich darauf dressiert worden, auf Befehl in ihren Käfig im Schuppen zurückzukehren.

Chawe schloß die Klappe hinter der Leopardin und folgte seinem Herrn hinaus in die letzten Strahlen der untergehenden Sonne. Chetti Singh wischte sein Gesicht mit einem weißen Taschentuch ab. Es war heiß in dem kleinen, stinkenden Schuppen gewesen.

»Du wirst in deinem Wachhaus am Haupttor bleiben«, befahl er. »Patrouilliere nicht am Zaun entlang und versuche nicht, den weißen Mann am Betreten des Lagerhauses zu hindern. Wenn er hineinkommt, wird Nandi dich alarmieren...«

Bei diesem Gedanken lächelten sie beide. Sie erinnerten sich an den letzten Eindringling und an seinen Zustand, als sie ihn zur Notaufnahme des Krankenhauses gebracht hatten.

»Wenn du hörst, daß Nandi mit ihm beschäftigt ist, ruf mich vom Haupttor aus an. Das Telefon steht neben meinem Bett. Betritt das Lagerhaus nicht vor meiner Ankunft. Ich werde fünfzehn oder zwanzig Minuten brauchen, um herzukommen. Bis dahin dürfte Nandi uns eine Menge Ärger erspart haben.«

Seine Frau hatte eines ihrer großartigen Currys zum Abendessen bereitet. Sie fragte nicht, wo er gewesen war. Sie war eine gute und pflichtbewußte Frau.

Nach dem Abendessen beschäftigte er sich zwei Stunden lang mit seiner Buchhaltung. Es war ein kompliziertes Buchhaltungssystem, denn er führte zwei verschiedene Bücher. Eines für das Finanzamt, aus dem sich ein fiktiver Gewinn ergab, und ein weiteres mit peinlich genauen, authentischen Zahlen. Aus letzterem errechnete Chetti Singh den Zehnten, den er an den Tempel zahlte. Es war eine Sache, bei der Einkommenssteuer zu betrügen, aber ein weiser Mann beschwindelte die Götter nicht.

Bevor er zu Bett ging, öffnete er den Stahlsafe, der in die Rückwand seines Kleiderschrankes eingelassen war, und nahm eine doppelläufige zwölfschüssige Flinte und ein Paket mit SSG-Patronen heraus. Er hatte einen offiziellen Waffenschein dafür, da er, wann immer das möglich und angenehm war, den Gesetzen gehorchte.

Seine Frau warf ihm einen verdutzten Blick zu, sagte aber nichts. Er befriedigte ihre Neugier nicht, sondern stellte die Waffe griffbereit neben die Tür. Er schaltete die Lichter aus und liebte sie mit seiner gewohnten Schnelligkeit unter der Decke. Zehn Minuten später schnarchte er geräuschvoll.

Das Telefon neben seinem Bett klingelte um sieben Minuten nach zwei in der Frühe. Chetti Singh war beim ersten Schrillen wach und hatte den Hörer am Ohr, bevor es zum zweitenmal klingelte.

»Im Lagerhaus singt Nandi ein hübsches Lied«, sagte Chawe auf Angoni.

»Ich komme«, erwiderte Chetti Singh und schwang seine Beine aus dem Bett.

Daniel parkte seinen Landcruiser auf einer der unbebauten Flächen, dreihundert Meter entfernt vom Zaun um Chetti Singhs Zentrallager. Er war die letzte Meile mit ausgeschalteten Scheinwerfern in Schrittgeschwindigkeit gefahren. Jetzt stellte er den Motor ab und stieg hinaus in die Dunkelheit. Er stand fast zehn Minuten lauschend da, bevor er auf seine Armbanduhr schaute. Es war kurz nach eins.

Er trug seine marineblaue Hose und eine schwarze Lederjacke. Jetzt streifte er eine weiche Balaclaca-Mütze aus dunkler Wolle über seinen Kopf. Er schnallte eine kleine Nylontasche um seine Hüfte. Darin befanden sich die wenigen Ausrüstungsgegenstände, die er aus dem Werkzeugkasten genommen hatte.

Auf das Dach des Landcruisers waren zwei Aluminiumleitern geschraubt, die er als Radunterlage mitführte, falls er in weichen Sand oder tiefen Schlamm geriet. Jede von ihnen wog weniger als sieben Pfund. Er trug sie beide unter einem Arm, als er sich über das von Unkraut überwucherte Gelände auf den Weg zum Depot machte. Er hielt sich von der Straße fern und lief zwischen den Büschen hindurch.

Die Fläche war als Müllhalde benutzt worden. Der Abfall stapelte sich in großen Haufen. Eine zerbrochene Flasche oder ein scharfkantiges Eisenstück hätten die Stiefel aus Leinen und Gummi, die er trug, zerschnitten. Er ging sehr vorsichtig.

Fünfzehn Meter vom Zaun entfernt legte er die Leitern ab und kroch hinter eine verrostete Autokarosserie. Er beobachtete das Depot. Im Lagerhaus brannte kein Licht, und der Zaun wurde nicht von Scheinwerfern beleuchtet. Das schien seltsam.

»Zu gut? Zu leicht?« fragte er sich und kroch näher. Das einzige Licht drang aus dem Wachhaus am Vordertor. Es spendete gerade soviel Licht, daß er den Zaun untersuchen konnte. Er sah sofort, daß er keinen Strom führte und konnte auch keinen Stolperdraht entdecken, der ein Alarmsystem auslöste.

Leise bewegte er sich zu dem Eckpfosten an der Rückseite des Anwesens. Falls ein Infrarotsystem installiert war, mußte sich hier der Sender befinden. Etwas Weißes glänzte oben auf dem Pfosten, doch bei näherem Hinsehen bemerkte er, daß es sich um den ausgebleichten Schädel eines Pavians handelte, und er verzog das Gesicht. Er fühlte sich etwas unwohl, als er zurückging, um die Leitern zu holen, die er neben dem Autowrack zurückgelassen hatte.

Zurück an der Ecke des umzäunten Bereiches, hockte er sich hin, um abzuwarten, ob ein Wachmann seine Runden machte. Nach einer halben Stunde wußte er, daß der Zaun unbewacht war.

Er stieg ein. Die schnellste und sicherste Methode wäre gewesen, eine Drahtschere zu benutzen, aber er wollte, wenn möglich, bei seinem Besuch keine Spuren hinterlassen. Er zog die beiden Leitern zu voller Länge aus. Dann lehnte er, innerlich auf das Jaulen einer verborgenen Alarmanlage vorbereitet, eine der Leitern an den Betoneckpfosten. Er atmete aus, als kein Alarm zu hören war.

Er nahm die zweite Leiter und kletterte damit auf die Umzäunung. Auf der obersten Sprosse balancierend und rückwärts geneigt, um dem Stacheldraht auszuweichen, schwang er die Reserveleiter über den Zaun nach innen. Er hatte sie vorsichtig auf der anderen Seite herablassen wollen, aber sie rutschte ihm aus der Hand.

Obwohl sie auf Gras fiel, das den Aufprall dämpfte, hallte das Geräusch in seinen Ohren so laut wie der Kall einer .357 Magnum. Er schwankte auf der obersten Leitersprosse, seine Nerven spannten sich, und er wartete auf einen Warnruf oder einen Schuß.

Nichts geschah, und nach einer Minute atmete er wieder. Er griff unter seinen Jerseypullover und holte das Schaumstoffstück hervor, das er als Kissen benutzte, wenn er unter den Sternen schlief. Es war gut drei Zentimeter dick und reichte gerade, um das oberste Stück Stacheldraht abzudecken. Er breitete es sorgfältig über den Zaun.

Er umfaßte den Draht zwischen den Stacheln fest mit seinen behandschuhten Händen und schwang sich auf die andere Seite, wobei er drei Meter tief auf das darunterliegende Gras fiel. Er dämpfte seinen Fall, indem er sich überrollte, blieb geduckt hocken, lauschte wieder und spähte in die Dunkelheit.

Nichts.

Rasch stellte er die zweite Leiter an die Innenseite des Zaunes, um für einen schnellen Rückzug bereit zu sein. Das unlackierte Aluminium glänzte wie Speck und würde sofort die Aufmerksamkeit eines etwa vorhandenen Nachtwächters wecken.

»Das läßt sich nicht ändern«, sagte er sich und lief zur Seitenwand des Lagerhauses.

Er warf einen Blick um die Ecke und kroch dann an der langen Rückwand des Lagerhauses entlang. Hier gab es keine Öffnung, abgesehen von einer Reihe von Dachfenstern gut zehn Meter über ihm.

Vor sich machte er im Düstern einen kleinen Schuppen aus. Er war an die Rückwand des Lagerhauses gebaut, doch sein Dach war viel niedriger als das des Hauptgebäudes. Als er sich ihm näherte, nahm er einen schwachen, fauligen Geruch wahr, ähnlich wie Guanodünger oder wie ungegerbte Haut.

Der Geruch wurde stärker, als er um den Schuppen herumging, aber er dachte nicht weiter darüber nach. Er betrachtete den Schuppen. In dem Winkel, wo die Schuppenwand an die Wand des Hauptgebäudes stieß, befand sich ein Wasserrohr. Er prüfte dessen Festigkeit und kletterte dann mit Leichtigkeit daran hoch. Innerhalb von Sekunden lag er ausgestreckt auf dem Dach des Schuppens und blickte zu der Fensterreihe in der Wand hoch, die jetzt nur noch drei Meter über ihm lag. Zwei Fensterflügel waren geöffnet.

Aus seiner Tasche holte er ein Nylonseil, in das er leise einen Türkenbund knotete, damit das eine Ende schwerer wurde.

Auf dem First des Schuppendachs balancierend, warf er das Seil aus und brachte es dann zum Kreisen. Mit einer Bewegung seines Handgelenks ließ er den schweren Knoten aufwärts fliegen. Er traf den Pfosten zwischen den beide geöffneten Fenstern und fiel wieder auf seine Schultern herab. Er versuchte es nochmals mit dem gleichen Ergebnis.

Beim fünften Versuch fiel der Knoten durch das geöffnete Fenster. Sofort zog er an dem Seil, so daß es zurückschnellte und sich durch die Bewegung dreimal um den Pfosten wickelte. Er zog heftig daran, und die Windungen hielten. Er begann, an dem gestrafften Seil nach oben zu klettern. Durch die Gummisohlen seiner Leinenstiefel fand er an der ungestrichenen Asbestwand Halt und gelangte mit affenartiger Geschicklichkeit nach oben.

Er hatte das Fenster fast erreicht, als er spürte, daß das Seil zu rutschen begann. Mit einem beängstigenden Ruck rutschte er einen halben Meter nach unten. Dann hielt das Seil wieder. Daniel sammelte sich und langte nach oben. Am Rahmen des offenen Fensters fand seine Hand Halt.

Er hing zehn Meter über dem Boden, und er strampelte mit seinen Beinen und schlug gegen die Wand. Der stählerne Fensterrahmen schnitt in seine Finger, obwohl er Handschuhe trug. Dann gelang es ihm mit krampfartiger Anstrengung, seine rechte Hand hochzuheben, und er konnte mit beiden Händen zufassen. Jetzt bereitete es ihm kaum mehr Mühe, sich hochzuziehen und den Fensterrahmen zu erreichen.

Er brauchte ein paar Sekunden, um wieder ruhig zu atmen und lauschte nach etwaigen Geräuschen aus dem dunklen Inneren des Gebäudes. Dann öffnete er den Reißverschluß seiner Tasche und tastete nach der Maglite-Taschenlampe. Bevor er das Hotelzimmer verlassen hatte, hatte er ein rotes Stück Plastik über die Linse geklebt. Der Lichtstrahl, den er jetzt nach unten richtete, war ein kaum wahrnehmbares Glühen, das sicher außerhalb des Gebäudes keine Aufmerksamkeit wecken würde.

Der Boden des Lagerhauses unter ihm war mit Türmen und Wänden von Kartons in einer Vielzahl von Größen und Formen bedeckt.

»O nein!« stöhnte er laut. Das hatte er nicht erwartet. Er würde eine Woche brauchen, um sie alle zu durchsuchen, und zu dem Lagerhauskomplex gehörten noch vier weitere Gebäude.

Er richtete den Lampenstrahl auf die Wand. Die Wellverkleidung war an einem Rahmenwerk aus Eisenwinkeln befestigt. Diese Rahmen bildeten eine Leiter, an der er mit Leichtigkeit zum zehn Meter tiefer gelegenen Boden herunterklettern konnte. Er eilte hinab und schaltete die Taschenlampe aus.

In der Dunkelheit änderte er schnell seine Position. Falls ein Nachtwächter ihm auflauerte, wollte er dessen Angriff erschweren. Er duckte sich zwischen zwei Kisten und lauschte in die Stille. Als er sich wieder bewegen wollte, erstarrte er. Da war etwas, ein so feines Geräusch, daß es gerade im Bereich seines Wahrnehmungsvermögens lag. Und er spürte es mehr mit seinen Nerven, als daß er es tatsächlich hörte. Es hörte auf, wenn es überhaupt da gewesen war.

Er wartete hundert Schläge seines hämmernden Herzens ab, aber das Geräusch kam nicht wieder. Er schaltete die Taschenlampe ein, und das Licht zerstreute sein Unbehagen.

Er bewegte sich leise über den Gang zwischen den Unmengen von Handelsgütern und Ballen und Kisten. Er hatte den Schwertransporter auf der anderen Seite stehen sehen. »Dort muß ich anfangen«, sagte er sich und schnüffelte in der dunklen Luft nach dem Geruch von getrocknetem Fisch.

Er blieb abrupt stehen und schaltete die Lampe aus. Wieder hatte er etwas gespürt, nicht eindeutig genug, um es zu lokalisieren, nicht laut genug, als daß es ein Geräusch war – nur eine Ahnung von etwas, das in der Dunkelheit nahe bei ihm war. Er hielt den Atem an, und da war das Flüstern einer Bewegung – oder seiner Einbildung. Er war sich nicht sicher, aber er glaubte, es könnte das Schlurfen verstohlener Schritte sein oder das leise Pfeifen von Atem.

Er wartete. Nein. Das waren nur seine Nerven. Er bewegte sich in dem dunklen Lagerhaus weiter. In dem Gebäude gab es keine Wände, nur Eisenstreben, die das Dach stützten und die Lagerplätze voneinander trennten. Er blieb wieder stehen und schnüffelte. Da war er endlich. Der Geruch von getrocknetem Fisch. Er schritt rascher voran, und der Geruch wurde stärker.

Sie waren an der entferntesten Hallenwand aufgetürmt, ein hoher Stapel von Säcken, der fast bis zum Dach hochreichte. Der Geruch war stark. Jeder Sack trug den Stempel: »Trockenfisch. Hergestellt in Malawi.« Dazu das Emblem einer stilisierten aufgehenden Sonne, auf der ein krähender Hahn hockte.

Daniel tastete in seiner Tasche und holte einen Zwölf-Inch-Schraubenzieher hervor. Er hockte sich vor den Stapel Fischsäcke und begann sie zu untersuchen, indem er die Spitze des Schraubenziehers durch das Jutegewebe der Säcke stach und den Stahl dann drehte, um festzustellen, ob sich unter den Lagen von getrocknetem Fisch irgendwelche harten Gegenstände befanden. Er arbeitete schnell, stach im Vorbeigehen fünf- oder sechsmal in jeden Sack bis zu den Säcken, die sich in Kopfhöhe befanden, und dann erkletterte er die Pyramide, um ganz nach oben zu gelangen.

Schließlich hörte er auf und dachte darüber nach. Er hatte angenommen, das Elfenbein sei in den Fischsäcken verpackt. Aber als er jetzt darüber nachdachte, stellte er den Denkfehler bei seiner ursprünglichen Theorie fest. Wenn Ning Cheng Gong das Elfenbein tatsächlich aus den Kühllastwagen in Chetti Singhs Schwertransporter umgeladen hatte, dann war sicher keine Zeit dazu geblieben, es in Säcke umzupacken und diese während der paar Stunden zu versiegeln, bis Daniel auf der Chirundu-Straße Chetti Singh begegnet war. Allenfalls hatten sie das Elfenbein auf die Ladefläche legen und die Fischsäcke darauf stapeln können.

Daniel schnalzte laut vor Verärgerung über seinen Denkfehler. Natürlich waren die Fischsäcke viel zu klein, um die größeren Stoßzähne des Schatzes aufzunehmen, und als Verpackung, in der das Elfenbein aus Afrika zu welchem Bestimmungsort auch immer geschmuggelt werden sollte, waren sie völlig ungeeignet. Die schweren, spitzen Stoßzähne würden sich sicher durch die Lagen des umgebenden Fisches bohren und die Jutesäcke zerreißen.

»Verdammter Narr.« Daniel schüttelte seinen Kopf. »Ich hatte eine fixe Idee...« Er ließ den gedämpften, rubinroten Strahl seiner Taschenlampe herumwandern, und seine Nerven waren plötzlich angespannt. Er glaubte gesehen zu haben, daß sich etwas Großes und Dunkles in den Schatten neben dem Lampenstrahl bewegt hatte, das Funkeln von Tieraugen. Doch als er die Lampe ruhig hielt und starr in die Richtung blickte, erkannte er, daß es wieder nur seine Einbildung gewesen war.

»Du wirst alt und ängstlich«, beruhigte er sich.

Er rutschte an der Pyramide der Fischsäcke auf den Boden hinab und eilte über den Gang zwischen den gestapelten Waren hindurch. Im Vorbeilaufen las er die Aufschriften auf den Kartons. »Defy-Kühlschränke«, »Koo-Pfirsichkonserven«, »Sunlight-Seifenpulver«. Jeder Karton war an die »Chetti Singh Trading Company« adressiert. Das alles war eingegangene Ware. Er aber suchte nach ausgehender Ware.

Vor sich machte er die Kontur eines Gabelstaplers aus, der oben auf der Laderampe neben dem Haupteingang stand. Als er sich darauf zubewegte, sah er, daß auf der Gabel eine große Kiste ruhte. Daneben, die Rampe fast blockierend, türmte sich ein Stapel identischer Kisten. Sie sollten in den leeren Eisenbahnwaggon verladen werden, der unterhalb der Rampe stand.

Dies war offensichtlich ausgehende Ware, und er rannte fast das ganze Stück dorthin. Als er näher kam, sah er, daß es sich um traditionelle Teekisten handelte, aus kräftigen Sperrholzwänden und soliden Rahmen. Sie waren mit flexiblen Stahlbändern gesichert.

Dann spürte er ein elektrisierendes Knistern der Erregung, als seine Armhaare sich beim Lesen der Adresse aufrichteten, die auf die Seite einer Kiste geschrieben war:

LUCKY DRAGON INVESTMENTS
1555 CHUNGCHINGS ROAD
TAIPEH
TAIWAN

»Teufelskerl!« Daniel grinste fröhlich. »Die China-Verbindung! Lucky Dragon. Glücklicher Drache. Da hat wirklich jemand Glück!«

Er ging zu dem Gabelstapler hinüber und griff nach dem Armaturenbrett. Er betätigte den Hauptschalter und bediente die Steuerhebel. Der Elektromotor surrte, und die Kiste hob sich lautlos. Daniel hielt sie in Kopfhöhe an. Er glitt unter den schwebenden Behälter. Durch Aufstemmen des Deckels oder der Seitenwände hätte er Spuren seines Besuchs hinterlassen. Das wollte er nicht.

Zwischen der Gabel arbeitend, stach er den Schraubenzieher in das Bodenbrett der Teekiste. Das Sperrholz barst, als er eine runde Öffnung hineingebrochen hatte, die groß genug war, um seine Hand hindurchzustecken. Er stellte fest, daß das Innere der Kiste mit dicker, gelber Plastikfolie ausgeschlagen war, die sich trotz aller Anstrengung nicht zerreißen ließ. Er suchte nach dem Klappmesser in seiner Tasche und schnitt dann ein Stück Plastikfolie heraus.

Es war der vertraute Geruch getrockneter Teeblätter, und er begann in der gepreßten schwarzen Pflanzenmasse zu graben. Der Tee rieselte auf den Betonboden. Bald hatte er den Schraubenzieher in ganzer Länge hineingegraben, ohne auf einen Gegenstand gestoßen zu sein, der in der Kiste versteckt war. Er spürte das erste Prickeln eines Zweifels. Auf der Rampe standen Hunderte von Teekisten, und sie alle konnten Stoßzähne enthalten – oder keine davon.

Mit ein paar weiteren Schlägen des Schraubenziehers vergrößerte er das Loch und schob dann die stählerne Spitze mit all seiner Kraft in die Teemasse.

Mit einer Wucht, die sein Handgelenk stauchte, stieß er auf etwas Solides. Triumphierend schrie er auf und riß an den Rändern des Lochs, bis er beide Hände in die Kiste stecken konnte. Große Teeklumpen fielen zu seinen Füßen auf die Rampe.

Jetzt endlich konnte er den harten Gegenstand berühren, der im Tee begraben war. Er war rund und glatt. Unter der Kiste hockend verdrehte er seinen Hals, um in die Öffnung zu schauen. Er kniff die Augen gegen den Regen getrockneter Teeblätter zusammen, die aus dem Loch rieselten. Im Strahl der Taschenlampe machte er einen matten, cremefarbenen Alabasterschimmer aus.

Mit der Spitze des Schraubenziehers bearbeitete er die Oberfläche des Gegenstandes, stach und bohrte, bis sich schließlich ein Splitter löste und herausfiel. Er war daumengroß.

»Kein Zweifel mehr«, flüsterte er, als er die Probe untersuchte und das unverwechselbare Hahnentrittmuster des Elfenbeins sah. »Jetzt habe ich euch, ihr mörderischen Bastarde!«

Schnell stopfte er die Plastikfetzen wieder in das Loch, um zu verhindern, daß mehr Tee auf die Rampe rieselte. Dann hob er die heruntergefallenen Blätter auf und stopfte sie in seine Tasche. Es war kein sonderlich gutes Aufräumen, aber er hoffte, daß die Arbeiter nichts bemerken würden, wenn sie am nächsten Morgen die Fracht verluden.

Er begab sich an die Kontrollen des Gabelstaplers und senkte die Teekiste auf ihren ursprünglichen Platz auf der Rampe zurück. Er leuchtete mit der Taschenlampe herum, um sich zu vergewissern, daß er keinen anderen Beweis für seinen Besuch hinterlassen hatte. Und diesmal sah er es deutlich.

Eine große, dunkle Gestalt duckte sich am Ende der Rampe und beobachtete ihn aus Augen, die selbst im gedämpften Strahl der Taschenlampe wie Opale glühten. Als das Licht auf die Kreatur fiel, schien sie sich wie eine Rauchwolke aufzulösen, fast übernatürlich lautlos. Daniel wich unwillkürlich zu dem Gabelstapler zurück und versuchte, das Dunkel mit der Taschenlampe zu durchdringen.

Dann gab es plötzlich ein Geräusch, das wie eine Schleifscheibe an seinen Nerven riß. Es hallte in der dunklen Höhle des Lagerhauses wider und drang an das hohe Dach. Es war eine zerhackte Kadenz, wie eine Holzsäge, die in Metall schnitt, und das machte ihn nervös. Er erkannte es sofort, aber es fiel ihm schwer zu glauben, was er hörte.

»Ein Leopard!« keuchte er und erkannte erschauernd, in welcher Gefahr er sich befand.

Die Bestie war im Vorteil. Die Nacht war ihre natürliche Umgebung. Dunkelheit machte sie mutig. Dunkelheit machte sie aggressiv.

Er zog den roten Filter von der Taschenlampe, und jetzt fiel der helle weiße Lichtstrahl durch das Lagerhaus. Er schwenkte den Strahl hin und her und entdeckte die Katze wieder. Sie war hinter ihn geschlichen und kam näher. Das war das aggressivste Manöver. Das Raubtier umkreist seine Beute, bevor es angreift, um zu töten.

Als das Licht den Leoparden erfaßte, huschte er weg. Mit einem geschmeidigen Satz verschwand er hinter der Wand von Teekisten, und sein wütender Haßgesang hallte wieder durch die Dunkelheit.

»Er jagt mich!«

In Daniels Zeit als Wildhüter in Chiwewe, war einer seiner Ranger von einem Leoparden angefallen worden, und Daniel war als erster bei ihm gewesen und hatte ihn gerettet. Jetzt erinnerte er sich deutlich an die schrecklichen Wunden, die die Bestie gerissen hatte.

Die andere gefährliche afrikanische Großkatze, der Löwe, verfügt nicht über das instinktive Wissen, wie ein aufrecht gehender Zweibeiner am besten anzugreifen ist. Er greift an, wirft sein Opfer um und beißt und kratzt wahllos, egal welchen Körperteil des Menschen er zu fassen bekommt, nagt und zermalmt an einem Glied, bis das Opfer gerettet wird.

Der Leopard hingegen kennt die menschliche Anatomie. Paviane gehören zur häufigsten Beute des Leoparden, und er weiß, wie er den Kopf und die verletzbaren Innereien des Primaten direkt erreichen kann. Gewöhnlich greift er an, indem er sein Opfer anspringt und sich mit seinen Vorderpranken in dessen Schultern krallt, während seine Hinterläufe wie die einer Hauskatze treten, die mit einem Wollknäuel spielt.

Mit einem halben Dutzend dieser schnellen Tritte schlitzen die langen Krallen einem Menschen den Bauch auf, und seine Eingeweide werden herausgerissen. Gleichzeitig vergräbt der Leopard seine Fänge in das Gesicht oder den Hals und schlägt mit einer Vorderpfote hinter den Kopf des Opfers, um ihm die Kopfhaut abzureißen. Oft wird die Schädeldecke mit der Kopfhaut entfernt, als würde ein weichgekochtes Ei gekappt werden, und das Hirn liegt frei. All dies ging Daniel blitzschnell durch den Kopf, während der Leopard ihn umkreiste und sein wilder, wütender Schrei durch das Lagerhaus hallte.

Noch immer neben den Gabelstapler geduckt, zog Daniel den Reißverschluß seiner Lederjacke bis zum Kinn zu, um seine Kehle zu schützen, und schob den Nylonbeutel wie einen Schutzschild vom Rücken vor seinen Bauch. Dann nahm er den Schraubenzieher in die rechte Hand und schwenkte mit seiner linken die Taschenlampe, um das drohende Kreisen des Leoparden verfolgen zu können.

»Mein Gott, das ist ja eine riesige Bestie!« erkannte Daniel, als er die Größe der Katze sah. Im Lampenlicht war sie schwarz wie ein Panther. In den Legenden des Busches hieß es, die dunkelfarbigen Katzen seien die wildesten ihrer Art.

Es war unmöglich, den Lampenstrahl auf den Leoparden gerichtet zu halten. Er war so flüchtig wie ein Schatten. Daniel wußte, daß er nie zu der Stelle des Lagerhauses zurückgelangen würde, an der er eingedrungen war. Sie war zu weit entfernt, um mit ungeschütztem Rücken dorthin zu kommen. Die Katze würde über ihm sein, bevor er die Hälfte der Strecke hinter sich gebracht hatte. Er schwenkte den Lampenstrahl für eine Sekunde beiseite, um einen anderen Fluchtweg zu suchen.

Die Fischsäcke. Er sah die Pyramide, die an der nächstgelegenen Wand gestapelt war und bis zu den Fenstern hochreichte, die sich zehn Meter über dem Boden des Lagerhauses befanden.

»Wenn ich nur das Oberlicht erreichen könnte«, flüsterte er. Der Sprung an der Außenwand hinab würde tief sein, aber er hatte das Nylonseil, um sich zumindest ein Stück herabzulassen. »Beweg dich!« sagte er sich. »Die Zeit läuft dir weg. Er wird dich jeden Augenblick angreifen.«

Er riß sich zusammen, bevor er den Schutz des Gabelstaplers verließ. Die Maschine, die ihm Rückendeckung gab, war beruhigend. Ohne sie war er verwundbar und fast hilflos der Kraft und Geschwindigkeit des Leoparden ausgesetzt. In dem Augenblick, als er den Schutz des Gabelstaplers verließ, brüllte der Leopard wieder, diesmal noch wilder und gieriger.

»Hau ab!« schrie Daniel ihn an, weil er hoffte, er würde durch den Klang der menschlichen Stimme beunruhigt werden. Die Katze duckte sich zur Seite und verschwand hinter einem Stapel Kisten – und Daniel machte einen Fehler.

Es war ein dummer, unverzeihlicher Fehler. Gerade er hätte wissen müssen, daß man vor einer wilden Bestie nie davonlaufen durfte. Vor allem durfte man einer Großkatze nie den Rücken zuwenden. Sie verfolgen instinktiv. Rennt man, müssen sie angreifen, genauso wie eine Hauskatze hinter einer fliehenden Maus herrennt.

Daniel glaubte, die Pyramide der Fischsäcke erreichen zu können. Er drehte sich um und rannte, und der Leopard schoß lautlos aus der Dunkelheit auf ihn zu. Er hörte ihn nicht einmal kommen. Die Bestie landete mit der ganzen Schwere ihres Gewichtes und der Wucht ihres Sprungs mitten auf seinem Rücken, zwischen seinen Schulterblättern.

Daniel wurde nach vorn geschleudert. Er spürte, wie die Krallen eindrangen und faßten, und für einen Moment glaubte er, sie steckten in seinem Fleisch. Statt ihn auf den Betonboden zu werfen, stieß der Leopard ihn in den Stapel von Säcken. Sie dämpften die Wucht des Aufpralls, trieben aber dennoch Daniel die Luft aus den Lungen. Er hatte das Gefühl, als seien seine Rippen gebrochen.

Der Leopard hockte noch immer hoch auf seinen Schultern. Als Daniel aber unter seinem Gewicht wankte, merkte er, daß seine Krallen im Leder seiner Jacke und in dem dicken Wollpullover darunter steckten.

Irgendwie gelang es Daniel, auf die Beine zu kommen. Er spürte, daß die Katze auf seinem Rücken sich wie eine Feder anspannte, ihre Hinterläufe anzog, um auf sein Gesäß und die Rückseite seiner Schenkel zu treten. Dadurch würde sein Fleisch bis auf die Knochen aufgerissen und seine Blutgefäße zerfetzt werden, eine Verletzung, die ihn zum Krüppel machte und durch die er wahrscheinlich binnen weniger Minuten verbluten würde.

Daniel stieß sich mit beiden Armen von den Säcken ab, warf sich nach hinten und krümmte sich, indem er seine Knie an sein Kinn zog. Die Klauen des Leoparden zerrten an dem Nylongurt der Tasche und traten dann nach unten, aber Daniel hatte seine Beine angezogen. Die ausgefahrenen, gekrümmten Krallen an den Hinterpfoten der Katze trafen nicht ins Fleisch, sondern ins Leere.

Jetzt krachten Mann und Bestie mit ihrem vereinten Gewicht auf den Betonboden. Daniel war ein großer Mann, und der Leopard lag unter ihm. Ein zischendes Fauchen wurde durch die Wucht des Aufpralls aus seinen Lungen gepreßt, und Daniel spürte, daß die Klauen ihren Griff am Leder seiner Jacke lockerten. Er drehte sich wild und griff mit einer Hand über seine Schulter. Mit der anderen umklammerte er noch immer den Schraubenzieher. Als er auf den Knien war, packte er eine dicke Hautfalte am Hals des Leoparden und riß die Kreatur mit aller Kraft, die ihm seine Angst verlieh, von seinem Rücken und schleuderte sie gegen die gestapelten Kisten.

Sie prallte wie ein Gummiball auf ihn zurück.

Beim ersten Angriff des Leoparden hatte er die Taschenlampe fallen lassen. Sie rollte über den Betonboden, bis sie an einer Packkiste liegenblieb. Ihr Strahl war jetzt nach oben gerichtet und wurde von dem hellen Sperrholz reflektiert. Diese Reflexion gab Daniel gerade genug Licht, um sich auf den Angriff des Leoparden vorbereiten zu können.

Sein Maul war weit aufgerissen, und seine ausgestreckten Vorderpfoten langten nach seinen Schultern. Als der Leopard Brust gegen Brust auf ihn stürzte, zog er die Hinterläufe in der instinktiven, Bauch aufreißenden Bewegung an, und sein Kopf schoß vor, um seine Fänge in Daniels Gesicht und Kehle zu versenken. Dies war der klassische

Leopardenangriff, den Daniel damit konterte, daß er den Schraubenzieher seitwärts geneigt mit beiden Händen hielt und ihn wie eine Kandare in das offene Maul des Leoparden rammte.

Einer der Vorderzähne der Bestie brach ab, als er auf den Stahl schlug, und dann lag Daniel auf dem Rücken und hielt den Leoparden mit dem Schraubenzieher von seinem Gesicht fern. Das Tier fauchte wieder, und ein heißer Nebel von Speichel näßte sein Gesicht. Der Gestank von Aas und Tod drang in seine Nase.

Er spürte eine Vorderpfote über seine Schulter streifen, die ausholte, um ihm die Kopfhaut vom Schädel zu reißen. Gleichzeitig krümmten sich die Hinterläufe, und die Krallen waren ausgefahren, um ihm den Bauch aufzureißen. Doch Daniels Hinterkopf war gegen einen der Fischsäcke gepreßt, und die Klauen des Leoparden hingen fest, nicht im dünnen Fleisch seiner Kopfhaut, sondern im groben Jutegewebe des Sackes, nur Zentimeter von seinem Ohr entfernt. Dann riß die Katze beide Hinterläufe gleichzeitig herunter. Doch statt seinen Bauch aufzureißen, schlugen die Krallen in den harten Nylongurt, den er um den Bauch trug.

Für einen Moment stockte der Angriff des Tieres. Es riß an dem Jutesack und schien seinen Irrtum nicht zu bemerken. Seine Hinterbeine traten krampfartig nach unten und zerfetzten das Nylongewebe mit einem scharfen, durchdringenden Geräusch.

Während der Leopard zappelte, nahm er seinen Kopf zurück und versuchte dem stählernen Schaft auszuweichen, den Daniel noch immer tief zwischen die klaffenden Kiefer preßte. Augenblicklich zog Daniel den Schraubenzieher zurück, lockerte seinen Griff um die Spitze und rammte sie dann wieder in das Tier, wobei er auf eines der Augen des Leoparden zielte.

Er verfehlte sein Ziel, und die Spitze des Schraubenziehers drang in die Nase der Katze. Doch statt durch den Nasenkanal ins Gehirn zu dringen, glitt sie ab, durchstach den Nasenknorpel und trat am Wangenknochen wieder heraus. Die Spitze ragte unter dem Ohr des Leoparden heraus, und die Katze brüllte vor Schock und Schmerz. Für einen Moment unterbrach sie ihren Angriff. Daniel rollte sich auf die Seite und warf den Leoparden von sich.

Es schien ein Wunder zu sein, daß der Leopard ihm bis jetzt noch keine Wunde geschlagen hatte, aber als Daniel ihn wegschleuderte, hielt die Katze sich instinktiv mit einer Pfote fest. Die Krallen furchten an Daniels Arm herunter, schnitten durch das Leder und die Wolle und trafen seinen Unterarmmuskel. Es fühlte sich an wie ein Schwertschnitt, und der Schmerz trieb Daniel dazu an, verzweifelt seine letzte Kraftreserve aufzubieten.

Er trat mit beiden Füßen gleichzeitig aus, und seine Hacken krachten in dem Augenblick in den Katzenkörper, als dieser sich zum nächsten Angriff sammelte. Der Tritt trieb ihn als fauchenden, schnappenden Fellball, der im Lampenlicht funkelte und sich sträubte, rückwärts.

Zwischen den Fischsäcken hinter Daniel befand sich eine Lücke, die gerade groß genug war, seinen Körper aufzunehmen. Er schob sich rückwärts in den schmalen Spalt. Jetzt waren sein Rücken und seine Flanken geschützt, und der Leopard konnte nur direkt von vorne angreifen.

Er steckte seinen Kopf knurrend und fauchend in den schmalen Spalt und versuchte, Daniel zu erreichen. Daniel stach mit dem Schraubenzieher nach seinen Augen. Wieder verfehlte er sie, aber die Stahlspitze zerriß die sich schlängelnde rosa Zunge des Leoparden, und der machte einen Satz zurück und fauchte und spuckte vor Schmerz.

»Los! Hau ab!« heulte er, mehr, um sich selbst Mut zu machen als in der Hoffnung, die tobende Bestie zu vertreiben. Er zog die Beine an und kauerte sich so tief er konnte in die schmale Lücke zwischen den Fischsäcken.

Der Leopard schlich vor der Öffnung auf und ab und verdeckte bei jedem Passieren das schwache Lampenlicht. Einmal blieb er stehen und ließ sich auf seine Hinterläufe nieder, wischte sich seine verletzte Nase wie eine Hauskatze mit einer Pfote und leckte dann sein eigenes Blut vom Fell.

Dann sprang er vorwärts, blockierte den Eingang zu der schmalen Höhle und streckte wieder eine Vorderpfote nach Daniel aus. Dieser stach nach dem tastenden Glied und spürte, daß er es traf und durchdrang. Der Leopard spuckte fauchend und zog sich zurück. Er begann, vor dem Eingang seiner Höhle zu patrouillieren und verharrte alle paar Minuten, um seinen Kopf zu senken und dieses schrecklich rasselnde Brüllen auszustoßen.

Daniel spürte, wie sein Blut langsam an seinem Unterarm unter dem Ärmel herunterlief und von seinen Fingern tropfte. Er hielt den Schraubenzieher zwischen seinen Knien geklemmt, bereit, den nächsten Angriff abzuwehren, und wickelte dann sein Taschentuch mit einer Hand um den zerfetzten Arm, um die Blutung zu stillen. Er zog den Knoten mit seinen Zähnen fest. Die Wunde schien nur oberflächlich zu sein. Der Lederärmel hatte ihn vor einer ernsten Verletzung bewahrt, aber der Arm begann bereits zu pochen. Daniel wußte, wie gefährlich selbst der kleinste Kratzer von Zähnen oder Krallen eines Raubtieres war, wenn er nicht behandelt wurde.

Das war nur eine seiner Sorgen. Der Leopard hatte ihn praktisch eingesperrt, und bald würde es Morgen sein. Es war ein Wunder, daß das Brüllen des Tieres noch keine Aufmerksamkeit erregt hatte. Er mußte damit rechnen, daß jeden Moment ein Wachmann auftauchen würde.

Während er dies dachte, wurde das Lagerhaus plötzlich von Licht durchflutet. Es war so gleißend, daß der Leopard zurückwich und verwirrt blinzelte. Daniel hörte das schwache Rumpeln, als die Haupttore, angetrieben von einem Elektromotor, aufrollten. Unmittelbar darauf folgte das Geräusch eines Autos, das durch die Öffnung fuhr.

Der Leopard fauchte und wich an die Rückseite des Lagerhauses zurück, hielt den Kopf tief gesenkt und schaute über seine Schulter.

Dann rief jemand: »He, Nandi! Zurück in den Käfig! Zurück! Zurück!« Daniel erkannte Chetti Singhs Stimme.

Der Leopard begann geduckt zu rennen und verschwand aus Daniels Blickfeld.

Chetti Singh sprach wieder. »Sperr den Leoparden in den Käfig. Schnell!« Das metallische Klingen einer zuschlagenden Käfigtür war zu hören. »Kannst du den weißen Mann sehen? Sei vorsichtig. Vielleicht lebt er noch.«

Daniel wich, so weit er konnte, in die schmale Öffnung zwischen den Säcken zurück. Er hatte keine große Hoffnung, einer Entdeckung entgehen zu können, und der Schraubenzieher nützte jetzt als Waffe wenig.

»Da drüben liegt eine Taschenlampe. Sie brennt noch.«

»Und da drüben, bei den Fischsäcken. Das sieht wie Blut aus.« Vorsichtig näherten sich Schritte.

»Nandi hat ihre Aufgabe erledigt.«

»Gib mir die Lampe.«

Die Stimmen kamen näher.

Plötzlich sah Daniel zwei Beine, und dann bückte sich der Mann und richtete den Lampenstrahl in den dunklen Spalt, in dem Daniel hockte.

»Gute Güte!« sagte dieselbe Stimme auf englisch. »Hier ist der Bursche, und er ist noch in ausgezeichneter Verfassung. Wie geht es Ihnen, Doktor Armstrong? Ich bin erfreut, endlich formell Ihre Bekanntschaft zu machen.«

Daniel blickte stumm in den blendenden Lampenstrahl, während Chetti Singh in scherzendem Tonfall fortfuhr: »Diese Waffe werden

Sie nicht benötigen. Seien Sie bitte so freundlich, und reichen Sie sie mir.«

Daniel machte keine Anstalten zu gehorchen, und Chetti Singh kicherte. »Dies ist ein Gewehr bester englischer Konstruktion, verehrter Herr, übrigens von Mr. Purdey gefertigt. Sie ist mit grobem Schrot geladen. Die Polizei von Malawi ist sehr verständnisvoll, was die Selbstverteidigung anbelangt. Ich bitte Sie höchst unterwürfig, meiner Bitte um Kooperation nachzukommen.«

Resigniert warf ihm Daniel den Schraubenzieher vor die Füße, und Chetti Singh trat ihn beiseite.

»Sie können jetzt aus Ihrem Loch herauskommen, Doktor.«

Daniel kroch heraus und erhob sich, seinen verletzten Arm an die Brust gepreßt.

Chetti Singh richtete das Gewehr auf seinen Bauch und sprach auf Angoni zu dem uniformierten Wächter. »Chawe, überprüf die Kisten. Sieh nach, ob der *malungu* eine geöffnet hat.«

Daniel erkannte den schwarzen Wachmann aus dem Supermarkt wieder. Er war ein großer, gefährlich wirkender, roher Kerl. Dann lieber den Leoparden als Sparrings-Partner, dachte Daniel, während er beobachtete, wie der Angoni über die Rampe auf den Gabelstapler zuschritt.

Bevor er die Maschine erreichte, rief Chawe etwas aus und kniete sich hin, um eine Handvoll verschütteten Tee aufzunehmen, den Daniel übersehen hatte. Schnell folgte er der Teespur zu der aufgebrochenen Kiste auf dem Gabelstapler.

»Heb die Kiste, Chawe!« befahl Chetti Singh, und Chawe stieg in den Gabelstapler und hob die Kiste hoch.

Ein Rinnsal schwarzer Teeblätter rieselte herunter. Chawe sprang von dem Gabelstapler und steckte seinen Arm in das Loch, das Daniel in das Sperrholz gestoßen hatte.

»Sie sind ein sehr cleverer Bursche.« Chetti Singh schüttelte in spöttischer Bewunderung seinen Kopf und sah Daniel an. »Genau wie Sherlock Holmes, in der Tat. Aber manchmal ist es nicht klug, zu clever zu sein, mein lieber Herr.«

Daniel blickte in die Augen des Sikh. Es waren die Augen eines Mörders.

»Chawe, wo hat der weiße Mann sein Auto abgestellt?« fragte er, ohne die Mündung des Gewehres von Daniels Magengrube abzuwenden.

»Er kam ohne Licht, aber ich hörte den Wagen an der Südseite. Ich glaube, er hat ihn dort auf dem unbebauten Land geparkt.« Sie sprachen Angoni, weil sie glaubten, Daniel würde das nicht verstehen, aber dank seiner Zulu- und Ndebele-Kenntnisse begriff er, was gemeint war.

»Geh! Hol den Wagen«, befahl Chetti Singh.

Nachdem Chawe gegangen war, standen Daniel und Chetti Singh sich stumm gegenüber. Daniel wartete auf ein Zeichen von Schwäche oder Unentschlossenheit. Der Sikh war ruhig und gefaßt und hielt das Gewehr fest in seinen Händen.

»Mein Arm ist schwer verletzt«, sagte Daniel schließlich.

»Mein aufrichtiges Mitgefühl, mein lieber Doktor.«

»Es besteht Infektionsgefahr.«

»Nein.« Chetti Singh lächelte. »Sie werden tot sein, bevor eine Infektion eintreten kann.«

»Sie beabsichtigen, mich zu töten?«

»Das ist eine erstaunlich drollige Frage, Doktor. Welche Alternative habe ich? Sie waren clever genug, mein kleines Geheimnis zu entdecken. Wie ich schon so oft festgestellt habe, ist zuviel Wissen eine tödliche Krankheit. Ha, ha!«

»Wenn ich sterben muß, warum befriedigen Sie nicht meine Neugier und erzählen mir von Chiwewe? Wer hat den Überfall ausgeheckt, Sie oder Ning Cheng Gong?«

»Aber, lieber Herr. Ich weiß nichts von Chiwewe oder diesem anderen Mann. Außerdem bin ich nicht in Plauderstimmung.«

»Sie haben nichts zu verlieren, wenn Sie es mir erzählen. Wem gehört die Lucky Dragon Investment Company?«

»Ich fürchte, Doktor, Sie werden Ihre Neugier mit ins Grab nehmen müssen.«

Sie hörten den Landcruiser kommen, und Chetti Singh rührte sich. »Chawe hat nicht lange gebraucht. Sie können sich nicht viel Mühe gemacht haben, Ihr Fahrzeug zu verstecken. Gehen wir zum Haupttor, um ihn zu begrüßen. Wenn Sie bitte vorangehen, Doktor, und denken sie daran, daß Mr. Purdeys ausgezeichnete Feuerwaffe nur dreißig Zentimeter von Ihrer Wirbelsäule entfernt ist.«

Noch immer seinen verletzten Arm an sich pressend, begab Daniel sich zur Tür des Lagerhauses. Als sie aus dem Gang zwischen den Reihen von Packkisten heraustraten, sah er einen grünen Cadillac, der neben dem leeren Eisenbahnwaggon geparkt war.

Wahrscheinlich war Chetti Singh im Cadillac sitzengeblieben, bis der Leopard in seinen Käfig zurückgekehrt war. Daniel erinnerte sich an den Schuppen an der Rückseite des Gebäudes und den stinkenden Tiergeruch, den er zuvor bemerkt hatte. Er reimte sich alles zusammen, wußte, wo der Leopard untergebracht war und wie er unter Kontrolle gehalten wurde. Dennoch war klar, daß weder Chetti Singh noch sein Helfer dem Tier trauten. Im Gegenteil, sie waren sehr nervös gewesen, als der Leopard frei herumlief.

Als sie das Haupttor erreichten, bedeutete Chetti Singh Daniel stehenzubleiben. Dann begann die schwere Tür abrupt beiseite zu gleiten und gab den Blick auf Daniels Toyota frei, der mit brennenden Scheinwerfern vor dem Eingang stand. Chawe stand draußen an dem Schaltkasten der elektrisch betriebenen Tür. Nachdem die Tür ganz geöffnet war, zog er seine Schlüsselkarte aus dem Schloß des Schaltkastens. Sie hing an einer kurzen Schlüsselkette, und er ließ sie in seine Tasche gleiten.

»Alles ist bereit«, sagte er zu Chetti Singh.

»Du weißt, was zu tun ist«, erwiderte Chetti Singh. »Ich will, daß kein Vogel zurückfliegt, um sich auf mein Dach zu setzen. Vergewissere dich, daß du keine Spuren hinterläßt. Es muß ein Unfall sein, ein netter, einfacher Unfall auf der Bergstraße. Verstehst du?« In dem sicheren Glauben, daß Daniel sie nicht verstehen könne, sprachen sie wieder Angoni.

»Es wird einen Unfall geben«, erklärte Chawe. »Und vielleicht ein kleines Feuer.«

Chetti Singh wandte seine Aufmerksamkeit wieder Daniel zu. »Wenn Sie sich nun an das Steuer Ihres Automobils setzen würden? Chawe wird Ihnen sagen, wohin Sie zu fahren haben. Bitte gehorchen Sie ihm genau. Er schießt sehr gut.«

Gehorsam stieg Daniel in den Landcruiser, und Chawe setzte sich auf ein Wort von Chetti Singh direkt hinter ihn. Nachdem sie Platz genommen hatten, reichte Chetti Singh dem großen Angoni das Gewehr. Das erfolgte so schnell und reibungslos wie der Gewehrwechsel bei einer Moorhuhnjagd in Schottland. Bevor Daniel etwas tun konnte, hatte Chawe den Doppellauf fest in seinen Nacken gepreßt.

Chetti Singh trat wieder an das offene Fenster Daniels.

»Chawes Englisch ist absolut unzulänglich. Macht nichts«, sagte er jovial und ging dann in die *lingua franca* Afrikas über. »*Wena kuluma Fanika-lo* – sprechen Sie das?«

»Ja«, stimmte Daniel in derselben Sprache zu.

»Gut, dann werden Sie und Chawe keine Schwierigkeiten haben, sich zu verständigen. Tun Sie einfach, was er befiehlt, Doktor. Auf diese Entfernung würde die Flinte zweifellos ein sehr unschönes Durcheinander aus Ihrer Haartracht machen.«

Chetti Singh trat beiseite, und Daniel setzte auf Chawes Anweisung den Landcruiser zurück, wendete und fuhr durch das Haupttor auf die Straße hinaus.

Im Rückspiegel sah er Chetti Singh zu dem grünen Cadillac gehen und die Fahrertür öffnen. Dann veränderte sich der Blickwinkel, und Daniel konnte nicht mehr in das Innere des Lagerhauses blicken.

Vom Rücksitz gab Chawe kurze Anweisungen, wie er zu fahren hatte, und betonte jede mit einem Druck der Flintenmündung in Daniels Nacken. Sie fuhren durch die stillen, verlassenen Straßen der schlafenden Stadt, zum See und den Bergen im Osten.

Nachdem sie die Stadt hinter sich gelassen hatten, drängte Chawe ihn, schneller zu fahren. Die Straße war gut, und der Landcruiser brummte fröhlich. Daniels verletzter Arm war inzwischen steif und schmerzte. Er hatte ihn auf seinen Schoß gelegt, fuhr mit einer Hand und versuchte, den Schmerz zu ignorieren.

Bald änderte sich das Gefälle, und die Straße wand sich in Haarnadelkurven die ersten Hänge des Gebirges hoch. Zu beiden Seiten wurde der Wald dichter und dunkler und rückte nah an die Straße. Die Geschwindigkeit des Landcruisers ließ an der Steigung nach.

Die Dämmerung kam heimlich, und hinter den Scheinwerferkegeln sah Daniel die Umrisse der Bäume aus der Dunkelheit ragen. Er drehte sein Handgelenk und schaute auf seine Uhr. Sieben Minuten nach sechs.

Er hatte viel Zeit gehabt, über seine mißliche Lage nachzudenken und den Mann einzuschätzen, der die Waffe an seinen Kopf hielt. Er hielt ihn für einen schweren Gegner. Es gab nicht den geringsten Zweifel, daß er ohne Zögern oder Gewissensbisse töten würde, und er handhabte die Flinte mit entmutigender Kompetenz. Andererseits war der Umgang mit der Waffe in der Enge des Landcruisers schwierig.

Daniel dachte über seine Alternativen nach. Er verwarf den Gedanken rasch, Chawe im Auto anzugreifen. Sein Kopf würde weggepustet sein, bevor er sich überhaupt zu ihm umdrehen konnte.

Er könnte versuchen, die Seitentür aufzutreten und sich aus dem Wagen fallen zu lassen, aber das bedeutete, daß er die Geschwindigkeit des Landcruisers auf unter fünfzig Meilen senken mußte, um sich nicht schwer zu verletzen, wenn er auf den Boden prallte. Langsam nahm er den Fuß vom Gaspedal. Fast sofort spürte Chawe die Veränderung des Motorengeräuschs und stieß ihm die Flinte in den Nacken.

»*Kawaleza!* Fahr schneller!«

Das klappte also nicht. Daniel schnitt eine Grimasse und gehorchte. Andererseits würde Chawe ihn bei dieser Geschwindigkeit nicht erschießen und damit den plötzlichen Verlust der Kontrolle und den unausweichlichen Unfall riskieren.

Er rechnete damit, den Befehl zum Halten oder von der Straße abzubiegen zu bekommen, wenn sie ihr Ziel erreicht hatten, wo immer das sein mochte. Das wäre der richtige Zeitpunkt, um etwas zu unternehmen. Daniel beschloß, so lange zu warten.

Plötzlich war die Straße steiler, und die Kurven wurden schärfer. Die Dämmerung war grau. Während sie die Kurven durchfuhren, erhaschte Daniel Blicke des darunterliegenden Tales. Es war mit silbernen Nebelbänken gefüllt, durch die er die weißen Kaskaden eines Bergflusses ausmachen konnte, der tief in einer düsteren Schlucht floß.

Vor ihnen war eine weitere Kurve zu sehen, und als er abbremste, um sie zu nehmen, sagte Chawe scharf: »Stop! Fahr an den Rand. Da drüben.«

Daniel bremste, fuhr an den Straßenrand und hielt.

Sie befanden sich auf dem Gipfel einer Klippe. Der Straßenrand war durch eine Reihe weißbemalter Felsen gesichert. Dahinter gähnte siebzig oder achtzig Meter tief der Abgrund.

Daniel zog die Handbremse an und spürte, wie sein Herz gegen seinen Brustkasten pochte. Würde der Schuß jetzt kommen? fragte er sich. Es wäre dumm, das zu tun, wenn sie einen Unfall vortäuschen wollten, aber andererseits schien der große Angoni nicht unter der Last großen Verstandes zu leiden. »Stell den Motor ab, und gib mir die Schlüssel«, befahl er.

Daniel reichte sie ihm über die Schulter.

»Leg deine Hände auf den Kopf«, befahl Chawe, und Daniel war etwas erleichtert. Ihm blieben noch ein paar Sekunden mehr. Er gehorchte und wartete.

Er hörte das Klicken der Türklinke, doch der Druck der Mündung gegen seinen Nacken verminderte sich nicht. Er spürte den kühlen Luftzug, als Chawe die Hintertür aufschwang.

»Beweg dich nicht«, warnte er Daniel und glitt seitlich von seinem Sitz, die Flinte noch immer durch die offene Tür auf Daniel gerichtet. Jetzt stand er neben dem Wagen.

»Öffne langsam deine Tür.« Die Flinte war durch das Seitenfenster auf Daniels Gesicht gerichtet. Er öffnete die Tür. »Jetzt steig aus.« Daniel stieg aus.

Im nächsten Moment griff Chawe mit seiner linken Hand durch die offene Tür. Daniel sah, daß er den stählernen Wagenheber auf den Rücksitz gelegt hatte. Er mußte ihn während der Fahrt unter dem Fahrersitz hervorgezogen haben. In diesem Augenblick begriff Daniel, wie Chawe ihn beseitigen wollte.

Chawe würde ihn mit der Flinte zum Rand des Abgrunds drängen, und dann würde ein einziger Schlag mit dem Wagenheber auf seinen Schädel ihn die siebzig Meter in die felsige Schlucht hinunterschleudern. Danach würde der Landcruiser mit offener Fahrertür und wahrscheinlich einem brennenden Tuchfetzen, der in den Tankstutzen gesteckt war, über die Klippe auf ihn gestürzt werden.

Es würde wie einer der üblichen Unfälle von Touristen aussehen, die an dieser berüchtigten Bergstraßenstrecke unaufmerksam fuhren. Nichts, was das Mißtrauen der Polizei wecken würde oder den Unfall in Verbindung mit Chetti Singh oder gar einer Ladung gestohlenen Elfenbeins in Lilongwe brächte.

In diesem Moment sah Daniel seine Chance.

Chawe griff durch die offene Tür und war so etwas aus dem Gleichgewicht. Obwohl die Flinte noch auf Daniels Bauch gerichtet war, würde er zu langsam sein, um genau zu zielen, wenn Daniel sich schnell bewegte.

Daniel sprang vorwärts, nicht auf den Mann oder das Gewehr, sondern gegen die Tür. Er krachte mit seinem ganzen Gewicht dagegen, und sie schlug zu und klemmte Chawes Arm zwischen der Stahlkante und dem Türpfoste ein.

Chawe brüllte vor Schmerz auf. Dennoch war das Knacken brechender Knochen zu hören, so scharf, als zerbreche man dürres Holz auf dem Knie. Sein Zeigefinger krümmte sich um den Abzug, und er feuerte einen der Läufe ab. Der Schuß verfehlte Daniels Kopf um dreißig Zentimeter, obwohl die Detonation sein Haar flattern ließ und er zusammenzuckte. Der Flintenlauf wurde durch den Rückstoß hochgerissen.

Seinen Schwung nutzend, griff Daniel ihn an und packte die Flinte mit beiden Händen am Kolben und am heißen Lauf. Chawe hatte die Waffe nur mit einer Hand umfaßt und war durch den Schmerz seines in der Tür klemmenden gebrochenen Knochens geschwächt. Er feuerte den zweiten Lauf ab, doch der Schuß ging in die Luft.

Daniel schlug ihm die Seite des Kolbens ins Gesicht, erwischte ihn an der Oberlippe, zermalmte seine Nase und rasierte ihm sämtliche Schneidezähne ab. Chawe brüllte, den Mund voller Blut und ausgeschlagener Zähne, während er versuchte, seinen Arm aus der stählernen Falle der Tür zu ziehen.

Daniel nutzte seinen Vorteil, die Flinte im Griff beider Hände zu haben, und entriß Chawe die Waffe. Er hob die Flinte hoch, drehte sie um und trieb die stählerne Kolbenplatte in Chawes Gesicht, wobei er den Kiefer seitlich mit der vollen Wucht des Hiebes traf.

Chawes Kieferknochen wurde zerschmettert, und sein Gesicht veränderte seine Form, sackte an einer Seite herunter, als der Knochen zersplitterte. Benommen und hilflos fiel er nach hinten, nur durch seinen eingeklemmten Arm gehalten. Daniel riß an dem Türgriff, und die Tür schwang weit auf und gab Chawes Arm frei, als er es nicht erwartete.

Chawe segelte rückwärts, hatte keine Kontrolle über seine Beine und schlug mit den Armen um sich, um sein Gleichgewicht wiederzufinden, wobei der zerschmetterte Arm nutzlos unter dem Ellenbogengelenk baumelte. Mit den Absätzen blieb er an einem der weißgestrichenen Felsen am Klippenrand hängen, kippte rücklings, als würde er an einem Draht weggezogen werden, und verschwand im Abgrund.

Daniel lehnte an dem Landcruiser, hatte die Flinte noch immer an seine Brust gepreßt und keuchte nach dieser nur wenige Sekunden währenden heftigen Anstrengung. Er brauchte einen Moment, um sich zu fassen, und trat dann an den Rand der Klippe und blickte hinunter. Chawe lag mit dem Gesicht nach unten auf den Felsen am Rande des Wasserfalls direkt unter ihm. Seine Gliedmaßen waren wie ein Kruzifix ausgestreckt. Am Rande des Abgrundes war keine Scharrspur zu sehen, die seinen Sturz markierte.

Daniel überlegte schnell. Den Angriff melden? Der Polizei von dem Elfenbein erzählen? Teufel, nein! Ein weißer Mann sollte einen schwarzen Mann in Afrika besser nicht töten, nicht einmal in Notwehr, nicht einmal in einem zivilisierten Staat wie Malawi. Man würde ihn kreuzigen.

Seine Entscheidung wurde durch das Geräusch eines schweren Fahrzeugs beeinflußt, das in niedrigem Gang die Bergstraße hinunterfuhr. Rasch schob er die Flinte auf den Boden des Landcruisers und deckte sie mit einem Stück Segeltuch zu. Dann trat er an den Klippenrand, öffnete den Reißverschluß seines Hosenschlitzes und zwang sich, in den Abgrund zu urinieren.

Der Lastwagen tauchte in der Straßenkurve über ihm auf. Es war ein Holztransporter, beladen mit Stämmen, die auf die Ladefläche gekettet waren. Zwei schwarze Männer saßen im Führerhaus.

Daniel machte eine Schau daraus, die Tropfen abzuschütteln und seinen Schlitz zu schließen. Der schwarze Fahrer grinste und winkte ihm zu, als der Transporter vorbeirumpelte, und Daniel winkte zurück.

Sobald der Lastwagen außer Sicht war, startete er den Landcruiser und fuhr den Berg hoch. Nach zweihundert Metern fand er einen unbenutzten Fahrweg, der von der Hauptstraße abzweigte. Er fuhr so weit, bis er außer Sicht der Straße war. Dann ließ er den Landcruiser stehen und ging zu Fuß zurück, bereit, beim Geräusch eines weiteren Fahrzeugs sofort in Deckung zu gehen.

Von der Klippe aus sah er, daß Chawes Leiche noch immer unten auf den Felsen lag. Sein Instinkt riet ihm, ihn dort liegenzulassen und sich von dem Ort so schnell wie möglich zu entfernen. Er vermutete, daß ein malawisches Gefängnis im Vergleich zu anderen afrikanischen keine Verbesserung darstellte. Sein Arm schmerzte jetzt stark. Er konnte die ersten Feuer einer Infektion fühlen, wollte sich aber seine Verletzung nicht einmal ansehen, bevor er den Beweis gegen sich nicht beseitigt hatte.

Er suchte auf der Klippe, bis er einen Weg nach unten fand. Es war ein Wildpfad, den Klippspringer benutzten, steil und gefährlich. Er brauchte zwanzig Minuten, um zu Chawes Leiche zu gelangen. Seine Haut war so kalt wie die eines Reptils. Daniel brauchte den Puls nicht zu fühlen. Er war mausetot. Schnell leerte Daniel seine Taschen. Er stellte fest, daß ein schmieriger, abgegriffener Paß der einzige Ausweis war. Den wollte er loswerden. Abgesehen von einem schmutzigen, zerlumpten Taschentuch und ein paar Münzen, fand er nur vier SSG-Patronen und die Schlüsselkarte für den Schaltkasten der elektrischen Tür des Lagerhauses. Sie könnte vielleicht nützlich sein.

Zufrieden, der Polizei die Identifizierung der Leiche so schwer wie möglich gemacht zu haben, falls sie je gefunden wurde, rollte Daniel Chawe ans Flußufer, zerrte ihn unter den Armen hoch und schob ihn ins tobende Wasser.

Er schaute zu, wie die Leiche ins Wasser platschte, herumwirbelte und dann schnell stromabwärts getragen wurde und hinter der nächsten Biegung verschwand. Er hoffte, sie würde irgendwo in den unzugänglichen Tiefen der Schlucht lange genug an einem Baumstamm hängenbleiben, um den Krokodilen eine anständige Mahlzeit zu bereiten und so die Identifizierung noch weiter zu komplizieren.

Als er die Klippe wieder erstiegen und den Landcruiser erreicht hatte, brannte sein Arm wie Feuer. Am Steuer sitzend und seinen Verbandskasten neben sich auf dem Beifahrersitz, streifte er den zerfetzten, blutdurchtränkten Ärmel zurück und verzog das Gesicht, als er sah, was darunter war. Die Kratzwunden waren nicht tief, sonderten aber bereits eine gelblich-wässerige Flüssigkeit ab, und das Fleisch darum war geschwollen und karmesinrot.

Er bestrich die Rißwunden mit dicker gelber Betadine-Paste und verband sie, füllte dann eine Einwegspritze mit einem Breitspektrum-Antibiotikum und setzte sie sich in den Bizeps seines linken Armes.

All dies brauchte Zeit. Es war fast acht, als er wieder auf seine Armbanduhr schaute. Er setzte über den Waldweg rückwärts zurück auf die Hauptstraße. Langsam fuhr er über die Klippe. In der weichen Erde am Rande waren die Spuren seiner Reifen und seine Fußabdrücke deutlich zu sehen. Er überlegte, ob er sie beseitigen sollte, dachte dann aber an den Fahrer des Holztransporters, der ihn dort gesehen hatte.

Ich habe mich lange genug hier aufgehalten, dachte er. Wenn ich Chetti Singh aufhalten will, muß ich zurück nach Lilongwe. Und er machte sich auf den Rückweg in die Hauptstadt.

Als er sich der Stadt näherte, wurde der Verkehr auf der Straße dichter. Er fuhr vorsichtig und mied es, Aufmerksamkeit auf sich zu lenken. Viele der Fahrzeuge, denen er begegnete, waren Landrover oder Toyotas, so daß sein Wagen nicht weiter auffiel. Dennoch bedauerte er den Anflug von Eitelkeit, der ihn bewogen hatte, sein Signet so auffällig zur Schau zu stellen.

»Hätte nie geglaubt, daß ich mal vor der Justiz fliehen müßte«, murmelte er. Er wußte, daß er in Lilongwe nicht länger mit dem Landcruiser herumfahren konnte.

Er fuhr zum Flughafen und ließ den Wagen auf dem Parkplatz stehen. Er nahm seinen Ersatztoilettenbeutel und ein sauberes Hemd aus seiner Sporttasche und begab sich in die Herrentoilette im Flughafengebäude, um sich zu reinigen. Sein zerrissenes, blutgetränktes Hemd und den Pullover rollte er zusammen und steckte sie in den Abfalleimer. Obwohl der Arm noch steif war und schmerzte, rührte er die Wunde nicht an. Nachdem er sich rasiert hatte, zog er ein frisches Hemd an, dessen lange Ärmel seinen verbundenen Arm verdeckten.

Als er sich im Spiegel des Waschraums musterte, sah er recht respektabel aus. Als nächstes ging er zu den öffentlichen Telefonzellen im Hauptgebäude.

Eine Maschine der South African Airways war gerade aus Johannisburg eingetroffen, und die Halle war von Touristen und ihrem Gepäck überfüllt. Niemand schenkte ihm Beachtung. Die Nummer des Polizeinotrufs stand groß an der Wand über dem Münztelefon. Er verstellte seine Stimme, indem er ein gefaltetes Taschentuch über den Hörer legte und Swahili sprach.

»Ich möchte einen Überfall und einen Mord melden«, sagte er der Polizistin in der Vermittlung. »Geben Sie mir ganz dringend einen leitenden Beamten.«

»Inspektor Mopola.« Die Stimme klang tief und autoritär. »Sie haben Informationen über einen Mord?«

»Hören Sie genau zu«, sagte Daniel, noch immer auf Swahili. »Ich werde das nur einmal sagen. Das Elfenbein, das aus dem Chiwewe Nationalpark gestohlen wurde, ist hier in Lilongwe. Während des Überfalls wurden mindestens acht Menschen ermordet. Das gestohlene Elfenbein ist in Teekisten versteckt, die in den Lagerhäusern der Chetti Singh Trading Company im Industriegebiet gelagert werden. Sie sollten sich beeilen. Sie werden bald weggebracht.«

»Wer spricht da bitte?« fragte der Inspektor.

»Das ist unwichtig. Fahren Sie einfach schnell dorthin, und stellen Sie das Elfenbein sicher«, sagte Daniel und legte auf.

Er begab sich zum Avis-Mietwagenschalter im Flughafengebäude. Das Avis-Mädchen schenkte ihm ein süßes Lächeln und gab ihm einen blauen VW-Golf. »Tut mir leid. Ohne Reservierung kann ich Ihnen nur den geben.«

Bevor er den Parkplatz verließ, hielt er neben seinem verstaubten, alten Landcruiser und lud unauffällig die in Segeltuch gewickelte Flinte in den Kofferraum des Volkswagens um. Dann nahm er sein Fernglas und legte es ins Handschuhfach. Als er abfuhr, vergewisserte er sich noch einmal, daß sein Landcruiser in der entferntesten Ecke des überfüllten Parkplatzes stand, wo er nicht auffallen würde.

Er blieb auf der Südseite der Eisenbahngleise und fuhr durch die Straßen des Geschäftszentrums zu dem Markt, den er während seiner früheren Erkundungen in der Stadt entdeckt hatte.

Morgens um halb elf war der Markt mit Verkäufern, die ihre Waren feilboten, und Kunden, die sich um sie drängten, überfüllt. Dutzende von Lastwagen und Kleinbussen verstopften die Straßen. Sie boten ihm Schutz. Er parkte den kleinen blauen Golf sorgfältig dazwischen. Der Markt befand sich auf einer Anhöhe, von der aus man auf die Eisenbahngleise und das tieferliegende Industriegebiet blicken konnte.

Er stellte fest, daß er keine halbe Meile von Chetti Singhs Lagerhaus und der Toyota-Niederlassung entfernt war, denn er konnte mit bloßem Auge die riesige Aufschrift der Firmenschilder an den Gebäuden lesen. Mit dem starken Fernglas konnte er die Front des Lagerhauses und die Haupttüren gut beobachten. Er konnte fast den Gesichtsausdruck der Männer erkennen, die auf den Laderampen arbeiteten.

Ein ständiger Strom von Lastwagen passierte das Haupttor in beiden Richtungen, worunter er auch den großen Schwerlaster mit Anhänger entdeckte. Es gab jedoch keinerlei Anzeichen von irgendeiner Polizeiaktivität, und seit er sie angerufen hatte, waren fast vierzig Minuten vergangen.

»Los, Leute! Nun macht schon!« murmelte er ungeduldig. Während er dies sagte, sah er eine Rangierlokomotive über das Gleis schnaufen, das zum Lagerhausbereich führte. Sie fuhr rückwärts, und der Lokführer lehnte sich aus dem Seitenfenster.

Als sie näher kam, öffnete ein Wachmann das Maschendrahttor des Zaunes, und die Lokomotive rollte hindurch und wurde langsamer, als sie die offenen Türen des Lagerhauses erreichte. Sie verschwand aus Daniels Blickfeld, doch Sekunden später hörte er das feine, aber charakteristische Klirren von Stahl, als Waggons angekuppelt wurden. Es dauerte einen Augenblick, und dann fuhr die Lokomotive wieder aus dem Lagerhaus heraus und zog drei Waggons hinter sich her. Sie gewann allmählich wieder an Geschwindigkeit.

Die Waggons waren mit schweren Planen abgedeckt. Daniel beobachtete sie genau, konnte aber nicht eindeutig feststellen, ob sich unter den Planen die Teekisten befanden.

Er setzte das Fernglas ab, hämmerte mit den Fäusten auf das Lenkrad des Volkswagens und stöhnte laut vor Verärgerung. Wo, zum Teufel, blieb die Polizei? Seit seinem Anruf waren mindestens anderthalb Stunden vergangen. Trotz seiner Verärgerung wurde ihm klar, daß es sicher noch länger dauern würde, um einen Durchsuchungsbefehl zu erhalten.

»Es muß einfach das Elfenbein sein«, murmelte er. »Auf der Rampe war keine andere Ausgangsware gestapelt. Ich mache jede Wette, daß es das Elfenbein ist und nach Taiwan verfrachtet wird.«

Die Lokomotive zog die drei Waggons über das Nebengleis zum Hauptgleis und fuhr dann auf den Güterbahnhof zu, mußte aber sehr dicht an der Stelle vorbeifahren, wo Daniel am Rand des Marktplatzes geparkt hatte.

Daniel startete den Volkswagen und fuhr auf die Hauptstraße. Er gab Gas, schnitt einen schwer beladenen Lastwagen und jagte zu dem Bahnübergang hinunter, den die Lokomotive passieren mußte, um zum Güterbahnhof zu gelangen. Die roten Warnlichter blinkten, und die Warnglocke läutete. Die Schranke senkte sich vor ihm und sperrte den Übergang, so daß er zum Bremsen gezwungen war. Die Lokomotive rumpelte langsam über die Kreuzung, direkt an dem Volkswagen vorbei, und bewegte sich fast in Schrittgeschwindigkeit.

Daniel zog die Handbremse an, ließ den Motor laufen, sprang aus dem Wagen und schlüpfte unter der Schranke durch. Der erste Waggon rollte so nah vorbei, daß er ihn berühren konnte.

Der Eisenbahnfrachtbrief steckte in einer Halterung seitlich am Waggon, und er konnte ihn leicht lesen, als der Zug langsam an ihm vorbeiglitt.

EMPFÄNGER: LUCKY DRAGON INVESTMENT CO
Bestimmungsland: Taiwan via Beira
Fracht: 250 Kisten Tee

Der letzte Zweifel war beseitigt. Daniel starrte wütend hinter dem verschwindenden Zug her. Sie würden damit durchkommen, direkt vor seiner Nase.

Die Warnsignale erloschen, die Glocke schwieg, und die Schranke begann sich zu heben, während die Lokomotive mit den Waggons davonrollte. Sofort begannen die Fahrer der Fahrzeuge hinter dem Volkswagen ungeduldig zu hupen und zu blinken.

Daniel eilte zu dem Mietwagen zurück und fuhr weiter. Er bog an der ersten Straße nach links ab und fand einen anderen Parkplatz, von wo aus er den Güterbahnhof beobachten konnte.

Er schaute durch das Fernglas zu, wie die drei Waggons rangiert und an das Ende eines langen Güterzuges gehängt wurden. Dahinter wurde der Schlußwagen angehängt, und schließlich rollte der ganze Zug mit Wagen und Waggons aus dem Bahnhof. Eine grüne Lokomotive zog ihn Richtung Moçambique und zum Hafen von Beira, der fünfhundert Meilen entfernt an der Küste des Indischen Ozeans lag.

Er konnte nichts tun, um das zu verhindern. Die wildesten Phantasien gingen ihm durch den Kopf, wie etwa zu versuchen, die Lokomotive zu entführen oder zum Polizeipräsidium zu rasen und zu verlangen, daß sofort etwas unternommen wurde, bevor es zu spät war und der Zug die Grenze überquerte. Statt dessen fuhr er zu seinem ersten Beobachtungspunkt neben dem Marktplatz zurück und setzte seine Wache mit dem Fernglas fort.

Er fühlte sich müde und entmutigt und erinnerte sich, daß er die ganze letzte Nacht nicht geschlafen hatte. Sein Arm war steif und schmerzte. Er wickelte den Verband ab und stellte erleichtert fest, daß es keine weiteren Anzeichen für eine Infektion gab. Im Gegenteil. Die Risse an seinem Unterarm begannen zu verschorfen. Das hatte er kaum zu hoffen gewagt. Er legte den Verband wieder an.

Während er das Lagerhaus beobachtete, überlegte er, wie er die Verschiffung des Elfenbeins verhindern könnte, aber er wußte, daß ihm die Hände gebunden waren. Am Ende führte alles zum Tod von Chawe. Chetti Singh brauchte nur auf ihn hinzuweisen, und er hatte eine Mordanklage am Hals. Er wagte es nicht, offiziell Aufmerksamkeit auf sich zu ziehen.

Während er wartete und beobachtete, dachte er an Johnny Nzou und Mavis und ihre Kinder, trauerte um sie und nährte seinen Haß gegen ihre Mörder.

Fast zwei Stunden, nachdem der Güterzug abgefahren war, bemerkte er eine plötzliche Aktivität um das Lagerhaus. Chetti Singhs grüner Cadillac fuhr am Haupttor vor, gefolgt von zwei graulackierten Polizei-Landrovern, in denen uniformierte Beamte saßen.

Es gab eine kurze Diskussion mit den Wachen am Tor. Dann fuhren die drei Fahrzeuge auf das Grundstück und parkten neben den offenen Lagerhaustüren. Elf Polizisten, ausgeführt von einem Offizier, stiegen aus den Landrovern. Der Offizier sprach kurz mit Chetti Singh. Durch sein Fernglas sah Daniel, daß der Sikh nett und unbesorgt zu sein schien. Sein Turban saß ordentlich und weiß über seinem dunklen, stattlichen Gesicht.

Der Polizeioffizier führte seine Männer in das Lagerhaus und kam eine Stunde später an Chetti Singhs Seite wieder heraus. Der Offizier gestikulierte und entschuldigte sich offensichtlich nachdrücklich bei Chetti Singh, der nur lächelte und ihm schließlich großmütig die Hand schüttelte.

Das Polizeikontingent bestieg wieder die Landrover und fuhr davon. Chetti Singh schaute neben dem grünen Cadillac stehend zu, wie sie abfuhren, und als Daniel wieder durchs Fernglas blickte, lächelte er nicht mehr.

»Bastard!« flüsterte Daniel. »Du hast es noch nicht geschafft.« Schließlich gewann er Kontrolle über seinen Ärger und begann wieder rational zu denken.

Er überlegte, ob er verhindern konnte, daß die Lieferung das Land verließ. Und fast sofort verneinte er den Gedanken. Er wußte, daß der Güterzug nicht mehr hielt und die Grenze in wenigen Stunden erreicht haben würde.

Was, wenn die Ladung am Hafen von Beira abgefangen werden

würde, bevor sie auf einen Dampfer verfrachtet wurde, der nach Fernost fuhr? Das war eine bessere Idee, aber dennoch unsicher. Nach dem wenigen, was er bisher über Chetti Singh erfahren hatte, war klar, daß er über ein Netzwerk von Einfluß und Bestechung verfügte, das viele Länder Zentralafrikas umfaßte und ganz sicher Simbabwe und Sambia einschloß. Warum nicht auch Moçambique, einen der korruptesten und chaotischsten Staaten des Kontinents?

Er war sicher, daß ein großer Teil von Schmuggelgut durch dieses Lagerhaus dort drüben ging, und Chetti Singh würde seinen Zugang zur Außenwelt abgesichert haben. Da Malawi ein reiner Binnenstaat war, mußten zu Chetti Singhs Pipeline der Hafenkapitän und die Armee von Moçambique, Polizei und Zoll gehören. Sie wurden von Chetti Singh bezahlt und würden ihn schützen. Dennoch, so beschloß Daniel, war es einen Versuch wert.

Er fuhr zum Hauptpostamt in der Stadtmitte. Es war höchst unwahrscheinlich, daß die malawische Polizei über so hochtechnische Ausrüstung verfügte, um einen Anruf schnell rückverfolgen zu können. Doch wieder traf er Vorsichtsmaßnahmen, faßte seine Nachricht kurz, dämpfte seine Stimme mit einem Taschentuch und sprach auf Swahili.

»Sagen Sie Inspektor Mopola, daß das gestohlene Elfenbein um elf Uhr fünfunddreißig heute vormittag mit einem Güterzug aus dem Lagerhaus nach Beira transportiert worden ist. Es ist in einer Ladung Teekisten versteckt, die für die Lucky Dragon Investment Company in Taipeh bestimmt ist.«

Bevor die Vermittlung in der Telefonzentrale der Polizei nach seinem Namen fragen konnte, legte er den Hörer auf und begab sich auf die gegenüberliegende Straßenseite in einen kleinen Supermarkt. Wenn die Polizei nichts unternahm, lag alles allein bei ihm.

Er erstand ein Paket Sicherheitsstreichhölzer, eine Rolle Tesafilm, eine Schachtel Moskitofänger und zwei Kilo gefrorenes Hackfleisch. Dann fuhr er zum Capital Hotel zurück.

Kaum hatte er sein Hotelzimmer betreten, stellte er fest, daß es durchsucht worden war. Als er seinen Leinenkoffer öffnete, sah er, daß der Inhalt anders einsortiert war.

»Für Chetti Singh war nichts dabei«, murmelte er mit grimmiger Genugtuung. Er hatte seinen Paß und seine Reiseschecks im Hotelsafe deponiert, doch die Durchsuchung seines Gepäcks bestätigte seinen Verdacht gegenüber Chetti Singh. »Er ist nicht nur ein gemeiner Bastard, sondern auch verschlagen. Er ist organisiert und hat bisher keinen

Trick ausgelassen. Mal sehen, ob wir ihm den Spaß verderben können. Aber zuerst brauche ich eine Mütze Schlaf.«

Er wechselte den Verband an seinem Arm, gab sich eine weitere Spritze mit Antibiotikum und fiel dann aufs Bett.

Er schlief bis zum Abendessen, duschte und zog sich um. Er fühlte sich erfrischt und fröhlicher. Sein Arm schmerzte weniger und war nicht mehr ganz so steif. Es schien, als sei sein Verstand rege gewesen, während er geschlafen hatte, denn die Einzelheiten seines Planes waren ganz klar, als er sich an den Schreibtisch setzte und die Dinge vor sich ausbreitete, die er gekauft hatte. Er entzündete ein Ende eines Moskitofängers und ließ ihn glimmen. Er stoppte die Zeit, die er zum Verbrennen brauchte.

Mit seinem Klappmesser schnitt er die Köpfe der Sicherheitsstreichhölzer ab. Er nahm das ganze Paket Streichhölzer und warf die gekappten Hölzer in den Papierkorb. Die Streichholzköpfe steckte er in das Einwickelpapier und verschloß es mit Klebeband.

Das Päckchen war etwa faustgroß, eine sehr funktionelle kleine Brandbombe. Er stoppte nochmals die Brennzeit des Moskitofängers. Er brannte mit einer Geschwindigkeit von etwa fünf Zentimetern pro halbe Stunde. Der scharfe Rauch brachte ihn zum Niesen. Deshalb warf er den Fänger in die Toilette und spülte ihn weg.

Er kehrte an den Schreibtisch zurück und schnitt zwei neue, jeweils zwölf Zentimeter lange Stücke von dem Moskitofänger ab, um eine Verzögerung von etwas mehr als einer Stunde zu erreichen. Sie waren die Zeitzünder für seine selbstgebaute Bombe. Er stach in das Päckchen mit den Streichholzköpfen, steckte die Stücke Moskitofänger in die Löcher und klebte sie sorgfältig fest.

Dann ging er nach unten, gönnte sich ein gutes Abendessen und eine halbe Flasche Chardonnay. Nach dem Abendessen suchte er Chetti Singhs Privatadresse aus dem Telefonbuch heraus und fand die Straße auf dem Stadtplan.

Darauf begab er sich zu dem Volkswagen, der auf dem Hotelparkplatz stand, und fuhr durch die fast verlassenen Straßen. Er fuhr an der erleuchteten Schaufensterfront von Chetti Singhs Supermarkt vorbei und dann um den Block herum. In der Gasse hinter dem Gebäude entdeckte er Mülltüten und leere Pappkartons, die an der Rückwand des Supermarktes hochgestapelt waren und darauf warteten, abgeholt zu werden. Er lächelte befriedigt, als er den Rauchmelder des Feueralarmsystems hoch oben an der Wand über den Müllbergen entdeckte.

Von hier aus fuhr er zum Flughafen. Der Landcruiser fiel jetzt auf dem fast verlassenen Flughafenparkplatz auf. Er gab dem Parkwächter eine Zehn-Kwacha-Note und bat ihn, den Wagen im Auge zu behalten. Dann öffnete er die Hecktür des Wagens und kramte in seinem Erste-Hilfe-Kasten, bis er die Plastikschachtel mit den Schlaftabletten gefunden hatte.

Er parkte unter einer Straßenlaterne und öffnete den Plastikbeutel mit dem Hackfleisch auf seinem Schoß. Dies war inzwischen aufgetaut. Mit seinem Daumennagel brach er die Schlafkapseln auf und schüttete das weiße Pulver über das Fleisch. Er nahm fünfzig Kapseln.

Darauf fuhr er hinaus zu Chetti Singhs Heim in dem vornehmen Stadtteil hinter dem State House und den Regierungsgebäuden. Das Haus war das größte an der Straße und lag auf einem zwei bis drei Morgen großen Grundstück eingebettet in Rasen und blühenden Büschen. Er parkte den Volkswagen ein Stück weiter in einem unbeleuchteten Straßenabschnitt und spazierte auf dem Bürgersteig zurück.

Als er auf Höhe des Zaunes war, der Chetti Singhs Anwesen umgab, lösten sich zwei dunkle Formen aus den Schatten und warfen sich gegen den Maschendraht. Deutsche Schäferhunde, stellte Daniel fest, als die beiden Wachhunde ungestüm nach seinem Blut hechelten. Nach der Hyäne das Tier, das ich am wenigsten mag. Sie folgten ihm auf der anderen Seite des Zaunes, während er auf dem Bürgersteig bis zum Ende des Grundstücks ging.

Beim Passieren des Tores am Eingang zur Auffahrt bemerkte er, daß das Vorhängeschloß an der Kette einfach konstruiert war. Allenfalls zwei Minuten Arbeit mit einer Büroklammer.

Er ließ die Schäferhunde hungrig hinter sich herstarren und bog in eine unbeleuchtete Seitenstraße ein. Dort holte er das Päckchen mit dem drogenversetzten Hackfleisch aus der Tasche und teilte es in zwei gleichgroße Portionen. Dann ging er den Weg zurück, den er gekommen war. Die Hunde warteten auf ihn. Er warf eine Fleischportion über den Zaun, und einer der Hunde schnüffelte daran und verschlang sie. Dann warf er die zweite Portion dem anderen Hund zu und beobachtete, wie dieser sie fraß.

Er kehrte zu seinem Volkswagen zurück und fuhr wieder in die Stadt. Einen Block vom Supermarkt entfernt parkte er. Noch immer auf dem Vordersitz sitzend, entzündete er die Enden der Moskitofänger, die aus dem Päckchen mit den Streichholzköpfen herausragten. Er blies sanft darauf, damit sie gleichmäßig brannten, stieg dann aus dem Volkswagen und schlenderte durch die Gasse hinter dem Supermarkt.

Sie war dunkel und verlassen. Ohne im Schritt innezuhalten, ließ er die Brandbombe in einen der Pappkartons des Abfallhaufens fallen und schlenderte wieder aus der Gasse.

Als er wieder im Volkswagen saß, schaute er auf die Uhr. Es war ein paar Minuten vor zehn. Er fuhr zurück und hielt drei Blocks von Chetti Singhs Haus entfernt. Er zog die schwarzen Lederhandschuhe an. Unter dem Fahrersitz holte er die Flinte hervor, die noch immer von Segeltuch umhüllt war. Er zerlegte die Waffe in ihre drei Einzelteile und wischte sie sorgfältig ab, um alle Fingerabdrücke zu beseitigen. Nachdem er aus dem Volkswagen gestiegen war, schob er den Doppellauf in ein Hosenbein und steckte Verschluß und Kolben unter seine Lederjacke.

Der Doppellauf in seinem Hosenbein hemmte seinen Gang, aber es war besser, ein wenig zu humpeln, als bewaffnet durch die Straßen zu paradieren. Er wußte nicht, wie oft die Polizei dieses Viertel kontrollierte. Er überprüfte seine Taschen, um sich zu vergewissern, daß er die Reservepatronen und Chawes Lagerhausschlüssel dabei hatte. Dann humpelte er auf einem steifen Bein zum Haus des Sikh.

Als er den Zaun des Anwesens erreichte, tauchten keine Wachhunde zur Begrüßung auf, auch nicht, als er leise nach ihnen pfiff. Die Dosis der Droge, die er ihnen verabreicht hatte, mußte sie außer Gefecht gesetzt haben. Er brauchte sogar weniger als zwei Minuten am Tor der Auffahrt, um das Vorhängeschloß zu knacken. Er ließ das Tor weit offenstehen, eilte leise über den Rasen und mied den knirschenden Kies der Auffahrt.

Daniel war darauf vorbereitet, einem Wachmann zu begegnen. Obwohl Malawi nicht so gesetzlos und unkontrolliert wie Sambia war, gab es möglicherweise einen Wächter. Aber Chetti Singh schien mehr Vertrauen in Tiere als in Menschen zu haben.

Ein Anruf erfolgte nicht, und so beobachtete er im Schutz einer üppig wuchernden Bougainvillea das Haupthaus. Es war im flachen Ranchhaus-Stil erbaut und hatte große, erleuchtete Panoramafenster, deren Vorhänge fast alle zugezogen waren. Zuweilen sah er die Schatten der Bewohner hinter den Vorhängen vorbeihuschen, und er konnte zwischen den Silhouetten von Mama Singh und ihren Töchtern unterscheiden.

Die Doppelgarage war an das Haupthaus angebaut. Eine der Türen war geöffnet, und so konnte er den glitzernden Chrom des Cadillacs sehen. Chetti Singh war daheim.

Noch immer im Schatten stehend, setzte Daniel die Flinte wieder zusammen und schob zwei SSG-Patronen in die Läufe. Aus nächster

Nähe würden die einen Mann fast halbieren. Er drehte das Zifferblatt seiner Armbanduhr, um im Licht, das aus den Fenstern fiel, die Leuchtziffern ablesen zu können. Abhängig von der Brenngeschwindigkeit der Moskitofänger, würde das Päckchen mit den Streichholzköpfen in weniger als zwanzig Minuten in einer grellen Phosphorflamme explodieren. Der Müllhaufen würde unter starker Rauchentwicklung brennen, was vom Feuermeldesystem in wenigen Sekunden bemerkt werden würde.

Daniel eilte rasch über den offenen Rasen und beobachtete die Fenster des Hauses. Der Kies knirschte leise unter seinen Füßen, und dann war er in der Garage. Er wartete auf Geschrei, und als er nichts hörte, prüfte er die Türen des Cadillacs. Sie waren alle verschlossen.

In der Garagenwand direkt neben der Fahrerseite des Cadillacs befand sich eine Tür, die offensichtlich zum Haupthaus führte. Durch diese würde Chetti Singh kommen.

Vermutlich blieben ihm noch weitere fünfzehn Minuten, bevor der Feueralarm ausgelöst wurde und Chetti Singh in die Garage eilte, um sofort zum Supermarkt zu fahren. Für Daniel bedeutete das eine lange Wartezeit, und er versuchte jeden Gedanken an die Moral seines Tuns zu verdrängen.

Die Tötung Chawes war ein Akt von Notwehr gewesen, aber Daniel hatte vorher während des Buschkrieges auch vorsätzlich getötet. Jedoch hatte er dabei nie Freude oder Befriedigung empfunden, wie es bei manchen anderen der Fall gewesen war. Obwohl es als Soldat seine Pflicht gewesen war, hatten sich nach jedem Mal Schuldbewußtsein und Bedauern langsam in ihm aufgebaut. Dieses Schuldgefühl war entscheidend für die wachsende Abneigung und den Widerwillen gegen die Ethik des Krieges, die ihn schließlich dazu gebracht hatten, sich der Alpha-Gruppe anzuschließen.

Doch jetzt war er wieder bereit zu töten, auf viel kaltblütigere und berechnendere Weise. Diese anderen namenlosen Opfer, die er als blutdurchtränkte Bündel auf dem im Kampf verbrannten Feld zurückgelassen hatte, waren nach ihrer Ansicht auch Patrioten gewesen, tapfere schwarze Männer, fast mit Sicherheit tapferer als er, die für ihre Vision von Freiheit und Gerechtigkeit zu sterben bereit gewesen waren. Am Ende hatten sie Erfolg gehabt. Er war gescheitert. Obwohl sie längst tot waren, brannte ihre Vision hell. Seine hingegen war verblaßt und erloschen. Das Rhodesien, für das er gekämpft hatte, existierte nicht mehr. Für ihn war dieses Töten ein obszönes Ritual gewesen, ohne Leidenschaft, und, wie ihm jetzt klar wurde, ohne Moral.

Andererseits: Konnte er rechtfertigen, was er für Johnny Nzou zu tun gedachte? Konnte er sich selbst von der Gerechtigkeit seines Tuns überzeugen, zum Scharfrichter werden, wo doch noch kein Richter ein Urteil gesprochen hatte? Hatte er genug Wut im Bauch, um dies durchzuführen?

Dann erinnerte er sich an Mavis Nzou und ihre Kinder, und das Feuer in ihm loderte hell auf. Er wußte, daß er sich nicht einfach abwenden konnte. Er mußte es tun. Er wußte, daß er krank vor Schuldgefühl sein würde, wenn das Feuer seines Zorns zu kalter Asche verbrannt war, aber er mußte es tun.

Irgendwo im Haus hinter der Tür hörte er ein Telefon klingeln. Daniel bewegte sich und verstärkte den Griff um den Kolben der Flinte.

Hinter der Tür waren eilige Schritte zu hören. Das Schloß drehte sich, und die Tür wurde geöffnet. Ein Mann trat hindurch. Hinter ihm brannte Licht, und einen Moment lang erkannte Daniel Chetti Singh ohne seinen Turban nicht. Er beugte sich über den Cadillac. Seine Schlüssel klirrten, als er nach dem Schloß suchte, und er fluchte leise, weil er es nicht finden konnte. Er machte kehrt und begab sich zu dem Lichtschalter an der Wand.

Licht durchflutete die Garage.

Chetti Singh war barhäuptig. Sein langes, nie geschorenes Haar und der Bart, die zu einem Knoten ineinandergeflochten waren, den er auf dem Kopf trug, waren leicht ergraut. Er hielt seinen Rücken noch immer halb Daniel zugewandt, als er in dem Schlüsselbund suchte und dann einen der Schlüssel in das Türschloß des Cadillacs steckte.

Daniel trat hinter ihn und stieß ihm die Flintenmündung in den Rücken. »Tun Sie nichts Heldenhaftes, Mr. Singh. Mr. Purdey blickt genau auf Ihr Rückgrat.«

Chetti Singhs Körper erstarrte, aber er drehte langsam seinen Kopf und schaute schließlich Daniel mit offenem Mund an.

»Ich dachte...«, sagte er und faßte sich dann.

Daniel schüttelte den Kopf. »Hat leider nicht geklappt. Chawe war nicht sehr hell. Sie hätten ihn schon längst entlassen sollen, Mr. Singh. Und jetzt begeben Sie sich auf die andere Seite des Wagens, aber bewegen Sie sich dabei langsam. Lassen Sie uns bitte Würde bewahren.«

Er preßte dem Sikh das Gewehr in den Rücken, gerade so fest, daß es ihn durch das dünne Baumwollhemd, das er über seiner Khakihose und seinen Sandalen trug, berührte. Offensichtlich hatte Chetti Singh sich in großer Eile angekleidet. Sie bewegten sich im Gänsemarsch um den Kühler des Cadillacs herum zur Beifahrerseite.

»Öffnen Sie die Tür«, befahl Daniel.

Chetti Singh setzte sich in das glänzende Lederpolster und blickte in den Lauf der Flinte, der nur Zentimeter von seinem Gesicht entfernt war. Er schwitzte heftiger, als es in der warmen Nachtluft gerechtfertigt war. Schweißtropfen glitzerten auf seiner spitzen Nase und rollten über seine Wangen in den geflochtenen Bart. Er roch nach Gewürzen und Angst, aber in seinen Augen glitzerte ein Funken Hoffnung, als er Daniel die Schlüssel des Cadillacs durch die offene Tür hinhielt.

»Wollen Sie fahren? Hier sind die Schlüssel. Nehmen Sie sie. Ich gebe mich ganz in Ihre Hände. Absolut.«

»Netter Versuch, Mr. Singh.« Daniel lächelte kalt. »Aber Sie und Mr. Purdey werden keinen Moment voneinander getrennt werden. Rutschen Sie ganz einfach nett und langsam auf den Fahrersitz.«

Unbeholfen schob Chetti Singh seinen massigen Körper über die Konsole zwischen den Sitzen und grunzte bei der Anstrengung. Daniel stieß ihn mit der Flinte an.

»So. Das machen Sie sehr gut, Mr. Singh.« Als Chetti Singh hinter dem Lenkrad saß, rutschte er auf den Beifahrersitz. Er hatte die Flinte auf seinen Schoß gelegt, so daß sie dem Blick eines zufälligen Beobachters entzogen war, aber ihre Mündung preßte er noch immer fest in die unteren Rippen des Sikh. Mit seiner freien Hand schloß er die Tür.

»Also gut. Starten Sie den Wagen. Fahren Sie los.«

Als die Scheinwerfer über den Rasen glitten, erfaßten sie den Körper eines Schäferhundes, der im Gras lag.

»Meine Hunde. Meine Tochter ist sehr vernarrt in sie.«

»Sie hat mein Mitgefühl«, gab Daniel seinen Spott zurück.

»Aber das Tier ist betäubt, nicht tot.«

Sie fuhren auf die Straße hinaus. »Mein Geschäft... mein Supermarkt in der Stadt brennt. Ich denke, das ist Ihr Werk, Doktor. Es ist eine Investition von mehreren Millionen.«

»Wie gesagt, Sie haben mein Mitgefühl«, nickte Daniel.

»Das Leben ist hart, Mr. Singh, aber für die Versicherungsgesellschaft schlimmer als für Sie, denke ich mir. Und jetzt fahren Sie bitte zum Lagerhaus.«

»Zum Lagerhaus? Zu welchem Lagerhaus?«

»Wo Sie und Chawe und ich uns heute etwas früher am Tag begegnet sind, Mr. Singh. Zu diesem Lagerhaus.«

Chetti Singh bog in die richtige Richtung ab, schwitzte aber noch immer. Der Geruch von Curry und Knoblauch war in dem Cadillac sehr stark. Daniel justierte mit seiner freien Hand die Klimaanlage.

Keiner der beiden sprach, aber Chetti Singh blickte ständig in den Rückspiegel und hoffte offensichtlich auf Hilfe. Doch die Straßen waren verlassen, bis sie an einer Verkehrsampel an der Abzweigung zum Industriegebiet hielten. Ein Landrover hielt neben ihnen. Er war grau lackiert, und als Daniel einen Blick hinüberwarf, sah er die Mützenschirme der beiden Polizeibeamten auf den Vordersitzen.

Er spürte, daß Chetti Singh neben ihm erstarrte und sich anspannte. Verstohlen griff der Sikh nach dem Türgriff an seiner Seite.

»Bitte, Mr. Singh«, sagte Daniel freundlich. »Tun Sie das nicht. Blut und Eingeweide auf dem Polster werden den Wiederverkaufswert Ihres Caddies wirklich dezimieren.«

Chetti Singh atmete langsam aus. Einer der Polizisten starrte jetzt zu ihnen hinüber. »Lächeln Sie ihn an«, befahl Daniel.

Chetti Singh drehte seinen Kopf und bleckte die Zähne wie ein tollwütiger Hund. Der Polizist blickte schnell beiseite. Die Ampel sprang um, und der Landrover fuhr an.

»Lassen Sie sie vorausfahren«, ordnete Daniel an.

An der Kreuzung bog der Polizeiwagen nach links ab.

»Das haben Sie sehr gut gemacht«, gratulierte Daniel ihm. »Ich bin sehr zufrieden mit Ihnen.«

»Warum peinigen Sie mich auf so barbarische Weise, Doktor?«

»Verderben Sie sich nicht Ihren Ruf durch dumme Fragen«, riet Daniel ihm. »Sie wissen, warum ich das tue.«

»Das Elfenbein ging Sie doch gar nichts an, Doktor?«

»Der Diebstahl von Elfenbein geht jeden anständigen Mann etwas an. Aber Sie haben recht. Das ist nicht der Hauptgrund.«

»Diese Sache mit Chawe. Das war nicht persönlich gemeint. Sie haben sich das selbst zuzuschreiben. Sie sollten mir keinen Vorwurf machen, weil ich mich selbst schütze. Ich bin ein sehr wohlhabender Mann, Doktor. Ich würde mich freuen, jede Verletzung Ihrer Würde oder Person, die Sie vielleicht erlitten haben, wiedergutzumachen. Lassen Sie uns über eine Summe sprechen. Zehntausend Dollar. Amerikanische, natürlich«, babbelte Chetti Singh.

»Ist das Ihr letztes Angebot? Ich finde das knickerig, Mr. Singh.«

»Ja, Sie haben recht. Sagen wir, fünfundzwanzig... nein, fünfzig. Fünfzigtausend US-Dollar.«

»Johnny Nzou war einer der besten Freunde, die ich hatte«, sagte Daniel leise. »Seine Gattin war eine bildschöne Frau. Sie hatten drei Kinder, zwei Mädchen und einen kleinen Jungen. Sie haben den Jungen nach mir benannt.«

»Jetzt verstehe ich überhaupt nichts, macht aber nichts. Wer ist Johnny Nzou?« fragte Chetti Singh. »Sagen wir, für ihn auch fünfzigtausend. Einhunderttausend US-Dollar. Die gebe ich Ihnen, und dann gehen Sie. Wir vergessen diese Torheit. Das ist nie passiert. Habe ich recht, Doktor?«

»Dafür ist es ein bißchen zu spät, Mr. Singh. Johnny Nzou war der Aufseher des Chiwewe Nationalparks.«

Chetti Singh atmete leise aus. »Das tut mir schrecklich leid, Doktor. Diese Befehle habe ich nicht gegeben...« In seiner Stimme klang Panik mit. »Ich hatte nichts damit zu tun. Es war... es war der Chinamann.«

»Erzählen Sie mir von dem Chinamann.«

»Wenn ich Ihnen von ihm erzähle, schwören Sie, daß Sie mir nichts tun?«

Daniel schien darüber sehr lange nachzudenken. »Also gut«, nickte er schließlich. »Wir werden zu Ihrem Lagerhaus fahren, wo wir uns ganz privat und ungestört unterhalten können. Sie werden mir alles erzählen, was Sie über Ning Cheng Gong wissen, und danach werde ich Sie sofort freilassen, völlig unversehrt.«

Chetti Singh drehte sich zu ihm und starrte ihn im schwachen Licht des Armaturenbrettes an. »Ich vertraue Ihnen, Doktor Armstrong. Ich glaube, Sie sind ein integrer Mann. Ich glaube, Sie werden Ihr Wort halten.«

»Aufs Wort, Mr. Singh«, versicherte Daniel ihm. »Und jetzt fahren wir zum Lagerhaus.«

Am Ende der Straße lag das Lagerhaus in völliger Dunkelheit. Chetti Singh hielt am Haupttor an. Das Pförtnerhaus war verlassen und unbeleuchtet.

»Linkssteuerung«, bemerkte Chetti Singh und deutete mit entschuldigendem Achselzucken auf die Kontrollen des Cadillacs. »Sie müssen das Tor von Ihrer Seite aus bedienen.« Er reichte Daniel eine plastikbeschichtete Chipkarte, ähnlich der, die er dem toten Chawe abgenommen hatte, und ließ das elektrisch betriebene Fenster herunter.

Daniel lehnte sich hinaus und steckte die Karte in den Schlitz des Kontrollkastens. Die Schranke hob sich, und Chetti Singh fuhr durch. Hinter ihnen senkte sich die Schranke automatisch wieder.

»Ihr Wachleopard muß Ihnen eine Menge Lohngelder sparen.« Daniels Tonfall war sanft, aber er preßte die Flinte weiter fest an Chetti Singhs Rippen. »Aber ich verstehe nicht, wie Sie es geschafft haben, das Tier so bösartig zu machen. Nach meiner Erfahrung greifen Leoparden Menschen nur an, wenn sie provoziert werden.«

»Das ist wahr.« Chetti Singh war viel entspannter, seit sie ihre Übereinkunft getroffen hatten. Er schwitzte nicht mehr und kicherte jetzt. »Der Mann, der ihn mir verkaufte, hat mich beraten. In gewissen Abständen ist es nötig, der Bestie etwas Pfeffer zu geben. Na ja. Ich benutzte ein heißes Eisen unter seinem Schwanz...« Er kicherte wieder und war dieses Mal echt amüsiert. »Gute Güte, das macht das Tier in der Tat sehr wütend. Ein solches Gebrüll haben Sie noch nie gehört.«

»Sie quälen ihn absichtlich, um ihn wütend zu machen?« fragte Daniel, der wider Willen schockiert war. Sein Tonfall verriet seinen Ekel und seine Verachtung deutlich, und Chetti Singh war beleidigt.

»Ihr Engländer und eure Tierliebe. Das ist nur eine Art Training, damit das Tier tüchtiger wird. Die Verletzungen sind oberflächlich und heilen schnell.«

Sie hielten vor dem Lagerhaus, und wieder benutzte Daniel die Magnetkarte, um die Rolltür zu öffnen. Als sie hindurchgefahren waren, schloß sich die Tür hinter ihnen.

»Parken Sie dort drüben an der Laderampe«, befahl Daniel. Die grellen Scheinwerfer glitten über das Trägerwerk und die gewellte Wandverkleidung am anderen Ende des höhlenartigen Gebäudes. Wie zuvor war der Boden mit verschiedenen Handelswaren übersät.

Als der Cadillac auf die Rampe fuhr und die Scheinwerfer aufwärts gerichtet waren, geriet der Leopard für einen Augenblick ins volle Scheinwerferlicht. Die große Katze saß geduckt auf einem ordentlich aufgetürmten Kistenstapel. Als das Licht ihn erfaßte, duckte sich der Leopard tiefer, seine Augen funkelten gelb, und er verzog seine Lippen zu einem Fauchen. Das Licht glitzerte auf seinen entblößten Reißzähnen. Dann verschwand er hinter den Kisten aus dem Blickfeld.

»Haben Sie die Verletzung an seinem Gesicht gesehen?« fragte Chetti Singh tugendhaft. »Das waren Sie, und Sie bezichtigen mich der Grausamkeit, Doktor Armstrong. Die Bestie ist im Augenblick extrem aggressiv und überhaupt nicht zu bändigen. Vielleicht muß ich sie töten. Sie ist zu gefährlich, selbst für mich und meine Männer.«

»Das genügt.« Daniel ignorierte den Vorwurf. »Wir können hier reden. Stellen Sie den Motor ab, und schalten Sie die Scheinwerfer aus.« Daniel griff zum Schalter der Innenbeleuchtung, und ein sanftes Leuchten ersetzte das grellweiße Strahlen, als die Scheinwerfer erloschen.

Sie saßen eine Weile schweigend da, und dann fragte Daniel ruhig: »So, Mr. Singh, wie und wann sind Sie Ning Cheng Song zum ersten Mal begegnet?«

»Das war vor drei Jahren. Ein gemeinsamer Freund erzählte mir, daß er an Elfenbein und anderen Waren interessiert sei, die ich beschaffen konnte«, antwortete Chetti Singh.

»Welche anderen Waren waren das?«

Als Chetti Singh zögerte, stieß Daniel ihn scharf mit dem Flintenlauf an.

»Wir wollten doch beide unseren Teil der Vereinbarung einhalten«, bemerkte er milde.

»Diamanten...« Chetti Singh wich der Flinte aus. »Aus Namibia und Angola. Smaragde aus Sandwawa. Seltene Tanzanite aus den Minen von Arusha in Tansania, einige Dagga aus Zululand...«

»Sie scheinen Zugang zu vielen Quellen zu haben, Mr. Singh.«

»Ich bin Geschäftsmann, Doktor. Ich glaube, ich bin gut. Wahrscheinlich der Beste. Darum hat Mr. Ning mit mir Geschäfte gemacht.«

»Es war also zum gemeinsamen Vorteil?«

Chetti Singh zuckte die Achseln. »Er konnte das Diplomatengepäck benutzen. Absolut sicherer Transport...«

»Bis auf die Produkte, die zu voluminös waren«, betonte Daniel. »Wie diese letzte Elfenbeinlieferung.«

»So ist es«, stimmte Chetti Singh zu. »Aber auch dabei waren seine familiären Kontakte außerordentlich nützlich. Taiwan ist ein geeignetes *entrepôt*.«

»Nennen Sie mir die Details Ihrer Transaktionen. Daten, Waren, Beträge...«

»Es gab so viele«, protestierte Chetti Singh. »Ich kann mich nicht an alle erinnern.«

»Sie haben mir doch gerade erzählt, daß Sie ein guter Geschäftsmann sind.« Daniel stieß ihn wieder an, und Chetti Singh versuchte dem Gewehrlauf auszuweichen. Aber er saß bereits dicht an der Tür und konnte nicht weiter zurück. »Ich bin sicher, Sie erinnern sich an jede einzelne Transaktion.«

»Also gut«, kapitulierte er. »Die erste war Anfang Februar vor drei Jahren. Elfenbein, Wert fünftausend Dollar. Das war eine Versuchslieferung. Es lief gut. Am Ende des Monats folgte die zweite Transaktion, Rhinozeroshorn und Elfenbein, zweiundsechzigtausend Dollar. Im Mai desselben Jahres Smaragde, vierhunderttausend...«

Daniel hatte sein Gedächtnis im Lauf der Jahre als Interviewer geschult. Er konnte sich all diese Einzelheiten merken, bis er Gelegenheit hatte, sie niederzuschreiben. Die Aufzählung dauerte fast zwanzig Minuten. Chetti Singh sprach schnell und scharf, bis er plötzlich aufhörte.

»Dann diese letzte Lieferung, von der Sie ja wissen.«

»Gut.« Daniel nickte. »Endlich kommen wir zu dem Überfall auf Chiwewe. Wessen Idee war das, Mr. Singh?«

»Der Botschafter. Es war seine Idee«, platzte Chetti Singh heraus.

»Ich glaube, Sie lügen. Es ist höchst unwahrscheinlich, daß er von dem Elfenbeinlagerhaus gewußt haben kann. Dieser Ort ist der Öffentlichkeit nicht bekannt. Ich denke, daß das sehr in Ihren Erfahrungsbereich fällt...«

»Also gut«, stimmte Chetti Singh zu. »Ich habe seit einigen Jahren davon gewußt. Ich wartete auf eine Gelegenheit. Jedoch erzählte Ning mir, daß er einen großen *coup* wolle. Seine Amtszeit war fast abgelaufen. Er war auf dem Weg nach Hause, und er wollte seine Familie, seinen Vater beeindrucken.«

»Aber die Banditen haben Sie doch rekrutiert, oder? Ning kann das nicht getan haben. Er verfügte nicht über die entsprechenden Kontakte.«

»Ich habe den Befehl nicht gegeben, Ihren Freund zu töten.« Chetti Singhs Stimme zitterte. »Ich wollte nicht, daß das geschieht.«

»Sie wollten Sie also einfach am Leben lassen, damit sie ihre Geschichte erzählen und die Polizei über Ning informieren könnten?«

»Ja... nein, nein! Es war Nings Idee. Ich halte nichts vom Töten, Doktor.«

»Haben Sie Chawe und mich deshalb gemeinsam in die Berge geschickt?«

»Nein! Sie haben mir keine andere Wahl gelassen, Doktor Armstrong. Bitte, das müssen Sie verstehen. Ich bin Geschäftsmann, kein Bandit.«

»Nun gut. Lassen wir das für den Augenblick. Erzählen Sie mir, welche Vereinbarungen für die Zukunft Sie mit Ning getroffen haben. Sie werden doch sicher eine so lukrative Partnerschaft fortsetzen, obwohl er nach Taiwan zurückgekehrt ist?«

»Nein!«

»Bitte, belügen Sie mich nicht. Das verstößt gegen unsere Abmachung.« Daniel stieß ihm die stählerne Mündung so heftig in die Seite, daß er kreischte.

»Ja. Also gut. Aber bitte, Sie tun mir weh. Ich kann nicht reden, wenn Sie das tun.«

Daniel lockerte den Druck etwas.

»Ich möchte Sie warnen, Mr. Singh. Ich wäre hocherfreut, wenn Sie mir eine Gelegenheit gäben, unsere Abmachung zu brechen. Johnny

Nzous Töchter waren zehn und acht Jahre alt. Ihre Männer haben sie vergewaltigt. Sein Sohn Daniel, mein Patenkind, war erst vier. Sie haben ihm den Schädel an der Wand eingeschlagen. Das war kein schöner Anblick. Ja, ich würde mich sehr freuen, wenn Sie gegen unsere Abmachung verstießen.«

»Ich will diese Dinge nicht hören, bitte, Doktor. Ich bin selbst Familienvater. Sie müssen mir glauben, daß ich nicht wollte, daß...«

»Sprechen wir lieber über Ning statt über Ihr Zartgefühl, Mr. Singh. Sie und Ning haben doch gewiß Pläne für die Zukunft, nicht wahr?«

»Wir haben über gewisse Möglichkeiten gesprochen«, räumte Chetti Singh ein. »Die Familie Ning hat große Besitzungen in Afrika. Nach dieser letzten Elfenbeinlieferung wird Chengs Status in der Familie absolut verbessert sein. Cheng erwartet, daß sein Vater ihm die Verantwortung für die afrikanische Tochter von Lucky Dragon übertragen wird. Das ist die Holdinggesellschaft der Familie.«

»Aber Sie spielen bei diesen Plänen doch auch eine Rolle, oder? Ihre Dienste als Experte werden gefragt sein. Das haben Sie doch sicher mit Ning besprochen?«

»Nein...« Chetti Singh schrie wieder, als die stählernen Augen der Flintenläufe sich in sein Fleisch gruben. »Tun sie das bitte nicht, Doktor. Ich leide unter hohem Blutdruck. Dieses unzivilisierte Verhalten ist meiner Gesundheit absolut abträglich.«

»Welche Vereinbarungen haben Sie mit Cheng getroffen?« bohrte Daniel. »Wo werden Sie als nächstes operieren?«

»Ubomo«, quietschte Chetti Singh. »Lucky Dragon will nach Ubomo gehen.«

»Ubomo?« Überraschung schwang in Daniels Stimme mit. »Präsident Omeru?«

Der unabhängige Staat Ubomo war eine der wenigen Erfolgsgeschichten des Kontinents. Wie Malawi lag er am Steilabbruch des großen Rift Valley. Es war ein Land der Seen und Berge an der Ostflanke Afrikas, wo offene Savannen und Urwälder einander abwechselten. Präsident Omeru war wie Hastings Banda ein gütiger Despot, der auf jahrhundertealte afrikanische Weise herrschte. Dank ihm war das Land schuldenfrei und noch nicht zerrissen oder von Stammesfehden heimgesucht.

Daniel wußte, daß Omeru in einem kleinen, wellblechgedeckten Ziegelhaus lebte und seinen Landrover selbst fuhr. Er hatte keine Marmorpaläste, keinen riesigen schwarzen Mercedes, keinen eigenen Jet. Zu den Konferenzen der Organisation für afrikanische Einheit flog er in der Touristenklasse einer normalen Fluggesellschaft, um seinem Volk ein Beispiel zu geben. Er war ein Symbol der Hoffnung, nicht der Typ, der mit Lucky Dragon Geschäfte machte.

»Omeru? Das glaube ich nicht«, sagte Daniel nachdrücklich.

»Omeru ist der Mann von Gestern. Er ist alt und überflüssig. Er widersetzt sich Veränderungen und Entwicklungen. Er wird bald gehen. Es wird arrangiert. Bald wird ein neuer Mann in Ubomo sein, jung, dynamisch...«

»Und gierig«, ergänzte Daniel. »Und was werden Cheng und Lucky Dragon mit all dem zu tun haben?«

»Ich kenne die Einzelheiten nicht. Soweit vertraut Cheng mir nicht. Ich weiß nur, daß er mich gebeten hat, meine Leute in Ubomo zusammenzuziehen, meine Dispositionen zu treffen. Mich für den Tag bereitzuhalten.«

»Wann wird das sein?«

»Das weiß ich nicht. Das sagte ich Ihnen doch. Aber ich denke, bald.«

»Dieses Jahr? Nächstes Jahr?«

»Ich weiß es nicht. Sie müssen mir glauben, Doktor. Ich habe Ihnen nichts verschwiegen. Ich habe meinen Teil der Abmachung voll erfüllt. Jetzt müssen Sie Ihren Teil halten. Ich denke, Sie sind ein Ehrenmann, ein Engländer, ein Gentleman. Habe ich recht, Doktor?«

»Wie lautete doch gleich unsere Abmachung, Mr. Singh? Frischen Sie mein Gedächtnis auf«, bat Daniel, ohne den Druck der Flinte auch nur einen Augenblick zu verringern.

»Sie versprachen, mich sofort unverletzt freizulassen, wenn ich Ihnen alles über Cheng erzählt habe, was ich weiß.«

»Habe ich Sie verletzt, Mr. Singh?«

»Nein, noch nicht.« Aber Chetti Singh schwitzte jetzt wieder, noch heftiger als zuvor. Der Gesichtsausdruck des weißen Mannes war mörderisch.

Daniel griff an ihm vorbei nach dem Türgriff. Das geschah so unerwartet und so schnell, daß Chetti Singh keine Chance hatte, zu reagieren. Er wurde gegen die Tür gepreßt und versuchte, der Flinte auszuweichen.

»Sie sind frei und können gehen, Mr. Singh«, sagte Daniel leise. Mit einer Hand öffnete er die Tür auf der Fahrerseite des Cadillacs und legte die andere mitten auf Chetti Singhs Brust. Er stieß mit all seiner Wut und all seinem Ekel zu.

Die Tür flog auf. Chetti Singh hatte sich mit seinem ganzen Gewicht an sie gelehnt. Daniels Stoß schleuderte ihn hinaus. Er landete rücklings auf dem Betonboden des Lagerhauses und überschlug sich zweimal. Er lag betäubt da und war vor Schreck gelähmt.

Daniel schlug die Tür des Cadillacs zu und verriegelte sie. Er schaltete die Scheinwerfer ein. Für einen Augenblick blieb alles, wie es war. Chetti Singh lag vor dem Fahrzeug auf dem Boden, und Daniel starrte gnadenlos durch das splittersichere Glas auf ihn herab. Irgendwo in den düsteren Tiefen des Lagerhauses brüllte heiser der Leopard.

Chetti Singh sprang auf die Beine und warf sich gegen den Cadillac, scharrte mit bloßen Händen an der Windschutzscheibe. Sein Gesicht war verzerrt.

»Das können Sie mir nicht antun. Der Leopard... Bitte, Doktor.« Seine Stimme wurde durch das Glas gedämpft, doch die Panik ließ seine Stimme schrill klingen, Speichel rann aus seinem Mundwinkel.

Daniel betrachtete ihn leidenschaftslos, hatte die Arme verschränkt und biß die Zähne zusammen.

»Alles«, kreischte Chetti Singh. »Ich werde Ihnen alles geben...« Er blickte über seine Schulter, und sein Gesicht war vor Entsetzen verzerrt, als er sich wieder zu Daniel wandte. Er hatte den tödlichen Schatten gesehen, der ihn lautlos umkreiste.

»Geld«, brachte er beschwörend heraus und klatschte mit seinen rosa Handflächen auf das Glas. »Bitte, ich gebe Ihnen... eine Million Dollar. Ich werde Ihnen alles geben. Aber lassen Sie mich rein. Bitte, bitte. Ich flehe Sie an, Doktor. Lassen Sie mich nicht hier draußen!«

Der Leopard brüllte. Es war die abrupte Explosion eines Geräusches, erfüllt von unendlicher Drohung. Chetti Singh wirbelte herum, um ins Dunkle zu blicken, und kauerte sich gegen die Seite des Fahrzeugs.

»Zurück, Nandi!« Seine Stimme war ein schrilles Schreien.

»Zurück! Zurück in deinen Käfig!«

Dann sahen sie beide den Leoparden, der sich in der Gasse zwischen zwei Wänden von Packkisten duckte. Seine Augen reflektierten die Scheinwerfer gelb und glitzernd. Sein Schwanz schlug in hypnotisierendem Rhythmus vor und zurück. Er beobachtete Chetti Singh.

»Nein!« schrie Chetti Singh. »Sie können mich doch nicht dieser Bestie überlassen. Bitte, Doktor. Bitte! Ich beschwöre Sie!«

Der Leopard verzog seine Lippen zu einem stummen, haßerfüllten Knurren, und Chetti Singh urinierte in gleichmäßigem Strom über die Vorderseite seiner Khakihose. Eine Pfütze bildete sich auf dem Betonboden um seine Sandalen.

»Er wird mich töten! Das ist unmenschlich. Bitte...! Das können Sie doch nicht zulassen! Bitte, lassen Sie mich rein!«

Plötzlich gingen Chetti Singh die Nerven durch. Er stieß sich von dem Cadillac weg und rannte auf das geschlossene Haupttor des Lagerhauses zu, das dreißig Meter entfernt in der Finsternis undeutlich zu sehen war. Er hatte nicht einmal die Hälfte der Strecke durchmessen, als die Katze auf ihm war. Sie kam von hinten, schlich tief über den nackten Betonboden und sprang hoch, um auf Chetti Singhs Schultern zu gelangen.

Sie sahen wie eine groteske bucklige Kreatur mit zwei Köpfen aus, und dann wurde Chetti Singh durch das Gewicht des Leoparden nach vorn gestoßen und stürzte zu Boden. In einem tretenden, krallenden Wirrwarr überrollten sie sich, und Chetti Singhs Schreie mischten sich mit dem rasselnden Knurren des Leoparden.

Der Mann kam für einen Augenblick auf die Knie, doch sofort war der Leopard wieder auf ihm und attackierte sein Gesicht. Chetti Singh versuchte, ihn mit bloßen Händen zurückzuhalten, stieß sie in seinen offenen Rachen, und der Leopard verbiß sich in sein Handgelenk.

Selbst in der geschlossenen Limousine konnte Daniel den Handgelenkknochen brechen hören. Chetti Singh schrie schriller. Durch den Schmerz zu übermenschlicher Anstrengung getrieben, kam er auf die Beine, und der Leopard hing noch immer an seinem Arm.

Er taumelte in ziellosem Kreis, schlug mit seiner Faust auf die Katze ein und versuchte ihren Griff um das andere Handgelenk zu lösen. Die Hinterbeine des Leoparden schlugen in die Vorderseite seiner Schenkel und zerfetzten die Khakihose. Blut und Urin mischten sich, als die krummen gelben Krallen sein Fleisch von der Leiste bis zum Knie aufrissen.

Chetti Singh strauchelte in einen hohen Stapel Pappkartons, die durch den Stoß auf ihn herabfielen. Dann hatte er keine Kraft mehr, das Gewicht des Tieres zu ertragen, das an ihm klebte. Er brach wieder zusammen, noch immer unter dem Leoparden begraben. Der Leopard fetzte, biß und riß, und Chetti Singhs Bewegungen wurden unkoordiniert. Er wurde langsamer, wie ein elektrisches Spielzeug, dessen Batterie erschöpft ist. Seine Schreie wurden schwächer.

Daniel rutschte auf die Fahrerseite des Cadillacs hinüber. Als er den Motor anließ, ließ der Leopard von seinem Opfer ab und starrte das Fahrzeug unsicher an. Sein Schwanz peitschte hin und her.

Daniel fuhr langsam rückwärts von der Rampe herunter und manövrierte den Cadillac so, daß seine Karosserie zwischen ihm und dem

Leoparden sein würde, wenn er den Wagen verließ und zur Tür ging. Er ließ den Motor laufen und die Scheinwerfer an und stieg aus dem Cadillac aus. Er beobachtete den Leoparden unentwegt, als er rückwärts die paar Schritte zu dem Schaltkasten ging. Der Leopard war fast dreißig Meter von ihm entfernt, aber er wandte den Blick nicht von ihm, als er den Schlüssel ins Schloß steckte und das schwere Tor sich rumpelnd öffnete. Er ließ den Schlüssel im Schloß stecken, senkte dann die Flinte und ging rückwärts aus der Tür.

Er achtete sorgsam darauf, sich nicht umzudrehen oder eine andere hastige Bewegung zu machen, die den Leoparden provozieren könnte, obwohl die Karosserie des Cadillacs einen Angriff erschwerte und das Tier bereits sein Opfer hatte. Daniel hatte jetzt den Angriffsbereich der Katze verlassen.

Schließlich drehte Daniel sich um und verschwand in der Nacht. Er benutzte Chawes Schlüsselkarte, um auf die Straße zu gelangen, schloß das Haupttor hinter sich und verfiel dann in einen leichten Trab.

Wenn Chetti Singh am Morgen gefunden wurde, würde es so aussehen, als sei er aus einem unerklärlichen Grunde nach dem Feueralarm zum falschen Grundstück gefahren und von seinem eigenen Tier beim Öffnen der Tür des Lagerhauses angegriffen worden. Die Polizei würde glauben, daß er wegen der Linkssteuerung des Cadillacs aus dem Fahrzeug aussteigen mußte, um die Türkontrolle zu betätigen. Daniel hatte weder Fingerabdrücke noch andere Beweise zurückgelassen.

Nachdem Daniel die entfernteste Ecke der Umzäunung erreicht hatte, blieb er stehen und blickte zurück. Das Glühen der Scheinwerfer des Cadillacs erhellte noch immer die offene Warenhaustür. Er sah einen dunklen, katzengleichen Schatten geduckt und vorsichtig aus der Tür gleiten und auf den hohen Maschendrahtzaun zueilen. Der Leopard sprang mit der Leichtigkeit eines Vogels, der sich zum Flug aufschwingt, über den Zaun.

Daniel lächelte. Er wußte, daß das arme, gequälte Raubtier unbeirrt seiner Heimat in den nebeligen, waldigen Bergen zustreben würde. Nach all dem, was es erlitten hatte, verdiente es zumindest diese Freiheit, dachte er.

Dreißig Minuten später erreichte er seinen gemieteten Volkswagen. Er fuhr zum Flughafen und parkte ihn auf dem Platz vor den verlassenen Avis-Büros und ging dann zu seinem Landcruiser auf dem öffentlichen Parkplatz.

Im Capital Hotel hatte er schnell gepackt und seine wenige Habe in die Leinentasche gestopft. Eine seiner Krawatten diente ihm als Armbinde. Die ganze Anstrengung hatte die Verletzung verschlimmert. Der verschlafene Nachtportier im Hotel hatte die Kreditkartenrechnung ausgedruckt, und er trug sein Gepäck selbst zum Landcruiser.

Unfähig, seine Neugier zu beherrschen, fuhr er an Chetti Singhs Supermarkt vorbei. Das Gebäude war nicht beschädigt, obwohl in der Gasse dahinter noch immer ein paar Feuerwehrmänner den Haufen schwelenden Abfalls und die verrußte Rückwand löschten. Etwa ein Dutzend Anwohner in Schlafanzügen schaute zu.

Er bog nach Westen ab und verließ Lilongwe, fuhr zurück zu dem sambischen Grenzposten. Die Fahrt dauerte drei Stunden. Er schaltete das Radio ein, um die Morgensendung von Radio Malawi zu hören, lauschte der Musik und den Nachrichten.

Kurz vor dem Grenzposten wurden die Sechs-Uhr-Nachrichten gesendet. Es war die zweite Meldung nach einem Bericht über die Öffnung der Berliner Mauer und den Strom der Ostdeutschen nach Westen.

»Gerade haben wir hier in Lilongwe die Meldung bekommen, daß ein prominenter malawischer Geschäftsmann und Unternehmer von seinem eigenen Leoparden grausam zugerichtet wurde. Mr. Chetti Singh wurde ins Lilongwe General Hospital gebracht, wo er sich jetzt auf der Intensivstation befindet. Wie ein Krankenhaussprecher mitteilte, ist Mr. Singh schwer verletzt und sein Zustand kritisch. Die näheren Umstände des Angriffs sind nicht bekannt, doch die Polizei sucht einen Angestellten Mr. Singhs, einen gewissen Mr. Chawe Gundwana, von dem sie Hilfe bei ihren Ermittlungen erhofft. Personen, die Auskünfte über den derzeitigen Aufenthaltsort von Mr. Gundwana geben können, werden gebeten, sich an die nächste Polizeistation zu wenden.«

Daniel schaltete das Radio ab und parkte vor der malawischen Zoll- und Paßstelle. Er erwartete Schwierigkeiten. Vielleicht lief bereits eine Fahndung nach ihm, falls Chetti Singh trotz seines Zustandes noch hatte sprechen können und der Polizei Daniels Namen genannt hatte. Daß Chetti Singh überlebte, hatte Daniel nicht eingeplant. Er war überzeugt gewesen, der Leopard würde seine Arbeit gründlicher erledigen. Sein Fehler war, daß er den Cadillac zu früh bewegt hatte. Das hatte den Leoparden von seinem Opfer abgelenkt.

Eines war sicher: Chetti Singh würde ein paar Gallonen an Blutkonserven brauchen. In Afrika bedeutete das eine zusätzliche Gefahr.

Er summte einen Knüttelvers:

> Hat's der Leopard nicht ganz geschafft,
> raubt HIV ihm seine Lebenskraft.

Dann ging er mit einer gewissen Unruhe in den Grenzposten und legte seinen Paß vor. Er hätte sich keine Sorgen zu machen brauchen. Der Gesetzeshüter war die Inkarnation von Lächeln und Höflichkeit.

»Haben Sie Ihren Urlaub in Malawi genossen? Wir freuen uns, wenn Sie uns bald wieder beehren, Sir.«

Der alte Hastings Banda hatte sie gut erzogen. Sie alle akzeptierten die lebenswichtige Rolle, die der Tourismus für ihre Existenz spielte. Hier gab es diese Abneigung nicht, die in anderen Teilen des Kontinents so augenscheinlich war.

Als er sich der Grenzstation auf der sambischen Seite näherte, faltete er eine Fünfdollarnote und legte sie in seinen Paß. Die Grenze lag nur hundert Meter entfernt, stellte aber, wie es ihm schien, einen Sprung zurück ins finsterste Mittelalter dar. So verschieden waren die beiden Länder.

Binnen einer Stunde nach seiner Ankunft in Lusaka rief Daniel Michael Hargreave an, und Michael lud ihn zum Essen ein.

»Wo willst du denn jetzt hin, du Streuner?« fragte Wendy, als sie ihm die zweite Portion ihres berühmten Yorkshire Puddings auffüllte. »Gott, was für ein wunderbar abenteuerliches, romantisches Leben du führst. Ich muß wirklich eine Frau für dich finden. Du machst ja all unsere Ehemänner unruhig. Wie lange wirst du bei uns bleiben?«

»Das hängt davon ab, was Michael mir über einen gemeinsamen Bekannten namens Ning Cheng Gong erzählen kann. Wenn er noch in Harare ist, fahre ich dorthin. Wenn nicht, dann geht's zurück nach London oder vielleicht nach Taiwan.«

»Du jagst noch immer hinter dem Chinesen her?« fragte Michael, während er einen guten Rotwein aus dem Diplomatenkoffer zog. »Dürfen wir erfahren, worum's eigentlich geht?«

Daniel warf einen Blick auf Wendy, und die verzog das Gesicht. »Möchtest du, daß ich in die Küche gehe?«

»Sei nicht unfair, Wendy. Ich habe vor dir nie Geheimnisse gehabt«, beruhigte Daniel sie und wandte sich dann wieder an ihren Mann. »Ich habe beweisen können, daß Ning Cheng Gong den Überfall auf das Elfenbeinlagerhaus in Chiwewe arrangiert hat.«

Michael verharrte in der Bewegung, mit der er sein Rotweinglas an die Lippen führen wollte. »Herrje. Jetzt verstehe ich alles. Johnny Nzou war dein Freund, wie ich mich erinnere. Aber Ning! Bist du sicher? Er ist Botschafter, kein Gangster.«

»Er ist beides«, widersprach Daniel ihm. »Sein Helfershelfer war ein Sikh aus Lilongwe namens Chetti Singh. Sie teilten ein paar Geheimnisse: Nicht nur Elfenbein, sondern auch alles andere – von Drogen bis Diamanten.«

»Chetti Singh. Den Namen habe ich doch neulich erst gehört.« Michael überlegte nur eine Sekunde. »Ja, heute morgen in den Nachrichten. Er wurde von seinem eigenen Leoparden angefallen, war's nicht so?« Sein Gesichtsausdruck änderte sich wieder. »Gerade zu der Zeit, als du in Lilongwe warst. So ein Zufall, Danny. Hat das etwas damit zu tun, daß dein Arm in einer Schlinge ruht und du so zufrieden wirkst?«

»Du kennst mich und weißt, daß ich mich gebessert habe«, versicherte Daniel ihm. »So etwas Böses würde mir nicht einmal im Traum einfallen. Aber ich habe während meines kurzen Geplauders mit Chetti Singh vor diesem unseligen Zwischenfall mit dem Leoparden etwas erfahren. Es ist etwas, das deine Leute vom MI6 interessieren könnte.«

Michael wirkte gequält. »Hier sind Damen anwesend, alter Knabe. Wir erwähnen das Unternehmen in dieser Form nie. Schlechter Stil.«

Wendy erhob sich. »Wenn ich so darüber nachdenke, dann *will* ich eigentlich gehen und in der Küche nach dem Rechten schauen. Ich bin in zehn Minuten zurück. Ich hoffe, daß das für Knabengespräche reicht.« Sie nahm ihr Weinglas mit.

»Die Luft ist rein«, murmelte Micheal. »Schieß los, Danny.«

»Chetti Singh erzählte mir, daß in Ubomo ein *coup* vorbereitet wird. Omeru soll unters Messer.«

»Nicht doch. Nicht Omeru. Er trägt einen weißen Hut. Ist einer von den Guten. Das klappt nie. Weißt du Einzelheiten?«

»Nicht viel, fürchte ich. Ning Cheng Gong steckt mit drin und seine Familie, aber nicht als Hauptdarsteller, vermute ich. Ich glaube, sie unterstützen die geplante Revolution nur eifrig mit milden Gaben, in der Erwartung, später Rechte und Privilegien zu bekommen.«

Michel nickte. »Die übliche Vorgehensweise. Wenn der neue Herrscher von Ubomo den Kuchen aufteilt, bekommen sie ein Stück davon. Keine Idee, wer das sein könnte?«

»Überhaupt keine, leider. Aber es wird bald sein. Ich wette innerhalb der nächsten Monate.«

»Dann müssen wir Omeru warnen. Die Premierministerin wird vielleicht ein SAS-Bataillon zu seinem Schutz einfliegen lassen wollen. Ich weiß, daß sie für den alten Knaben ist, und schließlich ist Ubomo Mitglied des Commonwealth.«

»Ich wäre dir sehr dankbar für eine Überprüfung von Ning Cheng Gong, wenn du schon mal dabei bist, Mike.«

»Er ist weg. Ausgeflogen. Hab erst heute morgen mit meinem Mann in Harare gesprochen. Ich wußte natürlich, daß du an ihm interessiert warst, deshalb hab ich die Frage im Gespräch fallenlassen. Ning hat am Freitagabend in der chinesischen Botschaft seine Abschiedsparty gegeben und ist am Samstag nach Hause geflogen.«

»Verdammt!« rief Daniel aus. »Das wirft meine ganzen Pläne um. Ich wollte nach Harare fahren, um...«

»Wär keine gute Idee gewesen«, fiel Michael ein. »Es ist eine Sache, einen gewöhnlichen, gesetzestreuen Bürger an seinen eigenen Leoparden zu verfüttern, aber Botschafter kann man nicht einfach zusammenschlagen.«

»Er ist kein Botschafter mehr«, betonte Daniel. »Ich könnte ihm nach Taiwan folgen.«

»Noch eine zweitklassige Idee, wenn du mir diese Formulierung gestattest. Taiwan ist Nings Zuhause. Soweit ich erfahren habe, gehört seiner Familie fast die ganze Insel. Das ganze Land wird von Nings Gaunern durchsetzt sein. Wenn du entschlossen bist, den Racheengel zu spielen, dann gedulde dich. Wenn das stimmt, was du mir erzählst, wird Ning bald wieder in Afrika sein. Ubomo ist neutraler Boden, besser als Taiwan. Zumindest könnte ich dir da Rückendeckung geben. Wir haben ein Büro in Kahali, der Hauptstadt. Tatsächlich besteht sogar die Chance, daß...« Michael brach ab. »Ist ein bißchen verfrüht, aber es heißt, daß ich vielleicht nach Kahali geschickt werde. Könnte mein nächster Posten sein.«

Daniel starrte in sein Glas und schwenkte den Inhalt langsam, als bewundere er das rubinrote Funkeln des Weines. Schließlich seufzte er und nickte.

»Du hast wie immer recht.« Er grinste Michael kläglich an.

»Ich hätte mich fast hinreißen lassen. Aber ich bin knapp bei Kasse. Ich bezweifle, daß ich das Geld für das Ticket nach Taipeh überhaupt aufbringen könnte.«

»Das hätte ich nie von dir gedacht, alter Knabe. Dachte, du würdest dich im Geld wälzen. Ich war immer ganz grün vor Neid auf dich. All diese Millionen-Dollar-Fernsehverträge.«

»Alles, was ich besitze, steckt in den Videokassetten, die du für mich nach London geschickt hast. Die sind aber nichts wert, so lange ich sie nicht geschnitten und bearbeitet habe. Und genau das muß ich jetzt tun.«

»Bevor du gehst, solltest du mich über alles informieren, was du über dieses Paar Singh und Ning weißt. Ich werde das von meiner Seite aus verfolgen, für den Fall...«

»Für den Fall, daß mir etwas zustößt«, beendete Daniel den Satz.

»Das habe ich nicht gesagt, alter Knabe. Vergiß den Gedanken. Obwohl du dir diesmal zwei große Nummern rausgesucht hast.«

»Ich würde gerne meinen Landcruiser und meine Ausrüstung wie üblich hier bei dir in Lusaka lassen, wenn's dir keine Unannehmlichkeiten macht.«

»Aber mit Vergnügen, mein Lieber. Mein Heim ist dein Heim. Meine Garage ist deine Garage. Tu, was du willst.«

Am nächsten Morgen kehrte Daniel in das Haus der Hargreaves zurück. Michael war bei der Arbeit, aber Wendy und ihr Personal halfen ihm, den Landcruiser auszuladen. Seine Ausrüstung starrte vom gesammelten Schmutz der sechs Monate, die er im Busch verbracht hatte. Sie reinigten alles und packten es danach wieder in das Fahrzeug. Sie warfen Beschädigtes weg, und Daniel erstellte eine Liste der Gegenstände, die er ersetzen mußte. Dann fuhr er den Landcruiser in die freie Garage und klemmte die Batterie an das Ladegerät, damit sie für seine nächste Expedition bereit war, wann immer das sein würde.

Als Michael vom Hochkommissariat zum Lunch heimkam, verbrachten er und Daniel eine Stunde allein in seinem Arbeitszimmer. Danach tranken sie zu dritt eine Flasche Wein und saßen unter den Marula-Bäumen neben dem Swimmingpool.

»Ich habe deine Nachricht nach London weitergeleitet«, erzählte Michael ihm. »Offensichtlich ist Omeru im Augenblick in London. Das Auswärtige Amt hat ein ernstes Wort mit ihm gesprochen, aber es hat trotz aller Bemühungen nicht viel genützt. Da sie weder Roß und Reiter nennen konnten – und deine Information war ja sehr vage –, hat der alte Knabe den Gedanken an einen *coup* einfach abgetan. ›Mein Volk liebt mich‹, sagte er oder so etwas Ähnliches. ›Ich bin ihr Vater.‹ Hat den Vorschlag der Premierministerin, ihm Hilfe zu geben, abgelehnt. Trotzdem wird Omeru seinen Besuch verkürzen und nach Ubomo zurückreisen. Vielleicht haben wir doch etwas Gutes getan.«

»Ihn wahrscheinlich direkt in den Rachen des Löwen geschickt«, sagte Daniel mürrisch und schaute zu, wie Wendy frischen Salat aus ihrem eigenen Garten auf seinen Teller häufte.

»Wahrscheinlich«, stimmte Michael fröhlich zu. »Armer alter Nichtsnutz. Da wir gerade vom Rachen des Löwen sprechen und dergleichen, ich habe Neuigkeiten für dich. Ich habe unseren Mann in Lilongwe angezapft. Dein Freund Chetti Singh ist außer Gefahr. Das Krankenhaus beschreibt seinen Zustand als ›ernst‹, aber stabil, obwohl sie ihm einen Arm amputieren mußten. Scheint, als hätte der Leopard ihn gründlich durchgekaut.«

»Wünschte, es wäre sein Kopf gewesen.«

»Man kann nicht alles haben, oder? Man muß auch für kleine Gaben dankbar sein. Jedenfalls werde ich dich auf dem laufenden halten, wenn du in London bist. Hast du noch immer diese Wohnung in Chelsea beim Sloane Square?«

»Es ist keine Wohnung«, sagte Wendy. »Mehr eine übel beleumdete Junggesellen-Lasterhöhle.«

»Unsinn, altes Mädchen«, zog Michael sie auf. »Danny ist ein Mönch. Der faßt keine Frau an, nicht wahr? Ist die Telefonnummer noch dieselbe, 730 und noch was? Ich habe sie irgendwo aufgeschrieben.«

»Ja, dieselbe Adresse, dieselbe Nummer.«

»Ich ruf dich an, wenn sich was ergibt.«

»Was kann ich dir aus London mitbringen, wenn ich wiederkomme, Wendy?«

»Du kannst mir das ganze Lager von Fortnum's mitbringen«, seufzte sie. »Nein, ich scherze nur. Nur ein paar von diesen Keksen in der gelben Dose. Davon träume ich schon lange. Und etwas Floris-Seife, und Parfüm, Fracas. Oh! Und Unterwäsche von Janet Reger, die gleiche, die du mir letztes Mal mitgebracht hast. Und wenn du schon dabei bist, echten englischen Tee. Earl Grey.«

»Gemacht, altes Mädchen«, schalt Michael sie. »Der Bursche ist kein Kamel, wie du weißt. Belaß es bei einer Tonne.«

Später am Nachmittag fuhren sie Daniel zum Flughafen hinaus und brachten ihn zu seiner Maschine. Das Flugzeug der British Airways landete am nächsten Morgen um sieben Uhr in Hearthrow.

Am Abend desselben Tages klingelte das Telefon in Daniels Wohnung in Chelsea. Niemand wußte, daß er wieder in der Stadt war. Er überlegte, ob er abnehmen sollte und gab nach dem zehnten Klingeln nach. Solche Hartnäckigkeit konnte er nicht ignorieren.

»Danny, bist du's wirklich selbst oder ist es dein verdammter Anrufbeantworter? Ich weigere mich aus Prinzip, mit einem Roboter zu sprechen.«

Er erkannte Michael Hargreaves Stimme sofort.

»Was ist los, Mike? Ist mit Wendy alles in Ordnung? Wo steckst du?«

»Noch in Lusaka. Uns beiden geht's gut, alter Knabe. Was ich von unserem Freund Omeru nicht sagen kann. Du hattest recht, Danny. Die Meldung ist gerade durchgekommen. Er ist entmachtet worden. Militärputsch. Unser Büro in Kahali hat uns gerade informiert.«

»Was ist aus Omeru geworden? Wer ist der neue starke Mann?«

»Ich kann beide Fragen nicht beantworten. Bedaure, Danny. Ist alles noch ein bißchen wirr. Sollte bei dir über die BBC-Nachrichten kommen. Ich rufe aber wieder an, sobald ich nähere Einzelheiten weiß.«

Die Meldung wurde an diesem Abend am Ende der Nachrichten von BBC 1 gebracht, mit einem Archivfoto von Präsident Victor Omeru. Nur ein kures Statement über den Putsch in Ubomo und die Machtübernahme durch eine Militärjunta. Auf dem Fernsehschirm sah man Omeru als knorrigen, stattlichen Endsechziger. Sein Haar war ein silbernes Vlies, und er war hellhäutig, hatte die Farbe alten Bernsteins. Sein Blick vom Bildschirm war ruhig und direkt. Dann folgte die Wettervorhersage, und Daniel empfand ein Gefühl von Melancholie.

Er war Victor Omeru nur einmal vor fünf Jahren begegnet, als der Präsident ihm ein Interview gewährt hatte, in dem es um den Streit zwischen Zaire und Uganda wegen der Fischereirechte im Albertsee ging. Sie hatten fast eine Stunde zusammen verbracht, und Daniel war von der Beredsamkeit und Ausstrahlung des alten Mannes beeindruckt gewesen, noch mehr aber von der offensichtlichen Hingabe für sein Volk, für all die verschiedenen Stammesgruppen, die in seinem kleinen Staat lebten, und vor allem von seinem Eintreten für die Erhaltung von Wald, Savanne und Seen, die ihr nationales Erbe waren.

»Wir betrachten die Reichtümer unserer Seen und Wälder als ein Vermögen, das der Nachwelt erhalten bleiben muß, nicht als etwas, das vergeudet werden darf. Wir betrachten die Schätze der Natur als eine Quelle, an der teilzuhaben alle Menschen von Obomo ein Recht haben, auch die ungeborenen. Darum widersetzen wir uns der Plünderung der Seen durch unsere Nachbarn«, hatte Victor Omeru ihm erzählt, und das war eine Weisheit, wie Daniel sie selten von einem anderen Staatsmann gehört hatte. Und jetzt war Victor Omeru verschwunden, und Afrika würde nach seinem Abtritt ärmer und hoffnungsloser sein.

Daniel verbrachte den ganzen Montag in der City und sprach mit seinem Bankier und seiner Agentin. Beides verlief erfolgreich, und als er an diesem Abend um halb zehn in seine Wohnung zurückkehrte, war Daniel in weit besserer Stimmung.

Auf dem Anrufbeantworter wartete eine Nachricht von Michael: »Gott, ich hasse dieses Ding. Ruf mich an, wenn du wieder da bist, Danny.«

In Lusaka war es jetzt zwei Stunden später, aber er nahm Michael beim Wort.

»Habe ich dich aus dem Bett geholt, Mike?«

»Macht nichts, Danny. Ich hatte das Licht noch nicht ausgemacht. Nur ein paar Neuigkeiten für dich. Der neue Mann in Ubomo ist Oberst Ephrem Taffari. Zweiundvierzig Jahre alt. Offensichtlich an der London School of Economics und an der Universität von Budapest ausgebildet. Ansonsten weiß niemand etwas über ihn, abgesehen davon, daß er den Namen des Landes bereits in Demokratische Volksrepublik Ubomo umgeändert hat. Schlechtes Zeichen. In der Sprache afrikanischer Sozialisten bedeutet ›demokratisch‹ immer ›tyrannisch‹. Es hat Berichte über Hinrichtungen von ehemaligen Regierungsmitgliedern gegeben, aber das war zu erwarten.«

»Was ist mit Omeru?« fragte Daniel. Es war seltsam, wie stark seine Sympathien für jemand waren, dem er vor so langer Zeit und nur so kurz begegnet war.

»Auf der Liste der Hingerichteten ist er nicht erwähnt, aber man nimmt an, daß auch er an die Wand gestellt wurde.«

»Gib mir Bescheid, wenn du etwas über meine Freunde Chetti Singh und Ning Cheng Gong erfährst.«

»Wird gemacht, Danny.«

Daniel verdrängte die Ereignisse in Ubomo aus seinen Gedanken, und seine Welt schrumpfte auf den Raum zusammen, der von den vier Wänden des Schneidestudios in Shepherd's Bush umgeben war. Tag um Tag saß er im Halbdunkel und konzentrierte sich ganz auf den kleinen, leuchtenden Bildschirm des Schneidetisches.

Abends wankte er, benommen von geistiger Erschöpfung und mit vor Überanstrengung geröteten Augen, auf die Straße und fuhr mit einem Taxi zu seiner Wohnung zurück. Er hielt nur kurz bei Partridge's in der Sloane Street an, um Sandwiches mitzunehmen. Jeden Morgen erwachte er in der Dunkelheit vor der Dämmerung und war schon längst wieder im Studio, bevor die tägliche Invasion der Pendler in die Stadt begann.

In seinem kreativen Eifer war er geradezu ekstatisch. Sein Bewußtsein wurde bis zu dem Punkt erweitert, in dem sein ganzes Sein in diesen funkelnden Bildern war, die vor seinen Augen zuckten. Die Worte, mit denen er sie beschrieb... entsprangen seinem Kopf, so daß er frei in das Mikrofon des Tonbandgerätes sprach und nur gelegentlich auf seine Notizen zurückgriff.

Er erlebte jeden Augenblick der Szenen, die sich vor seinen Augen entfalteten, so intensiv nach, daß er den heißen, staubigen Moschusgeruch Afrikas wieder riechen und die Stimmen der Menschen hören konnte, und während er arbeitete, hallten die Schreie der Tiere in seinen Ohren.

Daniel war derart intensiv in den kreativen Prozeß des Schneidens und Synchronisierens seiner Serie vertieft, daß die jüngsten Ereignisse in Afrika mit der Zeit in immer weitere Ferne rückten. Und erst als ihn Johnny Nzous Gesicht von dem kleinen Bildschirm anstarrte und er seine Stimme aus dem Grabe sprechen hörte, durchfuhr ihn ein Schock, der sein Adrenalin derart ansteigen ließ, daß alles wieder auf ihn einstürmte und er spürte, daß seine Entschlossenheit noch größer wurde.

Allein im dunklen Schneideraum antwortete er Johnnys Bild: »Ich komme zurück. Ich habe dich nicht vergessen. Die kommen nicht mit dem davon, was sie dir angetan haben. Das verspreche ich dir.«

Ende Februar, drei Monate nachdem er mit der Bearbeitung begonnen hatte, war er mit dem Rohschnitt der ersten vier Folgen der Serie so weit, daß er sie seiner Agentin zeigen konnte. Elna Markham hatte seine erste Produktion verkauft, und seitdem waren sie zusammengeblieben. Er vertraute ihrem Urteil und bestaunte geradezu ehrfürchtig ihre Geschäftstüchtigkeit.

Elna besaß die unglaubliche Fähigkeit, auf den Dollar genau beurteilen zu können, wieviel das Geschäft bringen würde, und sie holte dann diesen einen Dollar auch beim Vertrag heraus. Sie setzte einen schrecklichen Vertrag auf, der jede denkbare Möglichkeit abdeckte, und mehrere andere, die nicht unter diese Definition fielen. Einmal hatte sie eine Ausschlußklausel in einen seiner Verträge geschrieben. Er hatte darüber gelächelt, als er sie las, zwei Jahre später jedoch hatte sie ihm eine völlig unerwartete Lizenzzahlung von fünfzigtausend Dollar aus Japan eingebracht, einem Land, das Daniel in seinen Kalkulationen überhaupt nicht berücksichtigt hatte.

Elna war vierzig Jahre alt, groß und gertenschlank mit normal dunklen jüdischen Augen und einer Figur wie ein *Vogue*-Modell. Im Laufe der Jahre wären sie ein- oder zweimal fast ein Liebespaar geworden. Vor etwa drei Jahren waren sie ziemlich nah daran gewesen, nachdem sie in seiner Wohnung eine Flasche Dom Perignon getrunken hatten, um einen besonders lukrativen Verkauf von Nebenrechten zu feiern. Sie hatte kurz davor einen Rückzieher gemacht.

»Du bist einer der attraktivsten Männer, die mir je begegnet sind, Danny, und ich bin sicher, wir würden tolle Musik miteinander machen, aber als Klient bist du noch wertvoller für mich als einer meiner Liebhaber.« Sie hatte ihre Bluse zugeknöpft und ihn mit seinem sexuellen Frust allein gelassen.

Jetzt verbrachten sie den Vormittag damit, in dem kleinen Vorführraum des Studios die ersten vier Folgen zu begutachten. Elna gab keinen Kommentar dazu, bis das letzte Band abgespielt war. Dann stand sie auf.

»Ich lade dich zum Mittagessen ein«, sagte sie.

Im Taxi sprach sie von allem anderen, aber nicht von der Produktion. Sie führte ihn zu Mosimann's in der West Halkin Street. Der Club, den Anton Mosimann aus einer alten Kirche gemacht hatte, war jetzt eine Kathedrale der Gastronomie. Anton selbst, strahlend weiß gekleidet und mit seiner hohen Kochmütze und einem Gesicht so rosig wie ein Cherub, kam aus der Küche, um mit ihnen am Tisch zu plaudern, eine Ehre, die er nur seinen bevorzugten Gästen zuteil werden ließ.

Daniel brannte darauf, Elnas Meinung über seine Arbeit zu erfahren, aber das war ein alter Trick von ihr, um Spannung und Erwartung aufzubauen. Er spielte mit, diskutierte über das Menü und plauderte uninteressiert über Nebensächlichkeiten. Erst als sie eine Flasche Corton-Charlemagne bestellte, wußte er ganz sicher, daß es ihr gefiel.

Dann funkelte sie ihn aus ihren dunklen jüdischen Augen über den Rand ihres Glases an und sagte mit dieser heiseren, sexy Stimme: »Wundervoll, Armstrong, wahnsinnig gut. Dein bestes Stück bisher, ganz ehrlich. Ich will sofort vier Kopien davon.«

Er lachte erleichtert. »Die kannst du noch nicht verkaufen. Sie sind noch nicht ganz fertig.«

»Tatsächlich? Dann warte mal ab.«

Sie zeigte die Folgen zuerst den Italienern. Sie waren von seiner Arbeit schon immer begeistert. Die Italiener hatten ein historisches und emotionales Interesse an Afrika, und im Laufe der Jahre war Italien einer der besten Märkte Daniels geworden. Er liebte die Italiener, und sie liebten ihn.

Eine Woche später brachte Elna den unterschriebenen Vertrag in seine Wohnung. Daniel spendierte aus diesem Anlaß einen Teller Räucherlachs-Sandwiches und eine Flasche, und sie saßen auf dem Boden, legten Beethoven in den CD-Player und aßen die Sandwiches, während Elna den Vertrag mit ihm durchsprach.

»Ihnen hat das genauso gefallen wie mir«, erzählte sie ihm. »Ich habe sie um fünfundzwanzig Prozent über den letzten Vorschuß hochgehandelt.«

»Du bist eine Hexe«, sagte Daniel zu ihr. »Das ist Zauberei.« Der Vorschuß der Italiener deckte fast die gesamten Produktionskosten der Serie. Der Rest würde Gewinn sein. Das große Spiel hatte sich bestens bezahlt gemacht, und er mußte mit keinem Finanzier teilen. Abzüglich Elnas Provision gehörte alles ihm. Er versuchte abzuschätzen, wie hoch sein Gewinn sein würde. Sicherlich eine halbe Million. Wahrscheinlich erheblich mehr. Das hing von den Amerikanern ab. Wenn sämtliche Weltrechte verkauft waren, könnte er auf drei Millionen Dollar kommen. Er hatte sich selbst übertroffen.

Nach zehn Jahren harter Arbeit hatte er es geschafft. Keine Kontoüberziehungen mehr. Er mußte nicht mehr mit dem Bettelhut von einem arroganten Sponsor zum nächsten laufen. Von jetzt an trug er die Verantwortung für sein Schicksal allein. Er hatte die kreative und künstlerische Kontrolle über seine Arbeit und entschied allein über die Endversion. Künftig würde es so sein, wie er es wollte und nicht so, wie Geldgeber es ihm aufzwangen.

Es war ein gutes Gefühl, ein wahnsinnig gutes Gefühl.

»Was sind deine Zukunftspläne?« fragte Elna, während sie das letzte Räucherlachs-Sandwich nahm.

»Darüber habe ich noch nicht nachgedacht«, log er. Er hatte immer zwei oder drei Projekte im Kopf. »Ich muß erst die beiden letzten Folgen fertigstellen.«

»Ich bin von einigen Interessenten angesprochen worden, die Geld investieren wollen. Eine der großen Ölgesellschaften möchte, daß du eine Serie über die südafrikanische Apartheidsgesellschaft und die Auswirkung der Sanktionen auf die...«

»Teufel, nein!« Es war herrlich, eine Arbeit einfach so ablehnen zu können. »Das ist Schnee von gestern, kalter Kaffee. Die Welt verändert sich. Sieh dir nur Osteuropa an. Apartheid und Sanktionen sind kein Thema mehr. Im nächsten Jahr um diese Zeit gibt es so etwas nicht mehr. Ich will etwas Neues und Aufregendes. Ich habe über die Regenwälder nachgedacht – nicht die brasilianischen Regenwälder, das Thema ist bis zum Gehtnichtmehr ausgeschöpft, sondern über die äquatorialafrikanische Region. Das ist eine der wenigen noch unbekannten Gegenden unserer Welt, ökologisch aber von ungeheurer Bedeutung.«

»Klingt gut. Wann willst du anfangen?«

»Mein Gott, du bist eine strenge Zuchtmeisterin. Ich habe die letzte Serie noch nicht fertiggestellt, und du drängst mich schon zur nächsten.«

»Seit der Scheidung von Aaron muß ja jemand den Lebensstil finanzieren, an den ich gewöhnt bin.«

»Alle Pflichten des Ehestandes, aber keine der Privilegien oder gar Freuden.« Er seufzte dramatisch.

»Du denkst noch immer daran, du dummer Junge. Du könntest mich ja dazu überreden, aber dann gefällt's dir vielleicht nicht. Aaron zumindest hat's nicht gefallen.«

»Aaron war ein großer Pisser«, sagte Daniel.

»Das war ja eines der Probleme«, kicherte sie heiser und sexy.

»Er war es eben nicht.« Dann wechselte sie das Thema. »Übrigens, was ist eigentlich zwischen dir und Jock vorgefallen? Ich bekam einen sehr merkwürdigen Anruf von ihm. Er sagte, du hättest einen Aussetzer gehabt. Er ließ durchblicken, du seist ausgeflippt und hättest ihn in fast alle nur denkbaren Schwierigkeiten gebracht. Er sagte, ihr würdet nicht wieder zusammenarbeiten. Stimmt das?«

»Ohne ins Detail zu gehen, ja, das stimmt. Unsere Wege haben sich getrennt.«

»Schade. Bei dieser Serie ›Sterbendes Afrika‹ hat er großartige Arbeit geleistet. Hast du schon einen neuen Kameramann?«

»Nein. Kennst du einen?«

Sie dachte eine Weile nach. »Hättest du was dagegen, mit einer Frau zusammenzuarbeiten?«

»Warum nicht, so lange sie mithalten kann. Afrika ist ein wildes, rauhes Land. Man braucht einen gewissen Schwung und Härte, um mit den Bedingungen dort fertigzuwerden.«

Elna lächelte. »Die Dame, die ich im Sinn habe, ist hart und talentiert genug. Darauf gebe ich dir mein Wort. Sie hat gerade einen Film für die BBC über die Arktis und die Inuit-Indianer gedreht, über Eskimos. Er ist gut, sehr gut.«

»Den würde ich gerne sehen.«

»Ich besorge dir eine Kopie.«

Elna schickte ihm am nächsten Tag das Band ins Studio, aber Daniel war so sehr mit seiner Arbeit beschäftigt, daß er es in eine Schublade seines Schreibtisches legte. Er wollte es sich am Abend ansehen, ließ es aber liegen.

Drei Tage, nachdem er mit seiner Serie fertig war, lag das Band noch immer in seinem Schreibtisch. In der Aufregung über alle anderen Dinge, die ringsum geschahen, hatte er es einfach vergessen.

Dann rief Michael Hargreave wieder aus Lusaka an. »Danny, ich werde dir für diese Anrufe eine Telefonrechnung schicken. Die kosten der Regierung Ihrer Majestät ein Vermögen.«

»Wenn wir uns das nächste Mal sehen, kaufe ich dir eine Kiste Champagner.«

»Du mußt zuviel Geld haben, mein Lieber, aber ich akzeptiere das Angebot. Die gute Nachricht ist, daß dein Freund Chetti Singh aus dem Krankenhaus entlassen wurde.«

»Bist du sicher, Mike?«

»Der ist so gut wie neu. Hat sich bemerkenswert erholt, wie mir gesagt wurde. Ich habe das von unserem Mann in Lilongwe überprüfen lassen. Er hat nur einen Arm, aber abgesehen davon ist Chetti Singh wieder im Geschäft. Zu Weihnachten mußt du ihm einen anderen Leoparden schicken. Der letzte war nicht besonders gut.«

Daniel kicherte lediglich. »Hast du was von meinem anderen Freund gehört?«

»Von dem Chinamann? Bedaure, kein Sterbenswort. Ist heim zu Daddy gereist und zum Lucky Dragon.«

»Gib mir Bescheid, wenn er auftaucht. Zumindest für die nächsten zwei Monate kann ich nicht aus London weg. Hier überschlägt sich alles.«

Daniel übertrieb nicht. Elna hatte gerade die Serie »Sterbendes Afrika« an Channel 4 verkauft, für die höchste Summe, die je für eine unabhängige Produktion bezahlt worden war. Der Sender änderte sogar seine Programmplanung und wollte die erste Folge zur besten Sendezeit sonntags ausstrahlen, und zwar schon in sechs Wochen.

»Ich werde am ersten Abend eine Fernsehparty für dich geben«, sagte Elna. »Gott, Danny, ich wußte schon immer, daß du absolute Spitze bist. Es ist so schön, das beweisen zu können. Ich habe Leute von kontinentaleuropäischen und nordamerikanischen Sendern dazu eingeladen. Das wird sie umhauen, glaube mir.«

Am Samstag vor der Party rief sie Daniel in seiner Wohnung an. »Hast du dir das Band ansehen können, das ich dir geschickt habe?«

»Welches Band?«

»Also nein«, stöhnte sie. »Das Band über die Arktis, ›Arktischer Traum‹, der Film, den Bonny Mahon, die Kamerafrau, fotografiert hat. Stell dich nicht so blöd an, Danny!«

»Verdammt! Tut mir leid, Elna, ich hab einfach keine Zeit dafür gehabt.«

»Ich habe sie zu der Party eingeladen«, warnte sie ihn.

»Ich sehe mir das Band sofort an«, versprach er und holte die Kassette gleich aus der Schreibtischschublade.

Er hatte die Absicht, sich das Band im schnellen Suchlauf anzusehen, merkte aber sofort, daß das unmöglich war. Schon die Eröffnungssequenz fesselte ihn.

Der Film begann mit einer Luftaufnahme des ewigen Eises im hohen Norden, und die darauf folgenden Bilder waren ergreifend und unvergeßlich. Es gab eine spezielle Sequenz von einer riesigen Karibuherde, die durch eine offene Stelle im Eis schwamm. Die tiefstehende gelbe Sonne beleuchtete sie so, daß der Leitbulle, der aus dem dunklen Wasser stieg und sich schüttelte, die Luft um sich mit einer Wolke goldener Tropfen füllte. Sie umrahmte ihn wie ein kostbarer Heiligenschein, und er sah aus wie die Tiergottheit einer heidnischen Religion.

Daniel war derart gefesselt, daß sein professionelles Urteilsvermögen aussetzte. Erst nachdem das Band durchgelaufen war, versuchte er zu analysieren. Bonny Mahon hatte gewußt, wie sie das ungewöhnliche

Licht nutzen konnte, um eine Stimmung zu erzielen, die ihn übermächtig an die leuchtenden, zarten Meisterwerke Turners erinnerte.

Sollte er je in den düsteren Tiefen der Äquatorurwälder arbeiten, würde ein solcher Einsatz von Licht schwierig werden. Doch zweifellos hatte sie das Talent, es auszunutzen. Er war gespannt darauf, sie kennenzulernen.

Für die Party hatte Elna Markham ein halbes Dutzend zusätzlicher Fernsehgeräte gemietet und sie an strategisch wichtigen Positionen in ihrer Wohnung aufstellen lassen, sogar auf der Gästetoilette. Sie wollte niemandem eine Entschuldigung geben, das Ereignis zu verpassen, zu dessen Feier sie alle zusammengekommen waren.

Wie es sich für den Ehrengast ziemte, traf Daniel eine halbe Stunde später ein und mußte sich seinen Weg durch die Eingangstür erkämpfen. Elnas Partys waren außerordentlich beliebt, und die große Garderobe schien aus allen Nähten zu platzen. Glücklicherweise war der Maiabend mild, und die Gäste waren auf die Terrasse geströmt, von der aus man auf den Fluß blickte.

Sechs Monate lang hatte Daniel wie ein Einsiedler gelebt. Es war schön, wieder unter Menschen zu sein. Natürlich kannte er die meisten Anwesenden, und er war so prominent, daß man sich um ihn drängte. Er war der Mittelpunkt eines ständig wechselnden Kreises von Bewunderern – die meisten von ihnen alte Freunde –, und er war immerhin so eitel, daß er die Achtung genoß, wenngleich er wußte, wie flüchtig sie sein konnte. In diesem Geschäft war man immer nur so gut wie die letzte Produktion.

Trotz der fröhlichen und munteren Gesellschaft spürte Daniel, wie nervös er war, als die Stunde näherrückte, und es fiel ihm immer schwerer, sich auf das geistreiche Geplauder und die schlagfertigen Antworten zu konzentrieren, die wie ein Schwarm Kolibris den Raum füllten. Nicht einmal die Schönste der vielen anwesenden, hübschen Damen vermochte seine Aufmerksamkeit lange zu fesseln.

Schließlich klatschte Elna in die Hände und bat um Aufmerksamkeit. »Leute! Es ist soweit!« Und sie ging von Zimmer zu Zimmer und schaltete die Fernseher ein, die auf Channel 4 eingestellt waren. Als der Vorspann lief und die Titelmusik ertönte, gab es ein lautstarkes, erwartungsvolles Geraune, und dann begann die erste Sequenz von Daniels Produktion. Das Bild war der auf seine Essenz destillierte Geist Afrikas.

Man sah eine ausgedörrte, sepiabraune Ebene, auf der zerstreut dunkelgrüne Akazienbäume mit gekrümmten Stämmen und flachen, amboßartigen Kronen standen. Ein einzelner Elephant schritt über die Ebene, ein alter Bulle, grau und faltig. Seine Stoßzähne waren von Pflanzensaft verfärbt, dick, geschwungen und massiv. Er bewegte sich mit schwerfälliger Majestät, während um ihn eine glitzernde Wolke weißer Reiher flatterte, deren Schwingen perlweiß und halbdurchsichtig waren. Am fernen Horizont schwebte vor dem stechenden Blau des afrikanischen Himmels die schneebedeckte Pyramide des Kilimandscharo, von der flirrenden Hitze wie gelöst von der verbrannten, ockerfarbigen Erde.

Das beschwipste Gelächter und Geplauder legte sich, und Stille zog in die gefüllten Räume ein, als die Gäste von der zeitlosen und ewigen Majestät des Bildes gefesselt wurden, das Daniel für sie beschworen hatte.

Dann keuchten sie vor Schreck, als die beiden alten Mütter aus der Herde vom Sambesi Hals über Kopf davonstürmten. Ihre zerfetzten Ohren flatterten, und die rote Erde spritzte unter ihren großen Füßen, bis ihre wilden, wütenden Schreie jäh vom Krachen des Gewehrfeuers abgeschnitten wurden. Die Kugeleinschläge waren Straußenfedern von Staub, die für einen Augenblick auf der welken, braunen Haut ihrer Stirn tanzten, und dann stürzten die mächtigen Leiber zu Boden, zuckten und zitterten in der schrecklichen Lähmung des Gehirnschusses.

Fünfundvierzig Minuten lang führte Daniel seine Zuschauer durch den majestätischen und geplünderten Kontinent. Er zeigte ihnen überirdische Schönheit und Grausamkeit und Häßlichkeit, und gerade diese Gegensätze machten alles noch schockierender.

Als das letzte Bild schwand, dauerte das Schweigen mehrere Sekunden an. Dann begannen sie sich zu rühren und kehrten aus sechstausend Meilen Entfernung wieder in die Wirklichkeit zurück. Jemand klatschte leise, und der Applaus schwoll und dauerte an. Elna trat neben Daniel. Sie sagte nichts, sondern nahm nur seine Hand und drückte sie fest.

Nach einer Weile hatte Daniel das Gefühl, der Menschenmenge und den lärmenden Gratulationen entfliehen zu müssen. Er brauchte Platz zum Atmen. Er ging auf die Terrasse hinaus.

Er stand allein am Geländer und blickte nach unten, sah aber die Lichter der Boote auf der dunklen Themse nicht. Er erlebte die Reaktion auf die berauschende, freudige Stimmung, die ihn über den ersten Teil des Abends aufrechterhalten hatte. Seine Bilder von Afrika hatten ihn selbst bewegt und traurig gemacht. Er hätte inzwischen abgehärtet sein müssen, aber er war es nicht. Besonders beunruhigend war die Sequenz mit Johnny Nzou und den Elephanten gewesen. Johnny war die ganze Zeit irgendwo in seinem Bewußtsein da gewesen. Jetzt aber war die Erinnerung wieder voll da.

Plötzlich, überwältigend, überkam Daniel der Drang, nach Afrika zurückzukehren. Er fühlte sich ruhelos und unzufrieden. Andere mochten seinem Werk applaudieren, doch für ihn war es schon Vergangenheit. Seine Nomadenseele trieb ihn weiter. Es war bereits Zeit zum Gehen, Zeit, zum nächsten Horizont aufzubrechen, dem nächsten quälenden Abenteuer.

Jemand berührte seinen Arm. Für einen Moment reagierte er nicht. Dann drehte er seinen Kopf und sah ein Mädchen neben sich. Sie hatte rotes Haar. Das war sein erster Eindruck von ihr – dichtes, volles, leuchtendrotes Haar. Die Hand auf seinem Arm hatte eine beunruhigende, fast maskuline Kraft. Das Mädchen war groß, fast so groß wie er, und ihre Gesichtszüge waren üppig – ein breiter Mund und volle Lippen, eine große Nase, die durch den leichten Schwung der Spitze und die fein modellierten Flügel nicht männlich wirkte.

»Ich habe den ganzen Abend versucht, an Sie heranzukommen.« In ihrer tiefen Stimme schwang ein selbstsicheres Timbre mit. »Aber Sie sind der Mann der Stunde.«

Sie war nicht hübsch. Ihre Haut war durch Sonne und Wind sommersprossig, aber sie hatte den Glanz, den man nur durch häufigen Aufenthalt im Freien bekommt. Im Licht der Terrasse waren ihre Augen hell und grün, gesäumt von Wimpern so dicht und dick wie Fäden aus Bronzedraht. Sie verliehen ihr ein offenes und spöttisches Aussehen.

»Elna versprach, uns einander vorzustellen, aber ich hab's aufgegeben, darauf zu warten. Ich bin Bonny Mahon.« Sie grinste wie ein Wildfang, und er mochte sie.

»Elna hat mir ein Band von Ihnen gegeben.« Er hielt ihr seine Hand hin, und sie faßte sie mit einem starken, kräftigen Griff. Gut, dachte er, sie ist so hart, wie Elna es gesagt hatte. Afrika würde sie nicht schrecken. »Sie sind gut. Sie haben ein Auge fürs Licht und Instinkt. Sie sind sehr gut.«

»Sie auch.« Ihr Grinsen wurde breiter. »Ich würde gerne mal mit Ihnen arbeiten.« Sie war direkt, unaffektiert. Er mochte sie noch mehr.

Dann roch er sie. Sie benutzte kein Parfüm. Es war der echte, unverhüllte Geruch ihrer Haut, warm, stark und erregend.

»Das könnte geschehen«, erzählte er ihr. »Das könnte schneller geschehen, als wir beide ahnen.« Er hielt ihre Hand noch immer, und sie machte keine Anstalten, sie ihm zu entziehen. Sie waren sich beide der sexuellen Zweideutigkeit'seiner letzten Bemerkung bewußt. Er dachte, wie wunderbar es sein müßte, diese Frau mit nach Afrika zu nehmen.

Einige Meilen nördlich der Terrasse, auf der Daniel und Bonny sich gegenseitig beruflich und körperlich abschätzten, hatte eine andere Person die erste Folge von »Sterbendes Afrika« gesehen.

Sir Peter ›Tug‹ Harrison war Hauptaktionär und Aufsichtsratsvorsitzender der British Overseas Steam Ship Co. Ltd. Obwohl BOSS an der Londoner Börse immer noch als ›Reederei‹ geführt wurde, hatte das Unternehmen sich in den fünfzig Jahren, seit Tug Harrison die Mehrheit daran erworben hatte, völlig verändert.

BOSS unterhielt gegen Ende der viktorianischen Ära eine kleine Flotte von Trampschiffen, die nach Afrika und in den Orient fuhren, hatte aber nie sonderlich daran verdient, und Tug hatte das Unternehmen bei Ausbruch des Zweiten Weltkrieges zu einem Bruchteil seines Wertes übernommen. Mit den Profiten seiner Kriegsgeschäfte war Tug in mehrere andere Branchen eingestiegen, und jetzt war BOSS einer der mächtigsten Mischkonzerne, der an der Londoner Börse gehandelt wurde.

Tug war immer sehr empfindsam für die Launen der öffentlichen Meinung und den Eindruck, den sein Unternehmen machte, gewesen. Er hatte einen ebenso ausgeprägten Instinkt für diese Feinheiten wie für den Warenindex und die Kursbewegungen auf den Aktienmärkten der Welt. Das war einer der Gründe für seinen enormen Erfolg.

»Die Stimmung ist grün«, hatte er seinen Direktoren erst vor einem Monat gesagt. »Hellgrün. Ob wir dieser neuen Liebe zur Natur und Umwelt nun zustimmen oder nicht, wir müssen sie zur Kenntnis nehmen. Wir müssen auf der grünen Welle reiten.«

Jetzt saß er in seinem Arbeitszimmer in der dritten Etage seines Hauses am Holland Park. Das Haus stand inmitten einer Reihe prächtiger Stadthäuser. Es war eine der angesehensten Adressen Londons. Das Arbeitszimmer war in afrikanischem Hartholz aus BOSS-Besitzungen in Nigeria getäfelt. Die Hölzer waren so ausgesucht, aneinandergefügt und poliert, daß sie wie kostbarer Marmor leuchteten. Auf der Täfelung hingen nur zwei Gemälde, da die Struktur des Holzes selbst ein natürliches Kunstwerk war. Das Gemälde gegenüber dem

Schreibtisch war eine Madonna mit Kind von Paul Gauguins erstem Aufenthalt auf den Inseln des Südpazifik, und das andere Bild, das hinter dem Schreibtisch hing, war ein Picasso, ein großes, barbarisches und erotisches Bild eines Bullens und einer nackten Frau. Das Heidnische und Profane stand im Kontrast zu dem lyrischen und strahlenden Eindruck von Mutter und Gotteskind.

Der Türeingang wurde von einem Paar Rhinozeroshörnern bewacht. An einem der Hörner gab es eine glänzende Stelle, die von Tug Harrisons rechter Hand über die Jahrzehnte poliert worden war. Jedesmal, wenn er den Raum betrat oder verließ, streichelte er sie. Es war ein abergläubisches Ritual. Die Hörner waren seine Glücksbringer.

Als achtzehnjähriger Junge war er ohne einen Pfennig und hungrig, mit keinem anderen Besitz als einem alten Gewehr und ein paar Patronen, diesem Rhinozerosbullen in die schimmernden Wüsten des Sudan gefolgt. Dreißig Meilen von den Ufern des Nil entfernt, hatte er den Bullen mit einem einzigen Schuß ins Gehirn erlegt. Blut aus einer zerschmetterten Arterie in seinem Kopf hatte eine kleine Rille in den Wüstenboden gespült, und auf dem Boden der kleinen Vertiefung hatte Tug Harrison einen glasigen Stein mit Wachsglanz entdeckt, der fast seine ganze Handfläche füllte.

Dieser Diamant war der Anfang. Sein Glück wendete sich an dem Tag, als er das Rhinozeros erlegte. Er hatte die Hörner behalten, und er streckte noch immer jedesmal die Hand nach ihnen aus, wenn er in ihrer Nähe war. Für ihn waren sie wertvoller als die beiden berühmten Gemälde, die sie flankierten.

Tug war während des Ersten Weltkrieges als Sohn eines trinkenden Marktarbeiters in den Slums von Liverpool geboren worden. Mit sechzehn brannte er durch und ging zur See. In Dar es Salaam floh er dann vom Schiff, um den sexuellen Nachstellungen eines brutalen Ersten Maates zu entgehen, und er hatte das Geheimnis, die Schönheit und das Versprechen entdeckt, das Afrika war. Für Tug Harrison hatte sich dieses Versprechen erfüllt. Die Reichtümer, die er der afrikanischen Erde abgerungen hatte, hatten ihn zu einem der hundert reichsten Männer der ganzen Welt gemacht.

Das Fernsehgerät war geschickt hinter der Hartholztäfelung verborgen. Die Kontrollen dazu befanden sich in der Konsole der Wechselsprechanlage auf seinem Schreibtisch. Wie die meisten intelligenten und vielbeschäftigten Menschen mied er die geistlosen Ergüsse der Fernsehprogramme und sah sich nur ausgesuchte Sendungen an, vor allem Nachrichten und aktuelle Beiträge.

Afrika jedoch galt sein besonderes Interesse, und als er den Titel »Sterbendes Afrika« las, hatte er seinen Schreibtischwecker auf Sendebeginn gestellt.

Das leise, elektronische Piepen riß ihn aus dem Studium der Bilanzen, die vor ihm auf der schweinsledernen Schreibtischunterlage ausgebreitet waren. Er berührte die Kontrollen, und die Wandtäfelung direkt über dem geblümten Qum-Seidenteppich vor seinem Schreibtisch öffnete sich.

Er justierte die Lautstärke, als die Titelmusik den Raum durchströmte. Dann füllten das Bild eines großen Elephanten und ein schneebedeckter Gipfel den Bildschirm, und augenblicklich fühlte er sich fünfzig Jahre und Tausende von Meilen in Zeit und Raum zurückversetzt. Er schaute reglos zu, bis das letzte Bild schwand. Dann streckte er die Hand nach den Kontrollen aus. Der Bildschirm wurde schwarz, und die Wandvertäfelung schloß sich lautlos wie ein schläfriges Augenlid.

Tug Harrison saß lange Zeit schweigend da. Schließlich nahm er den achtzehnkarätigen goldenen Stift aus seiner Schreibtischgarnitur und schrieb einen Namen auf seinen Notizblock.

»Daniel Armstrong.« Dann drehte er seinen Stuhl und nahm sein Exemplar des *Who's Who* aus dem Bücherregal.

Daniel ging zu Fuß von Shepherd's Bush zum Holland Park. Daß er potentieller Millionär war, bedeutete noch lange nicht, fünf Pfund für ein paar Minuten Taxifahrt vergeuden zu müssen. Das Wetter war strahlend und warm, und die Bäume in den Anlagen und Parks trugen frühes Sommergrün. Während er dahinspazierte und abwesend die Mädchen in ihren dünnen Kleidern und kurzen Röcken musterte, dachte er über Tug Harrison nach.

Seit Elna Markham ihm telefonisch Harrisons Einladung weitergeleitet hatte, war er neugierig. Natürlich kannte er den Mann. Harrisons Tentakel reichten in jeden Winkel des afrikanischen Kontinents, von Ägypten bis zu den Ufern des Limpopo-Flusses.

Daniel wußte, welche Macht und welches Vermögen BOSS hatte, wußte aber wenig über den Mann, der dahintersteckte. Tug Harrison war ein Mann, der ein Talent dafür zu haben schien, sich aus allen öffentlichen Diskussionen herauszuhalten und die Aufmerksamkeit der Boulevardpresse nicht zu wecken.

Wohin Daniel auch in Afrika reiste, überall war Tug Harrisons Einfluß spürbar, wie die Spur eines verschlagenen, menschenfressenden Löwen. Er hinterließ seine Spuren, war aber wie das Tier selten zu sehen.

Daniel dachte über die Gründe von Harrisons eigenartigem Erfolg auf dem afrikanischen Kontinent nach. Er verstand die afrikanische Denkweise, wie nur wenige Weiße es konnten. Dies hatte er als Junge in den einsamen Jäger- und Schürfer-Camps in der abgelegenen Wildnis gelernt, als monatelang Schwarze seine einzigen Gefährten waren. Er sprach ein Dutzend afrikanische Sprachen, und, was noch wichtiger war, er verstand die schiefe und verquere Logik der Afrikaner. Er mochte Afrikaner, fühlte sich in ihrer Gesellschaft wohl und wußte, wie er ihr Vertrauen gewinnen konnte. Auf seinen Reisen in Afrika war Daniel Mischlingen begegnet, Männern und Frauen, deren Mütter Turkana oder Shona oder Kikuyu waren, und die sich rühmten, daß Tug Harrison ihr wahrer Vater sei. Natürlich gab es nie Beweise für ihre Behauptungen, aber oft hatten diese Menschen einflußreiche Positionen inne und waren wohlhabend.

Zeitungsberichte oder Fotos von Harrisons Besuchen auf dem afrikanischen Kontinent waren ausgesprochen selten, doch sein Gulfstream-Privatjet stand oft unauffällig am abgelegensten Ende des Flugfeldes von Lusaka, Kinshasa oder Nairobi geparkt.

Den Gerüchten nach war er Ehrengast und Vertrauter in Mobutus Marmorpalästen oder in Kenneth Kaundas Präsidentenresidenz in Lusaka. Es hieß, er sei einer der wenigen Menschen, der ebenso Zugang zu den berüchtigten Renamo-Guerrilleros in Moçambique wie zu den Guerilla-Buschcamps der Savimbi in Angola habe. Doch genauso wurde er von den legalen Regierungen begrüßt, die sie bekämpften. Es hieß, er könne zu jeder beliebigen Tag- oder Nachtstunde das Telefon abnehmen und binnen Minuten mit de Klerk oder Mugabe oder Daniel Arap Moi sprechen.

Er war der Makler, der Kurier, der Berater, der Bankier, der Mittelsmann und der Unterhändler für den Kontinent.

Daniel freute sich auf die Begegnung mit ihm. Er hatte das mehrere Male zuvor erfolglos versucht. Jetzt stand er als geladener Gast vor der imposanten Eingangstür und spürte ein Nervenkribbeln. Diese Vorahnung war ihm im afrikanischen Busch immer hilfreich gewesen. Sie hatte ihn oft vor gefährlichen Tieren und noch häufiger vor gefährlichen Menschen gewarnt.

Ein schwarzer Diener in weißer Kanza und rotem Fes öffnete die

Eingangstür. Als Daniel ihn in fließendem Swahili ansprach, löste sich die hölzerne Maske seines Gesichts zu einem breiten, freundlichen Lächeln.

Er führte Daniel die breite Marmortreppe hoch. In den Nischen der Treppenabsätze standen frische Blumen, und Daniel entdeckte an den Wänden einige Gemälde aus Harrisons berühmter Kunstsammlung – Sisley, Dufy und Matisse.

Vor der großen Doppeltür aus rotem rhodesischen Teakholz trat der Diener beiseite und verbeugte sich. Daniel trat in den Raum und blieb in der Mitte des seidenen Qum-Teppichs stehen.

Tug Harrison erhob sich hinter seinem Schreibtisch. Sofort war offensichtlich, woher sein Spitzname Tug, der Brecher, kam. Er war knochig, aber kompakt, obwohl sein maßgeschneiderter Nadelstreifenanzug seine kräftige Gestalt mit dem herausragenden Bauch schlanker erscheinen ließen.

Bis auf einen Kranz silbernen Haares, einer Mönchstonsur gleich, war er kahl. Sein Schädel war blaß und glatt, wogegen seine Gesichtshaut, die nicht durch einen Hut vor der tropischen Sonne geschützt wurde, dick, faltig und gebräunt war. Sein Kiefer war entschlossen, und seine scharfen und durchdringenden Augen warnten vor der dahintersteckenden, erbarmungslosen Intelligenz.

»Armstrong«, sagte er. »Schön, daß Sie gekommen sind.« Seine Stimme, weich wie Zuckersirup, war zu weich für ihn. Er streckte seine Hand über den Schreibtisch aus und zwang Daniel so, näher zu treten. Eine subtile, beherrschende Vorgehensweise.

»Schön, daß Sie mich darum gebeten haben, Harrison.« Daniel richtete sich nach ihm und mied seinen Titel, um so gleiche Bedingungen zu schaffen. Die Augen des älteren Mannes schlossen sich anerkennend.

Sie schüttelten sich die Hände, musterten sich und spürten die Körperkraft im Griff des anderen, ohne den Druck zu einem jungenhaften Kräftemessen ausarten zu lassen. Harrison winkte ihn auf den Ledersessel unter dem Gauguin, während er mit seinem Diener sprach.

»*Letta chai*, Selibi. Sie nehmen doch Tee, Armstrong?«

Während der Diener Tee einschenkte, begutachtete Daniel die Rhinozeroshörner an der Wand neben der Tür.

»Solche Trophäen sieht man nicht oft«, sagte er, und Harrison verließ seinen Schreibtisch und ging zur Tür hinüber.

Er strich über eines der Hörner, streichelte es, als sei es der Arm einer schönen, geliebten Frau. »Nein«, stimmte er zu. »Den schoß ich als

Junge. Bin dem alten Bullen fünfzehn Tage lang gefolgt. Es war November, und die Mittagstemperatur betrug 52 Grad im Schatten. Fünfzehn Tage, zweihundert Meilen durch die Wüste.« Er schüttelte den Kopf. »Solche verrückten Dinge machen wir, wenn wir jung sind.«

»Die verrücktesten Dinge machen wir, wenn wir älter sind«, sagte Daniel, und Harrison kicherte.

»Sie haben recht. Das Leben macht keinen Spaß, wenn man nicht ein bißchen verrückt ist.«

Er nahm die Tasse, die der Diener ihm gereicht hatte. »Danke, Selibi. Schließ die Tür, wenn du gehst.«

Der Diener zog die Doppeltür zu, und Harrison ging an seinen Schreibtisch zurück.

»Ich habe gestern abend Ihren Film in Channel 4 gesehen«, sagte er, und Daniel neigte seinen Kopf und wartete.

Harrison nippte seinen Tee. Das zarte Porzellan sah in seinen Händen zerbrechlich aus. Es waren die Hände eines Kriegers, zernarbt und geschwollen durch tropische Sonne, schwere körperliche Arbeit und Schlägereien. Die Knöchel waren sehr groß, doch die Nägel waren sorgfältig manikürt.

Harrison stellte Tasse und Untertasse vor sich auf den Schreibtisch ab und schaute Daniel wieder an.

»Sie haben's richtig erkannt«, sagte er. »Sie haben's völlig richtig erkannt.«

Daniel sagte dazu nichts. Er spürte, daß jeder bescheidene oder ablehnende Kommentar diesen Mann nur verärgert hätte.

»Sie haben Ihre Fakten richtig dargelegt und die richtigen Schlußfolgerungen gezogen. Es war eine erfrischende Abwechslung nach all diesem sentimentalen und schlecht recherchierten Schrott, den wir jeden Tag zu hören bekommen. Sie haben den Finger auf die Wurzeln von Afrikas Problemen gelegt, auf das Stammessystem und auf Überbevölkerung, Unwissenheit und Bestechung. Die Lösungen, die Sie vorgeschlagen haben, ergeben Sinn.« Harrison nickte. »Ja, Sie haben's richtig erkannt.«

Er starrte Daniel nachdenklich an. Harrisons blaßblaue Augen verliehen ihm einen seltsam rätselhaften Ausdruck.

Entspann dich nicht, warnte Daniel sich. Nicht einen Augenblick. Laß dich durch die Schmeicheleien nicht einwickeln. Er pirscht wie ein alter Löwe um dich herum.

»Jemand in Ihrer Position kann die öffentliche Meinung beeinflussen, wie andere es nie könnten«, murmelte Harrison. »Sie haben einen

Ruf, ein internationales Publikum. Die Menschen vertrauen Ihrer Meinung. Das ist gut.« Er nickte noch nachdrücklicher. »Das ist sehr gut. Ich würde Ihnen gerne helfen und Sie unterstützen.«

»Danke.« Ein feines, ironisches Lächeln spielte um Daniels Mund. Einer Sache war er sich sicher: Tug Harrison tat nichts ohne guten Grund. Er verschenkte seine Hilfe und Unterstützung nicht ohne Gegenleistung.

»Wie nennen Ihre Freunde Sie? Daniel, Dan, Danny?«

»Danny.«

»Meine Freunde nennen mich Tug.«

»Ich weiß«, sagte Daniel.

»Unsere Denkweise ist so gleich. Wir teilen die gleichen Bindungen zu Afrika. Ich denke, wir sollten Freunde sein, Danny.«

»In Ordnung, Tug.«

Harrison lächelte. »Sie haben allen Grund, mißtrauisch zu sein. Ich habe einen gewissen Ruf. Aber man sollte einen Mann nicht immer nach seinem Ruf beurteilen.«

»Das ist wahr.« Daniel erwiderte das Lächeln. »Aber erzählen Sie mir doch jetzt, was Sie von mir wollen.«

»Verdammt!« kicherte Harrison. »Ich mag Sie. Ich denke, wir verstehen uns. Wir glauben beide, daß der Mensch ein Recht hat, auf diesem Planeten zu leben, und daß er als die herrschende tierische Spezies das Recht hat, die Erde zu seinem eigenen Wohl auszubeuten, jedenfalls so lange er dies in einem gewissen Rahmen macht.«

»Ja«, stimmte Daniel zu. »Das glaube ich.«

»Das ist die ausgewogene, pragmatische Betrachtungsweise. Von einem Mann Ihrer Intelligenz würde ich auch nichts anderes erwarten. In Europa hat der Mensch seit Jahrhunderten den Boden bewirtschaftet, Bäume gefällt und Tiere getötet, und doch ist die Erde fruchtbarer, sind die Wälder dichter und die Tiere zahlreicher als vor tausend Jahren.«

»Abgesehen von Tschernobyl oder da, wo saurer Regen fällt«, betonte Daniel. »Aber ja, ich bin Ihrer Meinung. Europa ist in keinem schlechten Zustand. Mit Afrika ist das eine ganz andere Geschichte.«

Harrison fiel ein: »Sie und ich, wir lieben beide Afrika. Ich meine, es ist unsere Pflicht, das Schlechte dort zu bekämpfen. Ich kann etwas tun, um die wachsende Armut in einigen Teilen des Kontinents zu mildern und durch Investitionen und Beratung einigen afrikanischen Völkern eine bessere Lebensweise zu bieten. Sie, mit Ihren besonderen Talenten, sind in der Position, etwas gegen die Unkenntnis zu unternehmen, die über Afrika besteht. Sie können Licht in die nebulösen Vorstellungen der Salonplauderer und der Tierschützer in den Städten bringen, all derer, die so abgeschnitten von der Erde und den Wäldern und den Tieren sind, daß sie in Wirklichkeit die Elemente der Natur bedrohen, die sie zu schützen glauben.«

Daniel nickte nachdenklich und unverbindlich. Es war keine gute Taktik, dem Mann zu widersprechen, solange er nicht alles gehört hatte, was er zu sagen hatte, und den Vorschlag kannte, auf den Harrison offensichtlich hinarbeitete. »Im Prinzip ist alles sehr logisch, was Sie sagen, aber könnten Sie vielleicht etwas deutlicher werden, Tug?«

»Gut«, stimmte Harrison zu. »Natürlich kennen Sie Ubomo?«

Daniel spürte, wie sein Nackenhaar elektrisch knisterte. Es kam so unerwartet, und doch wußte er auf irgendeine Weise, daß es vorbestimmt war. Etwas hatte ihn unausweichlich in diese Richtung geführt. Er brauchte einen Augenblick, um sich zu fassen, und sagte dann: »Ubomo, das Land der roten Erde. Ja, ich bin dort gewesen, obwohl ich nicht behaupten kann, Experte für dieses Land zu sein.«

»Seit der Unabhängigkeit von Britannien in den sechziger Jahren hat man wenig davon gehört.« Harrison zuckte die Achseln. »Man erfuhr nicht viel darüber. Es war das Lehnsgut eines arroganten, alten Diktators, der sich jeder Veränderung und jedem Fortschritt widersetzte.«

»Victor Omeru«, sagte Daniel. »Ich bin ihm einmal begegnet, aber das ist Jahre her. Er stritt mit seinen Nachbarn um die Fischereirechte im See.«

»Das war typisch für den Mann. Er widersetzte sich aus Prinzip jeder Veränderung. Er wollte die traditionellen Sitten und Gebräuche bewahren. Er wollte, daß sein Volk fügsam und unterwürfig blieb.« Harrison schüttelte den Kopf. »Aber das ist ja jetzt Geschichte. Omeru ist weg, und jetzt führt ein dynamischer junger Mann die Regierung. Präsident Ephrem Taffari will das Land öffnen und sein Volk ins zwanzigste Jahrhundert führen. Abgesehen von den Fischereirechten verfügt Ubomo über beträchtliche Naturschätze. Holz und Mineralien. Zwanzig Jahre lang habe ich Omeru davon zu überzeugen versucht, daß diese Schätze zum Wohle seines Volkes genutzt werden sollten. Er hat sich dem unnachgiebig widersetzt.«

»Ja. Er war stur«, stimmte Daniel zu. »Aber ich habe ihn gemocht.«

»O ja, er war ein liebenswerter alter Kauz«, stimmte Harrison zu. »Aber das ist jetzt unwichtig. Das Land ist reif und bereit für die Erschließung. Um diese Entwicklung entscheidend voranzutreiben, habe ich die Konzession für ein internationales Konsortium, bei dem BOSS federführend ist, erworben.«

»Das klingt aber nicht so, als brauchten Sie mich.«
»Ich wünschte, es wäre so einfach.« Harrison schüttelte den Kopf. »Wir werden von einer Welle der Hysterie ereilt, die die ganze Welt überschwemmt. Es ist ein psychologisches Gesetz, daß jede Massenbewegung von Fanatikern gelenkt wird und sich dem Diktat von Vernunft und gesundem Menschenverstand entzieht. Das Pendel der öffentlichen Meinung schlägt immer zu extrem aus.«
»Sie stoßen mit Ihren Plänen, die Bodenschätze Ubomos zu erschließen, auf Opposition? Wollen Sie mir das damit sagen, Tug?«
Harrison neigte seinen Kopf. Dabei sah er wie ein Adler aus, wie ein großer, kahlköpfiger Raubvogel. »Sie sind direkt, junger Mann, aber das hätte ich wissen müssen.« Er setzte sich hinter seinen Schreibtisch und ergriff eine Duellpistole mit Elfenbeingriff, die er als Briefbeschwerer benutzte. Er drehte sie um seinen Zeigefinger, und die goldene Einlegearbeit am Lauf funkelte wie ein Feuerrad.
»Während Omerus Präsidentschaft arbeitete eine Wissenschaftlerin in Ubomo«, fuhr er schließlich fort. »Sie und der alte Mann standen in einer engen Beziehung zueinander, und er gewährte ihr alle möglichen Privilegien, die er anderen Journalisten und Forschern verwehrte. Sie veröffentlichte ein Buch über die Waldmenschen von Ubomo. Sie und ich würden sie Pygmäen nennen, obwohl dieser Begriff heutzutage aus der Mode gekommen ist. Der Titel war...«
Harrison hielt inne, um nachzudenken, und Daniel fiel ein: »Der Titel war *Die Menschen der Großen Bäume*. Ja, ich habe das Buch gelesen. Der Name der Autorin ist Kelly Kinnear.«
»Kennen Sie sie?« fragte Harrison.
»Nein.« Daniel schüttelte seinen Kopf. »Aber ich würde sie gerne kennenlernen. Sie schreibt gut. Ihr Stil erinnert mich an Rachel Carson. Sie ist...«
»Sie ist eine Unruhestifterin«, fiel Harrison schroff ein. »Sie quirlt Scheiße.« Der grobe Ausdruck schien untypisch für ihn zu sein.
»Das müssen Sie mir erklären.« Daniel sprach normal, und sein Gesichtsausdruck war neutral. Er wollte seine Meinung erst darlegen, wenn er Harrison bis zum Ende zugehört hatte.
»Als Präsident Taffari an die Macht kam, ließ er diese Frau holen. Zu der Zeit arbeitete sie im Busch. Er erklärte ihr seine Pläne, wie er das Land fördern und erschließen wollte, und bat sie um ihre Unterstützung und Hilfe. Das Treffen war erfolglos. Kelly Kinnear hegte eine irregeleitete Loyalität gegenüber dem alten Präsidenten Omeru und lehnte Präsident Taffaris Freundschaftsangebot ab. Natürlich hat sie

ein Recht auf eigene Ansichten, aber dann begann sie eine Agitationskampagne in Ubomo zu führen. Sie beschuldigte Taffari der Menschenrechtsverletzung. Sie beschuldigte ihn auch, die Bodenschätze des Landes durch unkontrollierten Abbau zu plündern.« Harrison hob seine mächtigen vernarbten Hände. »Tatsächlich wurde sie auf typisch weibliche Weise hysterisch und attackierte die neue Regierung auf jede nur erdenkliche Weise. Für diese Angriffe gab es weder eine logische noch eine vernünftige oder faktische Basis. Taffari blieb keine andere Alternative, als sie des Landes zu verweisen. Wie Sie wahrscheinlich wissen, ist sie britische Staatsangehörige und befindet sich wieder im United Kingdom. Aber sie hat ihre Lektion nicht gelernt und setzt ihre Kampagne gegen die Regierung von Ubomo fort.«

»BOSS hat doch sicher nichts von einer derartigen Person zu befürchten?« forschte Daniel behutsam, und Harrison blickte scharf zu ihm hinüber und versuchte Anzeichen von Ironie in der Frage festzustellen. Dann wandte er seine Aufmerksamkeit wieder der Duellpistole in seiner rechten Hand zu.

»Unglücklicherweise hat die Frau durch ihre Schriftstellerei erheblichen Einfluß gewonnen. Sie schreibt scharf und«, er zögerte, »gut. Es gelingt ihr, ihren Fanatismus unter dem Mäntelchen begründeter Logik zu verbergen, die – daß muß ich wohl nicht sagen – auf falschen Vermutungen und verdrehten Tatsachen beruht. Sie hat es geschafft, sich die Unterstützung der Grünen in diesem Lande und auf dem Kontinent zu sichern. Sie haben recht. BOSS hat von einem solch offensichtlichen Scharlatan nichts zu befürchten, aber sie ist lästig. Sie macht im Fernsehen eine gute Figur. Jetzt hat sie von unserem Engagement in Ubomo erfahren. Sie und ihre Anhänger machen viel Aufhebens darum. Haben Sie kürzlich diesen Artikel im *Guardian* gelesen?«

»Nein.« Daniel schüttelte seinen Kopf. »Ich lese den *Guardian* nicht. Ich hatte in letzter Zeit viel zu tun.«

»Nun, Sie können mir glauben, dieser Artikel macht mir im Moment das Leben schwer. Ich muß Aktionären Rede und Antwort stehen, und die jährliche Aktionärsversammlung steht bevor. Wie ich gerade erfahren habe, hat diese Frau ein kleines Aktienpaket an BOSS erstanden, was ihr das Recht zum Besuch der Versammlung und Rederecht gibt. Sie können sicher sein, daß sie dafür sorgt, daß die radikale Presse und eine Gruppe dieser Wahnsinnigen ›Freunde der Erde‹ anwesend sind, und sie wird bei der Gelegenheit einen Zirkus veranstalten.«

»Unangenehm, Tug.« Daniel nickte und unterdrückte ein Lächeln. »Wie kann ich Ihnen helfen?«

»Ihr Einfluß in der Öffentlichkeit und in wissenschaftlichen Kreisen ist weit größer als der Kelly Kinnears. Ich habe mit Menschen verschiedenster wissenschaftlicher Disziplinen und gesellschaftlicher Gruppen über Sie gesprochen. Sie werden sehr respektiert. Ihre Ansichten über Afrika werden ernst genommen. Ich möchte Ihnen vorschlagen, nach Ubomo zu reisen und eine Dokumentation zu drehen, in der die tatsächlichen Fakten vorgestellt und die Behauptungen untersucht werden, die die Kinnear aufgestellt hat. Sie würden sich einfach in Luft auflösen. Das Fernsehen ist ein viel mächtigeres Medium als das gedruckte Wort, und ich könnte Ihnen die beste Sendezeit garantieren. BOSS besitzt erhebliche Anteile an Medienunternehmen...«

Daniel hörte ihm mit wachsender Ungläubigkeit zu. Es war, als lauschte man einem Freier, der einer Prostituierten für die Ausführung einer besonders grausigen Perversion Vorschläge machte. Er spürte den Drang, vor Wut zu lachen und diese Kränkung seiner Integrität heftig zurückzuweisen. Dieser Mann glaubte tatsächlich, daß er käuflich sei. Es kostete ihn Anstrengung, still sitzenzubleiben und ausdruckslos zuzuhören.

»Ich könnte Ihnen die volle Unterstützung von Präsident Taffari und seiner Regierung garantieren. Man würde Sie mit allem versorgen, was Sie brauchen. Sie brauchen nur zu fragen, und man stellt Ihnen militärische Transportmittel zur Verfügung – Hubschrauber und Patrouillenboote. Sie könnten überallhin, selbst in die abgeschiedensten Gebiete der Waldreservationen. Sie könnten mit jedem sprechen...«

»Mit politischen Gefangenen?« Daniel konnte sich nicht beherrschen. Das war ihm herausgerutscht.

»Politische Gefangene?« wiederholte Harrison. »Weshalb sollten Sie mit politischen Gefangenen sprechen wollen, zum Teufel? Das soll eine Dokumentation über die Umwelt und die Entwicklung einer rückständigen Gesellschaft werden.«

»Nehmen wir nur einmal an, ich wollte mit politischen Häftlingen sprechen«, beharrte Daniel.

»Hören Sie, junger Mann. Taffari ist ein progressiver Führer, einer der wenigen ehrlichen und aufrichtigen Führer des Kontinents. Ich glaube nicht, daß er politische Gefangene hat. Das ist nicht sein Stil.«

»Was ist aus Omeru geworden?« fragte Daniel, wobei er sich vorbeugte. Harrison legte die Duellpistole vor sich auf die Schreibtischunterlage. Ihre Läufe waren auf Daniels Brust gerichtet.

»Spüre ich da Feindseligkeit gegenüber der Regierung von Ubomo?« fragte er sanft. »Abneigung gegenüber meinem Vorschlag?«

»Nein.« Daniel leugnete das. »Ich muß einfach wissen, worauf ich mich da einlasse. Ich bin Geschäftsmann wie Sie, Tug. Ich will Fakten, nicht Schönfärberei. Das verstehen Sie. Ich bin sicher, Sie würden an meiner Stelle genauso handeln. Wenn ich meinen Namen für etwas hergeben soll, muß ich wissen, was es ist.«

»In Ordnung.« Harrison entspannte sich. Diese Erklärung verstand er. »Omeru war ein störrischer alter Mann. Taffari hatte keine andere Wahl, als ihn während der Übergangszeit zum Schweigen zu bringen. Er stand unter Hausarrest, wurde aber gut behandelt. Er stand in Verbindung mit seinen Anwälten und seinem Arzt, als er an einem Herzanfall starb. Taffari hat seinen Tod bisher noch nicht bekanntgegeben. Das würde unerwünschte, zudem falsche Rückschlüsse zulassen.«

»Wie etwa eine Hinrichtung ohne Prozeß«, sagte Daniel. Er empfand Bedauern für den alten Präsidenten.

»So könnte es aussehen«, stimmte Harrison zu, »wenngleich mir von Taffari versichert wurde – und ich habe allen Grund, ihm zu glauben –, daß dies nicht der Fall war.«

»Also gut, ich akzeptiere Ihre Versicherung, was das anbelangt«, sagte Daniel. »Aber was ist mit den Kosten für diese Produktion? Sie wird nicht billig sein. Grob geschätzt dürfte sie bei einigen Millionen liegen. Ich nehme an, Sie wollen eine erstklassige Arbeit. Wer bezahlt das? BOSS?«

»Das wäre ein bißchen zu offensichtlich«, wehrte Harrison ab. »Das würde Ihre Produktion zu einem schlichten PR-Film machen. Nein, ich werde für eine Fremdfinanzierung sorgen. Ein Unternehmen aus Fernost wird das Geld bereitstellen. Obwohl es zum Konsortium gehört, steht es in diesem Stadium nicht direkt mit BOSS in Verbindung. Ihnen gehört eine Filmgesellschaft in Hongkong, die als Fassade benutzt werden würde.«

»Wie heißt die Muttergesellschaft? Und wo sitzt sie?« fragte Daniel. Er hatte die erste Vorahnung, spürte dieses Gefühl wieder, das ihn zuvor beunruhigt hatte.

»Die Muttergesellschaft sitzt in Taiwan. Sie ist nicht sehr bekannt, aber sehr vermögend und sehr einflußreich. Erstklassige Leute, mit denen wir zu tun haben, das versichere ich Ihnen. Aber natürlich würde ich persönlich Ihre Verträge mit denen unterzeichnen.«

»Wie heißt die Gesellschaft?«

»Ist ein ziemlich prahlerischer Name, aber typisch chinesisch. Die Lucky Dragon Company.«

Daniel starrte ihn an und konnte einen Augenblick lang nicht sprechen. Ning Cheng Gongs Schicksal schien mit dem seinen durch die Ermordung von Johnny Nzou auf seltsame Weise verknüpft zu sein. Er wußte, daß er sein Spiel bis zum Ende durchspielen mußte.

»Beunruhigt Sie etwas, Danny?« fragte Harrison besorgt, und Daniel merkte, daß er seine Erregung gezeigt hatte.

»Nein. Ich dachte nur über Ihren Vorschlag nach. Im Prinzip stimme ich dem zu.« Er faßte sich. »Das hängt natürlich vom Vertrag ab. Wir haben einiges auszuhandeln. Ich möchte einen gewissen Prozentsatz vom Gesamtgewinn, ein festgesetztes Werbebudget, möchte mir mein Team selbst aussuchen, vor allem den Kameramann, und entscheide über die endgültige Fassung.«

»Ich bin sicher, daß wir uns über alle Einzelheiten einigen werden.« Harrison lächelte und drehte die Duellpistole um einen Finger, bis die Läufe nicht mehr auf Daniels Brust gerichtet waren. »Bitten Sie Ihre Agentin, mich so schnell wie möglich anzurufen. Und jetzt, denke ich, ist die Sonne wirklich untergegangen. Wir sollten mit etwas kräftigerem als Darjeeling auf unsere Vereinbarung anstoßen.«

Wissen Sie, Bonny, es wäre viel leichter, wenn Sie einen Agenten hätten«, sagte Daniel ernst zu ihr. »Mir macht es keinen Spaß, mit Ihnen zu feilschen. Ich glaube, die Arbeit eines Künstlers besteht darin, kreativ zu sein, und nicht, sein Talent mit der Prüfung des Kleingedruckten eines Vertrages zu vergeuden.«

»Sie waren ehrlich zu mir. Ich will offen zu Ihnen sein, Danny. Ich will nicht zwanzig Prozent meines hart verdienten Geldes an einen Mittelsmann verschenken. Außerdem bin ich nicht Ihrer Meinung. Einen Arbeitsvertrag aufzusetzen, kann kreativ ebenso befriedigend sein, wie ein Bild zu malen oder einen Kamerawinkel festzulegen.« Sie streifte ihre Schuhe ab. Ihre nackten Füße waren kräftig und so wohlgeformt wie ihre Hände. Sie kreuzte ihre langen Beine unter sich und lehnte sich auf seinem Ledersofa zurück. »Reden wir übers Geschäft.«

»Okay, also gut«, kapitulierte er. »Im Prinzip bezahle ich ein Team nicht stundenweise, und Überstunden gibt's bei mir nicht. Wir arbeiten immer, wenn Arbeit anfällt und so lange wie nötig. Wir gehen dahin, wohin ich will, und wir verpflegen uns selber. Keine Fünf-Sterne-Unterkünfte.«

»Das klingt nach zweitausend die Woche«, sagte sie süß.

»Dollar?«

»Wir sind nicht in New York, Bruder Dan. Wir sind in London. Pfund.«

»Das ist viel. Das kriege ich ja nicht mal selbst«, protestierte er.

»Nein, aber wahrscheinlich bekommen Sie zwanzig Prozent des Gewinns, wogegen ich mich mit lausigen fünf Prozent zufriedengeben muß.«

»Fünf Prozent vom Gewinn zu den zweitausend pro Woche.« Daniel schaute entsetzt. »Sie müssen scherzen.«

»Wenn ich scherzte, würde ich wohl lächeln, oder?«

»Ich habe einem Kameramann – verzeihen Sie, einer Kameraperson – noch nie eine Gewinnbeteiligung gegeben.«

»Wenn man sich erst mal an die Idee gewöhnt hat, ist das gar nicht so unerträglich schmerzlich.«

»Passen Sie auf. Sagen wir zwölfhundert die Woche, und vergessen wir die Prozente.«

»Die Akustik hier ist aber schrecklich. Ich kann nicht glauben, was ich da gerade gehört habe. Ich meine, Sie wollen mich doch nicht kränken, Danny, oder?«

»Tun Sie mir einen Gefallen, Miss Mahon? Würden Sie den obersten Knopf Ihres Hemdes schließen, während wir reden?«

Der obere Teil ihrer Brust war so sommersprossig wie ihr Gesicht. Er zeigte das tiefe V ihres offenen Halses, unter einer deutlich sichtbaren Linie aber, wo die Sonne nicht hingelangt war, war ihre Haut so weiß wie Buttermilch. Unter dem dünnen Baumwollhemd zeichneten sich ihre von keinem Büstenhalter eingeengten Brüste straff und fest ab.

Sie blickte auf ihre tiefe Brustspalte herab. »Ist mit denen etwas nicht in Ordnung?« Sie grinste listig.

»Nein. Ganz im Gegenteil. Darüber beklage ich mich ja.«

Sie schloß den Knopf. »Hörte ich Sie siebzehn fünfzig und vier Prozent sagen?« fragte sie.

»Sie haben recht. Mit der Akustik stimmt wirklich was nicht«, stimmte er zu. »Ich sagte fünfzehnhundert und anderthalb Prozent.«

»Zwei Prozent«, überredete sie ihn, und als er seufzend zustimmte, fügte sie entschlossen hinzu: »Und hundert Spesen pro Tag.«

Sie brauchten fast drei Stunden, um die Konditionen auszuhandeln, und am Ende hatte er ungemeinen Respekt vor ihr. Sie war wirklich ein schwerer Brocken.

»Müssen wir das schriftlich bestätigen?« fragte er. »Oder reicht ein Handschlag?«

»Ein Handschlag genügt völlig«, erwiderte sie. »Solange ich als Sicherheit dafür eine schriftliche Bestätigung habe.«

Er ging in sein Büro, tippte ihre Vereinbarung in seinen Computer und rief sie hinein, um den Text auf dem Bildschirm gegenzulesen. Sie stand hinter ihm und beugte sich über seine Schulter, um den Vertrag zu lesen. Eine ihrer Brüste preßte sich fest und schwer auf seine Schulter. Sie war so warm wie eine Tsama-Melone, die unter der Sonne der Kalahari-Wüste gelegen hatte.

»Sie haben den Absatz über die Flüge Erster Klasse nicht hineingeschrieben«, stellte sie fest. »Und auch nicht, daß die Honorarzahlungen ab Vertragsunterzeichnung fällig sind.«

Der Geruch ihrer Haut, den er schon bei ihrer ersten Begegnung bemerkt hatte, war noch intensiver. Er inhalierte ihn mit Freude. Es erinnerte ihn daran, daß er fast ein Jahr lang enthaltsam gelebt hatte.

»Guter Junge«, komplimentierte sie ihn, als er die Änderungen vornahm, die sie gefordert hatte. »Das ist jetzt wirklich gut.« Das Timbre ihrer Stimme hatte sich geändert, es war weicher und hallender. Ebenso hatte sich ihr Körpergeruch leicht verändert. Er erkannte den berauschenden Moschusgeruch weiblicher Erregung wieder. Sie pumpte die Luft voll mit Pheromonen, die seine eigenen Hormone in Höchstalarm versetzten.

Er hatte Konzentrationsschwierigkeiten, als er vier Exemplare des Vertrages ausdruckte, je einen für sie beide und zwei weitere für Elna und die Rechtsabteilung von BOSS.

Bonny beugte sich über ihn, um alle vier Kopien zu unterzeichnen, und jetzt preßte sie sich gegen seinen Rücken. Er spürte ihren Arm heiß an seiner Wange. Sie reichte ihm den Stift, und er unterschrieb unter ihr.

»Handschlag?« fragte er und hielt ihr seine rechte Hand hin. Bonny ignorierte sie, griff statt dessen über seine Schulter und knöpfte sein Hemd auf. Sie steckte ihre Hand hinein.

»Ich könnte mir etwas Bindenderes vorstellen als einen einfachen Handschlag«, flüsterte sie und zwickte seine Brustwarze zwischen ihren Fingernägeln. Er stöhnte. Es war mehr Lust als Schmerz.

»Danny, Junge. Du und ich, wir werden an die sechs Monate allein im Dschungel sein. Ich bin ein Mädchen mit gesundem Appetit. Früher oder später wird's passieren. Also kann's auch früher passieren. Wäre die Hölle, wenn wir warteten, bis wir da draußen sind und dann feststellen, daß es uns nicht gefällt. Findest du nicht?«

»Deine Logik ist unwiderlegbar«, lachte er, aber sein Lachen war zittrig und heiser. Sie zwirbelte einige seiner Brusthaare und zog daran, um ihn auf die Beine zu bekommen.

»Wo ist das Schlafzimmer? Wir könnten's uns ja auch bequem machen.«

»Folge mir.« Er faßte ihre Hand und führte sie zur Tür. Als er sie in der Mitte des Schlafzimmers zu umarmen versuchte, trat sie zurück. »Nein«, sagte sie. »Faß mich nicht an. Noch nicht. Ich will's hinauszögern, bis es unerträglich ist.«

Sie stand eine Armeslänge von ihm entfernt und sah ihn an. »Tu, was ich tue«, befahl sie und begann ihr Hemd aufzuknöpfen.

Ihre Brustwarzen waren winzig, wie kleine Rosenknospen, aus blaßrosa Koralle geschnitzt.

»Du bist so haarig und muskulös wie ein Grizzlybär. Ich bekomme eine Gänsehaut«, sagte sie, und er sah, daß ihre Brustwarzen zu rosigen Knöpfen anschwollen. Die Farbe verdunkelte sich und die Haut ringsum kräuselte sich. Sein eigenes Fleisch reagierte noch dramatischer, und sie starrte ihn schamlos an und kicherte, als sie ihren Gürtel öffnete.

Ihre Jeans waren eng, und sie drehte und wand sich, um sie ausziehen zu können.

»Exodus«, sagte er. »Kapitel drei.«

»Das ist nicht richtig.« Sie blickte selbstgefällig an sich hinunter. »Ich hätte das Zitat auf mich angewendet. Der brennende Busch.« Sie fuhr sich mit den Fingernägeln langsam durch den dichten Schopf der rötlichen Locken unter ihrem flachen, weißen Bauch. Er war so kraus und dicht, daß er knisterte. Es war eine der erotischsten Bewegungen, die er je gesehen hatte.

»Mach zu«, ermutigte sie ihn. »Du fällst zurück.«

Er ließ seine Hosen fallen.

»Wen haben wir denn da?« Sie musterte ihn freimütig. »Steht in Achtungsstellung und sehnt sich eindeutig danach, sich im brennenden Busch zu opfern?« Und sie streckte die Hand aus, um ihn geschickt zu fassen. »Komm mit, mein Männchen«, murmelte sie kehlig, grinste dieses Wildfanglächeln und führte ihn zum Bett.

Die Konzernzentrale von BOSS befand sich bei Blackfriars in der City, direkt gegenüber dem Pub, der auf dem Platz des alten Klosters stand, nach dem die Gegend benannt war.

Daniel und Bonny kamen aus dem Haupteingang der U-Bahnstation und blieben stehen, um das Gebäude anzustarren.

»Verdammt!« sagte Bonny süß. »Das ist ja kaiserlich römischer Rokoko mit nur einem Hauch Barnum und Bailey.«

Im Vergleich zu dem BOSS-Haus sah das Unilever-Gebäude etwas weiter straßenabwärts unwirklich aus. Hier gab es viermal soviel griechische Säulen und das Dutzendfache an olympischen Göttern. Wo Unilever Granit verwendet hatte, hatte BOSS in Marmor gebaut.

»Hätte ich das vorher gesehen, hätte ich fünftausend die Woche verlangt.« Bonny drückte seinen Arm. »Ich glaube, ich bin in mehrerlei Hinsicht betrogen worden.«

Sie stiegen die Treppe zum Haupteingang hoch, wo die Statuen der Götter stirnrunzelnd vom Giebel auf sie herabblickten, und gingen durch die gläsernen Drehtüren hinein. Der Boden der Eingangshalle war in einem Schachbrettmuster aus schwarzem und weißem Marmor gehalten. Das Dach war gewölbt und vergoldet, und das Paneel im Rokokostil zeigte entweder das Jüngste Gericht oder die Zehn Gebote. Was genau, war schwer zu sagen, aber zwischen den Nymphen, Cheruben und Seraphen fand einiges statt.

»Segne uns, Vater, denn wir haben gesündigt.« Bonny drehte ihre Augen fröhlich zur Decke.

»Ja, aber es hat Spaß gemacht!« murmelte Daniel.

Der Chef der PR-Abteilung wartete am Empfang auf sie. Er trug einen dunklen, dreiteiligen Anzug und verkörperte den typischen jungen BOSS-Direktor.

»Hallo, ich bin Pickering«, begrüßte er sie. »Sie müssen Doktor Armstrong und Miss Mahon sein.« Er ergriff Bonnys Hand und betrachtete sie schnell vom Scheitel ihrer flammendroten Frisur bis zu ihren Cowboystiefeln. Offenkundig mißbilligte er ihre Jeans und die perlenbesetzte Lederweste, wohingegen ihr Busen seine aufrichtige Zustimmung fand. »Ich soll Sie über Ubomo informieren.«

»Schön. Dann lassen Sie uns damit beginnen.« Es gelang Daniel, seine Aufmerksamkeit von Bonnys Bastion abzulenken, und Pickering führte sie die breite, im Opernhausstil gehaltene Treppe hoch, wobei er für sie den Fremdenführer spielte.

Er zeigte auf das verspiegelte Paneel. »Französisch natürlich, aus Versailles nach der Revolution. Die beiden sind von Gainsborough. Der Wandteppich ist ein Aubusson. Das da ist ein Constable...«

Sie ließen die Pracht der Eingangshalle hinter sich und gelangten in die labyrinthähnlichen Korridore im hinteren Teil des Gebäudes. Dabei kamen sie an zahllosen winzigen Büros vorbei, die durch vorgefertigte Raumteiler voneinander abgetrennt waren. Nur wenige Leute hoben ihre Köpfe, als die drei vorbeigingen.

»Rindvieh.« Bonny knuffte Daniel. »Wie können die das Leben in einem solchen Schlachthaus des Geistes ertragen?«

Schließlich führte Pickering sie in einen Konferenzraum. Es war offensichtlich der Treffpunkt für das untere und mittlere Management. Der Boden war mit Kunststoff gefliest, und an den Raumteilern hingen Diagramme der Verwaltungsstruktur und des Abteilungsaufbaus des Unternehmens. Die Möbel bestanden aus beschichteten Spanplatten und Chrom und waren mit Kunststoff gepolstert.

Daniel lächelte, als er sich vorstellte, in welchem Kontrast dieser Raum wahrscheinlich zu der Großartigkeit des Konferenzraumes der Direktoren stand, der sich irgendwo in der Nähe von Tug Harrisons persönlichem Büro vorn im Gebäude befinden mußte.

Um einen Ecktisch gedrängt, auf dem Snacks und Erfrischungen standen, warteten vier Männer auf sie. Pickering stellte sie vor.

»Das ist George Anderson, einer unserer leitenden Geologen. Er ist für die Erschließung der Mineralvorkommen Ubomos verantwortlich. Dies ist sein Assistent Jeff Aitkens. Und dies ist Sidney Green, zuständig für die Koordination von Holznutzungsrechten und Fischereikonzessionen in Ubomo. Und das ist Neville Lawrence von unserer Rechtsabteilung. Er kann Ihnen auch alle Fragen zur Finanzplanung beantworten. Darf ich Ihnen einen Sherry anbieten?«

Bonny Mahons Anwesenheit trug mehr zur Entspannung der Atmosphäre bei als der billige Sherry.

Pickering ließ ihnen zehn Minuten und trieb sie dann zu den kunststoffgepolsterten Sesseln an dem Konferenztisch aus imitiertem Walnußbaumfurnier.

»Also gut. Ich will das nicht zu förmlich machen. Dies ist *en famille*. Ich habe Anweisungen, ein völlig offenes und freies Informationsgespräch zu führen. Sie können jede Frage stellen, Doktor Armstrong, und wir werden unser Bestes tun, um sie zu beantworten. Lassen Sie mich aber zuerst sagen, wie froh wir darüber sind, daß BOSS an diesem gewaltigen Projekt beteiligt ist, die Wirtschaft von Ubomo aufzubauen und die reichen Naturschätze dieses schönen kleinen Landes zum Wohle all seiner Bürger zu erschließen.« Er gestattete sich ein scheinheiliges, geziertes Lächeln und sprach dann in geschäftsmäßigerem Ton weiter. »Die Konzessionen von BOSS fallen in vier Kategorien. Zuerst sind da die Erz- und Mineralvorkommen. Zweitens die Entwicklung von Forst- und Landwirtschaft. Drittens die Projekte für Fischereiwesen und Aquakultur, und schließlich Hotels, Kasinos und Fremdenverkehr. Wir hoffen, daß die Entwicklung all dieser Ressourcen schließlich dazu führen wird, daß Ubomo eines der wohlhabendsten kleinen Länder des afrikanischen Kontinents wird. Bevor ich unsere Experten bitte, das ökonomische Potential Ubomos im einzelnen darzulegen, werde ich Ihnen einige Hintergrundinformationen und Fakten geben. Sehen wir uns einmal die Landkarte von Ubomo an.«

Pickering schaltete ein Projektionsgerät ein und justierte die Beleuchtung des Overheadprojektors.

»Fangen wir an.« Die Landkarte von Ubomo erschien auf der Projektionsfläche an der gegenüberliegenden Wand. »Die Demokratische Volksrepublik von Ubomo«, intonierte er, »liegt zwischen dem Albert- und dem Edward-See am Steilabbruch des Großen Rift Valley im östlichen Zentralafrika. Im Westen grenzt es an Zaire, das ehemalige Belgisch Kongo, und im Osten an Uganda...« Pickering zeigte die Grenzen und nannte die wichtigsten Merkmale. »Kahali, die Hauptstadt, liegt am Seeufer unterhalb der Ausläufer der Ruwenzori-Kette oder der Mondberge, wie sie etwas romantisch genannt werden. Der erste Europäer, der von der Existenz dieser Berge berichtete, war Captain John Hanning Speke, der dieses Gebiet 1862 bereiste.«

Pickering wechselte das Bild auf der Leinwand. »Die Gesamtbevölkerung von Ubomo wird auf vier Millionen geschätzt, obwohl es dort nie eine Volkszählung gegeben hat. Hier die Anteile der einzelnen Stämme. Der größte Stamm sind die Uhali. Der neue Präsident Taffari und die meisten seiner Militärs sind jedoch Hita. Insgesamt leben elf Stämme in Ubomo, von denen der kleinste die Bambuti sind, gemeinhin als Pygmäen bekannt. Ungefähr fünfundzwanzigtausend dieser Zwergmenschen leben in den nördlichen Äquatorialregenwäldern des Landes. Hier befinden sich die großen Minerallagerstätten von BOSS.«

Pickering machte seine Arbeit sehr gut. Er hatte seine Informationen sorgfältig vorbereitet und trug sie lebendig und interessant vor. Allerdings hatte er wenig zu sagen, was Daniel noch nicht wußte.

Bonny stellte ein paar Fragen, und Pickering richtete seine Antworten an ihren Busen. Daniel merkte, daß Pickerings Unfähigkeit, seinen Blick von diesen Vorsprüngen zu nehmen, ihn zu ärgern begann. Daniel war der Auffassung, an diesem Gebiet gewisse Besitzansprüche zu haben.

Nach Pickering erhoben sich die anderen Experten des Unternehmens nacheinander, um die Pläne von BOSS darzulegen. Sidney Green zeigte ihnen die Pläne der Architekten für die Hotelanlagen und Kasinos, die am Seeufer errichtet werden sollten. »Wir rechnen damit, daß der Haupttouristenstrom aus Südeuropa kommen wird, vornehmlich aus Italien und Frankreich. Die Flugzeit von Rom beträgt weniger als acht Stunden. Wir wollen eine Besucherzahl von etwa einer halben Million pro Jahr erreichen. Neben dem Tourismus planen wir eine große Aquakultur-Industrie...«

Er erklärte dann, daß das Wasser des Sees in flache Teiche gepumpt werden würde, um darin Süßwassergarnelen und andere exotische Wassertiere zu kultivieren.

»Welche Auswirkungen werden diese Unternehmungen auf die Ökologie des Sees haben?« fragte Daniel schüchtern. »Besonders der Bau von Marinas und Yachthäfen und die Einführung exotischer Spezies wie Karpfen und asiatischer Garnelen in den See?«

Green lächelte wie ein Gebrauchtwagenverkäufer. »Dies wird derzeit genauestens von einer Expertengruppe untersucht. Wir erwarten den Bericht Mitte des Jahres. Jedoch rechnen wir in diesem Bereich nicht mit Problemen.«

Völlig klar, dachte Daniel. Die werden keinen Wirbel machen, wo doch mein neuer, guter Freund Tug einstellt und feuert.

Sidney Green legte, noch immer lächelnd, das landwirtschaftliche Potential dar.

»In den tieferliegenden bewaldeten Savannen, die die Osthälfte des Landes bedecken, verhindert die Tsetse-Fliege, *glossina morsitans*, die Nutzung eines Großteils erstklassigen Weidelandes für die Viehwirtschaft. Bei der ersten Gelegenheit werden wir in Zusammenarbeit mit der Regierung von Ubomo eine Schädlingsbekämpfung aus der Luft durchführen, um dieses gefährliche Insekt auszurotten. Sobald dies erfolgt ist, wird die Fleischproduktion von großer Bedeutung für die Wirtschaft sein.«

»Aus der Luft?« fragte Daniel. »Welche Chemikalien sollen benutzt werden?«

»Ich freue mich, sagen zu können, daß BOSS mehrere Tausend Tonnen Selfrin zu einem sehr günstigen Preis erworben hat.«

»Hat der sehr günstige Preis vielleicht etwas mit der Tatsache zu tun, daß Selfrin in den Vereinigten Staaten und den EG-Ländern verboten worden ist?«

»Ich versichere Ihnen, Doktor Armstrong«, Green lächelte mild, »daß die Benutzung von Selfrin in Ubomo nicht verboten ist.«

»Oh, das ist gut«, nickte Daniel und erwiderte sein Lächeln. Er hatte Selfrin in den Sümpfen des Okavango und im Sambesital gerochen. Er hatte die Vernichtung ganzer Insektenarten, der Vögel und kleinen Säugetiere gesehen, die sich von ihnen ernährten. »Solange das legal ist, kann ja niemand Einwände dagegen haben, nicht wahr?«

»Völlig richtig, Doktor Armstrong.« Sidney Green wechselte das Bild auf der Leinwand. »Die Gebiete der Savanne, die für die Viehzucht ungeeignet sind, werden mit Baumwolle und Zuckerrohr bepflanzt. Zur Bewässerung wird Wasser aus den Seen gepumpt. Die Sümpfe und Feuchtgebiete im Norden werden trockengelegt – aber das sind natürlich Langzeitprojekte. Unseren sofortigen Cash-Flow sichern wir durch das Fällen von Bäumen in den holzreichen Wäldern des westlichen Berglandes.«

»Die ›Großen Bäume‹«, murmelte Daniel.

»Wie bitte?«

»Nichts Wichtiges. Fahren Sie bitte fort. Ich finde das faszinierend.«

»Natürlich werden diese Operationen auf die Bergbau-Operationen abgestimmt. Allein wäre keines der Projekte profitabel, aber das Holz wird die direkten Erschließungskosten decken, und der Erzabbau bringt fast nur Gewinn. Aber ich will es George Anderson, unserem leitenden Geologen, überlassen, Ihnen all das zu erklären.«

Andersons Gesichtsausdruck war so steinern wie eine seiner Mineralienproben. Sein Stil war kurz und trocken.

»Die einzigen interessanten Mineralvorkommen, die bisher in Ubomo entdeckt wurden, liegen im nordwestlichen Quadranten, unter den Wäldern, die die niedrigeren Nordhänge des Gebirgslandes bedecken und im Becken des Ubomo-Flusses liegen.« Er bewegte den Zeigestock in Nordrichtung über die Karte. »Dieser Wald besteht aus fast fünfzig verschiedenen wirtschaftlich nutzbaren Bäumen, darunter afrikanische Eiche, afrikanischer Mahagonibaum, afrikanischer Walnußbaum und Rotzeder. Ich will Sie mit den botanischen Namen nicht langweilen. Es mag genügen festzustellen, daß ihr Vorhandensein wichtige wirtschaftliche Vorteile bietet, wie mein Kollege bereits dargelegt hat.« Er nickte Green müde zu, der darauf mit seinem strahlenden Verkäuferlächeln antwortete.

»Der Waldboden besteht vornehmlich aus ausgelaugten Lateriten, aus Roterde also, die dem Ubomo-Fluß seinen Namen gegeben hat, Roter Fluß. Glücklicherweise sind diese Schichten dünn, im allgemeinen keine fünfzehn Meter stark, und darunter liegt eine gefaltete vorkambrische Formation.« Er lächelte kurz und müde. »Auch hierbei möchte ich Sie nicht mit technischen Einzelheiten langweilen, aber diese Formation enthält beachtliche Mengen der seltenen Erde Monazit mit erheblichen Platinlagerstätten, die in den oberen Schichten fast gleichmäßig verteilt sind. Diese Lagerungen sind einzigartig, doch kommen sie nur in geringen Konzentrationen vor. In einigen Fällen nur als Spuren. Der Einzelabbau würde nicht lohnen, aber zusammengenommen werden sie sehr lukrativ sein, und ihre Profitabilität wird durch die wertvollen Wälder vergrößert, die im Zuge der Freilegung der Erzlagerstätten gerodet werden.«

»Verzeihen Sie, Mr. Anderson«, unterbrach Daniel ihn. »Beabsichtigen Sie, am Ubomo-Fluß Schälabbau zu betreiben?«

George Anderson sah aus, als hätte er plötzlich einen Magenkrampf bekommen.

»Doktor Armstrong, der Begriff ›Schälabbau‹ hat einen sehr negativen Beiklang. BOSS hat nirgendwo in der Welt Schälabbau betrieben. Diese Tatsache möchte ich nachdrücklich betonen.«

»Verzeihen Sie, ich dachte, die Kupferminen des Unternehmens in Chile, in Quantra, würden im Schälabbau betrieben.«

Anderson wirkte beleidigt. »Tagebau-Minen, Doktor Armstrong, nicht Schälabbau.«

»Besteht da ein Unterschied?«

»Natürlich gibt es einen. Aber ich glaube, dies ist weder die richtige Zeit noch der Ort, um diese Unterschiede zu erklären. Lassen Sie mich nur sagen, daß wir mit den Tagebau-Minen, die wir in Ubomo anzulegen beabsichtigen, der Empfindlichkeit dieser Region voll Rechnung tragen. Wir werden die Gruben anschließend wieder auffüllen und beforsten. BOSS ist sehr umweltbewußt. Wir sind sogar davon überzeugt, Doktor Armstrong, daß langfristig die Umwelt entscheidend durch das verbessert wird, was wir für das Land tun.«

Er blickte Daniel herausfordernd an. Daniel zwang sich zu einem Lächeln und nickte. »Sie müssen entschuldigen, Mr. Anderson, aber das sind die Fragen, die die Leute stellen werden, und ich muß sie beantworten können. Dafür bezahlt mich BOSS.«

Anderson wirkte besänftigend. »Ja, natürlich. Doch ich muß es wiederholen: BOSS ist ein umweltbewußtes Unternehmen. Das ist Sir Peters Firmenpolitik. Ich weiß, daß er sogar eine Änderung des Firmenzeichens erwägt. Wie Sie wissen, besteht das derzeitige Zeichen aus einer Spitzhacke und einer Pflugschar. Er beabsichtigt, einen grünen Baum hinzuzufügen, um unser Verhältnis zur Natur zu verdeutlichen.«

»Sehr geschmackvoll.« Daniel lächelte versöhnend. Er wußte, daß Tug Harrison über dieses Gespräch unterrichtet werden würde. Es bestand sogar die Wahrscheinlichkeit, daß es in diesem Augenblick aufgezeichnet wurde. Wenn er offene Ablehnung und Widerstand gegenüber dem Unternehmen zeigte, würden sein Freiflug nach Ubomo und sein Kontakt mit Lucke Dragon und Ning Cheng Gong sich in Nichts auflösen. »Mit den Auskünften, die Sie, meine Herren, mir gegeben haben, kann ich guten Gewissens nach Ubomo reisen, und ich werde mich bemühen, der Welt zu zeigen, welch enorme Vorteile dem Land durch die intensive Erschließung des BOSS-Konsortiums entstehen.«

Er sagte dies für die versteckten Mikrofone und fuhr nach einer wirkungsvollen Pause fort: »Ich benötige von der Hotel- und Kasinoanlage am Seeufer ein Modell in natürlicher Größe. Ich möchte das Gelände filmen, wie es heute ist, und dann die Anlage draufkopieren, um zu zeigen, wie sie sich in die natürliche Umgebung einfügt.«

»Ich bin sicher, daß sich Sidney Green darum kümmern wird«, nickte Pickering.

»Dann brauche ich Details über das derzeitige durchschnittliche Pro-Kopf-Einkommen der Einwohner Ubomos und eine Schätzung, wie hoch das Einkommen in, sagen wir, fünf oder zehn Jahren sein wird, wenn die Vorteile des Erschließungsprogramms spürbar sind.«

»Darum werden Sie sich kümmern, Neville, nicht wahr?«

Das Gespräch ging noch eine halbe Stunde weiter, bis Daniel es mit einer Schlußbemerkung zusammenfaßte. »Als Filmemacher brauche ich ein Thema für die Produktion. Afrika ist heute für die meisten ein zerrütteter Kontinent, der von scheinbar unüberwindlichen sozialen, wirtschaftlichen und politischen Problemen heimgesucht wird. Ich möchte eine völlig andere Saite anschlagen. Ich will der Welt zeigen, wie es sein könnte, wie es sein sollte. Ich will meine Produktion unter das Thema stellen...« Er legte eine dramatische Pause ein und hob dann seine Hände, um einen imaginären Bildschirm anzudeuten: »Ubomo, Schnellstraße in Afrikas Zukunft.«

Die Männer am Tisch brachen spontan in Applaus aus, und Pickering füllte die Sherrygläser nach.

Als Pickering Daniel und Bonny zurück zum vorderen Teil des Gebäudes begleitete, erzählte er ihnen jovial: »Ich muß sagen, das lief sehr gut. Ich glaube, Sie beide haben einen sehr guten Eindruck gemacht.« Er strahlte wie ein lobender Schulmeister. »Und jetzt noch eine kleine Überraschung. Sir Peter Harrison persönlich...«, seine Stimme nahm einen ehrerbietigen Klang an, als ob er den Namen einer Gottheit erwähnt hätte, »Sir Peter hat den Wunsch geäußert, mit Ihnen und Miss Mahon persönlich ein paar Worte zu wechseln.«

Er wartete nicht auf ihre Zustimmung, sondern führte sie zu den Fahrstühlen.

Sie warteten fünf Minuten im Vorzimmer von Tug Harrisons Büro, kaum lange genug, um die kostbaren Kunstwerke an den Wänden und in den Vitrinen würdigen zu können. Dann blickte eine der drei hübschen Sekretärinnen auf.

»Bitte, folgen Sie mir. Sir Peter erwartet Sie.«

Während sie die beiden zu der Tür am anderen Ende des Vorzimmers führte, blieb Pickering zurück. »Ich werde draußen auf Sie warten. Bleiben Sie nicht länger als drei Minuten. Sir Peter ist ein vielbeschäftigter Mann.«

Aus dem großen Fenster von Harrisons Büro blickte man über die Themse auf das Nationaltheater. Als er sich vom Fenster abwandte, umrahmte das Sonnenlicht seinen kahlen Schädel wie ein Heiligenschein.

»Danny«, sagte er und streckte seine knorrige rechte Hand aus. »Hat man sich um Sie gekümmert?«

»Hätte nicht besser sein können«, versicherte Daniel ihm. »Durch das, was sie mir erzählt haben, fand ich einen Titel für die Produktion. ›Ubomo, Schnellstraße in Afrikas Zukunft‹.«

»Das gefällt mir!« sagte Tug Harrison ohne zu zögern, aber während er das sagte, musterte er Bonny Mahon. Seine Zustimmung konnte sich ebensosehr auf sie wie auf Daniels Titel bezogen haben.

Genau drei Minuten, nachdem sie das innere Heiligtum von BOSS betreten hatten, zog Tug Harrison die Manschette seines Hemdes hoch. Manschettenknöpfe und Armbanduhr waren aus Gold und mit Diamanten besetzt.

»War schön, Sie zu sehen, Danny. Sehr erfreut, Sie kennengelernt zu haben, Miss Mahon, und wenn Sie mich jetzt bitte entschuldigen...«

Vor dem Eingang des BOSS-Gebäudes wartete ein Taxi, das Pickering für sie bestellt hatte.

»Geht auf Kosten des Unternehmens«, sagte er, schüttelte ihnen die Hand und warf einen schmachtenden Abschiedsblick auf Bonnys Busen. »Es bringt Sie, wohin Sie wollen.«

»Caviar Kaspa«, sagte Daniel tollkühn zu dem Fahrer, und als sie an einem Fenstertisch in dem dezent getäfelten vorderen Raum des hübschen, kleinen Restaurants saßen, flüsterte Bonny: »Wer zahlt?«

»BOSS«, versicherte er ihr.

»Dann nehme ich 250 Gramm Beluga mit Pfannkuchen und Sahne.«

»Kommt sofort«, erklärte Daniel. »Das nehme ich auch, und dazu werden wir eine Flasche Champagner köpfen. Was möchtest du lieber, Pol Roger oder die Witwe?«

»Was ich wirklich lieber möchte, kann bis nach dem Essen warten, wenn wir wieder in deiner Wohnung sind, aber inzwischen wird ein Glas von der Witwe helfen, die Zeit zu überbrücken – und dich zu stärken.« Sie kniff die Augen unzüchtig zusammen. »Du wirst deine Kraft nämlich brauchen. Das ist eine offene Drohung.«

Bonny machte sich mit dem Behagen und Appetit eines Schuljungen über den Kaviar her.

»Und was hältst du von BOSS?« fragte Daniel.

»Ich glaube, Tug Harrison ist sehr sexy. Der Geruch von viel Geld und Macht ist ein stärkeres Aphrodisiakum als Kaviar und Champagner.« Sie grinste ihn an, wobei die saure Sahne ihre kupferfarbene Oberlippe umrahmte. »Macht dich das eifersüchtig? Wenn nicht, sollte es das aber.«

»Ich bin am Boden zerschlagen. Aber abgesehen von Harrisons Sex-Appeal – was hältst du von den BOSS-Plänen für Ubomo?«

»Irre!« schwärmte sie zwischen zwei Happen Pfannkuchen. Es war ein Ausdruck, der Daniel besonders ärgerte. »Wahnsinn!« Das war noch schlimmer. »Wenn du mir nur so viel zahlen würdest, daß ich ein Paket BOSS-Aktien kaufen könnte! Jemand wird in Ubomo eine Menge Kohle machen.«

»Und das ist alles?« Daniel lächelte, damit es wie ein Scherz aussah. War dies wirklich das Mädchen, das die zauberhafte Sequenz mit den Karibus im arktischen Sonnenlicht gefilmt hatte? »Eine Menge Kohle? Ist es das?«

Einen Augenblick schaute sie wegen der Frage verblüfft drein, dann tat sie sie unbekümmert ab. »Natürlich. Was soll sonst sein, Geliebter?« Sie wischte die letzten Körnchen Beluga mit einem Pfannkuchenstück auf. »Meinst du, daß dein neues Spesenkonto noch eine Dose Fischeier verkraften kann? So was bekommt ein armes, arbeitendes Mädchen nicht oft vorgesetzt.«

Bonny Mahon war nervös. Es war ein ungewohntes Gefühl. Der Rock und die Strümpfe fühlten sich ebenso ungewohnt an. Sie war an ihre engen Jeans gewöhnt. Aber die Situation war so ungewöhnlich, daß sie ihr übliches Verhalten einfach ändern mußte. Bonny hatte sich sogar der zeitraubenden Prozedur eines Friseurbesuchs unterzogen. Üblicherweise frisierte sie ihr Haar selbst oder besser, sie grinste bei dem Gedanken, brachte es durcheinander. Sie mußte zugeben, daß das Mädchen bei Michaeljohn bessere Arbeit geleistet hatte. Sie betrachtete ihr Abbild in einem der goldgerahmten, antiken Spiegel, vor denen sie in der Empfangshalle des Ritz Hotel am Piccadilly saß.

»Nicht schlecht«, gab sie zu. »Über hundert Schritte Entfernung könnte ich als Dame durchgehen.« Sie strich sich über ihre Locken, die modisch mit Gel eingerieben waren. Es war eine uncharakteristische Geste, ein Symptom für die nervöse Erwartung, mit der sie dem bevorstehenden Treffen entgegensah.

Die Sekretärin, die das Treffen telefonisch vereinbarte, hatte vorgeschlagen, daß der Wagen sie an ihrer Wohnung abholen sollte. Bonny war von der Idee nicht angetan. Sie wollte nicht, daß jemand ihre Wohnung sah. Sie war sparsam, und die Gegend von Südlondon, in der sie derzeit wohnte, war nicht gerade vorzeigbar.

Das Ritz war ihr als erster alternativer Treffpunkt in den Sinn gekommen. Es entsprach mehr dem Image, das sie vermitteln wollte. Obwohl seine Sekretärin das Treffen arrangiert hatte, setzte sie große Erwartungen in den Ausgang.

»Ich meine, es muß doch einfach ein Antrag sein, oder?« versicherte sie sich. »Es war doch eindeutig, wie er mich angesehen hat. In dem Punkt habe ich mich noch nie geirrt. Der ist scharf auf mich.«

Sie schaute auf ihre Armbanduhr. Es war genau halb acht. Er war der Typ, der auf die Sekunde pünktlich sein würde, dachte sie, und als sie erwartungsvoll zum Haupteingang schaute, kam bereits ein Page auf sie zu. Vorsichtshalber hatte sie dem Portier ein Trinkgeld gegeben und ihm gesagt, wo sie zu finden sei.

»Ihr Wagen ist eingetroffen, Madame«, informierte der Page sie.

Ein Rolls-Royce stand am Bordstein. Er schillerte perlgrau, und die Fenster waren dunkelgrau und undurchsichtig, wodurch das prächtige Fahrzeug surrealistisch wirkte.

Der gutaussehende junge Chauffeur, der eine taubengraue Uniform und eine Mütze mit Kunstlederschirm trug, begrüßte sie, als sie die Stufen herunterkam.

»Miss Mahon? Guten Abend.«

Er öffnete die hintere Beifahrertür und trat beiseite. Bonny machte es sich in der sinnlichen Umarmung des weichen, grauen Connolly-Leders bequem.

»Guten Abend, meine Liebe«, begrüßte Tug Harrison sie mit dieser dunkelweichen Stimme, die einen beunruhigenden und erwartungsvollen Schauer über ihr Rückgrat rieseln ließ.

Der Chauffeur schloß die Tür hinter ihr und schloß sie so in einen Kokon von Reichtum und Privilegien. Sie inhalierte den schweren, teuren Duft von Leder und Zigarrenrauch und einem wundervollen Rasierwasser, das Aroma der Macht.

»Guten Abend, Sir Peter. Es war schön, daß Sie mich eingeladen haben«, sagte sie und biß sich wütend auf die Zunge. Es klang falsch, zu überschwenglich und unterwürfig. Sie hatte sich vorgenommen, kühl und von seiner Leutseligkeit unbeeindruckt zu sein.

»Chez Nico«, sagte Tug Harrison zu dem Chauffeur und berührte dann den Knopf in seiner Armlehne, durch den die schallsichere Trennscheibe zwischen Chauffeur und Rücksitzen hochglitt.

»Sie haben hoffentlich nichts dagegen, daß ich Zigarre rauche?« fragte er Bonny.

»Nein. Ich genieße den Duft einer guten Zigarre. Es ist doch eine Davidoff?« Sie hatte nicht geraten. Sie hatte die Bauchbinde im Aschenbecher bemerkt. Sie hatte ein Auge fürs Detail. Das war ihr Erfolgsgeheimnis als Fotografin.

»Ah!« stellte Tug Harrison fest. »Ein Connoisseur.« Er wirkte amüsiert. Sie hoffte, daß er ihren kleinen Trick nicht bemerkt hatte, und wechselte schnell das Thema.

»Ich war noch nie bei Chez Nico. Aber das ist wohl keine Überraschung. Selbst wenn ich einen Platz bekäme, könnte ich nie die Rechnung bezahlen. Es heißt, man müsse Wochen im voraus buchen. Stimmt das?«

»Bei manchen Leuten mag das so sein.« Tug Harrison lächelte wieder. »Ich weiß es wirklich nicht. Ich werde meine Sekretärin fragen. Sie macht meine Termine.«

Gott, alles lief falsch. Jedesmal, wenn sie etwas sagte, klang es unreif und gab ihm einen Grund, auf sie herabzublicken. Für den Rest der kurzen Fahrt überließ sie das Reden ihm, doch obwohl sie den Abend schlecht begonnen hatte, ging mit Bonny die Phantasie durch. Wenn sie ihre Karten jetzt richtig spielte, könnte dies ihre Zukunft sein – Rolls-Royce und Dinner bei Nico's, Kredit bei Harrods und Harvey Nichols und ein Apartment in Mayfair oder Kensington, Ferien in Acapulco, Sydney und Cannes, und ein Zobelmantel. Freuden und Reichtum ohne Ende. »Das könnte das große Spiel sein. Sei nur ganz cool, Mädchen.«

Sie hatte fast den ganzen Nachmittag mit Danny im Bett verbracht, aber das schien hundert Jahre her zu sein, in einem anderen, halbvergessenen Land. Jetzt war Sir Peter Harrison hier und eine neue Welt voller Versprechungen.

Das Restaurant überraschte sie. Sie hatte eine schwülstige, schwach erleuchtete Umgebung erwartet, doch statt dessen war sie fröhlich und die Beleuchtung freundlich. Die wundervolle Bleiglasdecke war in grünen Gartenfarben gehalten und vermittelte eine Stimmung von *Art nouveau*. Ihre eigene Stimmung stieg.

Als sie zu ihrem Tisch im Winkel des L-förmigen Raumes geführt wurden, geriet die Unterhaltung an den anderen Tischen ins Stocken, und alle Köpfe drehten sich und schauten ihnen nach, rückten dann dicht zusammen und flüsterten seinen Namen und tauschten den neuesten Klatsch über ihn aus. Tug Harrison war der Stoff, aus dem Legenden sind. Es war ein gutes Gefühl, an seiner Seite zu sein und die neidischen Blicke der anderen Frauen zu genießen.

Bonny wußte, wie eindrucksvoll ihr großer, athletischer Körper und ihr flammendrotes Haar waren. Sie wußte, daß jeder Schlüsse über die Rolle ziehen würde, die sie in Sir Peters Leben spielte.

»Bitte, Gott, laß es wahr werden. Ich sollte mit dem Wein lieber vorsichtig sein. Perrier und Schlagfertigkeit, das ist die Parole für heute abend.«

Es war einfacher, als sie erwartet hatte. Tug Harrison war höflich und aufmerksam. Er vermittelte ihr das Gefühl, verwöhnt zu werden und etwas ganz Besonderes zu sein, indem er ihr seine ganze Aufmerksamkeit und seinen Charme schenkte.

Nico Ladenis kam eigens aus seiner Küche, um mit Tug Harrison zu sprechen. Nico, dunkel und teuflisch gutaussehend, stand in einem schrecklichen Ruf. Da er das beste Essen in England zubereitete, erwartete er, daß es mit Respekt behandelt wurde. Bestellte man einen Gin mit Tonic, um vor Beginn einer seiner himmlischen Mahlzeiten seinen Gaumen zu ruinieren, waren einem sein Zorn und seine Verachtung gewiß. Tug Harrison bestellte eine gekühlte La Ina für sich und einen Dubonnet für Bonny. Dann gingen Tug und Nico das Menü mit derselben ernsten Aufmerksamkeit durch, die Tug einem Vierteljahresbericht von BOSS gewidmet hätte.

Als Nico gegangen war, schickte er einen seiner Kellner, um die Bestellung aufzunehmen. Tug wandte sich an Bonny, um zu fragen, was sie ausgewählt habe, aber sie heuchelte mädchenhafte Verwirrung. »Oh, das klingt alles so großartig, daß ich mich überhaupt nicht entscheiden kann. Würden Sie für mich bestellen, Sir Peter?«

Er lächelte, und sie spürte, daß sie endlich auf dem richtigen Wege war. Sie bekam das richtige Gefühl für die ganze Sache, und ihre Intuition erreichte Marschgeschwindigkeit. Natürlich liebte er es, in jeder Situation zu bestimmen, selbst bei der Auswahl eines Menüs.

Sie widmete sich dem Chevalier-Montrachet, den er zu ihrem Lachs bestellt hatte, sehr vorsichtig. Sie ermunterte ihn, von den Abenteuern seiner Jugendtage in Afrika zu erzählen. Es war nicht schwer, größtes Interesse an der Unterhaltung zu zeigen, da er ein ausgezeichneter Erzähler war. Seine Stimme war wie das Streicheln von Samthandschuhen, und es war unwichtig, daß er alt war und seine Haut durch die tropische Sonne runzlig, hängend und fleckig. Erst kürzlich hatte sie irgendwo gelesen, daß sein persönliches Vermögen über dreihundert Millionen Pfund betrug. Was machten bei dem Preis schon ein paar Runzeln und Narben?

»Gut, meine Liebe.« Endlich tupfte Tug sich seine ledrigen Lippen mit der gefalteten Serviette ab. »Darf ich vorschlagen, daß wir den Kaffee in Holland Park nehmen? Es gibt da ein paar Kleinigkeiten, die ich mit Ihnen besprechen möchte.«

Sittsam zögerte sie einen Augenblick. Konnte sie es sich leisten, den Eindruck zu erwecken, so leicht zu haben zu sein? Sollte sie sich nicht erst ein bißchen zieren? Sollte sie nicht besser warten, bis sie zum zweiten Mal aufgefordert wurde? Aber wenn es nun kein zweites Mal gab? Ihr Mut sank bei diesem Gedanken.

Tu's, Süße, riet sie sich und lächelte ihn an. »Danke, Sir Peter. Sehr gerne.«

Die Pracht des Hauses am Holland Park ließ sie vor Ehrfurcht fast erstarren. Es fiel ihr schwer, nicht wie ein Tourist den Hals zu verrenken, als er sie in sein Arbeitszimmer hochführte, wo sie in einem tiefen Ledersessel Platz nahm. Es war ein sehr maskulin eingerichteter Raum, mit zwei Rhinozeroshörnern an den getäfelten Wänden. Sie bemerkte die beiden Gemälde und erschauerte, als sie ihren Wert erkannte.

»Ist Ihnen kalt, meine Liebe?« Er war besorgt und bedeutete dem schwarzen Diener in der fliegenden weißen Kanza, das Fenster zu schließen. Sir Peter brachte ihr die Kaffeetasse persönlich.

»Kenia Blue«, sagte er. »Auf meiner Privatplantage an den Hängen des Mount Kenia handgepflückt.«

Er entließ den Diener und zündete sich eine Zigarre an.

»Und nun, meine Liebe...« Er blies eine Rauchwolke an die Decke. »Sagen Sie mir, schlafen Sie mit Daniel Armstrong?«

Es kam so unerwartet, so schroff und beängstigend, daß sie ihre Fassung verlor. Bevor sie sich beherrschen konnte, funkelte sie ihn an. »Was glauben Sie eigentlich, mit wem Sie reden, verdammt?«

Er hob eine silberne Augenbraue. »Ah, ein Temperament, das Ihrer Haarfarbe entspricht, wie ich sehe. Aber das ist eine faire Frage, und ich will sie offen beantworten. Ich glaube, ich rede mit Thelma Smith. Das ist doch der Name, der auf Ihrer Geburtsurkunde steht? Vater unbekannt. Ich habe die Information, daß Ihre Mutter 1975 an einer Überdosis gestorben ist. Heroin, glaube ich. Das war die Zeit, als eine Lieferung von schlechtem Stoff in der Stadt verlorenging.«

Bonny spürte, daß ihr vor Übelkeit Schweiß ausbrach und auf ihrer Stirn stand. Sie starrte ihn an.

»Ihr Leben ist, wie das Ihrer Mutter, nun, sagen wir, wechselvoll gewesen. Mit vierzehn Jahren waren Sie wegen Ladendiebstahl und dem Besitz von Marihuana in einer Besserungsanstalt. Mit achtzehn bekamen Sie eine neunmonatige Haftstrafe wegen Diebstahl und Prostitution. Scheint, als hätten Sie einen Ihrer Freier bestohlen. Als Sie im Frauengefängnis einsaßen, entdeckten Sie Ihr Interesse am Fotografieren. Sie haben nur drei Monate Ihrer Strafe abgesessen und wurden wegen guter Führung auf Bewährung entlassen.« Er lächelte sie an. »Korrigieren Sie mich bitte, falls ich irgendwelche Fakten durcheinandergebracht habe.«

Bonny spürte, wie sie in dem großen Ledersessel zusammenschrumpfte. Sie fühlte sich noch immer krank und kalt. Sie schwieg.

»Sie änderten Ihren Namen zu dieser bezaubernden Version und bekamen Ihre erste Arbeit als Kamerafrau bei Peterson Television in Kanada. Im Mai 1981 wurden Sie entlassen, weil Sie die Videoausrüstung, die der Gesellschaft gehörte, gestohlen und verkauft hatten. Man hat darauf verzichtet, Anzeige zu erstatten. Seitdem ist Ihre Akte sauber. Vielleicht bekehrt, oder sind Sie nur cleverer geworden? Wie auch immer, es scheint, als seien Sie nicht von allzuviel moralischen Skrupeln geplagt, und für Geld tun Sie offensichtlich alles.«

»Sie Bastard!« zischte sie ihn an. »Sie haben mich reingelegt. Ich dachte...«

»Ja, Sie dachten, ich sei scharf auf dieses sicher schmackhafte Fleisch.« Er schüttelte bedauernd den Kopf. »Ich bin ein alter Mann, meine Liebe. Seit die Flammen niedriger brennen, habe ich festgestellt, daß mein Appetit gepflegter wird. Bei allem Respekt vor Ihren offensichtlichen Reizen, würde ich Sie als einen Beaujolais nouveau einstufen, schmackhaft zwar, aber ohne Integrität und Vornehmheit. Der Wein für einen jüngeren Gaumen, wie für den von Danny Armstrong vielleicht. In meinem Alter bevorzuge ich etwas wie einen Latour oder einen Margaux – älter, weicher und mit mehr Klasse.«

»Sie alter Bastard! Jetzt beleidigen Sie mich.«

»Das war nicht meine Absicht. Ich wollte nur, daß wir uns ganz klar verstehen. Ich will etwas anderes als Ihren Körper, Sie wollen Geld. Wir können ein Geschäft machen. Eine rein kommerzielle Vereinbarung. Aber um auf meine eigentliche Frage zurückzukommen. Schlafen Sie mit Daniel Armstrong?«

»Ja«, knurrte sie ihn an. »Ich ficke ihm den Arsch weg.«

»Ein beachtlicher Sprachwandel. Darf ich das so verstehen, daß diese Beziehung nicht durch rührselige Gefühle kompliziert wird? Ich meine, zumindest nicht von Ihrer Seite aus?«

»Es gibt nur eine Person, die ich liebe, und die sitzt hier neben Ihnen.«

»Sehr ehrlich«, lächelte er, »das wird ja immer besser, insbesondere, da Danny Armstrong nicht der Typ ist, der das so leicht nimmt. Sie haben einen gewissen Einfluß auf ihn, und deshalb sollten Sie und ich jetzt übers Geschäft reden. Was würden sie zu fünfundzwanzigtausend Pfund sagen?«

Die Summe verblüffte Bonny, aber sie nahm ihren Mut zusammen und folgte ihrer Eingebung. Sie lehnte das Angebot verächtlich ab. »Ich würde sagen: ›Behalten Sie's, Mann!‹ Ich habe irgendwo gelesen, daß Sie das Zehnfache für ein Pferd bezahlt haben.«

»Ah, aber das war eine Vollblutstute makelloser Herkunft. Dieser Klasse wollen Sie sich doch gewiß nicht zurechnen, oder?« Er hob seine Hände, um ihrer wütenden Erwiderung zuvorzukommen. »Genug, meine Liebe. Es war nur ein kleiner Scherz. Ein schlechter, wie ich eingestehe. Bitte, verzeihen Sie mir. Ich will, daß wir Geschäftspartner werden, nicht Liebhaber, nicht einmal Freunde.«

»Dann sollten Sie lieber erklären, was ich zu tun habe, bevor wir über den Preis sprechen.« Ihr Gesichtsausdruck war wach und listig. Er empfand erstmals so etwas wie Respekt für sie.

»Das ist wirklich sehr einfach...« Und er erzählte ihr, was er wollte.

Daniel hatte jeden Tag dieser Woche im Lesesaal des Britischen Museums verbracht. Das machte er immer so, bevor er mit einem Auftrag begann. Neben Büchern über Ubomo bat er die Bibliothekarin um jede Veröffentlichung, die sie über den Kongo, das Rift Valley und seine Seen und den äquatorial-afrikanischen Urwald finden konnte.

Er ging die älteren Bücher rasch durch, frischte nur seine Erinnerung an die halbvergessenen Beschreibungen der Expeditionen des neunzehnten Jahrhunderts in dieser Region auf. Dann wandte er sich neueren Publikationen zu.

Unter ihnen fand er Kelly Kinnears Buch, *Die Menschen der Großen Bäume*.

Er betrachtete das Porträt der Autorin auf der Innenseite des Schutzumschlages. Sie war recht hübsch, hatte ein ausdrucksvolles und interessantes Gesicht. Aus dem Klappentext war ihr Geburtsdatum nicht ersichtlich, aber dafür ihre Auszeichnungen und akademischen Grade. Eigentlich war sie promovierte Ärztin, hatte aber auch an der Universität von Bristol ihren Doktorgrad als Anthropologin erworben. »Wenn Dr. Kinnear keine Feldforschungen durchführt, lebt sie mit zwei Hunden und einer Katze in einem Bauernhaus in Cornwall.« Das war die einzige persönliche Information, die der Text enthielt, und Daniel betrachtete wieder das Foto.

Im Hintergrund war eine Palisade zu sehen, gebildet aus den Stämmen hoher Tropenbäume. Es schien, als stünde sie auf einer Waldlichtung. Sie war barhäuptig, trug das dunkle Haar aus dem Gesicht nach hinten gekämmt und zu einem dicken Zopf geflochten, der ihr über eine Schulter gefallen war und auf ihre Brust hinunterhing. Sie trug ein Männerhemd. Zu ihrer Figur war schwer etwas zu sagen, aber sie schien schlank und kleinbusig zu sein. Ihr Hals war lang, sehr gerade und anmutig geformt, und ihre Schlüsselbeine bildeten wohlgeformte Schalen an ihrem Halsansatz.

Sie trug den Kopf aufrecht, hatte einen energischen Kiefer und hohe Wangenknochen wie eine Indianerin. Ihre Nase war schmal und eher knochig, und ihr Mund entschlossen, fast trotzig. Ihre mandelförmigen Augen, mit denen sie kühl in die Kamera blickte, waren vielleicht das Schönste an ihr. Er schätzte sie auf Anfang Dreißig, zumindest zum Zeitpunkt der Aufnahme.

»Kein Wunder, daß mein Freund Tug Angst vor ihr hat«, fand Daniel. »Das ist eine Dame, die ihren eigenen Weg geht.«

Er überflog das erste Dutzend Seiten der *Menschen der Großen Bäume* und las die Einführung, in der Kelly Kinnear die ersten Hinweise auf die Pygmäen in den Schriften der Antike erläuterte. Doch Daniel hatte all dies schon einmal gelesen und ging schnell zu dem interessanteren Teil des Buches über, in dem die Autorin die drei Jahre beschrieb, die sie mit einem Pygmäenstamm in den Tiefen der Urwälder Ubomos am Äquator verbracht hatte.

Kinnear war eine Anthropologin mit einem ungewöhnlich scharfen Blick fürs Detail und der Fähigkeit, ihre peinlich genau notierten Fakten zu ordnen und aus ihnen logische Schlußfolgerungen zu ziehen, und doch besaß sie das Ohr und das Herz einer Schriftstellerin. Sie beschrieb keine trockenen Dinge, sondern menschliche Wesen, von denen jedes seinen Charakter und seine Eigenarten hatte. Es waren herzliche, liebevolle und liebenswerte Menschen, ein glückliches Volk, das in wundervoller Harmonie mit der Natur lebte, sich mit Gesang und Tanz und schelmischem Humor ausdrückte. Am Ende konnte der Leser nicht anders, als die offensichtliche Zuneigung und das Verständnis der Autorin zu teilen, noch mehr aber ihre tiefe Besorgnis um den Urwald, in dem sie lebten.

Daniel schloß das Buch und saß eine Weile mit dem beglückten Gefühl da, das es ihm vermittelt hatte. Nicht zum ersten Mal empfand er den Wunsch, diese Frau kennenzulernen und mit ihr zu reden, aber jetzt wußte er zumindest, wie und wann er das tun könnte.

Die jährliche Aktionärsversammlung von BOSS war eine Woche vor seiner Abreise nach Ubomo anberaumt, und Pickering sorgte dafür, daß Daniel und Bonny eine Einladung dazu bekamen.

Die Aktionärsversammlung fand immer im Festsaal des prächtigen Verwaltungsgebäudes von BOSS in Blackfriars statt.

Sie wurde immer am letzten Freitag des Monats Juli abgehalten und begann abends um halb acht. Sie dauerte eine Stunde und fünfundzwanzig Minuten. Zehn Minuten währte die Verlesung des Protokolls der letzten Aktionärsversammlung, gefolgt von dem einstündigen, sonor vorgetragenen Rechenschaftsbericht Sir Peters, woran sich fünfzehn Minuten schlossen, in denen seine Aufsichtsratsmitglieder ihm Entlastung erteilten. Schließlich folgten auf Vorschlag von einem der Aktionäre Dank und Zustimmung zum Jahresbericht. Diese Zustimmung wurde stets durch Handzeichen erteilt. So war das immer verlaufen. Das war Unternehmenstradition.

Die Sicherheitsmaßnahmen am Eingang waren sehr streng. Der Name jeder eintretenden Person wurde sorgfältig mit der aktuellen Liste der Aktionäre verglichen, und besonders geladene Gäste wurden von uniformierten Angehörigen des BOSS-Sicherheitsdienstes überprüft.

Sir Peter wollte nicht, daß wilde Iren oder Anti-Rushdie-Fundamentalisten während seiner sorgfältig erprobten Rede Bomben warfen, und ebensowenig wollte er, daß freie Journalisten oder Gewerkschafter oder anderes ungebetenes Gesindel sich am überladenen Büffet und an der Bar zum Nulltarif bediente.

Daniel hatte sich hinsichtlich der Abfahrtszeit von seiner Wohnung in Chelsea verschätzt. Sie wären dreißig Minuten früher in Blackfriars gewesen, aber Bonny hatte auf die letzte Minute einen Vorschlag gemacht, den er, immer ein echter Gentleman, nicht ablehnen konnte. Danach war gemeinsames Duschen erforderlich gewesen, in dessen Verlauf Bonny eine Wasserschlacht begonnen hatte, die derart ausartete, daß das Badezimmer überflutet war und das Wasser unter der Tür hindurch in den Korridor floß.

All dies brauchte Zeit, und dann hatten sie Schwierigkeiten, ein Taxi zu bekommen. Schließlich blieben sie im Verkehr am Embankment stecken und erreichten dadurch das BOSS-Gebäude erst, als Sir Peter bereits mitten im Vortrag war und seine Zuhörer mit einem Bericht über die Erfolge von BOSS in den vergangenen zwölf Monaten fesselte.

Alle Plätze waren belegt, und die anderen Teilnehmer drängten sich am Ende des Saales. Sie kamen dennoch hinein, und Daniel führte Bonny in eine Ecke nahe der Bar und drückte ihr einen großen Whisky-Soda in die Hand.

»Das müßte dich für eine halbe Stunde beruhigen«, flüsterte er. »Mach jetzt keine Vorschläge mehr, bevor wir nach Hause fahren.«

»Feigling.« Sie grinste ihn an. »War dir wohl zuviel, Armstrong.«

Die umstehenden Aktionäre runzelten die Stirn und zischten, und sie nahmen zerknirscht Platz, um Sir Peter ›Tug‹ Harrisons Witz und Gelehrsamkeit zu lauschen.

Auf dem Podium vor ihnen saß Sir Peter in der Mitte eines langen Tisches am Mikrofon, die Vorstandsmitglieder links und rechts neben sich. Unter ihnen waren ein indischer Maharadscha, ein Graf, ein osteuropäischer Thronfolger und eine Reihe abgehalfterter Baronetts. Ihre Namen und Titel machten sich gut auf dem Briefkopf des Unternehmens, aber an diesem Abend machte sich niemand im Saal Illusionen darüber, wer die eigentliche Macht und das Sagen bei BOSS hatte.

Sir Peter stand da, hatte seine linke Hand in die Jackentasche gesteckt und richtete gelegentlich den Zeigefinger seiner rechten Hand auf das Publikum. Er hatte ihnen nur Gutes zu berichten, von den Ergebnissen der Ölbohrungen vor der Küste im Pemba-Kanal, über die Baumwoll- und Ernußernten in Sambia, die Gewinne vor Steuer und die Dividendenausschüttungen. Die Zuhörer waren begeistert.

Sir Peter schaute auf seine Armbanduhr. Er hatte fünfzig Minuten gesprochen – zehn blieben ihm noch. Es war an der Zeit, über künftige Pläne und Ziele zu sprechen. Er nahm einen Schluck Wasser, und als er weitersprach, war seine Stimme samtweich und verführerisch.

»Meine Lords, sehr geehrte Damen und Herren, das waren die schlechten Nachrichten...« Er hielt inne, um das Lachen und die Welle des Applauses abzuwarten. »Lassen Sie mich jetzt zu den guten Nachrichten kommen. Die gute Nachricht heißt Ubomo, die Demokratische Volksrepublik Ubomo, und die Mitwirkung Ihres Unternehmens an einer neuen Ära dieses herrlichen kleinen Landes. Wir haben die Gelegenheit, nicht nur Arbeitsplätze, sondern auch Wohlstand für die benachteiligte Vier-Millionen-Bevölkerung zu schaffen.« Neun weitere Minuten fesselte er die Zuhörer dann mit dem Versprechen ungeheurer Gewinne und atemberaubender Dividenden und schloß: »Und so, meine Damen und Herren, sehen wir Ubomo vor uns, die Schnellstraße in die Zukunft des afrikanischen Kontinents.«

»Teufel!« flüsterte Daniel, dessen Stimme vom Applaus gedämpft wurde. »Das ist ein eindeutiger Fall von Plagiat. Der alte Bastard hat meinen Satz übernommen.«

Nachdem Sir Peter sich gesetzt hatte, gab der Sekretär des Unternehmens ihnen zwei Minuten, um zu applaudieren, bevor er sich über sein Mikrofon beugte.

»Meine Lords, meine Damen und Herren, ich eröffne jetzt die Diskussion. Gibt es irgendwelche Fragen? Der Aufsichtsratsvorsitzende und der Aufsichtsrat werden sich bemühen, Ihre Fragen so gut wie möglich zu beantworten.«

Seine lautsprecherverstärkte Stimme hallte noch immer durch den Raum, als eine andere Stimme einfiel.

»Ich habe eine Frage an den Aufsichtsratsvorsitzenden.« Es war eine Frauenstimme, klar, selbstsicher und überraschend laut – so laut, daß Sir Peter auf dem Podium zusammenzuckte.

Bis dahin hatte Daniel erfolglos versucht, Doktor Kinnear in dem überfüllten Saal auszumachen. Entweder war sie nicht anwesend oder durch die anderen Aktionäre verdeckt. Er hatte seine Suche aufgegeben.

Jetzt sah er sie. Sie war sehr wohl anwesend und stand vorn in der dritten Reihe auf ihrem Stuhl. Daniel grinste erfreut. Er sah, warum Kelly Kinnears Stimme so durchdringend war. Sie hatte sich mit einem elektrischen Megafon bewaffnet. Wie sie das Gerät an den scharfen Sicherheitskräften vorbeigeschmuggelt hatte, war ein Rätsel, aber jetzt benutzte sie es mit durchschlagender Wirkung.

Daniel hatte oft anderen Zusammenkünften beigewohnt, bei denen Fragen aus dem Publikum, egal wie angemessen oder eindringlich, ihre Wirkung einfach durch die Tatsache verloren hatten, daß sie nicht zu verstehen gewesen waren. »Was hat er gesagt?« oder »Lauter!« waren die üblichen Reaktionen darauf gewesen, und so ging das Spiel von Anfang an verloren.

Bei Kelly Kinnear war das nicht der Fall. Auf ihrem Stuhl stehend, für alle Anwesenden sichtbar, attackierte sie Sir Peter Harrison auf eine Entfernung von dreißig Schritten mit hallender, junger Stimme.

Sie war kleiner, als Daniel es erwartet hatte, aber ihr schlanker Leib schwankte nicht. Er war anmutig, fast vogelgleich, und sie strahlte eine Kraft aus, die weit größer als ihre Körpergröße war.

»Herr Aufsichtsratsvorsitzender, BOSS hat unlängst das Bild eines grünen Baumes in das Konzernsignet aufgenommen. Ich möchte wissen, ob das deshalb geschehen ist, damit Sie ihn fällen können.«

Bestürzte Stille füllte den Saal. Ihr plötzliches Auftreten war vom Großteil des Publikums mit amüsiertem und bewunderndem Lächeln begrüßt worden, der natürlichen Reaktion von Männern auf ein hübsches Mädchen. Aber jetzt wich das Lächeln bestürzten Mienen.

»Dreißig Jahre lang, Sir Peter«, fuhr Kelly Kinnear fort, »seit Sie Aufsichtsratsvorsitzender von BOSS sind, war das Motto des Unternehmens ›Ausgraben!‹ ›Fällen!‹ oder ›Abschießen!‹«

Die bestürzten Mienen wandelten sich zu Stirnrunzeln. Aktionäre wechselten besorgte Blicke.

»Viele Jahre lang beschäftigte BOSS Berufsjäger, um wilde Tiere abzuschlachten. Mit dem Fleisch wurden die Tausenden von Beschäftigten des Unternehmens versorgt. Diese Billigfleisch-Politik wurde erst kürzlich beendet. Das war die ›Abschießen!‹-Philosophie.«

Der Nacken von Kelly Kinnears schlankem, sonnengebräuntem Hals rötete sich mit wachsendem Ärger. Der dicke dunkle Haarzopf hing wie der Schwanz einer Löwin zwischen ihren Schultern.

»Vierzig Jahre lang hat BOSS die Mineralschätze aus Afrikas Boden gerissen und klaffende Krater und Verwüstung hinterlassen. Das ist die ›Ausgraben‹!-Mentalität. Dreißig Jahre lang hat BOSS die Wälder abgeholzt und das Land mit Baumwolle und Erdnüssen und anderen geldbringenden Pflanzen bebaut, die die Erde auslaugen, die sie mit Nitratdünger vergiften und Ströme und Flüsse verseuchen. Das ist die ›Fällen!‹-Philosophie.«

Ihr ganzer Körper zitterte vor Wut, ein Phänomen, das Daniel faszinierte.

»Diese geldbringenden Pflanzen sind keine Nahrungsmittel für die Menschen, die einmal dieses Land besiedelt haben. Sie werden gezwungen, vor der Verwüstung zu weichen, die BOSS geschaffen hat, müssen in den widerwärtigen Slums der in Afrika wuchernden neuen Städte leben. Diese Menschen werden durch die Gier von BOSS zu Ausgestoßenen.«

Sir Peter drehte seinen Kopf und sah den Schriftführer fragend an. Der sprang gehorsam auf.

»Würden Sie uns bitte Ihren Namen nennen und Ihre Frage kurz und klar formulieren?«

»Ich bin Dr. Kelly Kinnear, und ich werde meine Frage stellen. Darf ich?«

»Das ist keine Frage. Sie kommen mit Tiraden...«

»Hören Sie mir zu«, befahl sie und drehte sich auf dem Stuhl, um die Aktionäre im Festsaal anzusehen. »Für die meisten von uns hat unser Wohlstand Vorrang vor tropischen Wäldern und Seen in einem fernen Land. Die fürstlichen Dividenden, die BOSS zahlt, sind uns wichtiger als exotische Vögel, unbekannte Tiere und Eingeborenenstämme. Es ist so leicht, Lippenbekenntnisse zum Umweltschutz abzugeben, solange wir dafür nicht in die eigene Tasche greifen müssen...«

»Zur Ordnung, bitte!« brüllte der Schriftführer. »Sie verstoßen gegen die Geschäftsordnung, Doktor Kinnear. Sie stellen keine Frage.«

»Gut.« Kelly drehte sich zu ihm um. »Ich werde eine Frage stellen. Weiß der Aufsichtsratsvorsitzende von BOSS, daß die tropischen Regenwälder von Ubomo vernichtet werden, während wir hier sitzen?« Sie funkelte ihn an. »Ist dem Aufsichtsratsvorsitzenden klar, daß über fünfzig wildlebende Tierarten Ubomos als direkte Folge der Aktivitäten von BOSS ausgerottet worden sind?«

»Pfui! Setzen!«

»Der Tod einer Spezies betrifft uns direkt. Am Ende wird er zu unserer eigenen Ausrottung führen, zum Tod des Menschen auf dieser Erde.«

»Setzen!« brüllte wieder jemand. »Du verrücktes Miststück!«

»Doktor Kinnear«, rief der Schriftführer, »ich muß Sie auffordern, sofort Platz zu nehmen. Das ist ein vorsätzlicher Versuch, die Tagesordnung zu verletzen.«

»Ich klage Sie an, Herr Aufsichtsratsvorsitzender«, Kelly richtete einen zitternden Finger auf Sir Peter, »ich klage Sie der Vergewaltigung an!«

Protestschreie wurden laut, einige der anderen Aktionäre waren auf den Beinen.

»Pfui!«

»Die Frau ist ja wahnsinnig!«

Einer von ihnen versuchte, Kelly von ihrem Stuhl zu zerren, doch es war offensichtlich, daß sie sich mit einer kleinen Gruppe von Anhängern umgeben hatte, einem halben Dutzend junger Männer und Frauen, leger gekleidet, aber mit entschlossenen Gesichtern. Sie rückten näher an sie heran. Einer der jungen Männer stieß den Angreifer zurück.

»Lassen Sie sie reden!«

»Ich klage Sie der Vergewaltigung Ubomos an. Ihre Bulldozer fallen bereits in die Wälder ein...«

»Schafft sie raus!«

»Doktor Kinnear, wenn Sie nicht sofort von dem Stuhl heruntersteigen, bleibt mir keine andere Alternative, als Sie mit Gewalt entfernen zu lassen.«

»Ich bin Aktionärin. Ich habe das Recht...«

»Werft sie raus!«

Es gab Durcheinander und Tumult im vorderen Teil des Saales, während Sir Peter Harrison auf dem Podium gelangweilt und teilnahmslos wirkte.

»Antworten Sie mir!« schrie Kelly ihn an, von ihren kämpfenden Anhängern umgeben. »Fünfzig Tierarten sind zum Aussterben verurteilt, damit Sie in Ihrem Rolls-Royce herumfahren können...«

»Saalordner!« kreischte der Schriftführer, und aus jedem Winkel des Saales sprangen uniformierte Wachmänner in das Gewühl.

Als einer von ihnen Daniel mit dem Ellenbogen beiseite stieß und vorwärtsstürmte, konnte Daniel nicht anders. Er trat mit seinem rechten Fuß gegen den Knöchel des Heranstürmenden. Der Mann stolperte und wurde durch seinen eigenen Schwung nach vorn geschleudert. Mit dem Kopf voran flog er in eine Stuhlreihe und warf die darauf Sitzenden unter lauten Protest- und Wutschreien um. Stühle zerbrachen, und Frauen kreischten.

Das gefiel den Pressefotografen, und ihre Blitzlichter zuckten und erhellten den Saal wie das Flackern eines Sommergewitters.

»Während Sie Ihre scheinheiligen Plattitüden von sich geben und einen kleinen grünen Baum in das BOSS-Signet setzen, zerstören Ihre Bulldozer das Herz von einem der anfälligsten und kostbarsten Wälder dieser Erde.« Kelly Kinnears verstärkte Stimme übertönte das Gebrüll. Sie stand noch immer auf ihrem Stuhl, schwankte aber bedenklich in dem Sturm, der um sie wütete, eine kleine, heldenhafte Gestalt in dem Durcheinander.

»Diese Wälder gehören Ihnen nicht. Sie gehören auch dem brutalen Militärtyrannen nicht, der in Ubomo die Macht ergriffen hat und der Ihr Komplize bei dieser Greueltat ist. Diese Wälder gehören den Bambuti-Pygmäen, einem Stamm freundlicher, friedlicher Menschen, die seit undenklichen Zeiten dort gelebt haben. Wir, die Freunde der Erde, und alle anständigen Menschen auf der Welt sagen: ›Lassen Sie Ihre gierigen Finger von...‹«

Drei der Wachmänner von BOSS bildeten eine Formation. Sie durchbrachen den Ring derer, die sie verteidigten, und griffen nach Kelly Kinnear, um sie herunterzuziehen.

»Laßt mich los!« schrie sie sie an und benutzte ihr Megafon als Angriffswaffe. Sie deckte die Wachen mit Schlägen ein, bis der Trichter zerbrach und zersplitterte und sie wehrlos war.

Sie zerrten sie von ihrem Stuhl und schleppten sie aus dem Saal, wobei sie trat, kratzte und biß. Scheue Ruhe kehrte ein. Wie die Überlebenden einer Bombenexplosion stellten die Aktionäre die Stühle auf, glätteten ihre Kleidung und schauten, ob sie verletzt waren.

Oben auf dem Podium erhob Sir Peter sich ohne Eile und nahm seinen Platz am Mikrofon wieder ein. »Meine Damen und Herren, diese Unterhaltungseinlage war nicht vorgesehen, das versichere ich Ihnen. Im Namen von BOSS und dem Aufsichtsrat kann ich mich für diesen Zwischenfall nur entschuldigen. Wenn er überhaupt etwas erreicht hat, dann so viel, daß er eine bildhafte Darstellung der Schwierigkeiten war, mit denen wir uns auseinanderzusetzen haben, wenn wir versuchen, das Los unserer Mitmenschen zu verbessern.«

Diejenigen, die besorgt gewesen waren, sammelten sich wieder und lauschten seiner vollen, dunklen, verführerischen Stimme. Nach den schrillen Denunzierungen und Beschuldigungen war sie tröstender Balsam.

»Doktor Kelly Kinnear ist für ihre maßlosen Ansichten berüchtigt. Sie hat der Regierung des Präsidenten Taffari von Ubomo alleine den Krieg erklärt. Sie ist in diesem Land ebensosehr zur Plage geworden, wie heute abend hier. Sie haben ihren Auftritt erlebt, meine Damen und Herren, und deshalb dürften Sie nicht sonderlich überrascht sein zu erfahren, daß sie aus Ubomo deportiert und offiziell zur unerwünschten Person erklärt wurde. Die Rache, die sie fordert, ist eine persönliche. Sie betrachtet sich selbst als Opfer und will sich dafür rächen.«

Er hielt wieder inne und schüttelte den Kopf.

»Wir dürfen jedoch nicht glauben, daß die Szene, deren Zeuge wir heute abend geworden sind, die isolierte Handlung einer armen, irregeleiteten Seele war. Unglücklicherweise, meine Damen und Herren, sind wir in unserer verrückten neuen Welt von linken Spinnern umgeben. Diese Dame, die uns gerade verlassen hat...« Sie lachten unsicher, begannen sich von den Wirkungen des Überzeugungsversuchs von Kelly Kinnear zu erholen. »Diese Dame gehört zu denen, die lieber Zehntausende ihrer Mitmenschen unter Hunger und Armut leiden lassen, statt zu erlauben, daß auch nur ein einziger Baum gefällt wird, daß ein Pflug eine Furche ziehen darf, daß ein einziges Tier sterben dürfte.«

Er hielt inne und schaute sie streng an, bot die ganze Kraft seiner Persönlichkeit auf und bekräftigte so seine Macht wieder, die für eine Minute durch die kleine, entschlossene Frau mit dem Lautsprecher erschüttert worden war. »Das ist Unsinn. Der Mensch hat ebenso ein Recht auf Leben wie jede andere Spezies auf diesem Planeten. Doch BOSS ist sich seiner Verantwortung für die Umwelt bewußt. Wir sind ein umweltbewußtes Unternehmen, das sich dem Wohlergehen aller Kreaturen auf dieser Erde verpflichtet fühlt, Menschen und Tieren und Pflanzen. Im letzten Jahr haben wir über hunderttausend Pfund für Umweltforschungen ausgegeben, bevor wir mit Unternehmungen begannen. Einhunderttausend Pfund, meine Damen und Herren, sind eine Menge Geld.« Er wartete, bis der Applaus des Publikums sich gelegt hatte. Daniel bemerkte, daß Harrison es sorgfältig mied, diese große Summe Geldes mit den steuerpflichtigen Gewinnen von BOSS im gleichen Zeitraum zu vergleichen, Gewinnen von fast einer Milliarde Pfund.

Dann fuhr er fort: »Wir haben dieses Geld ausgegeben, nicht um jemand zu beeindrucken, nicht aus PR-Gründen für die Öffentlichkeit, sondern in dem ehrlichen und aufrechten Versuch, für die ganze Welt das Richtige zu tun. In unseren Herzen wissen wir, daß es richtig und angemessen ist, was wir tun. Und das wissen auch Sie, die wichtigsten Mitglieder von BOSS, die Aktionäre. Unser Gewissen ist rein, meine Damen und Herren! Wir können voller Zuversicht und Vertrauen weitermachen, damit unser Unternehmen das bleibt, was es immer gewesen ist, nämlich eine der großen Kräfte für das Gute in einer sonst traurigen und schlimmen Welt.«

Die Aktionärsversammlung dauerte fast zwanzig Minuten länger als gewöhnlich. Einen Großteil dieser Zeit dauerte die Ovation auf die Stegreifrede des Aufsichtsratsvorsitzenden.

Zum ersten Mal erfolgte die traditionelle Entlastung nicht durch Handzeichen, sondern durch donnernden Applaus.

»Tug hämmert verrückte Grüne nieder«, lautete am nächsten Morgen die Schlagzeile in der Boulevardpresse, und die Medien waren sich einig, daß es sich weniger um eine Konfrontation als vielmehr um ein Massaker an Unschuldigen gehandelt hatte.

Es gab keinen Direktflug von Heathrow nach Kahali in Ubomo. Obwohl der Flughafen in Ephrem Taffari Airport umbenannt worden war und die Weltbank fünfundzwanzig Millionen Dollar für die Verlängerung der Startbahn und Renovierung der Flughafengebäude zur Verfügung gestellt hatte, um Großraumjets abfertigen zu können, hatte es durch den Umstand, daß ein großer Teil des ursprünglichen Kapitals einfach verschwunden war, beim Bau erhebliche Verzögerungen gegeben. In den Straßen von Kahali munkelte man, daß die fehlende Summe auf einem Nummernkonto einer Schweizer Bank ein neues Zuhause gefunden habe. Zur Fertigstellung des Projekts waren weitere fünfundzwanzig Millionen Dollar erforderlich, und die Weltbank verlangte außerordentlich hohe Sicherheiten und Garantien, bevor sie diesen Kredit gewährte. Inzwischen waren Reisende gezwungen, über Nairobi nach Ubomo zu fliegen.

Daniel und Bonny flogen mit der British Airways nach Nairobi, und Daniel zahlte für Bonnys Videoausrüstung fast fünfhundert Pfund an Mehrgepäckzuschlag. In Nairobi mußten sie im Norfolk-Hotel übernachten, bevor sie die planmäßige Maschine der Air Ubomo besteigen konnten, die die beiden Hauptstädte miteinander verband.

Da sie einen ganzen Tag Zeit hatten, bat Danny Bonny, Füllaufnahmen zu drehen. Tatsächlich aber suchte er nach einer Gelegenheit, sie bei der Arbeit zu beobachten und sich daran zu gewöhnen, mit ihr zusammenzuarbeiten. Es sollte eine Art Generalprobe sein. Er mietete einen Kombi mit offenem Dach und einem Kikuyu als Fahrer. Sie fuhren zum Nairobi-Nationalpark am Stadtrand hinaus. Der Park war eine der typischen Überraschungen Afrikas. Nur wenige Meilen von der Lord-Delamere-Bar im Norfolk-Hotel entfernt, konnte man wilde Löwen beim Jagen beobachten. Die Parkgrenze verlief unmittelbar am Jomo Kenyatta Airport entlang, und die grasenden Antilopenherden hoben nicht einmal ihre Köpfe, wenn die großen Düsenflugzeuge nur wenige hundert Meter über ihnen heulend zur Landung ansetzten.

In den vergangenen Jahren hatte Daniel mehrmals im Park gefilmt. Der Parkdirektor war ein alter Freund. Sie begrüßten sich auf Swahili und schüttelten sich die Hände mit dem Doppelgriff der Brüder, Handfläche, dann Daumen.

Der Direktor stellte einen seiner erfahrenen Ranger zu ihrer Begleitung und Führung ab, und gab Daniel die *carte blanche*, überall hinfahren zu können. Er durfte selbst eine der strengsten Parkvorschriften übertreten und das Auto verlassen, um zu Fuß zu filmen.

Der Ranger führte sie zu einem flachkronigen Akazienwald neben dem Fluß, wo ein riesiger Rhinozerosbulle schwerfällig einer brünftigen Kuh den Hof machte. Diese vorsintflutlichen Monster waren so sehr miteinander beschäftigt, daß Daniel und Bonny den Kombi verlassen und näher heranschleichen konnten.

Unauffällig beobachtete Daniel Bonny sehr aufmerksam. Die Sony-Videokamera war ein Spitzenmodell, schmal gebaut, aber so schwer, daß selbst ein Mann Mühe hatte, sie zu tragen. Daniel wollte sehen, wie sie damit umging, und er machte keine Anstalten, ihr zu helfen. Er hinderte den schwarzen Ranger mit einer scharfen Warnung auf Swahili, als dieser ihr helfen wollte.

In den vergangenen Wochen hatte er Bonnys Körper sehr intim kennengelernt. Er wußte, daß sie kein Gramm Fett hatte und daß die Muskeln ihrer Gliedmaßen stahlhart waren. Sie hatte die Kondition eines durchtrainierten Athleten. Wenn sie spielerisch miteinander rangelten, hatte er oft seine ganze Kraft aufbieten müssen, um sie zu bezwingen und sie ins Bett zu bekommen, wenn sie ihn dazu unverschämt herausforderte. Sie genoß es, ihr Liebesspiel mit viel Rangelei zu verbinden.

Dennoch war er über die Leichtigkeit überrascht, mit der sie die Kamera hob, und darüber, wie geschickt und behende sie sich in der Hitze des Akazienwaldes über den unebenen Boden bewegte. Die Erde war von Rhinozeros- und Büffelspuren übersät, die während der Regenzeit tief in den feuchten Lehm getreten worden waren, jetzt aber so hart wie Terracotta waren. Darin konnte man sich leicht einen Knöchel verstauchen, und die gekrümmten Dornen der Sträucher bohrten sich bösartig in Fleisch und Stoff. Bonny wich diesen Fallen geschickt aus.

Der Rhinozerosbulle zeigte vor der Kuh, die sein Gebiet betreten und jetzt seine Lust geweckt hatte, aggressives Balzverhalten. Jedesmal, wenn sie die Grenze seines Territoriums zu erreichen versuchte, hinderte er sie schnaufend und wie eine Dampfmaschine fauchend daran, und Staubwolken wirbelten unter seinen stampfenden Hufen auf.

Die Kuh bewegte ihr großes, graues Hinterteil hin und her, um sich seinen Annäherungen kokett zu entziehen. Ihre berauschenden Brunftgerüche drangen in kleinen Wölkchen zu ihm und versetzten ihn noch mehr in Ekstase. Alle paar Minuten eilte er davon, um Duftmarken an den Grenzen seines Territoriums abzusetzen und jeden möglichen Rivalen zu warnen, der versuchen würde, sein leidenschaftliches Werben zu stören.

Sobald er die Grenze erreicht hatte, richtete er seinen Rumpf auf einen der Bäume oder Büsche, die seine Grenzpfähle waren, rollte seinen Schwanz hoch auf den Rücken, schob seinen mächtigen rosa Penis aus der graurunzligen Hautscheide, richtete ihn zwischen seinen Hinterbeinen nach hinten und stieß mit der Gewalt eines Feuerwehrschlauches eine Urinwolke aus, unter deren Wucht das Ziel fast geplättet wurde. Zufrieden stürmte er zurück und grunzte leidenschaftlich die schüchterne Kuh an, die sofort zur anderen Grenze seines Territoriums rannte.

Das Sehvermögen des Rhinozerosses ist ohnehin schlecht, diese beiden aber waren durch ihr leidenschaftliches Paarungsspiel fast völlig blind. Daniel und Bonny mußten wachsam sein, um jeden Augenblick rennen oder ausweichen zu können, da die beiden erhitzten Kreaturen wild und völlig ziellos umherrasten. Wenn sie nicht schnell genug waren, konnten sie von den hornigen Füßen zertrampelt oder durch einen zufälligen Stoß eines der langen, glänzenden Nasenhörner aufgeschlitzt werden.

Es war eine harte, gefährliche Arbeit, in der sie nur ein Augenblick oder ein Schritt vom Tode trennte, aber Bonny zeigte überhaupt keine Furcht. Sie schien durch die Gefahr vielmehr erfreut und erregt zu sein. Ihre Augen leuchteten, und der Schweiß tränkte ihr flammendes Haar und verdunkelte ihren Hemdrücken, als sie Seite an Seite durch den Wald rannten oder sich hinter einem der Akazienstämme duckten, um einem plötzlichen Ansturm eines der Tiere auszuweichen.

Abgesehen von ihrer Furchtlosigkeit zeigte Bonny eine Körperkondition, die Daniel beeindruckte. Im Gegensatz zu ihr trug er nichts, und doch wurde er in der Hitze und dem Staub müde, wohingegen sie völlig unberührt wirkte.

Plötzlich wirbelte der Bulle ohne Warnung herum. Vielleicht hatte er ihren Körpergeruch durch die Wolken des Liebesparfüms gewittert, mit dem die Kuh seine weit aufgeblähten Nüstern füllte. Er stürmte direkt auf sie zu, und Daniel ergriff ihren Arm.

»Ganz still!« flüsterte er ihr eindringlich zu, und sie sanken auf die Knie und erstarrten.

In einer Entfernung von sieben Metern stand ihnen die riesige Kreatur pustend, keuchend und schnaufend gegenüber. Seine Augen waren vor Leidenschaft und Wut blutunterlaufen. Er starrte sie kurzsichtig an, wartete auf eine winzige Bewegung, die ihn davon überzeugen würde, daß sie weder ein Felsen noch ein Strauch waren, um dann seine ganze eifersüchtige Wut auf sie zu richten.

Daniel versuchte, seinen Atem anzuhalten, aber seine Lunge kochte durch die Anstrengung, und er drohte zu ersticken. Plötzlich nahm er ein feines elektrisches Summen dicht neben seinem linken Ohr wahr, und er verdrehte seine Augen in den Höhlen, ohne den Kopf zu bewegen.

Zu seinem Erstaunen sah er, daß Bonny noch immer filmte. Das Objektiv der Sony war nur wenige Meter von der Nase des Rhinozerosses entfernt. Sie konnten direkt in seine weiten Nüstern sehen, auf das feuchtglänzende Rosa seiner Nasenschleimhaut, und sie filmte es. Daniel war noch nie so beeindruckt gewesen.

Da habe ich ja einen Teufelskameramann erwischt, dachte er. Jock wäre schon längst im nächsten Flugzeug nach Hause gewesen.

Plötzlich wirbelte das Rhinozeros in einer schnellen und gewandten Bewegung herum, die für eine solch massige Kreatur unmöglich schien. Liebe hatte über Aggression gesiegt. Er stürmte zu seiner Buhlin zurück, wobei er vor Erregung schnaufte und keuchte.

Bonny lachte. Daniel mochte nicht glauben, was er hörte. »Komm weiter!« Mit einem geschmeidigen Satz war sie wieder auf den Beinen.

Als sie das Paar schließlich auf einer Lichtung im gelben Gras neben dem felsigen Flußbett erreichten, hatte die Kuh endlich dem hartnäckigen Werben des Bullen nachgegeben. Sie gestattete ihm, sein Kinn auf ihr Hinterteil zu legen, und stand still und ergeben da, während er sie liebkoste.

»Paß auf«, warnte Daniel Bonny. »Es wird jeden Augenblick passieren.«

Plötzlich bestieg der Bulle die Kuh.

Bonny fing jede der titanischen Zuckungen ein, jede Anspannung, jeden Stoß der gewaltigen Leiber. Und dann war es ganz schnell vorbei, und der Bulle rutschte von der Kuh und stand vor Anstrengung keuchend und schnaufend da.

»Du hast es im Kasten, und wir haben schon zuviel riskiert«, flüsterte Daniel. »Laß uns verschwinden.«

Er nahm ihren Arm und zog sie fort. Vorsichtig wichen sie zurück, Schritt um Schritt, und behielten den Bullen dabei stets im Auge.

Als sie dreißig Meter von den beiden Rhinozerossen entfernt waren, glaubte Daniel, sie seien in Sicherheit. Noch immer erfüllt von der Erregung und der Gefahr, machten sie sich auf den Weg zum Kombi, lachten und schwatzten und blickten nicht zurück, bis Daniel abrupt schnappte: »Vorsicht! Er kommt wieder!«

Der Bulle stürmte in einem unbeholfenen Galopp geradewegs auf sie zu und funkelte böse über das gefährlich gekrümmte Horn.

»Ich glaube, er hat uns gewittert.« Daniel faßte Bonnys Arm. Er schaute sich rasch um. Die nächste Deckung war ein kleiner Dornenbusch sieben Meter vor ihnen. »Komm.« Sie rannten gemeinsam dorthin und krochen unter die ausgestreckten Zweige. Die Dornen zerrissen ihre Hemden und die entblößte Haut.

»Er kommt noch immer auf uns zu.« Bonnys Stimme war heiser von Staub und Anstrengung.

»Runter. Rühr dich nicht.« Sie kauerten sich auf den steinigen Boden und beobachteten in hilflosem Entsetzen, wie das Rhinozeros direkt auf ihr Versteck zustürmte.

»Dieses Mal bleibt er nicht stehen.« Zum ersten Mal zeigte Bonny Anzeichen von Furcht.

Die vier Tonnen des gehörnten, drohenden, prähistorischen Monsters ragten über ihnen auf. Es schnüffelte an den Dornenblättern, die ihnen so lächerlichen Schutz gaben, und sein Atem ließ die Zweige rascheln und drang in ihre Gesichter.

Dann drehte sich der Bulle abrupt und unerwartet um und präsentierte ihnen nur einen Meter entfernt sein fettes, rundes Hinterteil. Sie starrten entsetzt, als sein Penis zwischen seine Hinterbeine glitt.

»Wir sind auf seiner Grenze«, keuchte Daniel.

»Er wird diesen Busch markieren. Uns!«

Der Penis war wie ein rosa Feuerwehrschlauch auf sie gerichtet.

»Wir sitzen fest«, jammerte Bonny. Die Dornen versperrten ihnen den Weg. »Was können wir tun?«

»Schließ einfach deine Augen und denke an England.«

Eine dampfende Wolke umhüllte sie, kam mit der Gewalt eines tropischen Hurrikans über sie, nicht ein einfacher Strahl, sondern ein Guß kochendheißer Flüssigkeit, die Daniel seinen Buschhut vom Kopf riß und sie beide bis auf die Haut durchnäßte. Der Bulle rollte zufrieden seinen Schwanz ein, stampfte mit den Hinterfüßen auf und stürmte dann ebenso wild davon, wie er gekommen war.

Daniel und Bonny saßen unter dem tropfenden Dornenbusch und starrten sich entsetzt an. Ihre Gesichter triefen, als hätten sie in einem Monsunregen gestanden, und der Gestank war umwerfend.

Daniel bewegte sich zuerst. Er wischte sein Gesicht mit der Handfläche ab. Es war eine langsame, theatralische Geste, die an seiner Stirn begann und am Kinn endete. Dann betrachtete er seine Hand. »Jetzt...«, sagte er mit Grabesstimme, »fühle ich mich wirklich bepißt!«

Einen Moment lang starrte Bonny ihn weiter an, und dann stieß sie einen wilden, fröhlichen Schrei aus und sie fielen übereinander und lachten. Sich umklammernd, durchnäßt und stinkend, lachten sie, bis sie nicht mehr aufstehen konnten. Der Urin des Rhinozerosses hatte ihr Haar in klebrige Stränge verwandelt und ihre Kleidung mit interessanten Mustern verschmiert.

Sie schlichen sich durch den rückwärtigen Eingang hinter der Küche in das Norfolk-Hotel und rannten über den Rasen zu ihrem Bungalow, wo sie zwanzig Minuten unter der Dusche standen und sich, noch immer kichernd, gegenseitig schamponierten und einseiften, bis ihre Körper glühten.

Später saß Daniel in ein Badetuch gewickelt vor dem Fernseher, während Bonny ihre Geräte anschloß.

Er konzentrierte sich ganz auf den Bildschirm und wußte von der ersten Minute an, daß er mit Bonny Mahon die richtige Wahl getroffen hatte. Ihre Technik war außerordentlich professionell, und sie hatte ein gutes Auge und einen Sinn fürs Timing. Sie wußte, wann sie heranfahren oder zurückfahren mußte, aber was wichtiger und unendlich seltener war – sie hatte einen unverwechselbaren Stil, diesen Stil, den er erstmals in ihrem Arktisfilm bemerkt hatte.

»Du bist gut«, sagte er ihr, als der Bildschirm erlosch. »Du bist verdammt gut.«

»Du weißt gar nicht, wie gut ich bin«, grinste sie ihn an. »Ich fange gerade erst an, ein Gefühl für das Licht hier zu bekommen. Es ist anders, weißt du. Jeder Ort ist anders. Gib mir noch eine Woche, und ich zeige dir, wie gut ich wirklich bin.«

Eine Stunde später schlenderten sie frisch gekleidet in der kühlen Dämmerung über den Hotelhof und blieben eine Minute neben dem Vogelhaus in der Mitte des Rasens stehen, um die herrlichen Farben der Turacos und Goldbrustare hinter dem Drahtgeflecht zu bewundern. Andere Gäste liefen ebenfalls in Richtung auf das Grillrestaurant.

Daniel hatte die kleine Gestalt nicht beachtet, die neben ihnen stand. Nun drehte sie sich zu ihm und begrüßte ihn mit seinem Namen. »Bitte, verzeihen Sie die Störung. Sie sind doch Daniel Armstrong?«

Daniel zuckte zusammen, als er sie erkannte. »Doktor Kinnear!

Letztes Mal habe ich Sie bei der Aktionärsversammlung von BOSS gesehen.«

»Ach, Sie waren da?« Sie lachte. »Ich habe Sie nicht bemerkt.«

»Nein, Sie schienen seinerzeit auch andere Dinge im Kopf zu haben.« Daniel erwiderte das Lächeln. »Was ist aus Ihrem Megafon geworden? Konnten Sie's reparieren lassen?«

»Japanischer Müll«, sagte Kelly Kinnear. »Ein paar gute Schläge auf den Kopf, und schon ist es Bruch.«

Natürlich hatte sie Sinn für Humor – das wußte er durch ihren Schreibstil. Ihre Augen waren noch schöner, als das Foto auf dem Schutzumschlag hatte ahnen lassen. Er mochte sie sofort. Das mußte man ihm angemerkt haben, denn Bonny entzog ihm ihre Hand, und er hatte ein schlechtes Gewissen.

»Darf ich Ihnen meine Assistentin vorstellen? Bonny Mahon.«

»Ich bin Kamerafrau und keine Assistentin«, korrigierte Bonny ihn scharf.

»Ja«, stimmte Kelly zu. »Ich kenne Ihre Arbeit. Sie haben ›Arktische Träume‹ gefilmt. Es war sehr gut.« Sie hatte einen entwaffnend direkten Blick, und Bonny wirkte durch das Lob leicht beschämt.

»Danke. Aber ich muß Sie warnen. Ich habe Ihr Buch nicht gelesen, Doktor Kinnear.«

»Damit gehören Sie zu einer Mehrheit von etlichen hundert Millionen, Miss Mahon.« Kelly spürte die Feindseligkeit der anderen Frau, gab sich aber nicht gekränkt und wandte sich wieder an Daniel. »Ich glaube, ich habe im Lauf der Jahre all Ihre Produktionen gesehen. Im Grunde sind Sie sogar dafür verantwortlich, daß ich überhaupt in Afrika bin. Nach meiner Promotion wollte ich nach Borneo gehen, um dort mit dem Stamm der Pena zu arbeiten. Dann sah ich einen Ihrer früheren Filme über die Seen des Rift Valley. Das änderte meine Meinung. Danach mußte ich einfach nach Afrika.« Kelly brach ab und lachte leise vor Verlegenheit. »Ich weiß, daß das schrecklich infantil klingt, aber ich bin ein Fan von Ihnen. Die Wahrheit ist, daß ich mich hier in der Hoffnung rumgetrieben habe, Ihnen zu begegnen, nachdem ich hörte, daß Sie in Nairobi sind. Ich muß mit Ihnen sprechen.«

»Dann wohnen Sie also nicht hier im Norfolk?« Daniel mochte sie mit jeder Minute mehr. Es war schwer, jemanden nicht zu mögen, der zugab, eine Verehrerin zu sein.

»Himmel, nein.« Kelly lachte wieder überraschend laut. Sie hatte perfekte Zähne, nicht einmal Füllungen in den Backenzähnen. »Ich bin kein erfolgreicher Fernsehproduzent. Ich bin nur eine arme, benachteiligte Forscherin ohne einen Sponsor. Man hat mir sämtliche Zuschüsse gestrichen, nachdem ich von Taffari aus Ubomo ausgewiesen wurde.«

»Dann lassen Sie sich zu einem Steak einladen«, bot Daniel an.

»Ein Steak! Bei dem Gedanken läuft mir das Wasser im Mund zusammen. Seit ich wieder hier bin, lebe ich von Erdnüssen und getrocknetem Seefisch.«

»Ja, warum begleiten Sie uns nicht, Doktor?« sagte Bonny mit giftigsüßer Stimme und betonte das ›uns‹ besonders stark.

»Wie lieb von Ihnen, Miss Mahon.« Kelly warf ihr einen kühlen Blick zu, und Feindseligkeit knisterte zwischen ihnen wie eine Entladung statischer Elektrizität.

»Dann wollen wir uns mal ums Essen kümmern«, sagte Daniel und führte sie zur Tür des Ibis-Grillrestaurants, das zum Hof hin offen war.

»Filmen Sie in Kenia?« fragte Kelly. »Was machen Sie in Nairobi, Doktor Armstrong?«

»Danny«, entgegnete er zwanglos. »Wir sind auf dem Weg nach Ubomo.«

»Ubomo!« Kelly blieb stehen und blickte zu ihm auf. »Das ist ja wundervoll. Das ist genau das richtige Thema für Sie, ein Mikrokosmos des aufbrechenden Afrikas. Sie sind einer der wenigen Menschen, die das richtig machen können.«

»Ihr Vertrauen ist schmeichelhaft, aber entmutigend.« Danny lächelte auf sie herab. Für einen Augenblick hatte er Bonny vergessen, bis sie seinen Arm drückte, um ihn daran zu erinnern, daß sie auch noch da war.

»Ich werde für mein Abendessen bezahlen, indem ich Ihnen alles über das Land erzähle, was ich weiß«, schlug Kelly vor.

»Abgemacht«, stimmte Daniel zu, und sie traten in das milde Licht, die Blumen und das Klavierspiel des Ibis-Grillrestaurants.

Während die beiden Frauen die Speisekarte studierten, verglich Daniel sie verstohlen miteinander.

Der deutlichste Unterschied zwischen ihnen war die Größe. Bonny war fast einsachtzig groß. Kelly war gut fünfzehn Zentimeter kleiner, aber sie unterschieden sich auch in mancherlei anderer Hinsicht, angefangen von der Farbe ihres Haares und der Augen bis zu ihrem Teint. Doch Daniel spürte, daß die Unterschiede über körperliche Eigenarten weit hinausgingen.

Bonny war schrill, direkt und in ihrer Lebensart fast maskulin. Schon in den ersten Tagen ihrer Beziehung hatte Daniel Tiefen in ihr entdeckt, die er lieber unerforscht lassen wollte. Kelly Kinnears Verhalten hingegen schien völlig feminin zu sein, wenngleich er aus ihrem Buch wußte, daß sie entschlossen und furchtlos war. Man mußte schon besonderen Mut besitzen, wenn man in den großen Urwäldern nur in Gesellschaft der Bambuti lebte. Er wußte aus ihrem Buch auch, daß sie intelligent und sanftmütig war, daß ihr mehr an den geistigen als an den materiellen Werten des Lebens lag. Im Festsaal von BOSS jedoch war er Zeuge der eindrucksvollen Demonstration eines völlig anderen Charakterzuges geworden, ihres aggressiven und kriegerischen Wesens.

Beide Frauen waren auf völlig verschiedene Weise attraktiv. Bonny war schamlos, eine Walküre mit kupferrotem Haar, die einem auf fünfzig Schritt Entfernung ins Auge stach. Kelly war nuancierter. Sie war weicher und dezenter, hatte Facetten, die sich änderten, wenn man sie aus verschiedenen Winkeln betrachtete. Ihr unbewegtes Gesicht war fast schlicht, ihre Nase und der Mund streng, aber wenn sie lächelte, wurde ihr ganzes Gesicht weich. Wie er schon auf dem Foto des Schutzumschlages ihres Buches bemerkt hatte, waren die Augen das Schönste an ihrem Gesicht. Sie waren groß, dunkel und ausdrucksvoll. Sie konnten fröhlich-lausbübisch funkeln oder in leidenschaftlicher Aufrichtigkeit und Intelligenz brennen. Und da war noch etwas, was das Foto nicht zeigte. Daniel grinste in sich hinein. Ihre Brüste waren kleine Kunstwerke.

Kelly blickte von der Speisekarte auf und sah, wohin er schaute. Mit einem enttäuschten Seufzer, als ob sie das nicht von ihm erwartet hätte, schirmte sie ihren Busen mit der Speisekarte vor seinem abschätzenden Blick ab.

»Wann fliegen Sie nach Ubomo?«

»Wir fliegen morgen«, antwortete Bonny für ihn, aber Kelly nahm sie nicht zur Kenntnis. Sie richtete die nächste Frage an Daniel.

»Sind Sie nach dem *Coup* schon dort gewesen?«

»Nein, ich war zuletzt vor vier Jahren dort.«

»Damals war Victor Omeru Präsident«, stellte Kelly fest.

»Ja, ich habe Omeru kennengelernt. Ich mochte ihn. Was ist mit ihm passiert? Ich hörte, es sei ein Herzanfall gewesen?«

Kelly zuckte unverbindlich die Schultern und wechselte das Thema, als der Oberkellner kam, um ihre Bestellung aufzunehmen. »Darf ich wirklich ein Steak bestellen, oder wollten Sie mich nur quälen?«

»Nehmen Sie das Porterhouse«, lud Daniel sie großmütig ein.
Als das Essen serviert war, kam Daniel auf das Thema zurück. »Ich hörte, daß Sie und Omeru sich besonders gut verstanden haben.«
»Wer hat Ihnen das gesagt?« Kelly blickte scharf auf, und Daniel hielt sich gerade noch rechtzeitig zurück. Den Namen Tug Harrison erwähnte er in Anwesenheit dieser Dame besser nicht.
»Ich glaube, das habe ich in irgendeinem Zeitungsartikel gelesen«, wich er aus. »Ist eine Weile her.«
»Ach ja.« Kelly entspannte sich. »Wahrscheinlich im *Sunday Telegraph*. Sie veröffentlichten ein Porträt von Victor – von Präsident Omeru –, und ich wurde ehrenvoll erwähnt.«
»Genau das war's. Was geht in Ubomo vor? Sie versprachen, mich darüber zu informieren. Sie sagten, es sei ein Mikrokosmos des aufbrechenden Afrikas. Erklären Sie das.«
»Ubomo hat die gleichen großen Probleme, die alle afrikanischen Staaten haben: Tribalismus, Bevölkerungsexplosion, Armut, Analphetentum. Und seit Präsident Omeru weg ist und dieses Schwein Taffari die Regierung übernommen hat, stehen eine Reihe anderer, hausgemachter Probleme an wie Ein-Parteien-Tyrannei, ein Präsident auf Lebenszeit, Ausbeutung durch Ausländer, Korruption und ein bevorstehender Bürgerkrieg.«
»Klingt wie die perfekte Staatsform. Fangen wir mit dem Tribalismus in Ubomo an. Erzählen Sie davon.«
»Tribalismus, der größte Fluch Afrikas!« Kelly nahm einen Bissen des halbgaren Porterhousesteaks und schloß für einen Moment verzückt die Augen. »Himmel«, flüsterte sie. »Wundervoll! Gut, Tribalismus in Ubomo. Es gibt sechs Stämme, aber nur zwei sind von Bedeutung. Die Uhali sind der größte Stamm, fast drei oder vier Millionen. Sie sind ein Volk von Bauern und Fischern, freundliche und arbeitsame Menschen. Seit Jahrhunderten aber werden sie von dem viel kleineren Stamm der Hita unterjocht. Die Hita sind ein wildes, aristokratisches Volk, das mit den Massai und Samburu von Kenia und Tansania verwandt ist. Sie sind Hirten und Krieger. Sie leben mit ihrem und für ihr Vieh und verachten den Rest der Menschheit, einschließlich uns Europäer, wie ich hinzufügen möchte, als minderwertige Tiere. Es sind schöne Menschen, groß und gertenschlank. Jeder Hita *morani*, der kleiner als einsfundachtzig ist, wird als Zwerg betrachtet. Ihre Frauen sind großartig, haben majestätische Gesichter. Sie würden den Laufsteg jeder Pariser Modenschau zieren. Aber sie sind ein grausames, arrogantes und brutales Volk.«

»Sie sind parteiisch. Die Hita sind ebenso Tribalisten wie Sie, Kelly«, warf Daniel ihr vor.

»Wenn Sie lange genug in Afrika leben, Danny, und das wissen Sie, dann wird man einfach Tribalist.« Kelly schüttelte kläglich ihren Kopf.

»Aber in diesem Fall ist es gerechtfertigt. Bevor die Briten sich 1969 aus Ubomo zurückzogen, fanden freie Wahlen statt, und natürlich übernahmen die zahlenmäßig überlegenen Uhali die Macht, und Victor Omeru wurde Präsident. Er war ein guter Präsident. Womit ich nicht sagen will, daß er ein Heiliger war, aber er war so gut wie jeder andere afrikanische Herrscher und erheblich weitblickender als die meisten. Er versuchte, für sein ganzes Volk da zu sein, für alle Stämme, aber die Hita waren zu stolz und zu stur. Als geborene Krieger und Mörder übernahmen sie allmählich die Armee, und das Ergebnis war selbstredend und unvermeidlich. Ephrem Taffari ist jetzt Despot, Tyrann und Präsident auf Lebenszeit. Eine Million Hita herrschen über eine Mehrheit von drei Millionen aus anderen Stämmen, einschließlich der Uhali und meiner geliebten kleinen Bambuti.«

»Erzählen Sie mir von Ihren Bambuti, dem ›Volk der großen Bäume‹«, forderte Daniel sie auf, und sie lächelte voller Freude.

»O Danny, Sie kennen den Titel meines Buches!«

»Ich kenne nicht nur den Titel, ich habe es auch gelesen. Mehr als einmal. Dreimal, um genau zu sein. Das letzte Mal vor einer Woche.« Er lächelte sie an. »Auf die Gefahr hin, infantil zu klingen«, neckte er sie mit ihrem eigenen Satz, »ich bin ein Fan.«

»O Mann!« Bonny sagte zum ersten Mal seit fünfzehn Minuten etwas. »Entschuldigt, wenn ich kotze.«

Daniel hatte ihre Anwesenheit fast vergessen. Jetzt wollte er ihre sommersprossige Hand ergreifen, die neben ihm auf dem Tischtuch lag, aber Bonny zog sie weg, bevor er sie berühren konnte, und legte sie auf ihren Schoß.

»Ich hätte gern noch etwas Wein, falls jemand das interessiert«, schmollte sie.

Pflichtschuldig schenkte Daniel ihr nach, während Kelly sich taktvoll auf die letzten Bissen ihres Steaks konzentrierte.

Schließlich brach Daniel das verlegene Schweigen. »Wir sprachen über die Bambuti. Erzählen Sie von ihnen.«

Kelly blickte ihn wieder an, antwortete aber nicht sofort. Sie schien um eine schwierige Entscheidung zu ringen. Daniel wartete.

»Hören Sie«, sagte Kelly schließlich, »Sie wollen etwas über die Bambuti erfahren. Was würden Sie sagen, wenn ich Sie, statt nur über sie zu erzählen, in den Urwald mitnähme und Ihnen alles zeigte? Was halten Sie davon, sie in ihrer natürlichen Umgebung zu filmen? Ich könnte Ihnen Dinge zeigen, die noch niemand zuvor gefilmt hat, Bilder, die kaum je ein Abendländer zu sehen bekommen hat.«

»Ich wäre sofort dabei, Kelly. Teufel auch, nichts, was ich lieber täte. Aber gibt's da nicht ein kleines Problem? Präsident Taffari haßt Sie wie die Pest und wird Sie am höchsten Baum aufhängen, sobald Sie einen Fuß über die Grenze setzen.«

Kelly lachte. Er begann wirklich, den Klang ihres Lachens zu genießen. Es war wie ein zufriedenes Schnurren, bei dem er sich wohl fühlte, das ansteckend wirkte. »Unser Freund Ephrem hält nicht viel vom Hängen. Er bevorzugt andere kleine Tricks.«

»Und wie wollen Sie dann ohne Taffaris Segen den Reiseführer bei einer Rundreise durch Ubomo spielen?«

Sie lächelte noch immer. »Ich habe fast fünf Jahre in den Urwäldern gelebt. Taffaris Autorität endet da, wo die großen Bäume beginnen. Ich habe viele Freunde. Taffari hat viele Feinde.«

»Wie kann ich mit Ihnen Kontakt aufnehmen?« fragte Daniel.

»Das müssen Sie nicht. Ich werde Kontakt mit Ihnen aufnehmen.«

»Verraten Sie mir eines, Kelly. Warum riskieren Sie Ihr Leben und gehen wieder dorthin? Welche Arbeit ist so wichtig, daß Sie sie ohne Hilfe, ohne Unterstützung, unter Androhung von Verhaftung und möglicherweise Tod tun müßten?«

Sie starrte ihn an. »Das ist eine erstaunlich dumme Frage. In den Urwäldern wartet mehr als genug Arbeit auf mich. Ich arbeite unter anderem an der Physiologie der Bambuti. Ich habe den Zwergwuchs der Pygmäen untersucht, versucht, die Ursache für ihre Wachstumshemmung herauszufinden. Ich bin natürlich nicht die erste, die derlei Forschungen unternimmt, glaube aber, einen neuen Ansatzpunkt gefunden zu haben. Bisher haben sich alle auf Wachstumshormone konzentriert...« Sie brach ab und lächelte. »Ich will Sie nicht mit den Einzelheiten langweilen, aber ich glaube, daß es mit fehlenden Hormonrezeptoren zusammenhängt.«

»Oh, Sie langweilen uns keineswegs.« Bonny bemühte sich nicht, ihren Sarkasmus zu verhehlen. »Wir sind fasziniert. Haben Sie die Absicht, den Pygmäen Injektionen zu verabreichen und sie alle in Riesen wie die Hita zu verwandeln?«

Kelly ließ sich nicht herausfordern. »Die kleine Gestalt der Bambuti ist eine ideale Mutation. Dadurch sind sie dem Leben in den Regenwäldern optimal angepaßt.«

»Das verstehe ich nicht«, ermutigte Daniel sie. »Erklären Sie, wie Kleinwüchsigkeit ein Vorteil sein kann.«

»Schön, wenn Sie's wissen wollen. Zunächst ist da einmal die Hitzeverträglichkeit. Da sie so winzig sind, können sie die Hitze ertragen, die sich in der feuchten, windlosen Atmosphäre unter dem Baldachin des Urwalds aufbaut. Zudem können sie sich wegen ihrer Größe gewandt und flink im dichten tropischen Unterholz bewegen. Sie werden staunen, wenn Sie die Bambuti im Urwald sehen. Die Ägypter und die ersten Forschungsreisenden glaubten wirklich, sie könnten sich unsichtbar machen. Sie können vor Ihren Augen einfach verschwinden.«

Ihre schönen Augen strahlten Enthusiasmus und Zuneigung aus, als sie über diese Menschen sprach, derer sie sich angenommen hatte.

Daniel bestellte Dessert und Kaffee, aber für Kelly war das Thema noch immer nicht erschöpft.

»Der andere Teil meiner Forschung ist noch wichtiger als Wachstumshormone und Rezeptoren. Die Bambuti haben ein ungeheures Wissen über Pflanzen und ihre Eigenschaften, insbesondere über ihre medizinischen Eigenschaften. Ich schätze, daß in den Regenwäldern weit über eine halbe Million verschiedener Pflanzenarten wachsen. Hunderte von ihnen sind erwiesenermaßen Arzneipflanzen. Ich glaube, daß in diesen Pflanzen Heilsubstanzen für die meisten Leiden und Krankheiten der Welt stecken, Heilmittel für Krebs und für AIDS. Ich habe in dieser Hinsicht vielversprechende Anzeichen festgestellt.«

»Science-fiction«, spöttelte Bonny und schob sich einen Löffel Schokoladeneis in den Mund.

»Sei still, Bonny«, schnappte Daniel. »Das ist faszinierend. Wie weit sind Sie mit Ihrer Forschung?«

Kelly verzog das Gesicht. »Nicht so weit, wie ich gerne wäre. Die alten Frauen der Bambuti helfen mir, Blätter, Rinden und Wurzeln zu sammeln. Sie beschreiben ihre Eigenschaften, und ich versuche, sie zu katalogisieren und zu testen und ihre aktiven Inhaltsstoffe zu isolieren. Aber mein Labor ist eine Strohhütte, und jetzt habe ich weder Geld noch Freunde...«

»Ich würde es trotzdem gerne sehen.«

»Das werden Sie«, versprach sie. Sie war von Daniels Interesse an ihrer Arbeit so hingerissen, daß sie ihre Hand auf seinen Arm legte. »Kommen Sie nach Gondala, wo ich lebe?«

Bonny sah die Hand des anderen Mädchens auf Daniels gebräuntem, muskulösem Unterarm. Es war eine kleine Hand, schmal und schlank, wie der Rest ihres Körpers.

»Sir Peter dürfte an der Formel interessiert sein, mit der man AIDS heilen kann«, sagte Bonny, wobei sie noch immer auf die Hand starrte. »BOSS könnte das Mittel durch seine Pharmazieunternehmen vermarkten. Es wäre Milliarden wert...«

»BOSS? Sir Peter?« Kelly zog ihre Hand ruckartig von Daniels Arm zurück und starrte sie an. »Sir Peter wer? Welcher Sir Peter?«

»Tug Harrison, Dummchen«, erzählte Bonny ihr genüßlich. »Tug finanziert Daniels Produktion in Ubomo. Dahinter steckt die Idee, daß Danny und ich der Welt zeigen werden, welch großartige Arbeit BOSS leistet. Der Film wird ›Ubomo, Schnellstraße in Afrikas Zukunft‹ heißen. Ist das nicht ein raffinierter Titel? Das wird sicher Dannys Meisterwerk werden, wenn...«

Kelly wartete nicht ab, bis sie ausgesprochen hatte. Sie sprang auf und stieß ihre Tasse um. Kaffee spritzte auf das Tischtuch und in Daniels Schoß.

»Sie?« Kelly starrte ihn an. »Sie und dieses Monster Harrison? Wie konnten Sie nur?«

Sie wirbelte herum und rannte aus dem Restaurant, bahnte sich ihren Weg durch eine Gruppe amerikanischer Touristen, die den Gang versperrten.

Daniel war auf den Beinen und wischte den Kaffee von seiner Hose. »Weshalb hast du das getan, zum Teufel?« knurrte er Bonny an.

»Nach meinem Geschmack waren du und der Baumdoktor etwas zu freundlich zueinander.«

»Verdammt«, fauchte Daniel. »Du hast die Chance versaut, etwas Einzigartiges zu filmen. Wir sprechen uns später noch.«

Wütend eilte er Kelly Kinnear nach. In der Eingangshalle des Hotels war sie nicht. Daniel begab sich zum Hoteleingang und sprach den Portier an.

»Haben Sie eine Frau gesehen...« Er brach ab, als er Kelly auf der anderen Straßenseite entdeckte. Sie saß rittlings auf einer verstaubten 250er Honda, trat in diesem Augenblick auf den Kickstarter, und die Maschine brüllte auf. Sie riß den Lenker hart herum und zog das Motorrad in eine enge Kurve. Der Motor jaulte, und aus dem Auspuff schossen öligblaue Abgaswolken.

»Kelly!« rief Daniel. »Warten Sie! Geben Sie mir eine Chance! Lassen Sie mich doch erklären!«

Sie gab Vollgas. Das Motorrad bäumte sich auf und fuhr auf dem Hinterrad, als sie beschleunigte. Sie wandte ihm ihr Gesicht zu, als sie an ihm vorbeiraste. Ihr Gesichtsausdruck war wütend und schmerzerfüllt zugleich, und er hätte schwören können, daß Tränen über ihre Wangen liefen.

»Gekaufter Mörder!« schrie sie. »Judas!« Und dann heulte das Motorrad davon. Sie bog scharf ab, und die stählerne Fußraste wirbelte einen Funkenregen auf, als sie den Asphalt streifte. Dann verschwand sie im dichten Verkehr der Kimathi Avenue.

Daniel rannte zur Straßenecke. Etwa zweihundert Meter entfernt auf der Avenue sah er sie noch einmal kurz. Sie beugte sich wie ein Jockey über den Lenker, und ihr Zopf ragte im Fahrtwind steif von ihrem Hinterkopf.

Er sah sich nach einem Taxi um, erkannte aber, wie vergeblich allein der Versuch einer Verfolgung sein würde. Bei ihrem Vorsprung und der Manövrierfähigkeit der Honda hatte er keine Chance, sie einzuholen.

Er machte auf dem Absatz kehrt und marschierte zum Hotel zurück, in der Absicht, Bonny Mahon zur Rede zu stellen. Bevor er den Eingang erreichte, war er sich jedoch bewußt, welche Gefahr es bedeutete, sie in seiner gegenwärtigen Stimmung zu konfrontieren. Das konnte nur zu einer heftigen Auseinandersetzung führen und wahrscheinlich zum Bruch ihrer Beziehung. Das machte ihm weniger Sorgen, doch was ihn zurückhielt, war die Gefahr, einen Kameramann zu verlieren. Es würde Wochen dauern, bis er Ersatz fand, und das könnte zu einer Annullierung seines Vertrages mit BOSS und damit zum Ende seiner Verfolgung von Lucky Dragon und Ning Cheng Gong führen. Er ging langsamer und dachte darüber nach.

»Ich kühle mich besser irgendwo ab.« Er entschied sich für die Jambo-Bar, eine der berüchtigten Bars nahe dem Bahnhof. Sie war voller schwarzer Soldaten in Tarnanzügen, Touristen und Barmädchen. Einige der Mädchen waren spektakulär, Samburu, Kikuyu und Massai. Sie trugen enge, glänzende Röcke und hatten bunte Bänder ins Haar geflochten.

In einer Ecke fand Daniel einen Barhocker, und die Mätzchen der europäischen Touristen mittleren Alters auf dem Tanzboden trugen dazu bei, seine schlechte Stimmung etwas zu mildern. Eine kürzlich erfolgte Untersuchung der Barmädchen von Nairobi hatte ergeben, daß achtundneunzig Prozent von ihnen HIV positiv waren. Man mußte schon Todessehnsucht haben, um voll genießen zu können, was diese Damen zu bieten hatten.

Eine Stunde und zwei doppelte Whisky später hatte sich Daniels Ärger genügend gelegt, und er begab sich zurück ins Norfolk-Hotel. Im

Bungalow sah er Bonnys Khakihose und den Slip mitten auf dem Wohnzimmerboden liegen, wo sie sie fallen gelassen hatte. An diesem Abend ärgerte ihn ihre Unordentlichkeit mehr als gewöhnlich.

Das Schlafzimmer war dunkel, doch die Laternen auf dem Hof warfen so viel Licht durch die Vorhänge, daß er Bonnys Gestalt unter der Decke auf ihrer Bettseite ausmachen konnte. Er wußte, daß sie nur so tat, als schliefe sie. Er zog sich im Dunkeln aus, schlüpfte nackt auf seine Bettseite und lag reglos da.

Ganze fünf Minuten lang bewegte sich keiner von beiden, doch dann flüsterte Bonny: »Ist Papa böse mit seinem kleinen Mädchen?« Sie sprach wieder mit dieser gekünstelten Kinderstimme. »Sein kleines Mädchen war sehr ungezogen...« Sie berührte ihn. Ihre Finger glitten warm und seidenweich über seine Lende. »Sie will ihm zeigen, wie leid es ihr tut.«

Er umfaßte ihr Handgelenk, aber es war zu spät. Sie war gerissen und schnell, und bald wollte er sie nicht mehr zurückhalten.

»Verdammt, Bonny«, protestierte er. »Du hast eine Chance versaut...«

»Psst! Nicht reden«, flüsterte Bonny. »Kleines Mädchen wird's noch schöner für Papa machen.«

»Bonny...« Seine Stimme verlor sich, und er ließ ihr Handgelenk los.

Am Morgen, als Daniel die Hotelrechnung nachprüfte, bevor er sie bezahlte, entdeckte er einen Posten über 120 Kenia-Shilling. »Internationales Ferngespräch«. Er sprach mit Bonny darüber.

»Hast du letzte Nacht ein Ferngespräch geführt?«

»Ich hab meine alte Mutter angerufen, um ihr zu sagen, daß es mir gutgeht. Ich weiß ja, wie geizig du bist, aber mach mich deswegen nicht an, ja?«

Etwas in ihrer trotzigen Art beunruhigte ihn. Daniel blieb im Bungalow, während sie vorging, um die Verladung ihrer Videoausrüstung in das Taxi zu überwachen. Kaum war sie gegangen, rief er die Vermittlung an und fragte die Telefonistin nach der Nummer, mit der das Gespräch auf seiner Rechnung geführt worden war.

»London 777 6464, Sir.«

»Verbinden Sie mich bitte damit.«

Nach dem dritten Klingeln meldete sich eine Stimme.

»Guten Morgen. Ja, bitte?«

»Mit wem spreche ich denn?« fragte Daniel, aber der Gesprächspartner war zurückhaltend.

»Wen möchten Sie denn sprechen?«

Daniel glaubte, die Stimme zu erkennen, den starken afrikanischen Akzent. Er riskierte es.

»Sind Sie das, Selibi?« fragte er auf Swahili.

»Ja, hier ist Selibi. Möchten Sie den *Bwana Mkubwa* sprechen? Was soll ich ihm ausrichten?«

Daniel legte den Hörer auf und starrte ihn an.

Bonny hatte also am vorherigen Abend bei Tug angerufen, während er in der Jambo-Bar gewesen war.

»Das wird ja immer seltsamer«, murmelte Daniel. »Miss Bonny ist nicht ganz, was sie zu sein vorgibt – es sei denn, ihre alte Mutter wohnt im Holland Park.«

Die Maschine der Air Ubomo war auf dem Flug nach Kahali ausgebucht. Die meisten Passagiere schienen Geschäftsleute oder kleinere Beamte und Politiker zu sein. Ein halbes Dutzend schwarzer Soldaten in ordensbandbesetzten Tarnanzügen, mit Baretten und dunklen Sonnenbrillen waren an Bord. Touristen jedoch gab es nicht – noch nicht, nicht bevor BOSS das neue Kasino am Seeufer eröffnet hatte.

Die Stewardeß war ein großes Hita-Mädchen in prächtiger Nationalkleidung. So herablassend, als sei sie eine Königin, die Almosen an ihre armen Untertanen ausgäbe, verteilte sie Kekse und Plastikbecher mit lauwarmem Tee. Auf halber Strecke des vierstündigen Fluges verschwand sie mit einem Soldaten auf der Toilette, und der Service in der Kabine kam völlig zum Erliegen.

Am Ostrand des Great Rift Valley gerieten sie in heftige Turbulenzen, und ein korpulenter schwarzer Geschäftsmann auf einem der vorderen Sitze unterhielt sie alle mit einem geräuschvollen Erbrechen seines Frühstücks. Die Stewardeß blieb in der Toilette verborgen.

Schließlich flogen sie über den See. Wie die meisten Namen, die an die Kolonialherrschaft erinnerten, war auch sein Name geändert worden. Daniel zog den Namen Mobutu-See noch immer Lake Albert vor. Das Wasser war klar und azurblau, durchsetzt mit weißen Wellenkämmen und den Segeln der Fischerdaus. Er war so groß, daß für eine Weile kein Ufer in Sicht war. Dann trat langsam die westliche Küstenlinie aus dem Dunst.

»Ubomo«, flüsterte Daniel. Der Name hatte etwas so Romantisches und Geheimnisvolles, daß eine Gänsehaut über seine Unterarme lief.

Er würde den Spuren der großen afrikanischen Forscher folgen. Speke war auf diesem Weg gegangen und Stanley. Außerdem Zehntausende anderer Jäger und Sklavenhändler, Soldaten und Abenteurer. Er mußte versuchen, mit seiner Produktion etwas von diesem Gefühl der Romantik und Geschichte zu vermitteln. Über diese Wasser waren die alten arabischen Daus gesegelt, beladen mit Elfenbein und Sklaven, dem weißen und schwarzen Gold, das einst Hauptexportgut des Kontinents gewesen war.

Es gab Schätzungen, daß an die fünf Millionen Menschen und Tiere im Landesinneren gefangen und an die Küste getrieben worden waren. Um den See zu überqueren, hatte man sie wie Sardinen auf die Daus gepackt. Die erste Lage hatte man gezwungen, sich in der Bilge nebeneinander hinzulegen, Rücken an Bauch wie Löffel. Dann waren die abnehmbaren Decksplanken über sie gelegt worden, so daß ihnen kein halber Meter Platz blieb, und darauf eine weitere Lage menschlicher Wesen und ein weiteres Deck, bis vier Decks eingesetzt waren, vollgestopft mit heulenden, jammernden Sklaven.

Bei gutem Wind dauerte die Überfahrt zwei Tage und drei Nächte. Die arabischen Sklavenhändler waren mit einer Überlebensrate von fünfzig Prozent zufrieden. Es war ein Prozeß natürlicher Auslese. Nur die Starken überlebten. An der Ostküste des Sees wurden die Lebenden aus den mit Fäkalien und Erbrochenem verschmierten Verschlägen geholt. Die Toten wurden über Bord geworfen, wo die Krokodile schon warteten. Die Überlebenden durften sich ausruhen und Kraft für den letzten Teil der Reise sammeln. Wenn ihre Herren sie für kräftig genug hielten, wurden sie in langen Reihen aneinandergekettet. Dann mußte jeder Sklave einen Elfenbeinstoßzahn schultern, und sie wurden an die Küste getrieben.

Daniel überlegte, ob er die Schrecken dieses Handels mit Schauspielern und einer gecharterten Dau simulieren könnte. Ihm war klar, welche Empörung das hervorrufen würde. Allzuoft war er von Kritikern beschuldigt worden, in seinen Produktionen unnötige Grausamkeit und Wildheit zu zeigen. Darauf gab es nur eine Antwort: »Afrika ist ein grausamer und wilder Kontinent. Jeder, der das zu verheimlichen versucht, ist kein ehrlicher Geschichtenerzähler.« Blut war das Düngemittel, das Afrikas Boden zum Blühen gebracht hatte.

Er blickte über das glitzernde Wasser nach Norden. Dort, wo der Nil aus dem See entsprang, gab es einen an den Fluß angrenzenden Landkeil, der Lado Enclave hieß. Früher einmal war dieses Stück Land Privatbesitz des Königs von Belgien gewesen. Die Elephantenherden, die dieses Gebiet bevölkerten, waren größer und hatten gewaltigere Stoßzähne als alle anderen auf dem Kontinent, und die Belgier hatten sie behütet und gehegt.

Durch internationale Verträge ging der Besitz der Lado Enclave nach dem Tod des belgischen Königs an den Sudan über. Sofort zogen sich die belgischen Kolonialbeamten aus dem Lado zurück und hinterließen ein Machtvakuum. Die europäischen Elfenbeinwilderer drangen in das Gebiet ein, um die Gelegenheit zu nutzen. Sie machten sich über die Elephantenherden her und schlachteten sie ab. Seither hatte sich wenig verändert, dachte Daniel traurig. Das Abschlachten und Plündern ging weiter. Und Afrika blutete. Afrika flehte die zivilisierte Welt um Hilfe an, aber welche Hilfe sollte sie geben? Die fünfzig Mitgliedsstaaten der Organisation für Afrikanische Einheit erzeugten gemeinsam ein Bruttosozialprodukt, das genauso groß war wie das des kleinen Belgiens in der nördlichen Hemisphäre.

Wie konnte die Erste Welt Afrika helfen? überlegte Daniel. Finanzielle Hilfe, die in diesen riesigen Kontinent geschüttet wurde, versickerte wie Regentropfen im Sand der Sahara. Ein Zyniker hatte Finanzhilfe einmal als ein System beschrieben, bei dem die armen weißen Bewohner reicher Länder den reichen schwarzen Leuten in armen Ländern Geld geben, damit diese es auf Schweizer Bankkonten bringen. Die traurige Wahrheit war, daß Afrika niemanden mehr interessierte, besonders seit dem Fall der Berliner Mauer und seit Osteuropa den Kommunismus abschüttelte. Afrika war überflüssig. Der Rest der Welt mochte zwar vorübergehend Mitgefühl zeigen, aber Afrika war nicht zu helfen. Europa hatte vielversprechendere andere Interessen, die viel näher lagen.

Daniel seufzte und warf Bonny einen Blick zu. Er wollte mit ihr über seine Gedanken sprechen, aber sie hatte ihre Sandalen abgestreift und ihre nackten Knie an die Rückenlehne des Sitzes vor ihr gepreßt. Sie kaute an einem Kaugummi und las einen Science-fiction-Roman.

Daniel blickte wieder aus dem Fenster. Sie näherten sich der Küste von Ubomo, und der Pilot begann mit seinem Sinkflug. Die Savanne war rotbraun wie das Fell einer Impala-Antilope und mit Akazienbäumen durchsetzt. Längs dem Seeufer waren die Fischerdörfer wie Perlenschnüre aufgereiht, durch die schmalen Streifen grüner Gärten und Shamas, die durch den See bewässert wurden, miteinander verbunden. Die Dorfkinder winkten, als das Flugzeug über ihnen hinwegflog. Als der Pilot zur letzten Anflugkehre ansetzte, sah Daniel in der Ferne blaue Berge, die von dunklen Wäldern bedeckt waren.

Die Stewardeß tauchte wieder aus der Toilette auf, wirkte selbstgefällig und richtete ihren langen grünen Rock. Auf Englisch und Swahili gab sie Anweisung, die Sicherheitsgurte anzulegen.

Die ungestrichenen, verzinkten Dächer der Stadt blitzten unter ihnen, und sie setzten heftig auf der staubigen Piste auf. Sie rollten an dem Skelett aus Stahl- und Betonträgern vorbei, welches das große, neue Ephrem-Taffari-Flughafengebäude hätte sein sollen, wenn das Geld nicht ausgegangen wäre, und hielten vor dem bescheideneren Gebäude aus ungebrannten Ziegeln, das ein Relikt aus Victor Omerus Herrschaft war.

Als die Türen des Flugzeugs geöffnet wurden, wallte Hitze hinein, und sie schwitzten, bevor sie das Flughafengebäude erreicht hatten.

Ein Hita-Offizier in tarnfarbenem Kampfanzug und mit kastanienbraunem Barett machte Daniel in der dahintrottenden Passagiergruppe aus und kam ihm auf dem Flugfeld entgegen.

»Doktor Armstrong? Ich habe Sie anhand des Fotos auf dem Schutzumschlag Ihres Buches erkannt.« Er streckte seine Hand aus. »Ich bin Captain Kajo. Während Ihres Aufenthaltes werde ich Ihr Begleiter sein. Der Präsident persönlich hat mich gebeten, Sie zu begrüßen und Sie unserer rückhaltlosen Unterstützung zu versichern. Sir Peter Harrison ist einer seiner persönlichen Freunde, und Präsident Taffari hat den Wunsch zum Ausdruck gebracht, Sie kennenzulernen, sobald Sie sich von den Anstrengungen der Reise erholt haben. Zu Ihrer Begrüßung in Ubomo hat er sogar eine Willkommens-Cocktailparty arrangieren lassen.«

Captain Kajo sprach ausgezeichnetes Englisch. Er war ein stattlicher junger Mann, schlank und groß, der klassische Hita. Er überragte Daniel um mehrere Zentimeter. Seine schwarzen Augen begannen zu glitzern, als er Bonny Mahon musterte.

»Das ist mein Kameramann, Miss Mahon«, stellte Daniel sie vor, und Bonny betrachtete Captain Kajo ebenso interessiert.

Im Landrover der Armee, der mit ihrem Gepäck und der Videoausrüstung vollgepackt war, beugte sich Bonny dicht zu Daniel und fragte: »Ist es wahr, was man über die Afrikaner erzählt, daß sie so...«, sie suchte nach dem richtigen Wort, »daß sie so groß sind?«

»Ich habe das nie untersucht«, erwiderte Daniel. »Aber wenn du willst, kann ich's feststellen.«

»Gib dir keine Mühe«, grinste sie. »Wenn nötig, kann ich meine Studien selbst betreiben.«

Seit Daniel von ihrem heimlichen Anruf bei Tug Harrison erfahren hatte, waren seine Zweifel an ihr größer geworden. Jetzt mochte er sie nicht einmal mehr so wie am Tag zuvor.

Es war Neumond, aber die Sterne schienen hell und klar. Ihre Reflexionen tanzten auf dem gekräuselten Wasser des Sees. Kelly Kinnear saß im Bug der kleinen Dau. Das Rigg knarrte unter dem sanften Druck der nächtlichen Brise, als sie über den See kreuzten.

Die Sterne waren prächtig. Sie schaute zu ihnen hoch und flüsterte die lyrischen Namen der Sternbilder, die sie sah. Die Sterne gehörten zu den wenigen Dingen, die sie im Urwald vermißte, da sie durch den hohen, undurchdringlichen Baldachin der Wipfel auf ewig verborgen waren. Sie genoß sie jetzt, denn bald würde sie ohne sie sein.

Der Steuermann sang leise ein eintöniges Lied, eine Beschwörung der Geister in den Tiefen des Sees, der *djinni*, die die launischen Winde beherrschten, welche die Dau über das dunkle Wasser trieben.

Kellys Stimmung veränderst sich so wie die Brise, sank, verebbte und stieg dann wieder. Sie war in Hochstimmung über die Aussicht, wieder in den Urwald zu kommen und mit ihren Freunden, die sie so sehr liebte, wieder vereint zu sein. Sie hatte Angst vor der Reise und den Gefahren, die noch vor ihr lagen, bevor sie die Sicherheit der großen Bäume erreichen würde. Sie fürchtete, daß die politischen Veränderungen seit dem Putsch während ihrer Abwesenheit viel zerstört hatten. Der Gedanke an das, was bereits vernichtet worden war, an die Zerstörung des Waldes in den wenigen kurzen Jahren, seit sie erstmals die gedämpften Tiefen seiner Kathedrale betreten hatte, machte sie traurig.

Sie freute sich, daß sie während ihres Besuches in England und Europa auf Interesse und Unterstützung gestoßen war, zugleich aber war sie enttäuscht darüber, daß diese Unterstützung nur moralisch und verbal statt finanziell oder konstruktiv war. Sie nahm all ihren Enthusiasmus und ihre Entschlossenheit zusammen und zwang sich, optimistisch nach vorn zu schauen. Wir werden dennoch gewinnen. Wir müssen dennoch gewinnen.

Dann dachte sie plötzlich und völlig zusammenhanglos an Daniel Armstrong, und sie fühlte sich wieder wütend und unglücklich. Durch den blinden Glauben und das Vertrauen, das sie in ihn gesetzt hatte, bevor sie ihm begegnet war, wirkte sein Verrat noch schändlicher.

Sie hatte sich nach dem, was sie auf dem Bildschirm und in einigen

Zeitungs- und Illustriertenartikeln über ihn gelesen hatte, eine Meinung von ihm gemacht. Nicht weil er gut aussah, redegewandt war und auf dem Bildschirm beeindruckend wirkte, sondern wegen seines offensichtlichen Verständnisses und seines Mitgefühls für diesen armen, geschundenen Kontinent, der ihr so am Herzen lag, hatte sie ihn gemocht.

Zweimal hatte sie unter der Adresse des Fernsehstudios an ihn geschrieben. Diese Briefe hatten ihn wahrscheinlich nie erreicht oder waren in der Masse der Briefe untergegangen, die er sicherlich bekam. Jedenfalls hatte sie keine Antwort erhalten.

Als sich unerwartet die Gelegenheit in Nairobi bot, hatte Daniel Armstrong bei ihrer ersten Begegnung all die hohen Erwartungen erfüllt, die sie in ihn gesetzt hatte. Er war herzlich, mitfühlend und zugänglich. Sie war sich der Harmonie zwischen ihnen bewußt gewesen. Sie waren Menschen aus derselben Welt, mit gleichen Interessen und Sorgen und, mehr als das, sie wußte, daß ein entscheidender Funke zwischen ihnen übergesprungen war. Die Anziehung beruhte auf Gegenseitigkeit. Sie beide hatten das erkannt. Es hatte eine geistige Begegnung und ein Einvernehmen ebenso gegeben wie eine unleugbare körperliche Anziehung.

Kelly hielt sich nicht für einen sinnlichen Menschen. Ihre einzigen Liebhaber waren Männer gewesen, deren Verstand sie bewundert hatte. Der erste war einer ihrer Professoren an der medizinischen Fakultät gewesen, ein feiner Mann, der fünfundzwanzig Jahre älter war. Sie waren noch heute Freunde. Die beiden anderen waren Mitstudenten, und den vierten Mann hatte sie schließlich geheiratet. Paul war wie sie Arzt gewesen. Sie beide hatten im gleichen Jahr ihren Abschluß gemacht und waren als Team nach Afrika gegangen. Er war binnen der ersten sechs Monate an dem Biß einer der tödlichen Waldmambas gestorben, und sie besuchte bei jeder Gelegenheit sein Grab am Fuße einer gigantischen Silberweide am Ufer des Ubomo-Flusses tief im Urwald.

Vier Geliebte in zweiunddreißig Jahren. Nein, sie war kein sinnlicher Mensch, aber sie war sich der außerordentlichen Anziehungskraft sehr wohl bewußt gewesen, die Daniel Armstrong auf sie ausgeübt hatte, und sie hatte gemerkt, daß sie sich nicht dagegen wehren wollte. Er war der richtige Mann für sie.

Und dann war plötzlich alles Lüge und Desillusion. Er war genau wie die anderen: Ein gedungener Mörder, dachte sie wütend, für BOSS und dieses Monster Harrison. Sie versuchte, sich mit ihrem Ärger gegen das Verlustgefühl, vor der Zerstörung eines Ideals zu schützen. Sie hatte an Daniel Armstrong geglaubt. Sie hatte ihm ihr Vertrauen geschenkt, und er hatte sie enttäuscht.

Verdränge ihn aus deinen Gedanken, sagte sie sich. Denke nicht mehr an ihn. Er ist es nicht wert. Aber sie war sich selbst gegenüber ehrlich genug zu begreifen, daß das nicht so leicht sein würde.

Vom Heck rief der Steuermann der Dau ihr leise etwas auf Swahili zu, und sie erhob sich und schaute nach vorn. Die Küste lag eine halbe Meile voraus, und die flache Brandung wirkte im Sternenlicht wie Milch.

Ubomo. Sie kam nach Hause. Ihre Stimmung stieg.

Dann hörte sie plötzlich einen Schrei vom Heck, und sie drehte sich um. Die beiden Männer der Besatzung, bis auf ihre Lendentücher nackt, rannten nach vorn. Hastig packten sie das Großsegel und brachten den Baum des Segels krachend aufs Deck nieder. Das Lateinersegel blähte sich und fiel zusammen, und sie stürzten sich darauf und holten es rasch ein. In wenigen Sekunden war der kurze Mast nackt, und die Dau schlingerte im dunklen Wasser.

»Was ist?« rief Kelly leise auf Swahili, und der Steuermann antwortete ruhig: »Patrouillenboot.«

Dann hörte sie durch den Wind das Blubbern des Dieselmotors, und ihre Nerven spannten sich. Die Besatzung der Dau gehörte zum Stamm der Uhali. Sie standen loyal zu Präsident Omeru und riskierten genau wie sie ihr Leben, indem sie die Ausgangssperre ignorierten und den See im Dunkeln überquerten.

Sie kauerten sich auf das offene Deck und starrten in die Dunkelheit, lauschten dem Takt des Motors, der langsam lauter wurde. Das Kanonenboot war das Geschenk eines arabischen Ölscheichs an das neue Regime, ein schnelles, dreizehn Meter langes Sturmboot mit Zwillingsgeschützen in gepanzerten Türmen an Bug und Heck. Es hatte dreißig Jahre Dienst im Roten Meer getan. Die meiste Zeit lag es mit Motorschaden im Hafen von Kahali festgemacht, wo man auf Ersatzteile wartete. Aber sie hatten eine ungünstige Nacht für die Überfahrt gewählt. Diesmal war das Kanonenboot seetüchtig und gefährlich.

Kelly sah den blitzenden Gischt am Bug des nahenden Patrouillenbootes. Es fuhr mit Südkurs. Instinktiv duckte sie sich tiefer und versuchte sich zu verstecken, während sie über ihre Lage nachdachte. Bei seinem derzeitigen Kurs würde das Patrouillenboot sie sicher entdecken. Wenn Kelly an Bord der Dau gefunden wurde, würde die Besatzung ohne Prozeß bei einer der öffentlichen Hinrichtungen am Strand von Kahali erschossen werden. Das war Ephrem Taffaris neuer Regierungsstil. Natürlich würde sie mit ihnen erschossen werden, aber das beunruhigte Kelly im Augenblick nicht. Dies waren gute Männer, die ihr Leben für sie riskiert hatten. Sie mußte alles in ihrer Macht Stehende tun, um sie zu beschützen.

Wenn man sie nicht an Bord fand und es auch kein Schmuggelgut gab, hatte die Mannschaft vielleicht eine Chance, sich herauszureden. Mit ziemlicher Sicherheit würden sie geschlagen und bestraft werden, und vielleicht wurde die Dau konfisziert, aber sie entgingen wahrscheinlich der Hinrichtung.

Sie langte nach ihrem Rucksack, der im Bug lag. Schnell löste sie die Gurte, die die Luftmatratze hielten, die unter dem Rucksack befestigt war. Sie entrollte die nylonbeschichtete Matratze und blies verzweifelt in das Ventil, füllte ihre Lungen und atmete dann lang und heftig aus. Während der ganzen Zeit beobachtete sie den dunklen Umriß des Patrouillenbootes, das sich aus der Nacht schob. Es kam schnell heran. Ihr blieb keine Zeit, die Matratze ganz aufzublasen. Sie war noch weich und wackelig, als sie das Ventil schloß.

Sie stand auf, streifte den Rucksack über und rief dem Steuermann zu: »Danke, mein Freund. Friede sei mit dir, und möge Allah dich beschützen.« Fast alle Seebewohner waren Moslems.

»Und Friede sei mit dir«, rief er zurück. Sie hörte die Erleichterung und Dankbarkeit in seiner Stimme. Er wußte, daß sie dies für ihn und seine Mannschaft tat.

Kelly schwang die Beine über Bord. Sie preßte die halb aufgeblasene Matratze an ihre Brust und holte tief Atem, bevor sie sich in den See fallen ließ. Das Wasser schlug über ihrem Kopf zusammen. Es war überraschend kalt, und ihr schwerer Rucksack zog sie tief nach unten, bevor der Auftrieb der Matratze wirkte und sie wieder an die Oberfläche trug.

Sie tauchte keuchend auf, und Wasser drang in ihre Augen. Sie brauchte ein paar Minuten, um die Matratze ins Gleichgewicht zu bringen, aber schließlich lag sie halb darauf, ließ ihre Beine ins Wasser hängen und hatte die Gurte ihres Rucksacks um ihren Arm geschlungen. So war ihr Kopf frei, wenngleich sie tief im Wasser hing. Die Wellen umspülten ihr Gesicht und drohten, das wackelige Gefährt umzuwerfen.

Sie hielt nach der Dau Ausschau und war überrascht, als sie sah, wie weit sie von ihr abgetrieben war. Während sie dorthin schaute, wurde der Baum gehievt, und das Segel füllte sich. Das schwerfällige kleine

Boot drehte in den Wind und versuchte, von der verbotenen Küste freizukommen, bevor das Patrouillenboot es entdeckte.

»Viel Glück«, flüsterte sie, und eine Welle schlug über ihren Kopf. Sie würgte und hustete, und als sie wieder sehen konnte, waren die Dau und das Patrouillenboot in der Nacht verschwunden.

Sie trat vorsichtig Wasser, darauf bedacht, nicht das Gleichgewicht zu verlieren und ihre Kräfte für die lange, vor ihr liegende Nacht zu schonen. Sie wußte, daß riesige Krokodile den See bevölkerten. Sie hatte das Foto eines dieser Monstren gesehen, das von der Spitze seiner scheußlichen Schnauze bis zum geschuppten Schwanzende sechs Meter maß. Sie verdrängte das Bild und trat weiter, orientierte sich an den Sternen und schwamm in Richtung des Orion, der am westlichen Horizont stand.

Ein paar Minuten später bemerkte sie einen Lichtblitz weiter hinter sich. Es mochte der Suchscheinwerfer des Patrouillenbootes gewesen sein, der die Dau erfaßt hatte. Sie zwang sich, nicht zurückzublicken. Sie wollte nicht wissen, ob das Schlimmste geschehen war, da sie nichts mehr tun konnte, um die Männer zu retten, die ihr geholfen hatten.

Sie schwamm weiter, trat in gleichmäßigem Rhythmus. Nach einer Stunde fragte sie sich, ob sie überhaupt vorangekommen war. Der Rucksack war wie ein Treibanker, der unter der halbgefüllten Matratze hing. Dennoch wagte sie nicht, ihn aufzugeben. Ohne die Grundausrüstung, die er enthielt, war sie verloren.

Sie schwamm weiter. Noch eine Stunde, und sie war fast erschöpft. Sie mußte sich ausruhen. In einer Wade hatte sie einen heftigen Krampf. Die Brise hatte sich gelegt, und in der Stille hörte sie ein leises, gleichmäßiges Rauschen wie das Schnarchen eines alten Mannes im Schlaf. Es dauerte einen Augenblick, bis sie das Geräusch erkannte.

»Die Brandung«, flüsterte sie und trat mit neuer Kraft aus. Sie spürte, wie sich das Wasser unter ihr hob und senkte, als es auf den abfallenden Grund traf. Sie schwamm quälend langsam weiter, schleppte sich und den durchtränkten Rucksack durch das Wasser.

Jetzt sah sie die Palmen am Strand, die sich deutlich vor den Sternen abzeichneten. Sie hielt den Atem an und streckte beide Beine aus. Wieder schlug das Wasser über ihrem Kopf zusammen, aber sie ertastete mit ihren Zehen den sandigen Boden fast zwei Meter unter der Oberfläche und fand genug Kraft für eine letzte Anstrengung.

Minuten später konnte sie stehen. Die Brandung warf sie um, aber sie rappelte sich wieder auf und wankte über den schmalen Strand, um in einem Schilfstreifen Schutz zu suchen. Ihre Armbanduhr war eine wasserdichte Rolex, ein Hochzeitsgeschenk von Paul. Es war wenige Minuten nach vier Uhr. Bald würde es hell werden. Sie mußte ins Landesinnere kommen, bevor eine Hita-Patrouille sie überraschte, aber sie war zu durchgefroren und starr und erschöpft, um sich im Augenblick noch bewegen zu können.

Während sie ruhte, zwang sie sich, mit tauben Fingern den Rucksack zu öffnen und das Wasser auszuschütten, das sein Gewicht fast verdoppelte. Sie wrang ein paar Kleidungsstücke aus, die sie zum Wechseln mitgenommen hatte, und wischte die anderen Ausrüstungsgegenstände so gut sie konnte ab. Während sie arbeitete, kaute sie einen kalorienreichen Zuckerriegel und fühlte sich fast augenblicklich besser.

Sie packte den Rucksack wieder, hängte ihn um und begann in Nordrichtung zu laufen. Sie hielt sich parallel zum See, aber vom weichen Strand entfernt, damit sie keine Fußabdrücke hinterließ, die einer Hita-Patrouille die Verfolgung ermöglichten.

Alle paar hundert Meter gab es Gärten und die strohbedeckten Gebäude der kleinen Shambas. Hunde bellten, sie war gezwungen, den Hütten auszuweichen, um keine Aufmerksamkeit zu wecken. Sie hoffte, daß sie in die richtige Richtung lief. Sie vermutete, daß der Kapitän der Dau sich mit achterlichem Wind seinem Ziel genähert hatte, um Leeweg für seinen Landfall zu haben. Also mußte sie sich nordwärts halten.

Sie war fast eine Stunde gelaufen, schätzte aber, daß sie nur wenige Meilen zurückgelegt hatte, als sie in den ersten frühen Strahlen der Morgendämmerung mit einem Seufzer der Erleichterung vor sich die blasse, runde Kuppel der kleinen Moschee glänzen sah.

Sie fiel in einen müden Trott, gehemmt durch das Gewicht ihres Rucksacks und ihre Erschöpfung. Sie roch Holzrauch und sah das schwache Glühen des Feuers unter dem dunklen Tamarindenbaum, genau dort, wo es sein sollte. Als sie näherkam, machte sie die Gestalten der beiden Männer aus, die dicht neben dem Feuer hockten.

»Patrick!« rief sie heiser, und eine der Gestalten sprang auf und lief auf sie zu.

»Patrick«, wiederholte sie, wankte und wäre umgefallen, wenn er sie nicht aufgefangen hätte.

»Kelly! Allah sei gepriesen. Wir hatten dich aufgegeben.«

»Das Patrouillenboot...«, keuchte sie.

»Ja. Wir hörten Schüsse und sahen das Licht. Wir dachten, sie hätten dich erwischt.«

Patrick Omeru war einer der Neffen des alten Präsidenten Omeru. Bislang war er den Nachstellungen von Taffaris Soldaten entgangen. Er war einer der ersten Freunde, die Kelly bei ihrer Ankunft in Ubomo gewonnen hatte. Er nahm ihr den Rucksack ab, und sie stöhnte erleichtert auf. Die feuchten Riemen hatten sich tief in ihre empfindliche Haut gegraben.

»Lösch das Feuer«, rief Patrick seinem Bruder zu und trat Sand über die Glut. Sie führten Kelly zu dem Lastwagen, der in einem Mangrovenhain hinter der verfallenen Moschee stand. Sie halfen ihr auf die Ladefläche und breiteten eine Persenning über sie, nachdem sie sich auf die schmutzigen Bretter gelegt hatte. Der Lastwagen stank nach getrocknetem Fisch.

Obwohl der Lastwagen durch die Schlaglöcher holperte und rumpelte, war ihr endlich warm, und bald schlief sie. Sie hatte im Urwald gelernt, selbst unter schlechtesten Umständen schlafen zu können.

Das plötzliche Aussetzen von Motorenlärm und Bewegung weckte sie wieder. Sie wußte nicht, wie lange sie geschlafen hatte, aber es war jetzt hell, und ein Blick auf ihre Uhr verriet ihr, daß es neun Uhr morgens war. Sie lag ruhig unter der Persenning und lauschte dem Klang von Männerstimmen dicht neben dem Lastwagen. Sie verhielt sich ruhig.

Minuten später schlug Patrick die Persenning zurück und lächelte sie an.

»Wo sind wir, Patrick?«

»In Kahali, in der Altstadt. Ein sicherer Ort.«

Der Lastwagen stand in dem kleinen Hof eines der alten arabischen Häuser. Die Gebäude waren verwahrlost und der Hof von Hühnerdreck und Müll verschmutzt. Hühner hockten unter dem Dachgesims oder scharrten im Dreck. Es roch durchdringend nach Kanalisation und Abwasser. Seit dem Sturz des alten Präsidenten durchlebte die Familie Omeru schwere Zeiten.

In dem karg möblierten Vorderzimmer mit den fleckigen Wänden, an die alte, vergilbte Zeitungsausschnitte geklebt waren, hatte Patricks Frau eine Mahlzeit für sie aufgetischt. Es war ein Hühnereintopf, gewürzt mit Chili, zu dem es Maniok und gedämpfte Kochbananen gab. Sie war hungrig, und es schmeckte gut.

Während Kelly aß, kamen andere Männer, um mit ihr zu sprechen. Sie huschten leise herein und hockten sich neben ihr auf den nackten Boden. Sie erzählten, was während ihrer Abwesenheit in Ubomo geschehen war, und sie runzelte die Stirn, während sie zuhörte. Sie hörte nur wenig Gutes. Die Männer wußten, wohin Kelly ging, und gaben ihr Nachrichten mit. Dann huschten sie ebenso leise und verstohlen wieder hinaus, wie sie gekommen waren.

Weit nach Anbruch der Dunkelheit stand Patrick auf und sagte leise zu ihr: »Zeit, um aufzubrechen.«

Der Lastwagen war jetzt mit getrocknetem Fisch in geflochtenen Körben beladen. Unter der Ladung war für sie ein kleines Versteck freigelassen worden. Sie kroch hinein, und Patrick reichte ihr ihren Rucksack und verschloß dann die Öffnung mit einem anderen Fischkorb.

Der Lastwagen fuhr los und rumpelte aus dem Hof. Dieser Teil der Reise betrug nur dreihundert Meilen. Sie rollte sich zusammen und schlief wieder.

Jedesmal, wenn der Lastwagen anhielt, wachte sie auf. Wann immer sie Stimmen hörte, die lauten, arroganten Stimmen von Hita, die Swahili mit dem eigentümlichen, scharfen Akzent sprachen, wußte sie, daß man sie wieder an einer der Straßensperren des Militärs angehalten hatte.

Einmal hielt Patrick den Lastwagen an einem verlassenen Straßenabschnitt an und ließ sie aus ihrem Versteck heraus, und sie ging ein kurzes Stück ins Feld hinein, um ihre Notdurft zu verrichten. Sie befanden sich noch immer in der offenen Savanne unterhalb des Great Rift. Irgendwo in der Nähe hörte sie Rinder muhen und wußte, daß sich dort ein *manyatta* der Hita befand.

Das nächste Mal erwachte sie durch eine eigentümliche andere Bewegung und vom Gesang der Fährmänner. Es war ein wehmütiges Lied, und sie wußte, daß sie fast zu Hause war.

Während der Nacht hatte sie ein kleines Guckloch in ihrer Höhle unter den Körben mit getrocknetem Fisch geöffnet, um nach draußen zu schauen. Dort konnte sie jetzt den Lauf des Ubomo-Flusses sehen, auf den sich die Dämmerung in heißen orangenen und violetten Tönen senkte.

Die Silhouetten der Fährmänner bewegten sich vor ihrem Guckloch auf und ab, als sie an den Seilen zogen, mit denen sie die Fähre vom einen Flußufer zum anderen bewegten. Die Fähre über den Ubomo befand sich fast am Rande des großen Waldes.

Der weite Bogen des Flusses bildete die natürliche Grenze zwischen Savanne und Urwald. Als sie zum ersten Mal an seinem Ufer gestanden hatte, war sie über die Plötzlichkeit erstaunt gewesen, mit der der Urwald begann. Am Ostufer fielen das offene Grasland und die Akazien zum See hin ab, wogegen am anderen Ufer eine gigantische Palisade dunkler Bäume aufragte, eine massive, undurchdringliche, dreißig Meter hohe Mauer, durchsetzt mit Giganten, die die anderen noch um fünfzehn Meter überragten. Auf sie hatte das sofort furchterregend und erschreckend gewirkt. Die Straße grub sich am anderen Ufer wie ein Kaninchenloch in den Urwald.

In den wenigen Jahren, die seitdem vergangen waren, war der Urwald gerodet worden, weil die landhungrigen Bauern an seinen Rändern nagten. Sie hatten die großen Bäume gefällt, die Hunderte von Jahren gewachsen waren, und hatten sie dort, wo sie umgestürzt waren, zu Holzkohle und Dünger verbrannt. Der Urwald hatte sich vor dieser Attacke zurückgezogen. Die Entfernung von der Fähre zum Waldrand betrug jetzt fast fünf Meilen.

Dazwischen breiteten sich Shambas mit Bananen- und Maniok-Feldern aus. Der erschöpfte Boden blieb Unkraut und neuem Wildwuchs überlassen. Der dünne Waldboden verkraftete nur zwei oder drei Jahre der Kultivierung, dann zogen die Bauern weiter und rodeten das nächste Waldstück.

Selbst als die Straße den weichenden Waldrand erreichte, bildete sie keinen Tunnel zwischen den Bäumen mehr, wie es einst gewesen war. Die Straßenränder waren zu beiden Seiten eine halbe Meile breit gerodet worden. Die Bauern hatten die Straße benutzt, um in das Innere des Urwaldes eindringen zu können. Sie hatten ihre Dörfer längs der Straße gebaut und ihre Gärten und Plantagen aus dem lebenden Wald geschlagen, der sie säumte. Dies war die schreckliche Kultivierungsmethode des ›Abholzens und Verbrennens‹, wobei die Bäume gefällt und dort verbrannt wurden, wo sie gestürzt waren. Die Giganten des Waldes, die den Axtschlägen standhielten, wurden zerstört, indem man am Fuße des Stammes langsam brennende Feuer legte. Sie brannten Woche um Woche, bis sie sich durch das harte Holz gefressen hatten und die siebzig Meter hohen, massiven Stämme stürzten.

Als sie jetzt durch ihr Guckloch spähte, sah sie, daß die Straße breiter war, als sie sie in Erinnerung hatte. Die tiefen Fahrspuren waren durch die Räder der Lastwagen und der anderen schweren Fahrzeuge zerwühlt, die hier seit der Absetzung von Präsident Omeru und der Konzessionserteilung an das mächtige ausländische Syndikat zur Erschließung fuhren.

Aus ihren Untersuchungen und den sorgfältigen Aufzeichnungen, die sie gemacht hatte, wußte sie, daß die Straße bereits die Niederschlagsmengen verändert hatte. Die meilenweite Rodungslinie war nicht mehr durch den Urwaldbaldachin geschützt. Die tropische Sonne brannte auf diese offene Schneise und erhitzte die ungeschützte Erde, wodurch die Luft über der Straße nach oben strömte. Sie verdrängte die Regenwolken, die sich täglich über dem grünen Urwald sammelten. Mittlerweile fiel längs der Straße kaum Regen, obwohl auf die nur wenigen Meilen entfernten unberührten Urwälder jährlich zweihundertfünfzig Zentimeter herabströmten.

Die Straße war trocken, staubig und heiß. Die Mangobäume welkten in der Mittagshitze, und die Menschen, die an der Straße wohnten, bauten sich *barazas*, Strohdächer auf Pfählen ohne Wände, um sich vor dem wolkenlosen Himmel über der Straße zu schützen. Ohne den Urwaldbaldachin würde das ganze Becken des Ubomo bald eine kleine Sahara werden.

Für Kelly war die Straße das Sodom und Gomorrha des Waldes. Sie bedeutete Versuchung für ihre Bambuti-Freunde. Die Fernfahrer hatten Geld, und sie wollten Fleisch, Honig und Frauen. Die Bambuti waren geschickte Jäger, die Fleisch und Honig liefern konnten, und ihre jungen, winzigen und anmutigen Mädchen, immer lachend und großbrüstig, waren für die großen Bantu-Männer besonders attraktiv.

Die Straße verführte die Bambuti und lockte sie aus der Weite der tiefen Urwälder. Sie zerstörte ihre traditionelle Lebensweise, indem sie die Pygmäen ermutigte, in ihren Wäldern zuviel zu jagen. Wo sie einst gejagt hatten, um sich selbst und ihren Stamm zu ernähren, jagten sie jetzt, um Fleisch an die *dukas* an den Straßen zu verkaufen, an jene kleinen Geschäfte, die in jedem neuen Dorf gebaut wurden.

Das Wild im Urwald wurde jeden Tag spärlicher, und Kelly wußte, daß die Bambuti bald versucht sein würden, im Landesinneren zu jagen, in jenem abgelegenen Zentrum des Urwaldes, in dem aus Tradition und Religiosität noch nie zuvor ein Bambuti gejagt hatte.

Am Straßenrand entdeckten die Bambuti Palmwein, Flaschenbier und Schnaps. Wie die meisten steinzeitlichen Menschen, von den australischen Aboriginals bis zu den Inuit-Eskimos der Arktis, besaßen sie wenig Widerstandskraft gegenüber dem Alkohol. Ein betrunkener Pygmäe war ein mitleiderregender Anblick.

Im tiefen Urwald gab es keine Stammestradition, die den jungen Bambuti-Mädchen Geschlechtsverkehr vor der Heirat verbot. Sie durften alles mit den Jungen des Stammes ausprobieren, wozu sie Lust hatten, mit der einzigen Ausnahme, daß der Verkehr nicht in voller Umrahmung vollzogen werden durfte. Das unverheiratete Paar durfte sich nur gegenseitig an den Ellenbogen anfassen, ohne daß die Brüste sich berührten. Der Geschlechtsakt war für sie ein natürlicher und schöner Ausdruck von Zuneigung, und sie waren von Natur aus freundlich und voller Schalk. Für die cleveren Fernfahrer aus den Städten waren sie eine leichte Beute. Eifrig darauf bedacht, Freude zu machen, verkauften sie ihre Gunst für ein billiges Schmuckstück oder eine Flasche Bier oder ein paar Shilling, und von dem einseitigen Geschäft blieben ihnen Syphilis oder Tripper oder, am tödlichsten von allen, AIDS.

In ihrem Haß auf die Straße wünschte sich Kelly, es gäbe eine Möglichkeit, diesem Eindringen, diesem immer schnelleren Prozeß der Entwürdigung und Zerstörung Einhalt bieten zu können, aber sie wußte, daß es keine gab. BOSS und das Syndikat waren unaufhaltsame Ungetüme. Der Wald, sein Boden, seine Bäume, seine Tiere, Vögel und seine Menschen waren zu schwach. Sie konnte nur darauf hoffen, zur Verzögerung des Prozesses beizutragen und am Ende einige kostbare Fragmente vor diesem Schmelztiegel von Fortschritt, Erschließung und Ausbeutung zu bewahren.

Der Lastwagen bog plötzlich von der Straße ab und fuhr in einer roten Staubwolke zur Rückseite einer der *dukas* am Straßenrand. Durch ihr Guckloch sah Kelly, daß es einer der typischen Läden mit Lehmwänden und einem mit Ilala-Palmwedeln gedeckten Dach war. Davor parkte ein Holztransporter, und der Fahrer und sein Beifahrer feilschten mit dem Ladenbesitzer um den Preis für süße Jamwurzeln und Streifen von rauchgeschwärztem, getrocknetem Wildfleisch.

Patrick Omeru und sein Bruder begannen einige der Körbe mit getrocknetem Fisch abzuladen, um sie an den Ladenbesitzer zu verkaufen, und während sie arbeiteten, sprach er, ohne zu Kellys Versteck zu blicken.

»Alles in Ordnung, Kelly?«

»Mir geht's gut, Patrick. Ich bin bereit«, rief sie leise zurück.

»Warte, Doktor. Ich muß mich vergewissern, daß es sicher ist. Die Armee patrouilliert regelmäßig auf der Straße. Ich werde mit dem Ladenbesitzer sprechen. Er weiß, wann die Soldaten kommen werden.«

Patrick lud weiter Fisch ab. Der Lastwagenfahrer vor der *duka* schloß sein Geschäft ab und trug seine Einkäufe zu dem Holztransporter. Er stieg ins Führerhaus und ließ den Motor mit einem Brüllen und einer Dieselstaubwolke an, fuhr dann auf die durchfurchte Straße, die beiden riesigen Anhänger im Schlepp. Die Anhänger waren mit fünfzehn Meter langen Mahagonistämmen beladen, die jeweils fast zwei Meter Durchmesser hatten. Die ganze Ladung umfaßte Hunderte von Tonnen wertvollen Hartholzes.

Sobald der Schleppzug verschwunden war, rief Patrick den Ladenbesitzer, einen Uhali, und sie sprachen leise miteinander. Der Ladenbesitzer schüttelte den Kopf und deutete nach hinten auf die Straße. Patrick eilte zum Fischtransporter zurück.

»Schnell, Kelly. Die Patrouille wird jede Minute eintreffen, aber wir sollten das Armeefahrzeug lange vorher hören. Der Ladenbesitzer sagt, daß die Soldaten nie in den Urwald gehen. Sie fürchten sich vor den Waldgeistern.«

Er zog die Fischkörbe fort, die den Zugang zu Kellys Versteck verdeckten, und sie kroch heraus und sprang auf den sonnenverbrannten Boden. Sie fühlte sich steif und verkrampft. Sie streckte sich, hob ihre Hände über den Kopf und beugte sich in der Hüfte, um ihr Rückgrat zu lockern.

»Du mußt dich beeilen, Kelly«, drängte Patrick sie. »Die Patrouille! Ich wünschte, ich hätte jemand, der dich begleitet, um dich zu beschützen.«

Kelly lachte und schüttelte den Kopf. »Wenn ich erst einmal im Wald bin, bin ich in Sicherheit.« Sie fühlte sich bei dieser Aussicht fröhlich und glücklich, aber Patrick wirkte besorgt.

»Der Wald ist ein böser Ort.«

»Du fürchtest dich auch vor den *djinni*, Patrick, nicht wahr?« spöttelte sie, während sie sich den Rucksack auf die Schultern packte. Sie wußte, daß Patrick, wie die meisten Uhali oder Hita, den Urwald nie betreten hatte. Sie alle fürchteten sich vor den Waldgeistern. Wann immer es möglich war, bemühten sich die Bambuti, diese bösartigen Geister zu beschreiben und Horrorgeschichten über ihre eigenen schrecklichen Begegnungen mit ihnen zu erfinden. Es war eines der Mittel der Bambuti, die großen schwarzen Männer von ihren heimlichen Gebieten fernzuhalten.

»Natürlich nicht, Kelly.« Patrick leugnete diesen Vorwurf etwas zu heftig. »Ich bin ein gebildeter Mann. Ich glaube nicht an *djinni* oder böse Geister.« Doch während er das sagte, wanderte sein Blick zu der undurchdringlichen Wand der hohen Bäume, die unmittelbar hinter dem eine halbe Meile breiten Streifen der Gärten und Plantagen aufragte. Er erschauerte und wechselte das Thema.

»Du wirst mir auf die übliche Weise eine Botschaft zukommen lassen?« fragte er ängstlich. »Wir müssen wissen, wie es ihm geht.«

»Mach dir keine Sorgen.« Sie lächelte und nahm seine Hand. »Danke, Patrick. Danke für alles.«

»Wir haben dir zu danken, Kelly. Möge Allah dir Frieden geben.«

»*Salaam aleikum*«, erwiderte sie. »Auch dir Frieden, Patrick.« Und sie drehte sich um und huschte unter die breiten grünen Wedel der Bananenbäume. Nach einem Dutzend Schritten war sie von der Straße aus nicht mehr zu sehen.

Während sie durch die Gärten ging, pflückte sie Früchte von den Bäumen und füllte die Taschen ihres Rucksacks mit reifen Mangos und Bananen. Das war ein Trick der Bambuti. Die Dorfgärten und die Dörfer selber wurden als Jagdgründe betrachtet. Die Pygmäen ernteten alles ab, was ungepflegt war, aber Diebstahl machte am meisten Spaß, wenn man den Dorfbewohnern Nahrungsmittel und Wertgegenstände mit raffinierten Tricks abknöpfte. Kelly lächelte, als sie sich daran erinnerte, wie fröhlich der alte Sepoo seine erfolgreichen Maschen dem Rest des Stammes schilderte, wann immer er aus den Dörfern in die Jagdlager im tiefen Urwald zurückkehrte.

Jetzt bediente sie sich an den Gartenfrüchten mit ebensowenig Gewissensbissen, wie der alte Sepoo sie gehabt hätte. In London wäre sie bei dem bloßen Gedanken an einen Ladendiebstahl bei Selfridges bestürzt gewesen, aber als sie sich dem Rand des Urwaldes näherte, begann sie bereits wieder wie ein Bambuti zu denken. Das war die einzige Möglichkeit zu überleben.

Am Ende des letzten Gartens war ein Zaun aus Dornenzweigen, um die Geschöpfe des Waldes daran zu hindern, nachts die Ernte zu plündern. In regelmäßigen Abständen waren Pfähle aufgestellt, an denen schmuddelige Geisterfahnen und Juju-Zauber hingen, um die Walddämonen und die *djinnis* daran zu hindern, sich den Dörfern zu nähern. Die Bambuti heulten immer vor Freude, wenn sie an diesen Zeugnissen des Aberglaubens der Dorfbewohner vorbeikamen. Sie waren Beweis für den Erfolg ihrer raffinierten Propaganda.

Kelly fand eine schmale Lücke im Zaun, gerade so breit, um dem Pygmäen Durchlaß zu gewähren, der sie geschaffen hatte, und sie schob sich hindurch.

Der Urwald lag vor ihr. Sie schaute nach oben und beobachtete einen Schwarm grauer Papageien, die dreißig Meter über ihr kreischend an den Baumwipfeln entlangflogen.

Der Zugang zum Urwald war verwachsen. Wo das Sonnenlicht auf den Boden gedrungen war, wucherte jetzt ein Dickicht von nachgewachsenem Unterholz. Durch dieses Gebüsch führte ein Pygmäenpfad, doch selbst Kelly mußte sich bücken, um auf ihn zu gelangen. Der durchschnittliche Bambuti war mindestens dreißig Zentimeter kleiner als sie, und mit ihren Macheten schlugen sie das Unterholz direkt in Kopfhöhe ab. Die frischen Schlagstellen waren leicht zu entdekken, waren sie aber erst einmal getrocknet, waren sie messerscharf und genau in Höhe von Kellys Gesicht und Augen. Sie bewegte sich mit anmutiger Vorsicht. Es war ihr nicht bewußt, aber sie hatte gelernt, sich im Urwald genauso flink wie die Pygmäen zu bewegen.

Für die Bambuti war es ein Spott, wenn jemand wie ein *wazungu* im Urwald ging. *Wazungu* war das abschätzige Wort für jeden Eindringling, für jeden Fremden. Selbst der alte Sepoo gab zu, daß Kelly sich wie ein richtiger Mensch und nicht wie ein *wazungu* bewegte.

Das äußere Dickicht dichten Unterholzes war mehrere hundert Meter breit. Es endete abrupt, und Kelly betrat den eigentlichen Waldboden.

Es war, als betrete man eine unterseeische Höhle, einen düsteren und geheimen Ort. Das Sonnenlicht wurde durch die dicht aufeinanderfolgenden Lagen von Laubwerk reflektiert, so daß der ganze Urwald in Grün getaucht war. Die Luft war warm und feucht und roch nach welkem Laub und Pilzen. Nach der Hitze, dem Staub und dem gnadenlosen Sonnenlicht draußen war es eine Erleichterung. Kelly füllte ihre Lungen, sog den Duft tief ein und blickte sich um und blinzelte, während ihre Augen sich an dieses fremde und schöne Licht gewöhnten. Hier gab es kein dichtes Unterholz. Die großen Baumstämme ragten in das hohe grüne Dach auf und verloren sich irgendwo droben in den grünen Tiefen. Sie erinnerten sie an die Säulenhalle im riesigen Tempel von Karnak an den Ufern des Nils.

Die toten Blätter unter ihren Füßen lagen so dick und weich wie ein kostbarer Orientteppich. Ihr Schritt federte darauf, und das Laub raschelte unter ihren Füßen und warnte die Geschöpfe des Waldes vor ihrem Kommen. Es war unklug, unangekündigt auf einen der bösartigen roten Büffel zu stoßen oder auf eine der tödlichen Ottern zu treten, die zusammengerollt auf dem Waldboden lagen.

Kelly bewegte sich flink und leicht auf dem Laubteppich und blieb nur einmal stehen, um einen Grabestock abzuschneiden und seine Spitze mit ihrem Klappmesser zu schärfen, während sie weiterging.

Sie sang im Gehen eines der Loblieder an den Urwald, das Sepoos Frau Pamba sie gelehrt hatte. Es war eine Hymne der Bambuti, denn der Urwald selbst war ihr Gott. Sie verehren ihn als Mutter und Vater. Sie glauben nicht an die Schreckgespenster und bösen Geister, deren Existenz sie so ernst beipflichten und von deren schrecklichen Taten sie den schwarzen Dorfbewohnern mit soviel Schadenfreude immer wieder erzählen. Für die Bambuti ist der Urwald eine lebende Entität, eine Gottheit, die ihre Schätze geben oder verweigern kann, die gütig ist oder aber Rache an denen übt, die ihre Gesetze mißachten oder Schaden anrichten. Im Laufe der Jahre, die Kelly unter dem Dach des Waldes gelebt hatte, hatte sie die Philosophie der Bambuti fast ganz angenommen, und jetzt sang sie für den Wald, während sie eilig über seinen Boden wanderte.

Spätnachmittags begann es zu regnen. Es war einer dieser heftigen Güsse, die täglich herunterprasselten. Die großen Tropfen fielen dick und schwer wie Steine auf die Baumkronen und brüllten wie ein ferner Wasserfall. Wären sie mit dieser Wucht auf den nackten Boden gefallen, hätten sie die Muttererde weggerissen und tiefe Furchen gegraben, Ebenen und Hügel ausgespült, die Flüsse anschwellen lassen und unermeßlichen Schaden angerichtet.

Im Urwald aber brachen die oberen Baumkronen die Wucht des Sturmes, dämpften die Ströme von Wasser, sammelten sie und führten sie an den Stämmen der großen Bäume hinunter, leiteten sie langsam über den dicken Teppich aus totem Laub und Mutterboden, so daß die Erde die ungeheure Kraft des Regens absorbieren und ertragen konnte. Statt durch weggeschwemmte Erde schlammig und durch entwurzelte Bäume aufgestaut zu werden, flossen die Flüsse und Ströme süß und kristallklar weiter.

Während der Regen weich auf Kelly fiel, streifte sie ihr Baumwollhemd ab und steckte es in eine der wasserfesten Außentaschen ihres Rucksacks. Damit die Riemen nicht in ihre nackten Schultern schnitten, schlang sie einen Gurt um ihren Kopf und hatte ihre Arme frei, genau wie die Pygmäen-Frauen. Sie ging weiter und dachte gar nicht daran, vor dem blutwarmen Regen Schutz zu suchen.

Jetzt war sie barbusig, trug nur eine kurze Baumwollhose und ihre Leinenschuhe. Im Urwald war es natürlich, mit so wenig wie möglich bekleidet zu sein. Die Bambuti trugen nur einen Lendenschurz aus geschlagener Rinde.

Als die ersten belgischen Missionare die Bambuti entdeckt hatten, waren sie außer sich über deren Nacktheit und hatten aus Brüssel Kleider, Jacken und Kattunhosen kommen lassen, alles in Kindergrößen, die sie sie anzuziehen zwangen. In der Feuchtigkeit des Urwaldes waren diese Kleidungsstücke immer feucht und ungesund, und die Pygmäen litten zum ersten Mal unter Lungenentzündung und anderen Erkrankungen der Atemwege.

Nach der Enge des Stadtlebens war es ein wundervolles Gefühl, halbnackt und frei zu sein. Kelly genoß den Regen auf ihrem Körper.

Ihre Haut war rein und cremefarben, leuchtete fast in dem weichen grünen Licht, und ihre kleinen festen Brüste wippten im Takt ihres Schrittes.

Sie bewegte sich schnell, suchte nach Eßbarem, während sie lief, und blieb kaum stehen, wenn sie Pilze mit glänzenden Kappen und leuchtend orangenen Lamellen pflückte. Sie waren die köstlichsten der rund dreißig eßbaren Arten. Es gab noch fünfzig und mehr nicht eßbare Arten, von denen einige stark giftig waren. Ein einziger Bissen konnte innerhalb weniger Stunden zum Tode führen. Es hörte auf zu regnen, aber die Bäume tropften noch immer.

Einmal blieb sie stehen und tastete sich an einer dünnen Ranke nach unten, die sich um den Stamm eines Mahagonibaums wand. Mit ihrem Grabestock grub sie die hellweißen Wurzeln aus dem regennassen, moderigen Boden. Die Wurzeln waren so süß wie eine Zuckerstange, und sie kaute sie genüßlich. Sie waren nahrhaft und gaben ihr neue Energie.

Als der Tag sich langsam dem Ende zuneigte, wurden die grünen Schatten dichter. Sie hielt nach einem Lagerplatz Ausschau. Sie wollte sich nicht damit aufhalten, eine regendichte Behelfshütte zu bauen. Für eine Nacht würde eine Höhle am Fuße eines der gigantischen Baumstämme reichen.

Das Laub raschelte noch immer unter ihren Füßen, obwohl es jetzt feucht war. Plötzlich hörte sie ein explosionsartiges Geräusch, das Zischen von unter Druck stehender Luft, ähnlich dem eines geplatzten Autoreifens, etwa drei Meter vor ihr. Es war eines der erschreckendsten Geräusche des Urwalds, schlimmer als das Bellen eines wütenden Büffels oder das brüllende Grunzen eines riesigen schwarzen Keilers. Kelly sprang im Lauf unwillkürlich zurück.

Ihre Hand zitterte, als sie den Gurt von ihrer Stirn riß und den Rucksack auf den laubbedeckten Boden fallen ließ. Mit der gleichen Bewegung griff sie in eine der Außentaschen und zog ihre Schleuder heraus.

Wegen ihrer Schleuder hatten die Bambuti ihr den Namen ›Baby Bogenschütze‹ gegeben. Obwohl sie sie fröhlich neckten, waren sie wirklich beeindruckt, wie geschickt Kelly mit dieser Waffe umging. Selbst der alte Sepoo hatte sie nie beherrschen können, obwohl Kelly ihn geduldig unterrichtet hatte. Am Ende hatte er seine Bemühungen mit der hochmütigen Erklärung aufgegeben, daß Pfeil und Bogen die einzig angemessenen Waffen für einen Jäger seien, und daß dieses alberne kleine Ding nur für Kinder und Babys geeignet sei. So war sie ›Baby Bogenschütze‹ geworden, Kara-Ki.

Mit einer schnellen Bewegung ergriff sie die Gabel und zog das elastische Gummiband bis an ihr rechtes Ohr. Das Geschoß war eine Stahlkugel.

Auf dem Waldboden vor ihr bewegte sich etwas. Es sah wie ein Haufen abgestorbener Blätter oder ein in Waldfarben gemusterter afghanischer Teppich aus, golden, ocker- und malvenfarbig, gestreift und mit Diamanten und schwarzen Pfeilspitzen besetzt, die das Auge täuschten. Kelly wußte, daß das, was eine amorphe Masse zu sein schien, in Wirklichkeit ein in sich verschlungener Schlangenleib war. Jede Windung war so dick wie ihre Wade, aber durchwirkt und getarnt mit raffinierter und verführerischer Farbe. Die Gabunotter ist neben der Mamba Afrikas giftigste Schlange.

Inmitten der zusammengeringelten Pyramide des Leibes war der Kopf wie ein angelegter Pfeil auf der S-förmigen Beuge des Nackens zurückgezogen. Die Otter hatte ein Schweinemaul, und die Augen in dem flachen und stumpfen Kopf waren von der Farbe und Klarheit eines kostbaren Topas und ragten aus hornigen Auswüchsen vor. Die pechschwarzen Pupillen waren auf sie gerichtet. Der ganze Kopf war größer als ihre beiden Fäuste zusammen. Die federartige, schwarze Zunge zuckte zwischen den dünnen, grinsenden Lippen.

Kelly zielte nur für einen Sekundenbruchteil und ließ dann das Geschoß fliegen. Die silberne Stahlkugel summte im Flug und glitzerte wie ein Quecksilbertropfen im weichen grünen Licht. Sie traf die Gabunotter an der Spitze ihrer Schnauze und zerteilte ihren Schädel mit solcher Wucht, daß Blutströme aus den Nasenlöchern schossen und der groteske Kopf zurückgeschlagen wurde. Mit einem letzten explosiven Zischen wand sich die Otter in Todesqualen, und die großen Windungen ihres Leibes glitten und drehten sich übereinander, zuckten, schlugen und entblößten den blassen Bauch, der diagonal geschuppt war.

Kelly ging vorsichtig um die Otter herum und hielt den spitzen Grabestock bereit. Als der zerschmetterte Kopf freikam, schoß sie vorwärts und preßte ihn auf den Boden. Sie hielt ihn mit all ihrer Kraft fest, während die Otter sich um den Stock schlängelte. Mit ihren kleinen weißen Zähnen öffnete Kelly das Klappmesser und trennte den Kopf der Schlange mit einem einzigen Schlag vom Rumpf.

Der kopflose Leib zuckte ein letztes Mal, und sie sah sich nach einem Lagerplatz um. Am Fuße eines der Baumstämme entdeckte sie eine natürliche Höhle, ein perfekter Schutz für die Nacht.

Die Kunst des Feuermachens hatten die Bambuti nie ergründet, und die Frauen trugen glühende Kohlen mit sich, wenn sie von Jagdlager zu Jagdlager zogen. Kelly aber holte ihr Bic-Feuerzeug heraus, und in wenigen Minuten brannte am Fuße des Baumes ein fröhliches kleines Feuer. Sie öffnete ihren Rucksack und schlug ihr Lager auf. Dann kehrte sie, mit Grabestock und Klappmesser bewaffnet, zu dem Kadaver der Gabunotter zurück. Sie wog fast zehn Kilo, weit mehr als sie brauchte. Die roten Ameisen hatten sie bereits entdeckt. Nichts lag lange auf dem Waldboden, bis die Aasfresser eintrafen.

Kelly schnitt ein dickes Stück aus der Mitte des Kadavers, schabte die Ameisen ab und häutete den Strang mit geübten Schnitten. Das Fleisch war sauber und weiß. Sie trennte zwei dicke Filets von dem Knochen und legte sie auf einer Gabel aus grünen Zweigen über das Feuer. Sie streute ein paar Blätter von einem der würzig duftenden Büsche in das Feuer, und der Rauch würzte so das Fleisch. Während es briet, steckte sie die Pilze mit den orangenen Lamellen auf einen anderen grünen Zweig. Sie legte ihn wie einen Grill aufs Feuer und drehte ihn regelmäßig.

Die Pilze hatten einen kräftigen Geschmack wie schwarze Trüffel, und das Fleisch der Otter schmeckte wie eine Mischung aus Hummer und Hähnchen. Durch die Anstrengungen des Tages hatte Kelly großen Appetit, und sie konnte sich nicht erinnern, jemals ein köstlicheres Mahl zu sich genommen zu haben. Sie spülte es mit süßem Wasser aus dem nahegelegenen Strom herunter.

Während der Nacht wurde sie durch ein lautes Schnüffeln und Grunzen in unmittelbarer Nähe ihrer Baumhöhle geweckt. Ohne es zu sehen, wußte sie, was sie gehört hatte. Die riesigen Wildschweine können bis zu 650 Pfund wiegen und sind fast einen Meter hoch. Diese Schweine, die größten und seltensten der Welt, sind so gefährlich wie ein aufgeschreckter Löwe. Aber Kelly hatte keine Furcht, als sie lauschte, wie die Überreste der Otter verschlungen wurden. Als das Schwein damit fertig war, streifte es schnüffelnd um ihr Lager, aber sie warf ein paar Zweige auf die Glut, und als sie aufflammten, grunzte das Schwein heiser und verzog sich in den Wald.

Am Morgen badete sie im Fluß, kämmte ihr Haar aus und flocht es noch naß zu einem dicken, dunklen, glitzernden Zopf, der auf ihren nackten Rücken herabfiel.

Sie aß die Reste des Otter-Steaks und der Pilze vom vergangenen Abend kalt und marschierte weiter, sobald es hell genug war. Obwohl sie einen Kompaß im Rucksack hatte, orientierte sie sich zumeist an den Flechten und den Ameisennestern, die sich nur an der Südseite der

Baumstämme befanden, und am Fluß und der Richtung der Ströme, die sie überquerte.

Am Nachmittag stieß sie auf den gut sichtbaren Weg, den sie suchte, und folgte ihm in südwestlicher Richtung. Binnen einer Stunde fand sie ein Erkennungszeichen. Es war der massive Stamm eines alten Baumes, der über den Wasserlauf gefallen war und eine natürliche Brücke über einen der Flüsse bildete.

Sepoo hatte ihr einmal erzählt, daß diese Baumbrücke seit Anbeginn der Zeit dagewesen sei, was bedeutete, so weit er sich erinnern konnte. Zeit und Zahlen waren nach dem Verständnis der Pygmäen nicht faßbar. Sie zählten, eins, zwei, drei, viele. Im Urwald, wo die Jahreszeiten sich nicht auf Regenfälle und Temperatur auswirkten, paßten sie ihr Leben den Mondphasen an und begaben sich bei jedem Vollmond von einem Lager zum nächsten. Sie blieben nie so lange in einem Gebiet, daß sie das Wild oder die Früchte dort gänzlich verzehrten oder die Ströme und die Erde mit ihren Abfällen verunreinigten.

Die Baumbrücke war durch Generationen ihrer winzigen Füße blankgewetzt, und Kelly untersuchte sie genau nach frischen Lehmspuren, um abschätzen zu können, wann sie zuletzt benutzt worden war. Sie war enttäuscht und eilte zu dem nahegelegenen Lagerplatz weiter, wo sie sie zu finden hoffte. Sie waren fort, doch nach den Spuren zu urteilen, war dies ihr letzter Lagerplatz gewesen. Sie mußten vor einigen Wochen bei Vollmond weitergezogen sein.

Es gab drei oder vier andere Stellen, an denen sie sich in diesem Augenblick aufhalten konnten, von denen eine sich in fast einhundert Meilen Entfernung im Inneren jenes riesigen Gebietes befand, das Sepoos Stamm als sein Eigentum betrachtete.

Aber es war unmöglich, genau zu sagen, welche Richtung sie genommen hatten. Diese Entscheidung wurde, wie alle anderen des Stammes, im letzten Augenblick in einer hitzigen und lebhaften Debatte gefällt, bei der alle gleich stimmberechtigt waren. Kelly lächelte, als sie sich vorstellte, wie die Diskussion wahrscheinlich beendet worden war. Sie hatte das allzuoft erlebt. Eine der Frauen, nicht unbedingt eine ältere oder gar die älteste, hatte, verärgert über die Dummheit und Sturheit der Männer, auch die ihres eigenen Mannes, plötzlich ihr Bündel ergriffen, den Kopfriemen zurechtgerückt, sich nach vorn gebeugt, um besser balancieren zu können, und war auf den Pfad getrottet. Die anderen, viele von ihnen noch immer murrend, waren ihr in weit auseinandergezogener Reihe gefolgt.

In der Gemeinschaft der Bambuti gab es weder Häuptlinge noch

Führer. Jeder erwachsene Mann und jede Frau hatten unabhängig vom Alter gleiches Stimmrecht. Nur bei wenigen Ausnahmen, so beispielsweise in der Frage, wann und wo die Jagdnetze auszubreiten seien, würden sich die jüngeren Mitglieder des Stammes der Erfahrung von einem der berühmten älteren Jäger beugen, aber erst nach angemessener Auseinandersetzung und Diskussion, in der sie ihr Gesicht wahren konnten.

Kelly sah sich auf dem verlassenen Lagerplatz um und betrachtete amüsiert, was der Stamm zurückgelassen hatte. Da lagen ein hölzerner Stößel und ein Mörser zum Stampfen von Maniok, eine stählerne Breithacke, ein ausgeschlachtetes Transistorradio und verschiedene andere Gegenstände, die offensichtlich in den Dörfern längs der Straße entwendet worden waren. Sie war überzeugt, daß die Bambuti das am wenigsten materialistische Volk der Welt waren. Eigentum bedeutete ihnen fast nichts, und sobald die Freude über etwas Gestohlenes geschwunden war, verloren sie rasch das Interesse daran.

»Zu schwer zum Tragen«, erklärten sie Kelly, als sie sie danach fragte. »Wenn wir das brauchen, können wir uns das immer bei den *wazungu* ausleihen.« Bei der Aussicht darauf tanzten ihre Augen, und sie brüllten vor Gelächter und schlugen sich gegenseitig auf den Rücken.

Der einzige Besitz, den sie hüteten und ihren Kindern vererbten, waren die Jagdnetze aus gewebter Rinde. Jede Familie besaß ein dreißig Meter langes Netz, das sie mit den anderen zum langen Netz der Gemeinschaft verknüpften. Die Beute wurde unter den üblichen heftigen Debatten geteilt, wobei Grundlage die Zeitdauer war, mit der sich die einzelnen an der Jagd beteiligt hatten.

Da sie in der Fülle des Waldes lebten, brauchten sie keinen Reichtum anzuhäufen. Ihre Kleidung aus Baumrinde konnten sie mit wenigen Stunden Arbeit erneuern, indem sie das Mark mit einem hölzernen Schlegel entfernten. Ihre Waffen waren ersetzbar. Speer und Bogen wurden aus Hartholz geschnitzt und mit Rindenfasern bespannt. Pfeil und Bogen besaßen nicht einmal Eisenspitzen, sondern wurden lediglich im Feuer gehärtet. Die breiten Mongongoblätter deckten ihre Hütten, die sie aus gebogenen Schößlingen errichteten, und nachts schenkte ihnen ein kleines Feuer Wärme und Geborgenheit.

Der Waldgott gab ihnen Nahrung im Überfluß. Wozu also brauchten sie anderen Besitz? Sie waren die einzigen Menschen, die Kelly je kennengelernt hatte, die mit ihrem Los zufrieden waren, und dies war einer der Hauptgründe dafür, warum sie sie so mochte.

Kelly hatte sich darauf gefreut, mit ihnen wieder vereint zu sein. Jetzt war sie niedergeschlagen, weil sie sie verpaßt hatte. Auf einem Baumstamm in dem verlassenen Lager sitzend, das so bald wieder Dschungel sein würde, dachte sie über ihren nächsten Schritt nach. Es war sinnlos, zu rätseln, welche Richtung sie genommen haben mochten, und töricht, zu versuchen, ihnen zu folgen. Ihre Spuren würden längst durch den Regen und die anderen Geschöpfe des Waldes ausradiert sein, und sie kannte nur diesen relativ kleinen Teil des Waldes ziemlich genau. Ringsum lagen zwanzigtausend Quadratmeilen, die sie nie gesehen hatte und in denen sie sich hoffnungslos verirren würde.

Sie mußte den Plan aufgeben, sie zu suchen und sich zu ihrem Lager nach Gondala begeben, dem ›Platz des glücklichen Elephanten‹. Irgendwann würden die Bambuti sie dort finden, und sie mußte Geduld haben.

Sie saß noch ein wenig länger da und lauschte dem Wald. Zuerst schien es ein stiller, einsamer Ort zu sein. Erst wenn das Ohr gelernt hatte, in die Stille zu lauschen, wurde einem bewußt, daß der Urwald immer mit Geräuschen von Leben erfüllt war. Droben aus den Wipfeln riefen und sangen die Vögel, und die Affen schwangen sich krachend von Ast zu Ast oder klagten zum offenen Himmel, während die Zwergantilopen verstohlen über den laubübersäten Boden huschten.

Als Kelly jetzt aufmerksamer lauschte, glaubte sie in weiter Ferne und sehr schwach hoch aus den Bäumen jenes klare Pfeifen zu hören, von dem der alte Sepoo ernsthaft behauptete, daß das Chamäleon so verkünde, daß die Bienenstöcke überquollen und die Honigzeit begonnen habe.

Kelly lächelte und stand auf. Als Biologin wußte sie, daß ein Chamäleon nicht pfeifen konnte. Und doch... Sie lächelte, schulterte ihren Rucksack und begab sich wieder auf den düsteren Pfad, um weiter nach Gondala zu laufen. Immer häufiger gab es Zeichen und Wegemarken längs dem Pfad, die sie kannte, die Umrisse gewisser Baumstümpfe und Weggabelungen, eine Sandbank an einem Fluß, den sie überquerte, und Schnitte in Baumstämmen, die sie vor langer Zeit mit ihrer Machete hineingeschlagen hatte. Sie kam ihrem Zuhause immer näher.

An einer Wegbiegung stieß sie plötzlich auf einen dampfenden, gelben Kothaufen, der kniehoch war. Sie hielt eifrig nach dem Elephanten Ausschau, der ihn fallen gelassen hatte, aber er war bereits wie ein grauer Schatten zwischen den Bäumen verschwunden. Sie überlegte, ob es der Alte Mann mit Einem Ohr gewesen sein mochte, ein Elephantenbulle mit schweren Stoßzähnen, der sich oft im Wald um Gondala aufhielt.

Einst waren die Elephantenherden über die offene Savanne gestreift, an den Seeufern entlang und in der Lado Enclave nördlich des Urwaldes. Doch ein Jahrhundert erbarmungsloser Verfolgung, zuerst durch die alten arabischen Sklavenhändler, dann durch die europäischen Sport- und Elfenbeinjäger mit ihren tödlichen Repetiergewehren, hatte die Herden dezimiert und die Überlebenden in die Weite des Urwaldes getrieben.

Am nächsten Fluß machte sie eine Pause, um zu baden, ihr Haar zu kämmen und ihr T-Shirt anzulegen. In wenigen Stunden würde sie daheim sein. Gerade als sie ihren Zopf geflochten und den Kamm weggesteckt hatte, erstarrte sie bei einem neuen Geräusch, das wild und drohend war. Sie sprang auf und griff nach ihrem Grabestock. Das Geräusch kam wieder, dieses heisere Knurren, das wie Sandpapier an ihren Nerven rieb, und sie spürte, daß ihr Puls sich beschleunigte und ihr Atem heftiger wurde.

Es war ungewöhnlich, am hellichten Tag den Ruf eines Leoparden zu hören. Die gefleckte Katze war ein Geschöpf der Nacht, doch alles, was im Urwald ungewöhnlich war, mußte mit Vorsicht behandelt werden. Der Leopard brüllte wieder, ein wenig näher, fast direkt stromaufwärts am Ufer des Flusses, und Kelly neigte ihren Kopf, um zu lauschen. Irgend etwas an diesem Leoparden war seltsam.

Ein Verdacht schoß ihr durch den Kopf. Sie wartete geduckt und hielt den spitzen Grabestock stoßbereit. Eine lange Stille trat ein. Der ganze Urwald lauschte dem Leoparden. Dann brüllte er wieder, gab dieses schreckliche Geräusch von sich. Es kam von dem Ufer über ihr, keine fünfzehn Meter von der Stelle entfernt, an der sie hockte.

Als Kelly dem Schrei dieses Mal lauschte, wurde ihr Verdacht zur Gewißheit. Mit einem Schrei, der das Blut erstarren ließ, stürzte sie auf das Versteck der Kreatur zu und schwang ihren spitzen Stock. Plötzlich bewegte sich etwas in den Lotosblättern am Flußufer, und eine kleine Gestalt schoß hervor und huschte davon. Kelly holte mit ihrem Stock weit aus und traf dann ein nacktes, braunes Hinterteil. Ein gequältes Heulen wurde laut.

»Du niederträchtiger alter Mann!« schrie Kelly und holte wieder aus. »Du hast versucht, mir angst zu machen.« Sie fehlte, als die winzige Gestalt vor ihr über einen Busch sprang und dahinter Zuflucht suchte.

»Du grausamer kleiner Teufel.« Sie jagte ihn aus dem Busch heraus, und er schoß um diesen herum und kreischte in gespieltem Entsetzen und vor Gelächter.

»Ich prügle dir deinen Hintern so blau, daß du wie ein Pavian aussiehst«, drohte Kelly und schwang ihren Stock. Sie rannten zweimal um das Gebüsch, und die kleine Gestalt tanzte und blieb außer Reichweite. Jetzt lachten sie beide. »Sepoo, du kleines Monster. Ich werde dir nie verzeihen!« Kelly erstickte fast vor Lachen.

»Ich bin nicht Sepoo. Ich bin ein Leopard.« Er taumelte vor Fröhlichkeit, und sie erwischte ihn fast. Er spurtete davon, um außer Reichweite zu gelangen, und quiekte fröhlich.

Am Ende mußte sie aufgeben und lehnte sich, vor Lachen erschöpft, auf ihren Stock. Sepoo ließ sich ins Laub fallen, schlug sich auf den Bauch und hickste und überrollte sich. Er zog seine Knie an und lachte, bis ihm die Tränen über die Wangen liefen und in die Furchen seines Gesichtes flossen.

»Kara-Ki.« Er rülpste und hickste und lachte wieder. »Kara-Ki, die Furchtlose, hat Angst vorm alten Sepoo!« Das war eine lustige Geschichte, die er für die nächsten Dutzend Monde an jedem Lagerfeuer erzählen würde.

Sepoo brauchte einige Zeit, um wieder zur Vernunft zu kommen. Er mußte einfach bis zur Erschöpfung lachen. Kelly stand dabei, schaute ihm liebevoll zu und fiel zuweilen in seine wilden Ausbrüche von Fröhlichkeit ein. Allmählich ließen sie nach, und schließlich konnten sie sich normal unterhalten.

Sie hockten sich nebeneinander hin und sprachen. Die Bambuti hatten schon vor langer Zeit ihre eigene Sprache verloren und die der *wazungu* angenommen, mit denen sie in Berührung kamen. Sie sprachen eine seltsame Mischung aus Swahili, Uhali und Hita mit eigenem Akzent und farbigem Idiom.

An diesem Morgen hatte Sepoo mit Pfeil und Bogen einen Colobus-Affen erlegt. Den herrlichen schwarzweißen Pelz hatte er gesalzen, um ihn an der Straße zu verkaufen. Jetzt machte er ein Feuer und kochte das Fleisch zum Mittagessen.

Als sie plauderten und aßen, spürte Kelly eine seltsame Stimmung bei ihrem Begleiter. Pygmäen fällt es schwer, lange ernst zu bleiben. Ihr unwiderstehlicher Drang zu scherzen und ihr fröhliches Gelächter lassen sich nicht unterdrücken. Beides sprudelt ständig an die Oberfläche. Doch verbarg sich jetzt etwas Neues dahinter, das Kelly beim letzten Zusammensein nicht gespürt hatte. Sie konnte nicht genau beschreiben, was sich verändert hatte. Sepoos Gesicht wirkte nachdenklich, zeigte eine Besorgnis, eine Traurigkeit, die seinen fröhlichen Blick trübte, und seine Mundwinkel waren nach unten gezogen.

Kelly fragte ihn nach den anderen Angehörigen des Stammes und nach Pamba, seiner Frau.

»Sie schimpft wie ein Affe in den Bäumen, und sie grollt wie der Donner vom Himmel.« Nach vierzig Jahren Ehe grinste Sepoo voll unverhohlener Liebe. »Sie ist ein zänkisches altes Weib, aber wenn ich ihr sage, daß ich mir eine schöne junge Frau nehmen werde, antwortet sie, daß jedes Mädchen, das dumm genug ist, mich zu nehmen, mich haben kann.« Und er kicherte über den Scherz und schlug sich auf die Schenkel, so daß Affenfett auf seiner runzligen Haut zurückblieb.

»Was ist mit den anderen?« drängte Kelly, die nach dem Grund für Sepoos Kummer suchte. Gab es Meinungsverschiedenheiten im Stamm? »Wie geht es deinem Bruder Pirri?«

Das war immer eine mögliche Ursache für Fehden im Stamm. Es gab eine gewisse Rivalität zwischen den Halbbrüdern. Sepoo und Pirri waren die besten Jäger, die ältesten männlichen Angehörigen des kleinen Stammes. Sie hätten ebenso Freunde wie Brüder sein können, aber Pirri war kein typischer Bambuti. Sein Vater war ein Hita gewesen. Vor langer Zeit, es war schon so lange her, daß sich keiner der Stammesangehörigen daran erinnern konnte, war ihre Mutter, damals noch Jungfrau, zum Rande des Urwalds gewandert, wo eine Gruppe von Hita-Jägern sie gefangen hatte. Sie war jung und hübsch wie eine Fee gewesen, und die Hita hatten sie in ihrem Lager zwei Nächte gefangengehalten und sich abwechselnd mit ihr vergnügt. Vielleicht hätten sie sie einfach getötet, wenn sie ihrer müde geworden wären, aber bevor dies geschah, konnte sie entkommen.

Danach wurde Pirri geboren. Er war größer als alle anderen Männer des Stammes und hatte eine hellere Hautfarbe, feinere Gesichtszüge und den Mund und die schmale Nase der Hita. Auch sein Charakter war anders, aggressiver und habgieriger als bei jedem anderen Bambuti, den Kelly kannte.

»Pirri ist Pirri«, erwiderte Sepoo ausweichend, doch obwohl die alte Rivalität noch offenkundig war, spürte Kelly, daß es nicht sein älterer Bruder war, der ihm Sorgen machte.

Obwohl die Reise nach Gondala nur wenige Stunden dauerte, sprachen die beiden den ganzen Tag miteinander, und am Abend hockten sie noch immer am Feuer, während die Luft schwer von drohendem Regen war. Im letzten Licht schnitt Kelly biegsame Gerten vom Selepebaum ab und steckte sie, wie Pamba es sie gelehrt hatte, in einem Kreis in die weiche Erde, bog sie nach innen und verflocht sie zu dem Gerippe einer traditionellen Bambutihütte. Als sie das Gerippe fertiggestellt hatte, brachte Sepoo ihr Mongongoblätter, mit denen die Hütte gedeckt wurde. Binnen einer Stunde war sie fertig. Als das Unwetter ausbrach, hockten sie warm und trocken in dem winzigen Gebilde, in dem ein fröhliches Feuer flackerte, und aßen den Rest der Affensteaks.

Schließlich ließ sich Kelly in der Dunkelheit auf ihre Luftmatratze nieder, und Sepoo rollte sich dicht neben ihr auf dem weichen Laubhaufen zusammen, aber keiner der beiden schlief sofort ein. Kelly spürte, daß der alte Mann wach dalag und wartete. In der Dunkelheit, die Sepoo Schutz für seinen Kummer bot, flüsterte er schließlich: »Bist du wach, Kara-Ki?«

»Ich höre, alter Vater«, flüsterte sie zurück, und er seufzte. Es war ein Laut, der ganz anders war als sein sonst so fröhliches Kichern.

»Kara-Ki, Mutter und Vater sind böse. Ich habe sie nie so böse erlebt«, sagte Sepoo, und sie wußte, daß er den Gott der Bambuti meinte, den Zwillingsgott des lebenden Waldes, männlich und weiblich zugleich. Kelly schwieg eine Weile ehrerbietig.

»Das ist eine ernste Sache«, erwiderte sie schließlich. »Was hat sie böse gemacht?«

»Sie sind verletzt worden«, sagte Sepoo leise. »Die Flüsse fließen rot von ihrem Blut.«

Das war eine bestürzende Nachricht, und Kelly schwieg wieder, während sie sich vorzustellen versuchte, was Sepoo meinte. Wie konnten die Flüsse rot vom Blut des Waldes sein? überlegte sie. Schließlich war sie gezwungen zu fragen. »Ich verstehe nicht, alter Vater. Was sagst du mir damit?«

»Es übersteigt meine wenigen Worte, das zu beschreiben«, flüsterte Sepoo. »Es hat einen schrecklichen Frevel gegeben, und Mutter und Vater sind voller Schmerz. Vielleicht wird der Molimo kommen.«

Kelly war während der Heimsuchung durch den Molimo nur einmal im Lager der Bambuti gewesen. Die Frauen waren davon ausgeschlossen, und Kelly war mit Pamba und den anderen Frauen in den Hütten geblieben, als der Molimo kam. Aber sie hatte seine Stimme gehört, die wie das Brüllen eines Büffelbullen und das Trompeten eines wütenden Elephanten war.

Am Morgen hatte Kelly Sepoo gefragt: »Was für eine Kreatur ist der Molimo?«

»Der Molimo ist der Molimo«, hatte er rätselhaft geantwortet. »Er ist das Geschöpf des Waldes. Er ist die Stimme von Mutter und Vater.«

Jetzt erklärte Sepoo, daß der Molimo wieder kommen könnte, und Kelly erschauerte ein wenig vor abergläubischer Erregung. Sie nahm sich vor, dieses Mal nicht mit den Frauen in den Hütten zu bleiben. Dieses Mal würde sie mehr über dieses Fabelwesen herausfinden. Im Augenblick jedoch verdrängte sie diesen Gedanken und dachte über den Frevel nach, der irgendwo tief im Urwald begangen worden war.

»Sepoo«, flüsterte sie. »Wenn du mir über diese schreckliche Sache nichts erzählen kannst, wirst du es mir zeigen? Wirst du mich zu den Flüssen führen, in denen das Blut der Götter fließt?«

Sepoo schniefte im Dunkeln, räusperte sich und spuckte in die Glut des Feuers. Dann grunzte er: »Also gut, Kara-Ki. Ich werde es dir zeigen. Morgen, bevor wir Gondala erreichen, werden wir von unserem Weg abweichen, und ich werde dir die Flüsse zeigen, die bluten.«

Am Morgen war Sepoo wieder in Hochstimmung, gerade so, als ob ihre nächtliche Unterhaltung nicht stattgefunden hätte. Kelly gab ihm das Geschenk, das sie ihm mitgebracht hatte, ein Schweizer Offiziersmesser. Sepoo war von den vielen Klingen, Werkzeugen und Geräten, die sich aus den roten Kunststoffschalen klappen ließen, ganz verzaubert und schnitt sich prompt daran. Er kicherte vor Lachen, saugte an seinem Daumen und streckte ihn dann Kelly als Beweis für die wunderbare Schärfe der kleinen Klinge hin.

Kelly wußte, daß er das Messer wahrscheinlich binnen einer Woche verlieren oder es impulsiv einem anderen Stammesangehörigen schenken würde, wie er es mit all den anderen Geschenken getan hatte, die sie ihm gegeben hatte. Doch im Augenblick war er von geradezu kindlicher Freude erfüllt.

»Jetzt mußt du mir die blutenden Flüsse zeigen«, erinnerte sie ihn, als sie den Kopfriemen ihres Rucksacks zurechtrückte, und seine Augen wurden für einen Moment wieder traurig. Dann grinste er.

»Komm, Kara-Ki. Laß sehen, ob du dich noch wie ein richtiger Mensch im Wald bewegen kannst.«

Bald verließen sie den breiten Weg, und Sepoo führte sie rasch über die heimlichen unmarkierten Pfade. Er tanzte wie ein Kobold vor ihr her, und das Laubwerk schloß sich hinter ihm, ohne daß eine Spur zurückblieb, die verriet, daß er dort gegangen war. Wo Sepoo sich aufrecht bewegte, war Kelly gezwungen, sich unter den Ästen zu ducken, und manchmal verlor sie ihn aus den Augen.

Kein Wunder, daß die alten Ägypter glaubten, die Bambuti besäßen die Gabe der Unsichtbarkeit, dachte Kelly, die sich anstrengen mußte, um mit ihm mitzuhalten.

Hätte Sepoo sich leise bewegt, hätte sie ihn verloren, aber wie alle Pygmäen sang und lachte und schwatzte er im Laufen mit ihr und dem Wald. Seine Stimme führte sie und kündigte den gefährlichen Geschöpfen des Waldes sein Kommen an, so daß es nicht zu einer Konfrontation kam.

Sie wußte, daß er so schnell ging, wie er konnte, um sie auf die Probe zu stellen und zu necken, und sie war entschlossen, nicht zu weit zurückzufallen. Sie rief ihm Antworten nach und fiel in den Chor der Loblieder ein, und als er viele Stunden später aus dem Wald ans Flußufer trat, war sie nur wenige Sekunden hinter ihm.

Er grinste sie an, bis seine Augen im Netz der Runzeln verschwanden, und schüttelte in widerwilliger Anerkennung seinen Kopf, aber Kelly interessierte sein Beifall nicht. Sie starrte auf den Fluß.

Dies war einer der Nebenflüsse des Ubomo, der seine Quelle hoch oben in den Mondbergen hatte, am Fuße eines der Gletscher in fast fünftausend Meter Höhe, dort, wo der ewige Schnee lag. Er bahnte sich seinen Weg durch Seen und Wasserfälle, wurde durch die gewaltigen Regengüsse gespeist, die auf dieses feuchteste aller Gebirge herabstürzten, floß weiter abwärts durch baumloses Moor und Heide, dann durch den Urwald aus gigantischen prähistorischen Farnen, bis er schließlich die undurchdringlichen Bambusdickichte erreichte, das Reich der Gorillas und der Bongo-Antilope mit ihren Spiralhörnern. Von dort floß er weitere tausend Meter durch zerklüftetes Vorgebirge, bis er schließlich in die echten Regenwälder mit den Baldachinen der gigantischen Bäume drang.

Die Bambuti nannten diesen Fluß Tetwa, nach dem silbernen Katzenfisch, den es im Überfluß in dem süßen, klaren Wasser gab. Die Bambuti-Frauen legten sogar ihre winzigen Lendenschurze ab, wenn sie in das Wasser des Tetwa stiegen, um den Katzenfisch zu fangen.

Doch das war, bevor der Fluß zu bluten begonnen hatte. Jetzt starrte Kelly entsetzt darauf. Der Fluß war von Ufer zu Ufer rot, nicht hellrot wie Herzblut, sondern von einem dunkleren, brauneren Ton. Das Wasser hatte seinen Glanz verloren und war schwer und stumpf, und es floß so dick und langsam wie altes Motorenöl.

Auch die Sandbänke waren rot und von einer dicken Lage Schlamm überzogen. Die roten Ufer waren mit den Kadavern der Katzenfische übersät, die in ungeheuren Mengen dick wie Herbstlaub übereinanderlagen. Ihre Köpfe waren augenlos, und der Gestank des verwesenden Fleisches war in der feuchten Luft unter dem Urwaldbaldachin unerträglich.

»Was ist geschehen, Sepoo?« flüsterte Kelly, aber er zuckte nur die Schultern und beschäftigte sich damit, eine Prise groben schwarzen Tabaks in ein Blatt zu rollen. Während Kelly zum Ufer hinunterging, entzündete er seine primitive Zigarre an der glimmenden Holzkohle, die er, in einen Beutel aus grünen Blättern gewickelt, um seinen Hals trug. Er paffte große Wolken blauen Rauches und hatte seine Augen vor Behagen fest geschlossen.

Als Kelly auf die Sandbank trat, versank sie fast knietief im Schlamm. Sie nahm eine Handvoll davon und zerrieb ihn zwischen ihren Fingern. Er war so glitschig wie Fett, fein wie Töpferlehm und färbte ihre Haut dunkel. Sie versuchte ihn abzuwaschen, aber die Farbe blieb, und ihre Finger waren so rot wie die eines Mörders. Sie hob eine Handvoll Schlamm an ihre Nase und roch daran. Er hatte einen fremdartigen Geruch.

Sie watete zum Ufer zurück zu Sepoo. »Wie konnte das passieren, alter Vater? Was ist geschehen?«

Er saugte an seiner Zigarre, hustete und kicherte nervös und wich ihrem Blick aus.

»Komm, Sepoo, erzähl es mir.«

»Ich weiß es nicht, Kara-Ki.«

»Warum nicht? Bist du nicht stromaufwärts gegangen, um es herauszufinden?«

Sepoo musterte das brennende Ende seiner grünen Zigarre mit großem Interesse.

»Warum nicht?« beharrte Kelly.

»Ich hatte Angst, Kara-Ki«, murmelte er, und Kelly begriff plötzlich, daß dies für die Bambuti etwas Übernatürliches war. Aus Angst vor dem, was sie finden könnten, wollten sie den erstickten Flüssen nicht stromaufwärts folgen.

»Wie viele Flüsse sind so?« fragte Kelly.

»Viele, viele«, murmelte Sepoo, womit er mehr als vier meinte.

»Nenn sie mir«, drängte sie, und er spulte die Namen all der Flüsse herunter, die sie je besucht hatte, und einige, von denen sie nur gehört hatte. Es schien, als sei das ganze Einzugsgebiet des Ubomo betroffen. Es handelte sich nicht nur um eine isolierte lokale Störung, sondern um eine Katastrophe gewaltigen Ausmaßes, die neben den Jagdgebieten der Bambuti auch das geheiligte Innere des Urwaldes bedrohte.

»Wir müssen stromaufwärts gehen«, sagte Kelly definitiv, und Sepoo sah aus, als wolle er in Tränen ausbrechen.

»Sie warten auf dich in Gondala«, piepste er, aber Kelly machte nicht den Fehler, sich auf eine Diskussion einzulassen. Sie hatte von den Frauen des Stammes gelernt, besonders von der alten Pamba. Sie schwang ihren Rucksack auf den Rücken, richtete das Kopfband und ging flußaufwärts. Zweihundert Meter lang war sie allein, und ihr Mut begann zu sinken. Das vor ihr liegende Waldgebiet war ihr völlig unbekannt, und es wäre töricht, allein weiterzugehen.

Dann hörte sie Sepoos Stimme dicht hinter sich. Er protestierte laut, sagte, daß er keinen Schritt weitergehen würde. Kelly grinste erleichtert und beschleunigte ihren Schritt. Sepoo zuckelte weitere zwanzig Minuten hinter ihr her, schwor, daß er jetzt den Punkt erreicht habe, an dem er umkehren und sie verlassen würde. Als er merkte, daß Kelly nicht nachgeben würde, wurde sein Tonfall immer flehender. Dann begann er ganz plötzlich zu kichern und zu singen. Es war zu anstrengend für ihn, unglücklich zu bleiben. Kelly stieß einen Juchzer aus und fiel in den nächsten Refrain des Liedes ein. Bald huschte Sepoo an ihr vorbei und übernahm die Führung.

Die nächsten beiden Tage folgten sie dem Tetwa, und mit jeder Meile war sein Anblick beklagenswerter. Der rote Lehm verstopfte ihn noch mehr. Das Wasser war fast reiner Schlamm, dick wie Haferbrei, in dem abgestorbene Wurzeln und Pflanzen steckten, deren Fäulnisgas bereits Blasen warf. Dieser Gestank mischte sich mit dem toter Vögel und faulender Fische, die im Schlamm gefangen und erstickt waren. Die Kadaver übersäten die roten Ufer oder trieben mit aufgedunsenen Leibern auf dem besudelten Wasser.

Spät am Nachmittag des zweiten Tages erreichten sie die andere Grenze der Jagdgründe von Sepoos Stamm. Es gab keine Markierung oder irgendein anderes Zeichen, aus dem diese Grenze ersichtlich war, aber Sepoo blieb am Ufer des Tetwa stehen, entspannte seinen Bogen und steckte seine Pfeile in den Köcher aus gerollter Rinde, der über seine Schulter hing. Das war ein Zeichen für Mutter und Vater des Urwaldes, daß er den geheiligten Ort ehren und keine Kreatur töten würde, weder einen Zweig abschneiden noch ein Feuer in diesem tiefen Wald entzünden würde.

Dann sang er ein Pygmäenlied, um den Wald versöhnlich zu stimmen und um Erlaubnis zu bitten, diesen tiefen und geheimen Ort betreten zu dürfen.

> Oh, geliebte Mutter aller Stämme,
> du hast uns an deiner Brust genährt
> und uns in der Dunkelheit gewiegt.

> Oh, verehrter Vater, aus unseren Vätern
> hast du uns stark gemacht.
> Du hast uns den Lauf des Waldes gelehrt
> und uns deine Geschöpfe als Nahrung gegeben.
> Wir ehren dich, wir preisen dich...

Kelly stand ein wenig abseits und beobachtete ihn. Es schien ihr vermessen, in seine Worte einzufallen, und so schwieg sie.

In ihrem Buch *Die Menschen der Großen Bäume* hatte sie in allen Einzelheiten die Traditionen des innersten Urwaldes, des Herzlandes, untersucht und die Weisheit des Gesetzes der Bambuti erläutert. Hier war das Reservoir des Urwaldlebens, das sich in die Jagdgefilde ergoß und das Leben erneuerte und erhielt.

Es war auch die Pufferzone, die jeden der Stämme von seinen Nachbarn trennte und Spannungen und territoriale Streitigkeiten zwischen ihnen verhinderte. Die war nur ein weiteres Beispiel für die Weisheit des Systems, das die Bambuti entwickelt hatten, um ihr Leben zu regulieren und zu ordnen.

So lagerten Kelly und Sepoo in dieser Nacht an der Schwelle zum geheiligten Herzland. In der Nacht regnete es, was, wie Sepoo erklärte, ein eindeutiges Zeichen der Waldgottheiten war, daß sie den beiden freundlich gesonnen seien und sie ihre Reise stromaufwärts fortsetzen könnten.

Kelly lächelte in der Dunkelheit. Im Ubomo-Becken regnete es an circa dreihundert Tagen im Jahr, und wenn es heute nacht nicht geregnet hätte, hätte Sepoo dies wahrscheinlich als noch deutlichere Zustimmung von Mutter und Vater bewertet.

Sie setzten ihre Reise in der Morgendämmerung fort. Als eine der gestreiften Waldantilopen vor ihnen aus dem Unterholz trottete und in fünf Schritt Entfernung stehenblieb, um sie vertrauensvoll anzuschauen, griff Sepoo instinktiv nach seinem Bogen, beherrschte sich dann aber mit solcher Anstrengung, daß er wie bei einem Malariaanfall zitterte. Das Fleisch dieser kleinen Antilope war zart und saftig und süß.

»Geh!« schrie Sepoo ihr wütend zu. »Fort mit dir! Verspotte mich nicht! Führe mich nicht in Versuchung! Ich widerstehe deinen Ränken...«

Die Antilope huschte vom Pfad, und Sepoo wandte sich an Kelly. »Du bist meine Zeugin, Kara-Ki. Ich habe nicht gesündigt. Diese Kreatur wurde von Mutter und Vater geschickt, um mich zu prüfen. Keine gewöhnliche Antilope würde so dumm sein und so nah stehenbleiben. Ich war standhaft, nicht wahr, Kara-Ki?« fragte er kläglich, und Kelly drückte seine muskulöse Schulter.

»Ich bin stolz auf dich, alter Vater. Die Götter lieben dich.«

Sie gingen weiter.

In der Mitte dieses dritten Nachmittags verharrte Kelly im Schritt und neigte ihren Kopf, als sie ein Geräusch hörte, das sie nie zuvor im Urwald gehört hatte. Es war noch schwach und kam stoßweise und wurde durch die Bäume gedämpft, doch als sie weiterging, wurde es mit jeder Meile klarer und stärker, bis es Kelly schließlich an das Grollen jagender Löwen erinnerte. Es war ein schrecklich wildes und barbarisches Geräusch, das sie mit Verzweiflung erfüllte.

Jetzt floß der Tetwa nicht mehr, sondern war durch Äste und Trümmer gestaut. An einigen Stellen waren seine Ufer gebrochen, und er hatte den Waldboden überflutet, so daß sie gezwungen waren, hüfttief durch den stinkenden Sumpf zu waten. Dann endete der Wald abrupt, und sie standen da im Sonnenlicht, wo seit Jahrmillionen kein Sonnenlicht hingedrungen war.

Ihnen bot sich ein Anblick, den Kelly sich nicht einmal in ihren schlimmsten Alpträumen vorgestellt hätte. Sie starrte, bis die Nacht einbrach und diesen Anblick gnädig vor ihr verbarg. Dann machte sie kehrt und ging zurück.

In dieser Nacht erwachte sie durch ihr lautes Weinen, und Sepoo streichelte sie, um sie zu trösten.

Die Rückreise den sterbenden Fluß hinab war langsamer, gerade so, als belaste ihre Traurigkeit sie, und Sepoo verlangsamte seinen Schritt, damit sie ihm folgen konnte.

Fünf Tage später erreichten Kelly und Sepoo Gondala.

Gondala war eine in diesem Teil des Urwaldes einzigartige Stätte. Es war eine Art Lichtung im gelben Elephantengras, weniger als hundert Morgen groß. Am Südende stieg sie an und grenzte an bewaldete Hügel. Einen Teil des Tages warfen die großen Bäume einen Schatten auf die Lichtung, so daß sie kühler war, als wenn sie der prallen tropischen Sonne ausgesetzt gewesen wäre. Zwei kleine Flüsse begrenzten diesen Keil offenen Geländes, während der Hang und die Erhebungen den Blick über die Baumwipfel in Richtung Nordwesten ermöglichten. Es war einer der wenigen Aussichtspunkte im Ubomo-Becken. Die kühle Luft in dem offenen Gelände war nicht so feucht wie die des tiefen Urwaldes.

Kelly blieb wie immer am Waldrand stehen und schaute auf die hundert Meilen entfernten Berggipfel. Gewöhnlich waren die Mondberge hinter ewigen Wolken verborgen. An diesem Morgen aber war der Vorhang verschwunden, als wollten die Berge sie daheim begrüßen. Sie standen klar in ihrer leuchtenden Pracht. Das Massiv des Mount Stanley ragte zwischen den Verwerfungen des Great Rift Valley bis zu einer Höhe von fast zweitausendfünfhundert Metern auf. Es strahlte in reinem eisigen Weiß und war geradezu schmerzhaft schön.

Widerwillig wandte sie sich von diesem Anblick ab und blickte über die Lichtung. Hier waren ihr Zuhause und ihr Labor, ein Gebäude aus Holz, Lehm und Stroh, für dessen Bau sie mit Hilfe ihrer Freunde fast drei Jahre benötigt hatte.

Die Gärten an den tiefer gelegenen Hängen wurden von den Flüssen bewässert und waren zum Schutz gegen die Waldgeschöpfe eingezäunt. Es gab keine Blumenbeete. Der Garten diente nicht zur Zier, sondern ernährte die kleine Gemeinde von Gondala.

Als sie den Wald verließen, entdeckten einige der im Garten arbeitenden Frauen sie und rannten Kelly schreiend und voller Freude lachend entgegen, um sie zu begrüßen. Einige von ihnen waren Bambuti, aber die meisten waren Uhali-Frauen, die ihre traditionell farbigen, langen Kleider trugen. Sie scharten sich um sie und geleiteten sie zu dem Anwesen.

Aufgeschreckt durch den Lärm trat eine einzelne Gestalt aus dem Labor auf die breite Veranda. Es war ein alter Mann mit einem Haar so silbern wie der Schnee auf dem Mount Stanley, der hundert Meilen von ihm entfernt lag. Er trug einen sorgfältig gebügelten blauen Safarianzug und Sandalen. Er beschattete seine Augen, erkannte sie und lächelte. Die Zähne in seinem dunklen, intelligenten Gesicht waren noch immer weiß und makellos.

»Kelly.« Er streckte ihr beide Hände entgegen, als sie auf die Veranda trat, und sie rannte zu ihm. »Kelly«, wiederholte er, als er ihre Hände nahm. »Ich hatte mir schon Sorgen um Sie gemacht. Ich hatte Sie schon vor Tagen erwartet. Es ist schön, Sie zu sehen.«

»Es ist auch schön, Sie zu sehen, Herr Präsident.«

»Aber, aber, mein Kind. Das bin ich nicht mehr, zumindest nicht nach Ephrem Taffaris Meinung. Und seit wann sind wir wieder so förmlich?«

»Victor«, korrigierte sie sich, »ich habe Sie so sehr vermißt, und ich muß Ihnen so viel erzählen. Ich weiß nicht, wo ich anfangen soll.«

»Später.« Er schüttelte sein stattliches graues Haupt und umarmte sie. Sie wußte, daß er über sechzig Jahre alt war, aber sie spürte, daß in seinem Körper die Kraft und Energie eines nur halb so alten Mannes steckten. »Ich will Ihnen erst zeigen, wie gut ich mich in Ihrer Abwesenheit um Ihre Arbeit gekümmert habe. Ich hätte Wissenschaftler bleiben sollen, statt Politiker zu werden«, sagte er. Er ergriff ihre Hand und zog sie in das Labor, und augenblicklich waren sie in eine technische Diskussion vertieft.

Präsident Victor Omeru hatte als junger Mann in London studiert. Er war als Diplomingenieur nach Ubomo zurückgekehrt und für kurze Zeit in der Kolonialverwaltung beschäftigt gewesen. Dann hatte er gekündigt, um die Unabhängigkeitsbewegung zu führen. Doch sein Interesse an den Wissenschaften war geblieben. Seine Gelehrtheit und seine Fähigkeiten hatten Kelly immer beeindruckt.

Nachdem er durch Ephrem Taffaris blutigen Coup gestürzt worden war, floh er mit einer Handvoll getreuer Anhänger in den Urwald und suchte bei Kelly Kinnear in Gondala Zuflucht. In den seitdem vergangenen zehn Monaten war die Siedlung auf der Lichtung zum Hauptquartier der Widerstandsbewegung der Uhali gegen Taffaris Tyrannei geworden, und Kelly war eine der Agentinnen, denen er am meisten vertraute. Wenn er keinen Besuch erhielt und sich nicht mit der Gegenrevolution beschäftigte, arbeitete Omeru als Kellys Assistent und war in sehr kurzer Zeit für sie unersetzlich geworden.

Eine Stunde lang beschäftigten sich die beiden mit Objektträgern und Retorten und den Käfigen der Versuchstiere. Es war fast so, als zögerten sie absichtlich den Augenblick hinaus, in dem sie über die häßliche Wirklichkeit zu sprechen hatten.

Kellys Forschungen wurden durch eine unzulängliche Ausrüstung und Mangel an Gebrauchsgütern behindert. All dies hätte nach Gondala getragen werden müssen, und seit Kelly nicht mehr gefördert wurde und Victor Omeru abgesetzt worden war, hatte sie sich noch mehr einschränken müssen. Dennoch konnten sie einige bedeutende Entdeckungen machen. Es war ihnen gelungen, aus dem Saft des Selepe-Baumes eine Anti-Malaria-Substanz zu isolieren. Der Selepe war eine weitverbreitete Waldpflanze, die die Pygmäen sowohl für den Bau ihrer Hütten als auch für die Behandlung von Fieber verwendeten.

Neben der Heilung der Malaria zogen Kelly und Victor Omeru noch andere Einsatzmöglichkeiten von Pflanzen in Erwägung. Die Bambuti waren für Bauchspeicheldrüsenkrebs sehr anfällig. Dieser wurde entweder durch ihre Ernährung oder durch die Umgebung des Urwaldes ausgelöst. Die Frauen des Stammes machten Infusionen aus der Wurzel einer Rankpflanze, die einen bitteren, milchigen Saft enthielt, um die Krankheit zu behandeln, und Kelly war Zeugin einiger schier wunderbarer Heilungen geworden. Sie und Victor Omeru hatten aus dem Saft ein Alkaloid isoliert, von dem sie hofften, daß es die eigentliche heilende Substanz sei, und sie testeten es mit ermutigenden Ergebnissen.

Das gleiche Alkaloid benutzten sie, um drei der Uhali-Männer im Lager zu behandeln, die an AIDS erkrankt waren. Es war zu früh, als daß sie sicher sein konnten, doch auch hier waren die Ergebnisse äußerst ermutigend und erregend. Jetzt diskutierten sie begeistert darüber. Diese Erregung und die Freude, wieder vereint zu sein, hielt an, während sie auf der Veranda des strohgedeckten Bungalows gemeinsam den spärlichen Lunch zu sich nahmen.

Kelly genoß es, sich mit einem so kultivierten und gelehrten Mann unterhalten zu können. Victor Omerus Anwesenheit hatte ihr einsames, isoliertes Leben in Gondala völlig verändert. Sie liebte ihre Bambutifreunde. Doch die kamen und gingen unangekündigt, und obwohl ihre schlichte, fröhliche Art immer eine Freude war, waren sie kein Ersatz für die Anregungen, die ein exzellenter Verstand gab.

Victor Omeru war ein Mann, den sie ohne Vorbehalte respektieren, bewundern und lieben konnte. Kelly hielt ihn für einen Mann ohne Fehler, der voller Menschlichkeit und Mitgefühl für sein Volk war.

Sie sah in ihm den wahren Patrioten, der sich völlig für seine kleine Nation aufopferte. Außerdem war er der einzige Afrikaner, den Kelly kennengelernt hatte, der über dem Tribalismus stand. Er hatte sein ganzes politisches Leben mit dem Kampf gegen jenen schrecklichen Fluch verbracht, der nach ihrer beider Ansicht der tragischste Faktor der afrikanischen Wirklichkeit war. Er hätte ein Beispiel für den Rest des Kontinents und für seine Kollegen im Rat der Organisation für Afrikanische Einheit sein sollen.

Als er, fast allein, die Unabhängigkeit aus der Kolonialherrschaft erreicht hatte, hatte ihn die Mehrheit seiner Stammesgenossen, der Uhali, ins Präsidentenamt gebracht und mit einem Streich die jahrhundertealte brutale Herrschaft der stolzen Hita-Aristokratie gestürzt.

Zur größten Krise während seiner Präsidentschaft kam es gleich in den ersten Tagen nach der Unabhängigkeit. Der Stamm der Uhali hatte sich in einer wilden Orgie der Vergeltung auf die Hita gestürzt. An fünf schrecklichen Tagen waren über zwanzigtausend Hita umgekommen. Der Mob hatte ihre *manyattas* angezündet. Die Hita, die die Flammen überlebt hatten, waren mit Hacken und Macheten erschlagen worden. Jene Geräte, mit denen die versklavten Uhali die Felder bearbeitet und das Feuerholz für ihre Herren geschlagen hatten, waren gegen sie gerichtet worden.

Den stolzen Hita-Frauen, groß, stattlich und schön, zog man ihre traditionellen knöchellangen Gewänder aus, und die kunstvoll geflochtenen Zöpfe, die ihr ganzer Stolz waren, wurden ihnen brutal von den Köpfen gehackt. Nackt trieb der johlende Uhali-Mob sie vor sich her und bewarf sie mit Exkrementen.

Die jüngeren Frauen und Mädchen waren, an den Knöcheln mit Lederriemen gefesselt, zwischen zwei Ochsen gespannt worden. Dann hatte der Mob die Ochsen vorwärts getrieben, und die Mädchen waren zerrissen worden.

Kelly war nicht Zeugin dieser Greueltaten gewesen. Zu jener Zeit ging sie noch in England zur Schule. Die Legende aber, wie Victor Omeru vor den Mob getreten war und sich zwischen sie und ihre Hita-Opfer gestellt hatte, war Geschichte geworden. Mit der ganzen Kraft seiner Persönlichkeit hatte er das Gemetzel beendet und den Stamm der Hita praktisch vorm Genozid, der völligen Ausrottung, gerettet. Dennoch kamen Tausende Hita ums Leben, und fünfzigtausend suchten Zuflucht in den Nachbarländern Uganda und Zaïre.

Victor Omeru hatte Jahrzehnte gebraucht, um die schrecklichen Feindseligkeiten zwischen den Stämmen abzubauen, um die ins Exil gegangenen Hita dazu zu bringen, nach Ubomo zurückzukehren, ihnen ihre Herden und ihr Weideland zurückzugeben und ihre jungen Männer dazu zu bringen, sich vom traditionellen Hirtenleben einer guten Ausbildung und dem Fortschritt in der modernen Ubomo-Nation zuzuwenden.

Als Entschädigung für die schrecklichen ersten Tage der Unabhängigkeit hatte Victor anschließend immer Nachsicht gegenüber den Hita walten lassen. Um sein Vertrauen und seinen Glauben an sie zu demonstrieren, hatte er ihnen allmählich die Kontrolle der kleinen Armee und der Polizei Ubomos zugestanden. Ephrem Taffari selbst war ins Ausland gegangen, um dort seine Ausbildung zu beenden. Sein Studium hatte Victor Omeru von seinem spärlichen Präsidentengehalt bezahlt.

Jetzt mußte Victor Omeru für diese Großzügigkeit bezahlen. Wieder stöhnte der Stamm der Uhali unter der Tyrannei der Hita.

Der Kreis von Unterdrückung und Brutalität hatte sich, wie so oft in Afrika, wieder geschlossen. Und auch jetzt, als sie ins Gespräch vertieft auf der breiten Veranda des Bungalows saßen, bemerkte Kelly in den Augen Victor Omerus das Leid und die Sorge um seine Nation und sein Volk.

Es schien grausam, dieses Leid noch zu vertiefen, aber sie konnte es ihm nicht länger verschweigen.

»Victor, dort oben, an den Flüssen im Urwald, im Herzland der Bambuti, geschieht etwas Schreckliches. Etwas so Schreckliches, daß ich es Ihnen kaum beschreiben kann.«

Er hörte ihr zu, ohne sie zu unterbrechen, doch als sie fertig war, sagte er ruhig: »Taffari tötet unser Volk und unser Land. Die Geier wittern den Tod in der Luft, und sie sammeln sich, aber wir werden sie aufhalten.«

Kelly hatte ihn nie zuvor so wütend gesehen. Sein Gesicht war steinern und seine Augen dunkel und schrecklich.

»Sie sind mächtig, Victor. Reich und mächtig.«

»Es gibt keine Macht, die sich mit der eines aufrechten Mannes und einer gerechten Sache messen kann«, erwiderte er, und seine Kraft und seine Entschlossenheit waren ansteckend. Kelly spürte, wie ihre Verzweiflung verflog, und sie fühlte sich gestärkt und zuversichtlich.

»Ja«, flüsterte sie. »Wir werden einen Weg finden, um sie aufzuhalten. Um dieses Landes willen müssen wir einen Weg finden.«

Formosa« heißt schön. Der Name war angemessen, wie Tug Harrison einräumen mußte, als der Rolls-Royce Silver Spirit die Küstenebene verließ und in die grünen Berge hochfuhr. Die Straße wand sich um den Ausläufer eines der Gipfel, und für einen Augenblick blickte Tug über die breite, Formosa-Straße genannte Meerenge und sah das chinesische Festland, das sich in gut hundert Meilen Entfernung wie ein drohender Drache erstreckte. Dann machte die Straße eine Kehre, und sie tauchten wieder in die Zypressen- und Zedernwälder ein.

Sie befanden sich eintausenddreihundert Meter über der feuchten tropischen Ebene und dem Getriebe Taipehs, einer der geschäftigsten und reichsten Städte Asiens. Die Luft war hier oben süß und kühl. Die großartige Klimaanlage des Rolls mußte deshalb nicht eingeschaltet werden.

Tug fühlte sich entspannt und hatte einen klaren Kopf. Es war schon schön, ein Düsenflugzeug zu besitzen, dachte er lächelnd. Die Gulfstream flog, wann immer er wollte und wohin er wollte. Den Ärger auf großen Flughäfen und das Gedränge des Pöbels kannte er nicht, ebensowenig die meilenlangen Korridore, die zu durchqueren waren, und die Gepäckkarussells, an denen es ein Ratespiel war, ob die Koffer nun kamen oder nicht. Mit verdrossenen Zollbeamten, Gepäckträgern und Taxifahrern mochten sich andere Leute herumschlagen.

Tug war in mehreren kurzen Etappen von London geflogen. Abu Dhabi, Bahrain, Brunei und Hongkong, und in jedem dieser Zentren, in denen er große Geschäfte tätigte, hatte er einen oder zwei Tage verbracht.

Der Zwischenaufenthalt in Hongkong war besonders profitabel gewesen. Die reichsten und umsichtigsten Geschäftsleute Hongkongs beabsichtigten, ihre Vermögen zu transferieren und anderswo zu investieren, bevor der Vertrag mit England endete und das Gebiet wieder an China zurückfiel. In der Suite im Peninsula Hotel, die Tug auf Dauer gemietet hatte, waren zwei Verträge unterzeichnet worden, die ihm in den nächsten Jahren zehn Millionen Pfund netto einbringen würden.

Nachdem Tugs Maschine auf dem Flughafen von Taipeh aufgesetzt hatte, war sie zu einem unauffälligen Parkplatz hinter den Hangars der

Cathay Pacific gerollt. Dort hatte in dem Rolls-Royce der jüngste Sohn der Familie Ning auf ihn gewartet.

Tug fühlte sich so gut, daß er ins Philosophieren geriet. Er verglich diese mit anderen Reisen, die er gemacht hatte, als er jung und arm war und sich hatte durchschlagen müssen. Zu Fuß und per Fahrrad und mit Bussen hatte er den afrikanischen Kontinent immer wieder durchquert. Er erinnerte sich an sein erstes Auto, einen Ford-V-8-Lastwagen mit Kotflügeln so groß wie Elephantenohren, abgefahrenen Reifen, die keine fünfzig Meilen ohne Pannen überstanden, und mit einem Motor, der nur von Draht und Hoffnung zusammengehalten wurde. Seinerzeit war er ungeheuer stolz darauf gewesen.

Selbst sein erster Flug nach London in einem der alten Sunderland-Flugboote, die früher überall in Afrika zu finden waren und auf dem Sambesi, den großen Seen und schließlich auf dem Nil zum Nachtanken zwischenlanden mußten, hatte zehn Tage gedauert.

Tug glaubte, daß man harte Zeiten erlebt haben mußte, um Luxus wirklich genießen zu können. Er hatte harte Zeiten durchgemacht, und er hatte sie in vollen Zügen genossen. Aber, Teufel, das Gefühl von Seide auf seiner Haut und der Polsterung des Rolls unter seinem Hinterteil war prächtig, und er freute sich auf die kommenden Verhandlungen. Sie würden hart und schonungslos werden, aber so liebte er es.

Er liebte den Schlagabtausch am Verhandlungstisch. Er genoß es, seine Taktik dem jeweiligen Gegenspieler anzupassen. Je nachdem, wie die Situation es erforderte, konnte er das Entermesser schwingen oder das Stilett verbergen. Er konnte brüllen, auf den Tisch schlagen und fluchen wie ein australischer Opalsucher oder ein texanischer Ölarbeiter. Aber er konnte auch lächeln und den süßen Schierlingsbecher ebenso geschickt verabreichen wie der Mann, mit dem er sich treffen würde. Ja, er liebte jeden dieser Augenblicke. Das hielt ihn jung.

Er lächelte freundlich und begann mit dem jungen Mann, der neben ihm auf dem blaßgrünen, ledergepolsterten Rücksitz des Rolls saß, über asiatische Netsuke und Keramik zu diskutieren.

»Generalissimo Tschiang Kai-schek brachte Chinas kostbarste Kunstschätze 1949 vom Festland hierher«, sagte Ning Cheng Gong, und Tug nickte.

Während sie plauderten, musterte Tug den jüngsten Sohn seines Gastgebers. Obwohl Cheng noch nicht bewiesen hatte, daß er eine Macht in der Finanzdynastie der Nings darstellte und bislang im Schatten seiner älteren Halbbrüder gestanden hatte, besaß Tug ein vollständiges Dossier über ihn.

Es gab Hinweise darauf, daß dieser Cheng, obwohl der jüngste Sohn, der Liebling seines Vaters war, das Kind seines Alters, das ihm seine dritte Frau, eine bildschöne Engländerin, geschenkt hatte. Wie so oft schien die Mischung von asiatischem und europäischem Blut die guten Merkmale beider Elternteile ausgeprägt zu haben. Ning Cheng Gong hatte offensichtlich eine gute Erziehung genossen, denn er war clever, verschlagen, skrupellos und hatte Glück. Tug Harrison hatte das Element Glück nie unterschätzt. Manche Menschen hatten es, und andere, gleich wie clever sie waren, hatten es nicht.

Es schien, daß der alte Ning Heng H'Sui ihn behutsam führte und wie ein edles Zuchtfohlen mit Geduld und Sorgfalt auf sein erstes großes Rennen vorbereitete. Er hatte Cheng alle Vergünstigungen geboten, ohne ihn zu verweichlichen.

Direkt nach seinem Abschluß an der Tschiang-Kai-schek-Universität war Ning Cheng Gong in die taiwanesische Armee eingetreten, um seinen Wehrdienst zu leisten. Sein Vater hatte nichts unternommen, um diese Einberufung zu verhindern. Tug nahm an, daß dies Teil des Härtungsprozesses war.

Tug Harrison besaß eine Kopie der Militärdienstakte des jungen Mannes. Er hatte sehr, sehr gute Arbeit geleistet und seine Dienstzeit im Range eines Captains im Generalstab beendet. Natürlich war der Befehlshaber der taiwanesischen Armee ein persönlicher Freund von Ning Heng H'Sui, aber diese Position ließ sich nicht allein durch Verbindungen erreichen. Dazu waren Fähigkeiten erforderlich. Chengs Akte wurde nur durch einen kleinen Schönheitsfehler getrübt. Gegen Captain Ning war Strafanzeige erstattet worden, der die Militärpolizei auch nachgegangen war. Sie betraf den Tod eines jungen Mädchens in einem Bordell in Taipeh. Der vollständige Bericht des untersuchenden Offiziers war vorsorglich aus Nings Dienstakte entfernt worden, und es fand sich lediglich ein Hinweis, daß die Anzeige jeder Grundlage entbehre und daß der Generalstaatsanwalt den Fall niedergelegt habe. Wieder spürte Tug Harrison das Intervenieren des Ning-Patriarchen in diesem Dossier. Es trug dazu bei, daß Tugs Respekt vor der Macht und dem Einfluß der Familie wuchs.

Nach Ende seines Wehrdienstes war Ning Cheng Gong in das taiwanesische Diplomatische Korps eingetreten. Vielleicht hatte der alte Heng geglaubt, daß er noch nicht reif für die Arbeit bei Lucky Dragon sei. Wieder war Chengs Karriere kometenhaft verlaufen. Nach nur vier Jahren hatte er einen Posten als Botschafter bekommen, zwar nur in einem kleinen, unbedeutenden afrikanischen Staat, aber den Akten zufolge hatte er seine Sache gut gemacht. Auch hier hatte Tug sich über das taiwanesische Außenministerium eine Kopie seiner Dienstakte beschaffen können. Es hatte ihn zehntausend Pfund Sterling an Schmiergeldern gekostet, aber das war Tug die Sache wert. In diesem Dossier hatte er wieder einige Beweise für Chengs ungewöhnliche erotische Neigungen gefunden.

Aus dem Sambesi war die Leiche eines jungen schwarzen Mädchens gefischt worden, die die Krokodile nur zum Teil gefressen hatten. Es gab gewisse Verstümmelungen im Vaginalbereich und an den Brüsten der Leiche, die die Polizei veranlaßten, Untersuchungen einzuleiten. Sie stellte fest, daß der chinesische Botschafter sich zu dieser Zeit im Bungalow eines Reservates am Südufer des Sambesi, unweit des Dorfes des Mädchens aufgehalten hatte. Das Mädchen war am Abend vor ihrem Verschwinden beim Betreten von Chengs Bungalow gesehen worden. Danach war sie nie wieder lebend gesehen worden. So weit waren die Ermittlungen fortgeschritten, bis sie aufgrund einer Direktive aus dem Büro des Präsidenten eingestellt wurden. Nun war die Dienstzeit des Botschafters abgelaufen. Er hatte den diplomatischen Dienst quittiert und war nach Taiwan zurückgekehrt, um endlich eine Position bei Lucky Dragon zu übernehmen.

Sein Vater hatte Cheng im Range eines Vizepräsidenten eingesetzt, und Tug Harrison fand ihn interessant. Nicht nur, weil er clever war, sondern weil er selbst nach westlichen Maßstäben gut aussah. Er hatte zwar pechschwarzes Haar, doch waren seine Augen nicht schräggestellt. Sein Englisch war perfekt. Wenn Tug seine Augen schloß, konnte er sich vorstellen, ein Gespräch mit einem jungen Engländer der Oberschicht zu führen. Er war höflich und kultiviert, ohne daß ihm auch nur die geringste Spur von Skrupellosigkeit und Grausamkeit anzumerken war. Ja, fand Tug, er war ein junger Mann mit besten Aussichten. Sein Vater konnte stolz auf ihn sein.

Tug empfand das übliche Bedauern, als er an seinen eigenen kraftlosen Nachwuchs dachte. Sie alle drei waren Schwächlinge und Taugenichtse. Er konnte sich nur damit trösten, daß er glaubte, der Fehler müsse mütterlicherseits bedingt sein. Sie waren die Söhne dreier verschiedener Frauen, die er alle wegen ihrer Attraktivität geehelicht hatte. Er schüttelte bedauernd den Kopf, während er nachdachte. Wenn man jung und der Penis erigiert ist, spielt Vernunft keine Rolle. In solchen Situationen schien die Blutzufuhr zum Gehirn gehemmt zu sein. Er hatte vier Frauen geheiratet, von denen er drei nie als Sekretärinnen eingestellt hätte, und drei von ihnen hatten ihm Söhne geschenkt, die ihr absolutes Spiegelbild waren: schön, faul und verantwortungslos.

Tug runzelte die Stirn, als dieser Schatten auf seine sonnige Stimmung fiel. Die meisten Männer planen bei der Zucht ihrer Hunde und Pferde sorgfältiger als bei der Auswahl der Mutter für ihre eigenen Kinder. Vaterschaft war der einzige Bereich in seinem Leben, in dem Tug Harrison kläglich versagt hatte.

»Ich freue mich darauf, die Elfenbeinsammlung Ihres Vaters sehen zu dürfen«, sagte Tug zu Cheng und verdrängte das unergiebige Bedauern aus seinen Gedanken.

»Mein Vater wird hocherfreut sein, sie Ihnen zeigen zu dürfen«, lächelte Cheng. »Sie ist seine größte Freude, nach dem Lucky Dragon natürlich.«

Während er das sagte, rollte der Rolls um eine weitere Haarnadelkurve, und unmittelbar vor ihnen ragten die Tore des Ning-Anwesens auf. Tug hatte ein Foto davon gesehen, war aber auf die Wirklichkeit dennoch nicht vorbereitet. Die Tore erinnerten ihn sofort an die gigantischen, protzigen Skulpturen in den Tiger Balm Gardens in Hongkong.

Der Lucky Dragon schlang sich wie ein prähistorisches Monster um die Auffahrt, und seine smaragdgrünen Keramikkacheln und das Blattgold funkelten. Seine Krallen waren gekrümmt und erhoben, seine Schwingen fast zwanzig Meter weit ausgebreitet, seine Augen glühten wie Kohlen, und seine Krokodilkiefer klafften weit auf und waren mit zackigen Fängen besetzt.

»Mein Gott!« sagte Tug leise, und Cheng lachte verhalten und entschuldigend.

»Eine kleine Schrulle meines Vaters«, erklärte er. »Die Zähne sind echtes Elfenbein und die Augen zwei Rubine aus Sri Lanka. Zusammen wiegen sie etwas über fünf Kilo. Sie sind einzigartig, und ihr Wert wird auf über eine Million Dollar geschätzt. Deshalb die bewaffneten Wachtposten.«

Als der Rolls auf die Auffahrt rollte, kamen die beiden Posten ins Blickfeld. Sie trugen paramilitärische Uniformen und blitzende Stahlhelme, ähnlich denen der Ehrenwache an Tschiang Kai-scheks Grabmal in Taipeh. Sie führten automatische Waffen mit sich, und Tug Harrison vermutete, daß sie neben der Bewachung der Juwelenaugen des Lucky Dragon noch andere Pflichten hatten. Tug hatte gehört, daß der junge Cheng aufgrund seiner Militärerfahrung zum Schutze seines Vaters diese Wachtposten persönlich aus den Reihen der taiwanesischen

Marineinfanteristen rekrutiert hatte, einem der Elite-Regimenter der Welt.

Der alte Ning Heng H'Sui hatte mehr als nur ein paar Witwen und Waisen zurückgelassen, als er sich seinen Weg an die Macht bahnte. Es gab Gerüchte, daß er einst Führer einer der mächtigsten Geheimgesellschaften Hongkongs gewesen sei und daß er noch immer in enger Verbindung mit den Tongs stand. Jetzt mochte er zwar Kunstsammler, Künstler und Dichter sein, aber es gab noch immer viele, die sich an die alten Zeiten erinnerten und nur zu gerne ein paar alte Schulden beglichen hätten.

Tug empfand überhaupt keine Abneigung wegen der persönlichen Vergangenheit des alten Mannes, ebensowenig wie er keine wegen der sexuellen Verirrungen des jüngsten Sohnes empfand. Tug hatte selbst einige Geheimnisse und kannte die Lage von mehr als nur einem namenlosen Grab in der afrikanischen Wildnis. Sein Leben lang hatte er in Gesellschaft von skrupellosen, gierigen Männern gelebt. Er fällte keine Moralurteile. Er nahm die Menschen so, wie sie waren, und kümmerte sich statt dessen darum, welchen Profit er aus ihren Stärken oder Schwächen schlagen konnte.

Cheng erwiderte den Gruß der silberbehelmten Wachtposten mit einem Nicken, und der Rolls fuhr unter dem gewölbten Bauch des Lucky Dragon, des Glücksdrachens, hindurch und rollte in ein Phantasieland aus Gärten und Seen, Pagoden und geschwungenen chinesischen Brücken. Die Rasenflächen waren so grün und glatt wie ein Seidenkimono, der sich über die Schenkel eines hübschen Mädchens spannt. Die Rhododendren standen in voller Blüte. Im Gegensatz zu der geschmacklosen Drachenskulptur am Haupttor war es hier friedlich und lieblich.

Der Rolls hielt vor dem Eingang eines Gebäudes, das Tug an eine Miniatur des Winter-Palastes in Peking erinnerte. Die umliegenden Brunnen schossen funkelnde Schaumperlen hoch in die kühle Bergluft. Eine Prozession weißbejackter Diener wartete zu beiden Seiten des Eingangs, um Tug zu begrüßen, und sie verneigten sich tief, als Cheng ihn in das gewölbte Innere führte.

Die Einrichtung war einfach und erlesen. Die Böden aus rotem Zedernholz schimmerten, und der Zigarrenkistengeruch der Vertäfelung erfüllte würzig die Luft. Einige keramische Kostbarkeiten, die der Sammlung jedes Museums zur Zierde gereicht hätten, waren wirkungsvoll arrangiert, und den Mittelpunkt des Raumes bildete ein einzelnes Blumenarrangement aus Kirschblüten.

»Eines der Mädchen wird Tee für Sie bereiten, Sir Peter«, sagte Cheng zu ihm, »während die andere Ihr Bad einläßt und Ihre Koffer auspackt. Dann werden Sie eine Stunde ruhen wollen. Mein Vater lädt Sie ein, mit ihm um halb eins Mittag zu essen. Ich werde einige Minuten vorher hier sein, um Sie zum Haupthaus zu führen.«

Tug wurde klar, daß dies eines der Gästehäuser war, aber er ließ mit keiner Miene erkennen, daß er beeindruckt war, und Cheng fuhr fort: »Natürlich stehen alle Dienerinnen zu Ihrer Verfügung. Falls Sie etwas wünschen sollten«, Cheng betonte diesen Satz auf eine Weise, die ihn etwas anzüglich klingen ließ, »brauchen Sie nur einen der Diener zu bitten. Sie sind der Ehrengast meines Vaters. Er wäre sehr gedemütigt, wenn es Ihnen an etwas mangelte.«

»Sie und Ihr Vater sind zu freundlich.« Tug erwiderte die Verbeugung des jungen Mannes. Es hatte eine Zeit gegeben, und sie war noch nicht allzu viele Jahre her, in der Tug dieser diskreten Einladung gefolgt wäre. Jetzt aber war er dankbar dafür, daß das irrationale und unkontrollierbare Element der Sexualität aus seinem Leben verschwunden war. Einen großen Teil seiner Jugendzeit und sehr viel Energie hatte er mit der Jagd nach Sexpartnern vergeudet. Am Ende all dieser Mühen hatte er wenig vorzuweisen, abgesehen von drei nutzlosen Söhnen und jährlich mehreren Millionen an Unterhaltszahlungen. Nein, er war froh, daß es vorbei war. Sein Leben verlief jetzt ruhiger und gesünder. Die Jugend war eine völlig überbewertete Periode im Leben eines Mannes, erfüllt von Verwirrung und Ängsten und Unglück.

Die beiden chinesischen Mädchen, die ihm die Kachelstufen in das dampfende, parfümierte Bad hinunterhalfen, trugen nur kurze weiße Röcke, und er betrachtete ihre weiße, cremefarbene Haut und ihre kirschblütengleichen Brustwarzen mit dem taxierenden Blick eines Connaisseurs. Doch in seinen Lenden machte sich nur eine kurze, süße, nostalgische Regung bemerkbar.

»Nein«, wiederholte er, als er ins Wasser sank, »ich bin froh, daß ich nicht mehr jung bin.«

Tug ließ die bestickten Roben unbeachtet, die die Mädchen für ihn bereitgelegt hatten, sondern zog seinen dunklen Savile Row-Anzug an, den der Hausdiener gebügelt hatte.

»In diesem albernen Dreß würde ich mich wie ein Clown fühlen. Das weiß der alte Heng. Darum wollte er, daß ich mich hineinzwänge.«

Der junge Cheng wartete zum vereinbarten Zeitpunkt auf ihn. Sein Blick glitt über Tugs Anzug, aber sein Gesichtsausdruck veränderte sich nicht. Bin nicht drauf reingefallen, was? dachte Tug selbstgefällig.

Sie schlenderten über den überdachten Weg, blieben stehen, um die Lotosblumen und Wasserlilien und Rhododendren zu bewundern, bis sie schließlich durch einen gewölbten Torgang schritten, um den sich blaue Wistaria rankte, und das Haupthaus sich jäh vor ihnen ausdehnte.

Es war atemberaubend, eine Schöpfung aus makellos weißem Marmor und Keramikdachziegeln an Firsten und Giebeln, modern und zugleich zeitlos klassisch.

Tug verhielt nicht im Schritt und spürte die Enttäuschung des jungen Mannes neben ihm. Er hatte erwartet, daß Tug wie alle anderen Besucher ehrfürchtig erstarren würde.

Der Patriarch, Ning Heng H'Sui war sehr alt, zehn oder mehr Jahre älter als Tug. Seine Haut war trocken, von Altersflecken übersät und so verschrumpelt wie die der ausgewickelten Mumie von Ramses II. im Museum von Kairo. Auf seiner linken Wange wuchs ein Muttermal von der Größe und Farbe einer reifen Maulbeere. Es ist ein in China weitverbreiteter Aberglaube, daß die Haare Glück bringen, die aus einem Muttermal im Gesicht wachsen, und Heng H'Sui hatte seinen Leberfleck nie rasiert. Ein Haarbüschel wucherte aus dem kleinen purpurnen Blumenkohl und fiel als silberne Quaste bis unter sein Kinn herab auf sein einfaches Gewand aus cremefarbener Rohseide.

Soviel zu der Drachenstickerei, in die er mich stopfen wollte, dachte Tug, als er seine Hand ergriff. Sie war trocken und kühl, und die Knochen waren vogelleicht.

Heng war durchs Alter ausgetrocknet. Nur seine Augen glänzten feurig. Tug stellte sich vor, daß die gigantischen, menschenfressenden Drachen von Komodo solche Augen haben müßten.

»Ich hoffe, Sie haben nach Ihrer Reise geruht, Sir Peter, und Sie haben es in meinem bescheidenen Hause bequem.« Seine Stimme war spröde und trocken, so wie das Geräusch des Windes, der im Herbstlaub raschelt, aber sein Englisch war ausgezeichnet.

Sie tauschten Freundlichkeiten, während sie einander abschätzten. Es war ihre erste Begegnung. Bis zu diesem Zeitpunkt hatte Tug seine Verhandlungen nur mit den älteren Söhnen geführt.

All seine Söhne waren jetzt hier und warteten hinter ihrem Vater, die drei älteren Brüder und Cheng.

Heng H'Sui winkte sie nacheinander mit einem vogelgleichen Schlenkern seiner blaßtrockenen Hand vor, und sie begrüßten Tug in strikter Reihenfolge ihres Alters höflich.

Dann half Cheng seinem Vater wieder zu seinem kissenbedeckten

Sitzplatz mit Blick auf den Garten. Es entging Tug nicht, daß dem Jüngsten statt dem Ältesten diese Ehre zuteil wurde. Obwohl die älteren Brüder keine Blicke miteinander wechselten und ihre Mienen sich nicht veränderten, spürte Tug die Rivalität und Eifersucht der Geschwister in der süßen Bergluft so stark, daß er sie fast schmecken konnte. All dies waren gute Informationen über die Familie.

Diener brachten ihnen blassen Jasmintee in Schalen, die so fein waren, daß Tug die Konturen seiner Finger durch das Porzellan sehen konnte. Er erkannte das cremefarben auf Weiß gehaltene Blattmuster, das so subtil und dezent war, daß es bei einer flüchtigen Betrachtung fast nicht auffiel. Die Schale war ein Meisterwerk eines Töpfers des fünfzehnten Jahrhunderts, in dem Kaiser Ching Ti aus der Ming-Dynastie geherrscht hatte.

Tug leerte die Schale und ließ sie dann, als er sie auf das Lacktablett absetzen wollte, aus seinen Fingern gleiten. Sie schlug auf den Zedernholzboden und zerbrach in hundert kostbare Stücke.

»Es tut mir leid«, entschuldigte er sich. »Wie ungeschickt von mir.«

»Das macht nichts.« Heng H'Sui neigte freundlich den Kopf und bedeutete einem Diener, die Scherben aufzusammeln. Der Diener zitterte, als er sich hinkniete. Er spürte die Wut seines Herrn.

»Ich hoffe, sie war nicht wertvoll?« fragte Tug, der ihn damit auf die Probe stellte. Er wollte ihn aus der Fassung bringen und ihm den Trick mit der drachenbestickten Robe heimzahlen. Das Urteilsvermögen eines zornigen Mannes mit Haß im Herzen ist beeinträchtigt. Tug versuchte bei Heng H'Sui eine Reaktion festzustellen. Sie beide wußten, daß Tug sich darüber im klaren war, daß es sich um eine unbezahlbar kostbare Schale gehandelt hatte.

»Sie hatte keinen Wert. Das versichere ich Ihnen, Sir Peter. Nur ein unbedeutendes Ding. Denken Sie nicht mehr daran«, erklärte der alte Mann, aber Tug sah, daß er ihn getroffen hatte. Hinter der ausgetrockneten Maske mit dem bequasteten Mal auf der Wange steckte ein leidenschaftlicher Mann. Doch der Alte zeigte Klasse, Stil und Beherrschung. Ein würdiger Gegner, entschied Tug, denn er gab sich nicht der Illusion hin, es könne eine vertrauensvolle Beziehung zwischen ihnen geben. Es gab nur eine für beide Seiten zweckdienliche und wahrscheinlich vorübergehende Partnerschaft zwischen BOSS und Lucky Dragon.

Mit dem Zerbrechen der Schale war er gegenüber dem alten Patriarchen im Augenblick im Vorteil. Er hatte ihn aus dem Gleichgewicht gebracht.

Der alte Mann nippte den Rest seines Tees aus seiner eigenen Schale, die mit der von Tug zerbrochenen identisch war. Dann streckte er seine Hand aus und gab leise einen Befehl. Einer der Diener kniete sich neben ihn und legte ein Stück Seide in seine runzlige Pfote. Heng H'Sui wischte die Schale sorgfältig aus, wickelte sie dann in die Seide und reichte sie Tug.

»Ein Geschenk für Sie, Sir Peter. Ich hoffe, daß unsere Freundschaft nicht so zerbrechlich wie diese kleine Nippessache sein wird.«

Tug mußte einräumen, daß Heng nun seinerseits im Vorteil war. Ihm blieb keine andere Wahl, als das kostbare Geschenk anzunehmen, wollte er das Gesicht nicht verlieren.

»Ich werde es im Gedenken an die Großzügigkeit des Gebers in Ehren halten«, sagte er.

»Mein Sohn«, Heng deutete mit einer kurzen Bewegung seiner blauvenigen Hand auf Cheng, »erzähl mir, daß Sie den Wunsch ausgesprochen haben, meine Elfenbeinsammlung zu sehen. Sammeln Sie auch Elfenbein, Sir Peter?«

»Nein, aber ich bin an allen afrikanischen Dingen interessiert. Ich schmeichle mir, mehr als der Durchschnittsmensch über den afrikanischen Elephanten zu wissen. Ich weiß, welchen Wert Ihr Volk dem Elfenbein beimißt.«

»In der Tat, Sir Peter, sollte man nie mit einem Chinesen über die Wirksamkeit von Zaubern streiten, besonders über den des Elfenbeins nicht. Unser ganzes Leben wird von Astrologie und Glücksgaben beherrscht.«

»Der Lucky Dragon?« meinte Tug.

»Der Glücksdrache, gewiß.« Hengs pergamentene trockene Wangen schienen zu reißen, als er lächelte. »Der Drache an meinem Tor hat Fänge aus purem Elfenbein. Mein ganzes Leben hat mich der Zauber des Elfenbeins gefangen. Ich begann meine Laufbahn als Elfenbeinschnitzer im Geschäft meines Vaters.«

»Ich weiß, daß die Netsuke, die Ihre Signatur tragen, ebenso hoch bezahlt werden wie die der großen Schnitzmeister der Antike«, sagte Tug.

»Ach, sie entstanden, als mein Auge scharf und meine Hand ruhig war.« Heng schüttelte bescheiden den Kopf, leugnete aber nicht den Wert seiner Kreationen.

»Ich würde sehr gerne einige Ihrer Arbeiten sehen«, schlug Tug vor, und Heng bedeutete seinem jüngsten Sohn, ihm beim Aufstehen zu helfen.

»Das sollen Sie, Sir Peter. Das sollen Sie.«

Das Elfenbeinmuseum befand sich etwas vom Haupthaus entfernt. Mit Rücksicht auf Heng H'Suis kurzen, mühsamen Schritt folgten sie langsam dem überdachten Wandelgang durch die Gärten.

Er blieb stehen, um die Khoi in einem der dekorativen Teiche zu füttern, und als die Fische gierig das Wasser aufwühlten, lächelte der alte Mann über ihre Possen.

»Gier, Sir Peter, wo wären Sie und ich ohne Gier?«

»Gesunde Gier ist der Treibstoff des kapitalistischen Systems«, stimmte Tug zu.

»Und die dumme, gedankenlose Gier anderer Menschen macht Sie und mich reich, nicht wahr?«

Tug neigte zustimmend den Kopf, und sie gingen weiter.

Vor der Tür des Museums standen weitere paramilitärische Wachtposten mit silbernen Helmen. Ohne daß es ihm gesagt wurde, wußte Tug, daß sie ständig auf dem Posten waren.

»Ausgesuchte Männer.« Heng bemerkte seinen Blick. »Ich vertraue ihnen mehr als all diesen modernen elektronischen Geräten.«

Cheng ließ den Arm seines Vaters für einen Augenblick los, um den Einlaßcode am Kontrollkasten des Alarmsystems einzugeben, und die massiven Türen schwangen automatisch auf. Er führte sie hinein.

Das Museum war fensterlos. Es gab kein natürliches Licht, aber die künstliche Beleuchtung war geschickt arrangiert. Die Klimaanlage sorgte für die richtige Luftfeuchtigkeit, die für den Erhalt und den Schutz des Elfenbeins erforderlich war. Die geschnitzten Türen schlossen sich mit einem pneumatischen Zischen hinter ihnen.

Tug machte drei Schritte in den riesigen Vorraum und blieb dann abrupt stehen. Er starrte auf die Vitrine in der Mitte des Raums.

»Sie kennen sie?« fragte Heng H'Sui.

»Ja, natürlich.« Tug nickte. »Ich habe sie vor langer Zeit einmal gesehen, im Palast des Sultans von Sansibar, vor der Revolution. Seitdem wurde immer wieder spekuliert, was aus ihnen geworden sei.«

»Ich habe sie nach der Revolution von 1964 erworben, als der Sultan ins Exil ging«, erklärte Heng H'Sui. »Nur wenige Menschen wissen, daß ich sie besitze.«

Die Wände des Raumes waren blau gestrichen, in diesem besonderen milchigen Blau des afrikanischen Himmels. Die Farbe war gewählt worden, um die Ausstellungsstücke, das Paar Elfenbeinstoßzähne, wirksam zu präsentieren, und der Vorraum war offensichtlich zu dem gleichen Zweck so gewaltig dimensioniert.

Jeder Stoßzahn war über drei Meter lang, und der Durchmesser am unteren Rand war größer als die Taille eines jungen Mädchens. Der erläuternde Text, der in arabischen Buchstaben auf jedem Stoßzahn stand, war vor hundert Jahren von einem Angestellten des Sultans Barghash geschrieben worden und wies ihr Gewicht bei ihrem Eintreffen in Sansibar aus. Tug entzifferte die Inschrift: Der schwerste Stoßzahn hatte 245 Pfund gewogen, der andere nur ein paar Pfund weniger.

»Sie sind jetzt leichter«, nahm Heng H'Sui seine Frage vorweg. »Inzwischen haben sie durch Austrocknung zweiundzwanzig Pfund verloren. Aber immer noch sind vier Männer nötig, um einen hochzuheben. Wie gewaltig muß das Tier gewesen sein, das sie einst getragen hat.«

Es waren die berühmtesten Stoßzähne, die es gab. Als Kenner der afrikanischen Historie wußte Tug um die Herkunft dieser außergewöhnlichen Objekte. Sie waren vor über hundert Jahren an den Südhängen des Kilimandscharo von einem Sklaven namens Senoussi erbeutet worden. Der Sultan erwarb das Paar für tausend Pfund Sterling, was in jenen Tagen eine große Summe war. Tug hatte sie erstmals im Palast der Nachfolger des Sultans gesehen, der an der Küste von Sansibar stand.

Jetzt trat er voller Ehrfurcht auf sie zu und streichelte einen von ihnen, starrte zu den massiven Elfenbeinbögen auf, die hoch über seinem Kopf fast aneinanderstießen. Dies war ein legendärer Schatz. Für Tug schienen diese Stoßzähne irgendwie die Geschichte und die Seele des ganzen afrikanischen Kontinents zu verkörpern.

»Lassen Sie mich Ihnen jetzt den Rest meiner bescheidenen kleinen Sammlung zeigen«, schlug Ning Heng H'Sui schließlich vor und ging an den aufragenden Elfenbeinsäulen vorbei zu dem Bogengang, der geschickt an der Rückseite des Vorraumes verborgen war.

Das Innere des Gebäudes bestand aus einem Labyrinth schwach beleuchteter Korridore. Der Boden war mit einem mitternachtsblauen Wilton ausgelegt, weich und geräuschlos unter dem Schritt. Die Wände waren von der gleichen Farbe, doch zu beiden Seiten des Ganges befanden sich in gleicher Höhe die Schaukästen.

Die Proportionen der Kästen waren der Form und Größe des jeweils darin enthaltenen Ausstellungsstückes angepaßt. Die Beleuchtung war so geschickt arrangiert, daß jede Kostbarkeit bis ins kleinste Detail zu sehen war und in der Luft zu schweben und unabhängig von der schwach erleuchteten Umgebung zu sein schien.

Zuerst waren religiöse und sakrale Objekte zu sehen, darunter eine

Bibel mit Einbanddeckeln aus geschnitztem Elfenbein und kostbaren Steinen verziert, die den doppelköpfigen Adler des kaiserlichen Rußlands zeigten.

»Peter der Große«, murmelte Heng. »Seine persönliche Bibel.«

Es gab eine Kopie der Thora. Das gelbe Pergament war um einen Elfenbeinrocken gewickelt, der in einem elfenbeinernen Behälter steckte, den ein geschnitzter Davidstern schmückte.

»Aus der großen Synagoge in Konstantinopel gerettet, als sie vom byzantinischen Kaiser Theodosius zerstört wurde«, erklärte Heng.

Neben anderen Kostbarkeiten fanden sich mit Diamanten besetzte Ikonen aus Elfenbein und Hindu-Statuetten von Vishnu, eine Kopie des Koran, mit Blattgold und Elfenbein überzogen, und alte christliche Statuen der Muttergottes und der Heiligen, alle aus Elfenbein geschnitzt.

Dann, als sie durch den düsteren Korridor voranschritten, wurde die Art der Ausstellungsstücke profaner und weltlicher. Da gab es Frauenfächer, Kämme und Halsketten aus dem alten Rom und Griechenland, dann ein außergewöhnliches Objekt, das wie ein sechzig Zentimeter langes Nudelholz geformt war und an einem Ende einen geschnitzten Hahn trug. Tug wußte nicht, welche Bedeutung es hatte, und Heng erklärte es ihm ausdruckslos.

»Das gehörte Katharina der Großen von Rußland. Ihre Ärzte überzeugten sie davon, daß Elfenbein ein königliches Heilmittel für Syphilis sei. Es ist ein Elfenbeindildo, der nach ihrem eigenen Entwurf angefertigt wurde.«

Zuweilen wies Heng seinen Sohn an, einen oder zwei Behälter zu öffnen, damit Tug die Objekte herausnehmen und sie genauer betrachten konnte.

»Den eigentlichen Genuß am Elfenbein bietet das Gefühl, wenn es in der Hand liegt«, erklärte Heng. »Es ist so sinnlich wie die Haut einer schönen Frau. Schauen Sie auf die Narbung, Sir Peter, dieses wunderschöne, subtile Kreuzmuster, das von keiner synthetischen Substanz erzeugt werden kann.«

Es gab ein Stück von der Größe und Form eines Fußballs, wie Spitzenarbeit geschnitzt. Darin befanden sich acht weitere Kugeln, völlig losgelöst voneinander, eine in der anderen wie die Schalen einer Zwiebel. Der Künstler hatte die inneren Kugeln durch die winzigen Öffnungen in den äußeren Schalen geschnitzt. In der Mitte der Kugel ruhte eine bis ins kleinste Detail geschnitzte Rosenknospe.

»Dreitausend Arbeitsstunden. Fünf Jahre des Lebens eines meisterli-

chen Handwerkers. Wie will man einen solchen Wert ermessen?«
fragte Heng.

Zwei Stunden nach Betreten des Museums gelangten sie in den Raum, der die Netsuke barg.

Während der Shogun-Dynastie der Tokugawa in Japan war es nur dem Adel gestattet, persönlichen Schmuck zu tragen. In der neu entstehenden und wohlhabenden Mittelschicht war die Netsukebrosche, die an der Schärpe getragen wurde, um eine Pillendose oder einen Tabaksbeutel zu sichern, ein wesentliches Kleidungsstück. Die Schönheit und Kompliziertheit der Schnitzerei steigerte das Prestige des Besitzers.

Heng hatte eine Sammlung von über zehntausend Stücken zusammengetragen. Doch konnte er, wie er Tug erklärte, nur wenige seiner Lieblingsstücke ausstellen, und darunter befanden sich seine eigenen Kreationen. Sie waren in separaten Behältern untergebracht, und wieder wurde Tug aufgefordert, sie in die Hand zu nehmen und das handwerkliche Können zu bewundern.

»Natürlich war ich verpflichtet, meine eigenen Arbeiten zu suchen und zurückzukaufen.« Heng lächelte und zupfte an dem Haarstrang, der von seiner Wange baumelte. »Ich habe Agenten in aller Welt, die noch immer nach meinen Kreationen suchen. Ich schätze, daß es noch mindestens hundert gibt, die bisher nicht entdeckt wurden. Zehntausend Dollar, wenn Sie eine finden, Sir Peter«, versprach er.

»Und sie sind jeden Cent wert«, stimmte Tug zu, als er eines der winzigen Elfenbeingebilde betrachtete. Die Detailarbeit und die Wiedergabe waren außergewöhnlich, und sie zeigten eine ungeheure Themenvielfalt aus der Welt des Menschen wie der der Tiere, von Vögeln und Säugetieren bis hin zu Männern und schönen Frauen und Kindern in jeder möglichen Pose und bei jeder Tätigkeit, von Krieg bis Liebe, vom Tod bis zur Geburt.

Irgendwie war es dem Künstler Heng gelungen, selbst Banales in etwas Bemerkenswertes und Erregendes umzuwandeln. Themen, die bloß pornographisch und starr hätten sein können, waren statt dessen geistig, ätherisch und voller Bewegung.

»Sie haben ein seltenes Talent«, gab Tug zu. »Das Herz und Auge eines großen Künstlers.«

Für eine kurze Weile herrschte Harmonie zwischen den beiden Männern. Dann verließen sie das Schatzhaus und kehrten ins Haupthaus zurück, wo Diener auf einem Lacktisch Schreibzeug und leichte Erfrischungen bereitgestellt hatten. Sie legten ihr Schuhwerk ab, setzten sich auf die Kissen am Tisch, und endlich begann die eigentliche Arbeit.

In London hatte Tug mit den älteren Ning-Söhnen einen Vorvertrag ausgehandelt und unterzeichnet. Dieser war Gegenstand der Ratifizierung durch den Patriarchen. Tug hatte nicht erwartet, daß dies einfach sein würde, und er sollte nicht enttäuscht werden.

Kurz nach Mitternacht vertagten sie sich, und Tug wurde von Cheng zurück ins Gästehaus begleitet. Die beiden Dienerinnen warteten mit Tee und Erfrischungen auf ihn. Sie halfen ihm, sein Nachtgewand anzulegen, zogen die Vorhänge des niedrigen, breiten Bettes zurück und verharrten abwartend.

Tug entließ sie, und sie gingen sofort. Er hatte nicht feststellen können, wo die Videokamera und das Mikrofon versteckt waren, war sich aber sicher, daß es sie gab. Er schaltete das Licht aus und lag eine Weile da, zufrieden mit dem Fortschritt, den er erzielt hatte. Dann schlief er tief und wachte kampflustig wieder auf.

In der Mitte des folgenden Nachmittags schüttelten Tug und Heng H'Sui sich die Hände. Nach allem, was Tug über den alten Mann erfahren hatte, glaubte er, daß Heng genau wie er ein Mann von besonderer Integrität war. Ihr Händedruck war so gut wie jedes formale Dokument. Natürlich würden jetzt die Anwälte beider Seiten zum Zuge kommen und die einzelnen Punkte komplizieren und ausfeilen, aber nicht einmal sie konnten an den zentralen Bestandteilen der Vereinbarung rütteln.

»Da ist noch etwas, was ich mit Ihnen besprechen möchte«, murmelte Heng, und Tug runzelte die Stirn.

»Nein, nein, Sir Peter, eine persönliche Sache. Es hat nichts mit unserer Vereinbarung zu tun.« Und Tug entspannte sich.

»Ich werde tun, was ich kann, um Ihnen zu helfen. Worum geht es?«

»Um Elephanten«, sagte Heng. »Um Elfenbein.«

»Ah.« Tug lächelte und nickte. »Warum bin ich darauf nicht gekommen?«

»Zu der Zeit, als der blutdürstige Wahnsinnige Idi Amin in Uganda die Herrschaft an sich riß, hielten sich die größten auf dem afrikanischen Kontinent noch lebenden Elephantenherden im Nationalpark von Uganda auf, in der Nähe der Murchison-Fälle an den Quellen des Nils«, erklärte Heng.

»Ja«, stimmte Tug zu. »In diesem Park habe ich ein Dutzend Tiere gesehen, die Stoßzähne von je über hundert Pfund trugen. Sie wurden von Idi Amins Schergen geschlachtet, und er stahl das Elfenbein.«

»Nicht alle, Sir Peter. Ich habe zuverlässige Informationen, daß einige dieser Tiere, die größten, der Vernichtung entkommen sind. Sie haben die Grenze nach Ubomo überquert und sind in die Regenwälder an den Hängen der Mondberge gelangt, jenes Gebiet, das jetzt Teil der Konzession unseres Syndikates ist.«

»Das ist möglich«, räumte Tug ein.

»Mehr als das. Es ist Tatsache«, widersprach Heng ihm. »Mein Sohn Cheng«, er wies auf den Mann an seiner Seite, »hat einen zuverlässigen Agenten in Ubomo. Einen Inder, der bei vielen Gelegenheiten mit uns kooperierte. Er heißt Chetti Singh. Kennen Sie ihn?«

»Ich habe vage von ihm gehört.« Tug runzelte wieder die Stirn. »Lassen Sie mich nachdenken... Ja, er hat mit dem illegalen Export von Elfenbein und Rhinozeroshorn zu tun. Ich hörte, er sei der Drahtzieher, der hinter der ganzen Wilderei in Afrika steckt.«

»Chetti Singh ist in den letzten zehn Tagen in den Urwäldern von Ubomo gewesen«, fuhr Heng fort. »Er hat mit eigenen Augen einen Elefantenbullen gesehen, der Stoßzähne hatte, die fast so riesig waren wie die, die ich Ihnen heute gezeigt habe.«

»Wie kann ich Ihnen helfen?« drängte Tug.

»Ich will diese Stoßzähne«, murmelte Heng, der die Leidenschaft des Sammlers kaum hinter der altersgefurchten Maske seines Gesichts verbergen konnte. »Mehr als das Erz und das Holz aus den Wäldern will ich dieses Elfenbein.«

»Präsident Taffari kann eine Ausnahmejagdlizenz unterzeichnen. Ich glaube, die Verfassung erlaubt diese Möglichkeit. Falls nicht, kann sie geändert werden. Ich darf annehmen, daß Ihr Mann, Chetti Singh, sich um die Erbeutung des Elfenbeins kümmern kann. Er ist der Chefwilderer. Ist dies der Fall, werde ich meine Gulfstream nach Ubomo schicken, um die Stoßzähne abzuholen und Ihnen herbringen zu lassen. Ich sehe da keine Probleme, Mr. Ning.«

»Danke, Sir Peter«, lächelte Heng. »Kann ich etwas als Gegenleistung für Sie tun?«

»Ja.« Tug beugte sich vor. »Es gibt tatsächlich etwas.«

»Sagen Sie es nur«, forderte Heng ihn auf.

»Bevor ich das tue, muß ich die neue Hysterie ein wenig erklären, die die westliche Welt erfaßt hat. Sie können sich glücklich schätzen, nicht ähnlichen Problemen ausgesetzt zu sein. Es gibt eine neue Denkweise, besonders unter Jüngeren, bedauerlicherweise aber auch bei denen, die es besser wissen sollten. Diese Philosophie besagt, daß wir kein Recht haben, die natürlichen Schätze unseres Planeten auszubeuten. Wir dürfen in der Erde nicht nach ihren Schätzen schürfen, weil unsere Bergwerke die Schönheit der Natur vernichten. Wir dürfen keine

Bäume fällen, weil sie nicht uns, sondern unserer Nachwelt gehören. Wir dürfen kein Geschöpf um seines Fleisches oder Pelzes oder Elfenbeins willen töten, weil alles Leben irgendwie heilig ist.«

»Das ist Unsinn.« Heng verwarf das mit einer brüsken Geste, und seine dunklen Augen funkelten. »Der Mensch ist heute das, was er ist, weil er diese Dinge immer getan hat.« Er berührte die Zederpaneele an der Wand neben sich, den Saum seiner Seidenrobe, den Ring aus Gold und Elfenbein an seinem Finger, die kostbare Keramikschale, die vor ihm auf dem Tisch stand. »All dies wurde ausgegraben oder gefällt oder getötet, genauso wie die Nahrung, die wir zu uns nehmen.«

»Sie und ich, wir wissen das«, stimmte Tug zu. »Aber dieser neue Wahnsinn ist eine Kraft, mit der man rechnen muß, fast ein unvernünftiger, religiöser Fanatismus. Ein Jihad, wenn Sie wollen, ein Heiliger Krieg.«

»Ich will nicht unhöflich sein, Sir Peter, aber das Abendland ist emotional unreif. Ich glaube, wir im Osten sind kultivierter. Wir lassen uns nicht so einfach durch übertriebenes Verhalten beeinflussen.«

»Darum wende ich mich ja an Sie, Sir. Meine Gesellschaft, BOSS, ist kürzlich Opfer dieser Kampagne geworden. Die Aufmerksamkeit der britischen Öffentlichkeit ist durch eine Gruppe dieser Leute, die sich mit so kindischen Namen wie ›Greenpeace‹ oder ›Die Freunde der Erde‹ bezeichnen, auf unsere Operationen in Ubomo gelenkt worden.«

Heng verzog das Gesicht bei der Erwähnung dieser Namen, und Tug nickte. »Ich weiß, daß es albern und harmlos klingt, aber eine dieser Organisationen wird von einer fanatischen jungen Frau geführt. Sie hat mein Unternehmen als Angriffsziel ausgewählt. Es ist ihr bereits gelungen, gewissen Schaden anzurichten. Es gibt einen kleinen, aber merklichen Umsatz- und Ertragseinbruch, der unmittelbar auf ihre Kampagne zurückzuführen ist. Einige unserer wichtigsten Märkte im Vereinigten Königreich und in den Vereinigten Staaten werden nervös. Wir sind gebeten worden, uns aus Ubomo zurückzuziehen oder unsere Beteiligung zumindest herunterzuspielen, und ich persönlich habe anonyme Briefe und Morddrohungen erhalten.«

»Sie nehmen das doch nicht ernst?«

»Nein, Mr. Ning, das tue ich nicht, obwohl Leute dahinterstecken, die Labors in die Luft sprengen, in denen Tierexperimente durchgeführt werden, und die Pelzgeschäfte in Brand setzen. Ich glaube jedoch, es wäre klug, die Rolle von BOSS in Ubomo herunterzuspielen oder diese in der Öffentlichkeit besser zu verkaufen.«

»Was schlagen Sie vor, Sir Peter?«

»Zunächst einmal habe ich einen unabhängigen Filmproduzenten engagiert, der in Europa und Amerika berühmt ist, um einen Fernsehfilm über Ubomo zu drehen. Dabei wird besonders herausgehoben, wie unser Engagement dem Lande zugute kommt.«

»Sie haben doch nicht die Absicht, alle Operationen des Syndikats vor der Kamera zu zeigen, Sir Peter?« Eine Spur von Beunruhigung schwang in Hengs Tonfall mit.

»Natürlich nicht, Mr. Ning. Der Filmproduzent wird sorgfältig geführt werden, damit unser Syndikat im besten Licht erscheint. Es könnte sogar erforderlich sein, einige Anlagen für ihn vorbereiten zu müssen, die er dann filmt.«

»Sie wollen für ihn eine kleine Schau inszenieren?« erkundigte sich Heng.

»Genau, Mr. Ning. Wir werden ihn von den heiklen Gebieten unserer Operationen fernhalten.«

Heng nickte. »Das ist weise. Sie scheinen die Angelegenheit auch ohne meine Hilfe geregelt zu haben.«

»Sie befinden sich in einer besseren Position als ich, Mr. Ning. Diese sogenannten Grünen können Sie hier in Taiwan nicht erreichen. Ihr Volk ist viel zu pragmatisch, um sich auf eine so unreife Einstellung zu Bergbau und Forstwirtschaft einzulassen, besonders, da ja fast all die Produkte, die wir ernten, hierher verschifft werden. Sie sind durch diesen kindischen, aber gefährlichen Einfluß nicht verwundbar.«

»Ja«, nickte Heng. »Alles, was Sie gesagt haben, ist sehr einleuchtend. Aber wohin führt uns das?«

»Ich möchte, daß Lucky Dragon das Aushängeschild des Syndikats wird. Ich möchte, daß einer Ihrer besten Männer, nicht einer von meinen, nach Ubomo geht und die dortigen Operationen verantwortlich leitet. Ich werde meine Geologen, Forstexperten und Architekten abziehen, und Sie werden chinesische Experten einsetzen. Ich werde meine Anteile am Syndikat allmählich an Strohmänner in Hongkong und andere asiatische Staatsbürger veräußern. Obwohl Sie und ich uns regelmäßig treffen werden und heimlich die Operationen des Syndikats leiten, wird BOSS sich allmählich von der Szene zurückziehen.«

»Sie werden der unsichtbare Mann, Sir Peter.« Heng kicherte.

»Der unsichtbare Mann. Das gefällt mir.« Tug fiel in sein Lachen ein. »Darf ich wissen, wen Sie nach Ubomo entsenden werden, um dort die Leitung zu übernehmen?«

Ning Heng H'Sui hörte auf zu lachen und zupfte nachdenklich an dem silbernen Quast, der von seiner Wange herabhing.

Seine Söhne, die neben ihm an dem langen Lacktisch saßen, beugten sich vor und versuchten nicht zu zeigen, wie gespannt sie waren. Sie betrachteten das Gesicht ihres Vaters mit ausdruckslosen Mienen, obwohl ihre Augen ganz anderes verrieten.

»Ha!« Heng hüstelte und befeuchtete seine Lippen aus der Teeschale. »Das erfordert einige Überlegungen, Sir Peter. Geben Sie mir eine Woche, um eine Entscheidung zu treffen?«

»Natürlich, Mr. Ning. Es ist keine leichte Entscheidung. Wir werden jemand brauchen, der klug ist und engagiert und...«, er zögerte, als er das Adjektiv abwägte, und verwarf ›skrupellos‹ als zu deutlich, »und stark, aber diplomatisch.«

»Ich werde Ihnen meine Entscheidung telefonisch mitteilen. Wo werden Sie sein, Sir Peter?«

»Morgen früh fliege ich nach Sydney, und von dort aus werde ich direkt nach Nairobi und Kahali in Ubomo weiterreisen, um mich mit Präsident Taffari zu treffen. Aber mein Flugzeug ist mit Satellitenkommunikation ausgerüstet. Sie können mich im Flug so leicht erreichen, als säße ich im Nebenzimmer.«

»Diese modernen Wunder.« Heng schüttelte seinen Kopf. »Manchmal ist es schwer für einen alten Mann, sich darauf einzustellen.«

»Mir scheint, daß Sie lediglich an Erfahrung und Scharfsinn alt sind, Mr. Ning. An Mut und Schneid sind Sie jung, Sir«, sagte Tug. Das war nicht einfach als Kompliment dahingesagt, und Ning Heng H'Sui neigte wohlwollend seinen Kopf.

Cheng hatte geduldig auf den richtigen Augenblick gewartet, um seinem Vater das Geschenk zu präsentieren, das er ihm aus Afrika mitgebracht hatte. Seit dem Besuch von Sir Peter Harrison in Taiwan waren fast zwei Wochen vergangen, und sein Vater hatte innerhalb der Familie noch immer nicht bekanntgegeben, welchen von seinen Söhnen er nach Ubomo entsenden würde, um die Operationen des Syndikats zu leiten.

Die Brüder wußten, daß es einer von ihnen sein würde. Sie hatten es in dem Augenblick gewußt, als der Engländer seine Bitte geäußert hatte. Cheng hatte bemerkt, wie die anderen sich bei diesen Worten vorbeugten, und er hatte seine eigene Erregung und Erwartung in ihren Augen gespiegelt gesehen. Seitdem hatten die Brüder sich wie steifbeinige Hunde umschlichen. Der Umfang der Investitionen Lucky Dragons in das Ubomo-Syndikat war unerhört. War das Projekt erst einmal voll ausgearbeitet, war die Familie verpflichtet, fast eine Milliarde Dollar aufzubringen, wovon der größte Teil bei Banken in Hongkong und Japan aufgenommen werden mußte.

Es mußte einer der Söhne sein. Ning Heng H'Sui würde nie so großes Vertrauen in einen Außenstehenden setzen. Nur sein Alter zwang ihn, die Aufgabe an einen von ihnen zu delegieren. Vor noch nicht allzu langer Zeit hätte er das Kommando in Ubomo selbst übernommen, aber jetzt wußten seine Söhne, daß er es einem von ihnen geben mußte, und jeder von ihnen hätte um dieser Ehre willen gemordet. Diese Aufgabe würde der letzte Ritterschlag sein, aus dem klar ersichtlich wurde, wen Heng zu seinem Erben bestimmt hatte.

Cheng sehnte sich mit einer so heftigen Leidenschaft nach dieser Ehre, daß er nicht schlafen konnte und keinen Appetit hatte. In den zwei Wochen, die seit Sir Peters Besuch vergangen waren, hatte Cheng Gewicht verloren und war blaß und hohlwangig geworden. Als er jetzt in der Turnhalle trainierte, war sein Körper fast abgemagert. Jede Rippe war durch seine harten Muskeln zu sehen. Doch seine Schläge und Tritte hatten nichts von ihrer Wucht verloren. Als er kämpfte, glitzerten seine dunklen Augen, die tief in die Höhlen gesunken waren, fiebrig intensiv.

Er suchte unter allen nur erdenklichen Vorwänden die Gesellschaft seines Vaters. Selbst wenn der alte Mann malte oder mit den konfuzianischen Priestern am Schrein im Garten des Anwesens meditierte oder seine Elfenbeinsammlung katalogisierte, versuchte Cheng, bei ihm zu sein, sich in seiner Nähe aufzuhalten. Doch er spürte, daß der richtige Augenblick noch nicht gekommen war, um das Geschenk zu übergeben. Er glaubte, daß sein Vater sich am Ende zwischen seinem zweiten Bruder, Wu, und Cheng entscheiden würde.

Der älteste Bruder, Fang, war hart und skrupellos, aber es mangelte ihm an List und Verschlagenheit. Er war ein guter Zuchtmeister, aber kein Führer. Der dritte Sohn, Ling, war unberechenbar. Er war clever, genauso clever wie Wu oder Cheng, aber er geriet leicht in Panik und neigte dazu, wütend zu werden, wenn die Dinge anders liefen, als er es wollte. Ling würde nie der Boß von Lucky Dragon werden. Er könnte vielleicht die Nummer Zwei sein, aber niemals Nummer Eins. Nein, folgerte Cheng, die Wahl mußte zwischen ihm und Wu fallen. Als Kind hatte er Wu als seinen Hauptrivalen betrachtet, und folglich haßte er ihn mit aufrichtiger Feindseligkeit.

Als Chengs englische Mutter noch lebte, hatte sie ihn vor seinen

Halbbrüdern beschützt. Aber nach ihrem Tod war er ihrer Gnade ausgeliefert gewesen. Er hatte all diese Jahre gebraucht, um sich zu behaupten und bei seinem Vater immer mehr einzuschmeicheln.

Cheng erkannte, daß dies seine einzige Chance sein würde, seine einzige Chance auf Vorherrschaft. Sein Vater war alt, mehr als alt – er war uralt. Trotz seiner scheinbar grenzenlosen Kraft und Energie spürte Cheng, daß sein Vater dem Tode nahe war. Er konnte täglich jeden Augenblick eintreten, und bei diesem Gedanken fröstelte ihn.

Er wußte, daß Wu ihm in dem Augenblick, da sein Vater starb, mit Hilfe seiner leiblichen Brüder die Macht entreißen würde, wenn es ihm nicht gelang, sie zu Lebzeiten seines Vaters zu festigen. Er spürte auch, daß sein Vater jetzt die Entscheidung für das Ubomo-Projekt treffen wollte. Er wußte, daß dies der Augenblick war.

»Ehrenwerter Vater, ich habe etwas für Euch. Ein kleines und demütiges Zeichen des Respekts und der Dankbarkeit, die ich für Euch empfinde. Darf ich es Euch präsentieren?«

Das Schicksal schien sich mit Cheng verschworen zu haben, um ihm eine passende Gelegenheit zu geben. Heute war der alte Mann munter, sein Verstand rasch, und seine schwindende Körperkraft war in gewisser Hinsicht stabilisiert. Er hatte eine reife Feige und einen Apfel zum Frühstück gegessen und einen klassischen Vers gedichtet, als Cheng ihn zum Schrein begleitete. Es war eine Ode an den Berggipfel, der über dem Anwesen aufragte. Das Gedicht begann:

> Geliebter der Wolken,
> die dein Gesicht liebkosen...

Es waren gute Verse, wenngleich nicht so gut wie die Gemälde und Elfenbeinschnitzereien seines Vaters, dachte Cheng. Doch als der alte Mann die Ode rezitierte, klatschte Cheng in die Hände.

»Ich habe Ehrfurcht vor soviel Genie in einer Person. Ich wünschte nur, ich hätte ein paar Körnchen davon geerbt.«

Er glaubte, daß er vielleicht ein wenig zu dick aufgetragen hatte, doch der alte Mann akzeptierte das Lob und festigte für einen Augenblick den Griff um Chengs Arm.

»Du bist ein guter Sohn«, sagte er. »Und deine Mutter...«, seine Stimme verlor sich traurig, »deine Mutter war eine Frau...« Er schüttelte seinen Kopf, und Cheng meinte ungläubig gesehen zu haben, daß die Augen des alten Mannes feucht geworden waren. Es mußte Einbildung gewesen sein. Sein Vater kannte weder Schwäche noch Sentimentalität. Als er seinen Vater wieder anschaute, waren dessen Augen klar und hell, und der alte Mann lächelte.

An diesem Morgen blieb Heng viel länger als gewöhnlich am Schrein. Er wollte die Arbeit an seinem eigenen Grab inspizieren. Einer der berühmtesten Geomantiker der Insel war eigens gekommen, um die Position der Gruft genau festzulegen und sie so zu richten, daß sie weder auf dem Kopf noch dem Schwanz eines Drachens stand. Der Geomantiker hatte fast eine Stunde lang mit einem Kompaß und einem magischen Beutel gearbeitet und den Priestern und Dienern Anweisungen gegeben, wie der marmorne Sarkophag richtig aufzustellen sei.

All diese Vorbereitungen für sein eigenes Begräbnis versetzten Heng in eine angenehm entspannte Stimmung, und als sie fertig waren, nutzte Cheng den Augenblick und bat um Erlaubnis, sein Geschenk überreichen zu dürfen.

Heng lächelte und nickte. »Du darfst es mir bringen, mein Sohn.«

»Verzeiht, Vater, aber das ist bei diesem Geschenk nicht möglich. Ich muß Euch zu ihm bringen.«

Hengs Gesichtsausdruck wandelte sich. In letzter Zeit verließ er das Anwesen selten. Er schien sich weigern zu wollen. Doch Cheng hatte diese Reaktion vorhergesehen. Er brauchte nur eine Hand zu heben, und der Rolls, der hinter den gestutzten Ligusterhecken jenseits der Lotosteiche geparkt stand, rollte lautlos heran.

Bevor der alte Mann protestieren konnte, hatte Cheng ihm auf den Rücksitz geholfen und ihm eine Kaschmirdecke über die Knie gelegt. Der Chauffeur wußte, wohin er sie zu fahren hatte. Als der Rolls die Bergstraße zur Küste hinunterfuhr, waren Heng und Cheng vor der Hitze und Feuchtigkeit isoliert und geschützt und ebenso vor dem Menschengewimmel, das die Straßen mit Vespas und Bussen, wildhupenden Taxis und schwerbeladenen Lastwagen verstopfte.

Als sie die Chung Ching South Road im Stadtteil Hsimending erreichten, fuhr der Chauffeur langsamer und bog in das Tor ab, das zum zentralen Lagerhaus von Lucky Dragon führte. Die Wachtposten bezogen Achtungsstellung, als sie das Paar auf dem Rücksitz erkannten.

Eine der Lagerhaustüren war weit geöffnet, und nachdem der Wagen hindurchgefahren war, schlossen sich die stählernen Rolltore hinter ihm. Der Rolls parkte auf einer der Laderampen, und Cheng half seinem Vater aus der hinteren Tür und faßte ihn am Ellenbogen, um ihn zu einem geschnitzten Teaksessel zu führen, der wie ein Thron dastand und mit bestickten Seidenkissen belegt war.

Sobald sein Vater bequem saß, signalisierte Cheng einem der Diener, frischen Tee zu bringen. Er saß auf einem der Kissen unterhalb von Heng, und sie tranken Tee und sprachen ruhig über verschiedene zusammenhanglose Dinge. Cheng zog den Augenblick in die Länge, versuchte die Erwartung seines Vaters zu steigern. Wenn er damit Erfolg hatte, so zeigte der alte Mann das nicht. Er schaute kaum auf den Boden unter ihnen.

Zehn muskulöse Arbeiter knieten in einer Reihe mit Blick auf den Thron. Cheng hatte sie in schwarze Roben gekleidet, auf deren Rücken das Emblem von Lucky Dragon rot gestickt war, und sie rote Stirnbänder anlegen lassen. Er hatte mit ihnen sorgfältig geprobt, und sie knieten reglos und hatten die Köpfe gesenkt.

Schließlich, nach zehn Minuten des Plauderns und Teetrinkens, sagte Cheng zu seinem Vater: »Dies ist das Geschenk, das ich Euch aus Afrika mitgebracht habe.« Er deutete auf die Reihe von Kisten, die hinter den Arbeitern standen. »Es ist ein so bescheidenes Geschenk, daß ich mich jetzt schäme, es Euch anzubieten.«

»Tee?« Heng lächelte. »Teekisten? Genug Tee für den Rest meines Lebens. Es ist ein schönes Geschenk, mein Sohn.«

»Es ist ein armseliges Geschenk, aber darf ich eine der Kisten für Euch öffnen?« fragte Cheng, und der alte Mann nickte.

Cheng klatschte in seine Hände, und die zehn Arbeiter rannten zu einer der Teekisten, um sie hochzuheben und nach vorn zu tragen. Sie arbeiteten schnell. Mit einem halben Dutzend Hammerschlägen und dem Hebeln eines Stemmeisens öffneten sie den Deckel der ersten Kiste.

Heng zeigte erstmals eine Regung und beugte sich in seinem hohen Sessel vor. Die beiden Arbeiter hoben den ersten Stoßzahn aus seinem Bett von gepreßtem schwarzen Tee.

Lange zuvor hatte Cheng es so arrangiert, daß dies einer der größten und am schönsten geschwungenen Stoßzähne der ganzen Ladung des gestohlenen Elfenbeins sein würde. Er hatte Chetti Singh gebeten, die Kiste zu markieren, bevor die Fracht das Lagerhaus des Inders in Malawi verließ.

Der Stoßzahn war lang, über zwei Meter lang, aber nicht so dick und stumpf wie die typischen massiven, schweren Stoßzähne, die es weiter nördlich von Simbabwe gab. Unter rein ästhetischem Gesichtspunkt war dieser schöner, sein Umfang proportionaler zu seiner Länge, und die Krümmung und die Spitze waren elegant. Er war weder rissig noch beschädigt, und die Patina über der Lippe war cremegelb.

Unwillkürlich klatschte Heng voller Freude in die Hände und stieß einen lauten Freudenruf aus.

»Bringt ihn mir!« Die beiden Arbeiter, die unter der Last schwer zu tragen hatten, erstiegen die Betonstufen und knieten vor ihm nieder, um ihm den schönen Stoßzahn darzubieten. Heng streichelte das Elfenbein, und seine Augen funkelten in dem sie umgebenden Spinnennetz von Fältchen.

»Wundervoll!« murmelte er. »Die wundervollste aller Schöpfungen der Natur, wundervoller als Perlen oder die Federn der farbigsten exotischen Vögel.« Er brach abrupt ab, als er mit seinen Fingern das grobe Zeichen am Stoßzahn ertastete. »Aber dieser Stoßzahn trägt einen Regierungsstempel. ›ZW.‹ Das ist eine Nummer der Regierung von Simbabwe. Das ist legales Elfenbein, Cheng.« Er klatschte wieder in die Hände. »Legales Elfenbein, mein Sohn, viel wertvoller wegen dieser Nummer. Wie hast du das geschafft? Wieviel Stoßzähne sind dort?« Die unverhohlene Freude seines Vaters erfüllte Cheng mit Stolz. Er mußte vorsichtig sein, um demütig und pflichtschuldig zu bleiben.

»Jede dieser Kisten ist mit Elfenbein gefüllt, verehrter Vater. Jeder Stoßzahn trägt einen Stempel.«

»Wie hast du sie bekommen?« wollte er wissen, hob dann aber seine Hand, um Cheng an einer Antwort zu hindern.

»Warte!« befahl er. »Warte. Sag's mir nicht!« Er schwieg, starrte seinen Sohn eine Weile an und sagte dann: »Ja. Das ist es. Ich weiß, woher das Elfenbein kommt.« Mit einer Handbewegung schickte er die schwarzgekleideten Arbeiter außer Hörweite, beugte sich näher zu Cheng und senkte seine Stimme zu einem Flüstern. »Ich habe vor einiger Zeit gelesen, daß eine Bande von Wilddieben ein Elfenbeinlager der Regierung in Simbabwe überfallen hat. Ein Ort namens Chiwewe? Die Gangster wurden getötet, aber das Elfenbein wurde nicht wiedergefunden, nicht wahr, mein Sohn?«

»Ich habe den gleichen Zeitungsartikel gelesen, ehrenwerter Vater.« Cheng senkte den Blick und wartete, während das Schweigen andauerte.

Dann sprach Heng wieder. »Der Mann, der diesen Überfall plante, war clever und mutig. Er hatte keine Angst, für das zu töten, was er haben wollte«, flüsterte er. »Die Art von Mann, die ich bewundere. Die Art von Mann, die ich auch einmal war, als ich jung war.«

»Die Art Mann, die Ihr noch seid, Vater«, sagte Cheng, aber Heng schüttelte seinen Kopf.

»Die Art von Mann, die ich gerne als Sohn hätte«, fuhr Heng fort. »Du darfst mir jetzt den Rest des Geschenks überreichen.«

Die nächsten beiden Stunden begutachtete Heng die Elfenbeinlieferung. Er strahlte bei jedem einzelnen Stück und wählte ein Dutzend der schönsten oder ungewöhnlichsten Zähne für seine Privatsammlung aus. Besonders interessierte ihn deformiertes Elfenbein. Der Nerv eines der Stoßzähne war, als er noch nicht ausgewachsen war, von einer handgegossenen Bleikugel aus der Muskete eines einheimischen Wilddiebes getroffen worden. Als Folge hatte sich der Stoßzahn in vier einzelne Schäfte geteilt, und diese hatten sich wie die Strähnen eines Hanfseiles umeinander gewunden. Die bleierne Musketenkugel war noch immer in den Stoßzahn eingebettet, und die gewundenen Spiralen des Elfenbeins erinnerten an das Horn des legendären Einhorns. Heng war begeistert darüber.

Cheng hatte ihn selten so lebhaft und redselig erlebt, doch nach diesen zwei Stunden war er offensichtlich ermüdet, und Cheng half ihm zurück in den Rolls und befahl dem Chauffeur, zum Anwesen zurückzufahren.

Heng lehnte seinen Kopf zurück auf das weiche Connolly-Leder und schloß seine Augen. Als Cheng sicher war, daß der alte Mann schlief, richtete er vorsichtig die Kaschmirdecke, die auf ihm lag. Eine von Hengs Händen war auf den Sitz gerutscht. Cheng hob sie auf seinen Schoß, und bevor er sie mit der Kaschmirdecke zudeckte, streichelte er sie ganz sanft, um seinen Vater nicht zu wecken. Die Hand war schmal und knochig, und die Haut war so kalt wie die einer Leiche. Plötzlich umfaßten die langen Finger Chengs Handgelenk, und der alte Mann sprach, ohne seine Augen zu öffnen.

»Ich fürchte mich nicht vor dem Tode, mein Sohn«, flüsterte er. »Aber ich habe Angst davor, daß alles, was ich erreicht habe, durch sorglose Hände zerstört wird. Dein Bruder Wu ist stark und clever, aber er besitzt nicht meinen Geist. Er kümmert sich nicht um schöne und kostbare Dinge. Er liebt weder Poesie noch Gemälde noch Elfenbein.«

Heng öffnete seine Augen und wandte seinen Kopf, um seinen Sohn aus diesen hellen, unerbittlichen Eidechsenaugen anzustarren.

»Ich wußte, daß du meinen Geist geerbt hast, Cheng, aber bis heute bezweifelte ich, daß du so stählern wie ein Krieger bist. Das ist der Grund, warum ich zögerte, mich zwischen dir und Wu zu entscheiden. Dieses Geschenk jedoch, das du mir heute gemacht hast, hat diese Denkweise geändert. Ich weiß, wie du das Elfenbein bekommen hast. Ich weiß, daß es nötig war, den Saft aus der reifen Kirsche zu pressen.« Das war Hengs Euphemismus für Blutvergießen. »Und ich weiß, daß du nicht davor zurückgeschreckt bist. Ich weiß auch, daß du bei einem schwierigen Unternehmen Erfolg hattest, egal ob es nun Glück oder Klugheit war. Ich schätze Glück und Klugheit gleichermaßen.«

Er festigte seinen Griff, bis er schmerzhaft war, aber Cheng zuckte weder zusammen, noch entzog er ihm seine Hand.

»Ich sende dich als Repräsentanten von Lucky Dragon nach Ubomo, mein Sohn.«

Cheng beugte seinen Kopf über seines Vaters Hand und küßte sie. »Ich werde Euch nicht enttäuschen«, versprach er, und eine einzelne Träne der Freude und des Stolzes rollte aus seinem Augenwinkel und funkelte wie ein Juwel auf der blassen Haut der Hand seines Vaters.

Ning Heng H'Sui verkündete seine Entscheidung formell am folgenden Morgen. Er tat das, während er am Kopfende des Lacktisches saß, von dem aus man den Garten überblickte.

Cheng betrachtete die Gesichter seiner Brüder, während der alte Mann sprach. Wu blieb so teilnahmslos wie die Elfenbeinschnitzerei, die sein Vater vor Jahren von ihm gemacht hatte. Sein Gesicht war höflich, glatt und sahnegelb, aber seine Augen waren schrecklich, als er Chengs Blick über den Tisch hinweg erwiderte. Als der alte Mann zu sprechen aufgehört hatte, herrschte für einen Augenblick, der eine Ewigkeit zu dauern schien, Schweigen, während die drei älteren Brüder darüber nachdachten, daß die Welt sich für sie geändert hatte.

Dann sprach Wu. »Ehrenwerter Vater, Ihr seid in allen Dingen weise. Wir, Eure Söhne, beugen uns Eurem Willen wie die Reishalme dem Nordwind.«

Sie alle vier verbeugten sich so tief, daß ihre Stirnen fast die Tischfläche berührten, aber als sie sich wieder aufrichteten, sahen die anderen drei Cheng an. Cheng begriff in diesem Augenblick, daß er vielleicht zuviel erreicht hatte. Er hatte mehr erreicht, als seine drei Halbbrüder zusammen, und er spürte, wie ein Eiszapfen der Furcht über sein Rückgrat glitt, denn seine Brüder beobachteten ihn mit Krokodilsaugen. Er wußte, daß er in Ubomo nicht versagen durfte. Sie würden darauf warten, ihn zu zerreißen, wenn das geschah.

Nachdem Cheng wieder in seiner Wohnung war, wich die Furcht der Hochstimmung über den Erfolg. Es gab sehr viel zu tun, bevor er nach Afrika zurückkehrte, aber im Augenblick konnte er sich darauf nicht konzentrieren. Sicherlich morgen, aber nicht jetzt. Er war vor Erregung zu geladen, und seine Gedanken waren ruhelos und wanderten.

Er mußte sich beruhigen, mußte seine physische Energie abbauen, die ihn körperlich wie geistig überreizte.

Er wußte genau, wie er das schaffen konnte. Er hatte ein ganz besonderes Ritual, um seine Seele zu reinigen. Natürlich war das gefährlich, schrecklich gefährlich. Bei mehr als nur einer Gelegenheit hatte ihn das an den Rand einer Katastrophe gebracht. Er wußte, daß er alles verlieren würde, wenn etwas schiefging. Die monumentalen Erfolge der letzten Tage, die Entscheidung seines Vaters und der Aufstieg über seine Brüder, all dies würde verloren sein.

Das Risiko war gewaltig und stand in keinem Verhältnis zu der flüchtigen Befriedigung, die er finden würde. Vielleicht war es der Trieb des Spielers, mit seiner Selbstzerstöruung zu flirten. Nach jeder Episode nahm er sich immer wieder vor, daß er diesem Wahnsinn nie wieder nachgeben würde, doch die Versuchung erwies sich stets als zu stark, besonders in einem Augenblick wie diesem.

Sobald er seine Wohnung betreten hatte, bereitete seine Frau ihm Tee und rief dann die Kinder, um ihm Respekt zu zollen. Er sprach ein paar Minuten mit ihnen und nahm seinen Säugling auf den Schoß, war aber bald zerstreut und schickte sie wieder fort. Sie gingen mit offensichtlicher Erleichterung. Diese förmlichen Gespräche waren für sie alle anstrengend. Er konnte nicht gut mit Kindern umgehen, nicht einmal mit seinen eigenen.

»Mein Vater hat mich ausgewählt, nach Ubomo zu gehen«, erzählte er seiner Frau.

»Das ist eine große Ehre«, sagte sie. »Ich entbiete dir meine Glückwünsche. Wann werden wir reisen?«

»Ich werde alleine fahren«, erzählte er ihr und sah die Erleichterung in ihren Augen. Es ärgerte ihn, wie offensichtlich das war. »Natürlich werde ich dich nachkommen lassen, sobald ich alle Vorbereitungen getroffen habe.«

Sie senkte den Blick. »Ich werde auf deinen Ruf warten.« Aber er konnte sich nicht auf sie konzentrieren. Die Erregung geisterte durch seinen Kopf.

»Ich werde eine Stunde ruhen. Sorge dafür, daß ich nicht gestört werde. Ich habe vor der Abreise viel zu tun. Ich werde heute abend nicht zurückkommen und die Nacht wahrscheinlich in dem Appartement an der Tunhua Road verbringen. Ich werde dir eine Nachricht zukommen lassen, bevor ich zurückkehre.«

Als er allein in seinem Zimmer war, quälte er sich mit seinem Telefon. Er stellte das kabellose Gerät auf den Tisch und starrte es an, probte jedes Wort, das er sagen würde, und sein Atem ging kurz und schnell, als ob er eine Treppe hochgerannt wäre. Seine Finger zitterten leicht, als er schließlich nach dem Telefon griff. Es war mit einem speziellen Zerhacker ausgerüstet. Es konnte nicht angezapft werden, und es war für jede andere Person, gleich ob zivil oder militärisch, unmöglich, die Nummer zu verfolgen, die er über die Tastatur eingab.

Nur sehr wenige Menschen kannten diese Nummer. Sie hatte ihm einmal gesagt, daß sie sie nur an sechs ihrer geschätztesten Klienten gegeben habe. Sie nahm beim zweiten Läuten ab, und sie erkannte seine Stimme sofort. Sie begrüßte ihn mit dem Decknamen, den sie ihm gegeben hatte.

»Sie haben mich fast zwei Jahre lang nicht besucht, Großer Mann der Berge.«

»Ich bin fort gewesen.«

»Ja, ich weiß, aber ich habe Sie dennoch vermißt.«

»Ich möchte heute abend kommen.«

»Wollen Sie das Spezielle?«

»Ja.« Cheng spürte, daß sein Magen sich bei dem Gedanken daran zusammenklumpte. Er glaubte, ihm würde vor Furcht und Ekel und Erregung schlecht werden.

»Das ist sehr kurzfristig«, sagte sie. »Und der Preis ist seit Ihrem letzten Besuch gestiegen.«

»Der Preis spielt keine Rolle. Können Sie es tun?« Er hörte, wie hoch und angespannt seine Stimme klang. Sie schwieg, und er wußte, daß sie ihn reizte. Er wollte sie anschreien, und dann sagte sie: »Sie haben Glück.« Ihre Stimme veränderte sich. Sie wurde obszön, weich und schleimig. »Ich habe neue Ware bekommen. Ich kann Ihnen zwei zur Auswahl anbieten.«

Cheng räusperte sich und schluckte einen Klumpen Schleim herunter, bevor er fragen konnte. »Jung?«

»Sehr jung. Sehr zart. Unberührt.«

»Wann werden Sie bereit sein?«

»Zehn Uhr heute abend«, sagte sie. »Nicht früher.«

»Im Seepavillon?« fragte er.

»Ja«, erwiderte sie. »Man wird Sie am Tor erwarten. Zehn Uhr«, wiederholte sie. »Nicht früher, nicht später.«

Cheng fuhr zu dem Appartementhaus an der Tunhua Road. Sie lag in einem der berühmtesten Stadtteile, und die Wohnung war teuer, aber Lucky Dragon bezahlte die Miete.

Er ließ seinen Porsche in der Tiefgarage stehen und fuhr mit dem

Fahrstuhl in die oberste Etage. Als er geduscht und sich umgezogen hatte, war es erst sechs Uhr, und er hatte noch viel Zeit, um sich vorzubereiten.

Er verließ das Appartementhaus zu Fuß und schlenderte die Tunhua Road hinunter. Er liebte das *renao* von Taipeh. Es war eines der Dinge, das er am meisten vermißte, wenn er nicht hier war. *Renao* war ein Begriff, den man kaum vom Chinesischen in eine andere Sprache übersetzen konnte. Es bedeutete Festlichkeit, Lebendigkeit, Fröhlichkeit und Lärm, und dies alles gleichzeitig.

Jetzt war der Monat der Geister, der siebente Monat des Mondes, in dem die Geister aus der Hölle zurückkehren, um auf der Erde zu spuken und mit Geistergeld und Lebensmitteln beschwichtigt werden müssen. Außerdem war es erforderlich, sie mit Feuerwerk und Drachenprozessionen fernzuhalten.

Cheng blieb stehen, um zu lachen und einer der Prozessionen zu applaudieren, die von einem monströsen Drachen mit einem riesigen Pappmachékopf angeführt wurde, und unter seinem schlangenförmigen Körper waren fünfzig Paar menschlicher Beine zu sehen. Die Knallfrösche explodierten hüpfend in blauem Rauch, der um die Knöchel der Schaulustigen wirbelte. Die Kapelle schlug Trommeln und Gongs, und die Kinder kreischten. Es war ein gutes *renao*, das Chengs Erregung steigerte.

Er bahnte sich seinen Weg durch die Menge und das Gewimmel, bis er den East-Garden-Bereich der Stadt erreichte, wo er die Hauptstraße verließ, um in eine Gasse einzubiegen.

Seit zehn Jahren suchte Cheng diesen Wahrsager auf. Er war ein alter Mann mit dünnem, grauem Haar und einem Leberfleck im Gesicht, wie ihn auch Chengs Vater hatte. Er trug ein traditionelles Gewand und eine Mandarinkappe und saß mit gekreuzten Beinen in seinem zugehängten kleinen Raum. Seine Utensilien standen um ihn herum.

Cheng grüßte ihn respektvoll und hockte sich auf seine Einladung ihm gegenüber hin.

»Ich habe dich lange nicht gesehen«, sagte der alte Mann vorwurfsvoll, und Cheng entschuldigte sich.

»Ich war nicht in Taiwan.«

Sie sprachen über das Honorar und die Wahrsagung, die Cheng wollte.

»Ich habe eine Aufgabe auszuführen«, erklärte Cheng. »Ich brauche die Führung der Geister.«

Der alte Mann nickte und befragte seine Almanache und Sternenführer, nickte wieder und murmelte in sich hinein. Schließlich reichte er Cheng einen Keramikbecher, der mit Bambusstäbchen gefüllt war.

Cheng schüttelte ihn heftig und schüttete die Stäbchen dann auf die Matte, die zwischen ihnen lag. Jedes Stäbchen war mit Schriftzeichen und Emblemen bemalt, und der alte Mann studierte das Muster, in dem sie gefallen waren.

»Diese Aufgabe wird nicht hier in Taiwan ausgeführt werden, sondern in einem Land jenseits des Ozeans«, sagte er, und Cheng entspannte sich ein wenig. Der alte Mann hatte seine besondere Gabe nicht verloren. Er nickte ermutigend.

»Es ist eine sehr komplexe Aufgabe, und an ihr sind viele Menschen beteiligt. Ausländer, ausländische Teufel.«

Wieder nickte Cheng.

»Ich sehe mächtige Verbündete, aber dir werden sich auch mächtige Feinde widersetzen.«

»Ich kenne meine Verbündeten, aber ich weiß nicht, wer meine Feinde sind«, warf Cheng ein.

»Du kennst deinen Feind. Er hat dich schon einmal bekämpft. Bei der Gelegenheit hast du ihn bezwungen.«

»Kannst du ihn beschreiben?«

Der Wahrsager schüttelte den Kopf. »Du wirst ihn erkennen, wenn du ihn wiedersiehst.«

»Wann wird das sein?«

»Du solltest nicht im Monat der Geister reisen. Du mußt dich hier in Taiwan vorbereiten. Reise erst am ersten Tag des achten Monats des Mondes.«

»Sehr gut.« Das paßte in Chengs Pläne. »Werde ich diesen Feind wieder bezwingen?«

»Um diese Frage zu beantworten, ist es nötig, eine weitere Weissagung zu machen«, flüsterte der alte Mann, und Cheng verzog das Gesicht, weil er mit diesem üblen Trick das Honorar verdoppelte.

»Also gut«, willigte er ein, und der Wahrsager füllte die Bambusstäbchen wieder in den Becher, und Cheng schüttete sie auf die Matte.

»Du hast jetzt zwei Feinde.« Der Wahrsager nahm zwei Stäbchen aus dem Haufen. »Der eine ist der Mann, den du kennst. Der andere ist eine Frau, der du noch nicht begegnet bist. Gemeinsam werden sie sich deinen Bemühungen widersetzen.«

»Werde ich sie besiegen?« fragte Cheng ängstlich, und der alte Mann studierte die Bambusstäbchen genau.

»Ich sehe einen schneebedeckten Berg und einen großen Wald. Dies wird das Schlachtfeld sein. Es wird böse Geister und Dämonen geben...« Die Stimme des alten Mannes verlor sich, und er nahm eines der Bambusstäbchen von dem Stapel.

»Was siehst du sonst noch?« drängte Cheng, aber der alte Mann hustete und spuckte aus und wollte ihn nicht ansehen. Der Bambusstab war weiß bemalt. Die Farbe von Tod und Unheil.

»Das ist alles. Mehr kann ich nicht sehen«, murmelte er.

Cheng nahm eine neue taiwanesische Tausenddollarnote aus seiner Tasche und legte sie neben den Haufen Bambusstäbchen.

»Werde ich meine Feinde besiegen?« fragte Cheng, und die Banknote verschwand wie durch Zauberei unter den knochigen Fingern des alten Mannes.

»Du wirst eine gute Figur machen«, versprach er, sah aber seinen Klienten noch immer nicht an, und Cheng verließ den Raum. Sein gutes Gefühl war durch die mehrdeutige Antwort etwas abgeklungen. Mehr denn je brauchte er jetzt Trost, aber es war erst kurz nach acht. Sie hatte ihm gesagt, er solle nicht vor zehn kommen.

Es war nur ein kurzes Stück bis zur Snake Alley, doch auf dem Weg dorthin begab sich Cheng in den Vorhof des Dragon-Mountain-Tempels und verbrannte ein Bündel Geistergeld in einem der Brennöfen, um die uralten Geister zu beschwichtigen, die nachts um ihn herumschleichen würden.

Er verließ den Tempel und nahm die Abkürzung durch den nächtlichen Markt, auf dem die Verkäufer eine verwirrende Menge von Waren feilboten und die Prostituierten ihrem Gewerbe in dürftigen Bretterbuden im hinteren Bereich des Marktes nachgingen. Standbesitzer und bemalte Damen feilschten lauthals mit ihren potentiellen Kunden, und die Schaulustigen fielen mit Kommentaren, Vorschlägen und Gelächter ein. Es war ein gutes *renao,* und Chengs Stimmung stieg wieder.

Er ging die Snake Alley hinunter, in der sich ein Shê-Shop an den anderen drängte. Vor jeder Bude waren Schlangenkörbe aus Maschendraht gestapelt, und die Schaufenster waren mit den größten und farbigsten Schlangen gefüllt, die der Gasse ihren Namen gaben – Schlangengasse.

Vor vielen Läden war ein Mungo angebunden. Cheng blieb stehen, um einen Kampf zwischen einem dieser schlanken, kleinen Raubtiere und einer anderthalb Meter langen Kobra zu verfolgen. Die Kobra wich zurück, als sie mit dem Mungo konfrontiert wurde, und richtete sich auf. Die Menge sammelte sich schnell und kreischte vor Entzükken. Die Kobra hatte ihren gestreiften Hals aufgebläht, drehte sich und schwankte wie eine Blume, während sie den sie umkreisenden Mungo mit starren, hellen Augen beobachtete, wobei ihre gespaltene Zunge den Geruch ihres Gegners aus der Luft aufnahm. Der Mungo sprang vor und machte einen Satz zurück, als die Kobra zuschlug. Für einen Augenblick hatte die Schlange das Gleichgewicht verloren und war hilflos, und der Mungo schoß vor, um zu töten. Er packte die Rückseite des glänzend geschuppten Kopfes, und seine nadelscharfen Zähne drangen in den Knochen. Der Körper der Schlange peitschte und wand sich in tödlichen Zuckungen, und der Besitzer des Shê-Shops trennte den Mungo von seinem Opfer und trug das sich ringelnde Reptil in seinen Laden, gefolgt von zwei oder drei begierigen Kunden.

Cheng schloß sich ihnen nicht an. Er hatte seinen eigenen, besonderen Shê-Shop, und er wollte eine ganz bestimmte Schlangenart haben, die seltenste, die teuerste und die wirksamste.

Der Schlangendoktor erkannte Cheng über die Köpfe der Menge hinweg, die sich in der Gasse drängte. Sein Laden war berühmt. Er brauchte keine Mungokämpfe zu veranstalten, um seine Kunden anzulocken. Er strahlte und verbeugte sich und geleitete Cheng in das Hinterzimmer, das durch Vorhänge den Blicken der Passanten verborgen war.

Cheng brauchte nicht zu sagen, was er wollte. Der Besitzer des Shê-Shops kannte ihn seit vielen Jahren. Cheng hatte dafür gesorgt, daß er ständig die bösartigsten, giftigsten Reptilien aus Afrika bekam. Cheng hatte ihn mit Chetti Singh bekannt gemacht und die ersten Schlangen in seinem Diplomatenkoffer geliefert. Natürlich nahm Cheng eine Provision für jede Lieferung.

Cheng hatte ihn auch dazu überredet, mit seltenen afrikanischen Vögeln zu handeln. Auch diese waren von Chetti Singh geliefert worden, und der Auftragswert belief sich jetzt jährlich auf eine Viertelmillion amerikanische Dollar. In Europa und Amerika gab es Sammler, die für ein Paar Sattelstörche oder Ibisse ein Vermögen zu zahlen bereit waren. Die afrikanischen Papageien, wenngleich nicht so farbenprächtig wie die südamerikanischen Arten, waren ebenfalls sehr gesucht. Chetti Singh konnte sie liefern, und auch hierbei kassierte Cheng Provision.

Die Haupteinkommensquelle des Schlangendoktors bildeten aber unverändert Giftschlangen. Je giftiger sie waren, desto wertvoller waren sie für chinesische Herren, deren Potenz nachließ. Die afrikanische Mamba war in Taiwan und auf dem chinesischen Festland völlig unbekannt gewesen, bevor Chetti Singh sie erstmals geliefert hatte. Jetzt waren sie die teuersten Schlangen der ganzen Insel und brachten einen Preis von zweitausend US-Dollar pro Stück.

Der Schlangendoktor hatte ein besonders schönes Exemplar in einem Drahtkäfig auf dem Tisch mit einer Platte aus rostfreiem Stahl stehen. Jetzt zog er ein Paar ellenbogenlange Handschuhe an, eine Vorsichtsmaßnahme, auf die er verzichtet hätte, wenn es sich nur um eine Kobra gehandelt hätte.

Er öffnete den Maschendrahtkäfig einen Spalt und schob einen langen, gegabelten Stahlstab hinein. Er drückte den Kopf der Mamba fest auf den Boden, und die Schlange zischte scharf und ringelte sich um die Stahlgabel. Jetzt öffnete der Schlangendoktor die Schiebetür ganz und faßte die Mamba hinter dem Kopf, ergriff sie mit Daumen und Zeigefinger vorsichtig hinter den Schädelauswüchsen, so daß die Schlange sich nicht aus seinem Griff befreien konnte.

In dem Augenblick, als er den Druck der Stahlgabel lockerte, wikkelte sich die Schlange in engen Windungen um seinen Unterarm. Sie war fast zwei Meter lang und wütend. Sie bot all ihre Kraft auf, um ihren Kopf zu befreien, aber der Schlangendoktor verhinderte, daß sie ihren Schädel durch seine Finger zog.

Die Kiefer der Mamba klafften weit auf, und ihre kurzen Zähne blitzten in dem blassen, weichen Rachen. Das Gift rann durch die offenen Kanäle in den Fangzähnen und tröpfelte von den Spitzen wie Tau von einem Rosendorn.

Der Schlangendoktor legte den Kopf des Reptils auf einen kleinen Amboß und zerschmetterte den Schädel mit dem heftigen Schlag eines Holzhammers. Der Schlangenleib peitschte wild in Todeszuckungen.

Cheng schaute teilnahmslos zu, als der Schlangendoktor den sich windenden Körper an einen Fleischerhaken hängte, die Bauchhöhle mit einer Rasierklinge aufschnitt und das Blut in ein billiges Glasgefäß laufen ließ. Mit der Geschicklichkeit eines Chirurgen entfernte er die Giftsäcke aus dem Hals der Mamba und ließ sie in eine Glasschale fallen. Danach nahm er die Leber und die Gallenblase heraus und legte sie in eine andere Schale.

Als nächstes zog er der Schlange die Haut ab, indem er sie am Hals löste und sie dann wie einen Nylonstrumpf vom Bein eines Mädchens streifte. Der nackte Leib war rosa und glitzerte feucht. Der Schlangendoktor nahm ihn vom Fleischerhaken und legte ihn auf die stählerne Tischplatte. Mit einem halben Dutzend Schlägen eines Hackmessers zerlegte er ihn in Stücke und warf diese in einen Suppenkessel, der bereits über einem Gasherd im hinteren Teil des Ladens kochte. Während er Kräuter und Gewürze in den Topf gab, intonierte er magische Gesänge, die seit der Han-Dynastie im Jahre 200 vor Christus unverändert geblieben waren, als die ersten Schlangendoktoren ihre Kunst entwickelt hatten.

Als die Suppe kochte, wandte sich der Schlangendoktor wieder dem Tisch zu. Er schüttete die Gallenblase und die Leber in einen kleinen Mörser und zerstampfte sie mit einem Keramikstößel. Dann schaute er Cheng forschend an.

»Wollen Sie den Tigersaft nehmen?« fragte er. Es war eine rhetorische Frage. Cheng trank das Gift immer.

Wieder war es die Lust des Spielers am Flirt mit dem Tod, denn wenn er eine winzige Verletzung im Gaumen oder einen Riß in der Zunge gehabt hätte, eine blutende Wunde in der Kehle oder eine Verletzung in seinen Eingeweiden, selbst ein Zwölffingerdarm- oder Magengeschwür, würde das Mambagift eindringen und ihn binnen weniger Minuten töten, und es würde ein qualvoller Tod sein.

Der Schlangendoktor gab die durchsichtigen Giftsäcke in den Mörser und vermischte sie mit der Leber. Dann kratzte er die Masse in das Glasgefäß mit dem dunklen Blut, und während er alles umrührte, gab er je einen Spritzer Medizin aus drei anderen Flaschen hinzu.

Das Gemisch war schwarz und so dick wie Honig. Er reichte Cheng den Becher.

Cheng atmete tief ein und kippte dann die Flüssigkeit mit einem Schluck hinunter. Sie war gallenbitter. Er stellte das leere Glas auf die metallene Tischplatte und faltete seine Hände in seinem Schoß. Er saß da, ohne irgendeine Emotion zu zeigen, während der Schlangendoktor Zaubersprüche aus einem magischen Buch rezitierte.

Cheng wußte, daß das Gift seine Manneskraft stärken würde, wenn es ihn nicht tötete. Es würde seinen schlaffen Penis in eine stählerne Lanze verwandeln. Es würde seine Hoden zu eisernen Kugeln machen. Ruhig wartete er auf die ersten Symptome einer Vergiftung. Nach zehn Minuten spürte er keine bösen Wirkungen, sondern sein Penis regte sich und schwoll zu einer halben Erektion an. Er bewegte sich ein wenig, um Raum in seiner Hose zu schaffen, und der Schlangendoktor lächelte und nickte glücklich über den Erfolg seiner Behandlung.

Er nahm den Suppenkessel vom Gasbrenner, schenkte etwas von der Flüssigkeit in eine Schale mit Reis und fügte dann ein Stück Mambafleisch hinzu, das weiß und weich gekocht war. Er reichte Cheng die Schale und dazu zwei elfenbeinerne Eßstäbchen.

Cheng aß das Fleisch und trank die Suppe, und nachdem er fertig war, nahm er eine zweite Schale. Nach dem Mahl rülpste er laut, um seine Dankbarkeit zu zeigen, und der Schlangendoktor nickte und lächelte wieder.

Cheng warf einen Blick auf seine Armbanduhr. Es war neun Uhr. Er stand auf und verneigte sich. »Danke für deine Hilfe«, sagte er förmlich.

»Ich bin geehrt, daß meine bescheidenen Dienste Euch erfreut haben. Ich wünsche Euch ein Schwert aus Stahl und viele glückliche Stunden in der samtenen Scheide.«

Über Bezahlung wurde nicht gesprochen. Der Schlangendoktor würde einen entsprechenden Betrag bei der nächsten Lieferung afrikanischer Schlangen und Vögel von Chengs Provision abziehen.

Cheng ging rasch zu dem Appartementhaus an der Tunhua Road zurück. Er setzte sich auf den schwarzledernen Fahrersitz des Porsche und genoß ein paar Minuten lang das Gefühl seiner Erektion, bevor er den Motor anließ und aus der Garage fuhr.

Er brauchte vierzig Minuten, um den Seepavillon zu erreichen. Das Anwesen war von einer hohen, mit Keramikkacheln gekrönten Mauer umgeben und nur zur Seeseite offen. Farbige Papierlampions baumelten an dem traditionell geformten Giebeltor. Es sah wie der Eingang zu einem Vergnügungspark oder einem Rummelplatz aus. Cheng wußte, daß die Laternen eigens zu seiner Begrüßung aufgehängt worden waren.

Die Wachen waren auf seine Ankunft vorbereitet und machten keine Anstalten, ihn aufzuhalten. Cheng fuhr durch und parkte auf der felsigen Landzunge. Er schloß den Porsche ab, stand für einen Augenblick da und inhalierte den Tanggeruch des Meeres. Ein schnelles Motorboot war an der privaten Mole festgemacht. Es würde später gebraucht werden. Cheng wußte, daß dieses Boot in weniger als zwei Stunden den zweitausend Meter tiefen ozeanischen Graben des Ostchinesischen Meeres erreichen konnte. Ein beschwerter Gegenstand, beispielsweise ein menschlicher Körper, der dort über Bord geworfen wurde, versank in die tiefsten Tiefen des Meeres und würde nie wieder aufgefunden werden. Er lächelte. Seine Erektion hatte nur leicht nachgelassen.

Er ging zum Pavillon hoch. Auch dieser war im traditionellen Stil erbaut. Er erinnerte Cheng an das Haus im Weidenbaummuster, das man auf den blauen Porzellantellern fand. Ein Diener empfing ihn an der Tür, führte ihn in einen Innenraum und brachte ihm Tee.

Es war genau zehn Uhr, als sie durch den Perlenvorhang in den Raum trat.

In ihrem engen Brokatgewand und den Seidenpantoffeln wirkte sie knabenhaft schlank. Er hatte ihr Alter nie schätzen können, da ihr Make-up so dick wie das eines Schauspielers der Pekingoper aufgetragen war. Ihre Mandelaugen waren tiefschwarz umrandet, wogegen ihre Lider und ihre Wangen mit dem grellen Karmesinrot gefärbt waren, das die Chinesen so attraktiv finden. Ihre Stirn und ihr Nasenrücken waren aschfahl und ihre Lippen scharlachrot.

»Willkommen in meinem Haus, Großer Mann der Berge«, lispelte sie, und Cheng verbeugte sich.

»Ich bin geehrt, Lady Myrtenblüte.«

Sie setzte sich auf das Sofa neben Cheng, und sie plauderten förmlich und höflich, bis Cheng auf die Brieftasche aus billiger Lederimitation wies, die er vor sich auf den Tisch gelegt hatte.

Sie schien sie erstmals zu bemerken, ließ sich aber nicht herab, sie selbst anzufassen. Sie neigte ihren Kopf, und ihre Assistentin huschte in den Raum. Sie mußte hinter dem Perlenvorhang gestanden und sie beobachtet haben. Sie ging so lautlos, wie sie gekommen war, und nahm die Brieftasche mit.

Es dauerte ein paar Minuten, bis sie im Nebenraum das Geld gezählt und in einen Safe gelegt hatte. Dann kehrte sie zurück und kniete neben ihrer Herrin. Sie wechselten einen Blick. Das Geld war da.

»Sie sagten, es gibt eine Auswahl zwischen zweien?« fragte Cheng.

»Ja«, bestätigte sie. »Aber wollen Sie sich nicht vergewissern, ob der Raum nach Ihrem Geschmack und die Einrichtung vollständig ist?«

Sie führte Cheng zu dem speziellen Raum, der sich hinter dem Pavillon befand.

In der Mitte stand ein Gynäkologenstuhl mit Bügeln. Er war mit einem Plastiküberzug versehen, der abgenommen und nach der Benutzung vernichtet werden konnte. Der Boden war ebenfalls mit Plastikfolie bedeckt. Wände und Decke waren gekachelt und abwaschbar. Man konnte ihn wie einen Operationssaal schrubben, bis er wieder so steril wie jetzt war.

Cheng trat an den Tisch, auf dem die Instrumente ausgebreitet waren. Dort lagen sorgfältig zusammengerollt mehrere Seidenschnüre verschiedener Länge und Dicke. Er nahm eine und ließ sie durch seine Finger gleiten. Seine Erektion, die nachgelassen hatte, kam heftig wieder. Dann wandte er seine Aufmerksamkeit den anderen Gegenständen auf dem Tisch zu, einem kompletten Satz gynäkologischer Instrumente aus rostfreiem Stahl.

»Sehr gut«, sagte er zu ihr.

»Kommen Sie«, sagte sie. »Sie können jetzt wählen.«

Sie führte ihn zu einem kleinen Fenster in der Wand. Sie standen Hand in Hand davor und blickten durch die Scheibe, die nur von einer Seite durchsichtig war, in den angrenzenden Raum.

Nach ein paar Augenblicken führte die Assistentin zwei Kinder in den Raum. Sie waren beide weiß gekleidet. In der chinesischen Tradition ist Weiß die Farbe des Todes. Beide Mädchen hatten langes, dunkles Haar und hübsche kleine, nußbraune Mopsgesichter. Kambodschanisch oder vietnamesisch, vermutete Cheng.

»Wer sind sie?« fragte er.

»Boat people«, sagte sie. »Ihr Boot wurde im Südchinesischen Meer von Piraten überfallen. Alle Erwachsenen wurden getötet. Es sind Waisen, namenlos und staatenlos. Niemand weiß, daß sie existieren. Niemand wird sie vermissen.«

Die Assistentin begann, die beiden kleinen Mädchen auszuziehen. Sie tat das geschickt, erregte die versteckten Zuschauer wie eine Striptease-Künstlerin.

Das eine Mädchen war mindestens vierzehn. Als sie nackt war, sah Cheng, daß sie volle Brüste und ein dichtes Büschel Schamhaar hatte, aber das andere Mädchen war kaum behaart. Ihre Brüste waren Blumenknospen, und der Hauch von Schamhaar verbarg die Spalte ihrer Vagina nicht.

»Die Junge!« flüsterte Cheng heiser. »Ich will die Junge.«

»Ja«, sagte sie. »Ich hatte mir gedacht, daß Sie die wählen würden. Sie wird Ihnen in ein paar Minuten gebracht. Sie können sich Zeit lassen, so lange Sie wollen. Es ist keine Eile.«

Sie verließ den Raum, und plötzlich drang Musik aus verborgenen Lautsprechern – laute chinesische Musik mit Gongs und Trommeln, die jedes andere Geräusch übertönen würden, wie etwa die Schreie eines kleinen Mädchens.

Die Kolonialherren der viktorianischen Zeit hatten das Government House von Ubomo, das Regierungsgebäude, mit Bedacht hoch über dem See mit Ausblick über das Wasser erbaut. Sie hatten es mit Rasenflächen und exotischen Bäumen umgeben, die sie aus Europa mitgebracht hatten, um an zu Hause erinnert zu werden. An den Abenden kam die Brise von den Mondbergen im Westen voller Erinnerungen an Gletscher und ewigen Schnee herunter und dämpfte die starke Hitze.

Das Government House war noch immer so, wie es in der Kolonialzeit gewesen war, nicht protziger als ein komfortables Ranchhaus aus Rotziegeln mit hohen Decken und ringsum von einer breiten Veranda umgeben, die mit Fliegendraht versehen war. Victor Omeru hatte alles so beibehalten. Er wollte kein Geld für prächtige öffentliche Gebäude ausgeben, solange sein Volk darbte. Die Hilfe, die er aus Amerika und Europa erhalten hatte, war in Landwirtschaft, Gesundheits- und Erziehungswesen investiert und nicht für Selbstdarstellung verwendet worden.

An diesem Abend drängten sich Menschen auf der Veranda und dem Rasen, als Daniel Armstrong und Bonny in dem Landrover vorfuhren, der ihnen zur Verfügung gestellt worden war. Ein Hita-Corporal in Tarnanzug und mit einer Maschinenpistole über der Schulter winkte sie in eine Parklücke zwischen zwei andere Fahrzeuge mit Diplomaten-Kennzeichen.

»Wie sehe ich aus?« fragte Bonny gespannt, als sie im Rückspiegel ihr Make-up kontrollierte.

»Sexy«, sagte Daniel wahrheitsgemäß. Sie hatte ihr Haar zu einer gewaltigen roten Mähne ausgekämmt und trug ein grünes Minikleid, das hauteng um ihr Gesäß und hoch an ihren Schenkeln saß. Für ein so großes Mädchen hatte sie wohlgeformte Beine.

»Gib mir deine Hand. Verdammte Kleider!« Der Landrover war hoch, und ihr Saum rutschte nach oben, als sie ausstieg. Ein Spitzenhöschen blitzte, dessen Anblick den Hita-Corporal fast umwarf.

In den Jacarandabäumen hingen Scheinwerfer, und eine Armeekapelle spielte populären Jazz mit einem charakteristischen afrikanischen Beat, der Daniels Stimmung hob und seinen Schritt beschwingte.

»Alles zu deiner Ehre«, kicherte Bonny.

»Ich wette, daß Taffari das allen Gästen erzählt.« Daniel lächelte.

Captain Kajo, der sie am Flughafen abgeholt hatte, eilte auf sie zu, nachdem sie den Rasen betreten hatten. Aus zwanzig Schritt Entfernung schaute er auf Bonnys Beine, aber er sprach Daniel an.

»Ah, Doktor Armstrong. Der Präsident hat nach Ihnen gefragt. Sie sind heute abend unser Ehrengast.«

Er führte sie die Vordertreppe der Veranda hoch. Daniel erkannte Präsident Taffari sofort, obwohl er ihnen den Rücken zugewandt hatte. Er war der größte in einem Rauum voller Hita-Offiziere. Er trug eine kastanienbraune kurze Uniformjacke, die er selbst entworfen hatte, aber keine Kopfbedeckung.

»Mr. Präsident.« Captain Kajo wandte sich unterwürfig an seinen Rücken, und Taffari drehte sich um, lächelte und präsentierte die Medaillen an seiner Brust. »Darf ich Doktor Armstrong und seine Assistentin, Miss Mahon, vorstellen?«

»Doktor!« Taffari begrüßte Daniel. »Ich bin ein großer Bewunderer Ihrer Arbeit. Ich hätte niemand wählen können, der sich besser eignen würde, mein Land der Welt zu zeigen. Bis jetzt sind wir von dem reaktionären alten Tyrannen, den wir gestürzt haben, in Abgeschiedenheit und mittelalterlicher Isolation gehalten worden. Es ist höchste Zeit, daß aus Ubomo endlich etwas wird. Sie werden uns helfen, Doktor. Sie werden uns helfen, mein geliebtes Land ins zwanzigste Jahrhundert zu bringen, indem Sie die Aufmerksamkeit der Welt auf uns lenken.«

»Ich werde alles tun, was in meiner Macht steht«, versicherte Daniel ihm vorsichtig. Obwohl Daniel Fotos von Taffari gesehen hatte, war er nicht auf dessen Beredsamkeit und Auftreten vorbereitet. Er war ein umwerfend gutaussehender Mann, der Macht und Selbstbewußtsein ausstrahlte. Er war einen guten Kopf größer als Daniel mit seinen einsfünfundachtzig und hatte die wie in Bernstein geschnittenen Gesichtszüge eines ägyptischen Pharaos.

Sein Blick wanderte an Daniel vorbei und ruhte auf Bonny Mahon. Sie erwiderte den Blick unerschrocken und befeuchtete ihre Unterlippe mit ihrer Zungenspitze.

»Sie sind die Fotografin. Sir Peter Harrison hat mir ein Video der ›Arktischen Träume‹ geschickt. Wenn Sie Ubomo mit dem gleichen Verständnis und Können fotografieren, wäre ich sehr erfreut, Miss Mahon.«

Er blickte auf ihren Busen, auf die großen, goldenen Sommersprossen oben auf ihrer Brust, die einem schmalen Streifen makellos cremefarbener Haut am Ansatz ihres grünen Kleides wichen. Der entblößte Spalt zwischen ihren Brüsten war tief und stark zusammengepreßt.

»Sie sind sehr freundlich, Herr Präsident«, sagte sie, und Taffari lachte leise.

»So hat mich bisher noch nie jemand genannt«, gab er zu und wechselte dann das Thema. »Wie finden Sie mein Land bisher?«

»Wir sind erst heute angekommen«, betonte Bonny. »Aber der See ist wundervoll, und die Menschen sind so groß. Und die Männer so stattlich.« Sie machte das zu einem persönlichen Kompliment.

»Die Hita sind groß und stattlich«, stimmte Taffari zu. »Aber die Uhali sind klein und häßlich wie Affen, sogar ihre Frauen.« Die Hita-Offiziere seines Stabes lachten belustigt, und Bonny schluckte schokkiert.

»Wo ich herkomme, spricht man nicht verächtlich von anderen ethnischen Gruppen. So etwas nennt man Rassismus, und das ist altmodisch«, sagte sie.

Er starrte sie einen Augenblick an. Es war eindeutig, daß er es nicht gewöhnt war, korrigiert zu werden. Dann lächelte er. Es war ein dünnes, kühles, kurzes Lächeln. »Nun, Miss Mahon, in Afrika sagen wir die Wahrheit. Wenn Menschen häßlich oder dumm sind, dann sagen wir das. Das nennt man Tribalismus, und ich versichere Ihnen, daß dieser sehr aktuell ist.«

Sein Stab brüllte vor Gelächter, und Taffari wandte sich an Daniel.

»Ihre Assistentin ist eine Frau mit Überzeugungen, Doktor, aber ich glaube, Sie sind in Afrika geboren. Sie verstehen das besser. Das zeigt sich in Ihrer Arbeit. Sie haben Ihren Finger auf die Probleme gelegt, mit denen dieser Kontinent konfrontiert wird, und Armut ist das lähmendste. Afrika ist arm, Doktor, und Afrika ist passiv und träge. Ich habe die Absicht, das zu ändern. Ich will meinem Land den Geist und das Selbstvertrauen geben, unseren natürlichen Reichtum zu nutzen und die Kraft und die angeborene Begabung unseres Volkes zu entwickeln. Ich möchte, daß Sie unsere Anstrengungen dokumentieren.«

Seine Stabsoffiziere, alle mit den gleichen kastanienbraunen Jacken bekleidet, applaudierten.

»Ich werde mein Bestes tun«, versprach Daniel.

»Dessen bin ich sicher, Doktor Armstrong.« Er schaute wieder Bonny an, sprach aber weiter zu Daniel. »Der britische Botschafter ist heute abend hier. Ich bin sicher, Sie werden ihn begrüßen wollen.« Er beorderte Kajo zu sich. »Captain, führen Sie Doktor Armstrong bitte zu Sir Michael.«

Bonny wollte Daniel folgen, aber Taffari hinderte sie daran, indem er ihren Arm berührte. »Gehen Sie noch nicht, Miss Mahon. Es gibt da ein paar Dinge, die ich Ihnen gerne erklären würde. Beispielsweise den Unterschied zwischen den Uhali und den großen, stattlichen Hita, die Sie so bewundern.«

Bonny wandte sich wieder ihm zu, schob eine Hüfte herausfordernd vor und verschränkte ihre Arme so unter ihren Brüsten, daß sie hochgepreßt wurden und aus dem grünen Kleid in sein Gesicht zu springen drohten. »Sie sollten Afrika nicht nach europäischen Maßstäben beurteilen«, sagte er. »Wir machen die Dinge hier anders.«

Aus ihren Augenwinkeln sah Bonny, daß Daniel die Veranda verlassen hatte und Kajo auf den scheinwerferbestrahlten Rasen gefolgt war. Sie beugte sich zu Taffari, und ihre Augen waren fast auf gleicher Höhe mit den seinen.

»Prima!« sagte sie. »Ich liebe neue und andere Dinge.«

Daniel blieb am Fuß der Treppe stehen und begann zu grinsen, als er eine vertraute Gestalt auf dem überfüllten Rasen sah. Dann eilte er auf sie zu und ergriff deren Hand.

»Sir Michael, fürwahr! Britischer Botschafter, du durchtriebener Hund. Wann ist das alles passiert?«

Michael Hargreave faßte in einem kurzen Anflug unbritischer und undiplomatischer Zuneigung seinen Ellenbogen. »Hast du meinen Brief nicht bekommen? Alles sehr plötzlich. Schleppten mich aus Lusaka, bevor ich nur ›Piep‹ sagen konnte. Schwert auf beide Schultern, von Ihrer Majestät persönlich. ›Erhebt Euch, Sir Michael‹, und all das. Haben mich hierher versetzt. Aber *hast* du nun meinen Brief bekommen oder nicht?«

Daniel schüttelte den Kopf. »Meinen Glückwunsch, Sir Michael. War längst überfällig. Du hast es verdient.«

Hargreave wirkte verlegen und ließ Daniels Hand los. »Wo ist dein Drink, alter Junge? Rühr den Whisky nicht an. Ist hier gebrannt. Bin überzeugt, daß das in Wirklichkeit Krokodilpisse in Flaschen ist. Versuch den Gin.« Er winkte einen Kellner herbei. »Ich verstehe nicht, warum du meinen Brief nicht bekommen hast. Ich hab versucht, dich in deiner Wohnung in London anzurufen. Ging niemand ran.«

»Wo ist Wendy?«

»Hab sie zum Packen zurück nach Lusaka geschickt. Der neue Knabe da hat sich bereit erklärt, sich um deinen Landcruiser und die Ausrüstung zu kümmern. Wendy wird in ein paar Wochen nachkommen. Sie läßt dich übrigens herzlich grüßen.«

»Wußte sie, daß du mich hier treffen würdest?« Daniel war überrascht.

»Tug Harrison gab uns den Tip, daß du in Ubomo sein würdest.«

»Du kennst Harrison?«

»Jeder in Afrika kennt Tug. Hat seine Finger fast überall drin. Bat mich, auf dich achtzugeben. Er erzählte mir von deinem Auftrag hier. Du wirst Taffari filmen und dafür sorgen, daß er und BOSS gut aussehen. Das hat er mir erzählt. Richtig?«

»Ein bißchen komplizierter ist es schon, Mike.«

»Wem sagst du das? Es gibt Komplikationen, die dir nicht mal im Traum einfallen würden...« Er zog Daniel in eine abgelegene Ecke des Rasens, außer Hörweite der anderen Gäste. »Zuerst mal, was hältst du von Taffari?«

»Von dem würde ich kein Gebrauchtauto kaufen, ohne vorher die Reifen geprüft zu haben.«

»Die Maschine solltest du gleich mitprüfen, wenn du schon dabei bist«, lächelte Mike. »Alles deutet darauf hin, daß Idi Amin im Vergleich zu ihm wie Mutter Theresa wirken wird. Ich hörte, wie er in fünfzig lyrischen Worten seinen Plan für Frieden und Wohlstand im Land verkündete.«

»Es waren wohl etwas mehr als fünfzig«, korrigierte Daniel ihn.

»Tatsächlich bedeutet das nichts weiter als Frieden für die Hita, Wohlstand für Ephrem Taffari und Unterdrückung der Uhali. Meine Kumpel vom MI 6 erzählten mir, daß er seine Nummernkonten bei Banken in der Schweiz und auf den Kanalinseln bereits eingerichtet und schon nette kleine Sümmchen darauf liegen hat. Amerikanische Auslandshilfe.«

»Das sollte dich nicht überraschen. Das machen doch alle, oder?«

»Mehr oder weniger. Das muß ich zugeben. Aber zu den Uhali ist er besonders häßlich. Hat den alten Victor Omeru über die Klinge springen lassen, der einer von der anständigen Sorte war, und jetzt tritt er dem Rest des Uhali-Stammes den Kot aus dem Leib. Da kursieren ziemlich üble Gerüchte. Böse Geschichten. Wir billigen das wirklich nicht. Selbst die Premierministerin ist schon ein bißchen sauer auf ihn, wobei mir einfällt – ich habe Neuigkeiten von einem Kumpel von dir.«

»Ein Kumpel von mir?«

»Dem Lucky Dragon. Klingelt was? Und du ahnst garantiert nicht, wen die schicken, um die Operation hier zu leiten.«

»Ning Cheng Gong«, sagte Daniel ruhig.

Es mußte so sein. Das war der Grund, warum er hier in Ubomo war.

Er hatte es die ganze Zeit gespürt. Hier würde er Cheng wiederbegegnen.

»Du hast meinen Brief doch gelesen«, sagte Michael vorwurfsvoll. »Ning Cheng Gong ist richtig. Er kommt nächste Woche an. Taffari wird wieder eine Party geben, um ihn zu begrüßen. Unser Ephrem findet immer einen Grund zum Feiern, was?« Er brach ab und starrte Daniel an. »Alles in Ordnung mit dir, mein Lieber? Du hast doch dein Anti-Malaria-Mittel genommen? Du siehst ja totenblaß aus.«

»Mir geht's gut.« Aber Daniels Stimme war heiser und kratzend. Wieder sah er das schreckliche Bild des Schlafzimmers in dem Haus in Chiwewe vor sich und die geschändeten Leichen von Mavis Nzou und ihren Kindern. Das machte ihn krank und erschütterte ihn. Er wollte an etwas anderes denken, an alles andere, nur nicht an Ning Cheng Gong.

»Erzähl mir alles über Taffari und Ubomo, was ich wissen muß«, bat er Michael Hargreave.

»Das ist eine große Bestellung, mein Lieber. Ich kann dir jetzt nur ein paar Schlagworte nennen, aber wenn du in der Botschaft vorbeischaust, kann ich dir sämtliche Informationen geben und dich mal in die Akten schauen lassen. Streng vertraulich, natürlich. Ich hab sogar ein paar Flaschen echten Chivas versteckt.«

Daniel schüttelte seinen Kopf. »Wir fahren morgen die Seeküste hoch, um mit dem Filmen zu beginnen. Taffari hat uns seine ganze Marine zur Verfügung gestellt. Ein ausgemustertes Kanonenboot aus dem Zweiten Weltkrieg. Aber ich könnte morgen abend in der Botschaft vorbeischauen.«

Als es Zeit zum Aufbruch war, sah Daniel sich nach Bonny Mahon um, konnte sie aber nicht finden. Er sah Captain Kajo mit einer Gruppe Offiziere an der Bar stehen und ging zu ihm hinüber.

»Ich gehe jetzt, Captain Kajo.«

»Das ist in Ordnung, Doktor. Präsident Taffari ist bereits gegangen. Sie können gehen, wann Sie wollen.« Nur an Kajos Augen sah man, daß er betrunken war. Ein kaffeebrauner Schleier lag auf ihrem Weiß. Bei einem weißen Mann wäre es blutunterlaufen gewesen.

»Wir treffen uns morgen früh, Captain? Um wieviel Uhr?«

»Um sechs am Gästehaus, Doktor. Ich werde Sie abholen. Wir dürfen uns nicht verspäten. Die Marine wird auf uns warten.«

»Haben Sie Miss Mahon gesehen?« fragte Daniel. Einer der anderen Hita-Offiziere kicherte betrunken, und Kajo grinste.

»Nein, Doktor. Sie war vorhin hier. Aber in der letzten Stunde habe ich sie nicht mehr gesehen. Sie muß gegangen sein. Ja, wenn ich jetzt darüber nachdenke, dann habe ich sie gehen sehen.« Er wandte sich ab, und Daniel versuchte, nicht finster dreinzublicken und verlassen zu wirken, als er zu dem Landrover auf dem Parkplatz ging.

Als er vorfuhr und an der Veranda parkte, lag das Gästehaus der Regierung dunkel da. Sie war vielleicht schon im Bett, schlief und hatte das Licht ausgemacht. Obwohl er seine Meinung über sie geändert hatte, empfand er doch etwas wie Enttäuschung, als er das Licht im Schlafzimmer einschaltete und sah, daß die Diener die Betten aufgedeckt und die Moskitonetze aufgezogen hatten. Sie hatte ihm den Grund gegeben, es zu beenden – warum empfand er nicht mehr Freude darüber, daß es zu Ende war?

Er hatte gerade soviel von dem einheimischen Gin getrunken, um Kopfschmerzen zu bekommen. Er nahm Bonnys Tasche, die am Fußende des Bettes stand, und trug sie in das zweite Schlafzimmer. Dann ging er ins Badezimmer, fegte ihre Toilettenartikel und Kosmetika in ihr Necessaire und legte alles in das Waschbecken des zweiten Badezimmers am Ende des Korridors. Dann steckte er seinen Kopf unter kaltes Wasser und nahm drei Anadintabletten. Er ließ seine Kleidung auf den Boden fallen und stieg nackt unter das Moskitonetz.

Er erwachte, als Scheinwerfer über die Frontseite des Gästehauses glitten und durch den Vorhang auf die Wand über seinem Bett fielen. Reifen knirschten auf der Kiesauffahrt. Stimmen waren zu hören. Dann schlug eine Autotür, und der Wagen fuhr davon. Er hörte, wie sie die Verandastufen hochkam und die Eingangstür öffnete. Eine Minute später öffnete sich die Schlafzimmertür, und sie schlich verstohlen hinein.

Er schaltete die Nachttischlampe ein, und sie erstarrte in der Mitte des Zimmers. Sie trug ihre Schuhe in einer Hand und ihre Handtasche in der anderen. Ihr Haar war völlig zerzaust, funkelte wie Kupferdraht im Licht, und ihr Lippenstift war auf ihrem Kinn verschmiert.

Sie kicherte, und er merkte, daß sie betrunken war.

»Weißt du eigentlich, welches Risiko du eingehst, du blöde Schlampe?« fragte er bitter. »Wir sind in Afrika. Du handelst dir ein Wort mit vier Buchstaben ein, und es ist nicht das, was du denkst, mein Herz. Das wird AIDS buchstabiert.«

»Tä, tä! Wir sind doch wohl nicht eifersüchtig? Woher weißt du, was ich getan habe, Liebling?«

»Das ist kein großes Geheimnis. Jeder auf der Party wußte das. Du hast das getan, was jede kleine Hure tut.«

Sie schlug wild nach seinem Kopf. Er duckte sich und wich dem Schlag aus, durch dessen Schwung sie selbst aufs Bett kippte. Sie riß das Moskitonetz herunter und verhedderte sich mit ihren langen Beinen darin. Das Minikleid rutschte fast bis zu ihrer Hüfte hoch, und ihre Backen waren blank und weiß wie Straußeneier.

»Übrigens«, sagte er, »du hast dein Höschen bei Ephrem gelassen.«

Sie rappelte sich auf die Knie und zog das grüne Kleid herunter.

»Das ist in meiner Handtasche, mein Schatz.« Sie kam unsicher auf die Beine. »Wo, zum Teufel, sind meine Sachen?«

»In deinem Zimmer, deinem neuen Zimmer auf der anderen Seite des Korridors.«

Sie funkelte ihn an. »Du willst es also so?«

»Du glaubst doch nicht ernsthaft, daß ich Ephrems Reste aufspießen will, oder?« Daniel versuchte, vernünftig zu sprechen. »Also geh, und sei eine brave kleine Hure.«

Sie ergriff ihre Handtasche und die Schuhe und marschierte zur Tür. Dort drehte sie sich zu ihm um und schwankte mit der Würde einer Betrunkenen.

»Es stimmt, was erzählt wird«, erzählte sie ihm rachsüchtig. »Sie *sind* groß. Größer und besser als du je sein wirst!« Sie knallte die Tür hinter sich zu.

Daniel war bei seiner zweiten Tasse Tee, als Bonny zum Frühstück auf die Veranda hinauskam und sich ihm gegenüber an den Tisch setzte, ohne ihn zu begrüßen.

Sie trug ihre übliche Kleidung, verwaschene blaue Jeans und Denimbluse, aber ihre Augen waren geschwollen und ihr Gesichtsausdruck verkatert. Der Koch des Gästehauses war ein Anachronismus aus der Kolonialzeit, und er tischte ein traditionelles englisches Frühstück auf. Keiner der beiden sprach, während Bonny ihren Teller mit Eiern und Speck vertilgte. Dann schaute sie ihn an.

»Und was passiert jetzt?«

»Du drehst einen Film«, sagte er. »Genau so, wie es in unserem Vertrag geschrieben steht.«

»Du willst, daß ich bleibe?«

»Als Kameramann, ja. Aber von jetzt an ist die Beziehung rein geschäftlich.«

»Das ist mir recht«, stimmte sie zu. »Es wurde ein bißchen zu anstrengend. Ich bin keine gute Heuchlerin.«

Daniel stand abrupt auf und ging, um seine Ausrüstungsgegenstände aus dem Schlafzimmer zu holen. Er war noch zu wütend, um riskieren zu können, sich auf eine Auseinandersetzung mit ihr einzulassen.

Noch bevor er fertig war, traf Captain Kajo mit seinem Landrover ein. Drei Soldaten begleiteten ihn. Sie halfen, die schwere Videoausrüstung hinauszutragen und hinten aufzuladen. Daniel ließ Bonny in der Kabine neben Captain Kajo sitzen. Er selbst setzte sich zu den schwerbewaffneten Soldaten.

Die Stadt Kahali war im wesentlichen so, wie er sie von seinem letzten Besuch in Erinnerung hatte. Die Straßen waren breit und staubig, und Schlaglöcher hatten sich wie Krebsgeschwüre durch den Asphalt gefressen. Die Gebäude sahen wie die Filmkulisse eines alten Western aus.

Der Hauptunterschied, den Daniel bemerkte, war die Stimmung der Menschen. Die Uhali-Frauen trugen noch immer ihre farbenprächtigen knöchellangen Gewänder und Turbane, und der moslemische Einfluß in ihrem Verhalten war unverkennbar, aber ihr Gesichtsausdruck wirkte zurückhaltend und teilnahmslos. Es gab kaum ein Lächeln und kein Gelächter auf dem Markt, wo die Frauen in Reihen hockten und ihre Waren auf Tüchern vor sich ausgebreitet hatten. Armeepatrouillen zogen über den Marktplatz und standen an den Straßenecken. Die Menschen senkten ihre Blicke, als der Landrover vorbeifuhr.

Es gab nur sehr wenige Touristen, und diese waren staubig, unrasiert und zerzaust, wahrscheinlich Angehörige einer Überlandsafari, die in einem riesigen Transporter quer durch den afrikanischen Kontinent fuhren. Sie feilschten auf dem Markt um Tomaten und Eier. Daniel grinste. Sie zahlten für eine Kostprobe des Fegefeuers. Denn Überlandsafari bedeutete Amöbenruhr und Reifenpannen, fünftausend Meilen Schlaglöcher und Straßensperren der Armee. Wahrscheinlich war es das einzige Pauschalreiseangebot auf dem Globus, für das es keine Stammkunden gab. Einmal reichte für ein ganzes Leben.

Das Kanonenboot wartete am Kai auf sie. Seeleute in blauen Marineuniformen und ohne Schuhe trugen die Videoausrüstung über die Gangway, und der Kapitän schüttelte Daniel die Hand, als er an Bord kam.

»Friede sei mit Ihnen«, begrüßte er ihn auf Swahili. »Ich habe Befehl, Sie hinzubringen, wohin Sie wollen.«

Sie verließen den Hafen und fuhren mit nördlichem Kurs parallel zum Seeufer. Daniel stand auf dem Vordeck, und seine gute Laune kehrte rasch zurück. Das Wasser war von einem tiefen, herrlichen

Blau, das im Sonnenlicht funkelte. Am nördlichen Horizont stand eine einzige Wolke, so weiß wie eine Möwe und nicht viel größer. Es war die Sprühnebelsäule an jener Stelle, wo der See sich über seinen felsigen Rand in eine tiefe Schlucht ergoß und zum jungen Nil wurde.

Über die tatsächliche Quelle des weißen Nils diskutiert man seit zweitausend Jahren, und bis heute gibt es noch keine Einigkeit darüber. Sind es diese Wasserfälle, in denen der Victoria-Nil aus dem Lake Victoria sich mit dem Albert-Nil im Lake Albert vereint und sich dann auf seine unglaubliche Reise hinab nach Kairo und ins Mittelmeer macht? Oder lag sie noch höher, wie Herodot es lange vor Christi Geburt geschrieben hatte? Entsprang er einem grundlosen See, der zwischen den beiden Bergen Crophi und Mophi lag und von ihrem ewigen Schnee gespeist wurde?

Der Gischt des Sees spritzte in Daniels Gesicht, der jetzt nach Westen blickte und versuchte, das undeutliche Massiv der romantischen Berggipfel in der Ferne auszumachen. Doch wie an den meisten Tagen war heute nur ein diffuses blaues Wolkengebirge zu sehen, das mit dem Blau des afrikanischen Himmels verschmolz.

Viele der frühen Entdecker waren dicht an den Mondbergen vorbeigezogen, ohne ihre Existenz auch nur zu erahnen. Selbst Henry Morton Stanley, dieser skrupellose, rastlose amerikanisierte walisische Bastard hatte monatelang in ihrem Schatten gelebt, bevor die ewige Wolkendecke aufgerissen war und ihn der Anblick schneebedeckter Gipfel und glänzender Gletscher in Staunen versetzte. Ein mystisches Gefühl erfüllte Daniel, als er auf den Wassern fuhr, die der Lebenssaft dieses wilden Kontinents waren, gepumpt aus den Bergen, die sein Herz bildeten.

Er drehte sich um und blickte zur offenen Brücke des Kanonenbootes hoch. Bonny Mahon filmte. Sie balancierte die Sony-Kamera auf der Schulter und hielt sie auf das Ufer gerichtet. Widerwillig verzog er anerkennend das Gesicht. Was immer sie an persönlichen Problemen haben mochten, sie war ein echter Profi. Am Ende würde sie wahrscheinlich bei ihrem Weg durch die Hölle gute Aufnahmen vom Teufel machen. Bei diesem Gedanken mußte er grinsen, und seine Abneigung ihr gegenüber ließ etwas nach.

Er ging in den Kartenraum unter der Brücke zurück und breitete die Übersichtskarten und die Pläne der Architekten auf dem Tisch aus, die BOSS für ihn bereitgestellt hatte.

Das Grundstück, das für den Bau des Hotels und Kasinos ausgewählt worden war, befand sich sieben Meilen uferaufwärts vom Hafen von Kahali entfernt. Daniel sah, daß es eine natürliche Bucht war, vor deren Einfahrt eine Insel lag. Der Ubomo-Fluß, der sich aus den großen Wäldern und verschneiten Bergen über den Steilabbruch des Rift Valley ergoß, mündete in diese Bucht.

Auf der Karte sah es aus, als sei es das ideale Gelände für das Ferienzentrum, von dem Tug Harrison hoffte, daß es Ubomo zu einem der begehrtesten Urlaubsziele für Touristen aus Südeuropa machen würde.

Daniel sah nur einen Haken. An der Bucht gab es bereits ein großes Fischerdorf. Er fragte sich, was Tug Harrison und Ning Cheng Gong damit planten. Sonnenbadende Europäer würden wohl kaum die Bucht mit eingeborenen Fischern und ihren Netzen teilen wollen, und der Gestank von in der Sonne auf Gestellen trocknenden Fischen würde kaum appetitanregend wirken oder viel zur Bereicherung der romantischen Attraktionen von Fish Eagle Bay Lodge beitragen, wie das Projekt genannt wurde.

Der Kapitän winkte Daniel von oben zu. Er verließ den Kartentisch und trat in dem Augenblick aufs offene Deck hinaus, als das Kanonenboot um die Landzunge bog und die Fischadlerbucht sich vor ihnen öffnete.

Daniel sah sofort, warum dieser Name gewählt worden war. Die Insel in der Einfahrt zur Bucht war dicht bewaldet. Durch das süße, klare Wasser des Sees waren die Ficus- und Mahagonibäume ins Gigantische gewachsen, und ihre Äste breiteten sich hoch über der felsigen Küste und dem Wasser des Sees aus. Hunderte brütender Fischadlerpaare hatten ihre Nester in diesen Ästen gebaut. Mit ihrem rostbraunen und kastanienfarbigen Gefieder und ihren leuchtend weißen Köpfen waren sie die schönsten afrikanischen Greifvögel. Einige der großen Vögel saßen auf markanten Vorsprüngen, andere segelten auf ihren breiten Schwingen und hatten die Köpfe im Flug zurückgenommen, um diesen wilden, kreischenden Schrei auszustoßen, der Teil des Gepränges Afrikas ist.

Das Kanonenboot ging vor Anker. Ein Schlauchboot wurde ausgesetzt, das Daniel und Bonny zur Insel brachte. Eine Stunde lang filmten sie die Adlerkolonie. Captain Kajo warf tote Fische von der Felsenklippe, und Bonny filmte erregende Szenen von rivalisierenden Adlern, die sich auf die Beute stürzten und sich in rituelle Luftkämpfe verstrickten, indem sie sich in den Klauen des Gegners verhakten und sich im Fluge drehten und herumwirbelten.

Daniel half ihr, die Sony-Kamera auf den glatten, massiven Stamm eines wilden Feigenbaumes zu heben, um die Adlerjungen im Nest zu filmen. Die Elternvögel griffen die beiden auf dem kahlen Ast an, stürzten schreiend mit gespreizten Krallen und gekrümmten, weit aufgerissen Schnäbeln im Sturzflug auf sie und wichen erst im letztmöglichen Augenblick aus, so daß der Luftwirbel der großen Schwingen sie auf ihrem Hochsitz durchrüttelte. Als Bonny und Daniel zurück auf dem Boden waren, hatte sich ihre Feindseligkeit gelegt, und sie arbeiteten wieder als professionelles Filmteam zusammen.

Sie kehrten zu dem Zodiac-Schlauchboot zurück und fuhren zum Kanonenboot hinüber. Als sie an Bord waren, ließ der Kapitän den Anker einholen, und das Boot fuhr langsam in die Bucht. Sie war beeindruckend. Vulkanfelsen ragten steil aus dem blauen Wasser, und hellorangefarbene Sandstrände erstreckten sich zwischen dem schwarzen Gestein.

Wieder bestiegen sie das Schlauchboot und landeten an einem der Strände nahe der Münduung des Ubomo-Flusses. Daniel und Bonny ließen Captain Kajo und die beiden Seeleute am Strand beim Boot zurück und bestiegen den höchsten Punkt der Klippe. Sie wurden mit einem herrlichen Rundblick über die Bucht und den See belohnt.

Sie konnten auf das große Fischerdorf an der Mündung des Ubomo hinabblicken. Etwa zwanzig daugetakelte Boote lagen auf dem Strand, und etwa ebenso viele waren als Tupfer auf dem Wasser zu sehen. Die Flotte näherte sich nach der durchfischten Nacht mit geblähten Segeln der Bucht, um den Fang anzulanden.

Längs der Bucht waren Fischernetze zum Trocknen in der Sonne ausgebreitet, und der Geruch von Fisch drang selbst zu ihnen auf der Klippe. Nackte schwarze Kinder spielten am Strand und planschten im See. Männer arbeiteten an den Daus oder saßen im Schneidersitz mit Nadel und Garn, um zerrissene Netze zu flicken. Im Dorf bewegten sich die Frauen anmutig in ihren langen Kleidern, während sie Getreide in großen Holzmörsern zerstampften. Zum Heben und Senken der Stößel schwangen sie rhythmisch in den Hüften. Andere hockten an Kochfeuern, auf denen die schwarzen, dreibeinigen Töpfe standen.

Daniel zeigte auf die verschiedenen Dinge, die er gefilmt haben wollte, und Bonny befolgte seine Anweisungen und richtete die Kamera darauf.

»Was wird aus den Dorfbewohnern?« fragte sie, während sie durch den Sucher der Sony blickte. »Laut Planung soll mit dem Bau des Kasinos in drei Wochen begonnen werden...«

»Ich nehme an, daß man sie woanders hinbringen wird«, erzählte Daniel ihr. »Im neuen Afrika werden Menschen von ihren Herrschern wie Schachfiguren bewegt...« Er brach ab, beschattete seine Augen und spähte zu der Straße hinüber, die dem Seeufer folgend zur Hauptstadt führte.

Roter Staub hob sich in einer langsamen, düsteren Wolke über das blaue Wasser des Sees, getragen von einem Bergwind aus dem Landesinneren.

»Laß mich mal durch dein Teleobjektiv schauen«, bat er Bonny, und sie reichte ihm die Kamera. Daniel zoomte rasch auf stärkste Vergrößerung und hatte die heranrollende Fahrzeugkolonne im Sucher.

»Armeelastwagen«, sagte er. »Und Transporter... Ich würde sagen, auf diesen Transportern sind Bulldozer.« Er gab ihr die Kamera zurück, und Bonny betrachtete die näherrückende Kolonne.

»Vielleicht eine Art Manöver?« überlegte sie. »Dürfen wir das filmen?«

»Nirgendwo in Afrika würde ich es riskieren, eine Kamera auf etwas Militärisches zu richten, aber wir haben Präsident Taffaris persönliche *Genehmigung*. Dreh!«

Schnell baute Bonny das leichte Stativ auf, das sie nur für extreme Teleaufnahmen benutzte, und zoomte auf den heranrollenden Militärkonvoi. Indessen begab Daniel sich zum Klippenrand und schaute zum Strand hinunter. Captain Kajo und die Seeleute vom Kanonenboot lagen ausgestreckt im Sand. Kajo schlief offensichtlich, um sich von den Folgen der Orgie des Vorabends zu erholen. Wo er lag, hatte er das Dorf nicht im Blickfeld. Daniel schlenderte zurück, um Bonny bei der Arbeit zuzuschauen.

Der Konvoi näherte sich bereits dem Dorfrand. Ein Haufen Kinder und streunender Hunde rannte ihm entgegen. Die Kinder hüpften neben den Lastwagen, lachten und winkten, wogegen die Hunde hysterisch kläfften. Die Fahrzeuge hielten auf dem offenen Platz in der Dorfmitte, der sowohl als Fußballplatz als auch als Markt diente. Soldaten in Tarnanzügen, mit AK-47-Gewehren bewaffnet, sprangen ab und formierten sich zugweise auf dem Fußballplatz. Ein Hita-Offizier stieg auf das Führerhaus des ersten Lastwagens und begann, den Dorfbewohnern über Megafon eine Rede zu halten. Der Klang seiner elektronisch verzerrten Stimme drang in Bruchstücken zu der Klippe, auf der Daniel stand. Einiges von dem auf Swahili Gesagten ergab durch den wechselnden Wind keinen Sinn, aber der Kern war klar.

Der Offizier beschuldigte die Dorfbewohner, politische Dissidenten zu verstecken, die ökonomischen und landwirtschaftlichen Reformen der neuen Regierung zu behindern und sich an konterrevolutionären

Aktivitäten zu beteiligen. Während er sprach, trottete eine Abteilung Soldaten zum Strand hinunter und umstellte die Kinder und Fischer, die sich dort aufhielten. Sie trieben sie zum Dorfplatz zurück.

Die Dorfbewohner wurden aufgeregt. Die Kinder versteckten sich in den Falten der Kleider der Frauen, und die Männer protestierten und gestikulierten zu dem Offizier auf dem Führerhaus des Lastwagens. Jetzt begannen Soldaten durch das Dorf zu streifen und holten die Bewohner aus den strohgedeckten Hütten. Ein alter Mann versuchte sich zu widersetzen, als man ihn aus seiner Hütte zog, und ein Soldat schlug mit dem Kolben einer AK 47 auf ihn ein. Er sackte auf die staubige Erde, und sie ließen ihn dort liegen und zogen weiter, traten die Türen der Hütten ein und brüllten die Bewohner an. Am Strand wartete eine andere Gruppe von Soldaten auf die einlaufende Fischerflotte, um die Fischer mit Bajonetten zu empfangen.

Bonny schaute unverwandt durch den Sucher der Kamera. »Das ist einfach riesig! Gott, das ist Klasse! Das ist Emmy-Award-verdächtig, ganz ehrlich!«

Daniel antwortete nicht. Ihre freudige Erregung hätte ihn nicht so ärgern dürfen. Er war selbst Journalist. Er wußte, daß es nötig war, neuen, provozierenden Stoff zu finden, um die Emotionen abgestumpfter Fernsehzuschauer aufzuwühlen, die mit der ständigen Kost von Aufruhr und Gewalttätigkeit groß geworden waren. Das Geschehen aber, dessen Zeuge sie hier wurden, war so widerlich wie die Bilder von SS-Soldaten, die die europäischen Gettos räumten.

Die Soldaten begannen, die Fischer auf die wartenden Lastwagen zu verladen. Frauen schrien und versuchten, im Gedränge ihre Kinder zu finden. Einige Dorfbewohner hatten ein klägliches Bündel ihrer Habe zusammenraffen können, aber die Hände der meisten von ihnen waren leer.

Die beiden gelben Bulldozer rollten mit dröhnenden Motoren und blaufauchendem Dieselrauch von den Tiefladern. Einer von ihnen fuhr eine enge Kurve und senkte das massive Planierschild. Im Licht der Nachmittagssonne glitzernd, schnitt das Planierschild in die Wand der nächstgelegenen Hütte, und das Strohdach stürzte ein.

»Wundervoll!« murmelte Bonny. »Das hätte ich nicht besser inszenieren können. Eine Wahnsinnsaufnahme!«

Die Frauen jammerten und heulten in diesem eigentümlichen, bedrückenden Ton afrikanischen Leides. Einer der Männer brach aus und rannte auf ein nahes Getreidefeld zu, um dort Schutz zu suchen. Ein Soldat brüllte einen Warnschrei, aber er senkte nur seinen Kopf und rannte noch schneller. Eine kurze Salve automatischen Gewehrfeuers krachte wie Knallfrösche, und der Mann brach zusammen und rollte in den Staub und blieb reglos liegen. Eine Frau, die ein Kind auf dem Rücken trug und ein älteres in den Armen hatte, schrie auf und rannte auf die Leiche zu.

Ein Soldat versperrte ihr mit bajonettbewehrtem Gewehr den Weg und trieb sie zum Lastwagen zurück.

»Ich hab alles!« jubelte Bonny. »Die ganze Geschichte! Die Schießerei! Alles auf Film. Mann, ist das riesig!«

Die Soldaten waren gedrillt und rücksichtslos. Es ging alles sehr schnell. Binnen einer halben Stunde war die ganze Dorfbevölkerung bis auf die Fischer, die noch auf dem See waren, zusammengetrieben. Der erste Lastwagen fuhr vollbeladen in die Richtung zurück, aus der er gekommen war.

Die Hütten stürzten nacheinander ein, als die beiden Bulldozer sich durch die Reihen schoben.

»Gott, ich hoffe nur, daß mir der Film nicht ausgeht«, murmelte Bonny ängstlich. »Das ist eine Chance, die's nur einmal im Leben gibt.«

Daniel hatte seit Beginn der Operation kein Wort gesagt. Er war Teil Afrikas.

Er hatte gesehen, wie andere Dörfer dem Boden gleichgemacht wurden. Er erinnerte sich an das Guerillalager in Moçambique. Danach hatte er gesehen, was Renamo-Rebellen mit einem Dorf anrichteten, und er war Zeuge der Zwangsräumungen gewesen, die die südafrikanischen Apartheidsgünstlinge durchgeführt hatten. Doch all dies hatte ihn nicht gegenüber dem Leiden des afrikanischen Volkes abstumpfen lassen. Er fühlte sich hundeelend, als er den Rest dieses kleinen Dramas verfolgte.

Die letzten Fischerboote fuhren ahnungslos an den Strand, wo die Soldaten bereits darauf warteten, die Mannschaften aufs Ufer zu treiben. Die letzte Wagenladung Dorfbewohner rollte in einer roten Staubwolke davon, und kaum war der Wagen außer Sicht, wälzte sich einer der gelben Bulldozer zum Strand hinunter und schob die verlassenen Fischerboote wie Feuerholz zu einem Haufen zusammen.

Vier Soldaten brachten die Leichen des Alten und des Mannes, der zu fliehen versucht hatte. Sie trugen sie an Knöcheln und Handgelenken, und die Köpfe der Toten baumelten schlaff herab.

Sie warfen sie auf die Begräbnispyramide aus zerstörten Hütten und zerfetzten Segeln. Einer der Soldaten schleuderte eine brennende Strohfackel auf den Haufen.

Die Flammen loderten auf und brannten so heiß, daß die Soldaten zurückwichen und ihre Hände schützend vor ihre Gesichter hoben.

Die Bulldozer walzten über den Überresten der Hütten hin und her, zermalmten sie unter ihren stählernen Ketten.

Eine Pfeife schrillte, und die Soldaten formierten sich und stiegen wieder auf die wartenden Mannschaftstransportwagen. Die gelben Bulldozer rollten auf die Tieflader zurück, und die ganze Kolonne fuhr davon.

Nachdem sie fort waren, blieb als einziges Geräusch nur das leise Flüstern der Abendbrise, die um die Klippe strich, und das ferne Prasseln der Flammen.

»Schön«, Daniel versuchte, emotionslos zu sprechen, »das Grundstück für das neue Kasino ist geräumt. Taffari hat seinen Teil für das Glück seines Volkes geleistet...« Seine Stimme brach. Er konnte nicht weitersprechen. »Dieser Bastard!« flüsterte er. »Dieser mörderische, blutige Bastard!«

Er merkte, daß er vor Wut und Zorn zitterte. Es kostete ihn gewaltige Willenskraft, seine Emotionen unter Kontrolle zu bringen. Er schritt zum Rand der Klippe, die die Bucht überblickte. Das Kanonenboot lag noch immer mitten in der Bucht vor Anker, und das Schlauchboot war auf den Strand gezogen und wurde von einem Soldaten bewacht, aber Captain Kajo und der andere Seemann schliefen nicht mehr im Sand. Offensichtlich waren sie durch die Schüsse und den Lärm in dem zerstörten Dorf geweckt worden.

Daniel hielt nach Kajo Ausschau und entdeckte ihn schließlich. Er erkletterte eine halbe Meile von ihnen entfernt die Klippe, und aus seinem Verhalten war deutlich erkennbar, daß er aufgebracht war. Er suchte nach ihnen, hielt alle paar Minuten an, legte die Hände vor den Mund und rief nach ihnen, wobei er sich immer wieder ängstlich umschaute.

Daniel duckte sich und sagte zu Bonny: »Niemand darf erfahren, daß wir das gefilmt haben. Das ist Dynamit.«

»Verstehe!« stimmte sie zu.

»Gib mir das Band. Ich kümmere mich darum, falls sie prüfen wollen, was du gefilmt hast.«

Bonny nahm das Band aus der Kamera und reichte es ihm. Er wickelte es in eine Strickjacke und verstaute sie unten in seinem Rucksack. »Also schön, verschwinden wir von hier, bevor Kajo uns entdeckt. Er darf nicht einmal ahnen, daß wir gesehen haben, was wir gesehen haben.«

Bonny packte schnell ihre Ausrüstung zusammen und folgte Daniel, der landeinwärts ging, weg von den Überresten des Dorfes und dem Seeufer. Innerhalb weniger Minuten befanden sie sich im hohen Gras und Gestrüpp der Savanne.

Daniel ging in einem Bogen durch das Elephantengras und Dickicht zurück, bis er nahe der Einfahrt zur Bucht, gegenüber der Fischadlerinsel das Seeufer wieder erreichte. Sie kletterten die Klippe hinunter zum Strand, und Daniel legte eine Pause ein, damit Bonny verschnaufen konnte.

»Ich verstehe nicht, warum die ausgerechnet in dem Gebiet, in dem sie ein Dorf ausradieren wollen, ein Filmteam rumlaufen lassen«, keuchte sie.

»Typisch afrikanisches Chaos«, erklärte Daniel ihr. »Jemand hat vergessen, einem anderen was zu sagen. Beim letzten Putschversuch in Sambia drang einer der Verschwörer in die Rundfunkstation ein und verkündete die Revolution, während all seine Mitverschwörer noch in den Kasernen frühstückten. Er hatte den falschen Tag erwischt. Der Putsch sollte am folgenden Sonntag stattfinden. AGW. Können wir weitergehen?«

Bonny stand auf. »AGW?« fragte sie.

»Afrika Gewinnt Wieder«, lächelte Daniel grimmig. »Gehen wir!«

Sie gaben sich ganz unbefangen, als sie Seite an Seite über den festen, feuchten Sand am Wasser entlangschlenderten.

In der Ferne konnten sie das auf den Strand gezogene Schlauchboot sehen, aber das zerstörte Dorf war durch die vorspringende Klippe verborgen.

Sie hatten noch keine zweihundert Meter zurückgelegt, als Kajo sie oben von der Klippe anrief. Sie blieben stehen und schauten zu ihm hoch, winkten, als ob sie ihn gerade erst bemerkt hätten.

»Der pinkelt sich die Hosen voll«, murmelte Bonny. »Er weiß nicht, ob wir Zeugen des Überfalls waren oder nicht.«

Kajo eilte den Klippenpfad hinunter, rutschte und schlitterte an den steilen Stellen. Er war außer Atem, als er den Strand erreichte und schließlich vor ihnen stand.

»Wo sind Sie gewesen?« wollte er wissen.

»Da drüben«, erzählte Daniel ihm. »Wir haben das Kasinogelände gefilmt. Jetzt wollen wir das Hotelgelände an der Flußmündung filmen, wo das Fischerdorf liegt…«

»Nein! Nein!« Kajo packte Daniels Arm. »Das ist genug. Kein Filmen mehr. Wir müssen zurück zum Boot. Für heute ist Schluß.« Daniel befreite seinen Arm und diskutierte eine Weile mit ihm. Dann ließ er sich, Widerwillen heuchelnd, zum Schlauchboot führen und zum Kanonenboot übersetzen.

Sobald Kajo die Brücke erreicht hatte, diskutierte er flüsternd mit dem Kapitän des Schiffes, und die beiden blickten zum Kap der Bucht hinüber. Noch immer trieben Rauchschwaden von den brennenden Fischerbooten über das Wasser. Der Kapitän wirkte besorgt und gab mit unnötig lauter und erregter Stimme Befehl zum Auslaufen.

Bevor Daniel Bonny daran hindern konnte, trat diese an die Heckreling und richtete die Sony-Kamera auf die Küste. Captain Kajo eilte die Brückenleiter hinunter und rannte schreiend aufs Deck.

»Nein! Warten Sie! Das dürfen Sie nicht filmen!«

»Warum nicht? Das ist doch nur ein Buschfeuer, oder?«

»Nein! Ja! Es ist ein Buschfeuer. Aber das ist streng geheim!«

»Ein streng geheimes Buschfeuer?« hänselte Bonny ihn, senkte aber gehorsam die Kamera.

Sobald sie allein waren, schalt Daniel sie. »Sei nicht zu clever. Der kleine Spaß hätte ins Auge gehen können.«

»Im Gegenteil. Ich habe Kajo davon überzeugt, daß wir unschuldig sind«, widersprach sie. »Wann gibst du mir mein Band zurück?«

»Ich behalte es«, antwortete er. »Kajo ist noch mißtrauisch. Ich mache jede Wette, daß er deine Ausrüstung kontrolliert, wenn wir Kahali erreichen.«

Nach Einbruch der Dunkelheit machte das Boot an seinem Liegeplatz fest. Während der Verladung von Bonnys Videoausrüstung von dem Boot auf den Landrover der Armee verschwand der Aluminiumkasten, in dem sich ihre Videobänder befanden. Obwohl sie Kajo anschrie, wütend den Finger schüttelte und drohte, seine Unfähigkeit Präsident Taffari zu melden, lächelte Kajo höflich. »Machen Sie sich keine Sorgen, Miss Mahon. Die werden sich wiederfinden. Ich gebe Ihnen persönlich mein Wort darauf.«

Am folgenden Morgen kam Kajo breit lächelnd und voller Entschuldigungen zum Gästehaus. Den verschwundenen Koffer hatte er dabei. »Alles da und korrekt, Miss Mahon. Einer dieser dummen Uhali-Träger hatte ihn verlegt. Ich möchte mich vielmals entschuldigen.«

»Du kannst sicher sein, daß die sich jedes Band angesehen haben«, versicherte Daniel ihr, nachdem Kajo gegangen war. Er tippte auf die zugeknöpfte Tasche seiner Buschjacke. »Ich werde das Band mit dem Überfall zu Mike in die britische Botschaft bringen. Das ist der sicherste Platz. Kommst du mit?«

»Ich bin verabredet.« Sie wirkte trotzig.

»Wenn du deinen neuen Freund besuchen willst, sei vorsichtig. Das rate ich dir. Du hast seinen Stil erlebt.«

»Ephrem ist ein ehrenwerter Mann«, fauchte sie. »Ich glaube nicht, daß er etwas von dem Überfall gewußt hat.«

»Glaub, was du willst, aber erzähle niemandem von diesem Band. Nicht einmal Tug Harrison.«

Bonny erstarrte und sah ihn bestürzt an. Sie war sehr blaß geworden. »Wovon redest du?« fragte sie.

»Nun hör aber auf, Bonny. Halte mich nicht für ganz blöde. Ich habe das Telefonat überprüft, das du im Norfolk-Hotel in Nairobi geführt hast. Natürlich erstattest du Tug Harrison Bericht. Wieviel zahlt er dir dafür, daß du mir nachspionierst?«

»Du bist ja verrückt.« Sie versuchte, der Sache mit Frechheit zu begegnen.

»Ja, wahrscheinlich bin ich das. Ich war in dich verknallt, richtig? Aber du wärst verrückt, wenn du Tug von diesem Band erzählst.«

Sie starrte ihn an, und er ließ sie stehen und fuhr den Hügel hinunter zur britischen Botschaft. Das Botschaftsgelände war von Mauern umgeben, und Soldaten der persönlichen Leibwache von Präsident Taffari, die Tarnanzüge und kastanienbraune Barette trugen, bewachten die Tore. Michael Hargreave kam aus seinem Büro, um Daniel zu begrüßen.

»Morgen, Sir Michael.«

»Danny! Ich hab gestern abend mit Wendy gesprochen. Sie läßt grüßen.«

»Wann kommt sie?«

»Es dauert leider noch länger. Ihre Mutter ist krank. Deshalb ist Wendy erst mal nach Hause gefahren, statt direkt von Lusaka...«

Noch immer plaudernd, führte er Daniel in sein Büro, aber sobald er die Tür geschlossen hatte, änderte sich sein Verhalten.

»Ich habe Neuigkeiten für dich, Danny. Der Chinamann ist eingetroffen. Landete heute morgen mit dem Firmenjet von BOSS. Nach meiner Information ist er via Nairobi aus Taiwan gekommen. Ist sofort in die Zentrale von BOSS, ins Lake House, gefahren, um die Syndikatsleitung zu übernehmen. Und Taffari wird am Freitagabend für ihn eine seiner Partys geben. Ich denke, du wirst eine Einladung aus dem Government House bekommen.«

»Das dürfte interessant werden.« Daniel lächelte grimmig. »Ich freue mich sehr darauf, diesem Herrn wiederzubegegnen.«

»Vielleicht geschieht das schneller, als du denkst.« Michael Hargreave schaute auf seine Armbanduhr. »Ich muß dich allein lassen, mein Lieber. Ob du's glaubst oder nicht, ich halte vor den Rotariern Ubomos eine Rede. Die Akten, die ich dir versprochen habe, findest du bei meiner Sekretärin. Sie wird dir einen Arbeitsraum geben. Schau sie dir an, und gib sie ihr dann zurück. Und bitte keine Notizen oder Fotokopien, Danny. Nur lesen.«

»Danke, Mike. Du bist ein Held. Aber darf ich dich noch um einen anderen Gefallen bitten?«

»Schieß los. Allzeit bereit ist das Familienmotto der Hargreaves, wie du weißt.«

»Würdest du für mich einen Umschlag in deinem Privatsafe aufbewahren, Mike?«

Michael schloß den versiegelten Umschlag, der das Band von der Fischadlerbucht enthielt, in seinen Tresor. Dann reichten sie sich die Hände, und er entschuldigte sich.

Daniel schaute von der Veranda zu, wie er von seinem uniformierten Chauffeur im Botschaftswagen weggefahren wurde. Zwar steckte der Union-Jack-Stander auf der Motorhaube, aber der Wagen war ein zehn Jahre alter Rover, der dringend neu lackiert werden mußte. Für den Botschafter in Ubomo wäre ein Rolls-Royce ein paar Nummern zu groß.

Daniel vertiefte sich in die Akten, die Michaels Sekretärin in einem Nebenraum für ihn bereitgelegt hatte. Als er drei Stunden später die Botschaft verließ, hatte sich sein erster Eindruck von Ephrem Taffari hundertfach bestätigt.

»Das ist ein harter und gerissener Vogel«, murmelte Daniel, als er den Landrover startete. »Er und Bonny Mahon dürften Spaß miteinander haben.«

Die unter Sirenengeheul fahrende Motorradeskorte war wegen des Straßenzustandes in dem neuen Slumgebiet, das um die Hauptstadt wucherte, gezwungen, die Geschwindigkeit zu verringern. Scharfrandige Löcher durchsetzten den Asphalt, Hühner flatterten und gackerten, und Schweine grunzten und jagten vor dem Konvoi davon.

Der Präsidentenwagen, ein weiteres Geschenk des Ölpotentaten aus dem Mittleren Osten, war ein schwarzer Mercedes. Es war ein Zeichen seiner Hochachtung, daß Präsident Taffari ihn zum Lake House am

Seeufer geschickt hatte, um seinen Gast zur Audienz abzuholen. Ning Cheng Gong saß hinter dem Chauffeur und registrierte interessiert seine ersten Eindrücke von Ubomo.

Nach all dem, was er in Asien und anderen afrikanischen Ländern beobachtet hatte, stießen ihn die Armut und Verwahrlosung der Slums, die sie durchfuhren, weder ab, noch schockierten sie ihn. Von seinem Vater hatte er gelernt, die wimmelnde Menschheit entweder als Quelle billiger Arbeitskraft oder als Markt für die Waren und Dienstleistungen zu betrachten, die sie zu verkaufen hatten.

»Ohne Menschen kein Profit«, hatte sein Vater bei mehreren Gelegenheiten betont. »Je mehr Menschen, desto besser. Dort, wo ein Menschenleben nichts zählt, kann man große Vermögen machen. Wir, Lucky Dragon, müssen uns allen Bemühungen widersetzen, das Bevölkerungswachstum in der Dritten Welt einzudämmen. Menschen sind unser wichtigstes Kapital.«

Cheng dachte an das kleine kambodschanische Boat-Mädchen, dessen Leiche jetzt in den dunklen Tiefen des Chinesischen Meeres ruhte. Es gab Millionen und Abermillionen wie sie, in Indien, China, Afrika und Südamerika, für Menschen wie ihn.

Und er hatte erkannt, daß die Bevölkerungsexplosion in Afrika eine einzigartige Gelegenheit bot. Dies war der Hauptgrund, warum es Lucky Dragon so unwiderstehlich zu diesem Kontinent zog. Darum fuhr er jetzt zu einem Treffen mit dem Präsidenten dieses Landes, das ihm bald seinen Reichtum geben würde. Er würde den Saft daraus saugen, die leere Haut wegwerfen und eine andere Frucht vom Baum pflücken. Er lächelte über diese Metapher und richtete seinen Blick auf den grünen Hügel über der Stadt, auf dem das Regierungsgebäude stand.

Präsident Ephrem Taffari hatte zu seiner Begrüßung eine Ehrenwache in kastanienbraunen Uniformen und mit weißen Tropenhelmen aufmarschieren lassen, und ein roter Teppich war auf dem grünen Rasen ausgerollt. Taffari selbst trat auf den Teppich, um Ning Cheng Gong persönlich zu begrüßen und ihm die Hand zu reichen. Er geleitete ihn auf die breite Veranda und ließ ihn in einem der geschnitzten Armsessel unter dem an der Decke kreisenden Ventilator Platz nehmen.

Ein Uhali-Diener in knöchellangem weißen Gewand, scharlachroter Schärpe und quastenbesetztem Fez reichte ihm ein Silbertablett, auf dem gekühlte Gläser standen. Cheng lehnte den Champagner ab und nahm ein Glas frisch gepreßten Orangensaft.

Ephrem Taffari nahm in dem Sessel ihm gegenüber Platz und schlug seine langen Beine übereinander, die in einer sorgfältig gebügelten Baumwollhose steckten. Er lächelte Cheng mit seinem ganzen Charme an.

»Ich wollte, daß unsere erste Begegnung formlos und ganz entspannt ist«, erklärte er, wobei er auf sein offenes Sporthemd und seine Sandalen deutete. »Sie werden also meine legere Kleidung und die Tatsache entschuldigen, daß ich keinen meiner Minister hier habe.«

»Natürlich, Eure Exzellenz.« Cheng nippte an dem Orangensaft. »Ich bin ebenso erfreut über die Gelegenheit, Sie kennenzulernen und ungehemmt durch die Anwesenheit anderer Personen offen sprechen zu können.«

»Sir Peter Harrison hat eine sehr hohe Meinung von Ihnen, Mr. Ning. Er ist ein Mann, dessen Meinung ich schätze. Ich bin sicher, daß unsere Beziehung für beide Seiten lohnend sein wird.«

Sie tauschten weitere zehn Minuten Höflichkeiten und Bezeugungen von Freundschaft und gutem Willen aus. Sie beide taten sich leicht mit dieser blumigen Weitschweifigkeit. Es war der gemeinsame Nenner ihrer verschiedenen Kulturen, und sie verstanden instinktiv die Züge und Gegenzüge, als sie langsam zum eigentlichen Grund ihrer Zusammenkunft kamen.

Schließlich zog Cheng einen versiegelten Umschlag aus der Innentasche seines weißseidenen Tropenanzugs. Es war ein sehr luxuriöser Briefumschlag, kaschiert und cremefarben, und in die Klappe war ein Drachenmotiv geprägt.

»Mein Vater und ich möchten Ihnen versichern, Herr Präsident, daß unsere Bindung an Ihr Land unerschütterlich ist. Wir möchten, daß Sie dies als aufrechtes Zeichen unserer Freundschaft akzeptieren.«

Es klang so, als mache Cheng ein freiwilliges und unaufgefordertes Geschenk, aber sie wußten beide, daß dies Gegenstand intensiver und harter Verhandlungen gewesen war. Es hatte andere Bieter auf dem Markt gegeben, nicht zuletzt den arabischen Ölscheich, der das Kanonenboot und den Mercedes des Präsidenten geliefert hatte. Sir Peter Harrisons ganzer Einfluß war erforderlich gewesen, um das Geschäft für das Syndikat von BOSS und Lucky Dragon zu sichern.

Der Umschlag enthielt die zweite Rate, die an Ephrem Taffari persönlich zahlbar war. Die erste Rate war bereits vor zehn Monaten bei Vertragsunterzeichnung bezahlt worden.

Präsident Taffari ergriff den Umschlag, drehte ihn um und betrachtete das Siegel. Seine Finger waren lang und schön geformt und wirkten vor dem steifen, cremeweißen Papier sehr dunkel.

Er schlitzte die Ecke des Umschlags mit seinem Daumennagel auf und entfaltete die beiden darin befindlichen Dokumente. Eines war die Einzahlungsquittung für das Nummernkonto bei einer Schweizer Bank. Der Betrag der Einzahlung belief sich auf zehn Millionen amerikanische Dollar. Das andere war ein in Luxemburg notariell beglaubigtes Anteilsübertragungsdokument. Genau dreißig Prozent des Aktienkapitals des Syndikats waren jetzt auf den Namen Ephrem Taffari registriert. Der im Register eingetragene Name des Syndikats lautete ›The Ubomo Development Corporation‹, Ubomo-Erschließungsgesellschaft.

Der Präsident steckte die Dokumente wieder in den offenen Umschlag und schob ihn in die Tasche seines geblümten Sporthemdes.

»Die Dinge sind nicht so schnell vorangegangen, wie ich gehofft hatte«, sagte er. Sein Tonfall war immer noch höflich, hatte aber einen stählernen Beiklang. »Ich hoffe, das wird sich mit Ihrer Ankunft ändern, Mr. Ning.«

»Ich bin mir der Verzögerungen bewußt. Wie Sie wissen, ist mein Projektleiter die ganze letzte Woche in Kahali gewesen. Er hat mir einen kompletten Lagebericht gegeben. Ich glaube, daß das bisherige Management, das von BOSS eingesetzt wurde, ein Teil der Schuld trifft. Es gab einen gewissen Widerwillen, alle verfügbaren Ressourcen zu nutzen.« Cheng machte eine etwas abschätzige Geste. »Mr. Purvis von BOSS, der jetzt auf dem Heimweg nach London ist, war ein sehr sensibler Mann. Sie wissen, wie zimperlich die Engländer sein können. Mein Projektleiter informierte mich, daß wir zu wenig Arbeiter haben.«

»Ich versichere Ihnen, Mr. Ning, daß Sie alle erforderlichen Arbeiter bekommen werden.« Taffaris Stimme klang nach dieser kaum verhohlenen Klage angespannt.

»Dreißigtausend«, sagte Cheng leise. »Das war die ursprüngliche Schätzung, die Sie gebilligt haben, Eure Exzellenz. Bisher haben wir weniger als zehntausend bekommen.«

»Sie werden den Rest vor Beginn des nächsten Monats haben.« Taffari lächelte nicht mehr. »Ich habe der Armee Befehle gegeben. Alle politischen Häftlinge und Dissidenten werden zusammengetrieben und in die Arbeitslager im Urwald gebracht.«

»Werden dies Angehörige des Uhali-Stammes sein?« fragte Cheng.

»Natürlich«, schnappte Taffari. »Sie haben doch wohl nicht geglaubt, daß ich Ihnen Hita schicken würde, oder?«

Cheng lächelte über die Absurdität dieser Bemerkung. »Mein Projektleiter erzählte mir, daß die Uhali gute Arbeiter sind, zäh und intelligent und willig. Am Anfang werden wir die meisten von ihnen im Wald brauchen. Es scheint, daß es dort Probleme gibt, die durch das Gelände und das Klima verursacht werden. Die Straßen sind schlecht, und die Maschinen bleiben stecken. Wir werden gezwungen sein, mehr Menschen einzusetzen.«

»Ja, ich habe die Leute von BOSS davor gewarnt«, stimmte Taffari zu. »Ihnen widerstrebte der Einsatz von Männern, die sie als...« Er zögerte. »Dieser Mann Purvis bezeichnete unsere Sträflingsarbeit als Sklavenarbeit.« Er wirkte ob solch pedantischer Definitionen leicht amüsiert.

»Diese Abendländer«, bekundete Cheng mitfühlend. »Die Engländer sind schon schlimm genug, aber die Amerikaner sind noch schlimmer. Sie verstehen weder Afrika noch Asien. Ihr Verstand hört bei Suez auf...« Er brach ab. »Ich versichere Ihnen, Herr Präsident, daß jetzt ein Asiat die Operationen des Syndikats leitet. Sie werden feststellen, daß ich nicht unter derartigen Skrupeln leide.«

»Es ist eine Erleichterung, mit jemandem zusammenzuarbeiten, der die Notwendigkeiten des Lebens versteht«, stimmte Taffari zu.

»Was mich auf das Hotel- und Kasinoprojekt in der Fischadlerbucht bringt. Wie ich von meinem Projektleiter erfahren habe, ist dort, abgesehen von der Vermessung des Geländes, bisher nichts geschehen. Auf dem Hotelgrundstück soll noch immer ein Fischerdorf stehen.«

»Nicht mehr«, lächelte Taffari. »Das Gelände wurde vor zwei Tagen geräumt, nachdem Purvis nach London abgereist war. Das Dorf war ein Zentrum kontrarevolutionärer Aktivitäten. Meine Soldaten haben alle Dissidenten verhaftet. Zweihundert kräftige Gefangene sind bereits auf dem Weg in das Konzessionsgebiet im Urwald und werden dort Ihre Mannschaft verstärken. Auf dem Hotelgelände kann jetzt mit dem Bau begonnen werden.«

»Eure Exzellenz, ich glaube, wir werden gut zusammenarbeiten. Darf ich Ihnen die Änderungen zeigen, die ich an dem von Purvis erstellten Arbeitsplan vorgenommen habe?« Er öffnete seinen Aktenkoffer und entfaltete einen großen, mit dem Computer erstellten Zeitplan, der den ganzen Tisch bedeckte.

Taffari beugte sich vor und hörte interessiert zu, als Cheng darlegte, wie er fast sämtliche Operationen des Syndikats umstrukturiert hatte.

Am Ende des Vortrages war Taffaris Bewunderung unverhohlen. »Sie haben all dies in der kurzen Zeit seit Ihrer Ankunft in Ubomo erledigt?« fragte er, aber Cheng schüttelte seinen Kopf.

»Nicht alles, Eure Exzellenz. Ein Teil der Neuplanung wurde vor meiner Abreise in Taipeh durchgeführt. Ich konnte den Rat meines Vaters nutzen und hatte die Unterstützung seines Planungsstabes von Lucky Dragon. Nur ein Teil der Planung wurde auf Rat meines Projektleiters nach meiner Ankunft in Kahali geändert.«

»Bemerkenswert!« Taffari schüttelte seinen Kopf. »Sir Peter Harrisons Meinung von Ihnen scheint bestens begründet zu sein.«

»Planung ist eine Sache«, betonte Cheng bescheiden. »Die Durchführung ist etwas völlig anderes.«

»Ich bin sicher, daß Sie die gleiche Energie und Dynamik bei diesem Teil der Operation beweisen werden.« Taffari schaute auf seine Armbanduhr. »Ich erwarte zum Mittagessen einen Gast...«

»Verzeihen Sie, Eure Exzellenz. Ich bin schon viel zu lange geblieben.« Cheng machte Anstalten, aufzustehen.

»Überhaupt nicht, Mr. Ning. Ich bestehe sogar darauf, daß Sie mit uns essen. Es freut Sie vielleicht, meinen anderen Gast kennenzulernen, ein Mitglied des Filmteams, das Sir Peter Harrison verpflichtet hat.«

»Ach, ja.« Cheng wirkte zweifelnd. »Sir Peter hat meinem Vater und mir erklärt, warum er eine Filmgesellschaft nach Ubomo eingeladen hat. Ich bin jedoch nicht sicher, daß ich seine Meinung teile. Es gibt das englische Sprichwort von schlafenden Hunden, die man nicht wecken soll. Nach meiner Ansicht wäre es besser, die Aufmerksamkeit der Welt nicht auf unsere Operationen zu lenken. Ich würde das Projekt am liebsten einstellen und das Filmteam aus Ubomo entfernen.«

»Ich fürchte, dazu ist es zu spät.« Taffari schüttelte den Kopf. »Es gibt bereits sehr starke Propaganda gegen uns. Da ist eine Frau, ein Schützling des früheren Präsidenten, Omeru...«

Sie diskutierten weitere zehn Minuten über Sir Peters Plan, Kelly Kinnears Propagandafeldzug durch eine Gegenkampagne zu entschärfen.

»In jedem Fall«, erklärte Taffari, »können wir stets alles entfernen, was uns bei dieser Filmproduktion nicht gefällt. Sir Peter Harrison hat eine Zustimmungsklausel in den Vertrag eingefügt. Wir können sogar das fertige Produkt völlig verhindern und alle Filmkopien vernichten, wenn wir das für ratsam halten.«

»Sie treffen natürlich alle Vorsichtsmaßnahmen, um sicherzustellen, daß diese Leute keines unserer empfindlichen Gebiete zu sehen bekommen? Die Sträflingsarbeitslager, die großen Rodungsoperationen und den Tageabbau?«

»Vertrauen Sie mir, Mr. Ning. Sie werden nur das Pilotprojekt zu sehen bekommen. Ich habe einen zuverlässigen Militäroffizier, der sie ständig begleitet.« Beim Geräusch eines näherkommenden Fahrzeugs brach er ab. »Ah! Das muß die Person sein, über die wir sprachen, der Kameramann und Captain Kajo.«

»Kameramann?« fragte Cheng, als sie beobachteten, wie Bonny Mahon und Captain Kajo über den Rasen auf sie zukamen.

»Unzutreffend, da stimme ich zu«, kicherte Taffari. »Aber ich frage mich, ob es einen Begriff wie Kamerafrau gibt.« Er stand auf, um seinem Gast entgegenzugehen.

Captain Kajo nahm Achtungsstellung ein und salutierte, doch Taffari ignorierte ihn. Kajos Aufgabe war erledigt. Er hatte Bonny hergebracht. Er machte auf dem Absatz kehrt und ging zu dem Armee-Landrover zurück, um dort zu warten. Er wußte, daß es ein langes Warten werden könnte.

Cheng musterte die Frau, als Taffari sie zur Veranda führte. Sie war zu groß und vollbusig. Sie hatte weder einen anmutigen Körperbau noch feine Gesichtszüge. Für seinen Geschmack waren ihre Nase und ihr Mund zu groß. Ihre sommersprossige Haut und das kupferrote Haar stießen ihn ab. Ihre Stimme und ihr Lachen waren laut und vulgär, als sie mit Taffari scherzte. Durch ihr selbstbewußtes Verhalten und ihre kräftigen Gliedmaßen fühlte Cheng sich bedroht, als ob sie seine Männlichkeit herausfordere. Er mochte Frauen nicht, die so stark und selbstbewußt wie Männer waren. Sein Vergleich mit den zierlichen, elfenbeinhäutigen Frauen seiner eigenen Rasse, mit ihrem glatten Haar und ihrem unterwürfigen, bescheidenen Verhalten fiel unvorteilhaft für sie aus.

Trotzdem erhob er sich höflich, lächelte und schüttelte ihre Hand, und er sah, daß Taffari von der Frau hingerissen war.

Er wußte, daß Taffari ein Dutzend Hita-Frauen hatte, die zu den schönsten des Stammes zählten, aber er vermutete, daß der Präsident durch den Reiz des Neuen von diesem derben Geschöpf angezogen war. Vielleicht glaubte er, seinen Status aufwerten zu können, wenn er eine weiße Frau als Spielzeug hatte. Doch Cheng vermutete scharfsinnig, daß er ihrer bald müde sein würde und sie so gleichgültig fallenlassen würde, wie er sie genommen hatte.

»Mr. Ning ist der leitende Direktor der Ubomo Development Corporation«, erzählte Taffari Bonny. »Technisch gesehen ist er Ihr Chef.«

Bonny kicherte. »Nun, ich kann melden, daß wir verdammt gute Arbeit leisten, Chef.«

»Ich freue mich, das zu hören, Miss Mahon.« Cheng lächelte nicht. »Sie erfüllen eine wichtige Aufgabe. Was haben Sie bisher getan?«

»Wir haben hier in Kahali und am See gearbeitet. Wir haben bereits das Gelände für das neue Hotel und das Kasino gefilmt.«

Cheng und Taffari lauschten ernst ihrem Bericht.

»Wenn wir hier fertig sind, fahren wir landeinwärts ins Waldgebiet. Es ist ein Ort namens Sengi-Sengi. Habe ich das richtig verstanden, Eure Exzellenz?« Sie sah Taffari an.

»Völlig richtig, meine liebe Miss Mahon«, versicherte Taffari ihr. »Sengi-Sengi ist das Versuchsobjekt der Gesellschaft für die Waldnutzung.«

Cheng nickte. »Ich werde mir das Projekt selbst ansehen, sobald sich eine Gelegenheit dazu bietet.«

»Warum kommen Sie nicht nach Sengi-Sengi, während wir filmen?« schlug Bonny vor. »Es würde die Produktion eindrucksvoller machen, wenn wir Sie mit im Film haben, Mr. Ning.« Sie hielt inne, als ihr ein anderer Gedanke kam, und wandte sich dann mit einem jungenhaften Grinsen an Ephrem Taffari. »Noch großartiger wäre es natürlich, Sie in der Produktion zu haben, Herr Präsident. Wir könnten Sie auf dem Gelände des Sengi-Sengi-Projekts filmen. Sie könnten uns Ihre Hoffnungen und Träume für Ihr Land erläutern. Denken Sie doch einfach einmal darüber nach, Eure Exzellenz.«

Ephrem Taffari lächelte und schüttelte den Kopf. »Ich bin ein vielbeschäftigter Mann. Ich glaube nicht, daß ich die Zeit dafür habe.«

Aber sie konnte sehen, daß er nicht abgeneigt war. Als Politiker gefiel ihm der Gedanke, sich einem breiten Publikum vorteilhaft präsentieren zu können.

»Es wäre sehr wertvoll«, drängte sie ihn. »Sowohl für Ubomo als auch für Sie persönlich. Die Menschen in der großen Welt da draußen haben nur wenig über Sie gehört. Wenn sie Sie sehen könnten, würde das ihre ganze Einstellung ändern. Ich versichere Ihnen, daß Sie auf dem Bildschirm wunderbar aussehen werden. Sie sind groß und stattlich, und Ihre Stimme ist sinnlich. Ich schwöre, daß Sie wie ein Filmstar wirken werden.«

Ihm gefiel der Gedanke. Ihm gefiel die Schmeichelei. »Nun, vielleicht ...«

Ihnen beiden war klar, daß er noch ein wenig länger überzeugt werden wollte.

»Sie könnten mit dem Hubschrauber nach Sengi-Sengi fliegen«, meinte Bonny. »Dazu brauchen Sie nur einen halben Tag, nicht länger...« Sie machte eine Pause, schürzte vieldeutig den Mund und berührte seinen Arm. »Es sei denn, Sie entscheiden sich, für einen Tag oder auch zwei zu bleiben. Das wäre mir auch recht.«

Daniel und Bonny fuhren, wie immer von Captain Kajo begleitet, aus Kahali. Obwohl es nur wenig mehr als zweihundert Meilen waren, dauerte die Fahrt zwei ganze Tage, da sie einen Großteil der Zeit nicht mit Fahren verbrachten, sondern die sich verändernde Landschaft filmten und die ländlichen Stämme in ihren traditionellen *manyattas*.

Captain Kajo ebnete ihnen den Weg und verhandelte mit den Stammesältesten. Mit ein paar Ubomo-Shilling sorgte er dafür, daß sie Zugang zu jedem Hita-Dorf auf ihrem Weg hatten. Sie filmten die jungen Mädchen an den Wasserlöchern, die nur mit winzigen, perlenbesetzten Röcken bekleidet badeten und einander das Haar flochten. Die unverheirateten Mädchen schmückten ihre Frisuren mit einer Mischung aus Kuhdung und rotem Lehm, so daß eine kunstvolle Skulptur auf ihrem Kopf entstand und ihre ohnehin beeindruckende Größe um weitere Zentimeter zunahm.

Sie filmten die verheirateten Frauen, die in langen Reihen ins Dorf zurückkehrten. Sie waren in wehende rote Togen gekleidet und schritten anmutig unter den bis zum Rand mit Wasser gefüllten Kalebassen, das sie aus der Quelle geschöpft hatten.

Sie filmten die Herden von scheckigen, vielfarbigen Rindern mit ihren breiten Hörnern und Buckelnacken vor dem Hintergrund flachkroniger Akazien und dem goldenen Grasland der Savanne.

Sie filmten die Hirtenjungen, die einem großen schwarzen Bullen Blut abzapften. Sie schlangen einen Lederriemen um den Hals des Tieres, damit die mit Blut gefüllte Vene aus der Haut heraustrat, stachen dann mit einer Pfeilspitze hinein und sammelten den scharlachroten Blutstrom in einem Flaschenkürbis. Als dieser halb gefüllt war, verschlossen sie die Wunde am Hals des Bullen mit einer Handvoll Lehm und füllten die Kalebasse mit Milch. Dann fügten sie einen Spritzer Kuhharn hinzu, um die Mischung zu dickem Quarkkäse gerinnen zu lassen.

»Zu wenig Cholesterin«, erklärte Daniel, als Bonny theatralisch kicherte. »Und schau dir mal diese Hitas an.«

»Ich schaue«, versicherte Bonny ihm. »Oh, Halleluja, und wie ich schaue.«

Die Männer trugen nur eine rote Decke, die über eine Schulter gelegt war und von einem Hüftgürtel gehalten wurde. Sie ließen die in der Brise flatternden Röcke gleichgültig hochfliegen, besonders, wenn Bonny ganz nahe war. Sie ließen sie alles filmen, was sie hatten, und starrten mit maskuliner Arroganz in das Objektiv. In ihren langgezogenen Ohrläppchen steckten Ohrringe aus Knochen und Elfenbein.

Auf der Hauptstraße kamen ihrem Landrover mit Erz beladene Lastwagen und Holztransporter entgegen. Obwohl das Gewicht dieser massiven Fahrzeuge auf ein Dutzend Achsen und ganze Reihen breiter Reifen verteilt war, furchten sie die Straße tief und wirbelten einen staubigen Nebel auf, der die Bäume mit einer Schicht dunkelroten Talkums bedeckte. Bonny freute sich über den Effekt, den das durch die Staubwolke dringende Sonnenlicht bewirkte, und die Konturen der Bäume, die wie prähistorische Monster daraus hervorragten.

Als sie schließlich am zweiten Tag auf einer Fähre den Fluß überquerten und den Rand des großen Waldes erreichten, erfüllten die Höhe und der Umfang der Bäume sogar Bonny mit Ehrfurcht.

»Sie sind wie Säulen, die den Himmel tragen«, hauchte sie, als sie die Kamera darauf richtete. Die Luft und das Licht änderten sich, nachdem sie die trockene Savanne hinter sich gelassen hatten und die feuchte und üppige Urwaldwelt betraten.

Zuerst folgten sie der Hauptstraße, dann, nach fünfzig Meilen, bogen sie auf eine Zugangsstraße ab, die frisch in den jungfräulichen Wald geschlagen worden war. Je tiefer sie in den Urwald eindrangen, desto näher rückten die Bäume an die Straße, bis schließlich ihre hohen Äste aneinanderstießen und sie sich in einem von fleckigem, grünlichem Licht erfüllten Tunnel befanden.

Selbst das Motorengedröhn der ihnen entgegenkommenden Lastwagen schien gedämpft, gerade so, als ob die Bäume das fremde, aufdringliche Geräusch überdeckten und absorbierten. Die Straße war ein Knüppeldamm aus nebeneinandergelegten Baumstämmen, auf die eine Lage Feuersteinkies gestreut war, um den großen Lastwagen Halt zu geben.

»Die zurückkommenden Erzlastwagen bringen den Kies von den Steinbrüchen am Seeufer mit«, erklärte Captain Kajo. »Andernfalls würde die Straße ein grundloser Schlammsumpf werden. Es regnet hier fast jeden Tag.«

Fast jede Meile arbeiteten Gruppen Hunderter von Männern und Frauen auf der Straße, verteilten Kies und legten neue Baumstämme darauf, um die Oberfläche zu festigen.

»Wer sind die?« fragte Daniel.

»Strafgefangene«, erwiderte Kajo abfällig. »Wir lassen sie hier ihre Schuld für die Gesellschaft abarbeiten, statt Geld dafür auszugeben, sie einzusperren und zu ernähren.«

»Eine Menge Strafgefangene für ein so kleines Land«, stellte Daniel fest. »Es muß viel Kriminalität in Ubomo geben.«

»Die Uhali sind eine Bande von Schurken, Dieben und Unruhestiftern«, erklärte Kajo und erschauerte dann, als er über die langen Reihen der Gefangenen hinweg auf den hinter ihnen liegenden undurchdringlichen Urwald blickte.

»Ich hasse ihn«, sagte er mit plötzlicher, ungewöhnlicher Heftigkeit. »Es ist ein dunkler und böser Ort, nur für Affen geeignet und ihre Verwandten, die Bambuti-Pygmäen.«

»Werden wir Pygmäen zu sehen bekommen?« fragte Bonny eifrig.

»Einige der zahmen handeln an der Straße«, murmelte Kajo.

»Und ihre Frauen huren mit den Lastwagenfahrern. Aber die wilden sind Urwaldtiere. Die werden Sie nicht sehen. Niemand sieht sie.« Er erschauerte wieder. »Ich hasse diesen Ort. Wir sollten all diese Bäume fällen und sie verkaufen und statt dessen Weideland anlegen, um unser Vieh zu vermehren.« Das sagte er mit der leidenschaftlichen Liebe, die ein Hita für seine Rinder hegt, den kostbarsten Besitz des Stammes.

»Wenn diese Bäume weg wären, würde es weniger regnen. Dann würden die Flüsse austrocknen, die in den See münden und das Wasser für eure Herden bringen. Alle Dinge in der Natur hängen voneinander ab. Wenn man eines zerstört, zerstört man alles«, begann Daniel zu erklären, aber Kajo fauchte ihn an, während er mit dem Lenkrad des Landrovers kämpfte, der über den Knüppeldamm holperte.

»Es ist nicht erforderlich, mich zu belehren, Doktor Armstrong. Ich habe an der Universität studiert, und ich kann tatsächlich lesen, so eigenartig das scheinen mag. Ich kenne all diese elitären Theorien der Weißen, die Sie und Ihresgleichen verkünden. Die reichen weißen Völker erzählen uns, wir und unsere Rinderherden sollten hungern, damit sie für ein paar Tage wegen der herrlichen Aussicht als Touristen herkommen und die wilden Tiere bewundern können. Und dann fahren sie wieder zurück in ihr Penthouse nach New York oder auf ihren Landsitz in England...« Er brach ab und holte tief Luft. »Verzeihen Sie, Doktor. Ich wollte Sie nicht kränken, aber wir Afrikaner müssen hier leben. Auch wir haben ein Anrecht auf ein gutes Leben. Diese Bäume, die Sie so sehr bewundern, gehören uns. Wir haben eine schnellwachsende Bevölkerung, die versorgt werden muß. Ubomos

Bevölkerung nimmt jährlich um sechs Prozent zu. Wir brauchen Lebensmittel und Wohnungen und Ausbildung, und wir brauchen Land. Unser Volk schreit nach Land. Diese Urwälder sind nutzlos für uns, wenn wir sie nicht nutzbar machen. Wir könnten sie abholzen und verbrennen und Gärten und Weiden anlegen...«

Daniel war betrübt, als er zuhörte. Kajo war ein gebildeter und intelligenter junger Mann. Wenn selbst er einem so traditionellen Standpunkt verhaftet war, wie konnte es da Hoffnung geben, die unwissende Landbevölkerung zu überzeugen, wie beispielsweise die Menschen, die sie in den *manyattas* gefilmt hatten?

»Diese elitären Theorien der Weißen«, hatte Kajo gesagt. Das war der Standpunkt, der einen ganzen Kontinent in eine Wüste verwandeln konnte. Eines Tages würde sich die Sahara vielleicht von Kairo bis zum Tafelberg erstrecken, der das Kap der Guten Hoffnung überragte.

Schließlich kamen sie nach Sengi-Sengi. Die Straße endete in einer beachtlichen Siedlung mitten im Urwald. Die größeren Bäume hatte man stehen lassen, aber das Unterholz und die niedrigeren Bäume waren gerodet, um Platz für die Lager zu machen, in denen die Arbeiter wohnten, für Maschinenschuppen und Verwaltungsgebäude.

Die Hütten in dem Arbeiterlager waren aus Baumaterialien errichtet, die es vor Ort gab. Die Wände bestanden aus rohem Holz, das mit rotem Lehm verputzt war, und die Dächer waren aus Stroh. Die Werkstätten und Büros waren aus vorfabrizierten Fertigteilen errichtet, die man leicht wieder demontieren und mit wenig Kosten und Mühe an einem anderen Ort neu aufstellen konnte.

Kajo parkte den Landrover vor dem Hauptbürogebäude, ebenfalls ein vorübergehend errichtetes Haus, das auf Ziegelpfeilern ruhte, damit die Luft unter den Bodenplanken zirkulieren und so das Innere kühlen konnte. Auch wurde es so während der täglichen Regenfälle trocken gehalten. Er führte sie die Stufen hoch. »Ich muß Sie dem Projektleiter der UDC vorstellen.«

»Was bedeutet UDC?« wollte Bonny wissen.

»Ubomo Development Company«, erwiderte Kajo und hätte das sicher genauer erklärt, wenn die Sekretärin des Projektleiters nicht von ihrer Schreibmaschine aufgeblickt hätte, als sie eintraten.

Sie war eine Hita-Frau, etwa Mitte Zwanzig, wahrscheinlich Absolventin der neuen technischen Hochschule in Kahali, westlich gekleidet und trug Lippenstift und Lidschatten.

»Sie müssen die Leute vom Film sein«, begrüßte sie sie freundlich auf Swahili. »Wir haben Sie erwartet.«

»Wir wurden aufgehalten...«, wollte Kajo zu erklären beginnen, brach aber ab, als die Tür des Büros sich öffnete und der Projektleiter breit lächelnd herauskam.

»Willkommen in Sengi-Sengi«, sagte er, während er auf sie zutrat. »Sie hätten schon gestern hier sein sollen. Aber besser spät als nie.«

Kajo stand vor Daniel, überragte ihn für einen Moment mit seinen fast zwei Metern Größe. Jetzt trat er beiseite, und Daniel und der Projektleiter standen sich gegenüber.

»Mr. Chetti Singh«, sagte Daniel leise. »Ich hätte nie erwartet, Sie wiederzusehen. Welch eine Freude.«

Der bärtige Sikh erstarrte, als sei er gegen eine Glaswand geprallt, und glotzte Daniel ungläubig an.

»Sie kennen sich?« fragte Captain Kajo. »Welch glücklicher Zufall.«

»Wir sind alte Freunde«, erwiderte Daniel. »Wir haben ein gemeinsames Interesse an wilden Tieren, besonders an Elephanten und Leoparden.« Er lächelte, als er Chetti Singh seine Hand entgegenstreckte. »Wie geht es Ihnen, Mr. Singh? Als wir uns das letzte Mal begegneten, hatten Sie doch gerade einen kleinen Unfall erlitten, nicht wahr?«

Chetti Singhs dunkles Gesicht war aschfahl geworden, aber mit offensichtlicher Mühe erholte er sich rasch von dem Schock. Einen Augenblick blitzten seine Augen, und Daniel glaubte, er würde sich auf ihn stürzen. Dann ging er auf Daniels geheuchelte Freundlichkeit ein und versuchte zu lächeln, aber es war, als ob ein Raubtier seine Zähne bleckte.

Er streckte den Arm aus, um Daniel die Hand zu geben, aber es war sein linker Arm. Sein rechter Ärmel war leer, zurückgeklappt und festgesteckt. Unter der gestreiften Baumwolle war der plumpe Umriß des Stumpfes deutlich zu sehen. Daniel sah, daß der Arm unterhalb des Ellenbogens abgenommen worden war. Es war eine typische Bißverletzung. Der Leopard mußte den Arm in Fetzen zerrissen haben, die kein Chirurg wieder zusammennähen konnte. Obwohl keine Narben oder andere Verletzungen zu sehen waren, hatte Chetti Singhs einst fülliger Körper kein einziges Gramm überflüssigen Fleisches oder Fettes an sich. Er war so dünn wie ein AIDS-Opfer, und das Weiß seiner Augen war ungesund gelblich gefärbt. Es war offensichtlich, daß er eine schlimme Zeit durchstanden und sich noch nicht völlig erholt hatte.

Sein Bart jedoch war noch immer dick und glänzend, unter seinem Kinn gezwirbelt, und seine Enden steckten in dem makellos weißen Turban.

»Es ist in der Tat eine ungeheure Freude, Sie wiederzusehen, Doktor.« Sein Blick strafte seine Worte Lügen. »Danke für Ihr freundliches Mitgefühl, aber glücklicherweise bin ich wieder ganz genesen, abgesehen von meinem fehlenden Anhängsel.« Er wackelte mit dem Stumpf. »Es ist ein Ärgernis, aber ich erwarte, daß ich von denen, die dafür verantwortlich sind, volle Genugtuung für den Verlust erhalte. Macht nichts.«

Seine Berührung war so kalt wie die Haut einer Echse, aber er zog seine Hand aus der Daniels und wandte sich an Bonny und Kajo. Sein Lächeln wurde natürlicher, und er begrüßte sie herzlich. Als er sich wieder Daniel zuwandte, lächelte er nicht mehr.

»Sie sind also gekommen, Doktor, um uns alle mit Ihrer Fernsehsendung berühmt zu machen. Wir alle werden Filmstars sein...« Er musterte Daniels Gesicht mit einem eigenartig gierigen Ausdruck, wie eine Python, die einen Hasen anstarrt.

Der Schock dieser Begegnung war für Daniel fast ebenso groß gewesen, wie er es offensichtlich für den Sikh war. Natürlich hatte Mike Hargreave ihm erzählt, daß Chetti Singh den Angriff des Leoparden überlebt hatte, aber das war vor Monaten gewesen, und er hätte nie damit gerechnet, daß Chetti Singh hier in Ubomo auftauchen würde, Tausende von Meilen von dort entfernt, wo er ihn zuletzt gesehen hatte. Aber als er darüber nachdachte, erkannte er, daß er eigentlich darauf hätte vorbereitet sein müssen. Es gab eine enge Verbindung zwischen Ning Cheng Gong und dem Sikh. Wenn Ning die Verantwortung in Ubomo übernahm, mußte er natürlich jemanden zum Assistenten ernennen, der jeden Winkel des Gebietes kannte und der über ein sicheres Netz verfügte.

Eigentlich war es einleuchtend, daß Chetti Singh für Ning die perfekte Wahl gewesen war. Die Organisation des Sikh hatte jedes Land in Zentralafrika infiltriert. Er hatte seine Agenten überall. Er wußte, wen er bestechen und wen er einschüchtern mußte. Vor allem aber war er völlig skrupellos und an Ning Cheng Gong durch Loyalität und Angst und Gier gebunden.

Daniel hätte damit rechnen müssen, daß Chetti Singh in Nings Schatten lauern würde, hätte darauf vorbereitet sein müssen, daß er sich rächen würde. Auch ohne den Ausdruck in Chetti Singhs Augen wußte er, daß er sich in tödlicher Gefahr befand.

Der einzige Fluchtweg aus Sengi-Sengi führte durch den Urwald. Und jede Meile dieser Straße wurde von Posten des Unternehmens kontrolliert und durch zahlreiche Straßensperren des Militärs blockiert.

Chetti Singh würde versuchen, ihn zu töten. Daran gab es nicht den geringsten Zweifel. Doch Daniel hatte keine Waffe und auch keine andere Möglichkeit der Verteidigung. Chetti Sing hatte hier das Sagen, und er konnte Zeit und Ort wählen, um es zu tun.

Chetti Singh hatte sich wieder umgedreht und redete auf Captain Kajo und Bonny ein. »Es ist bereits zu spät, um Sie jetzt noch herumzuführen. Es wird bald dunkel sein. Sie werden sich in die Quartiere begeben wollen, die wir für Sie vorbereitet haben...« Er machte eine Pause und strahlte sie an. »Außerdem habe ich aufregende Neuigkeiten für Sie. Soeben habe ich ein Fax vom Regierungssitz in Kahali bekommen. Präsident Taffari kommt höchstpersönlich mit dem Hubschrauber nach Sengi-Sengi. Er wird morgen früh eintreffen, und er hat äußerst großzügig sein Einverständnis zu einem Interview auf diesem Operationsgelände gegeben. Es ist eine große Ehre, das versichere ich Ihnen. Präsident Taffari ist ein Mann, den man nicht unterschätzen sollte, und er wird vom leitenden Direktor der UDC begleitet, keinem anderen als unserem Mr. Ning Cheng Gong. Auch er ist eine eminent wichtige Persönlichkeit. Vielleicht wird auch er sich bereit erklären, eine Rolle in Ihrer Produktion zu spielen...«

Es regnete wieder, als Chetti Singhs Sekretärin ihnen die Quartiere zeigte, die für sie vorbereitet waren. Der Regen prasselte wie Schrot auf die Dächer der Gebäude, und aus der ohnehin durchtränkten Erde dampfte dicker blauer Nebel.

Hölzerne Laufplanken waren zwischen die Gebäude gelegt worden, und die Sekretärin reichte ihnen billige Plastikregenschirme, auf denen grell der Slogan »UDC bedeutet besseres Leben für alle« prangte.

Die Gastquartiere waren eine Reihe kleiner, stallähnlicher Räume in einer langen Nissen-Baracke. Jeder Raum war spärlich mit dem Notwendigsten möbliert – Bett, Stuhl, Schrank und Schreibtisch. In der Mitte der Baracke befanden sich der Gemeinschaftswaschraum und die Toiletten.

Daniel prüfte seinen Raum sorgfältig. Die Tür hatte ein Schloß, das so schwach war, daß es jedem stärkeren Druck nachgeben würde, abgesehen davon, daß Chetti Singh sicherlich einen Zweitschlüssel hatte. Das Fenster war mit Fliegendraht verkleidet, und über dem Bett hing ein Moskitonetz. Die Wände waren so dünn, daß er hören konnte, wie Kajo im Nebenraum umherging.

Es würde kein erfreulicher Aufenthalt sein.

Schön, Leute, es wird also zum Wettkampf kommen, dachte er kläglich grinsend. Mal sehen, wann Chetti Singh den ersten Versuch unternimmt, uns anzugehen. Erster Preis ist eine Woche Ferien in Sengi-Sengi. Zweiter Preis sind zwei Wochen Ferien in Sengi-Sengi.

Das Abendessen wurde in der Messe des Stabes serviert. Auch diese war eine behaglich als Bar und Kantine eingerichtete Nissen-Baracke. Als Daniel und Bonny eintraten, fanden sie eine Gruppe taiwanesischer und britischer Ingenieure und Techniker vor, die die Messe mit Zigarettenrauch und lärmendem Geplauder erfüllten. Niemand nahm ihn besonders zur Kenntnis, aber Bonny verursachte wie gewöhnlich eine kleine Sensation.

Die Taiwanesen schienen unter sich zu bleiben, und Daniel spürte eine Spannung zwischen den beiden Gruppen. Dies wurde bestätigt, als einer der britischen Ingenieure Daniel erzählte, daß Ning die britischen Ingenieure und Manager entfernt und durch Taiwanesen ersetzt hatte, seit er die UDC leitete.

Bonny wurde sofort von dem britischen Kontingent vereinnahmt, und Daniel ließ sie nach dem Abendessen mit zwei stämmigen Bergbauingenieuren Dart spielen. Sie fing Daniel ab, als der zur Tür ging, und grinste ihn bösartig an, wobei sie flüsterte: »Genieße dein einsames Bett, Geliebter.«

Er erwiderte das Grinsen ebenso eisig. »Menschenmengen habe ich noch nie gemocht.«

Während er in der Dunkelheit über die schlüpfrigen, schlammbedeckten Laufplanken ging, verkrampfte sich eine Stelle in seinem Rücken. Es war jene Stelle, in die jemand, der hinter ihm schlich, sein Messer stechen könnte. Er beschleunigte seinen Schritt.

Als er die Tür seines Raumes erreichte, stieß er sie auf, wartete aber eine Minute davor. Jemand könnte in dem dunklen Raum auf ihn warten. Er gab diesem Jemand eine Chance, sich zu rühren, bevor er seinen Arm um den Türrahmen schob und das Deckenlicht einschaltete. Erst daraufhin trat er vorsichtig ein. Er verschloß die dünne Tür, zog die Vorhänge zu und setzte sich auf das Bett, um seine Stiefel aufzuschnüren.

Es gab einfach zu viele Möglichkeiten, wie Chetti Singh es tun könnte. Er wußte, daß er nicht auf alle vorbereitet sein konnte. In diesem Augenblick spürte er, daß sich etwas unter dem Bettzeug bewegte, auf dem er saß. Es war eine langsame, gleichmäßige, reptilienartige Gleitbewegung unter der dünnen Decke, und das Etwas berührte seinen Schenkel. Ein eisiger Pfeil von Furcht schoß sein Rückgrat hoch.

Er hatte immer eine unbegründete Furcht vor Schlangen gehabt. Eine seiner frühesten Erinnerungen war eine Kobra in seinem Kinderzimmer. Es war nur wenige Monate nach seinem vierten Geburtstag gewesen, aber er erinnerte sich lebhaft des grotesken Schattens, den der aufgeblähte Nackenschild des Reptils an die Kinderzimmerwand geworfen hatte, als es sich im diffusen Licht der Nachttischlampe bewegte, die seine Mutter neben sein Bett gestellt hatte. Er erinnerte sich des explosiven Zischens, mit dem die Schlange seine eigenen wilden und entsetzten Schreie herausgefordert hatte, bevor sein Vater im Schlafanzug in das Kinderzimmer gestürzt kam.

Jetzt wußte er mit absoluter Sicherheit, daß das Ding unter der Decke eine Schlange war. Chetti Singh oder einer seiner Männer hatte sie dort hingelegt. Es mußte eine giftige, todbringende sein, eine Mamba, schlank und glitzernd und mit dünnen, grinsenden Lippen, oder eine Waldkobra, schwarz wie der Tod, oder eine der dicken, widerwärtigen Gabunottern.

Daniel sprang vom Bett auf und wirbelte herum, um sich ihr zu stellen. Sein Herz hämmerte wild, als er sich nach einer Waffe umschaute. Er packte den wackeligen Stuhl und brach mit der Kraft, die ihm die Furcht verlieh, ein Bein ab. Mit dieser Waffe in der Hand gewann er seine Selbstbeherrschung wieder. Er atmete noch immer heftig und merkte plötzlich, daß ihn Scham erfüllte. Als Wildranger hatte er sich den entschlossenen Angriffen von Büffeln, Elephanten und großen Raubkatzen gestellt. Als Soldat war er mit dem Fallschirm über feindlichem Territorium abgesprungen und hatte Mann gegen Mann gekämpft, aber jetzt keuchte er und zitterte vor einem Phantom seiner Einbildungskraft. Er faßte sich und trat wieder an das Bett. Mit seiner linken Hand ergriff er einen Zipfel der Decke, hob das Stuhlbein mit der anderen Hand und riß das Bettzeug zurück.

Eine gestreifte Waldmaus saß mitten auf dem weißen Laken. Sie hatte langes, weißes Barthaar, und ihre hellen, neugierigen Augen blinzelten schnell in dem plötzlichen Licht.

Daniel vermochte kaum den Schlag zu stoppen, den er bereits geführt hatte, und er und das winzige Geschöpf starrten sich erstaunt an. Dann sackten seine Schultern herab und schüttelten sich unter nervösem Gelächter. Die Maus piepte und sprang vom Bett. Sie schoß über den Boden und verschwand in einem Loch in der Wandverkleidung, und Daniel fiel auf das Bett und krümmte sich vor Lachen.

»Mein Gott, Chetti Singh«, keuchte er. »Du wirst nichts auslassen, was? Welche anderen schändlichen Tricks hast du noch auf Lager?«

Der Hubschrauber flog aus Richtung Osten ein. Sie hörten das Geräusch der Rotoren, lange bevor er hoch oben in dem Loch des Urwaldbaldachins auftauchte. Er sank mit der Anmut einer dicken Dame herab, die auf einem Toilettendeckel Platz nimmt.

Der Pilot stellte die Motoren ab, und die Rotoren wurden langsamer und standen dann still. Präsident Taffari sprang aus der Luke. Er war geschmeidig und sah in dem Kampfanzug und den Springerstiefeln wirklich gut aus. Bonny richtete die Kamera auf ihn, und er warf ihr ein blendendes Lächeln zu und strahlte fast ebenso wie die Ordensreihen an seiner Brust. Dann schritt er vor, um das von Chetti Singh geführte Empfangskomitee zu begrüßen.

Hinter ihm benutzte Ning Cheng Gong die Bordleiter, um aus dem Hubschrauber zu steigen. Er trug einen cremefarbenen Tropenanzug. Seine Haut war von einem fast identischen cremigen Gelb, das in seltsamem Kontrast zu seinen Augen stand, die dunkel waren und wie polierter Onyx glänzten.

Er schaute sich rasch um, suchte nach jemand oder etwas und sah dann Daniel außerhalb des Blickfeldes der Kamera stehen. Nur für einen Augenblick beleckte Ning Cheng Gongs Blick Daniels Gesicht wie die schwarze Zunge einer Otter. Dann wanderte er weiter. Sein Gesichtsausdruck veränderte sich nicht. Es gab nicht das leiseste Zeichen des Erkennens, aber Daniel wußte mit Sicherheit, daß es Chetti Singh gelungen war, eine Botschaft an seinen Herrn zu senden und ihn vor Daniels Anwesenheit in Ubomo zu warnen. Daniel war über seine eigene Reaktion bestürzt. Er hatte gewußt, daß Cheng in dem Hubschrauber sein würde. Er hatte sich auf seinen Anblick vorbereitet, aber dennoch war es wie ein heftiger Schlag in die Rippen. Er mußte sich zusammenreißen, um auf Präsident Taffaris Handschlag und Begrüßung normal reagieren zu können.

»Ah, Doktor. Wie Sie sehen, ist Mohammed zum Berg gekommen. Ich habe mir den Nachmittag freigenommen, um Ihnen beim Filmen zur Verfügung zu stehen. Was soll ich tun? Ich unterstehe Ihrem Befehl.«

»Ich bin Ihnen sehr dankbar, Herr Präsident. Ich habe einen Drehplan erstellt. Insgesamt werde ich fünf Stunden Ihrer Zeit brauchen, einschließlich Maske und Probe...« Daniel widerstand der Versuchung, in Chengs Richtung zu blicken, bis Chetti Singh eingriff.

»Doktor Armstrong, ich möchte Ihnen den leitenden Direktor und Chef der UDC, Mr. Ning, vorstellen.«

Als er Nings Hand schüttelte, wurde Daniel fast von einem seltsam unwirklichen Gefühl überwältigt. Er lächelte und sagte: »Wir kennen uns. Wir haben uns kurz in Simbabwe getroffen, als Sie dort Botschafter waren. Ich nehme an, Sie werden sich nicht erinnern.«

»Verzeihen Sie.« Cheng schüttelte seinen Kopf. »Im Laufe meines diplomatischen Dienstes habe ich so viele Menschen kennengelernt.« Er gab vor, sich nicht zu erinnern, und Daniel zwang sich, weiter zu lächeln. Es schien unglaublich, daß er diesen Mann zuletzt am Steilabbruch des Sambesitales gesehen hatte, nur Stunden bevor er die verstümmelten und mißbrauchten Leichen von Johnny und seiner Familie entdeckt hatte. Es war, als seien all sein Leid und sein Ärger stärker und noch bitterer geworden, weil sie die ganze Zeit unterdrückt gewesen waren. Er wollte seine Wut hinausschreien: »Du dreckiger, gieriger Bastard.«

Er wollte seine Fäuste ballen und in dieses glatte, höfliche Gesicht schlagen und spüren, wie die Knochen unter seinen Knöcheln zerbrachen. Er wollte diese unerbittlichen Haifischaugen herausreißen und sie zwischen seinen Fingern zerquetschen. Er wollte seine Hände in Ning Cheng Gongs Blut waschen.

Daniel wandte sich ab, so schnell er konnte. Er konnte sich nicht mehr beherrschen. Zum ersten Mal war ihm bewußt, was er zu tun hatte. Er mußte Ning Cheng Gong töten oder würde selbst getötet werden.

Es war die Erfüllung des Eides, den er an der Leiche seines Freundes geschworen hatte. Es war ganz einfach eine Schuldigkeit, eine Verpflichtung, die er zum Andenken an Johnny Nzou zu erfüllen hatte.

»Man könnte glauben, ich stünde auf der Brücke eines Zerstörers...«, Ephrem Taffari lächelte in das Objektiv von Bonnys Kamera, »aber ich versichere Ihnen, daß ich nicht dort bin. In Wirklichkeit ist dies die Kommandoplattform einer mobilen Schürfanlage, die die Bezeichnung *Mobile Mining Unit Number One* trägt. Sie wird hier liebevoll mit der Abkürzung MOMU bezeichnet.«

Obwohl Taffari die einzige Person war, die die Kamera erfaßte, drängten sich ringsum Angestellte der Gesellschaft. Der Chefingenieur und der Geologe hatten dem Präsidenten genau gesagt, was er vorzutragen hatte, und sich davon überzeugt, daß er alle technischen Einzelheiten verstanden hatte. Die Mannschaft der Schürfeinheit tat noch immer in der Steuerzentrale ihren Dienst. Der Betrieb dieser komplexen Maschine konnte nicht einmal für einen so wichtigen Besucher wie den Staatspräsidenten unterbrochen werden.

Daniel führte bei dieser Szene Regie, und Chetti Singh und Cheng waren Zuschauer, obwohl sie sich im Hintergrund hielten. Bonny hatte sich persönlich um Taffaris Make-up gekümmert. Sie war ebenso gut wie jeder Maskenbildner, mit dem Daniel bisher gearbeitet hatte.

»Ich befinde mich fast fünfundzwanzig Meter über dem Boden«, fuhr Taffari fort. »Und ich rase mit der atemberaubenden Geschwindigkeit von hundert Metern pro Stunde weiter.« Er lächelte über seinen Scherz.

Daniel mußte zugeben, daß er als Schauspieler ein Naturtalent war und sich vor der Kamera völlig zwanglos verhielt. Mit seinem Aussehen und dieser Stimme würde er die Aufmerksamkeit einer jeden weiblichen Zuschauerin in aller Welt auf sich ziehen.

»Dieses Vehikel, mit dem ich fahre, wiegt gut tausend Tonnen...«

Daniel machte sich Bearbeitungsnotizen auf seinem Drehplan, während Taffari sprach. An dieser Stelle würde er eine Totale des gigantischen, auf mehreren Ketten fahrenden MOMU-Fahrzeuges einschneiden. Es war mit zwölf separaten, stählernen Kettenpaaren ausgestattet. Jede einzelne Kette war über drei Meter breit, um dem Koloß auf dem unebenen Boden Stabilität zu geben. Stählerne Hydraulikstützen korrigierten die Trimmung der Hauptplattform und hielten sie im Gleichgewicht, bewegten sich auf- und abwärts, um die stark schwankenden Bewegungen der Ketten auszugleichen, die sich über der Oberfläche des Waldbodens hoben und senkten.

Die Maschine war tatsächlich kaum weniger groß als das von Taffari in seiner Einleitung erwähnte Schlachtschiff. Sie war über hundertfünfzig Meter lang und vierzig Meter breit.

Taffari drehte sich um und deutete über das Geländer nach vorn.

»Dort unten«, sagte er, »sind Kiefer und Fänge des Monsters. Gehen wir doch einmal runter und sehen uns das genauer an.«

Vor der Kamera war das leicht gesagt. Es bedeutete aber, daß man sich an einen anderen Drehort begeben, die Kamera wieder neu einstellen und die nächste Szene proben mußte. Doch es machte Spaß, mit Taffari zu arbeiten, gab Daniel zu. Nach nur einer Probe konnte er seinen Text. Er sprach seine Sätze ganz natürlich und ohne Versprecher, obwohl er lauter sprechen mußte, um den Maschinenlärm zu übertönen.

Diese Einstellung war perfektes Kino. Die Bagger hingen an langen Kränen. Wie die Hälse einer Herde stählerner Giraffen, die an einem

Wasserloch tranken, bewegten sie sich unabhängig voneinander, hoben und senkten sich. Die Baggerfräsen drehten sich wild, schnitten die Erde heraus und warfen sie nach hinten auf die Förderbänder.

»Diese Bagger können zehn Meter tief unter die Oberfläche dringen. Sie heben einen sechzig Meter breiten Graben aus und fördern pro Stunde über zehntausend Tonnen erzhaltiges Gestein. Sie stehen nie still. Tag und Nacht baggern sie.«

Daniel schaute in den höhlenartigen Graben hinunter, den die MOMU in der roten Erde öffnete. Es wäre ein guter Platz, um eine Leiche zu verstecken. Seine Leiche. Unvermittelt blickte er auf. Ning Cheng Gong und Chetti Singh beobachteten ihn aufmerksam. Sie standen noch immer auf der Steuerplattform, fast fünfundzwanzig Meter über ihm. Sie hatten ihre Köpfe zusammengesteckt, daß sie sich fast berührten, und sprachen miteinander. Ihre Stimmen waren durch das Lärmen der großen, rotierenden Baggerköpfe und das Donnern der Förderbänder nicht vernehmbar. Ihre Mienen verrieten Daniel ohne jeden Zweifel, daß sie über ihn sprachen. Für einen Moment trafen sich ihre Blicke, und die beiden schauten beiseite und traten vom Geländer zurück. Danach fiel es Daniel schwer, sich auf seine Arbeit zu konzentrieren, doch er mußte jede Minute nutzen, die Ephrem Taffari ihm zur Verfügung stand.

Wieder stieg das Kamerateam die stählerne Leiter zur zentralen Plattform der MOMU hoch. Chetti Singh und Ning Cheng Gong waren verschwunden, worauf Daniel sich noch unwohler fühlte.

Von der Plattform konnte er auf die Rohrmühlen hinabblicken. Das waren vier massive Stahltrommeln, die horizontal auf dem Deck von MOMU lagen und sich wie die Trommeln einer Waschmaschine drehten. Nur waren diese Trommeln vierzig Meter lang, und jede war mit einhundert Tonnen gußeiserner Kugeln gefüllt. Die rote Erde, die aus den ausgefrästen Gräben über die Förderbänder nach oben gelangte, fiel in die Trommelöffnungen. Auf dem Weg durch die Trommel wurden die in der Erde befindlichen Klumpen und Steine durch die kollernden Eisenkugeln zu feinem Talkum zermahlen. Das rote Pulver, das am anderen Ende der Rohrmühlen herauskam, gelangte direkt in die Scheidebehälter.

Das Filmteam begab sich über die stählernen Laufstege zu den Separatoren nach unten, und hier fuhr Taffari vor Bonnys Kamera mit seinen Erklärungen fort.

»Die beiden wertvollen Mineralien, die wir abbauen, sind entweder sehr schwer oder magnetisch. Die seltene Mineralerde Monazit wird von mächtigen Elektromagneten gesammelt.« Seine Stimme wurde durch das Maschinengedröhn fast erstickt. Das störte Daniel nicht. Er würde Taffaris Text später noch einmal gesondert aufnehmen und im Studio auf das Band überspielen, um eine gute Tonqualität zu bekommen.

»Wenn wir das Monazit herausgeholt haben, wandert der Rest in die Scheidebehälter, in denen die leichteren Stoffe ausgeschwemmt werden und das schwere Platinerz zurückbleibt«, fuhr Taffari fort. »Dieser Teil des Vorgangs ist sehr problematisch. Würden wir chemische Katalysatoren und Reagenzien in den Separatoren benutzen, gewännen wir über neunzig Prozent Platin. Jedoch wäre das Abwasser aus den Behältern stark giftig. Es würde von der Erde aufgesogen und durch Regen in die Flüsse gespült werden und alles töten, was mit ihm in Berührung kommt – Tiere, Vögel, Insekten, Fische und pflanzliches Leben. Als Präsident der Demokratischen Volksrepublik Ubomo habe ich die eindeutige Anweisung gegeben, daß keinerlei chemische Reagenzien irgendwelcher Art bei der Platingewinnung in diesem Land benutzt werden dürfen.« Taffari machte eine Pause und blickte offen in die Kamera. »In dieser Hinsicht können Sie sich völlig auf mein Wort verlassen. Ohne die Benutzung von Reagenzien sinkt unsere Erzausbeute auf nur fünfundsechzig Prozent. Das bedeutet bei diesem Prozeß einen Verlust von zehn Millionen Dollar. Trotzdem sind meine Regierung und ich entschlossen, diesen Verlust hinzunehmen, statt eine Vergiftung unserer Umwelt durch Chemikalien zu riskieren. Wir sind entschlossen, alles in unserer Macht Stehende zu tun, um die Welt für unsere und Ihre Kinder sicher und glücklich zu machen, damit diese unbeschwert ihr Leben genießen können.«

Er war höchst überzeugend. Wenn man dieser tiefen, Vertrauen ausstrahlenden Stimme lauschte und in das edle Gesicht blickte, konnte man seine Aufrichtigkeit nicht bezweifeln. Selbst Daniel war bewegt, und für einen Augenblick war sein Urteilsvermögen beeinträchtigt. »Dieser Bastard könnte in einer Synagoge Schweinefleisch verkaufen.« Er versuchte, wieder professionell distanziert zu urteilen.

»Schnitt«, schnappte er. »Gestorben. Das war wunderbar, Herr Präsident. Vielen Dank. Wir machen hier jetzt Schluß. Wenn Sie wollen, können Sie gerne zum Mittagessen in die Messe gehen. Heute nachmittag drehen wir die Schlußszenen mit den Landkarten und den Modellen.«

Wie ein turbangeschmückter Geist aus der Lampe tauchte Chetti Singh wieder auf, um Taffari von der MOMU zu bringen und ihn zum

Lager zurückzufahren, wo ein üppiges Büffet auf ihn wartete. Das Essen und die Getränke waren von Kahali mit dem Hubschrauber eingeflogen worden.

Nachdem die anderen gegangen waren, drehten Daniel und Bonny die letzten Szenen auf der MOMU. Taffari wurde dazu nicht mehr benötigt. Sie filmten, wie das schwere Platinkonzentrat in einem feinen, dunklen Strom in die Erzbehälter floß. Jeder Behälter faßte hundert Tonnen, und wenn er gefüllt war, wurde er automatisch auf die Ladefläche eines wartenden Lastwagens abgesenkt und wegtransportiert.

Um drei Uhr hatten sie alle Einstellungen von der MOMU gedreht, die Daniel haben wollte, und als sie schließlich wieder im Basislager in Sengi-Sengi waren, endete das Essen des Präsidenten gerade.

In der Mitte des Konferenzraumes in der Verwaltungsbaracke stand ein kunstvolles, maßstäbliches Modell einer MOMU-Einheit. Es sollte den ganzen Vorgang veranschaulichen. Das Modell war von BOSS-Technikern in London gebaut worden. Es war eine detailgetreue, maßstabgerechte und beeindruckende Arbeit.

Daniel hatte vor, Aufnahmen des Modells und Hubschrauberaufnahmen zu kombinieren, in denen die richtige MOMU beim Einsatz im Urwald gezeigt wurde. Er glaubte, daß die Unterschiede auf dem Bildschirm nicht feststellbar seien.

Das maßstäbliche Modell zeigte die sechzig Meter breite Schürfspur, die durch eine der MOMU vorausfahrende Gruppe von Holzfällmaschinen und Bulldozern in den Urwald geschnitten wurde. Daniel plante, einige Tage lang diese Rodungen zu filmen. Das Fällen der riesigen Bäume würde ausgezeichnetes Material ergeben. Die massigen gelben Bulldozer, die die Stämme aus dem Dschungel schleppten, und die Arbeitergruppen, die sie auf die Holztransporter luden, das waren beeindruckende Bilder.

Bis dahin mußte Daniel den Tag nutzen, an dem Taffari zu seiner Verfügung stand. Er beobachtete, wie Bonny um ihn scharwenzelte, flüsterte und kicherte, während sie sein Gesicht puderte. Für jeden, der ihnen zuschaute, war offensichtlich, daß sie ein Verhältnis hatten. Taffari hatte genug getrunken, um keine Hemmungen mehr zu haben, und er streichelte sie in aller Öffentlichkeit und starrte auf ihre großen Brüste, die nur Zentimeter von seiner Nase entfernt schwollen.

Sie sieht sich tatsächlich als First Lady von Ubomo, staunte Daniel. Sie hat nicht die leiseste Ahnung, wie die Hita ihre Frauen behandeln. Ich hoffe, daß das geschieht. Sie hat wirklich alles verdient.

Er stand auf und unterbrach das Spiel. »Wenn Sie bereit sind, Herr

Präsident, wäre es schön, wenn Sie sich direkt hierhin, neben diesem Tisch, stellen würden. Bonny, ich möchte eine Einstellung von dieser Seite. Versuche, General Taffari und das Modell scharf einzustellen...«

Taffari begab sich auf seinen Platz, und sie probten die Szene. Er machte gleich beim ersten Versuch alles richtig.

»Sehr gut, Sir. Jetzt drehen wir. Bist du bereit, Bonny?«

Taffaris Offiziersstöckchen war aus poliertem Elfenbein und Rhinozeroshorn gefertigt. Seine Spitze krönte eine geschnitzte Elephantenminiatur. Es sah eher wie der Stab eines Feldmarschalls als wie der eines Generals aus. Vielleicht freute er sich schon auf den Tag, an dem er sich selbst befördern würde, dachte Daniel zynisch.

Jetzt benutzte Taffari den Stab, um auf die einzelnen Teile des vor ihm auf dem Tisch stehenden Modells zu zeigen. »Wie Sie sehen, ist die Schürfspur ein nur sechzig Meter breiter, schmaler Weg durch den Urwald. Es stimmt, daß auf diesem Weg alle Bäume gefällt werden und das Unterholz geräumt wird, damit die MOMU folgen kann.«

Er legte eine Pause ein und schaute dann ernst in die Kamera. »Dies ist keine mutwillige Zerstörung, sondern ein Erntevorgang, ähnlich dem, wie ein Farmer den Ertrag seiner Felder einbringt. Durch diesen schmalen Streifen ist weniger als ein Prozent des Urwaldes betroffen, und der MOMU folgt ein Konvoi von Bulldozern, um den Schürfgraben wieder aufzufüllen und die Erde zu ebnen und zu festigen. Der Graben selbst folgt dem Geländeverlauf, um Erosionen zu vermeiden. Sobald der Graben wieder aufgefüllt ist, folgt ein Team von Botanikern, die den offenen Boden wieder besäen und Schößlinge setzen. Diese Pflanzen wurden sorgfältig ausgewählt. Einige von ihnen sind schnellwachsend, damit die Erde bedeckt wird. Andere wachsen langsamer, aber heute in fünfzig Jahren werden sie ausgewachsen sein und können gefällt werden. Ich werde nicht mehr da sein, wenn das geschieht, aber dann leben meine Enkel. Diese Operation ist so geplant worden, daß wir pro Jahr nicht mehr als ein Prozent des Urwaldes ernten. Man muß kein Mathematiker sein, um zu begreifen, daß wir erst im Jahre 2090 das gesamte Gebiet bearbeitet haben, und bis dahin werden die Bäume, die wir heute, 1990, pflanzen, hundert Jahre alt sein, und der Kreislauf kann von vorn beginnen.« Er lächelte zuversichtlich in die Kamera, wirkte vertrauensvoll und heiter. »Auch in tausend Jahren werden die Urwälder von Ubomo den noch ungeborenen Generationen ihre Gaben schenken und genau wie heute ein Hort für alle lebenden Geschöpfe sein.«

Das alles ergab Sinn, fand Daniel. Er hatte den Beweis dafür selbst gesehen. Die schmale Spur durch den Urwald konnte keine Spezies ernstlich mit Ausrottung bedrohen. Taffari trug genau dieselbe Philosophie vor, von der Daniel so überzeugt war, die Philosophie ständigen Ertrages, die maßvolle, planmäßige Nutzung der Ressourcen der Erde, die sich so immer wieder erneuern konnte.

Für den Augenblick war seine Feindseligkeit gegenüber Taffari vergessen. Er hatte das Gefühl, ihm applaudieren zu müssen.

Statt dessen räusperte er sich und sagte: »Herr Präsident, das war eine außerordentliche Darbietung. Sie war sehr anregend. Ich danke Ihnen, Sir.«

Auf der Ladefläche des Landrovers sitzend, glättete Chetti Singh das Dokument auf seinem Schenkel. Er hatte eine bemerkenswerte Geschicklichkeit mit seiner linken Hand entwickelt.

»Dieses Papier nimmt der Sache den ganzen Spaß«, bemerkte er.

»Es ist nicht als Spaß gedacht«, sagte Ning Cheng Gong gleichmütig. »Es soll ein Geschenk für meinen ehrenwerten Vater sein. Es bedeutet Arbeit.«

Chetti Singh blickte zu ihm auf und lächelte höflich und unsicher. Ihm gefiel Nings Veränderung nicht, die seit dessen Rückkehr aus Taipeh so offensichtlich war. Neue Kraft und neue Stärke steckten in ihm, neues Selbstvertrauen und Entschlossenheit. Chetti Singh stellte zum ersten Mal fest, daß er Angst vor ihm hatte. Ihm gefiel dieses Gefühl nicht.

»Dennoch geht die Arbeit besser voran, wenn sie Spaß macht«, wandte Chetti Singh wagemutig ein, stellte aber fest, daß er Nings unerbittlichem Blick nicht standhalten konnte. Er schaute wieder auf das Dokument und las:

Demokratische Volksrepublik Ubomo
Ausnahme-Jagdlizenz des Präsidenten

Dem Inhaber, Mr. Ning Cheng Gong, oder seinem autorisierten Agenten, wird hiermit durch besonderen Präsidentenerlaß erlaubt, die folgenden geschützten Wildarten überall in der Republik Ubomo zu jagen, in Fallen zu fangen oder zu erlegen. Das heißt genau, fünf Elephantenarten (Loxodonta Africana).

Weiterhin wird ihm zu wissenschaftlichen Forschungszwecken erlaubt, alle Teile der vorgenannten Spezies einschließlich der Häute, Knochen des Fleisches und/oder der Stoßzähne zu sammeln, zu besitzen, zu exportieren oder zu verkaufen.

> Unterzeichnet: Ephrem Taffari
> Präsident der Republik

Die Lizenz war in höchster Eile ausgestellt worden. Es gab kein Muster für ihre Form oder Formulierung, und auf Chengs Bitte hin hatte der Präsident sie auf ein Stück Notizpapier gekritzelt. Sein Sekretär hatte sie dann auf das Briefpapier mit dem Wappen von Ubomo geschrieben und sie innerhalb von zwölf Stunden Präsident Taffari zur Unterschrift vorgelegt.

»Ich bin Wilderer«, erklärte Chetti Singh, »der beste in Afrika. Dieses Stück Papier macht mich zu einem Agenten, einem Handlanger, einem Schlachtergesellen...«

Cheng wandte sich ungeduldig ab. Der Sikh verärgerte ihn. Ihn beschäftigten andere Dinge als diese eitle Krittelei. In Gedanken versunken schritt er auf der Waldlichtung auf und ab. Der Boden war schlammig und tief gefurcht, und die Feuchtigkeit beschlug die Gläser seiner Sonnenbrille. Er nahm sie ab und steckte sie in die Brusttasche seines offenen Hemdes. Er schaute auf die dichte grüne Wand des Dschungels, welche die Lichtung begrenzte. Sie war dunkel und drohend, und er unterdrückte ein Gefühl von Unbehagen, das sie in ihm weckte, und schaute statt dessen auf seine Armbanduhr.

»Er ist spät dran«, sagte er scharf. »Wann wird er kommen?«

Chetti Singh zuckte die Schultern und faltete die Jagdlizenz mit einer Hand zusammen. »Er hat nicht das gleiche Zeitgefühl wie wir. Er ist ein Pygmäe. Er wird kommen, wenn es ihm paßt. Vielleicht ist er bereits hier und beobachtet uns. Vielleicht kommt er erst morgen oder nächste Woche.«

»Ich kann nicht noch mehr Zeit vergeuden«, schnappte Cheng. »Ich habe andere wichtige Dinge zu tun.«

»Wichtigeres als das Geschenk für Ihren ehrenwerten Vater?« fragte Chetti Singh, und sein Lächeln war ironisch.

»Diese verdammten Schwarzen.« Cheng wandte sich wieder ab. »Sie sind so unzuverlässig.«

»Sie sind Affen«, stimmte Chetti Singh zu, »aber nützliche kleine Affen.«

Cheng drehte eine weitere Runde auf der Lichtung, wobei seine Schritte im roten Schlamm schmatzten. Dann blieb er wieder vor Chetti Singh stehen.

»Was ist mit Armstrong?« fragte er. »Wir müssen uns mit ihm befassen.«

»Ach ja!« Chetti Singh grinste. »Das wird in der Tat ein Vergnügen sein.« Er massierte den Stumpf seines fehlenden Armes. »Seit fast einem Jahr habe ich jede Nacht von Doktor Armstrong geträumt. Und doch hätte ich nie geglaubt, daß er direkt nach Sengi-Sengi geliefert werden würde. Wie ein dressiertes Hähnchen.«

»Sie werden sich mit ihm befassen müssen, solange er hier ist«, beharrte Cheng. »Er darf hier nicht lebend wegkommen.«

»Kein Gedanke«, stimmte Chetti Singh zu. »Ich habe mich sehr intensiv mit diesem Problem beschäftigt. Ich wünsche, daß das Ableben des guten Doktors angemessen symbolisch schmerzhaft wird, zugleich aber als höchst unglückliche Fügung des Schicksals erklärbar ist.«

»Warten Sie nicht zu lange«, warnte Cheng.

»Ich habe noch fünf Tage Zeit«, betonte Chetti Singh selbstgefällig. »Ich habe den Drehplan gesehen. Er kann seine Arbeit in Sengi-Sengi nicht beenden, bevor er...«

Cheng fiel ungeduldig ein: »Was ist mit dieser rothaarigen Frau, seiner Assistentin?«

»Im Augenblick vergnügt sich Präsident Taffari etwas mit ihr. Nichtsdestoweniger glaube ich, daß es weise wäre, dafür zu sorgen, daß sie Doktor Armstrong auf seiner langen Reise begleitet und...« Chetti Singh brach abrupt ab und stand auf. Er spähte in den Wald, und als Cheng den Mund öffnete, um etwas zu sagen, hieß er ihn mit einer herrischen Geste schweigen. Eine Minute stand er mit geneigtem Kopf da und lauschte, bevor er wieder sprach. »Ich glaube, er ist hier.«

»Woher wissen Sie das?« Cheng flüsterte unwillkürlich und räusperte sich nervös, als er wieder in den Dschungel spähte.

»Hören Sie«, sagte Chetti Singh. »Die Vögel.«

»Ich höre nichts.«

»Genau.« Chetti Singh nickte. »Sie sind verstummt.« Er trat auf die grüne Wand zu und rief laut auf Swahili: »Friede sei mit dir, Sohn des Waldes. Tritt vor, damit wir uns als Freunde begrüßen können.«

Wie durch Zauberei tauchte der Pygmäe aus einem Loch im Dikkicht auf. Er war von einem Kranz glänzend grünen Laubes umrahmt, und die Sonnenstrahlen, die durch die obersten Zweige der Lichtung fielen, tanzten auf seiner glänzenden Haut und zeigten reliefartig jeden

Muskel seines kräftigen kleinen Körpers. Sein Kopf war klein und hübsch. Seine Nase war breit und flach, und er trug einen Ziegenbart aus weicher, gelockter schwarzer Wolle, der silbergrau durchsetzt war.

»Ich sehe dich, Pirri, den großen Jäger«, begrüßte Chetti Singh ihn schmeichelnd, und der kleine Mann trat mit geschmeidigem und anmutigem Schritt auf die Lichtung.

»Hast du Tabak mitgebracht?« fragte er mit kindlicher Direktheit auf Swahili, und Chetti Singh kicherte und reichte ihm eine Dose Uphill Rhodesian.

Pirri schraubte den Deckel ab. Er nahm etwas von dem gelben Tabak, stopfte ihn unter seine Oberlippe und summte vor Freude.

»Er ist nicht so klein, wie ich dachte«, bemerkte Cheng, während er ihn musterte. »Und auch nicht so dunkel.«

»Er ist kein reinblütiger Bambuti«, erklärte Chetti Singh. »Sein Vater war ein Hita. So erzählt man sich jedenfalls.«

»Kann er jagen?« fragte Cheng zweifelnd. »Kann er einen Elephanten töten?«

Chetti Singh lachte. »Er ist der größte Jäger seines Stammes. Aber das ist nicht alles. Er hat andere Tugenden, die seine Brüder nicht besitzen, weil er von gemischtem Blut ist.«

»Welche sind das?« wollte Cheng wissen.

»Er weiß um den Wert des Geldes«, erklärte Chetti Singh. »Wohlstand und Reichtum bedeuten den Bambuti nichts, aber Pirri ist anders. Er ist zivilisiert genug, um zu wissen, was Gier bedeutet.«

Pirri hörte ihnen zu. Er verstand die englischen Wörter nicht und neigte jeweils dem den Kopf zu, der sprach, während er an seinem Tabakpriem saugte. Er war nur mit einem kurzen Lendenschurz aus Rinde bekleidet. Sein Bogen ragte hinter seiner Schulter auf, und seine Machete steckte in einer Holzscheide, die an seiner Hüfte hing. Abrupt unterbrach er ihre Diskussion.

»Wer ist dieser *wazungu?*« fragte er auf Swahili, wobei er das wolligbärtige Kinn auf Cheng richtete.

»Er ist ein berühmter Häuptling und reich«, versicherte Chetti Singh ihm, und Pirri schritt auf seinen muskulösen Beinen mit den kräftigen Waden über die Lichtung und blickte neugierig zu Cheng auf.

»Seine Haut hat die Farbe von Malaria, und seine Augen sind die Augen der Mamba«, verkündete er treuherzig. Cheng verstand genug Swahili, um aufzubrausen.

»Gier mag er kennen, aber Respekt kennt er nicht.«

»So sind die Bambuti«, versuchte Chetti Singh ihn zu beschwichtigen. »Sie sind wie Kinder. Sie sagen, was ihnen durch den Kopf geht.«

»Fragen Sie ihn nach den Elephanten«, befahl Cheng, und Chetti Singh wechselte den Tonfall und lächelte Pirri schmeichlerisch an.

»Ich bin gekommen, um dich nach den Elephanten zu fragen«, sagte er, und Pirri kratzte sich im Schritt, nahm das, was unter seinem Lendenschurz steckte, in die Hand und spielte nachdenklich daran herum.

»Ah, Elephanten«, sagte er vage. »Was weiß ich von Elephanten?«

»Du bist der größte Jäger aller Bambuti«, erklärte Chetti Singh. »Im Wald bewegt sich nichts, von dem Pirri nichts weiß.«

»Das ist wahr«, stimmte Pirri zu und musterte Chetti nachdenklich. »Ich mag das Armband am Handgelenk dieses reichen *wazungu*«, sagte er. »Bevor wir von Elephanten reden, sollte er mir ein Geschenk geben.«

»Er will Ihre Armbanduhr haben«, erklärte Chetti Singh Cheng.

»Ich habe verstanden!« schnappte Cheng. »Er ist unverschämt. Was will ein Wilder mit einer goldenen Rolex?«

»Wahrscheinlich wird er sie für ein Hundertstel ihres Wertes an einen Lastwagenfahrer verkaufen«, erwiderte Chetti Singh, der Chengs Wut und Verärgerung genoß.

»Sagen Sie ihm, daß ich mich nicht erpressen lasse. Ich werde ihm meine Armbanduhr nicht geben«, stellte Cheng kategorisch fest. Chetti Singh zuckte die Achseln.

»Ich werde es ihm sagen«, nickte er. »Aber das bedeutet kein Geschenk für Ihren ehrenwerten Vater.«

Cheng zögerte und löste dann das goldene Armband von seinem Handgelenk und reichte es dem Pygmäen. Pirri schnurrte vor Freude, hielt die Armbanduhr mit beiden Händen und drehte sie so, daß die kleinen Diamanten glitzerten, die auf dem Zifferblatt saßen.

»Es ist hübsch«, kicherte er. »So hübsch, daß ich mich plötzlich an die Elephanten im Wald erinnere.«

»Erzähl mir von den Elephanten«, forderte Chetti Singh ihn auf.

»In dem Wald bei Gondala waren dreißig Elephantenkühe und -kälber«, sagte Pirri. »Und zwei große Bullen mit langen weißen Zähnen.«

»Wie lang?« fragte Chetti Singh, und Cheng, der die Unterhaltung bisher hatte verfolgen können, beugte sich interessiert vor.

»Ein Elephant ist größer als der andere. Seine Zähne sind so lang«, sagte Pirri, nahm seinen Bogen von der Schulter, setzte ihn auf seinen Kopf und stellte sich auf die Zehenspitzen. »So lang«, wiederholte er. »So lang, wie ich mit meinem Bogen reichen kann, von der Spitze des

Zahnes bis zur Lippe, aber den Teil nicht mitgerechnet, der in seinem Schädel versteckt ist.«

»Wie dick?« fragte Cheng in scheußlichem Swahili, und seine Stimme war vor Gier heiser. Pirri wandte sich zu ihm und beschrieb mit seinen zarten Kinderhänden einen Halbkreis um seine Hüfte.

»So dick«, sagte er. »So dick, wie ich bin.«

»Das ist ein großer Elephant«, murmelte Chetti Singh ungläubig, und Pirri wurde ärgerlich.

»Er ist der größte aller Elephanten, und ich habe ihn mit meinen eigenen Augen gesehen. Ich, Pirri, sage das, und es ist wahr.«

»Ich will, daß du diesen Elephanten tötest und mir seine Stoßzähne bringst«, sagte Chetti Singh leise, aber Pirri schüttelte seinen Kopf.

»Dieser Elephant ist nicht mehr in Gondala. Als die Maschinen aus gelbem Eisen in den Wald kamen, rannte er vor ihrem Rauch und Lärm davon. Er ist in das heilige Herzland gezogen, in dem kein Mensch jagen darf. Das ist von der Mutter und vom Vater so bestimmt. Ich kann den Elephanten nicht im Herzland töten.«

»Ich werde dir sehr viel für die Zähne dieses Elephanten bezahlen«, flüsterte Chetti Singh verführerisch, aber Pirri schüttelte entschlossen seinen Kopf.

»Bieten Sie ihm tausend Dollar an«, sagte Cheng auf Englisch. Chetti Singh runzelte nur die Stirn und sah ihn an.

»Überlassen Sie das mir«, sagte er bedächtig. »Wir wollen das Geschäft nicht durch Ungeduld verderben.« Er wandte sich wieder an Pirri und sagte auf Swahili: »Ich werde dir zehn Ballen von schönem Tuch geben, das die Frauen lieben, und fünfzig Hände voll Glasperlen – genug, daß tausend Jungfrauen ihre Schenkel für dich spreizen.«

Pirri schüttelte seinen Kopf. »Es ist das heilige Herzland«, sagte er. »Die Mutter und der Vater werden zornig sein, wenn ich dort jage.«

»Außer dem Tuch und den Perlen werde ich dir zwanzig Axtköpfe und zehn schöne Messer geben, die handlange Klingen haben.«

Pirri wand sich wie ein junger Hund. »Es ist gegen Gesetz und Brauch. Mein Stamm wird mich hassen und mich verstoßen.«

»Ich werde dir zwanzig Flaschen Gin geben«, sagte Chetti Singh. »Und soviel Tabak, wie du heben kannst.«

Pirri massierte sich heftig im Schritt und verdrehte seine Augen. »Soviel Tabak, wie ich tragen kann!« Seine Stimme war heiser. »Das kann ich nicht tun. Sie werden den Fluch von Mutter und Vater auf mich lenken.«

»Und ich werde dir hundert silberne Maria-Theresia-Dollar geben.«

Chetti Singh griff in die Tasche seiner Buschjacke und holte eine Handvoll Silbermünzen hervor. Er schüttelte sie in der Hand, so daß sie klingelten und im Sonnenlicht funkelten.

Einen langen Augenblick starrte Pirri gierig darauf. Dann stieß er einen schrillen Schrei aus, sprang in die Luft und zog seine Machete. Chetti Singh und Cheng traten nervös zurück, weil sie erwarteten, daß er sie angreifen würde. Indes wirbelte Pirri herum und stürmte, die Klinge hoch über seinem Kopf erhoben, auf den Waldrand zu und führte einen sausenden Schlag gegen den ersten Busch. Vor Wut und Versuchung brüllend, hackte und schlug er in das Dickicht des Waldes. Blätter und Zweige flogen, und Äste wurden durchschnitten. Unter seinen Hieben regnete es Rindenstücke und weißes Holz von den blutenden Bäumen.

Schließlich hörte Pirri auf und stützte sich auf die Klinge. Seine muskulöse Brust hob und senkte sich, und Schweiß rann über sein Gesicht und tropfte in seinen Bart. Er schluchzte vor Anstrengung und Selbstverachtung. Dann richtete er sich auf, ging zurück zu Chetti Singh und sagte: »Ich werde diesen Elephanten für dich töten und dir seine Zähne bringen. Dann wirst du mir all diese Dinge geben, die du mir versprochen hast, und vergiß den Tabak nicht.«

Chetti Singh steuerte den Landrover über den unebenen Weg zurück. Sie brauchten fast eine Stunde, um den Knüppeldamm zu erreichen, auf dem Gefangenentrupps arbeiteten und über den die großen Erztransporter und die Holzlastzüge rumpelten und dröhnten.

Als sie den zugewachsenen Weg verließen und sich in den dichten Verkehr nach Sengi-Sengi einfädelten, wandte Chetti Singh sich grinsend an den Mann neben ihm.

»Damit hätten wir uns um das Geschenk für Ihren Vater gekümmert. Jetzt müssen wir all unseren Einfallsreichtum und unseren Verstand auf ein kleines Geschenk für mich konzentrieren – auf den Kopf von Doktor Daniel Armstrong, serviert auf einem silbernen Teller mit einem Apfel im Mund.«

Daniel hatte auf diesen Augenblick gewartet, hatte darum gebetet.

Er stand oben auf der Kommandobrücke der MOMU, und es regnete. Man konnte kaum zwanzig Meter weit sehen, und Bonny hatte Schutz in der Kommandokabine am Ende der Plattform gesucht, um ihre kostbare Videoausrüstung in Sicherheit zu bringen. Die beiden

Hita-Posten waren auf das untere Deck hinuntergegangen, und Daniel war für einen Augenblick allein auf dem oberen Deck.

Daniel hatte sich an den Regen gewöhnt. Seit seiner Ankunft in Sengi-Sengi schien er stets nasse Kleidung zu tragen. Jetzt stand er in einer Ecke zwischen der stählernen Wand der Kommandokabine und der Brücke und war nur zum Teil vor dem treibenden Regen geschützt. Immer wieder wehte eine Böe dicke Tropfen in sein Gesicht und zwang ihn, seine Augen zusammenzukneifen.

Plötzlich öffnete sich die Tür zur Kommandokabine, und Ning Cheng Gong trat auf die Brücke. Er hatte Daniel nicht gesehen und begab sich zu dem vorderen Geländer in den Schutz eines Sonnensegels, lehnte sich auf das Geländer und schaute hinab auf die großen, funkelnden Baggerfräsen, die fast zwanzig Meter unter ihnen die Erde aufrissen.

Das war Daniels Augenblick. Zum ersten Mal waren sie allein, und Cheng war verwundbar.

»Das ist für Johnny«, flüsterte er und überquerte die stählerne Brücke auf leisen Gummisohlen. Er blieb hinter Cheng stehen.

Er brauchte sich nur zu bücken und seine Knöchel zu packen. Ein schneller Ruck und ein Stoß, und Cheng würde über das Geländer geschleudert werden und in die tödlichen Klingen des Baggers stürzen. Es würde blitzschnell geschehen, und die zerkleinerte Leiche würde in die Rohrmühle geschoben, zu einem Teig zermalmt und mit Hunderten Tonnen pulverisierter Erde vermischt werden.

Daniel streckte die Hände aus, doch bevor er Cheng berühren konnte, zögerte er unwillkürlich, plötzlich entsetzt über das, was er zu tun gedachte. Es war kaltblütiger, vorsätzlicher Mord. Er hatte früher als Soldat getötet, niemals aber so, und für einen Augenblick war ihm vor Selbstverachtung übel.

»Für Johnny«, versuchte er sich zu überzeugen, aber es war zu spät. Cheng wirbelte herum und schaute ihn an.

Er war so schnell wie ein Mungo, der mit einer Kobra konfrontiert wird. Seine Hände schnellten hoch. Er hatte die Finger wie starre Messerklingen ausgestreckt, und seine Augen waren dunkel und wild, als er in Daniels Gesicht starrte.

Für einen Augenblick schien es, als würden sie sich aufeinanderstürzen, doch dann flüsterte Cheng: »Sie haben Ihre Chance verpaßt, Doktor. Sie werden keine zweite bekommen.«

Daniel wich zurück. Mit dieser Schwäche hatte er Johnny verraten. In den alten Tagen wäre ihm das nicht passiert. Er hätte Cheng schnell und sicher überrumpelt und sich über den Mord gefreut. Jetzt war der Taiwanese gewarnt und noch gefährlicher.

Daniel wandte sich ab. Ihm war übel wegen seines Versagens. Und dann zuckte er zusammen. Einer der Hita-Posten hatte lautlos wie ein Leopard die Stahlleiter erklommen. Er lehnte am hinteren Geländer der Brücke, hatte sein kastanienbraunes Barett über ein Auge gezogen, und die Uzi-Maschinenpistole an seiner Hüfte war auf Daniels Bauch gerichtet. Er hatte alles beobachtet.

In dieser Nacht lag Daniel bis nach Mitternacht wach, entnervt darüber, wie knapp er seinem Schicksal entgangen war, und krank wegen der Wut, die ihn beherrschte und ihn dazu gebracht hatte, so blinde Rache üben zu wollen. Doch nicht einmal diese Gewissensbisse erschütterten seine Entschlossenheit, Werkzeug der Gerechtigkeit zu sein, und als er am Morgen erwachte, stellte er fest, daß seine Rachsucht ungebrochen war. Aber er war schlecht gelaunt und überreizt.

Das führte zum endgültigen Bruch mit Bonny Mahon. Es begann damit, daß sie an diesem Tag zu spät kam und ihn im strömenden Regen fast vierzig Minuten warten ließ, bevor sie schließlich auftauchte.

»Als ich fünf Uhr sagte, meinte ich nicht am Nachmittag«, fauchte er sie an, und sie grinste selbstgefällig.

»Was verlangst du von mir, oh, Meister? Soll ich Harakiri begehen?« fragte sie. Er wollte sie verbal attackieren, als ihm klar wurde, daß sie direkt aus Taffaris Bett gekommen sein mußte, ohne sich zu baden, denn er nahm einen Hauch von intimem Moschusgeruch an ihr wahr und mußte sich abwenden. Er war so wütend, daß er glaubte, er müsse auf sie einschlagen.

Um Himmels willen, Armstrong, reiß dich zusammen, ermahnte er sich stumm, sonst zerreißt es dich.

In Schlamm und Regen war das Vorankommen schwer, und durch die umgestürzten Baumstämme und die riesigen Maschinen, die rings um sie arbeiteten, gefährlich. Das trug nicht dazu bei, Daniels Stimmung zu verbessern, aber es gelang ihm, sich zu beherrschen, bis Bonny kurz vor Mittag verkündete, daß sie keine Videokassetten mehr habe und eine Pause einlegen müsse, um zum Lager zurückzufahren und Nachschub aus dem Kühlraum zu holen.

»Wie blöd muß ein Kameramann sein, daß ihm mitten beim Dreh das Filmmaterial ausgeht?« wollte Daniel wissen, und sie wurde heftig.

»Ich weiß, was dir stinkt, mein Lieber. Es geht nicht um das Filmmaterial. Es geht darum, daß du nichts zu naschen hast. Du haßt mich, weil Ephrem etwas bekommt und du nicht. Das ist nichts weiter als Neid.«

»Du hast eine ziemlich überzogene Vorstellung von dem Wert dessen, worauf du sitzt«, erwiderte Daniel ebenso wütend.

Jetzt eskalierte alles rasch, bis Bonny ihm ins Gesicht schrie: »So redet niemand mit mir, du Scheißknacker. Du kannst dir den Job und deine Beleidigungen sonstwohin stecken!« Und sie rutschte und schlitterte durch den roten Schlamm zu der Stelle, wo der Landrover geparkt war.

»Laß die Kamera im Landrover«, brüllte Daniel ihr nach. Die ganze Videoausrüstung war gemietet. »Dein Rückflugticket nach London hast du ja, und ich schicke dir einen Scheck für das, was ich dir schulde. Du bist gefeuert.«

»Nein, das bin ich nicht!« Sie knallte die Tür des Landrovers zu und gab Vollgas. Die Räder drehten sich wie wild und wirbelten Klumpen von rotem Schlamm auf, als Bonny den Weg zurückfuhr und ihm nichts übrigblieb, als ihr nachzustarren. Seine Laune wurde noch schlechter, weil ihm verspätet ein Dutzend anderer cleverer Erwiderungen einfielen, die er ihr hätte an den Kopf werfen können, solange er die Gelegenheit hatte.

Bonny war ebenso wütend, aber ihre Stimmung hielt länger an, und sie war rachsüchtig. Sie dachte angestrengt darüber nach, wie sie sich am grausamsten rächen könnte, und kurz bevor sie das Hauptlager in Sengi-Sengi erreichte, durchzuckte sie ein Geistesblitz.

»Du wirst jedes dieser gemeinen Wörter bedauern, das du mir an den Kopf geworfen hast, mein lieber Danny«, versprach sie laut und grinste gnadenlos. »Du wirst keinen einzigen Meter mehr in Ubomo drehen, weder du noch irgendein anderer Kameramann, den du für mich als Ersatz engagierst. Dafür werde ich garantiert sorgen.«

Sein Körper war lang und geschmeidig. Im schwachen Licht unter dem Moskitonetz glänzte seine vom Schweiß der Liebe noch feuchte Haut wie gewaschene Kohle. Ephrem Taffari lag rücklings auf dem zerwühlten weißen Laken, und sie fand, daß er der schönste Mann war, den sie je gesehen hatte.

Langsam senkte sie ihren Kopf und legte ihre Wange auf seine nackte Brust. Sie war glatt und unbehaart, und seine dunkle Haut fühlte sich kühl an. Sanft blies sie auf seine Brustwarzen und beobachtete, wie sie zitterten und ersteiften. Sie lächelte. Sie glühte vor Wohlgefühl. Er war ein wundervoller Liebhaber, besser als jeder weiße

Mann, den sie je gehabt hatte. Es hatte niemals einen wie ihn gegeben. Sie wollte etwas für ihn tun.

»Ich muß dir etwas erzählen«, flüsterte sie an seiner Brust, und er streichelte ihr die dichte, kupferglänzende Mähne ihres Haares mit einer trägen Hand aus dem Gesicht.

»Was?« fragte er mit weicher, tiefer Stimme fast uninteressiert.

Sie wußte, daß er ihr nach ihrem nächsten Satz seine volle Aufmerksamkeit schenken würde, und zögerte diesen Moment hinaus. Es war zu schön, um einfach vergeudet zu werden. Sie wollte es ganz auskosten. Es war ein doppeltes Vergnügen – ihre Rache an Daniel Armstrong und ihr Geschenk an Ephrem Taffari, womit sie ihm ihre Loyalität und ihren Wert beweisen würde.

»Was?« wiederholte er. Er faßte eine Strähne ihres Haares und zog gerade so fest daran, daß es schmerzte. Im Verursachen von Schmerz war er ein Meister, und ihr Atem stockte in masochistischer Lust.

»Ich erzähle dir das, um zu beweisen, daß ich dir ganz gehöre und wie sehr ich dich liebe«, flüsterte sie. »Nach dieser Nacht wirst du nie wieder Zweifel daran haben können, wem gegenüber ich loyal bin.«

Er grinste und schüttelte ihren Kopf behutsam von einer Seite zur anderen. Seine Finger faßten noch immer ihr Haar, und die Bewegung schmerzte köstlich.

»Laß mich das beurteilen, meine kleine rote Lilie. Erzähl mir, was es Schreckliches gibt.«

»Es ist schrecklich, Ephrem. Auf Anweisung von Daniel Armstrong habe ich die Zwangsräumung des Dorfes an der Fischadlerbucht gefilmt, wo Platz für das neue Kasino geschaffen wurde.«

Ephrem Taffari hörte auf zu atmen. Sie hörte, daß sein Atem zwanzig Herzschläge lang aussetzte. Dann atmete er langsam aus, und sein Puls schlug etwas schneller, als er leise sagte: »Ich weiß nicht, wovon du redest. Erklär mir das.«

»Daniel und ich waren oben auf der Klippe, als die Soldaten in das Dorf kamen. Daniel befahl mir, sie zu filmen.«

»Was habt ihr gesehen?«

»Wir sahen, wie sie das Dorf mit Bulldozern niederwalzten und die Boote verbrannten. Wir sahen, wie sie die Menschen auf die Lastwagen trieben und sie fortbrachten...« Sie zögerte.

»Nur weiter«, befahl er. »Was habt ihr noch gesehen?«

»Wir sahen, wie sie zwei Menschen töteten. Einen alten Mann erschlugen sie und einen anderen erschossen sie, als er zu fliehen versuchte. Ihre Leichen haben sie in das Feuer geworfen.«

»Das alles hast du gefilmt?« fragte Ephrem, und etwas in seinem Tonfall machte sie plötzlich unsicher, und sie hatte Furcht.

»Daniel zwang mich, das zu filmen.«

»Ich weiß nichts davon, nichts von diesen Greueltaten. Ich habe keine Befehle gegeben«, sagte er, und sie glaubte ihm erleichtert.

»Ich war sicher, daß du nichts davon wußtest.«

»Ich muß diesen Film sehen. Er ist Belastungsmaterial gegen die, die diese Scheußlichkeit begangen haben. Wo ist der Film?«

»Ich habe ihn Daniel gegeben.«

»Was hat er damit getan?« fragte Ephrem, und seine Stimme war schrecklich.

»Er sagte, er hätte ihn bei der britischen Botschaft in Kahali deponiert. Der Botschafter, Sir Michael Hargreave, ist ein alter Freund von ihm.«

»Hat er den Film dem Botschafter gezeigt?« wollte Ephrem wissen.

»Das glaube ich nicht. Er sagte, das sei Dynamit, das er erst benutzen wolle, wenn die Zeit reif sei.«

»Dann sind du und Armstrong die einzigen, die davon wissen, die wissen, daß dieser Film existiert?«

So hatte sie das noch gar nicht gesehen, und jetzt hatte sie plötzlich ein ungutes Gefühl.

»Ja, ich denke schon. Es sei denn, Daniel hat jemandem davon erzählt. Ich habe das nicht.«

»Gut.« Ephrem ließ ihr Haar los und streichelte ihre Wange. »Du bist ein gutes Mädchen. Ich bin dir dankbar. Du hast mir deine Freundschaft bewiesen.«

»Es ist mehr als Freundschaft, Ephrem. Ich habe nie für einen anderen Mann empfunden, was ich für dich empfinde.«

»Ich weiß«, flüsterte er, hob ihren Kopf und küßte sie auf die Lippen. »Du bist eine wundervolle Frau. Meine Gefühle für dich werden immer stärker.« Dankbar preßte sie ihren üppigen Körper auf seine schlanke Gestalt.

»Wir müssen diesen Film zurückbekommen. Er könnte diesem Land und mir als Präsident unvorstellbaren Schaden zufügen.«

»Ich hätte dir das früher erzählen müssen«, sagte sie. »Aber erst jetzt weiß ich, wie sehr ich dich liebe.«

»Es ist noch nicht zu spät«, versicherte er ihr. »Ich werde morgen früh mit Armstrong sprechen. Ich werde ihm mein Wort geben, daß die Schuldigen vor Gericht kommen. Er muß mir den Film geben, damit er als Beweis benutzt werden kann.«

»Ich glaube nicht, daß er das tun wird«, sagte sie. »Das Band ist zu sensationell. Für ihn ist es eine Million wert. Er wird es nicht rausrücken.«

»Dann wirst du mir helfen, es zurückzubekommen. Schließlich ist es dein Film. Wirst du mir helfen, meine schöne rotweiße Lilie?«

»Du weißt, daß ich das tun werde, Ephrem. Für dich werde ich alles tun«, murmelte sie, und er liebte sie, ohne noch ein weiteres Wort zu verlieren, mit dieser herrlich phantastischen Liebe, zu der nur er fähig war.

Danach schlief sie.

Als sie erwachte, regnete es wieder. In dieser schrecklichen grünen Dschungelhölle schien es immer zu regnen. Der Regen prasselte und trommelte auf das Dach des VIP-Gästebungalows, und es war völlig dunkel.

Instinktiv tastete sie nach Ephrem, doch das Bett neben ihr war leer. Die Laken, auf denen er gelegen hatte, waren bereits kalt. Er mußte sie schon vor einiger Zeit verlassen haben. Sie dachte, er sei ins Badezimmer gegangen, und sie spürte den Druck ihrer Blase, der sie geweckt hatte.

Sie lag da und lauschte und wartete darauf, daß er zurückkam, doch als er nach fünf Minuten nicht kam, kroch sie unter dem Moskitonetz hervor und ertastete sich ihren Weg durch das Dunkel zur Badezimmertür. Sie stieß gegen einen Stuhl und verstauchte sich einen nackten Zeh, bevor sie die Tür erreichte. Sie fand den Lichtschalter und blinzelte in die plötzlich glitzernden weißen Kacheln.

Das Badezimmer war leer, doch die Toilettenbrille war hochgeklappt, Beweis dafür, daß er vor ihr hier gewesen war. Sie klappte sie herunter und hockte sich nackt darauf. Sie war noch immer verschlafen, und ihr rotes Haar hing ihr in die Augen.

Draußen dröhnte der Regen, und ein plötzlicher Lichtblitz erhellte das Fenster. Bonny griff nach dem Toilettenpapierhalter hinüber, und ihr Ohr war nur Zentimeter von der dünnen Wand des Bungalows entfernt. Aus dem Nebenraum hörte sie Stimmen. Sie waren undeutlich, aber männlich.

Langsam wurde sie ganz wach, und ihr Interesse war geweckt. Sie preßte ihr Ohr an die Wand und erkannte Ephrems Stimme. Sie war scharf und herrisch. Jemand antwortete ihm, aber das Geräusch des Regens legte sich darüber, und sie konnte den Sprecher nicht erkennen.

»Nein«, erwiderte Ephrem. »Heute nacht. Ich will, daß es sofort geschieht.« Bonny war jetzt hellwach, und in diesem Augenblick hörte es mit dramatischer Plötzlichkeit auf zu regnen. In der Stille hörte sie die Antwort und erkannte den Sprecher.

»Werden Sie ein Urteil unterzeichnen, Herr Präsident?« Es war Chetti Singh. Sein Akzent war unverkennbar. »Ihre Soldaten könnten die Exekution ausführen.«

»Seien Sie kein Narr, Mann. Ich will, daß es unauffällig geschieht. Beseitigen Sie ihn. Sie können sich von Kajo dabei helfen lassen, aber beseitigen Sie ihn. Keine Fragen, nichts Schriftliches. Legen Sie ihn einfach um.«

»Ah, ja. Ich verstehe. Wir werden sagen, daß er im Dschungel filmen wollte. Später können wir einen Suchtrupp aussenden, der keine Spur von ihm findet. Wie bedauerlich. Aber was ist mit der Frau? Sie ist ebenfalls Zeugin unserer Aktivitäten an der Fischadlerbucht. Wollen Sie, daß ich mich um sie ebenfalls kümmere?«

»Nein, seien Sie kein Idiot! Ich brauche sie, um das Band aus der Botschaft zu bekommen. Anschließend, wenn das Band in meinen Händen ist, werde ich über das Problem mit der Frau nachdenken. Bringen Sie Armstrong inzwischen einfach in den Dschungel und erledigen Sie ihn.«

»Ich versichere Ihnen, Herr Präsident, daß mir nichts mehr Vergnügen bereiten wird. Ich werde etwa eine Stunde brauchen, um mit Kajo alle Vorbereitungen zu treffen. Aber vor Tagesanbruch wird alles vorüber sein. Das verspreche ich Ihnen verbindlich.«

Man hörte das Geräusch eines Stuhles, der gerückt wurde, und schwere Schritte, dann eine zuschlagende Tür, und dann herrschte im Wohnzimmer des Bungalows nur noch Stille.

Bonny saß einen Augenblick wie erstarrt da, entsetzt über das, was sie gehört hatte. Dann sprang sie auf, schoß zum Lichtschalter und tauchte das Bad in Dunkelheit. Rasch tastete sie sich zum Bett zurück und kroch unter das Moskitonetz. Sie lag starr unter der Decke, rechnete damit, daß Ephrem Taffari jeden Augenblick zurückkommen würde.

Ihre Gedanken überschlugen sich. Sie hatte Angst und war völlig durcheinander. Das hatte sie nicht erwartet.

Sie hatte geglaubt, Ephrem würde sich das Videoband beschaffen und Daniel verhaften, ihn danach sofort deportieren und ihn zum unerwünschten Ausländer erklären oder ähnliches. Ihr war nicht ganz klar gewesen, was Ephrem mit Daniel tun würde, aber sie hatte nicht einmal im Traum daran gedacht, daß er ihn wie ein Insekt ohne Mitleid oder Bedauern zerquetschen würde. Entsetzt erkannte sie, wie naiv sie gewesen war.

Der Schock war fast unerträglich. Sie hatte Daniel nie gehaßt. Im Gegenteil. Sie war so verliebt in ihn gewesen, wie sie nur sein konnte, bis er sie gelangweilt und geärgert hatte. Natürlich war Daniel beleidigt gewesen und hatte sie gefeuert, nachdem Ephrem da war, aber sie hatte ihm den Grund dafür geliefert und ihn nicht gehaßt – jedenfalls nicht so sehr, daß sie seinen Tod wollte.

»Halt dich da raus«, sagte sie zu sich. »Jetzt ist es zu spät. Daniel muß allein damit fertig werden.«

Sie lag da und wartete darauf, daß Ephrem zurück ins Bett kam, aber er kam nicht, und sie dachte wieder an Daniel. Er war einer der wenigen Männer, die sie aufrichtig bewundert und gemocht hatte. Er war anständig und gut und lustig und stattlich... Sie brach diese Gedankenkette ab.

Werd bloß nicht sentimental, dachte sie. Es ist anders gelaufen, als du erwartet hast, aber das ist Dannys Problem. Und doch hatte es eine indirekte Drohung gegen sie gegeben, als Ephrem sagte: »Wenn das Band in meinen Händen ist, werde ich über das Problem mit der Frau nachdenken.«

Ephrem war noch immer nicht gekommen. Sie richtete sich im Bett auf und lauschte. Es hatte völlig aufgehört zu regnen. Unwillig glitt sie unter dem Moskitonetz hervor und nahm ihr Kleid, das am Fußende des Bettes lag. Sie ging zu der Tür, die zur Veranda des Bungalows führte, und öffnete sie leise.

Sie schlich über die Veranda. Aus dem Wohnzimmer fiel Licht auf den Verandaboden. Sie begab sich in eine Position, von der aus sie in das Wohnzimmer schauen konnte, selbst aber im Schatten verborgen war. Ephrem Taffari saß an dem Schreibtisch, der vor der gegenüberliegenden Wand stand. Er hatte ihr den Rücken zugewandt. Er trug ein Khaki-T-Shirt und eine Tarnhose. Er rauchte eine Zigarette und studierte die Papiere, die auf seinem Schreibtisch verstreut lagen. Er schien in seine Arbeit vertieft zu sein.

Sie würde keine zehn Minuten brauchen, um die Reihe der Gästebungalows an der Ostseite der Anlage zu erreichen und wieder in ihr Schlafzimmer zurückzukehren.

Die hölzernen Laufstege waren naß und rot von Schlamm. Sie war barfuß. Vielleicht war Daniel nicht in seinem Zimmer. Sie suchte nach allen möglichen Vorwänden, um nicht zu ihm gehen zu müssen und ihn zu warnen.

Ich schulde ihm nichts, dachte sie, und hörte in Gedanken Ephrems Stimme: »Bringen Sie Armstrong einfach in den Dschungel und erledigen Sie ihn.«

Sie wich von dem erleuchteten Fenster zurück und war sich noch immer nicht sicher, was sie tun sollte, bis sie merkte, daß sie über den Laufsteg zwischen den dunklen, vom Regen tropfenden Bäumen rannte. Sie rutschte und stürzte, sprang aber wieder auf und rannte weiter. Die Vorderseite ihres Kleides war mit rotem Schlamm verschmiert.

Durch die Bäume sah sie, daß in der Reihe der Gasträume ein Licht brannte. Die anderen lagen im Dunkel. Als sie näher kam, sah sie erleichtert, daß das Licht in Daniels Raum brannte.

Sie ging nicht über die Veranda ins Gästehaus, sondern sprang von dem Laufsteg herunter und lief zur Rückseite des Gebäudes. Die Vorhänge an Daniels Fenster waren zugezogen. Sie kratzte leise an dem Fliegendraht, der es bedeckte, und hörte einen Stuhl auf hölzernem Boden scharren.

Sie kratzte nochmals und hörte Daniel leise fragen: »Wer ist da?«

»Um Gottes willen, Danny. Ich bin's. Ich muß mit dir reden.«

»Komm rein. Ich öffne die Tür.«

»Nein, nein. Komm heraus. Es ist schrecklich. Man darf mich nicht sehen. Beeil dich, Mann, mach schnell.«

Eine halbe Minute später ragte seine breitschultrige Gestalt in der Dunkelheit auf, von hinten durch das helle Bungalowfenster beleuchtet.

»Danny, Ephrem weiß von dem Videoband von der Fischadlerbucht.«

»Woher weiß er das?«

»Das ist unwichtig.«

»Du hast ihm das erzählt, nicht wahr?«

»Verdammt noch mal – ich bin hier, um dich zu warnen. Er hat Befehl erteilt, dich sofort zu exekutieren. Chetti Singh und Kajo sind auf dem Weg hierher. Sie werden dich in den Dschungel bringen. Sie wollen keine Beweise.«

»Woher weißt du das?«

»Stell keine dämlichen Fragen. Glaub mir, ich weiß es. Ich habe keine Zeit mehr. Ich muß zurück. Er merkt, daß ich weg bin.« Sie drehte sich um, aber er ergriff ihren Arm.

»Danke, Bonny«, sagte er. »Du bist besser, als ich dachte. Willst du nicht Schluß machen und mit mir kommen?«

Sie schüttelte den Kopf. »Ich schaff's schon«, sagte sie. »Mach einfach, daß du wegkommst. Du hast höchstens noch eine Stunde. Hau ab!«

Sie entzog sich seinem Griff und eilte zwischen den Bäumen davon. Er sah sie zum letzten Mal. Das Licht aus dem Bungalow warf einen rosigen Schein um ihr wirres Haar, und in dem langen weißen Kleid wirkte sie wie ein Engel.

»Schon ein ganz besonderer Engel«, murmelte Daniel und stand eine ganze Minute reglos in der Dunkelheit, während er überlegte, was er tun sollte.

Solange er nur mit Chetti Singh und Ning Cheng Gong hatte fertig werden müssen, hatte er eine Chance gehabt. Sie waren wie er gezwungen gewesen, heimlich vorzugehen. Keiner von ihnen hätte den anderen in aller Öffentlichkeit angreifen können. Jetzt aber hatte Chetti Singh durch besonderen Erlaß des Präsidenten den Auftrag, ihn zu töten. Daniel grinste gnadenlos wie ein Wolf. Er mußte damit rechnen, daß Singh schnell und skrupellos handeln würde. Bonny hatte recht. Er mußte innerhalb der nächsten Minuten aus Sengi-Sengi verschwinden, bevor die Mörder kamen.

Aus dem Gebäude warf er einen raschen Blick auf die Veranda und die gesamte Anlage. Alles war ruhig und dunkel. Er huschte zurück in sein Zimmer und nahm seine kleine Reisetasche vom Schrank. Sie enthielt seine persönlichen Dokumente, Paß, Flugscheine, Kreditkarten und Reisescheks. Abgesehen von seiner Kleidung und seiner Toilettentasche war nichts Wertvolles in dem Raum.

Er zog eine leichte Windbluse über und überzeugte sich davon, daß der Schlüssel für den Landrover in seiner Tasche steckte. Er schaltete die Lampen aus und ging hinaus. Der Landrover parkte am anderen Ende der Veranda. Er öffnete leise die Tür und warf seine Tasche auf den Beifahrersitz. Die gemietete Videoausrüstung war hinten verstaut, ebenso verschiedene Campinggegenstände und der Erste-Hilfe-Kasten, doch eine Waffe gab es, abgesehen von seinem alten Jagdmesser, nicht.

Er startete den Landrover. Das Motorengeräusch klang in der Dunkelheit überaus laut. Er schaltete die Scheinwerfer nicht ein, kuppelte vorsichtig und hielt die Drehzahl niedrig. Langsam fuhr er durch die im Dunkel liegende Anlage auf das Haupttor zu. Er wußte, daß die Tore nachts nie geschlossen wurden und nur ein einzelner Posten dort wachte.

Daniel gab sich keinen Illusionen hin, wie weit er mit dem Landrover kommen würde. Es gab nur eine Straße von Sengi-Sengi zur Fähre über den Ubomo, und alle fünf Meilen waren Straßensperren errichtet.

Ein Funkspruch aus Sengi-Sengi würde alle sofort alarmieren. Die Posten würden auf ihn warten, ihre Finger am Abzug ihrer AK 47. Nein, er konnte von Glück sagen, wenn er die erste Sperre überwand. Dann mußte er sich in den Dschungel schlagen. Diese Aussicht behagte ihm nicht. Er war für das Überleben und den Kampf im trockenen Bushveld Rhodesiens ausgebildet worden, das viel weiter südlich lag. Im Regenwald war er bei weitem nicht so erfahren, aber es gab für ihn keinen anderen Weg.

Zuerst einmal aber mußte er von Sengi-Sengi wegkommen. Danach würde sich ergeben, wie er mit den auftauchenden Problemen fertig werden würde.

Und das ist der erste Streich, dachte er grimmig, als das grelle Halogenlicht der Scheinwerfer am Haupttor plötzlich aufflammte. Die ganze Anlage war hell erleuchtet.

Ein halbes Dutzend Gestalten rannte aus dem Kasernenbereich, in dem die Posten ihr Quartier hatten. Offensichtlich hatten sie sich hastig angezogen. Einige trugen nur Unterhemden und Hosen. Daniel erkannte Captain Kajo und Chetti Singh.

Kajo schwenkte eine automatische Pistole, und Chetti Singh trottete hinter ihm her, schrie und winkte dem herankommenden Landrover zu. Im Scheinwerferlicht war sein weißer Turban sehr deutlich zu sehen. Einer der Posten versuchte, das Tor zu schließen. Einen Flügel des mit Maschendraht bespannten Stahlrahmens hatte er bereits halb auf die Straße geschwenkt.

Daniel schaltete seine Scheinwerfer ein, schlug mit flacher Hand auf die Hupe und fuhr heftig hupend direkt auf ihn zu. Der Posten sprang hektisch weg, und der Landrover krachte gegen den unverriegelten Torflügel und stieß ihn beiseite. Er dröhnte hindurch.

Hinter sich hörte er das Knallen der Schüsse aus Automatikgewehren. Er spürte, daß ein halbes Dutzend Kugeln in die Aluminiumkarosserie des Landrovers schlugen, doch er duckte sich tief über das Lenkrad und trat das Gaspedal bis zum Anschlag durch.

Die erste Kurve raste ihm im Scheinwerferlicht entgegen. Eine weitere Salve Gewehrfeuer prasselte gegen das Heck des Fahrzeugs. Das Rückfenster explodierte in einem Sturm von Glassplittern, und etwas traf ihn nur Zentimeter vom Rückgrat entfernt oben im Rücken. Er war schon früher von Kugeln getroffen worden, in diesem Krieg, der schon so lange vorbei war, und erkannte das Gefühl wieder. Nach der

Position der Wunde zu urteilen, hoch und dicht beim Rückgrat, mußte es ein Lungenschuß sein, eine tödliche Verletzung. Er rechnete damit, die erstickende Flut von Arterienblut in seiner Lunge zu spüren.

Fahr weiter, solange du kannst, dachte er, und steuerte den Landrover mit Vollgas in die Kurve. Der Wagen neigte sich bedenklich auf zwei Räder, kippte aber nicht um. Als er in den Rückspiegel schaute, waren die Lichter des Lagers, durch die Bäume verdeckt, nur noch ein schwindendes Glühen in der Dunkelheit hinter ihm.

Er spürte, daß das heiße Blut über seinen Rücken lief, aber er spürte weder ein Ersticken noch Schwäche, jedenfalls noch nicht. Die Wunde war taub. Er konnte klar denken. Er konnte weiterfahren.

Er wußte genau, wo sich die erste Straßensperre befand. »Schätzungsweise fünf Meilen voraus«, erinnerte er sich. »An der ersten Furt durch den Fluß.«

Er versuchte sich zu erinnern, wie der Straßenverlauf dorthin war. In den letzten drei Drehtagen war er die Strecke ein halbes dutzendmal gefahren. Er erinnerte sich an fast jede Kurve, jede Wegabzweigung.

Er traf seine Entscheidung. Er lehnte sich im Sitz zurück. Die Wunde schmerzte, als stecke ein Messer in seinem Rücken, aber er verlor nicht viel Blut. Innerliche Blutungen, dachte er. Aus der Sache kommst du nicht heil raus, mein lieber Danny. Aber er fuhr weiter, wartete darauf, daß Schwäche ihn überkam.

Bevor er die erste Straßensperre erreichte, zweigten fünf Holztransportwege von der Hauptstraße ab. Einige davon wurden nicht benutzt und waren überwachsen, aber zumindest zwei wurden täglich noch häufig benutzt. Er entschied sich für den ersten dieser beiden, der zwei Meilen von Sengi-Sengi entfernt war, bog darauf ab und fuhr westwärts. Die Grenze zu Zaïre lag neunzig Meilen in dieser Richtung, doch der Weg führte nur fünf Meilen durch den Wald, bis er auf den Graben der MOMU stieß. Er würde den Landrover stehenlassen müssen und versuchen, die übrigen achtzig Meilen durch weglosen Urwald zu Fuß zurückzulegen. Der letzte Teil der Reise würde über hohe Berge führen, über Gletscher und alpine Schneefelder. Dann dachte er an die Schußverletzung in seinem Rücken und wußte, daß er sich Illusionen hingab. So weit würde er nicht kommen.

Der Fahrweg, auf dem er sich befand, war von den gigantischen Reifen der Lastwagen und schweren Transporter tief gefurcht und zerwühlt. Es war ein morastiger Schlamm in der Konsistenz und Farbe von Fäkalien, und der Landrover biß sich im Vierradantrieb hindurch, holperte durch knietiefe Rinnen. Spritzender Schlamm verklebte die

Gläser der Scheinwerfer und dämpfte die Strahlen zu einem trüben Glühen, das die Straße kaum zwanzig Schritt weit erhellte.

Die Wunde in seinem Rücken begann zu schmerzen, aber sein Kopf war noch klar. Er berührte seine Nasenspitze mit dem Zeigefinger, um sein Koordinationsvermögen zu prüfen. Nichts deutete darauf hin, daß er es bereits verlor. Plötzlich sah er weit voraus Lichter auf dem Weg. Einer der Holztransporter fuhr auf ihn zu, und augenblicklich erkannte er die Möglichkeit, die sich ihm bot. Er fuhr langsamer und suchte den Rand des undurchdringlichen Dschungels ab, der bis an den Weg reichte. Er spürte die Lücke im Laubwerk mehr, als daß er sie sah, und steuerte den Landrover kühn hinein.

Vielleicht fünfzig Schritte weit bahnte er sich wuchtig den Weg durch das fast undurchdringliche Unterholz. Es schrammte an beiden Seiten der Karosserie entlang, und kleine Bäume und Äste schlugen polternd gegen das Chassis. Der weiche Waldboden saugte an den Rädern, und die Geschwindigkeit des Landrovers ließ nach, bis er schließlich aufsaß und nicht mehr weiterkam. Daniel stellte den Motor ab und schaltete die Scheinwerfer aus. Er saß in der Dunkelheit und lauschte, als der Holztransporter ostwärts auf der Straße vorbeirumpelte, die er gekommen war, und nach Sengi-Sengi fuhr. Als das Geräusch des gewaltigen Dieselmotors völlig erstorben war, beugte er sich im Sitz vor und spannte sich an, um die Schußwunde in seinem Rücken zu untersuchen. Widerwillig drehte er einen Arm nach hinten und tastete sich zu dem Zentrum des Schmerzes vor.

Plötzlich stieß er einen Schrei aus und zog ruckartig seine Hand zurück. Er schaltete die Wagenbeleuchtung ein und betrachtete den rasiermesserscharfen Schnitt an seinem Zeigefinger. Dann griff er schnell wieder nach seinem Rücken und betastete vorsichtig die Wunde. Er lachte laut vor Erleichterung. Eine herumfliegende Glasscherbe aus dem Heckfenster hatte seinen Rücken aufgeschlitzt und sich gegen seine Rippen gepreßt. Es war eine lange Fleischwunde, in der noch das scharfe Glas steckte.

Er zog die Scherbe heraus und betrachtete sie im Licht. Sie war blutig und gezackt, und die Blutung hatte wieder begonnen. Aber davon wirst du nicht sterben, beruhigte er sich, warf die Scherbe aus dem Fenster und griff nach dem Erste-Hilfe-Kasten, der hinten im Fahrzeug unter der Videoausrüstung lag.

Es war schwer, die Wunde an seinem Rücken zu versorgen, aber es gelang ihm, sie mit Betaisodona-Lösung buchstäblich zu verschmieren und einen unordentlichen Verband darüber zu legen. Die Enden der

Bandage verknotete er auf seiner Brust. Die ganze Zeit lauschte er nach anderen Fahrzeugen auf dem Weg, doch er hörte nur die Geräusche des Dschungels, Vögel, Insekten und andere Tiere.

Er fand die Maglite-Lampe und ging zu Fuß zur Straße zurück. Vom Rand aus betrachtete er die tiefen, schlammigen Spuren. Wie erhofft, hatte der Holztransporter mit seinen vielen gewaltigen Rädern die Spuren des Landrovers völlig weggewalzt. Nur an der Stelle, wo er über den Wegrand in den Dschungel gefahren war, sah man die Landroverspuren noch. Er ergriff einen toten Ast und verwischte sie sorgfältig. Dann widmete er sich dem Laubwerk, das der Landrover bei seiner Fahrt in den Wald zerfetzt hatte.

Er richtete es so natürlich wie möglich wieder her und schmierte Schlamm auf die Bruchstellen von Ästen und Zweigen, damit sie nicht ins Auge fielen. Nach einer halben Stunde Arbeit war er sicher, daß niemand vermuten würde, daß hier ein Fahrzeug von der Straße abgebogen und keine zwanzig Meter entfernt im dichten Unterholz versteckt war.

Fast augenblicklich sollte seine Arbeit darauf hin getestet werden. Aus Richtung Sengi-Sengi sah er Scheinwerfer auf sich zukommen. Er wich ein Stück in den Wald zurück und legte sich flach auf den Boden. Er beschmierte sein Gesicht und seine Handrücken mit Schlamm. Seine Windbluse war so dunkelgrün wie der Wald. Sie würde im Licht nicht zu sehen sein.

Er beobachtete, wie sich das Fahrzeug über den Weg näherte. Es fuhr langsam, und als es auf Höhe seines Verstecks war, sah er, daß es sich um einen Armeetransporter mit braungrünem Tarnanstrich handelte. Auf der Ladefläche saßen Hita-Soldaten, und er glaubte, Chetti Singhs weißen Turban im Führerhaus blitzen zu sehen, war sich dessen aber nicht sicher. Einer der Soldaten auf der Ladefläche schwenkte einen Suchscheinwerfer über die Straßenränder.

Daniel preßte sein Gesicht in seine Armbeuge, als der Scheinwerferstrahl zu ihm herüberwanderte. Der Lastwagen fuhr vorbei, ohne seine Fahrt zu verlangsamen, und war bald außer Sicht.

Daniel stand auf und eilte zu dem festsitzenden Landrover zurück. Schnell holte er einige Gegenstände aus den Kisten, von denen der Handkompaß der wichtigste war. Er packte alles in einen kleinen Rucksack. Aus dem Erste-Hilfe-Kasten nahm er Verbandsmaterial, Antiseptika und Tabletten gegen Malaria. Lebensmittel befanden sich nicht im Wagen. Er würde sich aus dem Wald ernähren müssen. Er konnte den Rucksack nicht auf normale Art tragen, ohne daß die Blutung wieder beginnen würde. Deshalb hängte er ihn über eine Schulter. Er war sicher, daß die Wunde genäht werden müßte, doch er hatte nicht einmal die Möglichkeit, das auch nur zu versuchen.

Ich muß vorm ersten Tageslicht über den MOMU-Graben kommen, dachte er. Das ist der einzige Platz, an dem ich im Freien und damit verwundbar bin.

Er verließ den Landrover und hielt sich westwärts. Es war schwer, sich im Dunkeln und dem dichten Urwald zu orientieren. Er war gezwungen, alle paar hundert Meter die Taschenlampe einzuschalten und auf den Kompaß zu schauen. Der Boden war weich und uneben, und er kam nur langsam voran, während er sich seinen Weg zwischen den Bäumen suchte. Als er den MOMU-Graben erreichte, zeigte sich am Himmel bereits das erste Licht der Morgendämmerung.

Er konnte die Bäume an der anderen Seite der Lichtung ausmachen, doch die MOMU war Wochen zuvor hier durchgekommen und arbeitete bereits sechs oder sieben Meilen weiter nördlich. Dieser Teil des Waldes mußte verlassen sein, falls Kajo und Chetti Singh nicht eine Patrouille losgeschickt hatten, die den Streifen nach ihm absuchten.

Das mußte er riskieren. Er verließ den schützenden Wald und ging los. Er sank knöcheltief in den roten Schlamm, der an seinen Füßen saugte. Jede Sekunde rechnete er damit, einen Schrei oder einen Schuß zu hören, und er keuchte vor Aufregung, als er schließlich den Waldrand auf der anderen Seite erreichte.

Er lief noch eine ganze Stunde weiter, bevor er sich seine erste Rast gönnte. Es war bereits heiß und die Luftfeuchtigkeit so hoch wie in einem türkischen Bad. Bis auf Shorts und Stiefel streifte er seine Kleidung ab, rollte sie zu einer Kugel zusammen und vergrub sie in dem dicken, weichen Lehmboden des Waldes. Seine Haut war durch Sonne und Wetter abgehärtet, und gegen Insektenstiche war er von Natur aus resistent. Im Sambesital hatten ihm nicht einmal die Schwärme von Tsetse-Fliegen etwas ausgemacht. Solange die Wunde auf seinem Rücken bedeckt war, würde es ihm gutgehen, fand er.

Er stand auf und ging weiter. Er orientierte sich mit Kompaß und Armbanduhr und kontrollierte seine Durchschnittsgeschwindigkeit, um die zurückgelegte Entfernung schätzen zu können. Alle zwei Stunden machte er zehn Minuten Rast. Bei Nachteinbruch glaubte er, zehn Meilen zurückgelegt zu haben. Bei diesem Tempo würde er acht Tage brauchen, um die Grenze von Zaïre zu erreichen, aber natürlich würde er es nicht beibehalten können. Vor ihm lagen Berge, Gletscher und Schneefelder, und er hatte fast seine gesamte Kleidung zurückgelassen. Es würde interessant sein, in diesem Aufzug über die Gletscher zu laufen, dachte er, während er sich in einem Haufen feuchten Laubes ein Nest grub und sich zum Schlafen hineinlegte.

Als er aufwachte, war es gerade so hell, daß er seine Hand vor dem Gesicht sehen konnte. Er war hungrig, und sein Rücken war steif und schmerzte. Als er die Wunde berührte, stellte er fest, daß sie geschwollen und das Fleisch heiß war. Jetzt brauchen wir nur noch eine kleine Infektion, dachte er, und erneuerte den Verband, so gut er konnte.

Gegen Mittag war der Hunger nicht mehr auszuhalten. Er fand ein Nest fetter weißer Maden unter der Rinde eines toten Baumes. Sie schmeckten wie rohe Eidotter.

»Was dich nicht umbringt, macht dich fetter«, sagte er sich und lief weiter in westlicher Richtung, den Kompaß in der Hand. Am frühen Nachmittag glaubte er, an einem abgestorbenen Baum einen eßbaren Pilz entdeckt zu haben und knabberte versuchsweise an einem kleinen Stück. Am späten Nachmittag erreichte er das Ufer eines kleinen, klaren Flusses, und als er daraus trank, bemerkte er einen dunklen, zigarrenförmigen Schatten, der über dem Grund schwebte. Er schnitt einen Stock ab, spitzte ihn an einem Ende und schnitzte grobe Zacken hinein. Dann löste er eines der Ameisennester, das an den Ästen eines Baumes hing, und streute die großen roten Ameisen auf die Wasseroberfläche. Er hielt sich vom Ufer etwas fern und hielt den einfachen Speer stoßbereit in seiner rechten Hand.

Fast augenblicklich stieg der Fisch vom Grund nach oben und begann die zappelnden Insekten zu verschlucken, die in dem Oberflächenfilm gefangen waren. Daniel traf den Fisch mit der Speerspitze genau zwischen den Kiemen und beförderte ihn zuckend und schlagend ans Ufer. Es war ein armlanger Wels. Er aß sich an dem fetten, gelblichen Fleisch satt und räucherte den Rest über einem Feuer aus grünen Blättern. Es würde für ein paar Tage reichen. Er wickelte das restliche Fleisch in Blätter und steckte es in seinen Rucksack.

Als er jedoch am nächsten Morgen erwachte, schmerzte sein Rücken heftig, und sein Bauch war durch Blähungen und Ruhr geschwollen. Er wußte nicht, ob die Maden, der Pilz oder das Flußwasser die Ursache dafür waren, aber gegen Mittag fühlte er sich sehr schwach. Er hatte fast unablässig Durchfall, und seine Wunde zwischen den Schulterblättern brannte wie glühende Kohle.

Etwa um diese Zeit hatte Daniel erstmals das Gefühl, daß er verfolgt wurde. Es war ein Instinkt, dessen Existenz ihm als Patrouillenführer bei den Scouts im Tal bewußt geworden war. Johnny Nzou hatte diesem sechsten Sinn vertraut, und er hatte sich nie geirrt. Es war beinahe so, als könne Daniel die böse Ausstrahlung des Jägers spüren, der seiner Fährte folgte.

Trotz seines Schmerzes und seiner Schwäche blickte Daniel zurück und spürte seine Anwesenheit. Er wußte, daß dieser Jäger dort war.

Spuren verwischen, dachte er, obwohl er wußte, daß er dadurch langsamer vorankommen würde. Aber so würde er mit fast absoluter Sicherheit seinen tatsächlichen oder imaginären Verfolger abschütteln, falls dieser nicht überaus gut war oder Daniel die Kunst des Spuren-Verwischens verlernt hatte.

Als er an den nächsten Fluß gelangte, stieg er ins Wasser, und von da an wandte er jede List und jeden Trick an, um keine Spuren zu hinterlassen und den Verfolger abzuhängen. Mit jeder Meile wurde er langsamer und schwächer. Der Durchfall ließ nicht nach, seine Wunde begann zu stinken, und er wußte mit hellseherischer Klarheit, daß der unsichtbare Jäger ihm noch immer folgte – und mit jeder Stunde näher kam.

Im Laufe der Jahre hatte Chetti Singh, der Meisterwilddieb, verschiedene Systeme entwickelt, um Kontakt mit seinen Jägern aufzunehmen. In manchen Gebieten war das einfacher als in anderen. In Sambia oder Moçambique mußte er nur zu einem abgelegenen Dorf hinausfahren und mit einer Frau oder einem Bruder sprechen. Er konnte sich darauf verlassen, daß seine Nachricht weitergeleitet wurde. In Botswana oder Simbabwe konnte er sich sogar darauf verlassen, daß die Postbeamten einen Brief oder ein Telegramm weiterleiteten, aber mit einem wilden Pygmäen im Regenwald von Ubomo Kontakt aufzunehmen, war die unsicherste und zeitraubendste aller Methoden.

Die einzige Möglichkeit war, über die Hauptstraße zu fahren und an jedem *duka*, jedem Laden, anzuhalten, jeden halbwilden Bambuti anzusprechen, den er auf der Straße traf, und ihn zu bestechen, damit er eine Nachricht an Pirri im Wald weiterleitete. Es war erstaunlich, wie die wilden Pygmäen in den riesigen und abgeschiedenen Gebieten des Regenwaldes miteinander kommunizieren konnten, aber sie waren nun einmal geschwätzige und gesellige Menschen.

Der Honigsucher eines Stammes traf vielleicht eine Frau von einem anderen Stamm, die, weit von ihrem Lager entfernt, Heilpflanzen sammelte, und die Nachricht würde weitergeleitet. Sie würde in einem hohen, durchdringenden Singsang von einem bewaldeten Hügel einem anderen Wanderer über das Tal zugerufen oder mit dem Kanu über die großen Flüsse weitergetragen werden, bis sie schließlich den Mann erreichte, für den sie bestimmt war. Manchmal dauerte das Wochen. Manchmal, wenn der Absender Glück hatte, dauerte es auch nur wenige Tage.

Dieses Mal hatte Chetti Singh außerordentliches Glück. Zwei Tage, nachdem er die Botschaft einer Gruppe von Pygmäenfrauen an einer der Furten aufgegeben hatte, kam Pirri zum Treffpunkt im Urwald. Wie immer tauchte er mit dramatischer Plötzlichkeit eines Waldgeistes auf und fragte nach Tabak und Geschenken.

»Hast du meinen Elephanten getötet?« fragte Chetti Singh betont, und Pirri bohrte in seiner Nase und kratzte sich verlegen zwischen den Beinen.

»Wenn du nicht nach mir gerufen hättest, wäre der Elephant jetzt tot.«

»Aber er ist nicht tot«, sagte Chetti Singh nachdrücklich. »Und deshalb hast du die wunderbaren Geschenke nicht verdient, die ich dir versprochen habe.«

»Nur ein bißchen Tabak?« bettelte Pirri. »Denn ich bin dein getreuer Sklave, und mein Herz ist voller Liebe für dich. Nur eine kleine Handvoll Tabak?«

Chetti Singh gab ihm die Hälfte dessen, worum er gebeten hatte, und während Pirri sich hinhockte, um daran zu saugen und ihn zu genießen, fuhr er fort: »Alles, was ich dir versprochen habe – das werde ich dir noch einmal geben, wenn du ein anderes Geschöpf für mich tötest und mir seinen Kopf bringst.«

»Welches Geschöpf ist das?« fragte Pirri vorsichtig und kniff mißtrauisch seine Augen zusammen. »Ist es ein anderer Elephant?«

»Nein«, sagte Chetti Singh. »Es ist ein Mann.«

»Du willst, daß ich einen Mann töte!« Pirri stand entsetzt auf. »Wenn ich das tue, kommt der *wazungu* und legt einen Strick um meinen Hals.«

»Nein«, sagte Chetti Singh. »Der *wazungu* wird dich ebenso reich belohnen wie ich.« Und er wandte sich an Captain Kajo. »Ist es nicht so?«

»Es ist so«, bestätigte Kajo. »Der Mann, den du töten sollst, ist ein weißer Mann. Er ist ein böser Mann, der in den Wald geflohen ist. Wir, die Männer der Regierung, werden dich dafür belohnen, daß du ihn jagst.«

Pirri schaute Kajo an, sah seine Uniform, die Waffe und die dunkle Sonnenbrille, und wußte, daß er ein mächtiger *wazungu* der Regierung war, und deshalb dachte er gründlich darüber nach. Er hatte schon früher, als er ein junger Mann war, weiße *wazungu* im Krieg mit Zaïre getötet. Die Regierung hatte ihn damals dafür bezahlt, und es war leicht gewesen. Die weißen *wazungu* waren im Wald dumm und ungeschickt. Man konnte ihnen leicht folgen und sie leicht töten. Sie wußten sogar erst, wenn sie tot waren, daß er da war.

»Wieviel Tabak?« fragte er.

»Von mir soviel Tabak, wie du tragen kannst«, sagte Chetti Singh.

»Von mir auch soviel Tabak, wie du tragen kannst«, sagte Captain Kajo.

»Wo finde ich ihn?« fragte Pirri, und Chetti Singh erzählte ihm, wo er mit seiner Suche beginnen sollte und wohin der Mann seiner Ansicht nach laufen würde.

»Du willst nur seinen Kopf?« fragte Pirri. »Zum Essen?«

»Nein.« Chetti Singh war nicht beleidigt. »Damit ich weiß, daß du den richtigen Mann getötet hast.«

»Zuerst werde ich dir den Kopf dieses Mannes bringen«, sagte Pirri fröhlich. »Dann werde ich dir die Zähne des Elephanten bringen, und ich werde mehr Tabak als jeder andere Mann auf der Welt haben.« Und er verschwand wie ein kleiner brauner Geist im Urwald.

Am frühen Morgen, bevor die Hitze zu übermächtig wurde, arbeitete Kelly Kinnear in der Klinik von Gondala. Sie hatte mehr Patienten als gewöhnlich. Die meisten von ihnen litten unter infektiösen tropischen Schwären, diesen riesigen eiternden Geschwüren, die sich bis auf die Knochen durchfressen, wenn sie nicht behandelt werden. Andere hatten Malaria oder geschwollene, triefende Augen, eine durch Fliegen verursachte Bindehautentzündung. Dazu gab es zwei neue AIDS-Fälle. Sie brauchte keine Blutprobe, um die Symptome zu erkennen, die geschwollenen Lymphdrüsen und den dicken weißen Belag, der wie Streichkäse ihre Zungen und Kehlen überzog.

Sie beriet sich mit Victor Omeru, und er war damit einverstanden, die neue Behandlungsmethode bei ihnen zu probieren, den so vielversprechenden Kräuterextrakt aus der Rinde des Selepi-Baumes. Er half ihr, die Dosis vorzubereiten. Sie diskutierten gerade über die Menge, als es draußen vor der Kliniktür plötzlich laut wurde.

Victor schaute aus dem Fenster und lächelte. »Ihre kleinen Freunde sind eingetroffen«, berichtete er Kelly, und sie lachte vor Freude und trat hinaus in den Sonnenschein.

Sepoo und seine Frau Pamba hockten vor der Veranda, schwatzten und lachten mit den anderen wartenden Patienten. Als sie Kelly sahen, juchzten beide begeistert und kamen herbeigerannt. Sie wetteiferten darum, wer ihr als erster die Hand geben und alle Neuigkeiten erzählen dürfte, die sich seit ihrer letzten Begegnung ereignet hatten. Und sie überschrien sich gegenseitig, um ihre kleinen Skandalgeschichten und Sensationen aus dem Stamm zuerst loszuwerden. Kelly nahm sie bei der Hand und führte sie zu ihrem Stammplatz auf der obersten Stufe der Veranda, wo sie sich neben sie setzten und gleichzeitig plapperten.

»Swilli hat ein Baby bekommen. Es ist ein Junge, und sie sagt, sie wird ihn beim nächsten Vollmond herbringen und ihn dir zeigen«, sagte Pamba.

»Bald wird es eine große Netzjagd geben, und alle Stämme werden sich anschließen...«, erzählte Sepoo.

»Ich habe dir ein Bündel besonderer Wurzeln mitgebracht, von denen ich dir beim letzten Mal erzählt habe«, kreischte Pamba, die sich von ihrem Mann nicht übertönen ließ. Ihre hellen Augen waren in einem Spinnennetz von Fältchen fast versteckt, und die Hälfte ihrer Zähne fehlte.

»Ich habe zwei Colobusaffen geschossen«, prahlte Sepoo.

»Und ich habe dir eine der Häute mitgebracht, damit du dir daraus einen schönen Hut machen kannst, Kara-Ki.«

»Das ist sehr nett von dir, Sepoo«, dankte Kelly ihm. »Aber welche Neuigkeiten gibt es aus Sengi-Sengi? Was ist mit den gelben Maschinen, die die Erde fressen und den Wald verschlingen? Welche Neuigkeiten gibt es von dem großen weißen Mann mit dem lockigy Haar und der Frau mit dem Haar wie Feuer, die dauernd in die kleine schwarze Schachtel schaut?«

»Seltsames«, erklärte Sepoo wichtig. »Es gibt seltsame Neuigkeiten. Der große Mann mit lockigem Haar ist aus Sengi-Sengi weggelaufen. Er ist in den Wald gelaufen, um sich zu verstecken.« Sepoo sprudelte nur so, um Pamba daran zu hindern, ihm zuvorzukommen. »Und der *wazungu* von der Regierung in Sengi-Sengi hat Pirri, meinem Bruder, große Schätze und Belohnungen geboten, damit er den Mann jagt und ihn tötet.«

Kelly starrte ihn entsetzt an.

»Ihn tötet?« platzte sie heraus. »Sie wollen, daß Pirri ihn tötet?«

»Und ihm den Kopf abschneidet«, bestätigte Scpoo genüßlich. »Ist das nicht seltsam und aufregend?«

»Du mußt ihn aufhalten!« Kelly sprang auf und zog Sepoo mit sich. »Du darfst nicht zulassen, daß Pirri ihn tötet. Du mußt den weißen Mann retten und ihn hierher bringen, nach Gondala! Hörst du, Sepoo? Geh schnell! Beeile dich! Du mußt Pirri aufhalten!«

»Ich werde mit ihm gehen, damit er das tut, was du ihm sagst, Kara-Ki«, verkündete Pamba. »Denn er ist ein dummer alter Mann, und wenn er das Honigchamäleon im Wald pfeifen hört oder einen seiner Freunde im Wald trifft, wird er alles vergessen, was du ihm gesagt hast.« Sie wandte sich an ihren Mann. »Komm schon, Alter.« Sie stieß ihn mit dem Daumen an. »Laß uns gehen und diesen weißen *wazungu* finden und ihn zu Kara-Ki bringen. Laß uns gehen, bevor Pirri ihn tötet und seinen Kopf nach Sengi-Sengi bringt.«

Pirri, der Jäger, ließ sich im Wald auf ein Knie nieder und betrachtete die Spuren. Er rückte den Bogen auf seiner Schulter zurecht und schüttelte in unwilliger Bewunderung seinen Kopf.

»Er weiß, daß ich hier bin, dicht hinter ihm«, flüsterte er. »Aber woher weiß er das? Ist er vielleicht einer der *fundis?*«

Er berührte die Spur, wo der *wazungu* das Wasser verlassen hatte. Er hatte das mit großem Geschick getan und lediglich Spuren hinterlassen, die nur jemand entdecken konnte, der so gut wie Pirri war.

»Ja, du weißt, daß ich dir folge«, nickte Pirri. »Aber wo hast du gelernt, dich zu bewegen und deine Spuren fast so gut wie die Bambuti zu verbergen?« murmelte er.

Er hatte die Fährte des *wazungu* an der Stelle entdeckt, wo dieser die breite Straße überquert hatte, die die große, gelbe, erdfressende und baumvertilgende Maschine im Wald hinterlassen hatte. Dort war die Erde weich, und der *wazungu* hatte Spuren hinterlassen, denen ein blinder Mann in tiefster Nacht folgen konnte. Er ging in westlicher Richtung auf die Berge zu, genau so, wie Chetti Singh es gesagt hatte.

Pirri hatte sofort geglaubt, daß es eine leichte Jagd und ein schnelles Töten sein würde, als er die Stelle entdeckte, an der der *wazungu* ein Stück von einem giftigen Pilz von einem toten Baum gebrochen und ein wenig davon gegessen hatte. Er fand die Zahnabdrücke des Mannes in dem weggeworfenen Pilzstück, und Pirri lachte. »Deine Eingeweide werden zu Wasser werden und wie der große Fluß fließen, o dummer *wazungu.* Und ich werde dich töten, während du beim Scheißen hockst.«

Sehr schnell hatte er die Stelle gefunden, wo der *wazungu* die vergangene Nacht verbracht hatte, und ganz in der Nähe den Ort, wo er seine Eingeweide zum ersten Mal entleert hatte. »Jetzt wirst du nicht mehr weit kommen«, kicherte er. »Ich werde dich einholen und töten.«

Pirri huschte weiter voran, so leise wie eine dunkle Rauchfahne, die sich mit den Schatten und dunklen Farben des tiefen Waldes mischte, und er folgte der deutlichen Fährte mit der doppelten Geschwindigkeit wie der Mann, der sie hinterlassen hatte. In Abständen fand er Haufen von vergiftetem gelbem Kot, und dann führte die Spur am Ufer eines kleinen Flusses ins Wasser und endete.

Pirri suchte fast einen halben Tag beide Ufer eine Meile stromaufwärts und stromabwärts ab, bis er die Stelle fand, an der der *wazungu* das Wasser verlassen hatte.

»Du bist klug«, räumte er ein. »Aber nicht so klug wie Pirri.« Und er nahm die Spur wieder auf, ging jetzt aber langsamer, denn der Mann, dem er folgte, war gut. Er hatte Spuren rückwärts angelegt und falsche Spuren gemacht und war ins Wasser gegangen, und Pirri mußte jeden seiner Tricks enträtseln. Er runzelte bei dieser Arbeit die Stirn und grinste dann beifällig. »O ja, du bist es wert, getötet zu werden. Einem geringeren Jäger wärst du schon längst entkommen. Aber ich bin Pirri.«

Am Spätnachmittag des zweiten Tages hatte er eine Lichtung erreicht, und er sah den *wazungu* zum ersten Mal. Zuerst glaubte er, es sei eine der seltenen Waldantilopen, die er auf dem gegenüberliegenden Hügel entdeckte. Er sah nur eine winzige Bewegung auf einer Waldlichtung, fast eine Meile entfernt auf der anderen Seite des Tales. Für einen Augenblick wurde selbst Pirris phänomenales Sehvermögen getäuscht. Es schien kein Mensch zu sein, ganz gewiß kein Weißer, und dann, als er zwischen den großen Bäumen am Waldrand verschwand, erkannte er, daß der Mann sich von Kopf bis Fuß mit Schlamm beschmiert hatte und einen Hut aus Rinde und Blättern trug, der die Kontur seines Kopfes verwischte und es schwer machte, ihn als Menschen zu erkennen.

»Ha!« Pirri rieb sich voller Freude seinen Bauch und schob sich eine weitere kleine Prise Tabak unter die Oberlippe, um sich für seine Entdeckung zu belohnen. »Ja, du bist gut, mein *wazungu*. Nicht einmal ich kann dich vor Einbruch der Dunkelheit einholen, aber morgen früh wird dein Kopf mein sein.«

In dieser Nacht schlief Pirri ohne Feuer am Rande der Lichtung, wo er den weißen Mann zuletzt gesehen hatte, und er war wieder unterwegs, sobald es hell genug war, daß er die Spur sehen konnte.

In der Mitte des Vormittags fand er den *wazungu*. Er lag am Fuße eines riesigen Mahagonibaumes, und Pirri glaubte zuerst, er sei bereits tot. Er hatte versucht, sich mit totem Laub zuzudecken, eine bemitleidenswerte letzte Anstrengung, dem unermüdlichen kleinen Jäger einen Strich durch die Rechnung zu machen.

Pirri näherte sich ihm sehr langsam und mißtrauisch und war überaus vorsichtig. Seine breite Machete hielt er in seiner rechten Hand zum Schlag bereit. Die Waffe war rasierklingenscharf.

Als er schließlich vor Daniel Armstrong stand, erkannte er, daß dieser noch nicht tot, aber krank und schwach war. Er lag bewußtlos da, atmete mit einem leise blubbernden Geräusch, das tief aus seiner Kehle drang, und hatte sich wie ein kranker Hund unter dem Laub zusammengerollt. Sein Kopf war angewinkelt, und der Schweiß hatte den Schlamm unter seinem Kiefer weggewaschen, so daß eine weiße Linie zu sehen war. Eine perfekte Zielmarke für den Schlag, mit dem er ihn enthaupten würde.

Pirri prüfte die Schneide seiner Machetenklinge mit dem Daumen. Sie war so scharf, daß er sich damit rasieren konnte. Er schwang sie mit beiden Händen hoch über seinem Kopf. Der Hals des Mannes war nicht dicker als der einer Waldantilope, Pirris üblicher Beute. Die Machete würde ebenso leicht Fleisch und Knochen durchdringen, und der Kopf würde mit der gleichen erstaunlichen Munterkeit vom Rumpf springen. Er würde ihn an seinem dichten, lockigen Haar etwa eine Stunde an einem Ast aufhängen, damit das Blut herauslief, und dann würde er ihn über einem kleinen Feuer aus grünen Blättern und Kräutern räuchern, um ihn zu konservieren, bevor er ihn in das kleine Tragnetz aus Rindenfasern packte und ihn dem Herrn der Wilddiebe, Chetti Singh, brachte, um seine Belohnung abzuholen.

Pirri empfand eine Spur von Bedauern, als er die Klinge hochschwang. Weil er ein wahrer Jäger war, empfand er im Augenblick des Tötens immer Trauer für seine Beute, denn der Glaube seines Stammes verlangte, die Tiere, die man tötete, zu achten und zu ehren, besonders dann, wenn die Beute so listig, mutig und würdig war.

Stirb schnell, betete Pirri stumm.

Er wollte zuschlagen, als eine Stimme hinter ihm ruhig sagte: »Halte deine Klinge fest, mein Bruder, oder ich werde diesen giftigen Pfeil in deine Leber schießen.«

Pirri erschrak so sehr, daß er einen Luftsprung machte und herumwirbelte.

Sepoo stand fünf Schritte hinter ihm. Sein Bogen war gespannt, und er hatte den Pfeil bis an seine Wange gezogen. Das Gift an der Pfeilspitze war schwarz und klebrig, und der Pfeil war starr auf seine Brust gerichtet.

»Du bist mein eigener Bruder!« Pirri keuchte entsetzt. »Du bist die Frucht aus dem Leibe meiner eigenen Mutter. Du würdest doch nie diesen Pfeil fliegen lassen?«

»Wenn du das glaubst, Pirri, mein Bruder, dann bist du noch dümmer, als ich glaubte. Kara-Ki will diesen weißen *wazungu* lebend haben. Wenn du auch nur einen einzigen Tropfen von seinem Blut vergießt, werde ich diesen Pfeil von der Brust bis zum Rückgrat durch dich jagen.«

»Und ich«, sagte Pamba aus dem Schatten des Waldes hinter ihm, »ich werde singen und um dich herumtanzen, während du auf dem Boden liegst und dich windest.«

Pirri wich erschreckt zurück. Er wußte, daß er Sepoo fast alles ein- oder ausreden konnte, nicht aber Pamba. Er hatte von seiner Schwägerin einen ungeheuren Respekt und eine gesunde Furcht.

»Man hat mir einen großen Schatz angeboten, wenn ich diesen *wazungu* töte.« Seine Stimme war schrill. »Ich werde ihn mit euch teilen. Soviel Tabak, wie ihr tragen könnt! Ich gebe ihn euch.«

»Schieß ihm in den Bauch«, befahl Pamba fröhlich, und Sepoos Arm zitterte, als er die Sehne noch stärker spannte und ein Auge schloß, um genauer zu zielen.

»Warte«, kreischte Pirri. »Ich liebe dich, meine liebe Schwester. Du wirst nicht zulassen, daß dieser alte Idiot mich tötet.«

»Ich werde ein wenig Tabak zu mir nehmen«, sagte Pamba kühl. »Falls du danach noch hier bist...«

»Ich gehe«, heulte Pirri und wich zurück. »Ich gehe ja.« Er verschwand im Unterholz, und in dem Augenblick, als er aus der Schußlinie war, brüllte er: »Du stinkende alte Affenfrau...«

Sie hörten, wie er voller Wut und Verärgerung mit seiner Machete auf das Gebüsch ringsum einschlug. »Nur ein altersschwacher, geschlechtskranker Pavian wie Sepoo kann eine so widerliche alte Hexe heiraten...«

Sein Geschimpfe verlor sich allmählich, während er sich in den Wald zurückzog, und Sepoo senkte seinen Bogen und wandte sich an seine Frau.

»Soviel Freude habe ich seit dem Tag nicht mehr gehabt, als Pirri in seiner eigenen Falle auf den Büffel fiel, der bereits darin war!« lachte er laut. »Aber er hat dich gut beschrieben, mein geliebtes Weib.«

Pamba ignorierte ihn und ging zu dem bewußtlosen Daniel Armstrong, der von Schmutz und trockenem Laub begraben dalag. Sie kniete neben ihm und untersuchte ihn schnell, aber gründlich, und zupfte die Ameisen aus seinen Augenwinkeln und Nasenlöchern.

»Ich werde hart arbeiten müssen, um ihn für Kara-Ki zu retten«, sagte sie, während sie in ihren Medizinbeutel griff. »Wenn ich diesen Mann verliere, weiß ich nicht, wo ich einen anderen für sie finden soll.«

Während Pamba Daniel behandelte, baute Sepoo direkt da, wo er lag, eine Hütte über ihm und machte dann ein kleines Feuer, um die Moskitos und die Feuchtigkeit zu vertreiben. Er hockte sich in den Eingang und schaute seiner Frau bei der Arbeit zu.

Sie war die geschickteste Medizinfrau aller Bambuti, und ihre Finger waren schnell und gewandt, als sie die Wunde im Rücken des *wazungu* reinigte und einen Brei aus zerstampften und gekochten Wurzeln und Blättern darauflegte. Dann flößte sie ihm reichliche Mengen eines heißen Kräutersaftes ein, der seine Eingeweide festigen und seine verlorene Körperflüssigkeit ersetzen würde.

Während sie arbeitete, summte sie und murmelte dem bewußtlosen Mann Ermutigung zu, und ihre nackten Brüste baumelten verschrumpelt und leer wie zwei lederne Tabaksbeutel. Ihr Halsschmuck aus Elfenbein und Perlen klapperte, wenn sie sich bewegte.

Nach drei Stunden war Daniel wieder bei Bewußtsein. Benommen blickte er die beiden kleinen alten Menschen an, die vor ihm in der rauchigen Hütte hockten, und fragte auf Swahili: »Wer seid ihr?«

»Ich bin Sepoo«, sagte der Mann. »Ein berühmter Jäger und ein großer Weiser der Bambuti.«

»Und ich bin Pamba, die Frau des größten Lügners in allen Wäldern von Ubomo«, sagte die Frau und gackerte vor Gelächter.

Am nächsten Morgen hatte Daniels Durchfall aufgehört, und er konnte etwas von dem Eintopf aus Affenfleisch und Kräutern essen, den Pamba für ihn zubereitet hatte. Am Morgen darauf war die Infektion der Wunde auf seinem Rücken abgeklungen, und er war kräftig genug, um die Reise nach Gondala anzutreten.

Daniel ging zuerst langsam und brauchte einen Stock als Stütze, da seine Beine noch immer schwach waren und sein Kopf mit Wolle gefüllt zu sein und über seinen Schultern zu schweben schien. Pamba führte ihn in langsamem Schritt durch den Wald und schnatterte ständig, wobei sie zwischendurch schrill auflachte. Sepoo lief ihnen auf übliche Bambuti-Art jagend und suchend weit voraus.

Daniel ahnte bereits, wer die geheimnisvolle Kara-Ki sein könnte, die die Pygmäen zu seiner Rettung geschickt hatte, aber sobald Pamba ihm Gelegenheit dazu ließ, fragte er sie weiter aus und versuchte, eine Beschreibung ihrer Herrin zu bekommen.

»Kara-Ki ist sehr groß«, erzählte Pamba ihm, und Daniel war klar, daß für die Bambuti jeder andere Mensch dieser Welt groß sein mußte. »Und sie hat eine lange, spitze Nase.«

Alle Bambuti-Nasen waren flach und breit. Pambas Beschreibung konnte auf jeden *wazungu* zutreffen, und deshalb gab Daniel auf und humpelte hinter der kleinen Frau her.

Bei Anbruch der Dämmerung tauchte Sepoo plötzlich wieder aus dem Wald auf. Über seiner Schulter hing eine Duiker-Antilope, die er erlegt hatte. In dieser Nacht schmausten sie gegrillte Leber und Filets. Am nächsten Morgen war Daniel wieder so bei Kräften, daß er auf den Stock verzichten konnte, und Pamba beschleunigte das Marschtempo.

Sie erreichten Gondala am folgenden Nachmittag. Die Pygmäen hatten Daniel vorher nicht angekündigt, daß sie am Ziel waren, und als er aus dem Wald trat, bot sich ihm ein faszinierender Anblick der kleinen Siedlung. Die offenen Gärten und Flüsse und die hohen, schneebedeckten Berge bildeten einen prächtigen Hintergrund für die Szene.

»Daniel«, begrüßte Kelly Kinnear ihn, als er die Verandastufen erklomm, und obwohl Daniel halb damit gerechnet hatte, war er überrascht, wie sehr er sich darüber freute, sie wiederzusehen. Sie sah frisch, vital und attraktiv aus, aber er spürte eine gewisse Zurückhaltung bei ihr, als sie zu ihm kam und ihm die Hand schüttelte. »Ich habe mir solche Sorgen gemacht, daß Sepoo Sie vielleicht nicht rechtzeitig finden würde...« Dann brach sie ab und trat einen Schritt zurück. »Gott, Sie sehen ja schrecklich aus. Was, in aller Welt, ist denn mit Ihnen passiert?«

»Danke für das Kompliment«, grinste er kläglich. »Aber um Ihre Frage zu beantworten – seit unserer letzten Begegnung ist mir eine Menge widerfahren.«

»Kommen Sie ins Behandlungszimmer. Ich will Sie untersuchen, bevor wir etwas anderes tun.«

»Könnte ich nicht zuerst baden? Meine eigene Gesellschaft ist mir etwas unangenehm.«

Sie lachte. »Sie riechen etwas streng, aber das ist bei den meisten meiner Patienten so. Ich bin daran gewöhnt.«

Sie führte ihn in das Behandlungszimmer, und er legte sich auf den Untersuchungstisch. Nachdem sie ihn gründlich untersucht und die Wunde auf seinem Rücken inspiziert hatte, stellte sie fest: »Pamba hat sehr gute Arbeit geleistet. Ich werde Ihnen eine Spritze mit Antibiotika geben und Ihnen einen frischen Verband anlegen, wenn Sie gebadet haben. Die Wunde hätte genäht werden müssen, aber dafür ist es jetzt zu spät. Sie werden eine interessante neue Narbe neben den vielen anderen bekommen.«

Während sie sich die Hände wusch, lächelte sie ihn über ihre Schulter an. »Sie sehen aus, als hätten Sie ein oder zwei Kämpfe mitgemacht.«

»Daran waren immer die anderen schuld«, versicherte er ihr. »Da wir gerade von Kämpfen reden – bei unserer letzten Begegnung gaben Sie mir keine Gelegenheit, mich zu erklären. Sie sprangen auf Ihr Motorrad, bevor ich eine Chance hatte.«

»Ich weiß. Das ist mein irisches Blut.«

»Wie wär's zuerst mit einem Bad?«

Der Baderaum war eine strohgedeckte Hütte, und das Bad war eine Zinkwanne, gerade so groß, daß er hineinpaßte, wenn er die Knie unter sein Kinn zog. Die Lagerdiener füllten sie mit Eimern dampfenden Wassers, das draußen auf einem Feuer erhitzt wurde. Sie hatten Kleidung für ihn bereitgelegt: Khaki-Shorts und Hemd, zwar verblichen und abgetragen, aber sauber und frisch gebügelt, und dazu ein Paar Ledersandalen. Einer der Diener brachte seine stinkenden, blutverschmierten Shorts und die schlammigen Stiefel weg.

Kelly wartete in ihrem Behandlungszimmer auf ihn.

»Welch eine Verwandlung«, begrüßte sie ihn. »Kümmern wir uns um den Rücken.«

Er saß auf dem einzigen Stuhl, und sie stand hinter ihm. Ihre Finger glitten kühl und leicht über seine Haut. Als sie sprach, spürte er ihren Atem in seinem Nacken, und er nahm ihren Geruch wahr. Er mochte die Berührung ihrer Hände und den süßen, klaren Duft ihres Atems.

»Ich habe mich noch gar nicht dafür bedankt, daß Sie die Pygmäen zu meiner Rettung geschickt haben«, sagte er.

»Das ist Routinearbeit. Denken Sie sich nichts dabei.«

»Ich bin Ihnen was schuldig.«

»Darauf komme ich zurück.«

»Sie waren die letzte Person, die ich hier zu finden erwartet hätte«, erzählte Daniel ihr. »Aber als Pamba Sie beschrieb, begann ich zu ahnen, daß es sich nur um Sie handeln konnte. Wie sind Sie in dieses Land gekommen? Und was machen Sie eigentlich hier? Wenn Taffari Sie erwischt, wird er Sie entweder als Zielscheibe benutzen oder Ihnen einen Kopfputz aus Hornissen verpassen.«

»Oh, Sie beginnen also langsam, die Wahrheit über Ephrem Taffari herauszufinden. Sie begreifen also, daß er nicht der Heilige und Erlöser ist, für den Sie ihn hielten?«

»Lassen Sie uns nicht wieder streiten«, bat er, »ich bin noch zu schwach, um mich verteidigen zu können.«

»Sie sind so schwach wie ein Stier. All diese Muskeln. So, jetzt ist es aber Zeit für Ihre Spritze. Legen Sie sich aufs Bett, und lassen Sie Ihre Hose runter.«

»He! Können Sie mir die nicht in den Arm geben?«

»Sie haben nichts, was ich vorher noch nicht gesehen hätte. Auf den Tisch mit Ihnen.«

Verdrossen legte er sich mit dem Gesicht nach unten hin und zog seine Shorts halb herunter.

»Nichts, dessen Sie sich schämen müßten, wirklich, nicht schlecht«, versicherte sie ihm und stach die Nadel ein. »Okay, das wär's. Ziehen Sie sich an, und kommen Sie mit zum Abendessen. Ich habe noch eine Überraschung für Sie. Einen Ehrengast zum Essen, jemand, den Sie seit Jahren nicht gesehen haben.«

In der beginnenden Dämmerung gingen sie von der Klinik zu Kellys Wohnhaus am Ende der Lichtung hinüber. Auf dem Weg dorthin blieben sie eine Minute stehen, um zu betrachten, wie der Sonnenuntergang die Mondberge in prächtig flammendes Gold verwandelte.

»Dieses herrliche Bild sehe ich immer vor mir, wo ich auch in der Welt bin«, flüsterte Kelly. »Das ist eines der Dinge, die mich hierher zurückziehen.«

Ihre Reaktion berührte Daniel ebenso wie die Großartigkeit des Schauspiels. Um seine Harmonie mit ihr auszudrücken, wollte er nach ihrem Arm greifen und ihn drücken, doch er blieb auf Distanz, und nach einer Weile gingen sie weiter.

Auf der Veranda von Kellys Bungalow stand ein gedeckter Eßtisch, an dem eine einzelne Gestalt saß, die sich erhob, als sie näher kamen.

»Doktor Armstrong. Wie schön, Sie wiederzusehen.«

Daniel starrte ihn erstaunt an und stürmte dann auf ihn zu. »Ich hörte, Sie seien tot, Herr Präsident, hörte, daß Sie an einem Herzschlag gestorben oder von Taffari erschossen worden seien.«

»Die Nachricht von meinem Tode war leicht übertrieben.« Victor Omeru lachte und nahm Daniels Hand.

»Ich habe eine Flasche Whisky in meiner Medikamentenkiste gefunden«, sagte Kelly. »Der heutige Abend scheint ein geeigneter Anlaß zu sein, sie zu öffnen.« Sie schenkte ein wenig von der goldenen Flüssigkeit in ihre Gläser und sprach dann ihren Toast. »Auf Ubomo! Möge es bald vom Tyrannen befreit sein.«

Das Abendessen war eine einfache, aber reichliche Mahlzeit aus Fisch aus dem Fluß und Gemüse aus den Gärten von Gondala, und das Tischgespräch kam weder ins Stocken, noch war es langweilig.

Victor Omeru erklärte Daniel die Umstände der Revolution und seines Sturzes, seine Flucht in den Urwald und was er seitdem getan hatte.

»Mit Kellys Hilfe konnte ich Gondala zum Hauptquartier des Widerstandes gegen Taffaris brutale Diktatur machen«, schloß er. Aber Kelly drängte ihn weiterzureden.

»Victor, erzählen Sie Daniel, was Taffari dem Land und den Menschen seit seiner Machtübernahme angetan hat. Daniel ist hinters Licht geführt worden und glaubt, Taffari sei ein schwarzer Christus. Tatsächlich ist Daniel hier, um einen Film zu drehen, mit dem Taffari als Wohltäter präsentiert werden soll...«

»Nein, Kelly«, unterbrach Daniel sie. »So war es nicht. Es war viel komplizierter. Ursprünglich habe ich den Filmauftrag aus persönlichen und privaten Gründen angenommen.« Er fuhr damit fort, die Ermordung Johnny Nzous und seiner Familie zu schildern. Er erzählte ihnen von der Rolle, die Ning Cheng Gong bei der ganzen Sache spielte, und wie er Lucky Dragon nach Ubomo gefolgt war. Und er erzählte ihnen von Chetti Singh.

»Ich will ganz offen zu Ihnen sein«, sagte er schließlich. »Als ich herkam, waren mir Taffari und Ubomos Probleme völlig egal. Ich wollte meine Rache, und der Filmauftrag war dafür nur ein Mittel zum Zweck. Dann, nach meiner Ankunft, fand ich langsam mehr über das heraus, was in dem Land vorgeht...«

Er erzählte ihnen von den Greueln an der Fischadlerbucht und von den zur Zwangsarbeit verschleppten Menschen, erzählte, was er gesehen und gefilmt hatte. Victor Omeru und Kelly wechselten Blicke, und dann nickte Omeru und wandte sich wieder an Daniel.

»Taffari hat mindestens dreißigtausend Menschen des Uhali-Volkes als Zwangsarbeiter in die Minen und Holzfällerlager gesteckt. Sie sind

Sklaven und unter schrecklichsten Bedingungen zusammengepfercht. In den Lagern sterben sie wie die Fliegen, verhungern, werden erschlagen, erschossen. Ich kann Ihnen dieses Grauen nicht beschreiben.«

»Und er vernichtet den Wald«, fiel Kelly ein. »Er zerstört Millionen Morgen Regenwald.«

»Ich habe die Schürfeinheit bei der Arbeit gesehen«, sagte Daniel. »Zumindest das entspricht meinen eigenen Überzeugungen von kontrollierter Nutzung der natürlichen Ressourcen des Landes auf einer erneuerbaren und erträglichen Ertragsbasis.«

Kelly und Victor starrten ihn ungläubig an, und dann platzte Kelly wütend heraus: »Sie billigen, was er mit dem Wald macht? Sind Sie nicht ganz bei Verstand? Das ist Raubbau und Plünderung. Ich habe Sie gleich von Anfang an richtig erkannt! Sie sind einer dieser Ausbeuter!«

»Moment, Kelly.« Victor hob beschwichtigend seine Hände. »Lassen Sie diese Hetzreden. Daniel soll uns erzählen, was er gesehen und gefilmt hat.«

Mit offensichtlicher Anstrengung beherrschte Kelly sich, aber sie war noch immer blaß vor Wut, und ihre Augen funkelten.

»Also gut, Daniel Armstrong, erzählen Sie, was Taffari Ihnen gezeigt hat und was Sie filmen durften.«

»Er hat mir die MOMU-Einheiten bei der Arbeit gezeigt...«

»*Die* MOMU«, fiel Kelly scharf ein. »MOMU *Einzahl*!«

»Kelly, bitte.« Victor bremste sie wieder. »Lassen Sie Daniel ausreden, statt dauernd zu unterbrechen.« Sie atmete schwer, nickte aber und lehnte sich zurück, als Daniel fortfuhr.

»Bonny und ich filmten die MOMU, und Taffari erläuterte, wie die Schneise anschließend wieder aufgeforstet wird, die die Maschine pflügt.«

»Wieder aufgeforstet wird!« schnappte Kelly, und Victor zuckte hilflos die Schultern und ließ sie weiterreden. »Mein Gott! Hat er Ihnen von den chemischen Reagenzien erzählt, die seit ein paar Wochen benutzt werden, um das Platin beim Durchlauf durch die Rohrmühlen der MOMU zu raffinieren?«

»Nein.« Daniel schüttelte seinen Kopf. »Er erzählte uns, er sei entschlossen, während des Gewinnungsprozesses weder Reagenzien noch Katalysatoren zu benutzen. Obwohl das bei der Produktion von Platin und Monazit einen Verlust von vierzig Prozent bedeutet.«

»Und Sie glaubten ihm?« wollte Kelly wissen.

»Ich habe es mit meinen eigenen Augen gesehen«, erzählte Daniel ihr. Langsam wurde er wütend. »Ich habe es gefilmt. Natürlich glaubte ich ihm.«

Kelly sprang vom Tisch auf und holte eine Landkarte von Ubomo aus dem Nebenraum. Sie breitete sie vor Daniel aus.

»Zeigen Sie mir, wo Sie die MOMU im Einsatz gesehen haben«, befahl sie. Daniel betrachtete die Landkarte und legte dann seinen Finger auf einen Fleck nördlich von Sengi-Sengi.

»Etwa hier«, sagte er. »Ein paar Meilen nördlich des Lagers.«

»Dummkopf!« fauchte Kelly ihn an. »Taffari hat Sie reingelegt. Er hat Ihnen das Pilotprojekt gezeigt. Das war eine kleine Schau, die eigens für sie veranstaltet wurde. Die eigentlichen Schürfoperationen werden hier durchgeführt.« Sie legte ihre Faust auf ein Gebiet, das fünfzig Meilen weiter nördlich lag. »Hier in Wengu. Und das ist ein verdammt anderes Bild als das, was Taffari Ihnen gezeigt hat.«

»Wie anders?« fragte Daniel. »Und nebenbei, ich mag es nicht, wenn man mich Dummkopf nennt.«

»Sie haben sich für dumm verkaufen lassen.« Kelly mäßigte ihren Ton. »Aber ich werde Ihnen erzählen, wie der tatsächliche Abbau sich von dem Pilotprojekt unterscheidet. Das ist nämlich so...«

»Warten Sie, Kelly«, fiel Victor Omeru ihr behutsam ins Wort. »Erzählen Sie ihm nichts. Es wäre viel beeindruckender, wenn Sie es ihm zeigten.«

Einen Moment starrte Kelly Victor an und nickte dann. »Sie haben recht, Victor. Ich werde ihn nach Wengu bringen und es ihm zeigen. Und wenn wir dort sind, können Sie filmen, was dieser Bastard dem Wald antut, und das Ihrem netten Kumpel Sir Tug Scheiß Harrison zeigen, falls er das nicht bereits weiß.«

»Ich bin kein Kameramann«, warf Daniel ein.

»Wenn Sie nicht wissen, wie man eine Videokamera benutzt, nachdem Sie so viele Jahre damit zu tun hatten, können Sie nicht sehr helle sein, Doktor Daniel.«

»Also gut, ich könnte mit einer Kamera umgehen. Nicht sehr künstlerisch, aber immerhin. Wenn ich nur eine hätte. Und wo soll ich Ihrer Meinung nach mitten im Dschungel eine Videokamera herbekommen?«

»Was ist denn aus der geworden, die Ihre rothaarige Freundin hatte?« wollte Kelly wissen.

»Bonny ist nicht meine Freundin. Mit Anschuldigungen sind Sie schnell bei der Hand«, begann er, brach dann ab und starrte Kelly an. »Verdammt!« sagte er. »Sie haben recht. Ich hab die Videokamera im

Landrover gelassen. Falls Taffaris Leute sie nicht inzwischen gefunden haben, müßte sie noch da sein.«

»Warum gehen Sie nicht zurück und holen Sie?« erkundigte Kelly sich süß. »Sepoo wird Sie begleiten.«

»Ich habe dir den Kopf des weißen *wazungu* gebracht«, verkündete Pirri, der Jäger, dramatisch. Er nahm das Netz aus geflochtenen Rindenfasern von seiner Schulter und ließ es vor Chetti Singh fallen.

Der Kopf rollte aus dem Netz, und Chetti Singh sprang zurück und stieß einen Ruf des Abscheus aus. An dem Kopf war keine Haut mehr, das rohe Fleisch verweste, und der Gestank war so durchdringend, daß ihm das Atmen schwerfiel.

»Woher weiß ich, daß dies der Kopf des weißen *wazungu* ist?« wollte Chetti Singh wissen.

»Weil ich, Pirri, der Jäger, dies sage.«

»Das ist nicht die beste Empfehlung, aber das macht nichts«, sagte Chetti Singh auf englisch und sprach dann wieder Swahili. »Dieser Mann ist schon lange Zeit tot. Die Ameisen und die Würmer haben ihn halb aufgefressen. Du hast ihn nicht getötet, Pirri.«

»Nein«, gab Pirri zu. »Dieser dumme *wazungu* hat einen giftigen Pilz gegessen und starb im Wald, bevor ich ihn finden und töten konnte. Die Ameisen haben ihn gefressen, wie du sagst, aber ich habe dir seinen Kopf gebracht, und das war unsere Abmachung.« Pirri bot seine ganze Würde auf und streckte sich mit seinen knapp einsfünfunddreißig. »Jetzt mußt du mir geben, was du mir versprochen hast. Vor allem den Tabak.«

Es war eine vergebliche Hoffnung. Selbst Pirri war dies klar. Um den Kopf zu beschaffen, hatte Pirri eines der Massengräber geöffnet, das die Hita im Wald für die Leichen der Sklavenarbeiter ausgehoben hatten, die in den Lagern gestorben waren.

»Du bist sicher, daß dies der Kopf des weißen *wazungu* ist?« fragte Chetti Singh. Er glaubte dem Pygmäen nicht, mußte andererseits aber sowohl Ning Cheng Gong als auch Präsident Taffari beschwichtigen. Er wagte nicht, die Möglichkeit zuzugeben, daß Armstrong vielleicht entkommen war. Pirri bot ihm einen einfachen Ausweg aus diesem Dilemma.

»Es ist der *wazungu*«, versicherte Pirri, und Chetti Singh dachte eine Weile darüber nach.

»Nimm das...«, er berührte den verwesenden Schädel mit seiner Fußspitze, »bring das zurück in den Wald und vergrabe es.«

»Was ist mit meiner Belohnung? Vor allem mit dem Tabak?« Pirris Stimme wurde schmeichlerisch weinerlich.

»Du hast mir nicht den ganzen Kopf gebracht. Die Haut und die Haare fehlten. Deshalb kann ich dir nicht die ganze Belohnung geben. Und die werde ich dir nur dann geben, wenn du mir die Zähne des Elephanten bringst, wie wir es vereinbart haben.«

Pirri stieß einen wütenden Schrei aus und zog seine Machete.

»Steck das Messer weg«, sagte Chetti Singh ruhig, »oder ich werde dir damit den Kopf wegschießen.« Er zeigte dem Pygmäen die Tokarew-Pistole, die er in der Tasche seiner Buschjacke versteckt hatte.

Pirris wütende Miene wandelte sich zu einem glückseligen Lächeln. »Es war nur ein kleiner Scherz, Herr. Ich bin dein Sklave.« Und er steckte die Machete in die Scheide. »Ich werde gehen und die Zähne des Elephanten holen, wie du es befohlen hast.« Er nahm den abgeschlagenen Kopf an sich. Doch als Pirri in den Wald huschte, waren sein Bauch und seine Brust von solcher Wut erfüllt, daß er glaubte, platzen zu müssen.

»Niemand betrügt Pirri«, flüsterte er, und schmetterte im Lauf seine Machete gegen einen Baumstamm. »Pirri wird den Mann töten, der ihn betrügt«, versprach er. »Du willst einen Kopf, o du einarmiger und schmieriger Mann. Ich werde dir einen Kopf geben. Deinen eigenen.«

»Daniel Armstrong ist tot«, erzählte Chetti Singh ihnen. »Der Bambuti hat mir seinen Kopf gebracht. Er ist im Wald gestorben.«

»Gibt es keinen Zweifel daran?« fragte Präsident Taffari.

»Absolut keinen«, versicherte Chetti Singh. »Ich habe den Kopf mit meinen eigenen Augen gesehen.«

»Das bedeutet, die Frau ist unsere einzige lebende Zeugin.« Ning Cheng Gong wirkte erleichtert. »Sie sollten Sie sofort loswerden, Eure Exzellenz. Sie sollte im Urwald verschwinden, genau wie Armstrong.«

Ephrem Taffari hob sein leeres Glas und ließ die Eiswürfel darin klingeln. Captain Kajo eilte durch das Zimmer und nahm ihm das Glas aus der Hand. An der kleinen Bar in der Ecke des Büros des Präsidenten schenkte er Gin und Tonic ein.

»Vergessen Sie dabei das Videoband nicht?« fragte Taffari, während Kajo ihm respektvoll den Drink reichte.

»Natürlich nicht«, sagte Cheng. »Aber wenn sie das Band erst einmal aus der Botschaft geholt hat, müssen wir sie loswerden.« Er zögerte. »Ich könnte das persönlich arrangieren.«

Ephrem Taffari lächelte ihn über den Rand seines Glases an. »Ach ja.« Er nickte. »Ich hörte, daß Sie ein recht ungewöhnliches Hobby haben, Mr. Ning.«

»Ich bin mir nicht sicher, was Sie damit andeuten wollen, Herr Präsident«, erwiderte er förmlich. »Ich habe Ihnen nur angeboten, dafür zu sorgen, daß die Arbeit ordentlich ausgeführt wird. Wir wollen alles gründlich erledigen.«

»Völlig richtig, Mr. Ning«, stimmte Taffari zu. »Die Frau wird langweilig. Ich habe das Interesse an ihr verloren. Wenn wir das Band wiederhaben, gehört sie Ihnen. Sorgen Sie nur dafür, daß es keine Pannen gibt.«

»Vertrauen Sie mir, Herr Präsident.«

»O ja, Mr. Ning, ich vertraue Ihnen ebenso, wie Sie mir vertrauen. Schließlich sind wir doch Partner, oder?«

»Ich hatte mit Danny vereinbart, daß er es persönlich abholt.« Sir Michael Hargreave inspizierte interessiert seine Fingernägel, steckte dann seine Hand in die Tasche und trat ans Fenster seines Büros in der britischen Botschaft. Er schaute auf den See hinaus. »Daniel hat nichts davon gesagt, daß ich es einem Dritten aushändigen darf. Sie müssen meine Position verstehen, Miss – äh –, Miss Mahon.«

Der Deckenventilator quietschte und wirbelte, und Bonny überlegte rasch. Sie wußte, daß sie nicht zu heftig drängen durfte, obwohl ihr völlig klar war, welche Konsequenzen sie erwarteten, wenn sie mit leeren Händen zu Ephrem zurückkehrte.

»Ich hatte nicht gedacht, daß es ein Problem geben würde.« Sie stand auf. »Danny bat mich, es abzuholen. Wahrscheinlich wird er sauer auf mich sein, weil ich es nicht mitbringe, aber das Band dürfte wohl nicht so wichtig sein. Ich bedaure, vergessen zu haben, Danny um eine Vollmacht zu bitten. Jedenfalls danke ich dafür, daß Sie sich für mich Zeit genommen haben. Ich werde Danny erklären, daß Sie mir das Band unter diesen Umständen nicht aushändigen konnten.«

Sie streckte ihre Hand aus, lächelte so sexy, wie sie konnte, und schob ihren Busen vor. Sir Michaels Blick wurde unsicher, und dann schien er einen Entschluß gefaßt zu haben.

»Hören Sie, ich denke, das ist in Ordnung. Ich meine, Sie sind Dannys Assistentin. Nicht, daß Sie eine völlig Fremde wären...« Er zögerte.

»Ich möchte nicht, daß Sie etwas tun, was Sie für Unrecht halten«, sagte Bonny zu ihm. »Ich bin sicher, Danny kann verstehen, daß Sie mir nicht trauen.«

»Große Güte, meine liebe junge Dame. Das hat nichts damit zu tun, daß ich Ihnen nicht traue.«

»Oh, das dachte ich aber.« Sie klimperte mit den Augenwimpern.

»Würden Sie mir freundlicherweise eine Empfangsquittung unterzeichnen? Tut mir leid, solche Umstände machen zu müssen, aber ich muß mich wegen Danny rückversichern.«

»Ich verstehe, Sir Michael.«

Er schrieb eine Empfangsbestätigung auf einen Briefbogen der Botschaft, und sie unterzeichnete sie und schrieb ihren vollen Namen und ihre Paßnummer unten auf das Papier.

Sir Michael ging in den angrenzenden Raum. Sie hörte, wie er einen Schlüssel in ein Schloß steckte, und dann das metallische Geräusch, als die Verriegelung eines Stahlsafes aufschnappte und wieder zuschloß. Wenige Minuten später kehrte er zurück und reichte ihr einen dicken Manilaumschlag, auf dem Daniels Name stand. Sie versuchte, ihre Erleichterung nicht zu zeigen, aber ihre Hand zitterte, als er ihr den Umschlag überreichte.

»Bitte grüßen Sie Danny recht herzlich von mir.« Sir Michael geleitete sie zur Eingangstür der Botschaft. »Wann kommt er aus Sengi-Sengi zurück?«

»Ich fliege heute nachmittag zu ihm...«

Bonny hatte sich völlig unter Kontrolle und plauderte locker. An der Tür schüttelten sie sich die Hände.

»Am nächsten Samstag findet eine der üblichen Cocktailpartys statt«, sagte Sir Michael. »Wenn Sie und Danny dann wieder in der Stadt sind, müssen Sie vorbeischauen. Ich werde veranlassen, daß Miss Rogers Ihnen eine Einladung zum Gästehaus schickt.«

Die Nachricht von Daniel Armstrongs Verschwinden war der Botschaft noch nicht gemeldet worden. Ephrem Taffari wollte, daß alle Spuren beseitigt waren, bevor der Alarm ausgelöst wurde.

Bonny ging hinaus. Draußen wartete Captain Kajo am Steuer eines Armee-Landrovers. Sie legte den Umschlag in ihren Schoß, zwang sich zu einem Lächeln und winkte Sir Michael zu, als sie durch das Tor der Botschaft fuhren.

Dann atmete sie tief aus und ließ sich in ihren Sitz zurückfallen.

»Präsident Taffari wartet auf seiner Jacht auf Sie, Miss Mahon«, erzählte Captain Kajo ihr und nahm die Straße am Seeufer, die zum Hafen führte.

Die Jacht war an der Marinemole gegenüber der Fischfabrik vertäut. Das Schiff war Spielzeug eines reichen asiatischen Geschäftsmannes gewesen, einer derer, die Taffari zurückgeschickt hatte, als er an die Macht kam. Natürlich hatte er das gesamte Vermögen der Asiaten konfisziert, und dieses Schiff war jetzt die Jacht des Präsidenten.

Es war eine fünfundvierzig Fuß lange Camper and Nicholson mit sehr schöner Linienführung und mit jedem nur erdenklichen Luxus ausgestattet, obwohl der größte Teil der elektronischen Ausrüstung schon lange defekt und nicht erneuert worden war und der Anstrich und die Segel lädiert waren. Die Bar hingegen war gefüllt, und da die Jacht ihren Liegeplatz sehr selten verließ, stellten die fehlende Navigationsausrüstung und die defekten Segel kein Problem dar.

Zwei Männer saßen sich an dem roten Teaktisch in der Hauptkabine gegenüber.

Präsident Taffari las den Monatsbericht und die Gewinn-und-Verlust-Rechnung der UDC, lächelte und nickte dabei. Ning Cheng Gong schaute ihn erwartungsvoll an. Als Taffari das Dokument senkte und aufblickte, erwiderte Cheng sein Lächeln.

»Ich bin beeindruckt, Mr. Ning. Sie sind erst vor kurzer Zeit in Ubomo eingetroffen und haben die Geschäftsführung übernommen, aber die Ergebnisse sind wirklich spektakulär.«

»Sie sind sehr großzügig, Eure Exezellenz.« Cheng verneigte sich leicht. »Aber ich kann Ihnen wahrheitsgemäß sagen, daß ich für die kommenden Monate noch weitere Steigerungen erwarte. Mein englischer Vorgänger hat mir viele Probleme hinterlassen, doch diese werden gelöst.«

Ihre Diskussion währte noch eine weitere Stunde, bis draußen auf dem Deck Schritte zu hören waren und höflich an die Kabinentür geklopft wurde.

»Wer ist da?« rief Taffari.

»Captain Kajo, Herr Präsident, und Miss Mahon.«

Taffari blickte Cheng bedeutungsvoll an, und der Chinese nickte. Dies war der Grund, warum die Zusammenkunft an Bord der Jacht und nicht im Konferenzzimmer im Lake House stattfand.

»Herein!« befahl Taffari, und die Tür glitt auf. Kajo trat gebückt in die Kabine und salutierte unbeholfen.

»Miss Mahon wartet in dem Landrover am Dock«, meldete er.
»Hat sie das Paket abgeholt?« fragte Taffari besorgt.
»Ja, Sir. Sie hat es bei sich.«
Wieder wechselten Taffari und Cheng Blicke, doch jetzt lächelten beide.
»In Ordnung, Captain.« Taffari nickte. »Sie kennen Ihre Befehle.«
»Ja, Herr Präsident. Ich habe den Auftrag, Mr. Ning und Miss Mahon auf eine Expedition zur Lamu-Insel zu begleiten, und ich...«
»Sie brauchen das nicht zu wiederholen, Captain«, unterbrach Taffari ihn. »Führen Sie einfach alles buchstabengetreu aus. Jetzt können Sie Miss Mahon an Bord bringen.«
Sie stürmte in die Kabine, ging direkt zu Ephrem Taffari und ignorierte den anderen Mann, der am Tisch saß, völlig.
»Ich habe sie, Ephrem«, strahlte sie. »Hier ist sie.« Sie legte den Umschlag vor ihn, und er ergriff ihn, riß ihn auf und schüttelte die Videokassette heraus.
»Bist du sicher, daß sie das ist?«
»Ja, auf dem Etikett steht es ja. Das ist meine Handschrift. Das ist sie ganz sicher.«
»Gut gemacht. Ich bin außerordentlich zufrieden mit dir«, sagte Taffari zu ihr. »Komm und setz dich neben mich, meine Liebe.«
Eifrig folgte sie der Aufforderung, und Taffari legte unter der Tischplatte seine Hand auf ihren Schenkel.
»Captain Kajo«, befahl Taffari, »im Kühlschrank steht eine Flasche Champagner. Das muß gefeiert werden.«
Kajo ging zur Bar und hantierte an der Flasche herum. Der Korken knallte, und etwas Schaum spritzte auf den Teppich. Es war kein französischer, sondern australischer Champagner, aber niemand beklagte sich. Kajo kehrte an die Bar zurück und betrachtete die Gläserreihe, während er den Champagner einschenkte. Er reichte Bonny das erste Glas und bediente dann die anderen in der Reihenfolge ihres Ranges.
Taffari hob sein Glas zu Bonny. »Auf dich, meine Liebe. Du hast mich und mein Land vor einer potentiell verhängnisvollen Situation gerettet.«
»Danke, Herr Präsident.« Bonny nahm einen Schluck Champagner. Sie bemerkte einen etwas bitteren Nachgeschmack, sagte aber nichts, da sie gelernt hatte, ihm nicht den leisesten Vorwand zu geben, beleidigt zu sein. Und als Kajo ihr Glas nachfüllte, leerte sie es ohne Klage. Der unerfreuliche Geschmack war jetzt weniger bemerkbar.
»Ich wollte bei Sonnenuntergang eine Kreuzfahrt auf dem See ma-

chen«, sagte Taffari, und Bonny lächelte ihn an. Aber ihre Wangen schienen eigenartig taub zu sein.

»Das wäre schön«, versuchte sie zu sagen, doch die Worte kamen lallend und undeutlich heraus. Bonny brach ab und starrte sie an. Ihre Gesichter verschwanden, und ein hallendes Geräusch erfüllte ihren Kopf. Es wurde lauter, und ihr Blickfeld verdunkelte sich zunehmend. Schließlich war es nur noch ein winziges Loch in der Schwärze, in dem sie Ephrems Gesicht wie durch ein umgedrehtes Fernrohr winzig und ganz von fern sehen konnte.

Seine Stimme dröhnte in ihrem benommenen Gehirn. »Lebe wohl, meine Liebe«, sagte er, und ihr Kopf fiel auf die Tischplatte.

Nachdem Bonny Mahon zusammengebrochen war, herrschte eine ganze Minute Schweigen in der Kabine. Dann nahm Präsident Taffari seine Papiere an sich und legte sie in seinen Aktenkoffer. Er stand auf, und Kajo beeilte sich, ihm die Tür zu öffnen, Taffari blieb im Türeingang stehen und schaute zurück. Ning Cheng Gong saß noch immer dem bewußtlosen Mädchen gegenüber. Er beobachtete sie mit eigenartiger Intensität und war blaß.

Am Ende der Gangway blieb Taffari stehen, um mit Captain Kajo zu sprechen. »Sorgen Sie dafür, daß die Jacht gründlich gereinigt wird, bevor Sie sie in den Hafen zurückbringen. Sie wissen, wie man den Druckluftschlauch bedient?«

»Ja, Eure Exzellenz.«

Taffari schritt über die Gangway zu seinem Mercedes, und Kajo nahm Achtungsstellung ein und salutierte, als er davonfuhr.

Der Dieselmotor der Jacht lief bereits, und die Auspuffrohre unter dem Heck blubberten leise. Kajo machte die Leinen los und ging ans Ruder. Die Jacht legte von der Mole ab, und er schwenkte ihren Bug zur Hafeneinfahrt.

Die Fahrt zur Lamu-Insel dauerte zwei Stunden. Die Sonne war bereits untergegangen, als er den Anker an der Leeseite der unbewohnten, hufeisenförmigen Felseninsel warf.

»Wir sind am Ziel, Mr. Ning«, sagte er in die Bordsprechanlage.

»Helfen Sie mir bitte, Captain.«

Kajo ging in die Kabine hinunter. Bonny Mahon lag noch immer bewußtlos auf dem Teppichboden. Sie trugen sie in das offene Cockpit hoch, und während Kajo sie aufrecht hielt, band Ning ihre Handgelenke und Knöchel an die stählerne Reling. Unter ihr breitete er ein Nylontuch aus, dessen Ende über das Heck hing, damit die Reinigung des Decks später leichter war.

»Ich brauche jetzt keine Hilfe mehr«, sagte er zu Kajo. »Nehmen Sie das Schlauchboot und fahren Sie zur Insel. Bleiben Sie dort, bis ich Sie rufe. Sie werden dort bleiben, egal, was Sie hören. Verstehen Sie?«

»Ja, Mr. Ning.«

Cheng stand an der Heckreling und schaute zu, wie Kajo mit dem Dingi in der Dunkelheit verschwand. Der kleine, drei PS starke Außenbordmotor knatterte leise, und das Licht von Kajos Taschenlampe warf einen unsteten Strahl in die Dunkelheit. Schließlich erreichte er die Insel, und der Außenbordmotor verstummte. Die Taschenlampe wurde gelöscht.

Cheng wandte sich wieder dem Mädchen zu. Sie hing in ihren Fesseln. Im Licht des Cockpits sah sie sehr blaß aus, und ihr kupferrotes Haar hing wirr herab.

Cheng ließ sich Zeit, um den Augenblick zu genießen. Körperlich war die Frau für ihn unattraktiv und für seinen Geschmack viel zu alt. Aber dennoch spürte er, daß seine Erregung wuchs. Bald würde er so versunken und hingerissen sein, daß solche Nebensächlichkeiten wirklich unwichtig waren.

Er schaute sich vorsichtig um, ließ sich Zeit und überdachte die Situation. Die Insel Lamu war zwölf Meilen vom Festland entfernt, und das Wasser ringsum war von Seekrokodilen verseucht. Sie würden sofort jeden Abfall verschlingen, der über Bord geworfen wurde. Noch dazu stand er unter dem Schutz von Präsident Taffari.

Er ging wieder zu dem Mädchen, rückte die Aderpresse an ihrem Oberarm zurecht und massierte die Venen an der Innenseite ihres Ellenbogens, bis sie im Licht des Cockpits dick und blau hervortraten. Er hatte die Droge bereits bei vielen Gelegenheiten benutzt, und das Gegenmittel und die Einwegspritze hatte er ständig zur Hand.

Nur Sekunden, nachdem er Bonny Mahon das Gegenmittel gespritzt hatte, öffnete sie die Augen und sah ihn benommen an.

»Guten Abend, Miss Mahon.« Chengs Stimme war vor Erregung heiser. »Sie und ich werden ein wenig Spaß miteinander haben.«

Zwischen Daniel und Sepoo hatte es fast augenblicklich ein Einverständnis gegeben. Das war seltsam, weil sie so völlig verschieden waren. In Größe und Farbe, Gestalt und Mentalität gab es überhaupt keine Gemeinsamkeiten zwischen ihnen.

Es war eine Sache des Geistes gewesen, dachte Daniel, als er Sepoo durch den Wald folgte. Sie waren Kinder Afrikas, dessen Puls in ihnen beiden schlug, und seine Seele war ihre Seele. Sie verstanden und liebten die Schönheit und Wildheit dieses Landes, und sie hüteten seine Schätze. Sie verstanden und liebten seine Geschöpfe und betrachteten sich selbst nur als eine von vielen anderen Spezies.

Als sie in dieser Nacht lagerten, saßen sie dicht nebeneinander am Feuer und unterhielten sich leise. Sepoo erzählte ihm von den Geheimnissen und Rätseln des Waldes und dem tiefwurzelnden Glauben seines Volkes, und Daniel verstand. In gewisser Hinsicht war dies auch sein Glaube, und er akzeptierte die Sitten dieser Menschen, die Sepoo erläuterte, und er bewunderte die Weisheit und Tugendhaftigkeit ihrer Überlieferung. Sepoo nannte ihn »Kuokoa«, was bedeutete: »Der, den ich rettete«. Daniel akzeptierte diesen Namen, obwohl er wußte, daß er ein Denkmal für Sepoos Tat war und eine Erinnerung daran, was er dem alten Mann schuldete.

Am späten Nachmittag erreichten sie die MOMU-Schneise, die nahe Sengi-Sengi durch den Wald führte, und sie lagen bis zum Einbruch der Dunkelheit am Waldrand. In der Nacht überquerten sie das offene Gelände.

Sepoo führte Daniel zu der Straße, an der er vor fast zehn Tagen den Landrover zurückgelassen hatte, aber nicht einmal Sepoo vermochte ihn direkt zu dem festsitzenden Fahrzeug zu führen. Erst am folgenden Tag fanden sie den Landrover schließlich genau an der Stelle, wo Daniel ihn zurückgelassen hatte, verborgen hinter dem Schirm dichten Unterholzes und bis zu den Achsen in den weichen Waldboden eingesunken.

Es gab keine frischen Menschenspuren in seiner Nähe, und die Videoausrüstung befand sich nach wie vor in den Aluminiumkästen. Daniel breitete sie auf der Heckklappe aus und überprüfte sie rasch. Die Kamera funktionierte nicht. Entweder waren die Batterien nach so langer Pause erschöpft, oder Feuchtigkeit war in den Mechanismus gedrungen. Daniel bemerkte Tröpfchen hinter dem Glas des Objektivs, und das Gehäuse war mit Kondenswasser benetzt.

Es war eine bittere Enttäuschung, doch Daniel hoffte, daß die Batterien wieder aufgeladen werden konnten oder daß die Kamera nach einer Generalreinigung und Trocknung wieder benutzbar war. Er ließ Sepoo den Koffer mit den Kassetten tragen, wogegen er selbst die Kamera, die Objektive und die Reserveakkus nahm. Es war eine Last von fast siebzig Pfund, die durch den dampfenden Urwald geschleppt werden mußte.

Schwer beladen, wie Daniel war, brauchten sie für dem Rückmarsch fast doppelt so lange wie für den Hinweg, und es regnete fast die ganze Zeit. Als Daniel Gondala erreicht hatte, bat er Victor Omeru um Hilfe. Er wußte, daß Victor Elektroingenieur war.

Victor hatte unter dem Wasserfall am Ende der Lichtung von Gondala einen Turbinengenerator gebaut und installiert. Er erzeugte 220 Volt und fast zehn Kilowatt Strom, genug, um die Ansiedlung mit Licht zu versorgen und Kellys Laborausstattung zu betreiben.

Deshalb konnte Victor die Akkumulatoren der Videokamera aufladen. Er stellte fest, daß nur einer defekt war. Die Kamera und die Objektive erwiesen sich jedoch als problematisch. Daniel hätte nicht gewußt, wo er mit der Fehlersuche beginnen sollte. Victor hingegen zerlegte die Kamera und trocknete sie sorgfältig. Er überprüfte die Schaltkreise und stellte fest, daß ein Transistor beschädigt war. Er ersetzte ihn durch einen aus Kellys Spektroskop. Binnen vierundzwanzig Stunden lief die Videokamera wieder. Dann zerlegte er die Objektive, reinigte und trocknete sie und baute sie wieder zusammen.

Daniel erkannte, welch schwierige Aufgabe der alte Mann unter so schwierigen Bedingungen gelöst hatte.

»Falls Sie Ihr Land nicht zurückbekommen, habe ich für Sie immer Arbeit, Sir«, sagte er zu Victor.

»Das ist keine besonders gute Idee«, warnte ihn Kelly. »Das endet wahrscheinlich damit, daß Sie für ihn arbeiten.«

»In Ordnung«, sagte Daniel. »Ich habe eine Kamera. Und was soll ich jetzt filmen?«

»Wir brechen morgen in der ersten Dämmerung auf«, erklärte Kelly.

»Ich komme mit«, sagte Victor.

»Ich halte das nicht für sehr klug, Victor.« Sie schaute ihn zweifelnd an. »Sie sind viel zu wichtig.«

»Nach all dieser harten Arbeit habe ich eine kleine Belohnung verdient. Finden Sie nicht?« Er wandte sich an Daniel. »Und außerdem könnte Ihre Ausrüstung wieder den Geist aufgeben. Kommen Sie, Doktor Armstrong. Legen Sie ein gutes Wort für mich ein.«

»Ihr seid beide Chauvinisten«, protestierte Kelly. »Ihr bezieht nur gegen mich Position, weil ich eine Frau bin. Ich werde mir Pamba zur Hilfe holen.«

»Teufel, nein!« Daniel schüttelte seinen Kopf. »Das ist ein zu schweres Geschütz!« Aber er teilte Kellys Sorgen. Victor Omeru war über siebzig Jahre alt, und der Weg würde anstrengend sein. Bis Wengu waren es fast fünfzig Meilen. Das wollte er sagen, als Victor ruhig eingriff.

»Ich meine es ernst. Ubomo ist mein Land. Ich kann mich nicht auf Berichte aus zweiter Hand stützen. Ich muß selbst sehen, was Taffari meinem Land und meinem Volk antut.«

Keiner der beiden konnte dagegen etwas einwenden, und als die Safari am nächsten Morgen aus Gondala aufbrach, war Victor Omeru dabei.

Sepoo hatte acht Männer seines Stammes als Träger rekrutiert, und Pamba hatte sich zum Leiter der Karawane ernannt, um dafür zu sorgen, daß sie gehorchten und nicht auf typische Bambuti-Art das Interesse verloren und ihre Bündel fallen ließen, um fischen zu gehen oder nach Honig zu suchen. Jeder Mann des Stammes hatte gewaltigen Respekt vor Pambas Mundwerk.

Am dritten Tag erreichten sie den ersten der blutenden Flüsse, und die Bambuti-Männer setzten ihre Last auf dem Boden ab und kauerten sich ans Ufer. Es gab weder Gelächter noch Geplauder. Selbst Pamba war still und betroffen.

Daniel stieg in den stinkenden Morast aus rotem Schlamm, toten Tieren und vergifteter Vegetation hinab und hob eine Handvoll davon hoch. Er roch daran und warf es dann weit weg und versuchte, den schmierigen Brei von seinen Händen zu wischen.

»Was ist das, Kelly?« Er blickte zu der am Ufer Stehenden hoch. »Was hat das verursacht?«

»Das ist das Reagenz, das Taffari nie anzuwenden schwor.« Sie war nur mit einem Baumwoll-T-Shirt und Shorts bekleidet und trug ein buntes Kopfband um ihre Stirn. Ihr kleiner, hübscher Körper schien vor Empörung zu zittern.

»Victor und ich haben den Ausfluß bei der Schürfoperation beobachtet. Zuerst war es reiner Schlamm. Das war schlimm genug. Doch dann, in den letzten Wochen, hat es eine Veränderung gegeben. Sie haben damit begonnen, das Reagenz zu benutzen. Sehen Sie, die Platinmoleküle sind von Sulfiden überzogen. Die Sulfide reduzieren die Effizienz des Raffinierungsprozesses um vierzig Prozent. Sie benutzen ein Reagenz, um die Sulfidschicht zu lösen und das Platin freizulegen.«

»Woraus besteht das Reagenz?« wollte Daniel wissen.

»Aus Arsen.« Sie spuckte das Wort wie eine fauchende Katze aus. »Sie benutzen eine zweiprozentige Lösung weißen Arsens, um die Sulfidschicht aufzubrechen.«

Er starrte sie ungläubig an: »Aber das ist verrückt.«

»Sie sagen es«, stimmte Kelly zu. »Dies sind weder normale noch verantwortungsbewußte Menschen. Sie vergiften den Wald in einer mörderischen Orgie der Gier.«

Er stieg aus dem toten Fluß und trat neben sie. Langsam spürte er, wie ihre Wut immer mehr auch in sein Bewußtsein drang.

»Diese Bastarde«, flüsterte er. Es war, als erkannte sie erst in diesem Augenblick, daß er sich ihrer Sache total verpflichtet hatte, denn sie streckte ihren Arm aus und ergriff seine Hand. Es war keine sanfte oder liebevolle Geste. Ihr Griff war fest und stark.

»Sie haben noch nicht alles gesehen. Das ist erst der Anfang. Das eigentliche Grauen liegt weiter voraus, bei Wengu.« Sie schüttelte fordernd seinen Arm. »Kommen Sie!« befahl sie. »Kommen Sie und sehen Sie sich das an. Wenn Sie das gesehen haben, können Sie nicht mehr tatenlos zusehen, das schwöre ich Ihnen.«

Die kleine Kolonne bewegte sich weiter, aber nach fünfstündigem Marsch hielten die Bambuti-Träger abrupt an, legten ihre Last ab und flüsterten miteinander.

»Was gibt's für ein Problem?« wollte Victor wissen.

»Wir haben die Grenze des Stammesjagdgebietes erreicht.« Sie deutete nach vorn. »Von hier ab betreten wir das geheiligte Herzland der Bambuti. Sie sind tiefbesorgt und bestürzt. Bisher hat nur Sepoo gesehen, was in Wengu geschieht. Die anderen wollen nicht weitergehen. Sie haben Furcht vor der Wut des Waldgottes, der Mutter und dem Vater des Waldes. Sie wissen, daß ein schreckliches Sakrileg begangen worden ist, und sie sind verängstigt.«

»Was können wir tun, um sie zu überzeugen?« fragte Daniel, doch Kelly schüttelte ihren Kopf.

»Wir müssen uns da raushalten. Das ist Sache des Stammes. Wir müssen es Pamba überlassen, sie zu überzeugen.«

Die alte Dame war jetzt in Bestform. Sie sprach zu ihnen. Zuweilen war ihre Stimme flammend schrill, dann senkte sie sie wieder zu einem taubengleichen Gurren. Sie nahm den Kopf eines der Männer in ihre gewölbten Hände und flüsterte in sein Ohr. Sie sang eine kleine Hymne an den Wald und schmierte Salbe auf ihre nackten Brüste, um sie von Sünde freizusprechen. Dann vollführte sie allein einen Tanz, schlurfte und sprang, während sie sie umkreiste. Ihre welken Brüste schlugen gegen ihren Bauch, und ihr Rock aus gewebter Rinde flog hinten hoch und enthüllte ihr überraschend hübsches und glänzendes Gesäß, als sie umhertollte.

Nach einer Stunde nahm einer der Träger plötzlich seine Last auf und ging auf dem Weg weiter. Die anderen folgten verlegen grinsend seinem Beispiel, und die Safari zog in das geheiligte Herzland weiter.

In der Dämmerung des nächsten Morgens hörten sie die Maschinen, und als sie weitergingen, wurde das Geräusch lauter. Die Flüsse, die sie durchquerten, waren hüfthoch und dick wie Honig von dem schrecklichen, rotgiftigen Schlamm bedeckt. Abgesehen von dem fernen Dröhnen und Brüllen der Maschinen war der Wald still. Sie sahen keine Vögel oder Affen oder Antilopen, und die Bambuti schwiegen ebenfalls. Sie blieben dicht beisammen und hatten Angst, warfen ängstliche Blicke in den sie umgebenden Urwald, während sie voraneilten.

Gegen Mittag ließ Sepoo die Kolonne anhalten und beriet sich flüsternd mit Kelly. Er deutete nach Osten, und Kelly nickte und winkte Daniel und Victor zu sich.

»Sepoo sagt, wir sind jetzt sehr nahe. Geräusche im Wald sind trügerisch. Die Maschinen laufen nur wenige Meilen vor uns. Wir dürfen nicht näher herankommen, weil Posten der Gesellschaft am Waldrand wachen.«

»Was wollen Sie tun?« fragte Victor.

»Sepoo sagt, daß im Osten eine Hügelreihe liegt. Von dort aus können wir das Schürfgebiet und die Rodungen überblicken. Pamba wird mit den Trägern hierbleiben. Nur wir vier, Sepoo und ich, Sie und Victor, werden zu den Hügeln gehen.«

Daniel packte die Videokamera aus, und er und Victor überprüften sie.

»Kommt«, befahl Kelly, »bevor es hell wird oder wieder zu regnen beginnt.«

Sie erklommen die Hügel im Gänsemarsch, und Sepoo ging voran. Doch selbst als sie den Gipfel erreichten, konnten sie wegen des Waldes nichts sehen. Die großen Bäume ragten hoch über ihnen auf, und das Unterholz ringsum war so dicht, daß der Blick allenfalls zehn Meter weit reichte. Von unten jedoch konnten sie das Dröhnen der Dieselmotoren näher und deutlicher als zuvor hören.

»Was nun?« wollte Daniel wissen. »Von hier aus kann ich absolut nichts sehen.«

»Sepoo wird uns einen Tribünenplatz beschaffen«, versprach Kelly, und fast während sie das sagte, erreichten sie den Fuß eines Baumes, der selbst in einem Wald großer Bäume ein Gigant war.

»Zwanzig Pygmäen, die einander bei den Händen fassen, können diesen Baum nicht umringen«, murmelte Kelly. »Wir haben es versucht. Es ist der geheiligte Honigbaum des Stammes.« Sie deutete auf die primitive Leiter, die sich an dem massiven Stamm befand.

Die Pygmäen hatten Holzpflöcke in die glatte Rinde geschlagen, um die untersten Äste erreichen zu können, und von dort aus Lianenseile gespannt und hölzerne Tritte vertäut, die so weit emporführten, bis sie schließlich vierzig Meter über ihnen im Baldachin des Waldes verschwanden.

»Dies ist ein Tempel der Bambuti«, erklärte Kelly. »Dort, in den höchsten Ästen, beten sie und bringen dem Waldgott ihre Gaben dar.«

Sepoo ging zuerst, weil er am leichtesten war und einige der Pflöcke und Stufen verrottet waren. Er schnitt neue ab und hämmerte sie mit dem Heft seiner Machete fest. Dann bedeutete er den anderen, ihm zu folgen.

Kelly ging als nächste und reichte Victor ihre Hand, als er schwankte. Daniel kam als letzter, hatte die Videokamera über die Schulter geschlungen und griff hoch, um Victors Füße auf die Leitersprossen zu führen, wenn er sie selbst nicht finden konnte.

Sie kamen langsam voran, aber sie halfen dem alten Mann hoch und erreichten sicher die obere Galerie des Waldes.

Sie erreichten eine luftige Plattform, gebildet aus gewundenen Ästen und herabgefallenem totem Holz. Neue Pflanzen hatten in dem hohen Laub und dem Moder Wurzeln geschlagen und bildeten einen wundervollen hängenden Garten, in dem fremdartige und schöne Blumen blühten und in der Nähe der Sonne ein völlig neues Spektrum von Leben gedieh. Daniel sah Schmetterlinge mit handbreiten Schwingen und fliegende Insekten, die wie Smaragde und Rubine funkelten. In diesem Märchenland wuchsen sogar Lilien und wilde Gardenien. Daniel erhaschte den Blick eines Vogels, der so prächtig schillerte, daß er glaubte, seinen Augen nicht zu trauen, als er wie eine glitzernde Rauchwolke in dem Laubwerk verschwand.

Sepoo ließ sie kaum ausruhen und kletterte rasch weiter. Der Stamm des Baumes war nur noch halb so dick wie am Boden, aber noch immer so riesig, wie seine Nachbarn am Fuße. Als sie höher stiegen, änderte sich das Licht. Es war, als tauchten sie aus den Tiefen des Ozeans auf. Das grüne, unterseeische Glühen wurde heller, bis sie abrupt ins Sonnenlicht gelangten und voller Staunen aufschrien.

Sie befanden sich auf den obersten Ästen des geheiligten Honigbaumes. Sie blickten auf den Teppich des Walddaches hinab, der sich unter ihnen ausbreitete. Er wogte wie die Wellen des Ozeans, an jeder Seite grün und ungebrochen, bis auf den Norden. Alle wandten ihre

Blicke in diese Richtung, und ihre begeisterten Schreie verstummten, als sie ungläubig und voller Entsetzen dorthin starrten.

Im Norden war der Urwald verschwunden. Vom Fuße des grünen Hügels unter ihnen, so weit sie nach Norden blicken konnten, bis zum Vorgebirge der schneebedeckten Berge war der Urwald ausradiert worden. Eine rote Ebene der Trostlosigkeit lag da, wo einst die großen Bäume gestanden hatten.

Keiner von ihnen konnte sprechen oder sich bewegen. Sie klammerten sich an ihren luftigen Hochsitz und starrten nur sprachlos, drehten ihre Köpfe langsam von einer Seite zur anderen, um die Ungeheuerlichkeit dieser kahlen, verwüsteten Weite zu erfassen.

Die Erde schien von den Klauen einer gierigen Bestie zerfurcht worden zu sein, war weggeschwemmt von den sintflutartigen Regenfällen. Die oberen Erdschichten waren fortgerissen, steile Schluchten der Erosion geblieben. Der feine rote Schlamm war hinuntergespült worden und staute und erstickte die Flüsse im Wald. Es war eine verlassene Mondlandschaft.

»Barmherziger Gott!« Victor Omeru sprach als erster. »Es ist ein Greuel. Wieviel Land ist geschändet? Wie groß ist das Ausmaß dieser Zerstörung?«

»Das kann man unmöglich sagen«, flüsterte Kelly. Obwohl sie es schon zuvor gesehen hatte, war sie von diesem Grauen wie gelähmt. »Eine halbe Million, vielleicht eine Million Morgen. Ich weiß es nicht. Aber vergessen Sie nicht, daß die hier noch kein Jahr arbeiten, dann wissen Sie, wie gewaltig die Zerstörung ein Jahr später sein wird. Wenn diese Monster...«, sie deutete auf die Linie der MOMU-Fahrzeuge, die sich längs dem Waldrand am Fuße des Hügels hinzog, »wenn diese Monster weitermachen dürfen.«

Es kostete Daniel Mühe, den Blick von diesem Bild der Vernichtung abzuwenden und sich auf die Linie der gelben Maschinen zu konzentrieren. Von ihrem hohen Beobachtungspunkt aus wirkten sie so winzig und unschuldig wie Spielzeug, das ein kleiner Junge im Sandkasten zurückgelassen hatte. Die MOMUs fuhren in gestaffelter Formation, wie eine Linie von Mähdreschern, die eines dieser endlosen Weizenfelder in der kanadischen Prärie abernten. Sie bewegten sich so langsam, daß sie stillzustehen schienen.

»Wie viele sind das?« fragte Daniel und zählte sie laut.

»Acht, neun, zehn!« rief er aus. »Sie fahren nebeneinander. Damit haben sie eine Schnittfläche von vierhundert Metern.«

»Es scheint unmöglich, daß nur zehn Maschinen eine so schreckliche Zerstörung verursachen konnten.« Victors Stimme zitterte unsicher. »Sie sind wie gigantische Heuschrecken – erbarmungslos, unersättlich, grauenhaft.«

Die Raupenbagger arbeiteten vor der Linie der MOMUs, sensten den Wald ab, um Platz für die nachfolgenden, monströsen, erdfressenden Maschinen zu machen.

Während sie zuschauten, erbebte einer der riesigen Bäume und schwankte. Dann begann er sich zu bewegen, schwang heftig, als die stählernen Klingen sich durch den Fuß seines Stammes fraßen. Selbst über diese große Entfernung hörten sie den Aufschrei des lebenden Holzes. Es klang wie der Todesschrei eines verwundeten Tieres. Der Baum stürzte immer schneller, und sein Todesschrei schwoll höher und schriller an, bis der Stamm auf die rote Erde donnerte und das gewaltige Laubwerk erzitterte. Dann lag er still da.

Daniel mußte den Blick abwenden. Sepoo hockte neben ihm auf einem hohen Ast und weinte. Ganz langsam rannen die Tränen über seine runzeligen alten Wangen und tropften auf seine nackte Brust. Es war ein schrecklicher, ganz persönlicher Gram, der zu schmerzlich war, als daß Daniel hätte zuschauen können.

Als er wieder hinschaute, sah er einen weiteren Baum fallen und sterben, und dann noch einen. Er nahm die Videokamera von der Schulter, hob sie an seine Augen, stellte das Teleobjektiv scharf ein und begann zu filmen.

Er filmte die verwüstete, nackte rote Erde, auf der kein lebendes Wesen zurückgeblieben war, weder Tier noch Vogel noch ein grünes Blatt.

Er filmte die Linie der gelben Maschinen, die sich unaufhaltsam voranfraßen, starr ihre Formation beibehielten, gefolgt von einer endlosen Horde von Lastwagen, die ähnlich wie Ameisen ihrer Königin folgten, um ihre Eier fortzutragen.

Er filmte das rote Gift, das aus den Abfallschächten am Heck der MOMUs gespuckt wurde und achtlos auf die verwüstete Erde fiel, von wo der nächste Regenguß es forttragen und in jeden Strom und jeden Bach im Umkreis von hundert Meilen spülen würde.

Er filmte, wie die Bäume vor der Linie der gelben Maschinen stürzten und die gigantischen Kettensägen, die auf speziell umgebaute Raupen montiert waren. Fontänen feuchter weißer Sägespäne flogen hoch in die Luft, als ihre rotierenden Silberklingen in das Holz bissen und die Baumstämme in Stücke zerlegten.

Er filmte die mobilen Kräne, die die Baumstücke dann auf die Ladeflächen der Holztransporter hievten.

Er filmte die Horden nackter Uhali-Sklaven, die im roten Schlamm arbeiteten, um die Straßen für die gewaltigen Lastwagen und Tieflader freizuhalten, die die erbeuteten Schätze des Waldes fortschafften.

Daniel hatte gehofft, daß die Arbeit mit der Kamera und das Betrachten der Szene durch das Objektiv ihn irgendwie von der Realität isolieren würde, daß er dadurch distanziert und sachlich sein könnte. Es war eine vergebliche Hoffnung. Je länger er die Vernichtung beobachtete, desto wütender wurde er, bis sein Zorn schließlich ebenso groß war wie der der Frau, die neben ihm auf dem Ast saß.

Kelly mußte ihre Empörung nicht artikulieren. Er spürte sie wie statische Elektrizität in der Luft, die sie umgab. Der Einklang ihrer Gefühle überraschte ihn nicht. Es schien richtig und natürlich zu sein. Sie waren sich jetzt sehr nah. Ein neues Band war zwischen ihnen geschmiedet worden, verstärkte die Anziehung und Sympathie, die sie bereits füreinander empfanden.

Sie blieben bis zum Einbruch der Nacht in dem Baumwipfel und verweilten dann noch eine weitere Stunde, saßen im Dunkel, als könnten sie sich der schrecklichen Faszination nicht entziehen. Sie lauschten dem Heulen der Maschinen in der Nacht, und die schwingenden Flutlichter erleuchteten den Wald und die verwüstete rote Ebene taghell. Es hörte nicht auf, sondern ging weiter und weiter, dieses Fällen und Graben, dieses Gebrüll und das Ausspucken von Gift und Tod.

Als es schließlich wieder zu regnen begann und über ihnen Blitze zuckten und der Donner krachte, stiegen sie von dem Baum herab und begaben sich langsam und traurig dorthin, wo Pamba mit den Trägern im Wald wartete.

Am Morgen traten sie durch den dampfenden, schweigenden Wald den Rückweg nach Gondala an und blieben nur stehen, damit Daniel die verseuchten, blutenden Flüsse filmen konnte. Victor Omeru trat in den Schlamm, stand knietief darin und sprach in die Kamera. Er gab all seiner Sorge und Empörung Ausdruck.

Seine Stimme war tief und beschwörend und voller Besorgnis und Mitgefühl für sein Land und sein Volk. Sein silbernes Haar und seine dunklen, edlen Gesichtszüge würden jedes Publikum in seinen Bann ziehen, und sein Leumund war makellos. Er genoß international einen solchen Ruf, daß niemand ernsthaft bezweifeln würde, daß das, was er schilderte, Wahrheit war. Wenn Daniel dies der Außenwelt zeigen können würde, dann, das wußte er, würde er auch seine eigene Empörung weitervermitteln können.

Sie bewegten sich langsam. Die Bambuti-Träger waren noch immer schweigsam und entsetzt. Obwohl sie nicht Zeugen des Bergbaubetriebes gewesen waren, hatte Sepoo ihnen alles geschildert, und sie hatten die blutenden Flüsse gesehen. Doch noch bevor sie die Grenze zwischen dem Herzland und ihren traditionellen Jagdgründen erreichten, entdeckten sie einen noch größeren Grund zur Sorge.

Sie stießen auf die Fährte eines Elephanten. Sie alle erkannten die Spur des Tieres, und Sepoo nannte ihn beim Namen.

»Der alte Mann mit einem Ohr«, sagte er, und alle stimmten zu. Es war der Bulle, dem die Hälfte des linken Ohres fehlte. Zum ersten Mal seit Tagen lachten sie, als seien sie einem alten Freund im Wald begegnet, aber das Gelächter währte nicht lange, als sie die Fährte genauer betrachteten.

Dann schrien sie auf, rangen ihre Hände und jammerten voller Furcht und Entsetzen.

Kelly rief Sepoo zu: »Was ist, alter Freund?«

»Blut«, antwortete Sepoo ihr. »Blut und Urin des Elephanten. Er ist verletzt. Er stirbt.«

»Wie konnte das geschehen?« schrie Kelly. Sie kannte den Elephanten wie einen alten Freund. Sie war ihm oft im Wald begegnet, wenn er die Gegend um Gondala aufsuchte.

»Ein Mann hat zugestoßen und ihn verwundet. Jemand jagt den Bullen im geheiligten Herzland. Das verstößt gegen alle Gesetze und Bräuche. Sieh! Hier sind die Fußspuren des Mannes, über der Fährte des Bullen.« Er deutete auf die klaren Abdrücke kleiner, nackter Füße im Schlamm. »Der Jäger ist ein Bambuti. Er muß ein Mann unseres Stammes sein. Es ist ein schreckliches Sakrileg. Es ist eine Beleidigung des Waldgottes.«

Die kleine Gruppe von Pygmäen war erschüttert. Wie verlorene Kinder faßten sie sich tröstend bei den Händen. Für sie waren es schreckliche Tage, in denen sie glaubten, daß alles auf den Kopf gestellt worden sei. Zuerst die Maschinen im Wald und die blutenden Flüsse, und jetzt dieses Sakrileg, begangen von einem Angehörigen ihres eigenen Volkes.

»Ich kenne diesen Mann«, kreischte Pamba. »Ich erkenne seine Fußabdrücke. Es ist Pirri.«

Daraufhin klagten sie und bedeckten ihre Gesichter, denn Pirri hatte an dem heiligen Ort getötet, und der Zorn und die Rache des Waldgottes würde nun über sie alle kommen.

Pirri, der Jäger, bewegte sich wie ein Schatten. Vorsichtig setzte er seine winzigen Füße auf die Fußstapfen des Elephanten. Der Bulle hatte mit seinem Gewicht die Erde tief eingedrückt, und kein Zweig würde brechen und kein trockenes Blatt rascheln und ihn verraten.

Pirri war dem Elephanten seit drei Tagen gefolgt. In all dieser Zeit hatte er sein ganzes Sein auf den Elephanten konzentriert, so daß er auf irgendeine rätselhafte Weise Teil des Tieres wurde, das er jagte.

Wo der Bulle stehengeblieben war, um die kleinen roten Beeren des Selepe-Baumes zu verschmausen, las Pirri das Zeichen und konnte den herben, säuerlichen Geschmack in seiner eigenen Kehle spüren. Wo der Elephant an einem der Flüsse getrunken hatte, stand Pirri genau wie er am Ufer und spürte in seiner Einbildung, wie das süße, klare Wasser spritzte und in seinem eigenen Bauch gurgelte. Wo der Elephant einen Haufen gelbfaserigen Kotes auf den Waldboden fallengelassen hatte, spürte Pirri, wie seine Eingeweide sich zusammenzogen und sein Schließmuskel sich ebenso weitete. Pirri war zum Elephanten geworden, und der Elephant war Pirri geworden.

Als er ihn schließlich erreicht hatte, schlief der Elephant stehend in einem verfilzten Dickicht. Die Zweige waren ineinander verwoben und von stark gekrümmten, rotspitzigen Dornen bedeckt. Sie konnten einem Mann die Haut vom Leibe reißen. Obwohl Pirri sich leise und langsam bewegte, spürte der Elephant seine Anwesenheit und erwachte. Er spreizte seine Ohren, das eine breit und voll wie ein Großsegel, das andere zerrissen und deformiert, und lauschte. Dennoch hörte er nichts, denn Pirri war ein Meisterjäger.

Der Elephant streckte seinen Rüssel aus, sog Luft ein und blies sie behutsam in sein Maul. Die Geruchspapillen in seiner Oberlippe öffneten sich wie Rosenknospen, und er schmeckte die Luft, aber er witterte nichts, weil Pirri nicht mit dem Wind kam und sich vom Scheitel seines lockigen Kopfes bis zu den Fußsohlen mit dem Kot des Elephanten beschmiert hatte. Ihm haftete kein Menschengeruch an.

Dann gab der Elephant ein Geräusch von sich, ein leise rumpelndes Geräusch in seinem Bauch und ein bebendes Geräusch in seiner Kehle. Es war das Lied der Elephanten. Der Bulle sang im Wald, um festzustellen, ob es ein anderer Elephant oder ein tödlicher Feind war, dessen Anwesenheit er da spürte.

Pirri kroch an den Rand des Dickichts und lauschte dem Elephantenlied. Dann legte er seine Hände trichterförmig an Mund und Nase, saugte Luft in seine Kehle und seinen Bauch und stieß sie mit einem weich rumpelnden und bebenden Geräusch wieder aus.

Pirri sang das Lied der Elephanten.

Der Bulle seufzte aus tiefer Kehle und änderte sein Lied. Er stellte den unsichtbaren anderen auf die Probe. Getreu antwortete Pirri ihm, folgte der Kadenz und dem Timbre des Liedes, und der Elephantenbulle glaubte ihm.

Der Elephant flappte seine Ohren in einer Geste der Zufriedenheit und des Vertrauens. Er akzeptierte, daß ein anderer Elephant ihn gefunden hatte und gekommen war, um sich zu ihm zu gesellen. Er bewegte sich sorglos, und das Dickicht barst unter seiner Masse. Er kam gemächlich auf Pirri zu und schob die dornigen Zweige beiseite. Pirri sah die geschwungenen Elfenbeinschäfte hoch über seinem Kopf auftauchen. Sie waren dicker als seine Hüfte und länger, als er mit seinem Elephantenspeer reichen konnte.

Der Elephantenspeer war eine Waffe, von Pirri selbst aus der Blattfeder eines Lastwagens geschmiedet, die er aus einer der *dukas* am Straßenrand gestohlen hatte. Er hatte sie erhitzt und gehämmert, bis der Stahl seine Härte verloren hatte und er ihn leichter bearbeiten konnte. Dann hatte Pirri ihn geformt und gespitzt und ihn schließlich auf einen Schaft aus Hartholz gesetzt und die Klinge mit Rohleder festgebunden. Als die Haut trocknete, war sie ebenso hart und fest wie der Stahl, den sie hielt.

Während der Kopf des Elephanten über Pirri aufragte, legte er sich hin und lag wie ein Baumstamm oder ein Haufen trockenen Laubes auf dem Waldboden. Der Elephant war so nah, daß er jede Furche und Runzel in der dicken grauen Haut genau ausmachen konnte. Als er aufblickte, konnte er den Ausfluß der Drüsen im Kopf des Elephanten wie Tränen über seine Wangen rollen sehen, und Pirri sammelte sich.

Selbst mit dem Speer, den er gemacht hatte, der scharf und schwer und fast doppelt so lang wie Pirri war, konnte er die Spitze nicht durch die Haut, das Fleisch und den Brustkasten stoßen, um das Herz oder die Lungen des Bullen zu durchdringen. Das Gehirn in seinem knochigen Behälter war außerhalb seiner Reichweite. Es gab nur eine Möglichkeit, wie ein Mann von Pirris Größe ein gewaltiges Tier wie dieses mit einem Speer töten konnte.

Pirri rollte sich auf die Beine und richtete sich unter dem Bauch des Elephanten auf. Er stand zwischen den Hinterbeinen des Bullen, konzentrierte sich und trieb die Spitze des Speeres aufwärts, mitten in die Leistengegend.

Der Elephant schrie auf, als die Klinge die schlaffe Haut durchschnitt, die in seinem Schritt hing und nach oben in seine Blase drang.

Der rasiermesserscharfe Stahl zerteilte seine Blase, und der heiße Urin spritzte in einem gelben Strahl heraus. Er verkrampfte sich vor Schmerz und buckelte, bevor er zu rennen begann.

Laut trompetend rannte der Elephant durch den Wald, und das Laubwerk krachte und brach vor ihm.

Pirri stützte sich auf seinen blutigen Speer und lauschte, wie der Elephant außer Hörweite rannte. Er wartete, bis völlige Stille eingekehrt war, dann raffte er seinen Lendenschurz und begann der Tropfenspur von Blut und Urin zu folgen, die auf dem Waldboden dampfte und stank.

Es konnte viele Stunden dauern, bis der Tod eintrat, aber der Elephant würde sterben. Pirri, der Jäger, hatte ihm einen tödlichen Stoß versetzt, und er wußte, daß der Elephant vorm morgigen Sonnenuntergang tot sein würde.

Pirri folgte ihm langsam, aber in seinem Herzen spürte er nicht die heiße Freude des Jägers. Da war nur ein Gefühl von Leere und der schrecklichen Schuld des Sakrilegs.

Er hatte seinen Gott gekränkt, und er wußte, daß dieser Gott ihn nun verstoßen und bestrafen mußte.

Pirri fand den Kadaver des Elephantenbullen am nächsten Morgen. Der Elephant kniete und hatte seine Beine ordentlich unter sich angewinkelt. Sein Kopf wurde durch die massiven, geschwungenen Stoßzähne gestützt, die halb in der weichen Erde vergraben waren. Der letzte Regenguß hatte seine Haut gewaschen, so daß sie jetzt schwarz und glänzend war, und seine Augen standen offen.

Er wirkte so lebendig, daß Pirri sich ihm mit großer Vorsicht näherte. Schließlich streckte er einen langen, dünnen Zweig aus, um das offene, starre Auge zu berühren, das von dicken Wimpern umsäumt war. Das Augenlid blinzelte bei der Berührung nicht, und Pirri bemerkte den opaquen geleeartigen Schein des Todes auf der Pupille. Er richtete sich auf und legte seinen Speer beiseite. Die Jagd war vorüber.

Der Sitte nach sollte er jetzt ein Gebet des Dankes an den Waldgott für soviel Freigebigkeit singen. Und tatsächlich brachte er die ersten Worte des Gebetes heraus, bevor er schuldbewußt abbrach. Er wußte, daß er nie wieder das Gebet des Jägers singen können würde, und eine tiefe Traurigkeit erfüllte ihn.

Er machte ein kleines Feuer, schnitt das volle, fette Fleisch aus der

Wange des Elephanten und kochte es an einem Spieß über der Glut. Diesmal war der sonst so köstliche Leckerbissen zäh und geschmacklos. Er spuckte ihn ins Feuer und saß lange Zeit neben dem Kadaver, bevor er sich aufraffen und seine Sorgen verdrängen konnte.

Er zog seine Machete aus der Scheide und begann einen der dicken, gelben Stoßzähne aus dem Knochenkanal im Schädel des Elephanten zu brechen. Der Stahl hallte auf dem Schädel, und die Knochensplitter flogen und fielen um seine Füße, während er arbeitete.

So fanden ihn die Männer seines Stammes. Sie wurden durch das Geräusch der auf Knochen schlagenden Machete zu Pirri geführt. Geführt von Sepoo und Pamba, kamen sie lautlos aus dem Wald und bildeten einen Kreis um Pirri und den Elephanten.

Als er aufblickte und sie sah, ließ er die Machete fallen und stand mit blutigen Händen da. Er wagte nicht, in ihre Augen zu blicken.

»Ich werde die Belohnung mit euch teilen, meine Brüder«, flüsterte er, aber niemand antwortete ihm.

Nacheinander wandten die Bambuti sich von ihm ab und verschwanden ebenso schweigend wie sie gekommen waren im Wald, bis nur Sepoo übrigblieb.

»Für das, was du getan hast, wird der Waldgott uns den Molimo schicken«, sagte Sepoo, und Pirri stand mit Verzweiflung im Herzen da und vermochte nicht seinen Kopf zu heben und seinen Bruder anzuschauen.

Daniel begann mit der Begutachtung der Videobänder, sobald sie Gondala erreicht hatten.

Kelly räumte eine Ecke ihres Labors frei, damit er arbeiten konnte, und Victor Omeru stand neben ihm und gab Kommentare und Vorschläge ab, während er seine Bearbeitungsnotizen machte.

Die Qualität des Materials war gut. Als Kameramann stufte er sich als kompetent ein, wenngleich es ihm an der Kunstfertigkeit und der Brillanz von jemandem wie Bonny Mahon mangelte. Was er zusammengetragen hatte, war eine ehrliche und sachliche Aufzeichnung der Minen- und Rodungsoperationen im Waldreservat von Wengu und deren der Folgen.

»Es hat keine menschliche Wärme«, erzählte er Victor und Kelly an diesem Abend beim Essen. »Es wirkt auf den Verstand, appelliert aber nicht ans Herz. Ich brauche mehr.«

»Was wollen Sie?« fragte Kelly. »Sagen Sie mir, was, und ich beschaffe es Ihnen.«

»Ich will mehr von Präsident Omeru«, sagte Daniel. »Sie besitzen Ausstrahlung und haben Stil, Sir. Ich will viel mehr von Ihnen.«

»Sie können mich haben«, nickte Victor Omeru. »Aber meinen Sie nicht, daß es an der Zeit ist, die Förmlichkeiten zwischen uns zu lassen, Daniel? Schließlich haben wir gemeinsam den heiligen Honigbaum erstiegen. Das rechtfertigt doch sicherlich, daß wir uns duzen?«

»Gewiß, Victor«, stimmte Daniel zu. »Aber nicht einmal du vermagst die Welt ausreichend zu überzeugen. Ich muß denen zeigen, was mit den Menschen geschieht. Ich muß ihnen die Lager zeigen, in denen die Uhali-Zwangsarbeiter zusammengepfercht sind. Läßt sich das arrangieren?«

Victor beugte sich vor. »Ja«, sagte er. »Du weißt, daß ich die Widerstandsbewegung gegen Taffaris Tyrannei leite. Wir werden jeden Tag stärker. Im Augenblick findet das alles noch überwiegend im Untergrund statt, aber wir organisieren uns und rekrutieren alle wichtigen und einflußreichen Leute, die Taffari ablehnen. Natürlich sind wir überwiegend Uhali, aber selbst einige von Taffaris eigenen Hita sind durch sein Regime desillusioniert. Wir werden dir die Arbeitslager zeigen. Natürlich können wir dich nicht in die Lager bringen, aber wir werden dich nahe genug heranführen, so daß du die Greuel filmen kannst, die dort täglich begangen werden.«

»Ja«, erklärte Kelly. »Patrick und die anderen jungen Widerstandsführer werden in den nächsten Tagen hier eintreffen, um mit Victor zu konferieren. Er wird es arrangieren können.« Sie brach ab und überlegte einen Augenblick. »Dann sind da noch die Bambuti. Du kannst deinem Publikum zeigen, was die Zerstörung des Waldes für die Pygmäen bedeutet, wie sie ihre traditionelle Lebensweise zerstört.«

»Das ist genau das Material, das ich brauche«, erwiderte Daniel. »Was schlägst du vor?«

»Die Molimo-Zeremonie«, sagte Kelly. »Sepoo erzählte mir, daß der Molimo kommt, und du darf dabei Zeuge sein.«

Patrick, Victor Omerus Neffe, traf einen Tag früher als erwartet in Gondala ein. Er war von einem Gefolge von etwa einem Dutzend Stammesangehörigen der Uhali begleitet. Die Pygmäen hatten sie durch den Wald geführt. Viele Männer der Delegation waren zudem Verwandte von Victor Omeru. Sie alle waren gebildete und engagierte junge Männer.

Als Daniel ihnen die Bilder zeigte, die er bereits gefilmt hatte, und beschrieb, welches Material er noch benötigte, waren Patrick Omeru und seine Männer begeistert.

»Überlassen Sie das mir, Doktor Armstrong«, sagte Patrick zu ihm. »Ich werde das für Sie arrangieren. Natürlich ist das nicht ganz ungefährlich. Die Lager werden von den Hita gut bewacht, aber ich werde Sie so nah heranbringen, wie das menschenmöglich ist.«

Als Patrick und seine Männer Gondala verließen, gingen Daniel und Sepoo mit ihnen.

Neun Tage später kehrten die beiden nach Gondala zurück. Daniel war dünn und hager. Offensichtlich waren sie schnell und rastlos gewandert. Seine Kleidung war schlammverschmiert und zerrissen, und Kelly sah sofort, daß er am Rande der Erschöpfung war, als er auf die Veranda des Bungalows wankte.

Ohne zu überlegen, rannte sie ihm entgegen, um ihn zu begrüßen, und im nächsten Augenblick lagen sie sich in den Armen. Sie umklammerten sich für einen Moment fest, doch als Daniel seinen Mund zu ihr senken wollte, befreite Kelly sich und schüttelte statt dessen seine Hand.

»Victor und ich haben uns solche Sorgen gemacht«, platzte sie heraus, lief aber tiefrot an, was Daniel bezaubernd fand.

Nachdem er gebadet, gegessen und zwei Stunden geschlafen hatte, zeigte Daniel ihnen das neue Material. Es waren Szenen von Zwangsarbeitergruppen, die an den Holztransportstraßen arbeiteten. Offensichtlich waren sie aus der Ferne mit einem Teleobjektiv aufgenommen worden.

Die Hita-Aufseher standen bei den Trupps und trugen Knüppel in ihren Händen. Wahllos schlugen sie auf die halbnackten Männer und Frauen ein, die sich unter ihnen im Schlamm quälten.

»Davon habe ich zuviel«, erklärte Daniel, »aber ich werde kürzen und nur die erschütterndsten Szenen im Film lassen.«

Es gab Szenen von Arbeitsgruppen, die am Ende des Tages erschöpft in langsamen Kolonnen zurück in die Lager getrieben wurden, und andere Bilder, durch Stacheldraht aufgenommen, die ihre primitiven Lebensbedingungen zeigten.

Dann folgte eine Reihe von Interviews mit Gefangenen, die aus den Lagern in den Urwald geflohen waren. Einer der Männer zog sich vor der Kamera nackt aus und zeigte die Verletzungen, die die Aufseher ihm zugefügt hatten. Sein Rücken war von Peitschenhieben zerfetzt, seine Haut von Narben und halbverheilten Schnittwunden übersät, wo ihn die Knüppel getroffen hatten.

Eine junge Frau zeigte ihre Füße. Das Fleisch verfaulte und löste sich von den Knochen. Sie sprach leise auf Swahili und schilderte den Zustand im Lager. »Wir arbeiten den ganzen Tag im Schlamm. Unsere Füße sind nie trocken. Die Schnittwunden und Risse eitern, bis wir nicht mehr laufen können. Wir können nicht arbeiten.« Sie begann leise zu weinen.

Daniel saß neben ihr auf dem Baumstamm. Er schaute in die Kamera, die er vorher auf ein Stativ gesetzt hatte. »Das ist das, was die Soldaten in den Schützengräben des Ersten Weltkrieges als ›Grabenfuß‹ bezeichneten. Es ist eine ansteckende Pilzinfektion, die den zum Krüppel macht, der davon befallen ist. Wird sie nicht behandelt, fallen dem Betroffenen buchstäblich die Füße ab.« Daniel wandte sich wieder an die weinende Frau und fragte sanft auf Swahili: »Was passiert, wenn du nicht mehr arbeiten kannst.«

»Die Hita sagen, daß sie uns nichts zu essen geben werden, daß wir zuviel essen und nutzlos sind. Sie bringen die kranken Leute in den Wald...«

Danny schaltete das Videogerät ab und wandte sich an Kelly und Victor. »Was ihr jetzt sehen werdet, sind die schockierendsten Szenen, die ich je gefilmt habe. Sie ähneln den Szenen der Todeskommandos der Nazis in Polen und Rußland. Die Qualität mancher Aufnahmen ist schlecht. Wir haben aus einem Versteck gedreht. Es ist wirklich entsetzlich. Vielleicht willst du das lieber nicht sehen, Kelly?«

Kelly schüttelte ihren Kopf. »Ich sehe es mir an«, sagte sie entschlossen.

»Gut, aber ich habe dich gewarnt.« Daniel schaltete den Videorekorder wieder ein, und sie beugten sich zu dem winzigen Bildschirm vor, als er flackerte und zum Leben erwachte.

Sie schauten auf eine Lichtung im Urwald. Einer der UDC-Bulldozer höhlte einen Graben in die weiche Erde. Der Graben war etwa vierzig oder fünfzig Meter lang und mindestens drei Meter tief. Das wurde klar, weil der Bulldozer fast darin verschwand.

»Patrick hat durch seine Spione herausfinden können, wo sie das machen«, erklärte Daniel. »Wir haben in der Nacht zuvor dort Position bezogen.«

Der Bulldozer beendete seine Arbeit und wälzte sich aus dem Graben heraus. In der Nähe blieb er stehen. Der Motor wurde abgestellt.

»Die nächste Sequenz wurde etwa drei Stunden später gedreht«, erzählte Daniel ihnen.

Aus dem Wald tauchte die Spitze einer Kolonne von Gefangenen auf, die von Hita-Aufsehern vorwärtsgetrieben wurde. Deutlich erkennbar war, daß alle Gefangenen krank oder verkrüppelt waren. Sie wankten oder humpelten langsam ins Blickfeld. Einige stützten sich gegenseitig, andere benutzten provisorische Krücken. Einige wenige wurden von ihren Gefährten auf Bahren getragen. Eine oder zwei Frauen hatten Kinder auf ihre Rücken gebunden. Die Aufseher trieben sie in den Graben hinein, und sie verschwanden aus dem Blickfeld.

Dann bildeten die Aufseher am Rande der Höhlung eine Linie. Es waren mindestens fünfzig. Sie trugen Fallschirmjägeroveralls und Maschinenpistolen. Völlig gleichgültig begannen sie in den Graben zu feuern. Die Exekution zog sich sehr lange hin. Sobald ein Fallschirmjäger das Magazin seiner Uzi geleert hatte, wechselte er es und begann wieder zu feuern. Einige Männer lachten.

Plötzlich kroch einer der Gefangenen über den Rand der Grube hoch. Es war fast unvorstellbar, daß er so lange überlebt haben konnte. Eines seiner Beine war halb weggeschossen. Er schleppte sich auf den Ellenbogen vorwärts. Ein Hita-Offizier zog seine Pistole aus dem Holster, trat zu ihm und schoß ihm in den Hinterkopf. Der Mann fiel auf sein Gesicht, und der Offizier versetzte ihm mit seinem Stiefel einen Stoß in die Rippen und schob ihn in den Graben zurück.

Nacheinander stellten die Soldaten das Feuer ein. Einige steckten sich Zigaretten an und standen in Gruppen am Rande des Grabens, rauchten, lachten und plauderten.

Der Fahrer des Bulldozers stieg wieder auf die Maschine und fuhr los. Er senkte die Schaufel und schob die Haufen lockerer Erde in den Graben zurück. Als die Höhlung wieder gefüllt war, ebnete er die Erde mit dem Bulldozer ein.

Die Soldaten formierten sich zu einer Kolonne und marschierten den Weg zurück, den sie gekommen waren. Sie gingen nicht im Gleichschritt, sondern ungeordnet, schwatzten und rauchten im Laufen.

Daniel schaltete den Videorekorder aus, und der Bildschirm wurde schwarz. Kelly stand wortlos auf und trat auf die Veranda des Bungalows hinaus. Die beiden Männer saßen schweigend da, bis Victor Omeru leise sagte: »Hilf uns bitte, Daniel. Hilf meinem armen Volk.«

Es sprach sich im Urwald herum, daß der Molimo kommen würde, und die Familien begannen sich am Versammlungsort des Stammes unterhalb des Wasserfalls von Gondala einzufinden.

Einige Familien kamen aus zweihundert Meilen Entfernung über die Grenze von Zaïre, denn die Bambuti ließen nur ihre eigenen Grenzen gelten. Sie kamen aus den entferntesten Winkeln des Waldes, bis sich über tausend der kleinen Menschen für den schrecklichen Besuch des Molimo versammelten hatten.

Die Frauen bauten ihre Laubhütten so, daß der Eingang dem Eingang der Hütte eines besonderen Freundes oder eines nahen und geliebten Verwandten gegenüberlag, und sie sammelten sich in lachenden Gruppen überall im Lager, denn nicht einmal die Bedrohung des Molimo konnte ihre gute Laune auslöschen oder ihr fröhliches Wesen lähmen.

Die Männer trafen alte Freunde und Jagdgefährten, die sie seit der letzten gemeinsamen Netzjagd nicht gesehen hatten, und sie teilten Tabak, erzählten ihre Geschichten und tratschten mit ebenso großer Begeisterung wie die Frauen an den Kochfeuern. Die Kinder schrien und rannten unbeaufsichtigt zwischen den Hütten herum, balgten wie junge Hunde miteinander und schwammen wie schlanke junge Otter im Teich unterhalb des Wasserfalls.

Pirri, der Jäger, war einer der letzten, die zum Treffpunkt kamen. Seine drei Frauen wankten unter der Last der schweren Tabaksäcke, die sie trugen.

Pirri befahl seinen Frauen, seine Hütte so zu bauen, daß der Eingang dem Eingang der Hütte seines Bruders Sepoo gegenüberlag, doch als die Hütte fertig war, verschloß Pamba den Eingang von Sepoos Hütte und machte eine neue Öffnung in entgegengesetzter Richtung. Nach Sitte der Bambuti bedeutete dies eine schreckliche Brüskierung, und das brachte die Frauen an den Kochfeuern dazu, wie Papageien in der Balzzeit zu schnattern.

Pirri rief alten Freunden zu: »Seht, wieviel Tabak ich habe! Ich teile ihn. Er gehört euch. Kommt, füllt eure Beutel. Pirri lädt euch ein. Nehmt, soviel ihr wollt. Seht her! Pirri hat viele Flaschen Gin. Kommt, trinkt mit Pirri.« Doch kein einziger Mann nahm dieses Angebot an.

Am Abend, als Sepoo in einer Gruppe der berühmtesten Jäger und Geschichtenerzähler des Stammes am Feuer saß, kam Pirri mit einer Flasche Gin in jeder Hand aus der Dunkelheit geschwankt und machte sich mit den Ellenbogen Platz in der Gruppe. Er trank den Gin aus der offenen Flasche und reichte sie dann dem Mann zu seiner Linken weiter. »Trink!« befahl er. »Reiche sie weiter, damit alle an Pirris Glück teilhaben können.«

Der Mann stellte die Flasche unberührt neben sich hin, stand auf und ging vom Feuer weg. Die Männer erhoben sich nacheinander und folgten ihm in die Dunkelheit, bis Sepoo und Pirri allein dort saßen.

»Morgen kommt der Molimo«, warnte Sepoo seinen Bruder leise, und dann stand auch er auf und ging davon.

Pirri, der Jäger, blieb mit seinem Gin und seinem dicken Tabaksbeutel zurück und saß allein in der Nacht.

Am nächsten Morgen kam Sepoo ins Labor, um Daniel zu holen, und Daniel folgte ihm mit der schweren Videokamera auf seiner Schulter in den Wald. Sie gingen schnell, denn Daniel hatte inzwischen alle Tricks des Wanderns durch den Urwald gelernt, und nicht einmal sein großes Gewicht und seine Größe waren von Nachteil. Er konnte mit Sepoo Schritt halten.

Sie brachen alleine auf, doch während sie gingen, schlossen andere sich ihnen an, huschten lautlos aus dem Urwald oder tauchten wie kleine dunkle Kobolde vor oder hinter ihnen auf, bis schließlich eine gewaltige Menge Bambuti zum Platz des Molimo eilte.

Als sie dort eintrafen, waren schon viele andere da, die schweigend um den Stamm eines riesigen Baumes in den Tiefen des Waldes hockten. Dieses Mal gab es weder Gelächter noch Späße. Alle Männer waren ernst und stumm.

Daniel hockte sich zu ihnen und filmte ihre düsteren Gesichter. Sie alle blickten zu dem mächtigen Baum hoch.

»Dies ist das Haus des Molimo«, flüsterte Sepoo leise »Wir sind gekommen, ihn zu holen.«

Jemand in den Reihen rief laut einen Namen. »Grivi!« Und ein Mann stand auf und begab sich zum Fuße des Baumes.

Aus einer anderen Richtung wurde ein anderer Name gerufen. »Sepoo!« Und Sepoo ging zu dem anderen auserwählten Mann.

Bald standen fünfzehn Männer am Fuße des Baumes. Einige waren alt und berühmt, andere waren noch junge Burschen. Jung oder alt, unreif oder bewährt, alle Männer hatten das gleiche Recht, an der Molimo-Zeremonie teilzunehmen.

Plötzlich stieß Sepoo einen Schrei aus, und die Gruppe der Auserwählten schwärmte aufgeregt auf den Baum hinauf. Sie verschwanden im hohen Laubwerk, und für eine Weile waren nur ihr Gesang und ihr Geschrei zu hören. Dann kamen sie wieder herunter und führten ein langes Bambusrohr mit sich.

Sie legten es am Fuße des Baumes auf den Boden, und Daniel trat vor, um es sich genau anzusehen. Der Bambus war nicht mehr als drei Meter lang. Er war verholzt und ausgetrocknet und mußte bereits vor vielen Jahren geschlagen worden sein. In ihn waren stilisierte Symbole und rohe Tierzeichnungen gekratzt, doch ansonsten war es ein einfaches Stück Bambus.

»Ist dies der Molimo?« flüsterte Daniel Sepoo zu, während die Männer des Stammes sich ehrfürchtig darum sammelten.

»Ja, Kuokoa, dies ist der Molimo«, bestätigte Sepoo.

»Was ist der Molimo?« erkundigte sich Daniel.

»Der Molimo ist die Stimme des Waldes«, versuchte Sepoo zu erklären. »Er ist die Stimme der Mutter und des Vaters. Doch bevor er sprechen kann, muß er trinken.«

Die Gruppe der Auserwählten nahm den Molimo auf, trug ihn zum Fluß und tauchte ihn in einen kühlen, dunklen Teich. Die Ufer des Teiches waren von den Reihen der kleinen Männer gesäumt, die ernst und aufmerksam, nackt und mit strahlenden Augen dort standen. Sie warteten eine Stunde lang und dann noch eine, während der Molimo das süße Wasser des Urwaldflusses trank. Dann brachten sie den Molimo ans Ufer.

Er glänzte und troff von Wasser. Sepoo ging zu dem Bambusrohr und schloß seine Lippen um das offene Ende. Seine Brust wölbte sich, als er Atem holte und der Molimo aus dem Rohr sprach. Es war die verwirrend klare, süße Stimme eines jungen Mädchens, das im Wald sang, und alle Bambuti-Männer erschauerten und schwankten wie die Blätter in der höchsten Spitze eines Baumes, durch den der Wind fährt.

Dann änderte der Molimo seine Stimme und schrie wie eine Antilope, die im Netz des Jägers gefangen ist. Sie plapperte wie der Graupapagei im Fluge und flötete wie ein Honigchamäleon. Es waren alle Stimmen und Geräusche des Waldes. Ein anderer Mann löste Sepoo an dem Rohr ab, und dann wieder ein anderer. Da waren Stimmen von Menschen und Geistern und anderen Kreaturen zu hören, von denen alle Männer bereits gehört, die aber noch keiner von ihnen gesehen hatte.

Dann brüllte der Molimo plötzlich wie ein Elephant. Es war ein furchtbar wütendes Geräusch, und die Männer der Bambuti stürzten vorwärts und sammelten sich in einer zappelnden und wogenden

Horde um den Molimo. Das schlichte Bambusrohr verschwand in ihrer Mitte, aber es schrie und brüllte, gurrte, pfiff und kicherte noch immer mit hundert verschiedenen Stimmen.

Jetzt geschah etwas Eigenartiges und Magisches. Vor Daniels Augen verwandelte sich der zappelnde Haufen Männer. Es waren keine Individuen mehr, da sie viel zu eng aneinandergepreßt waren. Auf die gleiche Art, wie ein Fischschwarm oder ein Vogelschwarm ein Wesen ist, verwandelten sich die Bambuti-Männer zu einer einzigen Wesenheit. Sie wurden ein Geschöpf. Sie wurden der Molimo. Sie wurden die Gottheit des Waldes.

Der Molimo war wütend. Er brüllte und schrie mit der Stimme des Büffels und des riesigen Urwaldschweines. Er tobte auf Hunderten von Beinen, die nicht mehr menschlich waren, durch den Wald. Er drehte sich um sich selbst wie eine Qualle in der Strömung. Er pulsierte und veränderte seine Gestalt, schoß in die eine Richtung, dann in die andere und trampelte in seiner Wut das Unterholz nieder.

Er überquerte den Fluß, wirbelte weißsprühenden Schaum auf und begann dann langsam, aber deutlich zielstrebiger, zum Versammlungsort des Stammes unterhalb des Wasserfalls von Gondala vorzudringen.

Die Frauen hörten den Molimo schon von weitem kommen. Sie verließen die Kochfeuer, packten ihre Kinder und rannten zu ihren Hütten. Vor Entsetzen jammernd verschlossen sie die Türen der Hütten, kauerten sich in die Dunkelheit und preßten ihre Kinder an ihre Brüste.

Der Molimo tobte wütend durch den Wald, und seine schreckliche Stimme hob und senkte sich. Er krachte durchs Unterholz, nahm den einen Weg, dann einen anderen, bis er schließlich in das Lager einbrach. Er zertrampelte die Kochfeuer, und die Kinder schrien, als er einige der wackeligen Hütten in unbeherrschter Wut umstieß.

Die große Bestie wütete im Lager hin und her, schien nach der Quelle ihres Zornes zu suchen. Plötzlich drehte sie sich und bewegte sich zielstrebig auf den fernen Winkel des Lagers zu, wo Pirri seine Hütte gebaut hatte.

Pirris Frauen hörten ihn kommen, und sie stürzten aus der Hütte und flohen in den Dschungel. Aber Pirri rannte nicht davon. Er war nicht mit den anderen Männern zu dem großen Baum gegangen, um den Molimo aus seinem Haus zu holen. Jetzt kauerte er in seiner Hütte, hatte die Hände auf den Kopf gelegt und wartete. Er wußte, daß es kein Entkommen gab. Er mußte auf die Rache des Waldgottes warten.

Der Molimo umkreiste Pirris Hütte wie einer der riesigen Tausendfüßler des Waldes, und seine Füße stampften und wirbelten die Erde auf. Er schrie voller Qual wie ein Elephantenbulle, dessen Blase durchstoßen ist.

Dann stürmte er auf die Hütte zu, in der Pirri sich versteckte. Er trampelte die Hütte nieder und zertrat Pirris ganzen Besitz. Er stampfte seinen Tabak zu Staub. Er zerschmetterte seine Flaschen mit Gin, und der scharfe Schnaps tränkte die Erde. Er trat die goldene Armbanduhr ins Feuer und zerschmetterte all seine Schätze. Pirri machte keinen Versuch, vor seiner Wut zu fliehen oder sich zu schützen.

Der Molimo trampelte auf ihm herum. Vor Wut brüllend trat und schlug er ihn. Er zerbrach ihm die Nase und schlug ihm die Zähne aus. Er brach ihm die Rippen und schlug seine Arme grün und blau.

Dann plötzlich ließ er von ihm ab und eilte in den Wald zurück, aus dem er gekommen war. Seine Stimme hatte sich verändert. Die Wut darin war verflogen. Er jammerte und lamentierte, als beklage er den Tod und die Vergiftung des Waldes und die Sünden des Stammes, die Unheil über sie alle gebracht hatten. Langsam zog er sich zurück, und seine Stimme wurde schwächer, bis sie schließlich in der Ferne entschwand.

Pirri rappelte sich langsam auf. Er machte sich nicht die Mühe, seine zerschlagenen Schätze zu sammeln. Er nahm nur seinen Bogen und den Köcher mit Pfeilen. Er ließ seinen Elephantenspeer und seine Machete liegen. Er humpelte in den Wald.

Er ging alleine. Seine Frauen begleiteten ihn nicht, denn sie waren jetzt Witwen. Im Stamm würden sie neue Männer finden. Pirri war tot. Der Molimo hatte ihn getötet. Kein Mensch würde ihn je wiedersehen. Und selbst wenn sie seinem Geist begegneten, der zwischen den großen Bäumen umherwanderte, würde kein Mann, keine Frau das zugeben.

Pirri war für seinen Stamm für immer tot.

»Wirst du uns helfen, Daniel?« fragte Victor Omeru.

»Ja«, versicherte Daniel. »Ich werde euch helfen. Ich werde die Bänder nach London bringen. Ich werde dafür sorgen, daß sie in London, Paris und New York im Fernsehen gezeigt werden.«

»Was wirst du noch tun, um uns zu helfen?« fragte Victor.

»Was soll ich denn noch tun?« entgegnete Daniel. »Was kann ich denn sonst tun?«

»Du bist Soldat, und soweit ich gehört habe, ein guter. Wirst du dich unserem Freiheitskampf anschließen?«

»Ich war vor langer Zeit Soldat«, korrigierte Daniel ihn, »in einem grausamen, ungerechten Krieg. Ich habe gelernt, den Krieg auf eine Weise zu hassen, wie nur jemand hassen kann, der ihn selbst erlebt hat.«

»Daniel, ich bitte dich, an einem gerechten Kampf teilzunehmen. Dieses Mal bitte ich dich, gegen die Tyrannei anzutreten.«

»Ich bin kein Soldat mehr. Ich bin Journalist, Victor. Es ist nicht mein Krieg.«

»Du bist noch immer Soldat«, widersprach Victor ihm. »Und es ist dein Krieg. Es ist der Krieg eines jeden anständigen Mannes.«

Daniel antwortete nicht sofort. Er warf Kelly einen verstohlenen Blick zu, hoffte auf Unterstützung von ihr. Dann sah er ihren Gesichtsausdruck. Darin fand er keinen Trost. Er schaute wieder Victor an, und der alte Mann beugte sich näher zu ihm.

»Wir Uhali sind ein friedliches Volk. Aus diesem Grunde haben wir allein nicht das nötige Geschick, um den Tyrannen zu stürzen. Wir brauchen Waffen. Wir brauchen Menschen, die uns lehren, wie man sie benutzt. Hilf mir bitte, Daniel. Ich werde alle jungen, tapferen Männer zusammenholen, die du brauchst, wenn du mir nur versprichst, sie auszubilden und sie zu befehligen.«

»Ich will nicht...«, setzte Daniel an, aber Victor kam ihm zuvor.

»Lehne nicht gleich ab. Sag heute nacht nichts mehr. Schlaf darüber. Gib mir deine Antwort morgen früh. Denk darüber nach, Daniel. Träume von den Männern und Frauen, die du in den Lagern gesehen hast. Träume von den Menschen, die du an der Fischadlerbucht gesehen hast, als sie getötet und deportiert wurden, und von dem Massengrab im Wald. Antworte mir morgen.«

Victor Omeru stand auf. Er blieb neben Daniels Stuhl stehen und legte eine Hand auf seine Schulter.

»Gute Nacht, Daniel«, sagte er und ging die Stufen hinunter. Im Mondlicht schritt er zu seinem eigenen kleinen Bungalow hinter den Gärten.

»Was wirst du tun?« fragte Kelly leise.

»Ich weiß es nicht. Ich weiß es wirklich nicht.« Daniel stand auf. »Ich werde es dir morgen sagen. Aber jetzt werde ich tun, was Victor vorgeschlagen hat. Ich werde schlafengehen.«

»Ja.« Kelly trat neben ihn.

»Gute Nacht«, sagte er.

Sie stand sehr nahe bei ihm und blickte zu ihm auf.

Er küßte sie. Der Kuß währte lange.

Sie wich nur wenige Zentimeter von seinem Mund zurück und sagte: »Komm.« Und sie führte ihn über die Veranda in ihr Schlafzimmer.

Es war noch dunkel, als er am nächsten Morgen neben ihr unter dem Moskitonetz erwachte.

Ihr Arm ruhte auf seiner Brust. Ihr Atem drang warm an seinen Nakken. Er spürte, wie sie langsam erwachte.

»Ich werde tun, was Victor will«, sagte er. Für einige Augenblicke hörte sie auf zu atmen und sagte: »Das war nicht als Bestechung gemeint.«

»Ich weiß«, sagte er.

»Was mit uns letzte Nacht geschehen ist, ist eine andere Sache«, sagte sie. »Ich wollte es von dem Tag an, als wir uns zum ersten Mal begegneten, nein, schon vorher. Als ich dich das erste Mal auf dem Bildschirm sah, war ich halb in dich verliebt.«

»Auch ich habe lange Zeit auf dich gewartet, Kelly. Ich wußte, daß du irgendwo dort draußen warst. Endlich habe ich dich gefunden.«

»Ich hasse es, dich so bald zu verlieren«, sagte sie und küßte ihn. »Bitte, komm zu mir zurück.«

Daniel verließ Gondala zwei Tage später. Sepoo und vier Bambuti-Träger begleiteten ihn.

Er blieb am Waldrand stehen und schaute zurück. Kelly stand auf der Veranda des Bungalows. Sie winkte. Sie sah sehr jung und mädchenhaft aus, und er spürte, wie sein Herz sich verkrampfte. Er wollte nicht gehen – noch nicht, nicht schon jetzt, wo er sie gerade erst gefunden hatte. Er winkte und mußte sich mit Gewalt von ihr abwenden.

Als sie die höheren Hänge des Gebirges erklommen, wich der Wald dem Bambus, der so dicht war, daß sie an manchen Stellen auf Händen und Knien durch die Tunnel kriechen mußten, die die großen Schweine gewühlt hatten. Über ihnen schloß sich der Bambus dicht.

Sie stiegen höher und erreichten schließlich die kahlen Hänge des Hochgebirges, viertausend Meter über dem Meeresspiegel, wo die riesigen Kakteen wie Bataillone bewaffneter Krieger standen, ihre Köpfe mit roten Blüten geschmückt.

Die Bambuti kuschelten sich in die Decken, die Kelly ihnen gegeben hatte, aber sie fühlten sich unwohl und waren krank, da sie ihre natürliche Umgebung verlassen hatten. Bevor sie den höchsten Paß erreichten, schickte Daniel sie zurück.

Sepoo wollte widersprechen. »Kuokoa, du wirst dich in den Bergen verlaufen, wenn Sepoo dir nicht den Weg weist, und Kara-Ki wird böse sein. Du hast sie noch nie richtig wütend erlebt. Das ist ein Anblick, den nur ein sehr mutiger Mann erträgt.«

»Schau dort oben hin.« Daniel deutete auf die Gipfel, die zwischen den Wolken zu sehen waren. »Dort droben ist es so kalt, wie kein Bambuti es je erlebt hat. Dieses glänzende Weiß ist Eis und Schnee und so kalt, daß es euch wie Feuer verbrennt.«

So ging Daniel allein weiter und trug die kostbaren Bänder unter seiner Jacke auf der Haut. Er querte die Moräne des Ruwatamagufa-Gletschers und kam zwei Tage, nachdem er Sepoo verlassen hatte, nach Zaïre hinunter. Drei seiner Finger und ein Zeh waren erfroren.

Der zaïrische Distriktkommissar in Mutsora war an Flüchtlinge gewöhnt, die über die Berge kamen. Weiße Gesichter, britische Pässe und Fünfzig-Dollar-Noten, die verteilt wurden, waren indes selten. Diesen Mann schickte er nicht zurück.

Zwei Tage später war Daniel auf einem Dampfer, der den Zaïre-Fluß hinunterfuhr, und zehn Tage darauf landete er in Heathrow. Die Videobänder waren noch immer in seiner Tasche.

Aus seinem Apartment in Chelsea rief Daniel Michael Hargreave in der Botschaft in Kahali an.

»Gütiger Gott, Danny. Uns wurde gesagt, du und Bonny Mahon seien im Urwald nahe Sengi-Sengi verschwunden. Die Armee hatte Suchtrupps nach euch ausgeschickt.«

»Wie sicher ist die Leitung, Mike?«

»Dafür würde ich meinen Ruf nicht aufs Spiel setzen.«

»Dann erzähle ich dir die ganze Geschichte, wenn wir uns wiedersehen. Würdest du mir inzwischen das Päckchen schicken, das du im Safe für mich aufbewahrt hast? Kannst du es in den nächsten Diplomatenkoffer packen?«

»Moment mal, Danny. Ich habe das Päckchen Bonny Mahon gegeben. Sie wollte es für dich abholen.«

Daniel schwieg einen Herzschlag lang, während er das verdaute.

»Diese kleine Idiotin. Sie hat ihnen direkt in die Hände gespielt. Schön, das erklärt alles. Sie ist tot, Mike, und das ist so sicher wie das Amen in der Kirche. Sie hat ihnen das Päckchen übergeben, und sie haben sie getötet. Sie glaubten, ich sei tot. Deshalb haben sie sie umgebracht. Sauber und ordentlich.«

»Wer sind ›sie‹?« fragte Michael.

»Nicht jetzt, Mike. Das kann ich dir jetzt nicht erzählen.«

»Das mit dem Päckchen tut mir leid, Danny. Sie war sehr überzeugend. Aber ich hätte nicht darauf reinfallen dürfen. Werde wohl langsam senil.«

»Ist nicht tragisch. Ich habe stärkere Medizin als Ersatz.«

»Wann sehe ich dich wieder?«

»Ich hoffe, bald. Ich gebe dir Bescheid.«

Obwohl es so kurzfristig war, stellte ihm das Studio einen Schneideraum zur Verfügung. Er arbeitete pausenlos. Das half, seine Traurigkeit und das Schuldgefühl wegen Bonny Mahon zu lindern. Er fühlte sich verantwortlich. Der letzte Schnitt des Videobandes mußte nicht perfekt sein, und es war auch nicht erforderlich, das Swahili ins Englische zu übersetzen. Binnen achtundvierzig Stunden hatte er eine vorführbereite Kopie fertig.

Es war unmöglich, zu Tug Harrison durchzukommen. Alle Anrufe

Daniels landeten in der Zentrale von BOSS. Er wurde nicht zurückgerufen. Natürlich stand die Nummer der Wohnung im Holland Park nicht im Telefonbuch, und er konnte sich nicht an die Nummer erinnern, die er aus Nairobi angerufen hatte, um Bonny Mahon zu überprüfen. So schlich er sich zu dem Haus hinaus, lehnte mit einer Zeitung an einem Wagen, als warte er auf jemanden, und beobachtete die Front des Gebäudes.

Er hatte Glück. Tugs Rolls-Royce fuhr am gleichen Tag kurz nach Mittag vor dem Haus vor, und Daniel fing ihn ab, als er die Stufen hochging.

»Armstrong – Danny!« Tugs Überraschung war echt. »Ich hörte, Sie seien in Ubomo verschwunden.«

»Nicht ganz, Tug. Haben Sie meine Nachricht nicht erhalten? Ich habe ein halbes dutzendmal in Ihrem Büro angerufen.«

»Mir ist nichts ausgerichtet worden. Gibt zu viele Spinner und Spaßvögel auf der Welt.«

»Ich muß Ihnen etwas von dem Material zeigen, daß ich in Ubomo gefilmt habe«, erzählte Daniel ihm.

Tug zögerte und schaute zweifelnd auf seine Armbanduhr.

»Spielen Sie nicht mit mir rum, Tug. Der Stoff könnte Sie fertigmachen. Und BOSS.«

Tugs Augen verengten sich. »Das klingt wie eine Drohung.«

»Ist nur ein freundlicher Rat.«

»Schön, kommen Sie rein«, lud Tug ihn ein und öffnete die Eingangstür. »Sehen wir uns mal an, was Sie für mich haben.«

Tug Harrison saß hinter seinem Schreibtisch und sah sich das Band von Anfang bis zum Ende an, ohne sich zu rühren oder ein Wort zu sagen. Als die Vorführung beendet war und ein elektronischer Schneesturm den Bildschirm füllte, drückte er auf die Fernsteuerung, ließ das Band zurücklaufen und spielte es ein zweites Mal ab. Noch immer sagte er dazu nichts.

Dann schaltete er das Gerät aus und sprach, ohne Daniel anzusehen. »Das ist echt«, sagte er. »Das können Sie nicht getürkt haben.«

»Sie wissen, daß es echt ist«, sagte Daniel. »Sie wußten von dem Erzabbau und den Rodungen. Es ist Ihr verdammtes Syndikat. Sie haben die Befehle dazu gegeben.«

»Ich meine die Arbeitslager und den Einsatz von Arsen. Davon wußte ich nichts.«

»Und wer soll das glauben, Tug?«

Tug zuckte die Schultern und sagte: »Omeru lebt also noch.«

»Ja. Er lebt und ist bereit, gegen Sie auszusagen.«

Tug wechselte wieder das Thema. »Natürlich gibt es von diesem Band Kopien?« fragte er.

»Dumme Frage«, sagte Daniel.

»Das ist also eine direkte Drohung?«

»Eine weitere dumme Frage«, sagte Daniel.

»Wollen Sie damit an die Öffentlichkeit gehen?«

»Das sind drei hintereinander«, sagte Daniel grimmig. »Natürlich gehe ich damit an die Öffentlichkeit. Nur eins kann mich daran hindern. Nämlich, daß Sie und ich ein Geschäft machen.«

»Welches Geschäft schlagen Sie vor?« fragte Tug leise.

»Ich gebe Ihnen Zeit, sich aus der Sache zurückzuziehen. Ich gebe Ihnen Zeit, Ihre Anteile in Ubomo an Lucky Dragon oder wer immer sie haben will, zu verkaufen.«

Tug antwortete darauf nicht sofort, aber Daniel sah einen schwachen Schimmer von Erleichterung in seinem Blick.

Tug atmete tief ein. »Was muß ich dafür tun?«

»Sie werden Victor Omerus Gegenrevolution gegen Taffaris Regime finanzieren. Schließlich wäre das nicht der erste Staatsstreich in Afrika, bei dem Sie die Fäden ziehen, Tug, nicht wahr?«

»Wieviel wird mich das kosten?« fragte Tug.

»Nur einen Bruchteil dessen, was Sie verlieren würden, wenn ich das Band veröffentliche, bevor Sie sich aus dem Geschäft zurückgezogen haben. Ich könnte binnen dreißig Minuten eine Kopie an das Außenministerium liefern und eine weitere an den amerikanischen Botschafter. Auf BBC 1 könnte es um sechs Uhr laufen...«

»Wieviel?« hakte Tug nach.

»Fünf Millionen in bar, sofort zahlbar auf ein Schweizer Konto.«

»Und Sie sind zeichnungsberechtigt?«

»Omeru muß gegenzeichnen.«

»Was noch?«

»Sie werden beim Präsidenten von Zaïre intervenieren. Er ist Ihr Freund, aber kein Freund von Taffari. Wir wollen, daß er den heimlichen Transport von Waffen und Munition über seine Grenze nach Ubomo gestattet. Er muß nur ein Auge zudrücken.«

»Ist das alles?«

»Das ist das Geschäft«, nickte Daniel.

»In Ordnung. Abgemacht«, sagte Tug. »Geben Sie mir die Kontonummer, und ich werde das Geld vor morgen mittag deponieren.«

Daniel stand auf. »Freuen Sie sich. Es ist nicht alles verloren, Tug«, sagte er. »Victor Omeru wird Ihnen sehr freundlich gesonnen sein, wenn er erst einmal wieder seine rechtmäßige Position innehat. Ich bin sicher, daß er bereit sein wird, den Vertrag mit Ihnen neu auszuhandeln. Diesmal aber mit vernünftigen Sicherheitsauflagen.«

Nachdem Daniel gegangen war, starrte Tug Harrison volle fünf Minuten lang seinen Picasso an.

Dann blickte er auf seine Armbanduhr. Der Zeitunterschied zu Taipeh betrug neun Stunden. Er griff zum Telefon und wählte die internationale Vorwahl, gefolgt von Ning Heng H'Suis Privatnummer. Fang, der älteste Sohn des alten Mannes, meldete sich und verband ihn dann mit seinem Vater.

»Ich habe Ihnen einen sehr interessanten Vorschlag zu machen«, erzählte Tug dem alten Mann. »Ich möchte zu Ihnen fliegen, um mit Ihnen persönlich zu sprechen. Ich kann in vierundzwanzig Stunden in Taipeh sein. Sind Sie da?«

Er führte zwei weitere Telefonate. Das erste mit seinem Chefpiloten, damit er die Gulfstream startklar machte, das zweite mit der Crédit Suisse Bank in Zürich.

»Mr. Mulder, ich möchte innerhalb der nächsten vierundzwanzig Stunden einen großen Transfer von Konto Nummer zwei vornehmen. Fünf Millionen Pfund Sterling. Sorgen Sie dafür, daß es keine Verzögerung gibt, sobald Sie die kodierte Anweisung erhalten haben.«

Dann legte er den Hörer auf und starrte wieder das Gemälde an, ohne es zu sehen. Er mußte entscheiden, welchen Grund er Ning dafür nennen würde, daß er seine Anteile an der UDC verkaufen wollte. Sollte er sagen, daß er dringende Verpflichtungen hatte? Oder daß er für eine Neuerwerbung liquide sein mußte? Was würde Ning bereitwilliger akzeptieren?

Wie hoch war sein Preis? Er durfte ihn nicht zu niedrig ansetzen, denn das würde das Mißtrauen des verschlagenen alten Asiaten sofort wecken. Aber auch nicht zu hoch. Niedrig genug, um ihn gierig zu machen, hoch genug, um ihn nicht zu beunruhigen. Es war eine interessante Rechnung. Damit würde er sich während des Fluges nach Taipeh beschäftigen.

»Dieser junge Narr Cheng hat mir das eingebrockt. Es ist nur Rechtens, daß sein Vater dafür bezahlt.«

Er dachte über Ning Cheng Gong nach. Er war eine zu gute Wahl, lächelte Tug bitter. Er hatte jemand haben wollen, der skrupellos war, und hatte ein bißchen zuviel bekommen.

Natürlich hatte Tug von der Zwangsarbeit gewußt, nicht aber von den Einzelheiten. Das hatte er nicht wissen wollen. Und ebensowenig hatte er mit Bestimmtheit gewußt, ob arsenhaltige Reagenzien verwendet wurden, obwohl er vermutet hatte, daß Cheng sie einsetzte. Die Zahlen der Platinerträge waren zu hoch, die Gewinne zu gut, als daß es anders hätte sein können. All diese unerfreulichen Einzelheiten hatte er nicht wissen wollen. Aber, so philosophierte er, die stark gewachsene Profitabilität der Bergbauaktivitäten würde es erleichtern, seine Anteile an Lucky Dragon zu verkaufen.

Ning Heng H'Sui würde glauben, das Geschäft seines Lebens zu machen.

»Viel Glück, glücklicher Drache«, grunzte Tug. »Und das wirst du wirklich brauchen.«

Auf den Tag genau drei Monate nach der letzten Überquerung stand Daniel wieder an der Moräne unterhalb des Ruwatamagufa-Gletschers. Dieses Mal war er passend für das Gebirge ausgerüstet. Er würde sich keine Erfrierungen zuziehen. Und dieses Mal war er nicht allein.

Die Reihe der Träger zog sich hin, so weit Daniel im Bergnebel zurückblicken konnte. Und jeder der Männer beugte sich gegen den Stirnriemen seines Rucksacks. Sie alle waren Männer vom Stamme der Konjo, zähe Bergbewohner, die in diesen Höhen schwere Lasten tragen konnten. Es waren sechshundertfünfzig Träger, und jeder Mann trug eine Last von achtzig Pfund.

Insgesamt waren es sechsundzwanzig Tonnen an Waffen und Munition. In dieser Fracht gab es keine hochentwickelten Waffen, sondern nur die erprobten und bewährten Werkzeuge der Guerilleros und Terroristen, die berüchtigte AK 47 und die Uzi, das leichte RPD-Maschinengewehr und den RPG-Raketenwerfer, automatische Tokarew-Pistolen und amerikanische M-26-Splittergranaten oder zumindest ebenbürtige Kopien davon, in Jugoslawien und Rumänien hergestellt.

Solange der Käufer bar bezahlen konnte, war es kein Problem, auch kurzfristig an jede erforderliche Menge Waffen zu kommen. Daniel war erstaunt darüber, wie leicht es gewesen war. Tug Harrison hatte ihm die Namen und Telefonnummern von fünf Händlern genannt, einer in Florida, zwei in Europa und zwei im Mittleren Osten.

»Suchen Sie aus«, hatte Tug ihn aufgefordert. »Aber prüfen Sie genau, was Sie bekommen, bevor Sie zahlen. Ein Teil des Zeugs ist seit vierzig Jahren im Verkehr.« Daniel und seine Ausbilder hatten persönlich jede Kiste geöffnet und jedes Stück gründlich überprüft.

Daniel hatte ausgerechnet, daß er mindestens vier Ausbilder brauchte. Das war die Untergrenze. Er reiste nach Simbabwe, um sie zu finden. Sie alle waren Männer, mit denen oder gegen die er im Buschkrieg gekämpft hatte. Sie alle sprachen Swahili, und alle waren Schwarze. Ein weißes Gesicht hätte in Ubomo großes Aufsehen erregt.

Der Führer der vierköpfigen Gruppe war ein ehemaliger Sergeant-Major der Ballantyne-Scouts, ein Mann, der mit Männern wie Robert Ballantyne und Sean Courtney gekämpft hatte. Er war ein stattlicher Matabele-Krieger namens Morgan Tembi.

Zu der Gruppe gehörte außerdem ein Kameramann, der Bonny Mahon ersetzte. Shadrach Mbeki war ein schwarzer Exil-Südafrikaner, der gute Arbeit für die BBC geleistet hatte; der beste Mann, den Daniel so kurzfristig finden konnte.

Der Mount Stanley im Norden war in Wolken verborgen, und die Wolken hingen tief und bildeten eine kaltgraue Decke, die nur dreißig Meter über ihren Köpfen hing. Im Osten hingegen war die Wolkendecke aufgerissen. Daniel blickte auf den Wald hinunter, der über dreitausend Meter unter ihnen lag. Er sah wie ein Ozean aus, war grün und endlos, nur daß im Norden ein dunkler Krebs in das Grün gebissen hatte. Seit Daniel es zuletzt gesehen hatte, war das Schürfgebiet tiefer und breiter geworden.

Die Bewölkung und der Nebel senkten sich abrupt und nahmen die Sicht auf die ferne Verwüstung. Daniel stand auf und begann mit dem Abstieg, und die lange Reihe der Träger folgte ihm. Sepoo wartete dort auf ihn, wo in dreitausend Metern Höhe der Bambuswald begann.

»Es ist schön, dich wiederzusehen, Kuokoa, mein Bruder. Kara-Ki sendet dir ihr Herz«, begrüßte er Daniel. »Sie bittet dich, schnell zu ihr zu kommen. Sie sagt, sie kann nicht länger warten.«

Die Männer von Sepoos Stamm hatten den Weg durch den Bambus freigeschlagen und ihn so verbreitert, daß die Träger ihn passieren konnten, ohne sich bücken zu müssen.

Unterhalb des Bambus, wo in zweitausend Metern Höhe der eigentliche Regenwald begann, wartete Patrick Omeru mit seinen Uhali-Rekruten, um die Last von den Konjo zu übernehmen. Daniel bezahlte die Konjo aus und schaute zu, wie sie durch den Bambus in ihr nebeliges Hochland zurückstiegen. Dann führte der Bambuti sie auf dem freigeschlagenen Weg zurück in Richtung Gondala.

Nach Kellys Nachricht konnte Daniel sich dem Schritt des schwerbeladenen Konvois nicht anpassen, und er und Sepoo eilten voraus. Kelly war ihnen entgegengegangen, auf einer Biegung des Waldweges stießen sie plötzlich aufeinander.

Kelly und Daniel blieben stehen und starrten einander an, und keiner der beiden schien sich bewegen oder auch nur sprechen zu können, bis Kelly heiser sagte, ohne den Blick von Daniels Gesicht abzuwenden: »Geh voraus, Sepoo. Weit, weit voraus!«

Sepoo kicherte glücklich und ging weiter, ohne sich umzusehen.

In Daniels Abwesenheit hatte Victor Omeru sein neues Hauptquartier am Waldrand hinter dem Wasserfall von Gondala bauen lassen, wo es vor einer möglichen Luftaufklärung versteckt war. Es war eine einfache Baracke mit halbhohen Wänden und einem Strohdach. Zusammen mit Daniel saß er auf dem Podium an einem Ende der Baracke.

Daniel traf sich mit den Führern der Widerstandsbewegung und sah viele von ihnen zum ersten Mal. Sie hatten ihre Gesichter dem Podium zugewandt und saßen auf langen, grobgezimmerten Bänken wie Studenten in einem Hörsaal. Es waren achtunddreißig Männer, die meisten von ihnen Angehörige der Uhali. Sechs aber waren einflußreiche Hita, die von Taffari enttäuscht waren und sich auf Victor Omerus Seite geschlagen hatten, als sie hörten, daß er noch lebte. Diese Hita waren entscheidend für das Gelingen des Aktionsplanes, den Daniel entwickelt und mit Victor diskutiert hatte.

Zwei der Hita besetzten hohe Positionen in der Armee, und einer war ein hoher Polizeioffizier. Die anderen drei waren Regierungsbeamte, die Genehmigungen und Lizenzen für Reise und Transport beschaffen konnten. Sie alle würden Entscheidendes beitragen können.

Zuerst hatte es natürlich Einwände dagegen gegeben, daß Daniels neuer Kameramann die Vorbereitungen filmte, aber Victor hatte seinen Einfluß geltend gemacht, und jetzt arbeitete Shadrach Mbeki so unauffällig, daß sie seine Anwesenheit bald vergaßen. Als Belohnung für seine Hilfe hatte Victor Omeru Daniel erlaubt, eine Filmdokumentation der ganzen Operation zu drehen.

Daniel eröffnete die Zusammenkunft damit, daß er seine vier Matabele, die militärischen Ausbilder, vorstellte. Während jeder der Männer aufstand und zu den Zuhörern blickte, schilderte Daniel seinen jeweiligen Lebenslauf. Sie alle waren beeindruckende Männer, aber Morgan Tembi wurde besonders ehrfürchtig betrachtet.

»Zusammen haben sie Tausende von Kämpfern ausgebildet«, erzählte Daniel. »Drill für Paradeplätze und Putz und Flickstunden interessieren sie nicht. Sie werden Sie einfach lehren, mit den Waffen umzugehen, die wir über die Berge gebracht haben, und sie auf die bestmögliche Weise zu benutzen.« Er schaute zu Patrick Omeru, der in der vordersten Reihe saß. »Patrick, können Sie zu uns hochkommen und erzählen, wieviel Männer Ihnen zur Verfügung stehen und wo sie im Augenblick sind?«

Patrick war in Daniels Abwesenheit sehr tüchtig gewesen. Er hatte fast fünfzehnhundert junge Männer rekrutiert.

»Gut gemacht, Patrick, das ist mehr, als wir brauchen«, sagte Daniel zu ihm. »Ich hatte einen Stamm von tausend Mann vorgesehen – vier Einheiten von je zweihundertundfünfzig, jede unter dem Kommando eines Ausbilders. Mehr werden schwer zu verstecken sein, und der Aufmarsch wird schwierig. Aber wir werden die anderen für nichtmilitärische Aufgaben einsetzen.«

Die Stabskonferenz dauerte drei Tage. Bei der letzten Zusammenkunft sprach Daniel wieder zu ihnen.

»Unsere Pläne sind einfach. Deshalb sind sie gut – weil weniger schieflaufen kann. Unsere ganze Strategie basiert auf zwei Prinzipien. Nummer eins, daß wir schnell handeln müssen. Wir müssen in der Lage sein, schon in Wochen, und nicht – erst in Monaten zuschlagen zu können. Nummer zwei ist die totale Überraschung. Unsere Geheimhaltung muß eisern sein. Wenn Taffari Wind von unseren Plänen bekommt, wird er so reagieren, daß wir absolut keine Chance auf Erfolg haben. Das bedeutet also, meinen Herren, Eile und Heimlichkeit. Wir werden uns am Ersten des nächsten Monats hier wiedertreffen. Bis dahin werden Präsident Omeru und ich einen detaillierten Aktionsplan erarbeitet haben. Inzwischen befolgen Sie die Befehle Ihrer Ausbilder in den Trainingslagern. Viel Glück.«

Pirri war verwirrt und wütend und von Verzweiflung und Haß erfüllt.

Seit Monaten hatte er jetzt alleine im Wald gelebt, hatte keinen anderen Mann, mit dem er reden, keine Frau, mit der er lachen konnte. Nachts lag er allein in seiner achtlos errichteten Laubhütte, fern von den Hütten der anderen Männer, und dachte an seine jüngste Frau. Sie war sechzehn Jahre alt und hatte feste kleine Brüste. Er erinnerte sich an die Feuchtigkeit und die schlüpfrige Wärme ihres Körpers, und er stöhnte laut in der Dunkelheit, als er daran dachte, daß er nie wieder den Trost eines Frauenleibes spüren würde.

Tagsüber war er lethargisch und unachtsam. Er jagte nicht mehr mit der alten Intensität. Manchmal saß er stundenlang da und starrte in einen der dunklen Waldteiche. Zweimal hörte er das Honigchamäleon rufen, aber er folgte ihm nicht. Er wurde dünn, und sein Bart begann sich weiß zu färben. Einmal hörte er eine Gruppe von Bambuti-Frauen im Wald. Sie lachten und schnatterten, während sie Pilze und Wurzeln sammelten. Er schlich sich dicht heran und beobachtete sie, und ihm war, als würde sein Herz brechen. Er sehnte sich danach, zu ihnen zu gehen, wußte aber, daß er das nicht konnte.

Dann, eines Tages, als er allein wanderte, stieß Pirri auf die Fährte einer Gruppe von *wazungu*. Er betrachtete ihre Spuren und las darin, daß es zwanzig Männer gewesen waren, und daß sie sich zielstrebig und entschlossen bewegt hatten, als machten sie eine Reise. Es war überaus seltsam, andere Menschen im Wald zu finden, denn die Hita und Uhali fürchteten sich vor den Kobolden und Monstern und mieden die großen Bäume, wo immer sie konnten. Pirri gewann etwas von seiner alten Neugier zurück und folgte der Spur der *wazungu*. Sie bewegten sich rasch, und er brauchte viele Stunden, um sie einzuholen. Dann entdeckte er etwas äußerst Bemerkenswertes.

Tief im Urwald fand er ein Lager, in dem viele Männer versammelt waren. Sie alle waren mit den *banduki* bewaffnet, unter denen ein eigenartiges, bananenförmig gebogenes Anhängsel saß – entweder ein Schwanz oder ein Penis. Pirri wußte das nicht sicher. Und während Pirri voller Erstaunen aus seinem Versteck zuschaute, feuerten diese Männer ihre *banduki* ab und machten einen schrecklichen, knallenden Lärm, der die Vögel und die Affen erschreckte.

All dies war außergewöhnlich, am wunderbarsten jedoch war, daß diese Männer keine Hita waren. Heutzutage trugen nur Hita-Soldaten in Uniform *banduki*. Diese Männer aber waren Uhali.

Pirri dachte darüber nach, was er gesehen hatte, und dann begann sich sein gieriger Instinkt zu regen, der in ihm geschlummert hatte, seit der Molimo gekommen war. Er dachte über Chetti Singh nach und überlegte, ob Chetti Singh ihm Tabak geben würde, wenn er ihm von den bewaffneten Männern im Wald erzählte. Er haßte Chetti Singh, der ihn betrogen und belogen hatte, aber als er an den Tabak dachte, lief ihm der Speichel unter der Zunge zusammen. Er konnte den Geschmack in seinem Munde fast schmecken. Der alte Hunger nach Tabak war wie ein Schmerz in seiner Brust und seinem Bauch.

Am nächsten Tag ging er, um Chetti Singh zu suchen, und im Gehen pfiff und sang er. Nach dem Molimo-Tod erwachte er wieder zum Leben. Er blieb nur einmal stehen, um einen Colobus-Affen zu erlegen, den er in den Baumwipfeln erspähte, wo er die gelbe Frucht des Mongongo-Baumes fraß. Er fand seine alte Gewandtheit wieder und schlich bis auf zwanzig Schritt an den Affen heran, ohne daß der seine Anwesenheit ahnte, und schoß einen vergifteten Pfeil ab, der eines seiner Beine traf.

Der Affe floh schreiend durch die Äste, aber er kam nicht weit und fiel vom Gift gelähmt auf die Erde. Seine Lippen verzerrten sich im schrecklichen Todeskrampf, während er schäumte, zitterte und sich schüttelte, bevor er starb. Das Gift an Pirris Pfeil war frisch und stark. Er hatte das Nest der kleinen Käfer erst vor Tagen gefunden und sie herausgegraben. In einer Rindenschale hatte er sie zu einer Paste zerstoßen und seine Pfeilspitze mit dem Saft bestrichen.

Den Magen voll Affenfleisch und das feuchte Fell in seinem Rindenfaserbeutel, ging er zu dem Treffen mit dem einarmigen Sikh.

Pirri wartete zwei Tage an dem Treffpunkt, der Waldlichtung, die früher ein Holzfällerlager gewesen war, jetzt aber überwuchert und wieder zu Dschungel geworden war. Er überlegte, ob der Uhali-Ladenbesitzer, dem die kleine *duka* am Rande der Hauptstraße gehörte, seine Nachricht an Chetti Singh weitergeleitet hatte.

Dann begann er zu glauben, daß Chetti Singh die Nachricht erhalten hatte, aber nicht zu ihm kommen wollte. Vielleicht hatte Chetti Singh von seinem Molimo-Tod gehört und ächtete ihn jetzt ebenfalls. Vielleicht würde nie wieder jemand mit Pirri sprechen. Seine zuvor noch gute Stimmung schwand, als er allein im Wald saß und auf Chetti Singh wartete, und das Gefühl von Verzweiflung und Verwirrung übermannte ihn wieder ganz.

Chetti Singh kam am Nachmittag des zweiten Tages. Pirri hörte seinen Landrover lange, bevor er eintraf, und plötzlich konnten seine Wut und sein Haß sich auf etwas konzentrieren.

Er dachte daran, wie Chetti Singh ihn so viele Male zuvor betrogen und hereingelegt hatte. Er dachte daran, daß er ihm nie alles gegeben hatte, was er versprochen hatte. Immer war der Tabak schlecht gewogen gewesen und Wasser im Gin.

Dann dachte er daran, wie Chetti Singh ihn dazu gebracht hatte, den Elephanten zu töten. Noch nie war Pirri so wütend wie jetzt gewesen. Er war sogar zu wütend, um auf die Bäume einzuschlagen, zu wütend, um laut zu schreien. Seine Kehle war zugeschnürt, und seine Hände zitterten. Chetti Singh war derjenige, der den Fluch des Molimo über ihn gebracht hatte. Chetti Singh hatte seine Seele getötet.

Jetzt hatte er die bewaffneten *wazungu* im Wald vergessen. Er vergaß sogar seinen Hunger auf Tabak, während er darauf wartete, daß Chetti Singh kam.

Der schlammbespritzte Landrover holperte auf die Lichtung und walzte die dicke Vegetation vor sich platt. Er hielt an, die Tür öffnete sich, und Chetti Singh stieg aus.

Er sah sich im Wald um und wischte sein Gesicht mit einem weißen Tuch ab. Er hatte wieder reichlich an Gewicht zugenommen. Er war dicker, als er vor dem Verlust seines Armes gewesen war. Sein Hemd war zwischen den Schulterblättern, wo er die Lederlehne seines Sitzes berührt hatte, von dunklem Schweiß befleckt.

Er wischte sein Gesicht ab und richtete seinen Turban, bevor er in den Wald brüllte: »Pirri! Komm heraus!«

Pirri kicherte und flüsterte laut, wobei er den Sikh nachäffte: »Pirri! Komm heraus!« Und dann war seine Stimme bitter. »Sieh, wie er vor Fett trieft, wie ein Stück Schweinefleisch auf dem Feuer, Pirri, komm heraus!«

Chetti Singh trottete ungeduldig auf der Lichtung herum. Nach einer Weile öffnete er seinen Hosenstall und urinierte, zog dann wieder den Reißverschluß seiner Hose zu und blickte auf seine Armbanduhr.

»Pirri, bist du da?«

Pirri antwortete ihm nicht, und Chetti Singh sprach wütend in einer Sprache, die Pirri nicht verstand, aber er wußte, daß es eine Beleidigung war.

»Ich gehe jetzt«, brüllte Chetti Singh und marschierte zu dem Landrover zurück.

»O Herr«, rief Pirri ihm zu. »Ich sehe dich: Gehe nicht!«

Chetti Singh wirbelte herum und blickte in den Wald. »Wo bist du?« rief er.

»Ich bin hier, o Herr. Ich habe etwas für dich, das dich sehr glücklich machen wird. Etwas von großem Wert.«

»Was ist es?« fragte Chetti Singh. »Wo bist du?«

»Hier bin ich.« Pirri trat aus den Schatten, den Bogen über seine Schulter geschlungen.

»Was sollen diese Dummheiten?« fragte Chetti Singh. »Warum versteckst du dich vor mir?«

»Ich bin dein Sklave.« Pirri grinste schmeichelnd. »Und ich habe ein Geschenk für dich.«

»Was ist es? Elephantenzähne?« fragte Chetti Singh, und Gier war in seiner Stimme.

»Besseres als das. Etwas von viel größerem Wert.«

»Zeige es mir«, verlangte Chetti Singh.

»Wirst du mir Tabak geben?«

»Ich werde dir soviel Tabak geben, wie das Geschenk wert ist.«

»Ich werde es dir zeigen«, willigte Pirri ein. »Folge mir, o Herr.«

»Wo ist es? Wie weit ist es?«

»Nur ein kurzes Stück, nur so weit.« Pirri zeigte mit zwei Fingern einen kleinen Bogen Himmel.

Chetti Singh sah ihn zweifelnd an.

»Es ist ein Ding von großer Schönheit und großem Wert«, schwatzte Pirri. »Du wirst sehr erfreut sein.«

»Also gut«, stimmte der Sikh zu. »Führe mich zu diesem Schatz.«

Pirri ging langsam, so daß Chetti Singh dicht hinter ihm folgen konnte. In einem weiten Bogen ging er durch den dichtesten Teil des Waldes und überquerte den gleichen Fluß zweimal. In den Wald fiel keine Sonne. Ein Mann mußte sich am Gelände und dem Lauf der Flüsse orientieren.

Zweimal zeigte Pirri Chetti Singh denselben Fuß aus verschiedenen Richtungen. Inzwischen war der Sikh völlig verloren, stapfte blindlings hinter dem kleinen Pygmäen her, ohne ein Gefühl für Entfernung oder Richtung zu haben.

Nach der zweiten Stunde schwitzte Chetti Singh heftig, und seine Stimme war heiser. »Wie weit noch?« fragte er.

»Sehr nah«, versicherte Pirri ihm.

»Ich werde eine Weile ausruhen«, sagte Chetti Singh und setzte sich auf einen Baumstamm. Als er wieder aufblickte, war Pirri verschwunden.

Chetti Singh war nicht beunruhigt. Er war an das unverhoffte Kommen und Gehen der Bambuti gewöhnt. »Komm zurück!« befahl er, bekam aber keine Antwort.

Chetti Singh saß lange Zeit alleine da. Ein- oder zweimal rief er nach dem Pygmäen. Jedesmal war seine Stimme schriller. Panik stieg in ihm auf.

Nach einer weiteren Stunde bettelte er: »Bitte, Pirri, ich werde dir alles geben, was du verlangst. Bitte, zeige dich.«

Pirri lachte. Sein Gelächter trieb durch die Bäume, und Chetti Singh sprang auf und folgte dem leisen Ruf. Er taumelte in die Richtung, aus der er das Gelächter zu hören geglaubt hatte.

»Pirri«, flehte er. »Bitte, komm zu mir.« Aber das Gelächter kam aus einer neuen Richtung. Chetti Singh rannte darauf zu.

Nach einer Weile blieb er stehen und sah sich wild um. Sein Schweiß rann in Strömen, und er keuchte. Gelächter zitterte spöttisch und schwach in der feuchten Luft. Chetti Singh drehte sich um und taumelte ihm nach. Es war wie die Jagd nach einem Schmetterling oder einem Rauchwölkchen. Das Geräusch huschte und schwebte zwischen den Bäumen, erst kam es aus einer Richtung, dann aus der anderen.

Chetti Singh weinte jetzt. Sein Turban hatte sich gelöst und war an einem Zweig hängengeblieben, und er blieb nicht stehen, um ihn wieder zu wickeln. Sein schweißdurchtränktes Haar und sein Bart fielen herab, hingen über seine Brust und wehten hinter ihm.

Er stürzte und rappelte sich auf und rannte weiter, und seine Kleidung wurde von Schlamm und moderndem Laub besudelt. Er schrie sein Entsetzen in die Bäume, und das Gelächter wurde schwächer und schwächer, bis er es schließlich nicht mehr hörte.

Chetti Singh fiel auf seine Knie und hob flehend seine Hände. »Bitte«, flüsterte er, während Tränen über sein Gesicht strömten, »bitte, laß mich hier nicht allein.«

Und der Wald schwieg düster drohend.

Pirri folgte ihm zwei Tage, beobachtete, wie er planlos durch den Wald taumelte, wie er tobte und bettelte, sah, wie er schwächer und immer verzweifelter wurde, über tote Äste stolperte, in Flüsse stürzte, auf seinem Bauch kroch und vor Entsetzen und Einsamkeit zitterte. Seine Kleidung war von Ästen und Dornen zerrissen. Nur noch wenige Fetzen hingen an seinem Leib. Seine Haut war zerkratzt und aufgerissen, und die Fliegen und die stechenden Insekten summten um seine Wunden. Sein Bart und sein langes Haupthaar waren wirr und verfilzt, und seine Augen wild und wahnsinnig glänzend.

Am zweiten Tag trat Pirri vor ihm dem Wald, und Chetti Singh kreischte bei dem Schreck schrill wie eine Frau auf. Er versuchte, wieder auf die Beine zu kommen.

»Laß mich nicht wieder allein«, schrie er. »Bitte, alles, was du verlangst, aber nicht wieder.«

»Wie du bin auch ich allein«, sagte Pirri mit Haß in seinem Herzen. »Ich bin tot. Der Molimo hat mich umgebracht. Du redest mit einem toten Mann, mit einem Geist. Du kannst nicht Gnade von dem Geist eines Mannes erbitten, den du ermordet hast.«

Langsam legte Pirri einen Pfeil auf seinen kleinen Bogen. Das Gift an der Spitze war schwarz und klebrig.

Chetti Singh riß dümmlich den Mund auf. »Was tust du?« platzte er heraus. Er wußte von dem Gift, er hatte Tiere durch die Pfeile der Bambuti sterben sehen.

Pirri hob seinen Bogen und zog den Pfeil an sein Kinn.

»Nein!« Chetti Singh riß seine Hand abwehrend hoch.

Der Pfeil, der auf seine Brust gezielt war, traf Chetti Singhs offene Handfläche und steckte fest darin. Seine Spitze war zwischen den Knochen von Zeigefinger und Ringfinger begraben.

Chetti Singh starrte darauf.

»Jetzt sind wir beide tot«, sagte Pirri leise und verschwand im Wald.

Chetti Singh starrte voller Entsetzen auf den Pfeil in seiner Hand. Das Fleisch darum hatte sich durch das Gift bereits purpurn verfärbt. Dann setzte der Schmerz ein. Er war stärker als alles, was Chetti Singh sich je hatte vorstellen können. Es war Feuer in seinem Blut. Und er spürte, wie es durch seinen Arm in seine Brust raste. Der Schmerz war so schrecklich, daß es ihm für einen langen, lähmenden Augenblick den Atem verschlug und er nicht schreien konnte.

Dann fand er seine Stimme wieder, und sein qualvolles Todesgeschrei hallte durch die Bäume. Pirri blieb eine Weile stehen, um ihm zu lauschen. Erst als der Wald wieder schwieg, zog er weiter.

»Wir sind bereit«, sagte Daniel leise, aber seine Stimme war von jedem Mann zu verstehen, der in der Hauptquartierbaracke in Gondala saß.

Es waren dieselben Männer, die sich hier einen Monat zuvor versammelt hatten, und doch waren sie anders. Sie strahlten ein Selbstvertrauen und eine Entschlossenheit aus, die vorher nicht dagewesen waren.

Vor der Zusammenkunft hatte Daniel mit seinen Matabele-Ausbildern gesprochen. Sie waren hocherfreut. Keiner der Männer war aus den Ausbildungslagern aus anderen Gründen als Krankheit oder Verletzung ausgeschieden.

»Sie sind jetzt *amabutho*«, hatte Morgan Tembi Daniel gesagt. »Sie sind jetzt Krieger.«

»Ihr habt gut gearbeitet«, dankte Daniel ihnen. »Ihr könnt stolz auf das sein, was ihr in so kurzer Zeit erreicht habt.«

Er wandte sich an die Tafel, die hinter ihm an der Strohwand hing, und zog das Tuch beiseite, das sie bedeckt hatte. Die Tafel war mit Diagrammen und Plänen bedeckt.

»Dies, meine Herren, ist unser Einsatzbefehl«, sagte Daniel. »Wir werden ihn durchsprechen, und das nicht nur einmal, sondern so lange, bis jeder von Ihnen ihn im Schlaf beherrscht«, warnte er sie. »Hier sind Ihre vier Kader, jeweils zweihundertfünfzig Mann stark. Jedem Kader sind verschiedene Ziele und Aufgaben zugewiesen – die großen Kasernen der Armee, der Flughafen, der Hafen, die Arbeitslager...« Daniel ging die ganze Liste durch. »Am wichtigsten sind der Rundfunk- und Fernsehsender in Kahali. Taffaris Sicherheitskräfte sind gut. Obwohl das Überraschungsmoment auf unserer Seite ist, können wir nicht hoffen, unsere Ziele länger als ein paar Stunden zu halten, jedenfalls nicht ohne Unterstützung durch die Öffentlichkeit. Wir müssen den Sender sichern. Präsident Omeru wird rechtzeitig zuvor in die Hauptstadt geschleust. Er wird sich in dem alten Quartier verstecken und bereit sein, eine Fernsehansprache an das Volk zu halten. Sobald die Bevölkerung ihn auf dem Bildschirm sieht und begreift, daß er lebt und den Aufstand ausführt, können wir damit rechnen, daß jeder Mann, jede Frau sich uns anschließen wird. Sie werden auf die Straßen laufen und in den Kampf eingreifen. Taffaris Sturmtruppen mögen besser bewaffnet sein als wir, aber wir werden sie durch unsere zahlenmäßige Überlegenheit einfach zermalmen.«

»Es gibt jedoch noch eine andere Voraussetzung, die erfüllt sein muß, um den Erfolg zu gewährleisten. Wir müssen Taffari innerhalb der ersten Stunde unschädlich machen. Wir müssen den Kopf der Schlange zermalmen. Ohne Taffari werden sie zusammenbrechen. Es gibt niemand, der ihn ersetzen kann. Dafür hat Taffari selbst gesorgt. Er hat alle möglichen Rivalen ermorden lassen. Er steht völlig allein da, aber wir müssen ihn mit dem ersten Überraschungsschlag bekommen.«

»Das wird nicht so leicht sein.« Patrick Omeru stand auf. »Er scheint einen Sechsten Sinn zu haben. Er hat in der kurzen Zeit, seit er an der Macht ist, bereits zwei Attentatsversuche überlebt. Die Leute erzählen schon, er benutze Zauberei, wie Idi Amin...«

»Setzen Sie sich, Patrick«, unterbrach Daniel ihn scharf. »Zauberei« war ein gefährliches Wort, selbst für eine Gruppe gebildeter und intelligenter Männer wie diese. Sie waren dennoch Afrikaner, und Zauberei war in der afrikanischen Erde verwurzelt.

»Taffari ist ein verschlagenes Schwein. Das wissen wir alle. Er folgt selten einer Routine. Er ändert Pläne im letzten Augenblick. Er sagt Treffen grundlos ab und schläft jede Nacht im Haus einer anderen Frau, und dies völlig wahllos. Er ist verschlagen, aber ein Zauberer ist er nicht. Er wird verdammt rot bluten, das verspreche ich Ihnen.«

Daraufhin jubelten ihm alle zu, und die Stimmung der Versammelten stieg. Sie waren jetzt wieder zuversichtlich und entschlossen.

»Eine Routine jedoch befolgt Taffari. Mindestens einmal im Monat besucht er das Schürfgebiet in Wengu. Er will sehen, wie sein Schatz aus der Erde kommt. In Wengu ist er isoliert. Es ist der Ort im ganzen Land, wo er am verwundbarsten ist.« Daniel machte eine Pause und blickte zu ihnen hinab. »Zum Glück haben wir durch Major Fashoda einige gute Erkenntnisse.« Er deutete auf den Hita-Offizier, der neben ihm auf dem Podium saß. »Wie Sie alle wissen, ist Major Fashoda der Transportoffizier in Taffaris Stab. Er ist der Mann, der für die Vorbereitung von Taffaris persönlichen Reisen verantwortlich ist. Taffari benutzt immer einen Puma-Hubschrauber, um Wengu zu besuchen. Er hat für Montag, den 14., einen Puma angefordert. Das deutet mit großer Wahrscheinlichkeit darauf hin, daß die nächste Inspektionsreise nach Wengu an diesem Tage stattfinden wird. Damit bleiben uns fünf Tage, um unsere letzten Vorbereitungen zu treffen.«

Ning Cheng Gong saß neben Präsident Taffari auf der gepolsterten Bank im Rumpf des Puma-Hubschraubers der Luftwaffe. Durch die offene Luke konnte er die grün verwaschenen Schatten der Bäume sehen, als der Puma tief über den Urwald flog. Der Wind rüttelte, und es war laut in der Kabine. Sie mußten schreien, um einander verstehen zu können.

»Was gibt es Neues von Chetti Singh?« rief Ephrem Taffari, seinen Mund dicht an Chengs Ohr.

»Nichts«, rief Cheng zurück. »Wir haben seinen Landrover gefunden, aber keine Spur von ihm. Es ist jetzt zwei Wochen her. Er muß genau wie Armstrong im Urwald gestorben sein.«

»Er war ein guter Mann«, sagte Taffari. »Er konnte die Sträflinge zum Arbeiten bringen. Er hat die Kosten sehr niedrig gehalten.«

»Ja«, stimmte Cheng zu. »Er wird sehr schwer zu ersetzen sein. Er sprach die Sprache. Er verstand Afrika. Er verstand...« Cheng biß sich auf die Lippe. Er hatte gerade ein abfälliges Wort für Schwarze gebrauchen wollen. »Er verstand das System«, sagte er lahm.

»In der kurzen Zeit, seit er verschwunden ist, sind die Produktion und die Gewinne merklich gesunken.«

»Ich arbeite daran«, versicherte Cheng ihm. »Ich lasse einige gute Männer als Ersatz für ihn kommen. Bergbauspezialisten aus Südafrika, die so gut wie Chetti Singh sind. Sie wissen auch, wie man aus diesen Leuten alles herausholt.«

Taffari nickte und stand auf. Er ging durch die Kabine, um mit seinem Begleiter zu sprechen.

Wie üblich reiste Taffari mit einer Frau. Seine neueste Flamme war ein großes Hita-Mädchen, eine Bluessängerin aus einem Nachtclub in Kahali. Sie hatte ein Gesicht wie eine schwarze Madonna. Außerdem wurde Taffari von einer Abteilung seiner Leibwache begleitet. Es waren zwanzig kampferprobte Fallschirmjäger unter dem Kommando von Major Kajo. Kajo war nach dem Verschwinden von Bonny Mahon befördert worden. Taffari schätzte Loyalität und Verschwiegenheit, und Kajo war ein Mann auf dem Weg nach oben.

Cheng verabscheute inzwischen diese Inspektionsflüge des Präsidenten zu den Schürfgebieten und Holzkonzessionen. Er haßte es, in einem der alten Pumas der Luftwaffe von Ubomo tief zu fliegen. Die Waghalsigkeit der Hubschrauberpiloten war berüchtigt. Seit seiner Ankunft in Ubomo hatte es in dem Geschwader zwei katastrophale Abstürze gegeben.

Neben der physischen Gefahr fühlte Cheng sich unwohl, weil Taffari bohrende Fragen stellte und ein Auge auf Zahlen und alle Einzelheiten der Produktion hatte. Hinter seinem martialischen Äußeren verbarg sich eine Buchhalterseele. Er verstand etwas von Finanzen. Er konnte scharfsinnig urteilen, wenn die Profite niedriger als geschätzt ausfielen. Er hatte einen Instinkt für Geld und spürte, wenn er betrogen wurde.

Natürlich molk Cheng das Syndikat, aber nicht übertrieben, in Maßen. Er veränderte die Zahlen nur zugunsten von Lucky Dragon. Das hatte er geschickt getan. Nicht einmal ein geübter Revisor wäre darauf gekommen, aber Präsident Taffari war bereits mißtrauisch.

Cheng, der von zwei schwerbewaffneten Fallschirmjägern flankiert war und sich etwas luftkrank fühlte, nutzte diese Schonfrist, um seine finanziellen Dispositionen zu überdenken und nach etwaigen Schwachstellen in seinem System zu suchen, die Taffari vielleicht entdecken könnte.

Schließlich beschloß er, daß es – zumindest vorübergehend – weise wäre, den Betrag, den er abzweigte, zu reduzieren. Er wußte, daß Taffari, sollte sein Verdacht sich je als gerechtfertigt erweisen, nicht zögern würde, den Vertrag zu lösen, besiegelt mit einer Kalaschnikow Nummer 47. Es würde ein weiteres unbekanntes Grab im Urwald geben, neben denen von Chetti Singh und Daniel Armstrong.

In diesem Moment neigte sich der Puma stark in eine Kurve, und Cheng rutschte von seinem Sitz. Durch die offene Luke des Rumpfes sah er flüchtig die nackte rote Erde des Schürfgebietes und die Linie der gelben MOMUs, die sich vor dem Waldrand erstreckte. Sie waren in Wengu angekommen.

Daniel beobachtete, wie der Puma im Tiefflug auf den Landeplatz zuflog und schließlich buglastig vor einer purpurroten Kumuluswolke schwebte. Auf der Betonpiste standen große Regenpfützen, und der Windsack flappte naß an seiner Stange.

Eine kleine Abordnung taiwanesischer und schwarzer Manager und Beamter versammelte sich vor dem Hauptverwaltungsgebäude und bestätigte, daß Daniels Informationen richtig gewesen waren. Ephrem Taffari befand sich an Bord des schwebenden Hubschraubers.

Daniels Hochsitz auf den Ästen des Mahagonibaumes war gut dreihundertzwanzig Meter von dem Landeplatz entfernt. Er hatte diesen Sitz während der Nacht erklommen. Sepoo hatte am Fuße des Baumes gewartet, und als Daniel das leichte Nylonseil herunterließ, hatte er das Bündel mit der Scharfschützenausrüstung daran befestigt.

In der Dämmerung saß Daniel dicht an den Baumstamm geschmiegt, verborgen von einem Vorhang aus Ranken und großblättrigen Kletterpflanzen. Er hatte ein kleines Fenster in das Laubwerk geschnitten, durch das er ungehindert auf den Hubschrauberlandeplatz schauen konnte. Er trug einen tarnfarbenen Scharfschützenoverall und eine Gesichtsmaske aus Trikotgewebe. Seine Hände steckten in Handschuhen.

Sein Gewehr war eine 7 mm Remington Magnum, und er hatte ein 180-Gramm-Weichmantelgeschoß gewählt, das durch Seitenwind nicht sehr beeinträchtigt werden würde. Es war ein Kompromiß zwischen Geschwindigkeit und hoher Zielgenauigkeit. Er hatte das Gewehr gründlich erprobt, und er traf auf 350 Meter Zehn-Zentimeter-Scheiben. Für gezielte Kopfschüsse war das nicht gut genug. Er mußte auf die Brustmitte schießen. Das sich verformende Geschoß würde wahrscheinlich Taffaris Lunge zerfetzen.

Irgendwie war es obszön, wieder so zu denken. Zum letzten Mal war das vor zehn Jahren der Fall gewesen, als die Scouts im Matabeleland den Kraal eines ZANU-Kaderführers überfallen hatten. Der Mann war zu gerissen und schnell, so daß eine Verhaftung unklug gewesen wäre. Sie hatten ihn ohne Warnung getötet. Daniel hatte den Schuß abgegeben und sich noch Tage später elend gefühlt.

Daniel verdrängte diese Erinnerung. Sie konnte seine Entschlossenheit beeinträchtigen. Wenn er so dachte, war sein Abzugsfinger vielleicht in dem Augenblick, wenn das Bild im Zeiss-Zielfernrohr scharf wurde, um jene entscheidende Tausendstelsekunde zu langsam.

War Taffari an Bord des Puma, würde Cheng bei ihm sein. Cheng war Direktor der UDC und hatte den Präsidenten auf allen Inspektionsflügen begleitet. Wenn er Taffari mit dem ersten Schuß treffen könnte, war es sicher, daß es in seinem Gefolge einen Augenblick völliger Bestürzung und Lähmung geben würde. Wenn er schnell genug war, konnte er vielleicht Cheng mit dem zweiten Schuß zu erwischen.

Bei diesem Schuß würde es keinen Zweifel geben. Er beschwor die Erinnerung an Johnny Nzou und seine Familie, um sich zu stählen. Er erinnerte sich an jedes schreckliche Detail der Mordszene in Chiwewe und spürte den Haß und die Wut in seiner Brust schwellen. Ning Cheng Gong war der Grund dafür, warum er überhaupt in Ubomo war. Die zweite Kugel war für ihn.

Dann war da noch Chetti Singh. Daniel bezweifelte, daß er Gelegenheit zu einem dritten Schuß finden würde, selbst wenn der Sikh zur Begleitung des Präsidenten gehörte. Die Fallschirmjäger-Leibwache bestand aus bestens ausgebildeten Soldaten. Er hatte vielleicht Gelegenheit für einen zweiten Schuß, bevor sie reagierten, nicht aber für einen dritten.

Um Chetti Singh würde er sich später kümmern müssen, wenn der Aufstand von Erfolg gekrönt war. Er trug die Verantwortung für die Arbeitslager. Daniels Filme über die Hinrichtungen im Urwald würden bei dem Prozeß gegen ihn der entscheidende Beweis sein. Er konnte es sich leisten, auf Chetti Singh zu warten.

In der kurzen Zeit, die der Puma brauchte, um auf den Landeplatz zu sinken, überdachte Daniel seine Planungen noch einmal, obwohl es jetzt zu spät war, sie zu ändern.

Victor Omeru war in Kahali. Er war mit einem der Holztransporter am Seeufer entlanggefahren, verkleidet als Begleiter des Uhali-Fahrers. Waffen und Munition waren auf die gleiche Weise verteilt worden, transportiert auf Lastwagen der UDC. Es war eine herrliche Ironie, das System des Tyrannen zu benutzen, um ihn zu besiegen.

In diesem Augenblick befanden sich zwei Revolutionskommandos in der Hauptstadt und warteten auf den Befehl zum Losschlagen. Sobald der erteilt war, würde eine Abteilung den Rundfunk- und Fernsehsender stürmen. Victor Omeru würde eine Ansprache an die Nation halten und sie zum Aufstand aufrufen. Er würde ihnen sagen, daß Taffari tot war, und ihnen versprechen, ihr Leiden zu beenden.

Die beiden anderen Kommandos waren hier in Wengu und in Sengi-Sengi eingesetzt. Ihre ersten Aufgaben bestanden darin, Taffaris Hita-Leibwache auszulöschen und die dreißigtausend Gefangenen zu befreien.

Das Signal für den Beginn des Aufstandes würde der Schuß sein, den Daniel in Ephrem Taffaris Lunge feuerte. Victor und Patrick Omeru würden darüber über Funk in dem Moment informiert, wenn es passierte. In dem Verwaltungsgebäude der UDC neben dem Landeplatz befand sich ein starker Sender. Aber sie würden ihn wahrscheinlich nicht sofort erreichen können. Zur Sicherheit hatte Daniel einen tragbaren VHF-Sender mitgenommen, mit dem sie Verbindung zum Hauptquartier in Gondala aufnehmen konnten. Kelly war die Funkerin, die das Signal weitergeben würde, daß der Aufstand begonnen hatte.

Daniel hatte vier Alternativpläne entwickelt, um auf jede vorhersehbare Eventualität vorbereitet zu sein, aber alles hing davon ab, daß Taffari mit dem ersten Schuß getötet wurde. Wenn Daniel versagte, konnte er damit rechnen, daß Taffari mit der Geschwindigkeit und Wut eines verwundeten Löwen reagieren würde. Er würde seine Männer um sich scharen und ... er wagte nicht, darüber nachzudenken. Daniel verdrängte diese Möglichkeit. Er mußte Taffari erwischen.

Der Puma war nur noch fünfzehn Meter über dem Beton des Landeplatzes und sank langsam darauf hinab.

Daniel preßte seine Wange an den Gewehrkolben und starrte in das glitzernde Glas des Zielfernrohrs. Es war auf neunfache Vergrößerung eingestellt, und er konnte darin die Mienen der Gesichter des kleinen Empfangskomitees auf dem Landeplatz sehen.

Er hob das Visier und hatte den Hubschrauber im Blickfeld. Das Objektiv war zu stark, um ihm mehr als die Luke im Rumpf des Puma zu zeigen. Der Flugingenieur stand in der Luke und dirigierte das Herabsinken des Helikopters. Daniel konzentrierte seine Aufmerksamkeit auf ihn, richtete das Fadenkreuz des Zielfernrohrs auf seine Brust und benutzte die Schnalle seines Sicherheitsgurtes als Zielpunkt.

Plötzlich tauchte ein anderer Kopf über der Schulter des Ingenieurs auf. Unter dem kastanienbraunen Barett mit dem glitzernden Messingabzeichen waren Ephrem Taffaris edle, scharfe Gesichtszüge zu sehen.

»Er ist gekommen«, rief Daniel aus. »Er ist es.«

Er hob das Fadenkreuz und versuchte, das Visier zwischen Taffaris dunkle Augen zu richten. Die Bewegung des Hubschraubers, sein eigener Herzschlag und das Zittern seiner Hand, die relative Ungenauigkeit des Gewehres, all dies machte das zu einem unmöglichen Schuß, aber er konzentrierte seinen ganzen Verstand und seinen Willen auf Taffari. Er verdrängte den letzten Rest von Gewissensbissen und Gnade. Wieder zwang er sich zu der kalten Entschlossenheit des Attentäters.

In diesem Augenblick schlug der erste Regentropfen auf seinen Nakken. Es überraschte ihn, und sein Ziel zitterte. Dann schlug ein anderer Regentropfen auf des Objektiv des Zeiss-Zielfernrohres, und eine weiche, zitternde Linie von Regenwasser rann über das Glas hinunter und dämpfte die Brillanz des Bildes im Teleskop.

Dann begann es richtig zu regnen, in diesem plötzlichen tropischen Guß, der die Luft in Nebel und blaues Wasser zu verwandeln scheint. Es war, als stünde man in der Strömung eines Gebirgsflusses.

Daniels Blickfeld verschwand. Die deutlich in allen Einzelheiten erkennbaren menschlichen Gestalten, die er einen Augenblick zuvor noch beobachtet hatte, wurden zu verschwommenen, schattenhaften Bewegungen. Die Männer, die an dem Landeplatz warteten, spannten bunte Regenschirme auf und eilten dem Präsidenten entgegen, um ihm Schutz vor dem prasselnden Regen zu geben.

Es herrschte ein nebelhaftes Durcheinander vager Bewegungen. Die Farben der Regenschirme flossen und leuchteten und täuschten sein Auge. Er sah nur verzerrt, wie Ephrem Taffari behende aus der Rumpfluke sprang. Daniel hatte erwartet, daß er theatralisch über den Köpfen der Menge posieren und vielleicht eine kurze Ansprache halten würde, aber er verschwand augenblicklich. Obwohl Daniel verzweifelt versuchte, das Fadenkreuz auf ihn gerichtet zu halten, hob jemand einen feuchten Regenschirm hoch und hielt ihn über ihn.

Jetzt tauchte Ning Cheng Gongs Gestalt schemenhaft in der Luke auf und störte so Daniels Konzentration. Er schwenkte den Lauf zu Cheng zurück, stoppte aber dann. Er mußte Taffari zuerst treffen. Verzweifelt schwenkte er das Zielfernrohr hin und her und versuchte sein Ziel ins Blickfeld zu bekommen. Das Begrüßungskomitee stand dicht gedrängt mit erhobenen Regenschirmen um Taffari und verdeckte ihn völlig. Der Regen schlug mit solcher Wucht auf die Betonfläche, daß die einzelnen Tropfen in Sprühnebeln zerplatzten.

Regen prasselte gegen das Objektiv des Zielfernrohres und strömte unter Daniels Maske über sein Gesicht.

Hita-Fallschirmjäger sprangen aus dem Hubschrauber und scharten sich um ihren Präsidenten. Von Taffari war jetzt keine Spur zu sehen, und alle rannten, geduckt unter die erhobenen Regenschirme, auf die wartenden Landrover zu und platschten dabei durch die Regenpfützen.

Taffari tauchte wieder auf, schritt im tosenden Regen schnell aus und steuerte auf den ersten Landrover zu. Selbst bei diesem normalen Schritt und unter Berücksichtigung der Geschwindigkeit des 7-mm-Geschosses mußte Daniel einen halben Meter oder mehr vorhalten. Er konnte ihn durch das beschlagene Objektiv kaum erkennen. Es war ein fast unmöglicher Schuß, aber er berührte den Stecher gerade in dem Augenblick, als einer der Hita-Leibwächter vorwärtsstürmte, um seinem Herrn zu helfen.

Der Schuß ging los, bevor Daniel innehalten konnte. Er sah den Hita-Fallschirmjäger herumwirbeln und zu Boden gehen. Der Schuß war durch die Brust gegangen. Er hätte Taffari ebenso glatt getötet, wenn der Mann ihm nicht Deckung gegeben hätte.

Das ganze Muster der sich im Regen bewegenden Männer explodierte. Taffari ließ seinen Regenschirm fallen und schoß vorwärts. Rings um ihn rannten Männer aufgeregt durcheinander.

Daniel lud nach und feuerte wieder auf Taffari. Es war vergebens. Es war ein glatter Fehlschuß. Taffari rannte weiter. Er erreichte den Landrover, und bevor Daniel nachladen konnte, hatte er die Tür aufgerissen und sich auf den Vordersitz des Fahrzeugs geschwungen.

Daniel sah Ning Cheng Gong in dem Durcheinander und feuerte wieder. Er sah einen weiteren Fallschirmjäger in die Knie gehen, am Unterleib getroffen, und dann jagten die anderen Soldaten wild auf den Waldrand zu, unsicher, aus welcher Richtung Daniels Schüsse kamen.

Daniel versuchte noch immer verzweifelt, einen Schuß auf Taffari abzugeben, aber der Landrover fuhr davon. Er feuerte auf den Kopf, den er hinter der Windschutzscheibe sehen konnte, war sich aber nicht sicher, ob es Taffari oder der Fahrer war. Die Windschutzscheibe zerbarst, aber das Fahrzeug hielt nicht an und schwankte nicht einmal.

Er leerte das Magazin auf das wegrasende Fahrzeug. Dann, als er aus seinem Patronengurt an der Hüfte nachladen wollte, sah er, daß drei oder vier der Hita-Leibwächter und Zivilisten getroffen wurden und im Regen zu Boden gingen. Das anschwellende Geknatter von Handfeuerwaffen war zu hören.

Die Männer seines eigenen Kommandos hatten das Feuer aus ihren Stellungen im Wald außerhalb der Anlage eröffnet.

Der Aufstand hatte begonnen, aber Taffari lebte noch.

Daniel sah, daß der Landrover einen großen Kreis fuhr, an dem Bürogebäude vorbeischoß und dann wieder zu dem schwebenden Hubschrauber zurückraste. Der Puma hing sieben Meter über dem Boden, fast verborgen durch den strömenden Regenvorhang. Taffari lehnte sich aus dem Fenster und signalisierte dem Piloten wild, ihn wieder an Bord zu nehmen.

In diesem Augenblick tauchte auf der anderen Seite der Lichtung ein Mann aus dem Dschungel auf. Selbst auf diese Entfernung erkannte Daniel Morgan Tembi, den Matabele-Ausbilder. Er trug einen RPG-Raketenwerfer auf der Schulter, während er vorwärtsrannte.

Keiner der Hita-Leibwächter schien ihn entdeckt zu haben. Hundert Schritt von dem schwebenden Puma-Hubschrauber entfernt ließ Morgan sich auf ein Knie nieder, konzentrierte sich und feuerte eine Rakete ab.

Sie ritt auf einem Schweif weißen Rauches und raste zischend auf den Puma zu, fast genau in Linie mit der Plexiglaskuppel des Piloten.

Das Cockpit und der Pilot darin wurden durch die Eruption von Rauch und Flammen ausgelöscht. Der Puma überschlug sich träge in der Luft und stürzte rücklings zu Boden. Die wirbelnden Rotoren zerbarsten auf dem Betonlandeplatz. Einen Augenblick später verschlang ein Ball aus Feuer und schwarzem Rauch die Maschine.

Morgan Tembi sprang auf und rannte zum Waldrand zurück. Er schaffte es nicht. Die Hita-Leibwächter schossen ihn nieder, lange bevor er die Deckung erreichen konnte, aber er hatte Taffari den Fluchtweg abgeschnitten.

Es hatte weniger als eine Minute gedauert, doch die Hita erholten sich bereits vom Schock des Überraschungsangriffs. Sie stürzten in die Landrover und folgten Taffari, der auf die Straße hinter dem Verwaltungsgebäude zusteuerte. Taffari mußte die Stärke und Anzahl der Angreifer erkannt und entschieden haben, daß es am besten sei, einen Durchbruch zu versuchen. Er wollte die nächste Straßensperre auf dem Weg nach Sengi-Sengi erreichen, die von seinen eigenen Männern besetzt war.

Drei mit seinen Leibwächtern besetzte Landrover rasten hinter ihm her. Die meisten der Zivilisten lagen flach auf dem Boden und versuchten so, dem heftigen Gewehrfeuer zu entgehen. Einige von ihnen rannten auf das schützende Verwaltungsgebäude zu. Unter ihnen sah Daniel Cheng. Sein blauer Safarianzug war selbst im Regennebel deutlich erkennbar. Doch bevor er einen Schuß auf Cheng abgeben konnte, hatte der das Gebäude erreicht und war in der Eingangstür verschwunden.

Daniel richtete seine Aufmerksamkeit wieder den vier fliehenden Landrovern zu. Sie hatten die Hauptstraße, die in den Wald führte, fast erreicht, und das Feuer, das das Uhali-Kommando auf sie abgab, war heftig, aber ungenau. Es schien völlig unwirksam zu sein. Nach Morgan Tembis Tod schossen sie wild drauflos, ohne überhaupt zu zielen, wie ein Haufen unerfahrener Rekruten, die sie ja auch tatsächlich waren.

Taffari war für Daniel in seinem Hochsitz auf dem Mahagonibaum längst unerreichbar. Er würde entkommen. Der ganze Angriff wurde zu einem Fiasko. Die Uhali vergaßen ihre Ausbildung völlig. Der Plan ging nicht auf. Der Aufstand war nur wenige Minuten nach seinem Beginn zum Scheitern verurteilt.

In diesem Augenblick walzte ein riesiger gelber D-10-Bulldozer aus dem Wald.

»Wenigstens einer hat sich an seine Befehle erinnert«, knurrte Daniel. Er war wütend über sein Versagen und gab sich die ganze Schuld.

Der Bulldozer rollte vorwärts, erreichte die Straße und schnitt dem heranrasenden Konvoi der Landrover den Fluchtweg ab.

Eine kleine Gruppe Uhali tauchte aus dem Wald auf und rannte hinterher. Sie waren zivil gekleidet. Sie benutzten den Bulldozer als Barrikade und eröffneten das Feuer auf den vordersten Landrover, als er auf sie zusteuerte.

Auf diese kurze Entfernung war ihr konzentriertes Feuer endlich wirksam. Taffari, der in dem vordersten Landrover saß, erkannte, daß ihm der Fluchtweg abgeschnitten war, und bog mit dem Wagen in einem scharfen 180-Grad-Winkel ab. Die anderen Wagen folgten ihm.

Hintereinander kamen sie über das offene Gelände zurück und waren wieder in Reichweite. Daniel feuerte auf Taffaris Kopf, aber der Landrover fuhr mit einer Geschwindigkeit von sechzig Meilen und holperte über den unebenen Fahrweg. Daniel sah nicht, wo seine Kugeln einschlugen, und die Landrover schossen den Weg hinunter, der zu den MOMU-Einheiten führte. Dies war eine Sackgasse. Die Straße endete an der Schürfstätte. Durch den Bulldozerfahrer war verhindert worden, daß die Situation zu einer völligen Katastrophe wurde.

Inzwischen war die Kolonne der Landrover außer Sicht. Daniel konnte sie von seinem Platz aus nicht mehr sehen.

Er ließ sein Gewehr am Gurt hängen und schwang sich von dem Ast herunter. Mit dem Nylonseil seilte er sich aus dem Baum ab, trat dabei mit beiden Füßen heftig um sich und rutschte so schnell, daß das Seil seine Handflächen aufriß. Als er den Boden erreichte, rannte Sepoo auf ihn zu und gab ihm sein AK-47-Sturmgewehr und den Rucksack mit den Reservemagazinen und vier M-26-Granaten.

»Wo ist Kara-Ki?« fragte er, und Sepoo deutete hinter sich in den Wald. Gemeinsam rannten sie dorthin.

Zweihundert Meter weiter hockte Kelly über dem VHF-Sender im Wald. Sie sprang auf, als sie Daniel sah.

»Was ist passiert?« rief sie. »Hast du ihn erwischt?«

»Es ist ein totaler Reinfall«, erzählte Daniel ihr grimmig. »Taffari ist noch da draußen. Wir haben die Funkstation in Wengu nicht unter Kontrolle.«

»O Gott. Was geschieht jetzt?«

»Sende!« Er traf die Entscheidung. »Gib Victor das Zeichen. Wir sind jetzt dazu verpflichtet. Wir können nicht mehr zurück.«

»Aber wenn Taffari...«

»Verdammt, Kelly, tu es einfach! Ich werde versuchen, das Blatt zu wenden. Zumindest ist Taffari uns nicht entkommen. Wir haben noch eine Chance. Im Augenblick sitzt er hier in Wengu fest und kann nicht raus.«

Kelly widersprach nicht mehr, sondern kniete sich neben das Funkgerät und hob das Mikrofon an ihre Lippen.

»Waldbasis, hier ist Ständerpilz, hören Sie mich?«

Das tragbare Funkgerät hatte nicht genug Leistung, um das am See gelegene Kahali direkt zu erreichen. Der Spruch mußte über die stärkere Station in Gondala weitergeleitet werden.

»Ständerpilz, hier Waldbasis«, meldete sich die Stimme von Kellys Krankenpfleger aus der Klinik in Gondala sofort. Er war ein zuverlässiger Uhali, der schon seit Jahren mit ihr arbeitete.

»Eine Nachricht für Silberkopf in Kahali. Die Botschaft lautet: ›Die Sonne ist aufgegangen.‹ Ich wiederhole: ›Die Sonne ist aufgegangen.‹«

»Warten Sie, Ständerpilz.«

Ein paar Minuten herrschte Stille, dann meldete Gondala sich wieder. »Ständerpilz, Silberkopf bestätigt: ›Die Sonne ist aufgegangen.‹«

Die Revolution war ausgelöst. Binnen einer Stunde würde sich Victor Omeru über das Fernsehen an seine Nation wenden. Aber Taffari lebte noch.

»Kelly, hör mir zu.« Daniel faßte ihren Arm und hob ihr Gesicht, um sich zu überzeugen, daß sie ihm ihre ungeteilte Aufmerksamkeit schenkte. »Bleib hier. Versuche in Verbindung mit Gondala zu bleiben. Geh nicht weg. Taffaris Sturmtruppen werden überall zerstreut sein. Bleib hier, bis ich zu dir zurückkomme.«

Sie nickte. »Sei vorsichtig, Liebling.«

»Sepoo.« Daniel blickte auf den kleinen Mann herab. »Bleib hier. Paß auf Kara-Ki auf.«

»Mit meinem Leben!« erwiderte Sepoo.

»Küß mich!« bat Kelly Daniel.

»Nur einen, kurz und schnell. Weitere werden folgen«, versprach Daniel.

Er verließ sie und rannte zu den UDC-Gebäuden zurück.

Er war noch keine hundert Meter gelaufen, als er Männer vor sich im Wald hörte. »Omeru!« rief er. Es war die Parole.

»Omeru!« schrien sie zurück. »Die Sonne ist aufgegangen!«

»Noch nicht, verflucht«, murmelte Daniel und eilte weiter.

Es waren ein Dutzend Männer des Kommandos. Ihre blauen Baumwolljacken sahen fast wie eine Uniform aus.

»Kommt!« Er sammelte sie um sich.

Bevor sie die Straße erreichten, die zu der Schürfgrube hinunterführte, waren dreißig Männer bei ihm. Es hatte inzwischen aufgehört zu regnen, und Daniel blieb am Waldrand stehen. Vor ihnen erstreckte sich die endlose, ebene, zerwühlter Erde, die die MOMU-Einheiten verschlungen hatte. Die Linie der Maschinen sah wie ein Geschwader von Schlachtschiffen im Sturm aus.

Ganz in der Nähe standen über die Schlammebene verstreut die vier Landrover. Sie waren verlassen, und Daniel beobachtete, wie die Hita über das offene Gelände auf die nächstgelegene MOMU zurannten.

Daniel erkannte Ephrem Taffaris große, uniformierte Gestalt, die sie anführte. Es war klar, daß er die nächste MOMU ausgewählt hatte, die ihm eine gut zu verteidigende Stellung bot, und Daniel mußte grimmig eingestehen, daß dies eine gute Wahl war.

Die Stahlwände der gigantischen Maschine boten gegen die Geschosse der Handfeuerwaffen fast absoluten Schutz. Selbst die RPG-Raketen würden an der massiven Konstruktion nichts ausrichten.

Um die MOMU zu erreichen, mußte ein Angreifer das weiche, offene Gelände überqueren, das von der obersten Plattform der MOMU leicht mit Feuer zu bestreichen war. Ebenso wichtig war, daß die stählerne Festung manövriert werden konnte. Wenn Taffari erst einmal die Kontrolle darüber hatte, konnte er überall hinfahren.

Daniel sah sich rasch um. Inzwischen hatten sich an die fünfzig Uhali-Kämpfer um ihn geschart. Sie waren laut und überaus erregt und verhielten sich wie Rekruten nach der ersten Feuertaufe. Einige von ihnen jubelten und feuerten auf die fernen Gestalten von Taffari und seinen

Leibwachen. Sie waren aber außer Schußweite, und es bedeutete eine gefährliche Vergeudung ihrer kostbaren Munitionsvorräte.

Es hatte keinen Sinn, zu versuchen, sie unter Kontrolle zu bringen. Er mußte angreifen, bevor sie ihren Kampfesmut verloren und bevor Taffari die MOMU erreichte und deren Verteidigung organisieren konnte.

»Kommt!« brüllte Daniel. »Omeru! Die Sonne ist aufgegangen!«

»Omeru!« schrien sie. Daniel mußte dafür sorgen, daß ihr Elan nicht nachließ.

Der Schlamm war an manchen Stellen knöcheltief, an anderen knietief. Sie passierten die verlassenen Landrover. Vor ihnen sah Daniel, daß Taffari die MOMU erreichte und sich an einer der stählernen Leitern hochzog. Während sie durch den Schlamm vorwärtsstapften, verlangsamte sich ihr Marsch zu einem mühseligen Waten.

Als sie die MOMU erklettert hatten, organisierte Taffari seine Männer. Sie gingen hinter der stählernen Maschine in Deckung. Kugeln begannen zwischen den Angreifern einzuschlagen, bohrten sich in den Schlamm und krachten um ihre Köpfe. Der Mann neben Daniel wurde getroffen. Er stürzte mit dem Gesicht voran in den Schlamm.

Der Angriff verlangsamte sich, blieb im Schlamm stecken. Die Hita auf der MOMU verbarrikadierten sich und waren hinter den stählernen Wänden versteckt. Sie schossen präzise, und weitere Männer Daniels fielen.

Der Angriff kam zum Stillstand. Einige der Uhali machten kehrt und begannen, zurück zum Wald zu wanken. Andere duckten sich hinter die steckengebliebenen Landrover. Sie waren keine Soldaten. Sie waren Angestellte und Fernfahrer und Universitätsstudenten, denen kampferprobte Fallschirmjäger in einer undurchdringlichen Stahlfestung gegenüberstanden. Daniel konnte ihnen keinen Vorwurf machen, weil sie flohen, obwohl die Revolution mit ihnen im Schlamm erstarb.

Allein konnte er nicht weitergehen. Die Hita hatten ihn bereits ins Visier genommen. Ihr Feuer konzentrierte sich auf ihn. Er wankte zu dem nächsten Landrover zurück und duckte sich hinter die Karosserie.

Er sah, daß die Mannschaft der MOMU ihre Stationen verließ und sich hilflos auf der unteren Plattform drängte. Einer der Hita-Fallschirmjäger deutete herrisch auf sie, und mit offensichtlicher Erleichterung schwärmten sie über die stählerne Leiter hinunter und sprangen in den Schlamm wie Seemänner, die einen sinkenden Ozeandampfer verließen.

Die Maschine der MOMU lief noch immer. Die Baggerfräsen fraßen sich in die Erde. Jetzt aber scherte das gigantische Monstrum ziellos aus der Formation. Die Mannschaften der anderen Schürfmaschinen in der Linie sahen, was geschah, und sprangen ebenfalls von ihren Maschinen hinunter und versuchten, den Salven von Gewehrfeuer zu entkommen, die gegen die Stahlplatten prasselten und hallten.

So standen sie sich gegenüber. Taffaris Männer hatten das Kommando über die MOMU, und Daniels Kommando steckte im Schlamm fest, unfähig vorzurücken oder sich zurückzuziehen.

Er dachte über einen Weg nach, wie dieses Ungleichgewicht zu brechen sei. Er konnte nicht erwarten, daß die zerschlagenen und demoralisierten Überlebenden sich zu einem neuen Angriff aufraffen würden. Taffari hatte fünfzehn oder zwanzig Männer dort oben, mehr als genug, um sie abzuwehren.

In diesem Moment nahm er ein anderes, unheimliches Geräusch wahr, wie das Kreischen von Seemöwen oder der Schrei verlorener Seelen. Er drehte sich um und sah zuerst nichts. Dann bewegte sich etwas am Rande des Waldes. Zuerst konnte er es nicht erkennen. Sicher war es nicht menschlich.

Dann sah er wieder eine Bewegung. Der Urwald erwachte zum Leben. Tausende seltsamer Kreaturen, zahllos wie Insekten, wie eine Kolonne marschierender Safariameisen. In ihrer Unzahl waren sie rot, und der wilde, klagende Schrei wurde lauter und drängender, als sie aus dem Wald ins Freie schwärmten.

Plötzlich begriff er, was er da sah. Die Tore der Arbeitslager waren geöffnet worden. Die Aufseher waren überwältigt, und die Uhali-Sklaven hatten sich aus dem Schlamm erhoben. Es war der Schlamm, der sie rot färbte. Sie waren ganz damit bedeckt und nackt wie Leichen, die aus dem Grab exhumiert wurden, bis zur Auszehrung verhungert.

Sie schwärmten in Legionen voran, Frauen, Männer und Kinder, geschlechtslos durch den Schlamm, der sie bedeckte. Nur ihre weißen und wütenden Augen funkelten in den schlammig-roten Masken ihrer Gesichter.

»Omeru!« schrien sie, und das Feuer der Hita-Fallschirmjäger wurde vom Gebrüll ihrer Stimmen überdeckt. Die Kugeln aus den AK-47-Sturmgewehren beeindruckten die dicht gedrängten Reihen nicht. Wo ein Mann fiel, stürmte ein Dutzend anderer vor und ersetzte ihn. Den Hita-Leibwachen auf der MOMU ging die Munition aus. Selbst aus dieser Entfernung konnte Daniel ihre Panik erkennen. Sie warfen ihre Gewehre weg, deren Läufe durch das Feuergefecht heiß waren.

Unbewaffnet erkletterten sie die Stahlleitern der höchsten Plattform der plumpen gelben Maschine. Hilflos standen sie am Geländer und schauten zu, wie die rote Horde die Maschine erreichte und zu ihnen hochstieg.

Zwischen den Hita auf dem obersten Deck erkannte Daniel Ephrem Taffari. Er versuchte, zu den Sklaven zu sprechen, und breitete beschwörend seine Arme aus. Schließlich, als die vorderste Reihe ihn fast erreicht hatte, zog Taffari seine Pistole und feuerte in die Masse. Er schoß noch immer, als sie ihn übermannten.

Für kurze Zeit verlor Daniel ihn in der zappelnden roten Masse nackter menschlicher Leiber. Er verschwand wie ein junger Fisch, der von einer gigantischen Qualle verschluckt wurde. Dann sah er Taffari wieder, von Hunderten erhobener Arme hoch über die Köpfe des Mob gehoben. Sie reichten den wild Zappelnden weiter.

Dann schleuderten sie ihn vom höchsten Deck der MOMU herab.

Ephrem Taffari überschlug sich in der Luft, unbeholfen wie ein Vogel, der mit einer gebrochenen Schwinge zu fliegen versucht. Er stürzte fünfundzwanzig Meter tief in die rotierenden Silberklingen des Fräsbohrers. Die Klingen erfaßten ihn und zerhackten ihn in einem einzigen Augenblick zu einer so feinen Paste, daß sein Blut nicht einmal einen einzigen Fleck auf der feuchten Erde hinterließ.

Daniel stand langsam auf.

Auf der MOMU wurden jetzt die Hita-Fallschirmjäger getötet. Der aufgebrachte Mob zerriß sie mit bloßen Händen in Stücke und schwärmte schreiend und triumphierend über sie.

Daniel wandte sich ab. Er begab sich dorthin, wo er Kelly zurückgelassen hatte. Er kam nur langsam voran. Männer des Kommandos drängten sich um ihn, schüttelten ihm die Hand, klopften ihm auf den Rücken, lachten, schrien und sangen.

Aus dem Wald drang noch sporadisch Gewehrfeuer. Das Verwaltungsgebäude ging in Flammen auf. Flammen schlugen prasselnd hoch, und schwarze Rauchwolken ballten sich darüber. Ein Dach stürzte ein. Die Menschen darin waren gefangen und verbrannten. Die aufgebrachte Menge wütete überall. Sie jagten die Wachen und Beamten, die Ingenieure und Angestellten des Unternehmens, Schwarze und Taiwanesen, jeden, der mit dem verhaßten Unterdrücker zu tun hatte. Sie fingen sie und töteten sie, traten und schlugen auf sie ein, als sie sich auf der Erde wanden, zerhackten sie mit Schaufeln und Macheten und warfen ihre gliedlosen Körper in die Flammen. Es war wild. Es war Afrika.

Daniel wandte sich von diesem Bild des Grauens ab. Ein einzelner Mann konnte diese Orgie nicht aufhalten. Sie hatten zu lange gelitten. Ihr Haß war zu heftig. Er verließ den Weg und ging in den Wald, um Kelly zu suchen.

Er war noch keine hundert Meter gelaufen, als er eine kleine Gestalt zwischen den Bäumen auf sich zurennen sah.

»Sepoo!« rief er, und der Pygmäe schoß auf ihn zu, ergriff seinen Arm und schüttelte ihn.

»Kara-Ki!« schrie er. Er hatte eine tiefe Fleischwunde am Kopf und blutete stark.

»Wo ist sie?« fragte Daniel. »Was ist mit ihr geschehen?«

»Kara-Ki! Er hat sie genommen. Er hat sie mit sich in den Wald genommen!«

Kelly kniete vor dem Funkgerät und drehte langsam den Knopf der Feineinstellung des Empfängers. Obwohl ihr Sender nicht stark genug war, um die Hauptstadt Kahali am Seeufer zu erreichen, war Sepoo in den Baum über ihr geklettert und hatte die Wurfantenne in den Ästen ausgelegt. Sie empfing die Sendungen von Radio Ubomo auf dem Fünfundzwanzig-Meter-Band mit geringer atmosphärischer Störung.

»Die nächste Wunschmusik ist für Miriam Sebuke in Kabute. Sie wird heute achtzehn Jahre alt. Dein Freund, Abdullah, wünscht dir zum Geburtstag alles Gute und läßt dir sagen, daß er dich sehr liebt. Er hat uns gebeten, ›Like a Virgin‹ von Madonna zu spielen. Also speziell für dich, Miriam...« Die harte Kakophonie der Musik dröhnte durch den schweigenden Wald, und Kelly reduzierte die Lautstärke. Augenblicklich nahm sie andere, viel obszönere Geräusche wahr, das ferne Knattern von Gewehrfeuer und die wilden Schreie kämpfender und sterbender Menschen.

Sie versuchte ihre Angst und Sorge um das Gelingen des Aufstandes zu beschwichtigen. Sie wartete machtlos und voller Furcht darauf, daß etwas geschah. Plötzlich endete die Musik abrupt, und aus dem Lautsprecher drangen statisches Pfeifen und Knistern. Dann kam eine andere Stimme durch den Äther.

»Volk vom Ubomo. Dieser Sender steht jetzt unter Kontrolle der Befreiungsarmee von Ubomo. Der Präsident von Ubomo, Victor Omeru, wird nun persönlich aus dem Studio in Kahali zu euch sprechen.«

Kriegerische Musik dröhnte, die alte Nationalhymne, die Ephrem Taffari bei seiner Machtübernahme verboten hatte. Dann endete die Musik. Eine Pause entstand, und endlich hallte die fesselnde Stimme, die Kelly so sehr liebte, aus dem Lautsprecher.

»Mein geliebtes Volk vom Ubomo, die ihr so sehr unter dem Joch des Tyrannen gelitten habt, hier spricht Victor Omeru. Ich weiß, daß die meisten von euch glauben, ich sei tot. Aber diese Stimme kommt nicht aus dem Grabe. Ich bin es wirklich, Victor Omeru, der jetzt zu euch spricht.« Victor sprach auf Swahili, und er fuhr fort: »Ich bringe euch eine Botschaft der Hoffnung und große Freude. Ephrem Taffari, der blutrünstige Tyrann, ist tot. Eine loyale und getreue Gruppe von Patrioten hat sein grausames und brutales Regime gestürzt und ihm die Strafe zukommen lassen, die er verdiente. Komm heraus, mein Volk, eine neue Sonne scheint über Ubomo...« Seine Stimme war so beschwörend, so aufrichtig, daß Kelly für einen Augenblick fast glaubte, was er sagte – daß Taffari tot und die Revolution erfolgreich war. Dann hörte sie das Gewehrfeuer und blickte über ihre Schulter.

Dicht neben ihr stand ein Mann. Er war völlig lautlos hinter sie getreten. Es war eine Asiate, ein Chinese. Er trug einen blauen Safarianzug, der von Regen oder Schweiß naß und mit Schlamm und Blut verschmiert war. Sein langes, schwarzes Haar hing in seine Stirn. In seiner Wange war ein Schnitt, aus dem Blut auf die Vorderseite seiner Jacke tropfte.

In der einen Hand hielt er eine Tokarew-Pistole, und sein Blick wirkte wild und gehetzt. Seine Augen waren so dunkel, daß es keinen Unterschied zwischen Iris und Pupille gab. Es waren Augen, schwarz wie die eines Haies. Sein Mund war vor Furcht oder Wut verzogen, und die Hand, die die Pistole hielt, war verkrampft und zitterte.

Obwohl Kelly ihn nie zuvor gesehen hatte, wußte sie, wer er war. Sie hatte Daniel oft genug von ihm sprechen hören. Sie hatte sein Foto in alten Ausgaben der Zeitung *Herald*, die in Ubomo erschien, gesehen. Sie wußte, daß er der taiwanesische Direktor der UDC war, der Mann, der Daniels Freund Johnny Nzou auf dem Gewissen hatte.

»Ning«, sagte sie und rappelte sich auf, um vor ihm zurückzuweichen, aber er sprang vor und packte ihr Handgelenk.

Seine Kraft erschreckte sie. Er drehte ihr den Arm auf den Rücken.

»Eine weiße Frau«, sagte er auf englisch. »Eine Geisel...«

Sepoo stürmte auf ihn zu, versuchte, ihr zu helfen, aber Cheng holte mit der Pistole aus, und ihr Lauf traf den kleinen Mann über dem Ohr und zerriß seine Kopfhaut. Er brach zu Chengs Füßen zusammen.

Cheng, der Kelly noch immer mit der anderen Hand festhielt, bückte sich und richtete die Pistole auf Sepoos Schläfe.

»Nein«, schrie Kelly und warf sich gegen Chengs Brust. Er verfehlte sein Ziel, und die Kugel schlug fünfzehn Zentimeter von Sepoos Gesicht entfernt in die Erde. Der Schuß brachte Sepoo wieder zu Bewußtsein, und er sprang auf und schoß davon. Cheng gab einen weiteren Schuß auf ihn ab, aber Sepoo verschwand im Unterholz.

Cheng verdrehte ihren Arm so heftig, daß sie sich vor Schmerz auf die Zehenspitzen stellte.

»Sie tun mir weh«, schrie sie.

»Ja«, stimmte Cheng zu. »Und ich werde dich töten, wenn du dich wieder wehrst. Geh!« befahl er. »Ja, genau so. Lauf weiter, wenn du nicht willst, daß ich dir weh tue.«

»Wohin gehen wir?« fragte Kelly, die versuchte, den Schmerz aus ihrer Stimme zu verdrängen. Sie versuchte, ruhig und überzeugend zu sein. »Im Wald gibt es kein Entkommen.«

»Mit dir schon«, sagte Cheng. »Rede nicht. Sei still! Geh weiter.«

Er stieß und zerrte sie vorwärts, und sie wagte nicht, sich ihm zu widersetzen. Sie spürte, daß er so verzweifelt war, daß er alles tun würde. Sie erinnerte sich an das, was Daniel ihr über die ermordete Matabele-Familie in Simbabwe erzählt hatte, an die Gerüchte über Kinder und junge Mädchen, die er gefoltert hatte, um seine perverse Lust zu stillen. Ihr war klar, daß ihre beste Chance, vielleicht ihre einzige Chance darin bestand, alles zu tun, was er ihr befahl.

Wankend und taumelnd legten sie eine halbe Meile zurück, unbeholfen durch den Polizeigriff, in dem Cheng sie hielt, und durch seine hektische Eile. Als sie plötzlich das Ufer eines kleinen Flusses erreichten, wußte sie, daß es der Wengu war, der kleine Fluß, nach dem dieses Gebiet benannt wurde. Er war einer der Nebenflüsse des Ubomo.

Auch der Wengu gehörte zu den blutenden Flüssen und war durch das Gift aufgestaut, das aus den MOMU-Maschinen ausgesondert wurde. Er stank und war trügerisch. Selbst Cheng schien die Gefahr zu erkennen, die beim Durchschreiten des Flusses drohte.

Er zwang Kelly auf die Knie, stand keuchend über ihr und schaute sich unsicher um.

»Bitte...«, flüsterte sie.

»Schweig!« fuhr er sie an. »Ich habe dir verboten zu sprechen!« Er verdrehte ihr Handgelenk, um seinem Befehl Nachdruck zu verleihen.

Nach einigen Augenblicken fragte er plötzlich: »Ist dies der Wengu? In welche Richtung fließt er? Fließt er nach Süden, zur Hauptstraße?«

Sofort war ihr klar, woran er dachte. Natürlich kannte er das Gebiet genau. Es war das Gebiet, für das seine Konzession galt. Er mußte die Landkarten studiert haben. Sicherlich wußte er, daß der Wengu einen Bogen noch Süden beschrieb, einen Halbbogen, der die Hauptstraße schnitt. Er würde wissen, daß sich dort an der Brücke ein Militärposten der Hita befand.

»Ist dies der Wengu?« wiederholte er und verdrehte ihr Handgelenk so heftig, daß sie aufschrie. Sie hätte ihm fast wahrheitsgemäß geantwortet, doch im letzten Moment gelang es ihr, sich zu beherrschen.

»Ich weiß es nicht.« Sie schüttelte ihren Kopf. »Ich kenne mich in diesem Wald nicht aus.«

»Du lügst«, beschuldigte er sie, war sich aber offensichtlich nicht sicher. »Wer bist du?« wollte er wissen.

»Ich bin eine Krankenschwester der Weltgesundheitsorganisation. Ich kenne mich in diesem Wald nicht aus.«

»In Ordnung!« Er zog sie hoch. »Geh weiter!«

Er stieß sie vorwärts, aber sie bogen jetzt nach Süden ab und folgten dem Ufer des Wengu. Cheng hatte einen Entschluß gefaßt.

Absichtlich trat und scharrte Kelly die weiche Erde auf, während er sie voranstieß. Sie verlagerte ihr ganzes Gewicht auf ihre Fersen, versuchte, so gut wie möglich eine Spur zu legen, damit Sepoo ihr folgen konnte. Sie wußte, daß Sepoo kommen würde, und mit ihm Daniel.

Sie versuchte, jeden grünen Zweig in ihrer Reichweite zu brechen, während Cheng sie durch das Unterholz stieß. Es gelang ihr, einen Knopf von ihrer Bluse abzureißen und fallenzulassen, ein Zeichen, das Sepoo sicher entdecken würde. Bei jeder Gelegenheit stolperte sie über einen abgestorbenen Ast, fiel in ein Loch oder ließ sich auf die Knie fallen. Sie hielt ihn auf, so gut sie konnte, verlangsamte so ihr Vorankommen und gab Sepoo und Daniel Gelegenheit, sie einzuholen.

Sie begann laut zu heulen und zu jammern, und als Cheng drohend die Pistole hob, schrie sie: »Nein, bitte! Bitte, schlagen Sie mich nicht!«

Sie wußte, daß ihre Schreie weit hörbar waren, daß Sepoo sie mit seinen empfindlichen, geübten Ohren über eine Viertelmeile Entfernung wahrnehmen und ihre Position genau ausmachen würde.

Sepoo hob den Knopf der Bluse auf, der im Laub auf dem Waldboden lag, und zeigte ihn Daniel.

»Sieh, Kuokoa. Kara-Ki legt Zeichen, damit wir ihr folgen können«, flüsterte er. »Sie ist so listig wie der Colobus und so mutig wie der Büffel des Waldes.«

»Geh weiter«, drängte Daniel ungeduldig. »Halte deine Reden später, alter Mann.«

Sie folgten der Spur schnell, lautlos und vorsichtig. Sepoo deutete auf jedes Zeichen, das Kelly hinterlassen hatte, auf die zerbrochenen Zweige, die Fersenabdrücke und die Stellen, an den sie sich absichtlich hatte fallenlassen.

»Wir sind jetzt nahe.« Er berührte Daniels Arm. »Sehr, sehr nahe.«

»Paß auf, daß du nicht in eine Falle läufst. Vielleicht hat er einen Hinterhalt gelegt...«

Kelly schrie vor ihnen im Wald auf. »Nein, bitte! Bitte, schlagen Sie mich nicht!« Und für einen Moment verlor Daniel die Beherrschung. Er stürzte vorwärts, weil er sie beschützen wollte. Doch Sepoo ergriff sein Handgelenk und klammerte sich an ihn.

»Nein! Nein! Kara-Ki ist nicht verletzt. Sie warnt uns. Stürme nicht wie ein dummer *wazungu* voran. Benutze jetzt deinen Kopf.«

Daniel riß sich zusammen, zitterte aber noch immer vor Wut.

»Also gut«, flüsterte er. »Er weiß nicht, daß ich hier bin, aber er hat dich gesehen. Ich werde um sie herumlaufen und ihnen stromabwärts auflauern. Du mußt ihn zu mir treiben, so, wie du die Antilope ins Jagdnetz treibst. Verstehst du, Sepoo?«

»Ich verstehe. Mach den Schrei des Graupapageien, wenn du bereit bist.«

Daniel schraubte das Bajonett von der Mündung seines AK 47 und lehnte das Gewehr neben sich an einen Baum. Cheng benutzte Kelly als Schild. Das Gewehr war nutzlos. Er ließ es zurück.

Nur mit dem Bajonett bewaffnet, ging er in weitem Bogen zum Flußufer. Noch zweimal hörte er Kelly flehend und jammernd schreien, so daß er ihre Position genau ausmachen konnte.

Er brauchte keine fünf Minuten, um flußabwärts an eine Stelle unterhalb von Cheng und Kelly zu gelangen. Dort preßte er sich flach an den dicken Stamm eines Baumes, der am Ufer aufragte. Er legte seine Hände an den Mund und ahmte den Balzruf des Papageien nach. Dann duckte er sich und hielt das Bajonett bereit.

Sepoos Stimme schrillte durch die Bäume. Er sprach quäkend wie ein Bauchredner, so daß der Zuhörer über Richtung und Entfernung getäuscht wurde. »He, *wazungu*. Laß Kara-Ki gehen. Ich beobachte dich aus den Bäumen. Laß sie los, oder ich werde einen Giftpfeil in dich schießen.«

Daniel bezweifelte, daß Cheng die Swahili-Worte verstehen konnte, aber die Wirkung würde die gleiche sein. Chengs Aufmerksamkeit richtete sich stromaufwärts, während er sich gleichzeitig in die Richtung begab, wo Daniel wartete.

Er duckte sich und lauschte. Ein paar Minuten später rief Sepoo wieder: »He, *wazungu*, hörst du mich?«

Wieder senkte sich Schweigen, und Daniel hielt angespannt lauschend Ausschau.

Dann knackte unmittelbar vor ihm ein Ast, und er hörte gedämpft Kellys entsetzte Stimme.

»Bitte, nicht...«, setzte sie an, doch Cheng schnitt ihr mit einem barschen Flüstern das Wort ab.

»Halt deinen Mund, Weib, oder ich breche dir den Arm.«

Sie waren jetzt sehr nahe an der Stelle, wo Daniel wartete. Er faßte das Heft des Bajonettes fester. Dann sah er eine Bewegung im Unterholz. Einen Moment später machte er das Blau von Chengs Jacke aus.

Cheng bewegte sich rückwärts und hielt Kelly vor seine Brust gepreßt. Er schaute in die Richtung, aus der Sepoos Stimme kam, und zielte mit der Tokarew-Pistole über Kellys Schulter, bereit, in dem Moment zu schießen, wenn Sepoo auftauchte. Er wich direkt zu dem Baum zurück, an dem Daniel wartete.

Daniel wußte, daß Cheng ein Meister im Kampfsport war. In jedem Kampf Mann gegen Mann wäre Daniel völlig unterlegen gewesen. Es gab nur eine Möglichkeit. Er mußte ihm die Spitze des Bajonettes von hinten in die Nieren rammen. Dadurch würde er sofort kampfunfähig.

Er trat hinter dem Baum hervor, hielt das Bajonett tief und nach oben gerichtet. Er stieß zu, aber ihm gleichen Augenblick drehte Cheng sich jäh seitwärts. Daniel erfuhr nie, was ihn dazu bewegte, denn er hatte kein Geräusch verursacht. Es konnte nur der fast übernatürliche Instinkt des Kung-Fu-Kämpfers gewesen sein.

Das Bajonett traf Cheng in die Seite, drei Zentimeter über dem Hüftknochen. Es drang bis zum Heft ein, aber durch Chengs Drehung löste sich Daniels Griff. Cheng ließ Kelly los, stieß sie von sich und schwenkte die Tokarew herum, um in Daniels Gesicht zu schießen. Daniel packte sein Handgelenk und riß die Pistolenhand nach oben. Der erste Schuß ging über ihren Köpfen in die Äste.

Cheng wand sich unter Daniels Griff, und als Daniel ihn festzuhalten versuchte, wich sein Körper zurück, und sein Knie zuckte hoch. Er zielte auf Daniels Schritt. Daniel fing den Tritt mit dem Schenkel ab, doch durch die Wucht wurde sein Bein gelähmt.

Aus den Augenwinkeln sah er, wie Chengs linke Hand starr wie eine Axtklinge auf seinen Kopf zuschoß. Sie war unterhalb seines Ohrs auf das Genick gerichtet. Er zog die Schultern hoch und fing den Schlag mit seinen dicken Oberarmmuskeln ab. Unter der Kraft und Wucht des Schlages wurde ihm übel. Sein Griff um Chengs Pistolenhand lockerte sich. Wieder zuckte die Hand zu ihm, und Daniel wußte, daß sie dieses Mal sein Genick wie einen trockenen Zweig zerbrechen würde. Kelly war trotz des heftigen Stoßes, den Cheng ihr zwischen die Schulterblätter versetzt hatte, nicht gestürzt. Sie fing sich und warf sich jetzt mit aller Kraft gegen ihn. Sie prallte mit ihrer Schulter in Chengs Seite, in die Flanke, die das Bajonett aufgerissen hatte. Durch die Wucht wurde der Schlag auf Daniels ungeschützten Hals abgelenkt, und Cheng taumelte gegen ihn und ließ die Pistole mit einem Schmerzensschrei fallen.

Verzweifelt umklammerte Daniel mit seinem freien Arm Chengs Kopf und zog ihn nach hinten, in die Richtung, in die Cheng unter Kellys Anprall gestoßen worden war. Cheng konnte sich nicht dagegen wehren, und sie stürzten eng umklammert das steile Flußufer hinunter, fielen zwei Meter tief hinein in den dicken, roten Schlamm und versanken völlig.

Fast augenblicklich drangen ihre Köpfe wieder an die Oberfläche. Sie beide rangen, nach wie vor eng umklammert, keuchend um Atem.

Daniels Bein war noch immer gelähmt. Cheng war behende und schnell. Daniel wußte, daß er ihn nicht festhalten konnte. Kelly sah, daß er in Not war und bückte sich. Sie ergriff das Bajonett, stürzte sich mit der gleichen Bewegung, die Füße voran, über das Flußufer und rutschte rücklings mit drohend erhobenem Bajonett hinab.

Cheng befreite sich von Daniel, drehte sich und schlang von hinten einen Arm um seinen Hals. Er hatte Kelly den Rücken zugewandt, und die Jacke seines Safarianzuges glänzte feucht von rotem Schlamm.

Kelly stach so hoch zu, wie sie konnte. Ihr erster Stich traf eine von Chengs Rippen und wurde abgelenkt. Cheng grunzte und verkrampfte sich. Sie hob das Bajonett und stach erneut zu, und dieses Mal fand die Spitze ihren Weg zwischen den Rippen.

Cheng löste seine Umklammerung von Daniels Hals und drehte sich Kelly zu. Das Bajonett steckte noch immer in seinem Rücken. Die Klinge war halb darin begraben.

Cheng versuchte Kelly mit beiden Händen zu packen. Sein schlammverschmiertes Gesicht war in tierischer Wildheit verzerrt. Daniel faßte sich und stürzte sich auf Chengs Rücken, schlang beide Arme fest um seine Kehle und preßte ihn mit seinem ganzen Gewicht nach unten. Der Griff des Bajonettes ragte zwischen ihnen hervor, und die Klinge wurde ganz hineingestoßen. Blut ergoß sich über Chengs Lippen und lief an seinem Kinn herab.

Daniel stemmte sich gegen ihn und preßte seinen Kopf unter die Oberfläche und hielt ihn dort fest. Während Cheng im roten Schlamm kämpfte, schoß einer seiner Arme hoch. Er tastete blindlings nach Daniels Gesicht und versuchte mit gekrümmten Fingern, seine Augen zu erreichen. Daniel hielt grimmig fest, und die Hand sackte herab. Chengs Bewegungen im Schlamm wurde schwächer und unregelmäßiger.

Kelly watete ans Ufer und hockte sich dort hin. Sie schaute in fasziniertem Entsetzen zu.

Plötzlich quollen dicke, blubbernde Blasen aus dem roten Schlamm und zerplatzten an der Oberfläche, als Chengs Lungen sich leerten. Nur Daniels Kopf ragte noch aus dem Schlamm. Er lag dort lange Zeit, ohne seinen Griff um Chengs Kehle auch nur einmal zu lösen.

»Er ist tot«, flüsterte Kelly schließlich. »Er muß jetzt tot sein.«

Langsam löste Daniel seinen Griff. Unter der Oberfläche bewegte sich nichts mehr. Daniel schleppte sich ans Ufer, wie ein Insekt, das durch Sirup kriecht.

Kelly half ihm hoch. Er zog sein verletztes Bein nach. Oben auf dem Ufer knieten die beiden sich hin und umarmten einander. Sie starrten auf das Flußbett hinab.

Langsam stieg etwas wie ein toter Baumstamm an die Oberfläche. Der Schlamm bedeckte Chengs Leiche so dick, daß die menschliche Gestalt kaum zu erkennen war. Sie starrten volle fünf Minuten darauf, bevor einer von ihnen sprach.

»Er ist in seiner eigenen Jauchegrube ertrunken«, flüsterte Daniel. »Einen besseren Weg hätte ich nicht wählen können.«

Unterhaltung von der schönsten Seite bei

BLANVALET

Elizabeth George
Denn bitter ist der Tod
Roman. 480 Seiten

Tanja Kinkel
Die Puppenspieler
Roman. 672 Seiten

Heinz G. Konsalik
Öl-Connection
Roman. 448 Seiten

Steven Saylor
Das Lächeln des Cicero
Roman. 512 Seiten

Sidney Sheldon
Das Imperium
Roman. 384 Seiten

Kathleen E. Woodiwiss
Was der Sturmwind sät
Roman. 480 Seiten

GOLDMANN

Stuart Woods

Stuart Woods erzählt geradlinig, ohne Schnörkel und mit der Wucht eines Torpedos. Kein Wunder, daß man seine Romane in einem Zug verschlingt.

Still ruht der See   9250

Auf Grund   8839

Die Nachfolger   8379

Anaconda   9897

Goldmann · Der Taschenbuch-Verlag

GOLDMANN

Alberto Vázquez-Figueroa

Flucht, Verfolgung, Kampf auf Leben und Tod – Das ist durchgängig das Leitmotiv bei Alberto Vázquez-Figueroa. Aber er benutzt seine spannenden Geschichten immer wieder, um etwas über das Land und die sozialen Verhältnisse zu erzählen. Was an seinen Romanen fasziniert, ist die gelungene Verbindung zwischen spannender Handlung und Information über soziale Probleme und Zusammenhänge.

Tuareg 9141

Yaiza 9922

Manaos 8821

Hundertfeuer 41496

Goldmann · Der Taschenbuch-Verlag

GOLDMANN

Nelson DeMille

Wenn man sich nicht von einem Buch losreißen kann, wenn man auch nach der Lektüre auch immer wieder über das Gelesene nachdenkt und sich damit beschäftigt, dann hat man ein wirklich gutes Buch gelesen. In diese Sparte fallen die Romane von Nelson DeMille.

Das Ehrenwort   9425

In der Kälte der Nacht   41348

An den Wassern von Babylon   9647

In den Wäldern von Borodino   9756

Goldmann · Der Taschenbuch-Verlag

GOLDMANN

Robert Littell

Für die Anhänger anspruchsvoller Spionageromane ist Robert Littell längst kein Unbekannter mehr. Stilistisch ausgefeilt, voller Ironie und einer Prise schwarzen Humors entwickelten sich seine Bücher zum heißen Tip unter Insidern.

Spion im Spiegel 41242

Der Töpfer 9143

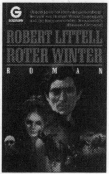

Roter Winter 9906

Eine höllische Karriere 8865

Goldmann · Der Taschenbuch-Verlag

GOLDMANN

Sidney Sheldon

Rasche Schnitte, fesselnde Charaktere, überraschende Wendungen und bis zuletzt explosiv gesteigerte Action bestätigen den internationalen Ruf Sidney Sheldons als das Markenzeichen für spannende Unterhaltung.

Die letzte Verschwörung,
Roman   42372

Diamanten-Dynastie,
Roman   41405

Blutspur,
Roman   41402

Schatten der Macht,
Roman   42002

Goldmann · Der Taschenbuch-Verlag

GOLDMANN

Clive Cussler

Clive Cussler kennt das Rezept, mit seinen raffinierten und spannenden Geheimaufträgen für Dirk Pitt zu unterhalten, besser als die meisten Thrillerautoren. Er hält seine Leser so sehr in Atem, daß man wünscht, die Geschichte ginge ewig weiter.

Eisberg, Roman   3513

Hebt die Titanic, Roman   3976

Im Todesnebel, Roman   8497

Der Todesflug der Cargo 03, Roman   6432

Goldmann · Der Taschenbuch-Verlag

GOLDMANN TASCHENBÜCHER

Das Goldmann LeseZeichen mit dem Gesamtverzeichnis erhalten Sie im Buchhandel oder gegen eine Schutzgebühr von DM 3,50/öS 27,–/sFr 4,50 direkt beim Verlag

Literatur · Unterhaltung · Thriller · Frauen heute · Lesetip
FrauenLeben · Filmbücher · Horror · Pop-Biographien
Lesebücher · Krimi · True Life · Piccolo · Young Collection
Schicksale · Fantasy · Science-Fiction · Abenteuer
Spielebücher · Bestseller in Großschrift · Cartoon · Werkausgaben
Klassiker mit Erläuterungen

****

Sachbücher und Ratgeber:
Politik/Zeitgeschehen/Wirtschaft · Gesellschaft
Natur und Wissenschaft · Kirche und Gesellschaft · Psychologie
und Lebenshilfe · Recht/Beruf/Geld · Hobby/Freizeit
Gesundheit und Ernährung · FrauenRatgeber · Sexualität und
Partnerschaft · Ganzheitlich heilen · Spiritualität und Mystik
Esoterik

****

Ein SIEDLER-BUCH bei Goldmann

Magisch Reisen

ReiseAbenteuer

Handbücher und Nachschlagewerke

Goldmann Verlag · Neumarkter Str. 18 · 81664 München

Bitte senden Sie mir das neue Gesamtverzeichnis, Schutzgebühr DM 3,50

Name: _____

Straße: _____

PLZ/Ort: _____